PÁSSAROS FERIDOS

Da autora:

O Primeiro Homem de Roma
(Série Os Senhores de Roma — Vol. 1)

A Coroa de Ervas
(Série Os Senhores de Roma — Vol. 2)

Os Favoritos de Fortuna
(Série Os Senhores de Roma — Vol. 3)

As Mulheres de César
(Série Os Senhores de Roma — Vol. 4)

César
(Série Os Senhores de Roma — Vol. 5)

César e Cléopatra
(Série Os Senhores de Roma — Vol. 6)

Assassinatos Demais

A Canção de Tróia

Liga, Desliga

A Paixão do Dr. Christian

Pássaros Feridos

A Sorte de Morgan

Tim

Toque de Midas

Uma Obsessão Indecente

COLLEEN McCULLOUGH

PÁSSAROS FERIDOS

Tradução
OCTAVIO MENDES CAJADO

39ª edição

Rio de Janeiro | 2025

Título original: *The Thorn Birds*

Capa: Leonardo Carvalho

Editoração: DFL

2025
Impresso no Brasil
Printed in Brazil

CIP-Brasil. Catalogação na fonte
Sindicato Nacional dos Editores de Livros, RJ.

M429p
39ª ed.

McCullough, Colleen, 1937-
Pássaros feridos / Colleen McCullough; tradução de Octavio Mendes Cajado. – 39ª ed. – Rio de Janeiro: Bertrand Brasil, 2025.
546p.

Tradução de: The thorn birds
ISBN 978-85-286-0335-4

1. Romance australiano. I. Cajado, Octavio Mendes, 1915- . II. Título.

02-2143

CDD – 828.99343
CDU – 821.111(94)-3

EDITORA BERTRAND BRASIL LTDA.
Rua Argentina, 171 – 3º andar – São Cristóvão
20921-380 – Rio de Janeiro – RJ
Tel.: (021) 2585-2000

Atendimento e venda ao leitor:
sac@record.com.br

para a
"grande irmã"
Jean Easthope

Existe uma lenda acerca de um pássaro que só canta uma vez na vida, com mais suavidade que qualquer outra criatura sobre a terra. A partir do momento em que deixa o ninho, começa a procurar um espinheiro-alvar e só descansa quando o encontra. Depois, cantando entre os galhos selvagens, empala-se no acúleo mais agudo e mais comprido. E, morrendo, sublima a própria agonia e despede um canto mais belo que o da cotovia e o do rouxinol. Um canto superlativo, cujo preço é a existência. Mas o mundo inteiro pára para ouvi-lo, e Deus sorri no céu. Pois o melhor só se adquire à custa de um grande sofrimento... Pelo menos é o que diz a lenda.

I

1915-1917 — MEGGIE

1

No dia 8 de dezembro de 1915, Meggie Cleary completou seu quarto ano de vida. Depois de tirar os pratos do desjejum, a mãe, sem dizer uma palavra, enfiou um embrulho de papel pardo debaixo do braço dela e mandou-a sair. Meggie foi acocorar-se atrás da moita de tojos que viçava ao pé do portão da frente e começou a puxar o papel com impaciência. Mas seus dedos eram desajeitados e o embrulho era grosso; o cheiro dele, muito leve, lembrava o cheiro da loja de Wahine, donde concluiu que o que se achava dentro do pacote, fosse lá o que fosse, tinha sido milagrosamente *comprado* e não fora feito em casa nem doado.

Alguma coisa linda e vagamente dourada principiou a aparecer num canto; ela atacou o papel mais depressa, descascando o embrulho como se descasca uma fruta, em tiras compridas e irregulares.

— Agnes! Oh, Agnes! — exclamou com amor, pestanejando para a boneca deitada num ninho de trapos.

Um milagre, realmente. Só uma vez em toda a sua vida Meggie estivera em Wahine; em maio, havia muito tempo, por ter sido uma menina boazinha. Encarapitada na charrete, ao lado da mãe, muito comportadinha, sentira-se tão emocionada que não vira quase nada e se lembrava de menos ainda. Exceto Agnes, a linda boneca sentada no balcão da loja, que vestia uma saia-balão de cetim cor-de-rosa, com babados de renda cor de creme. Ali mesmo, naquele momento, batizara-a com o nome de Agnes, o único que conhecia suficientemente elegante para uma criatura sem-par como aquela. Entretanto, nos meses que se seguiram, o seu desejo de Agnes não continha esperança alguma; Meggie não possuía bonecas e não sabia que as menininhas e as bonecas tinham sido feitas umas para as outras. Brincava, feliz, com os apitos, estilingues e soldados estropiados que os irmãos jogavam fora, sujava as mãos e enlameava as botinas.

Nunca lhe ocorrera que Agnes fora feita para brincar. Passando a mão sobre as pregas róseas e brilhantes do vestido, mais bonito que qualquer outro que já vira em alguma mulher de carne e osso, pegou em Agnes com ternura. Como os braços e as pernas da boneca fossem articulados, podiam ser movidos em qualquer direção; até o pescoço e a cinturinha fina e graciosa eram articulados. Os cabelos cor de ouro estavam primorosamente arrumados num alto penteado à Pompadour, salpicados de pérolas, e o pálido regaço deixava-se entrever apesar do xalezinho de rendas cor de creme, preso com um alfinete de pérola. O lindo rosto de porcelana, muito bem pintado, não fora polido para dar à tez delicadamente colorida uma contextura mate natural. Olhos azuis, parecidíssimos com olhos de verdade, brilhavam entre cílios feitos de pêlos verdadeiros, com as íris estriadas e circundadas de um azul mais forte; fascinada, Meggie descobriu que, reclinada bem para trás, Agnes cerrava as pálpebras. Numa das faces levemente coroadas havia um sinal de beleza, e a boca fusca, ligeiramente entreaberta, mostrava uma fileira de dentinhos brancos. Meggie colocou a boneca no colo com toda a delicadeza, cruzou os pés confortavelmente debaixo do corpo e ficou sentada, a olhar.

Ela continuava sentada atrás da moita de tojos quando Jack e Hughie se aproximaram pela grama alta, onde esta ficava tão perto da cerca que não se lhe podia chegar a foice. Os cabelos da menina eram típicos dos Clearys, pois todas as crianças da família, exceto Frank, tinham-nos marcados por um tom de vermelho; Jack cutucou o irmão e apontou, animado. Os dois se separaram, sorrindo um para o outro, e fingiram ser cavalarianos atrás de um renegado maori. Meggie não os teria ouvido chegar, de qualquer maneira, tão absorta se achava na contemplação de Agnes, cantarolando baixinho para si mesma.

— O que foi que você ganhou, Meggie? — gritou Jack, saltando sobre ela. — Mostre-nos!

— Sim, mostre-nos! — repetiu Hughie, reprimindo o riso e flanqueando-a.

Ela aconchegou a boneca no peito e abanou a cabeça.

— Não, é minha! Ganhei de presente de aniversário!

— Mostre-nos, vamos! Só queremos dar uma olhada.

O orgulho e a alegria levaram a melhor. Ela suspendeu a boneca de modo que os irmãos pudessem vê-la.

— Vejam, não é linda? Chama-se Agnes.

— Agnes? *Agnes?* — Jack repetiu, simulando ânsias de vômito. — Que nome mais besta! Por que não a chama de Margaret ou Betty?

— Porque ela é Agnes!

Hughie notou a articulação no punho da boneca e assobiou.

— Puxa, Jack, olhe só! Ela é capaz de mover a mão!

— Onde? Deixe-me ver.

— Não! — Meggie tornou a estreitar a boneca contra o peito, ao mesmo tempo que seus olhos se enchiam de lágrimas. — Não, vocês vão quebrá-la! Oh, Jack, não a tire de mim... você vai quebrá-la!

— Deixe disso!

As mãos escuras e sujas dele fecharam-se em torno dos pulsos dela, apertando-os com força

— Você quer ficar marcada? E não fique chorando desse jeito, que eu conto a Bob. — Ele apertou-lhe a pele em direções opostas até deixá-la esbranquiçada, enquanto Hughie agarrava as saias da boneca e puxava-as. — Dê-me a boneca, senão a aperto de verdade!

— Não! Não faça isso, Jack, por favor, não faça isso! Você vai quebrá-la, eu sei que vai! Por favor, deixe a boneca em paz! Não a pegue, por favor!

Apesar do aperto cruel nos pulsos, Meggie continuava agarrada à boneca, soluçando e distribuindo pontapés.

— Peguei-a! — bradou Hughie, quando a boneca escorregou por entre os braços cruzados de Meggie

Jack e Hughie acharam-na tão fascinante quanto a achara a própria Meggie; foram arrancando o vestido, as anáguas e as calças de baixo, compridas e cheias de babados, Agnes agora estava nua, e os meninos a puxavam e empurravam, forçando um pé a passar por trás do pescoço, obrigando-a a olhar para a própria espinha, impondo-lhe todas as contorções possíveis que lhes ocorriam. Não deram atenção a Meggie, que continuava chorando e nem pensou em buscar auxílio, pois na família Cleary quem não soubesse ou não pudesse sustentar suas próprias batalhas merecia dos outros escassa ajuda ou simpatia, e isso se aplicava também a meninas.

Os cabelos dourados da boneca desmoronaram, as pérolas voaram, tremeluzentes, e sumiram no meio da grama alta. Uma bota suja pisou, sem querer, o vestido abandonado, besuntando o cetim com graxa da ferraria. Meggie caiu de joelhos, escarafunchando freneticamente o chão na ânsia de recolher as miniaturas de roupas antes que viessem a sofrer maiores danos e, depois, pôs-se a afastar umas das outras as hastes de relva, onde supunha que as pérolas haviam caído. As lágrimas cegavam-na, e a dor que sentia no coração era nova, pois nunca possuíra até então coisa alguma por que valesse a pena chorar.

Frank atirou a ferradura sibilante na água fria e endireitou as costas; já não lhe doíam naqueles dias e, portanto, era possível que se tivesse afeito ao ofício de ferreiro. Já não era sem tempo, teria dito o pai, depois de seis meses de prática. Mas Frank sabia muito bem quanto tempo havia que fora apresentado à forja e à bigorna; medira-o com o estalão do ódio e do ressentimento. Jogando o malho na caixa, afastou da testa com mão trêmula a mecha de cabelos pretos e escorridos e desatou o velho avental de couro amarrado à volta do pescoço. Sua camisa jazia sobre um monte de palha no canto; caminhou lentamente até lá e ficou, por um momento, a mirar a parede escalavrada do celeiro como se ela não existisse, com os olhos negros arregalados e fixos.

Ele era muito pequeno, não media mais que um metro e sessenta e era magro como são magros os rapazinhos nessa idade, mas os músculos dos ombros e dos braços nus já começavam a aparecer em virtude do serviço com o malho, e a pele pálida e perfeita brilhava de suor. Havia um ressaibo estrangeiro no negrume dos cabelos e dos olhos, a boca de lábios cheios e o largo cavalete do nariz não tinham a forma comum na família, mas corria sangue maori nas veias de sua mãe, e esse sangue transparecia nele. Frank tinha quase dezesseis anos de idade, enquanto Bob mal completara onze, Jack dez, Hughie nove, Stuart cinco e a pequenina Meggie três. Lembrou-lhe, então, que aquele era o dia do quarto aniversário de Meggie: 8 de dezembro. Vestiu a camisa e saiu do celeiro.

A casa se erguia no topo de um outeirozinho e ficava, quando muito, uns trinta metros acima do celeiro e dos estábulos. De madeira como todas as casas da Nova Zelândia, era térrea e esparramava-se por ampla área, na suposição de que, se houvesse um terremoto, parte dela talvez continuasse de pé. Em toda a volta crescia o tojo, naquela época do ano inteiramente coberto de ricas flores amarelas; verde e luxuriante, como toda a relva da Nova Zelândia, nem mesmo em pleno inverno, quando a geada persiste, às vezes, sem derreter o dia todo na sombra, a relva se acastanhava, e o verão longo e moderado só a coloria de um verde ainda mais rico. As chuvas caíam mansamente, sem machucar a tenra suavidade das coisas que cresciam, não havia neve e o sol tinha apenas a força necessária para alimentar, nunca para esgotar. Os flagelos da Nova Zelândia subiam, trovejantes, das entranhas da terra, raro desciam do céu. Havia sempre uma sensação sufocada de espera, um estremecer e um espancar intangíveis, que, de fato, se transmitia pelos pés. Pois debaixo do solo jazia o poder medonho, o poder de tamanha magnitude que trinta anos antes uma montanha inteira, a cavaleiro da planície, desaparecera; o vapor jorrava, ululante, de fendas nas encostas de colinas inocentes, vulcões arremessavam fumaça para o céu e os regatos alpinos corriam quentes. Imensos lagos de lama fervilhavam, oleosos, os mares atiravam-se a rochedos que talvez não estivessem ali para saudar a preamar seguinte, e havia lugares em que a crosta da terra não tinha mais de duzentos e setenta metros de espessura.

Apesar disso, era uma terra graciosa e agradável. Além da casa estendia-se uma planície ondulada, tão verde quanto a esmeralda que fulgia no anel de noivado de Fiona Cleary, salpicada de milhares de pequenos vultos cor de creme que a gente, chegando mais perto, via serem carneiros. No ponto em que os morros curvos recortavam a fímbria do céu azul-claro, o Monte Egmont subia três mil metros de altura, enfiando a cabeça entre as nuvens, as vertentes ainda alvas de neve, com uma simetria tão perfeita que até os que o viam todos os dias, como Frank, nunca deixavam de maravilhar-se.

Era uma boa subida do celeiro até a casa, mas Frank se apressou, consciente de que não devia estar fazendo aquilo; as ordens do pai eram categóricas. Depois, quando rodeou o canto da casa, deu com o grupinho ao pé da moita de tojos.

Frank levara sua mãe de charrete a Wahine para comprar a boneca de Meggie, e ainda estava perguntando a si mesmo o que a induzira a fazê-lo. Ela não costumava dar presentes pouco práticos de aniversário, não havia dinheiro para tanto, e ela nunca dera um brinquedo a ninguém. Todos ganhavam roupas; os aniversários e os Natais reabasteciam os poucos armários. Aparentemente, porém, Meggie vira a boneca em seu primeiro e único passeio à cidade, e Fiona não se esquecera. Quando Frank a interrogou, ela murmurou qualquer coisa sobre meninas precisarem de bonecas, e logo mudou de assunto.

Jack e Hughie entretinham-se com a boneca no caminho que se estendia à frente da casa, manipulando-lhe as juntas sem dó nem piedade. A única coisa que Frank pôde ver de Meggie foram as costas, enquanto ela, em pé, assistia à profanação de Agnes. As meias brancas e limpas tinham-lhe escorregado pelas pernas e caíam-lhe agora, em dobras, sobre as botinas pretas e deixavam ver uns dez centímetros de pernas cor-de-rosa debaixo da barra do vestido dos domingos, de veludo marrom. Pelas costas abaixo cascateava a vasta cabeleira cuidadosamente anelada, cintilando ao sol; nem vermelha nem ouro, mas de um matiz intermediário. A fita branca de tafetá, que segurava os cachos da frente, pendia-lhe suja e inerte da cabeça; o vestido estava manchado de terra. Ela apertava as roupas da boneca numa das mãos e estendia a outra, em vão, para Hughie.

— Seus cachorrinhos miseráveis!

Jack e Hughie levantaram-se de um salto, esquecidos da boneca; quando Frank xingava, era de boa política correr.

— Se eu os pegar, seus canalhinhas, tocando nessa boneca outra vez, juro que marco com ferro em brasa suas bundinhas sujas de merda! — gritou Frank para os dois em plena disparada.

Inclinou-se e pegou com as mãos os ombros de Meggie, sacudindo-a com meiguice.

— Ei, ei, ei, que é isso? Não precisa chorar! Vamos, eles foram embora e nunca mais tocarão na sua bonequinha, eu lhe prometo. Como é, você não vai me dar um sorriso pelo seu aniversário?

O rosto dela estava inchado, os olhos lacrimavam; a menina fixou em Frank dois olhos cinzentos tão grandes e tão cheios de tragédia que ele sentiu apertar-se-lhe a garganta. Tirando um trapo sujo do bolso das calças, esfregou-o, desajeitado, no rosto dela, depois prendeu-lhe o nariz entre as dobras do pano.

— Assoe!

Ela fez o que a mandavam fazer, soluçando ruidosamente enquanto as lágrimas secavam.

— Oh, Fru-Fru-Frank, eles ti-ti-tiraram Agnes de mim! — Meggie fungou. — O ca-ca-cabelo dela per-per-perdeu todas as lindas pe-pe-perolinhas que vinham nele! Caíram na gra-gra-grama e não *consigo* encontrá-las!

As lágrimas voltaram a correr, caindo na mão de Frank; ele olhou por um momento para a pele molhada e lambeu-a.

— Pois, então, teremos de encontrá-las, não é assim? Mas você não encontrará coisa alguma se ficar aí chorando. E que negócio é esse de falar feito bebezinho? Ei, nada disso! Assoe de novo o nariz e depois pegue a pobre... Agnes? Se não a vestir logo, ela ficará toda queimada do sol.

Fê-la sentar-se à beira do caminho e deu-lhe gentilmente a boneca, depois, arrastando-se por ali, pôs-se a esquadrinhar a relva, até que deu um grito de entusiasmo e mostrou uma pérola.

— Pronto! Aqui está a primeira! Nós acharemos todas elas, você vai ver.

Meggie ficou observando o irmão mais velho com um semblante de adoração, enquanto ele revolvia a grama, erguendo cada pérola à medida que as ia encontrando; lembrou-se, então, de que a pele de Agnes, muito delicada, devia queimar-se com grande facilidade, e dedicou toda a sua atenção a vestir a boneca. Não parecia ter havido nenhum ferimento sério. O cabelo ficara embaraçado e solto, as pernas e os braços estavam sujos onde os meninos os tinham puxado e torcido, mas tudo continuava funcionando. Havia um pente de tartaruga aninhado acima de cada uma das orelhas de Meggie; ela puxou um deles com força até arrancá-lo do lugar e pôs-se a pentear a cabeleira de Agnes, feita de cabelos humanos mesmo, habilidosamente amarrados e presos a uma base de cola e gaze e descorados até assumirem a cor da palha dourada.

Ela estava puxando canhestramente um grande nó quando a coisa horrível aconteceu. Lá se foi o cabelo todo, que ficou pendendo numa maçaroca desgrenhada dos dentes do pente. Acima da testa lisa e ampla de Agnes não havia mais nada; nem cabeça, nem a tampa do crânio. Só um buraco medonho, escancarado. Trêmula, aterrada, Meggie inclinou-se para a frente a fim de espiar o interior do crânio da boneca. Os contornos invertidos das faces e do queixo apareciam vagamente, a luz brilhante entre os lábios separados e os dentes formavam uma silhueta preta, animal. O pior de tudo, porém, eram os olhos de Agnes, duas horríveis bolas apertadas, traspassadas por um pedaço de arame que lhe furava cruelmente a cabeça.

O grito de Meggie foi agudo e fino, e não parecia um grito de criança; ela jogou Agnes para longe e continuou a gritar, cobrindo o rosto com as mãos, tremendo, horrorizada. Depois sentiu que Frank a puxava pelos dedos e a tomava nos braços, empurrando-lhe o rosto contra o pescoço dele. Enlaçando-o com os braços, ela se foi, aos poucos, sentindo melhor até que a proximidade dele a acalmou o suficiente para que ela reparasse no cheiro gostoso que ele exalava, um cheiro de cavalos, suor e ferro.

Quando ela se aquietou, Frank fê-la contar o que acontecera; apanhou a boneca e olhou para a cabeça vazia, sem compreender, procurando lembrar se o seu universo de criança fora assim freqüentado por terrores estranhos. Mas seus fantasmas desagradáveis eram feitos de pessoas, de sussurros e de olhares frios. Do rosto fino, macilento e contraído de sua mãe, da mão dela que tremia quando segurava a sua, da inclinação dos seus ombros.

Que vira Meggie para ficar daquele jeito? Ele imaginou que ela não se teria perturbado tanto se a pobre Agnes houvesse apenas sangrado ao perder o cabelo. A hemorragia era um fato: alguém na família Cleary sangrava copiosamente pelo menos uma vez por semana.

— Os olhos dela, os olhos dela! — murmurou Meggie, recusando-se a olhar para a boneca.

— Ela é maravilhosa, Meggie! — murmurou ele, mergulhando o rosto no cabelo da irmã. Como era bonito, como era rico e cheio de cor!

Foi-lhe preciso mimá-la durante meia hora para obrigá-la a não desviar os olhos da boneca e outra meia hora se passou antes que ele a persuadisse a espiar pelo buraco escalpelado. Mostrou-lhe como funcionavam os olhos, como haviam sido cuidadosamente alinhados a fim de ajustar-se da maneira mais natural possível aos movimentos que deles se esperavam.

— Agora vamos, já é hora de entrar — disse ele, erguendo-a nos braços e enfiando a boneca entre o peito dele e o dela. — Vamos pedir a mamãe que a arrume, não é? Lavaremos e passaremos a ferro a roupa dela e tornaremos a colar-lhe o cabelo. Farei também uns alfinetes melhores com essas pérolas, para que não caiam e você possa pentear-lhe o cabelo do jeito que quiser.

Fiona Cleary estava na cozinha descascando batatas. Era uma mulher muito bonita, muito loira e miúda, de altura inferior à média, mas de rosto duro e severo; tinha um corpo excelente e uma cintura fininha, que não engrossara apesar dos seis bebês que carregara debaixo dela. O vestido era de morim cinzento e as saias varriam o chão imaculado, enquanto toda a parte da frente contava com a proteção de um enorme avental branco engomado, que dava a volta em torno do pescoço e se amarrava à altura dos rins num laço firme, perfeito. Desde que se levantava até que se deitava vivia na cozinha e no quintal e suas botas pretas e rijas já tinham traçado um caminho circular do fogão à lavanderia, da lavanderia à horta, da horta aos varais e dos varais de volta ao fogão.

Ela depôs a faca na mesa e parou a vista em Frank e Meggie, enquanto lhe descaíam os cantos da boca bem-feita.

— Meggie, deixei-a pôr hoje cedo o vestido dos domingos com a condição de que você não se sujasse. E veja só como está! Você é mesmo uma pequena desmazelada!

— Mamãe, a culpa não foi dela — acudiu Frank. — Jack e Hughie tiraram-lhe a boneca para descobrir como funcionam os braços e as pernas. Prometi a ela que a deixaríamos como nova. Podemos fazê-lo, não podemos?

— Deixe-me ver.

Fee estendeu a mão para receber a boneca.

Era uma mulher calada, desafeita à conversação espontânea. Ninguém nunca soube o que ela pensava, nem mesmo o marido; deixava-o encarregar-se do disciplinamento das crianças e fazia tudo o que ele mandava sem comentários nem queixas, a não ser que as circunstâncias fossem demasiado insólitas. Meggie ouvira os meninos murmurarem que a mãe tinha tanto medo do pai quanto eles, mas, se isso era verdade, ela o escondia debaixo de uma camada de calma impenetrável e levemente torva. Nunca se ria e nunca se irritava.

Concluída a inspeção, Fee colocou Agnes sobre o aparador perto do fogão e olhou para Meggie.

— Lavarei as roupas amanhã cedo e darei um jeito no cabelo. Acho que Frank poderá colar o cabelo hoje à noite, depois do chá, e dar um banho nela.

As palavras foram ditas num tom mais objetivo do que consolador. Meggie fez que sim com a cabeça, sorrindo com insegurança; sentia, às vezes, uma grande vontade de ouvir a mãe rir, mas a mãe nunca ria. Sabia que ambas compartilham de alguma coisa especial, não comum ao pai nem aos meninos, mas não conseguia chegar além daquelas costas rígidas, daqueles pés que nunca paravam. Sua mãe concordava com um gesto ausente de cabeça e movia com sacudidelas bruscas e hábeis as saias volumosas entre o fogão e a mesa, enquanto continuava a trabalhar, trabalhar, trabalhar.

O que nenhum dos filhos, a não ser Frank, compreendia era que Fee se sentia permanente e incuravelmente cansada. Havia tanta coisa para fazer, tão pouco dinheiro, tão pouco tempo e apenas um par de mãos para fazê-lo! Ela ansiava por ver chegar o dia em que Meggie tivesse idade bastante para ajudar; a criança já executava algumas tarefas simples, mas seus escassos quatro anos não lhe permitiriam aliviar a carga. Seis filhos e apenas um deles, o último, o mais moço, do sexo feminino. Todas as suas conhecidas demonstravam, ao mesmo tempo, compreensão e inveja, mas isso também não dava conta do serviço. Em sua cesta de costura erguia-se uma montanha de meias ainda não cerzidas, em suas agulhas de tricô havia outro par ainda não terminado, Hughie já não cabia dentro do próprio suéter e Jack ainda não estava pronto para legar-lhe o seu.

Padraic Cleary voltou para casa na semana do aniversário de Meggie por mero acaso. Ainda faltava muito para começar a temporada da tosquia, e ele tinha trabalho para fazer no lugar, arando e plantando. Era, por profissão, tosquiador de carneiros, ocupação sazonal que durava dos meados do verão ao fim do inverno, logo seguida da época da parição. Geralmente conseguia arranjar muito trabalho para toda a primavera e o primeiro mês do verão; ajudando na parição, na aração ou substituindo um fazendeiro local nas duas intermináveis ordenhas diárias. Onde havia trabalho lá estava ele, deixando a família no velho casarão a arranjar-se como pudesse; atitude, aliás, menos impiedosa do que parecia. A menos que alguém tivesse a sorte de possuir uma nesga de terra, era exatamente isso o que deveria fazer.

Quando ele entrou, pouco depois do pôr-do-sol, as lâmpadas estavam acesas e as sombras dançavam, trêmulas, no teto alto. Reunidos na varanda dos fundos, os meninos brincavam com um sapo, exceto Frank; Padraic soube onde ele estava, pois ouvia o firme bater de um machado vindo da direção da pilha de lenha. Deteve-se na varanda apenas o tempo suficiente para chutar o traseiro de Jack e puxar as orelhas de Bob.

— Vão ajudar Frank com a lenha, seus tratantezinhos vagabundos. E é melhor que acabem tudo antes de sua mãe botar o chá na mesa, pois, do contrário, haverá peles e cabelos voando por aí.

Com uma inclinação da cabeça cumprimentou Fiona, atarefada ao pé do fogão; não a beijava nem abraçava, pois entendia que as demonstrações de afeto entre marido e mulher só ficavam bem num quarto de dormir. Enquanto ele manejava a descalçadeira para livrar-se das botas enlameadas, Meggie, saltitando, trouxe-lhe os chinelos, e o pai sorriu para a menininha com a curiosa sensação de pasmo que a vista dela sempre lhe despertava. Era tão bonitinha, possuía cabelos tão lindos! Pegou num cacho e puxou-o, alisando-o, depois o soltou, só para vê-lo sacudir-se e saltar ao retomar a feição de sempre. Erguendo a filha do chão, foi sentar-se na única poltrona confortável que havia na cozinha, uma poltrona Windsor com uma almofada presa ao assento, à beira do fogo. Suspirando, sentou-se, tirou o cachimbo do bolso e bateu-o de leve no chão, sem reparar no que fazia, para sacar do fornilho a crosta de cinza do fumo já queimado. Meggie aninhou-se-lhe no colo e passou os braços à roda do seu pescoço, com o rostinho erguido para ele, enquanto se entregava à distração de todas as noites: observar a luz que se coava através da barba dourada.

— Como vai você, Fee? — perguntou Padraic Cleary à esposa.

— Muito bem, Paddy. Conseguiu terminar hoje o potreiro de baixo?

— Consegui, está tudo pronto. Amanhã cedinho poderei começar a trabalhar no de cima. Puxa vida, como estou cansado!

— Pudera! MacPherson lhe deu outra vez aquela velha égua maluca?

— O que você acha? Que ele seria capaz de ficar com o animal para si e me deixar o ruão? Sinto os braços como se me tivessem sido arrancados dos ombros. Juro que aquela égua tem a boca mais dura de toda a Nova Zelândia.

— Não se incomode. Os cavalos do velho Robertson são bons, e você logo estará lá.

— Não vejo chegar a hora.

Encheu o cachimbo de fumo ordinário e tirou um pavio encerado de um jarro grande que havia perto do fogão. Bastou-lhe um movimento rápido à porta do fornilho para acendê-lo; em seguida, inclinou-se para trás e tragou tão profundamente que o cachimbo chegou a resfolegar.

— Como se sente fazendo quatro anos, Meggie? — perguntou à filha.

— Muito bem, papai.

— Mamãe já lhe deu o seu presente?

— Oh, papai, como foi que você e mamãe adivinharam que eu queria Agnes?

— Agnes? — Ele olhou depressa para Fee, sorrindo e interrogando-a com as sobrancelhas. — Agnes é o nome dela?

— É. E é linda, papai. Quero ficar olhando para ela o dia inteiro.

— Sorte sua por ainda ter alguma coisa para olhar — interveio Fee, carrancuda. — Jack e Hughie tomaram conta da boneca antes que a pobre Meggie tivesse uma oportunidade de examiná-la direito.

— É, meninos são meninos. O estrago foi muito grande?

— Nada que não se possa consertar. Frank os pegou antes que eles fossem longe demais.

— Frank? O que é que ele estava fazendo aqui? Tinha ordens para ficar na forja o dia todo. Hunter está querendo os portões.

— Ele esteve na forja o dia todo. Só veio aqui procurar uma ferramenta ou coisa que o valha — replicou Fee depressa; Padraic era muito duro com Frank.

— Oh, papai, Frank é o melhor dos irmãos! Ele salvou minha Agnes da morte, e vai colar de novo o cabelo dela, para mim, depois do chá.

— Que bom! — disse o pai com voz sonolenta, inclinando a cabeça para trás e fechando os olhos.

Fazia calor diante do fogão, mas ele não pareceu notá-lo; gotas de suor aljofraram-lhe a testa, rebrilhando. Colocou os braços atrás da cabeça e adormeceu.

Fora Padraic Cleary quem legara aos filhos seus vários matizes de cabelo cheio, ondulado e vermelho, se bem que nenhum deles herdasse uma cabeça tão agressivamente vermelha quanto a dele. Era um homem pequeno, todo construído de aço e molas, as pernas arqueadas por haver passado uma existência inteira no meio de cavalos, os braços compridos depois de tantos anos tosquiando carneiros; cobria-lhe o peito e os braços densa penugem dourada, que seria feia se fosse escura. Os olhos, de um azul brilhante, viviam contraídos numa vesgueira permanente, como os de um marinheiro, de tanto olhar para a distância, e o rosto, agradável, parecia estar sempre pronto para sorrir, o que fazia os outros homens gostarem dele à primeira vista. O nariz era magnífico, verdadeiro nariz romano que deve ter maravilhado seus colegas irlandeses, mas a Irlanda sempre foi uma costa de náufragos. Ele ainda falava com a pronúncia suave, rápida e pouco inteligível dos irlandeses de Galway, pronunciando o *t* final das palavras como se fosse um *th*, mas quase 20 anos nos Antípodas* haviam imposto curiosa sobrecarga à sua maneira de falar, de modo que os *aa* lhe soavam como *ais*, e a velocidade da fala diminuíra um pouco, como um velho relógio muito necessitado de corda. Homem feliz, conseguira suportar sua existência dura e extenuante melhor do que muita gente e, embora fosse um rígido disciplinador, cuja bota levava sempre um impulso pesado, todos os filhos, menos um, o adoravam. Quando não havia pão suficiente para todos, ele ficava sem pão; quando se tratava de escolher entre roupas novas para ele e roupas novas para uma das crianças, era ele quem ficava sem as roupas novas. À sua maneira, essa prova de amor valia mais que um milhão de beijos dados a esmo. Tinha um gênio danado e, certa vez, matara um homem. Mas tivera sorte; o homem era inglês e havia um navio no porto de Dun Laoghaire que zarparia para a Nova Zelândia com a maré.

Fiona dirigiu-se à porta dos fundos e gritou:

— Venham tomar chá!

Os meninos foram entrando aos poucos, um depois do outro, e Frank entrou por último com uma braçada de lenha, que despejou na caixa grande, ao lado do fogão. Padraic pôs Meggie no chão e encaminhou-se para a cabeceira da mesa de jantar na extremidade oposta da cozinha, ao passo que os meninos se sentavam em torno dela e Meggie se empoleirava no caixote de madeira colocado pelo pai na cadeira que lhe ficava mais próxima.

Fee serviu a comida diretamente nos pratos em sua mesa de trabalho, com maior rapidez e eficiência do que um garçom; e levava-os, de dois em dois, à família, primeiro a Paddy, depois a Frank, e assim até Meggie, ficando ela por derradeiro.

Os pratos, grandes, estavam literalmente repletos de comida: batatas cozidas, ensopado de carneiro e feijão colhido naquela manhã, servidos em porções imensas. Apesar dos resmungos e sons de repugnância abafados, todos acabaram limpando o prato com miolo de pão, do qual comeram ainda várias fatias, cobertas de grossas camadas de manteiga e geléia de groselha nativa. Fee sentou-se, engoliu sem mastigar a comida, levantou-se depressa e voltou correndo para a mesa de trabalho, onde repartiu, em grandes pratos fundos, vastas quantidades de biscoito feitos com muito açúcar e misturados com geléia. Em seguida, deitou um rio de creme quente e fumegante sobre cada um deles e voltou a arrastar-se até a mesa de jantar, levando dois de cada vez. Finalmente, sentou-se com um suspiro; agora, sim, poderia comer sem pressa.

---

* *Antípodas*: No Reino Unido, expressão empregada em referência à Austrália e à Nova Zelândia. (N.T.)

— Oh, que bom! Rocambole com geléia! — exclamou Meggie, enfiando a colher no creme e retirando-a depois até a geléia aparecer, formando listas cor-de-rosa no amarelo.

— Está vendo, Meggie? Por ser seu aniversário, mamãe fez hoje o seu pudim favorito — disse o pai, sorrindo.

Não se ouviram queixas dessa vez; fosse do que fosse o pudim, foi consumido com prazer. Todos os Clearys gostavam de doces.

Entretanto, apesar da vasta quantidade de comida à base de amido, nenhum deles tinha um quilo sequer de carne supérflua. Gastavam tudo o que comiam trabalhando ou brincando. Comiam verduras e frutas porque estas fazem bem à saúde, mas eram o pão, as batatas, a carne e os pudins farinhentos e quentes que afugentavam a exaustão.

Depois de Fee haver servido a todos uma xícara de chá do seu gigantesco jarro, eles ali continuaram, conversando, bebendo ou lendo por uma hora ou mais; Paddy fumava seu cachimbo com a cabeça enfiada num livro da biblioteca, Fee enchia xícaras sem parar, Bob estava imerso em outro livro da biblioteca e os menores faziam planos para o dia seguinte. A escola mandara embora os alunos para as longas férias de verão; os meninos, de pândega, ansiavam por começar as tarefas que lhes cabiam na casa e no jardim. Bob fora encarregado de retocar a pintura externa onde fosse necessária, Jack e Hughie teriam de tratar da lenha, dos anexos e da ordenha, Stuart ficara incumbido da horta; tudo brincadeira, comparado aos horrores da escola. De tempos a tempos, Paddy erguia a cabeça do livro para ajuntar outra tarefa à lista, mas Fee não dizia nada, e Frank, derreado, bebericava xícara após xícara de chá.

Finalmente, Fee fez sinal a Meggie para sentar-se num tamborete alto, arrumou-lhe o cabelo nos seus trapos noturnos e mandou-a para a cama com Stu e Hughie; Jack e Bob pediram licença e saíram a fim de alimentar os cachorros. Frank levou a boneca de Meggie para a mesa de trabalho e principiou a colar-lhe de novo o cabelo. Espreguiçando-se, Padraic fechou o livro e colocou o cachimbo na imensa casca iridescente de uma orelha-de-são-pedro que lhe servia de cinzeiro.

— Bem, mamãe, eu vou para a cama.

— Boa-noite, Paddy.

Fee tirou os pratos da mesa de jantar e desenganchou uma tina grande de ferro galvanizado da parede em que estava pendurada. Colocou-a na extremidade da mesa de trabalho oposta àquela em que se achava Frank e, erguendo do fogão a maciça chaleira de ferro forjado, encheu-a de água quente. A água fria tirada de uma lata velha de querosene serviu para esfriar o banho fumegante; fazendo passar através dela um sabão guardado numa cesta de arame, pôs-se a lavar e enxaguar os pratos, empilhando-os de encontro a uma xícara.

Frank trabalhou na boneca sem levantar a cabeça, mas, quando a pilha de pratos começou a crescer, ergueu-se em silêncio para ir buscar uma toalha e principiou a enxugá-los. Movendo-se entre a mesa de trabalho e o aparador, fazia o serviço com o desembaraço de uma longa familiaridade. Era um jogo furtivo e medroso que ele e a mãe faziam, pois a regra mais severa no domínio de Paddy referia-se à apropriada delegação de obrigações. A casa era trabalho de mulher, e pronto. Nenhum membro masculino da família devia pôr a mão numa tarefa feminina. Mas todas as noites, depois que Paddy se recolhia, Frank ajudava sua mãe, e Fee se acumpliciava com ele retardando a lavagem de pratos até ouvirem o baque dos chinelos de Paddy caindo ao chão. Depois de tirar os chinelos, Paddy nunca voltava à cozinha.

Fee olhou com ternura para Frank.

Não sei o que eu faria sem você, Frank. Mas você não devia fazer isso. Estará tão cansado amanhã cedo!...

— Está tudo bem, mãe. Não vou morrer por enxugar alguns pratos. É muito pouco para facilitar-lhe a vida.

— É minha obrigação, Frank. Não me importo.

— Eu só queria que ficássemos ricos um dia desses para você poder ter uma empregada.

— Você está sonhando muito alto!

Ela enxugou as mãos vermelhas e cheias de sabão no pano de pratos e, em seguida, levou-as à cintura, suspirando. Ao descansar no rosto do filho, seus olhos pareceram vagamente preocupados, sentindo o amargo descontentamento dele, maior que a reclamação normal do trabalhador contra a sua sorte.

— Frank, não alimente idéias de grandeza. Elas só trazem complicações. Somos gente da classe operária, o que quer dizer que nunca seremos ricos e nunca teremos empregadas. Contente-se com o que é e com o que tem. Quando diz essas coisas, você está insultando papai, e ele não merece. Você sabe disso. Ele não bebe, não joga e trabalha como um condenado por nós. Nem um centavo do que ganha vai para o seu bolso. É tudo para nós.

Os ombros musculosos arquearam-se de impaciência, e o rosto moreno tornou-se duro e sombrio.

— Mas por que há de ser tão mau assim querer da vida um pouco mais que a escravidão? Não vejo mal nenhum em desejar que você tenha uma empregada.

— É mau porque não pode ser! Você sabe que não há dinheiro para mantê-lo na escola e, se não pode continuar na escola, como poderá ser mais que um trabalhador braçal? Seu sotaque, suas roupas e suas mãos mostram que você ganha a vida trabalhando como operário. Mas não é nenhuma vergonha ter calos nas mãos. Como diz seu pai, quando um homem tem calos nas mãos, sabemos que é honesto.

Frank deu de ombros e não retrucou. Guardados todos os pratos, Fee foi buscar o cesto de costuras e sentou-se na cadeira de Paddy ao pé do fogo, enquanto Frank tornava à boneca.

— Pobrezinha da Meggie! — disse ele de repente.

— Por quê?

— Hoje, quando aqueles desgraçadinhos lhe puxavam a boneca de um lado para outro, ela ficou ali chorando, apenas chorando, como se o seu mundo tivesse desmoronado. — Abaixou os olhos para a boneca, que recuperara o cabelo. — Agnes! Onde será que ela foi achar esse nome?

— Com certeza me ouviu falando a respeito de Agnes Fortescue-Smythe.

— Quando lhe devolvi a boneca, ela olhou para dentro da cabeça e quase morreu de susto. Qualquer coisa nos olhos a amedrontou; não sei o que foi.

— Meggie está sempre vendo coisas que não existem.

— É uma pena que não haja dinheiro para manter os pequenos na escola. São tão inteligentes!

— Oh, Frank! Se os desejos fossem cavalos, os mendigos fariam equitação — disse a mãe em tom cansado. Passou a mão pelos olhos, tremendo um pouco, e espetou a agulha de cerzir numa bola de lã de cor cinza. — Não posso fazer mais nada. Estou tão cansada que já não enxergo direito.

— Vá para a cama, mãe. Eu apagarei os candeeiros.

— Assim que eu tiver atiçado o fogo.

— Deixe que eu faço isso.

Ele levantou-se da mesa e colocou a delicada boneca de porcelana, com todo o cuidado, atrás de uma lata de biscoitos no aparador, onde estaria a salvo de qualquer dano. Não o preocupava a possibilidade de que os meninos tentassem uma nova rapina; eles tinham mais medo da vingança dele que da do pai, pois Frank era rancoroso. Quando estava com a mãe ou com a irmã, essa característica sua não aparecia, mas todos os meninos já tinham sofrido por causa dela.

Fee observava-o com o coração apertado; havia em Frank algo selvagem e desesperado, uma aura de angústia. Se ao menos ele e Paddy se dessem melhor! Mas os dois nunca viam as coisas pelo mesmo prisma e brigavam constantemente. Ele talvez estivesse preocupado demais com ela, talvez fosse meio filhinho de mamãe. A ser isso verdade, a culpa seria dela. No entanto, era mais uma prova do seu coração amoroso, da sua bondade. Ele só queria tornar-lhe a vida um pouco mais fácil. E Fee voltou a surpreender-se ansiando pelo dia em que Meggie tivesse idade suficiente para tirar esse fardo dos ombros de Frank.

Pegou uma lamparina que estava sobre a mesa, recolocou-a no lugar e caminhou para onde Frank, de cócoras diante do fogão, botava lenha na grande fornalha e brincava com o registro. Viu-lhe o braço alvo encordoado de veias salientes, as mãos bem-feitas tão manchadas que nunca mais se poderiam limpar. A mão dela estendeu-se, tímida, e, muito de leve, afastou-lhe dos olhos a mecha de cabelo preto e liso; era o máximo que ela seria capaz de fazer em matéria de carícias

— Boa-noite, Frank, e muito obrigada.

As sombras giravam e corriam diante da luz que avançava, enquanto Fee transpunha em silêncio a porta que abria para a parte fronteira da casa.

Frank e Bob dividiam o primeiro quarto de dormir; ela descerrou a porta sem fazer barulho e segurou a lâmpada bem alto, de modo que a luz inundou a cama dupla, no canto. Deitado de costas, com a boca arqueada e aberta, Bob tremia e se contorcia como um cão; ela foi até a cama e o fez virar-se sobre o lado direito antes que ele mergulhasse num pesadelo, depois ficou a contemplá-lo por um momento. Como se parecia com Paddy!

No quarto pegado, Jack e Hughie estavam quase entrelaçados. Que tremendos tratantes, aqueles! Sempre metidos em travessuras, embora sem maldade. Fee tentou em vão separá-los e restituir um pouco de ordem às roupas de cama, mas as duas cabeças ruivas e encaracoladas não quiseram separar-se. Com um suspiro manso, desistiu. Como conseguiam sentir-se revigorados depois de passar uma noite daquele jeito, eis o que não lhe entrava na cabeça, mas eles pareciam vicejar assim mesmo.

O quarto em que Meggie e Stuart dormiam era uma peça escura e sem alegria para duas crianças pequenas; paredes pintadas de um pardo monótono, chão recoberto de um linóleo pardo também, nenhum quadro em parte alguma. Exatamente igual aos outros quartos de dormir.

Stuart virara de cabeça para baixo e estaria quase invisível, não fosse o traseirinho devidamente encamisolado, mas saindo das cobertas no lugar em que deveria estar a cabeça; Fee encontrou-a encostada nos joelhos e, como sempre, admirou-se de que ele não tivesse morrido sufocado. Enfiou a mão com extremo cuidado por baixo do lençol e estremeceu. Molhado outra vez! Bem, isso teria de esperar até a manhã seguinte, quando, sem dúvida, o travesseiro estaria molhado também. Ele sempre fazia isso, depois invertia a posição e tornava a urinar. Mas, afinal, pensando bem, um mijão entre cinco garotos não era tão ruim assim.

Meggie, enroscada, formava uma bolinha, com o polegar na boca e o cabelo enfeitado de trapos esparramado à sua volta. A única menina. Fee não lhe dirigiu mais que um olhar de passagem antes de sair do quarto; não havia mistério para Meggie, uma mulher. Fee sabia qual seria a sua sorte, e não tinha inveja nem pena dela. Os meninos eram diferentes; eram milagres, homens formados por artes de alquimia em seu corpo

de mulher. Era duro não ter ninguém para ajudar em casa, mas valia a pena. Entre os seus pares, os filhos varões de Paddy representavam a melhor recomendação de caráter que ele possuía. O homem que gera filhos varões é um homem de verdade.

Ela fechou de mansinho a porta do próprio quarto e depôs a lamparina sobre a escrivaninha. Seus dedos ágeis desabotoaram as dúzias de minúsculos botõezinhos que havia entre a gola alta e os quadris do vestido; em seguida, desvencilhou os braços das mangas. Livrou também os braços do corpete de baixo e, segurando-o com sumo cuidado de encontro ao peito, enfiou-se numa comprida camisola de flanela. Só então, decentemente coberta, se desfez do corpete, das calças que lhe chegavam aos tornozelos e do espartilho, já frouxo. Logo veio abaixo o cabelo de ouro que estivera muito bem preso, e todos os grampos e alfinetes foram colocados na casca de uma orelha-de-são-pedro, sobre a escrivaninha. Mas, nem assim, belo como era, cheio, brilhante e liso, lhe seria permitida alguma liberdade; Fee ergueu os cotovelos acima da cabeça e as mãos atrás do pescoço, e começou a entrelaçá-lo de corrida. Voltou-se, então, para a cama, suspendendo inconscientemente a respiração; mas Paddy estava dormindo e ela soltou um suspiro ruidoso de alívio. Não que lhe desagradasse quando Paddy estava disposto, pois era um amante tímido, terno e cheio de atenções. Mas, enquanto Meggie não tivesse mais dois ou três anos, seria muito duro ter outros filhos.

2

Aos domingos, quando os Clearys iam à igreja, Meggie tinha de ficar em casa com um dos meninos mais velhos, ansiando pelo dia em que também tivesse idade bastante para ir. Na opinião de Padraic Cleary, só havia um lugar em que podiam estar as crianças pequenas — a sua casa — e essa regra se aplicava até à Casa de Deus. Quando Meggie começasse a freqüentar a escola e aprendesse a ficar sentada quietinha, poderia ir à igreja. Antes, não. Por isso mesmo, todos os domingos de manhã ela ficava ao pé da moita de tojos, junto ao portão da frente, desolada, enquanto a família se empilhava no velho calhambeque e o irmão incumbido de ficar com ela tentava fingir que fora uma sorte escapar da missa. O único Cleary que gostava de separar-se do resto era Frank.

A religião de Paddy formava uma parte intrínseca de sua vida. Quando desposara Fee, fizera-o com a relutante aprovação católica, pois Fee pertencia à Igreja Anglicana; e, embora ela renunciasse à sua fé por amor de Paddy, recusou-se a adotar a dele em seu lugar. É difícil dizer por quê, se não que os Armstrongs constituíam uma velha estirpe de pioneiros de impecável extração anglicana, ao passo que Paddy era um imigrante sem eira nem beira, que viera do lado errado do Pale. Já havia Armstrongs na Nova Zelândia muito antes de chegarem os primeiros colonos "oficiais", o que representava um passaporte para a aristocracia colonial. Do ponto de vista dos Armstrongs, portanto, só se podia dizer que Fee contraíra uma chocante *mésalliance*.

Roderick Armstrong fundara o clã da Nova Zelândia de modo um tanto curioso.

Começara com um acontecimento que teria muitas repercussões imprevistas na Inglaterra do século XVIII: a Guerra Americana da Independência. Até 1776, mais de um milhar de criminosos sem importância era enviado, todos os anos, para a Virgínia e para as Carolinas, presos a um contrato de serviços pouco melhor que a escravidão. Impiedosa e inflexível, a justiça britânica daquele tempo punia com a força o assassínio, o incêndio premeditado, o crime misterioso de "fazer-se passar por egípcio" e o furto de importâncias superiores a um xelim. Os crimes menores significavam o desterro para as Américas pelo tempo que durasse a vida natural do criminoso.

Mas quando, em 1776, as Américas se fecharam, a Inglaterra viu-se com uma população de condenados que aumentava assustadoramente, sem ter onde alojá-la. Com as prisões abarrotadas, o excedente foi colocado, como sardinhas em lata, nos navios-prisões que apodreciam atracados nos estuários do rio. Alguma coisa precisava ser feita e, por isso, alguma coisa se fez. Com muita relutância, porque a medida supunha o gasto de alguns milhares de libras, ordenou-se ao Capitão Arthur Phillip que se fizesse à vela para a Grande Terra do Sul. O ano era 1787. Sua frota de onze navios levava mais de mil sentenciados, fora os marinheiros, oficiais de marinha e um contingente de fuzileiros navais. Não era esta nenhuma odisséia gloriosa em busca de liberdade. No fim de janeiro de 1788, oito meses depois de zarpar da Inglaterra, a frota chegou a Botany Bay. Sua Majestade Louca Jorge III encontrara um novo terreno baldio para despejar seus condenados, a colônia de Nova Gales.

Em 1801, quando mal completara vinte anos de idade, Roderick Armstrong foi sentenciado ao degredo pelo resto de sua vida natural. Gerações subseqüentes insistiram em que ele provinha de gente de boa família de Somerset, que perdera o que tinha por haver abraçado a Revolução Americana, e que seu crime nunca existira, mas nenhuma se esforçara jamais por descobrir os antecedentes do ilustre antepassado. Compraziam-se apenas em sua glória refletida e improvisavam alguma coisa.

Fossem quais fossem suas origens e seu *status* na Inglaterra, o jovem Roderick Armstrong era uma fera. Durante todos os indizíveis oito meses de viagem para a Nova Gales mostrou ser um prisioneiro obstinado e difícil, granjeando ainda mais a estima dos oficiais do seu navio por recusar-se a morrer. Quando chegou a Sydney em 1803, seu comportamento piorou, de modo que o embarcaram para a Ilha de Norfolk e para a prisão dos intratáveis. Nada melhorou sua conduta. Fizeram-no passar fome; encarceraram-no em uma cela tão pequena que ele não podia ficar sentado, nem de pé, nem deitado; açoitaram-no até deixar-lhe o corpo feito geléia; acorrentaram-no a uma rocha no mar e ali o deixaram, meio afogado. E ele ria-se deles, esquelético conjunto de ossos envolto numa lona imunda, sem um dente na boca, sem um centímetro de pele limpo de cicatrizes, mas inflamado por dentro de um fogo de amargura e rebeldia que nada conseguia apagar. No princípio de cada dia determinava-se a não morrer e, ao fim de cada dia, ria-se, triunfante, ao ver-se ainda vivo.

Em 1810 foi mandado para a Terra de Van Diemen*, acorrentado a uma leva de forçados incumbida de abrir uma estrada através da duríssima região de arenito atrás de Hobart. Na primeira oportunidade, utilizou a picareta para abrir um buraco no peito do soldado da polícia montada que comandava a expedição; ele e mais dez condenados chacinaram mais cinco soldados da polícia montada, raspando-lhes a carne

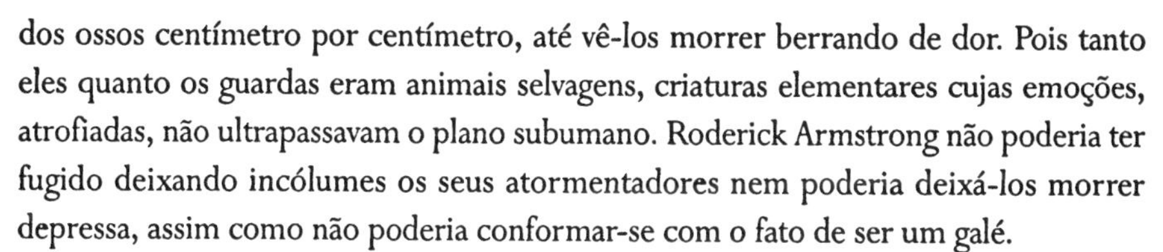

dos ossos centímetro por centímetro, até vê-los morrer berrando de dor. Pois tanto eles quanto os guardas eram animais selvagens, criaturas elementares cujas emoções, atrofiadas, não ultrapassavam o plano subumano. Roderick Armstrong não poderia ter fugido deixando incólumes os seus atormentadores nem poderia deixá-los morrer depressa, assim como não poderia conformar-se com o fato de ser um galé.

Com o rum, o pão e a carne de sol tirada dos soldados, os onze homens abriram caminho através de quilômetros de frias florestas tropicais e foram sair na estação de pesca de baleias de Hobart, onde roubaram uma chalupa e nela cruzaram o Mar de Tasman sem comida, sem água e sem velas. Quando a chalupa arribou à selvagem costa ocidental da Ilha do Sul da Nova Zelândia, Roderick Armstrong e dois outros homens ainda estavam vivos. Ele nunca aludiu a essa viagem incrível, mas dizia-se, à boca pequena, que os três tinham conseguido sobreviver matando e comendo os companheiros mais fracos.

Isso aconteceu exatamente nove anos depois de haver sido ele deportado da Inglaterra. Se bem que ainda fosse moço, parecia ter sessenta anos. Quando os primeiros colonos oficialmente autorizados chegaram à Nova Zelândia, em 1840, ele desbravara terras para si no rico distrito de Canterbury da Ilha do Sul, "casara" com uma mulher maori e procriara treze belos filhos semipolinésios. E, por volta de 1860, os Armstrongs eram aristocratas coloniais, mandavam os filhos varões estudar em escolas grã-finas da Inglaterra, e provavam à sociedade, por sua astúcia e ganância, que eram, de fato, autênticos descendentes de um homem notável, formidável. Em 1880, James, neto de Roderick, gerara Fiona, única filha num total de quinze filhos.

Se Fee sentia saudade dos austeros ritos protestantes de sua infância, nunca o disse. Tolerava as convicções religiosas de Paddy e ia à missa com ele, além de zelar para que seus filhos adorassem um Deus exclusivamente católico. Mas porque nunca se convertera, faltavam na vida deles os pequenos toques, como a ação de graça antes das refeições e as orações antes de deitar-se, a santificação de todos os dias.

Tirante um passeio a Wahine dezoito meses antes, Meggie nunca saíra de casa para ir além do celeiro e da ferraria, lá embaixo. Na manhã do seu primeiro dia de escola sentiu-se tão nervosa que vomitou o desjejum e teve de ser levada de volta, entrouxada, para o quarto, a fim de a lavarem e trocarem. Lá se foi o lindo traje novo azul-marinho com a grande gola branca de marinheiro, e lá voltou o vestido grosso e horrível, com botões até o alto do pescoço, que sempre lhe dava a impressão de a estar sufocando.

— E pelo amor de Deus, Meggie, da próxima vez que você se sentir enjoada, *conte-me*! Não fique aí sentada feito boba até ser tarde demais e até eu ter essa porcaria toda para limpar, fora o resto! E agora terá de se apressar, porque, se chegar atrasada para o toque do sino, Irmã Agatha com certeza lhe dará umas boas varadas. Comporte-se e obedeça a seus irmãos.

Bob, Jack Hughie e Stu estavam pulando para cima e para baixo diante do portão quando Fee, afinal, empurrou Meggie pela porta afora com o lanche de sanduíches de geléia arrumado numa sacola velha.

— Venha, Meggie, nós vamos chegar atrasados! — gritou Bob, saindo para a estrada.

Meggie seguiu correndo as formas cada vez menores dos irmãos.

Passava um pouco das sete da manhã, e fazia várias horas que o sol, ameno, já nascera; o orvalho secara sobre a relva, a não ser nos lugares de sombra mais profunda. A estrada de Wahine era um caminho de terra, com duas rodeiras de carro e duas fitas de um vermelho-escuro separadas por ampla faixa de capim verde brilhante. Alvos copos-de-leite e capuchinhas cor de laranja floresciam em profusão de cada lado do caminho, no meio da relva alta, onde as cercas bem-feitas de madeira das propriedades limítrofes advertiam que era proibida a invasão de propriedade.

Bob seguia sempre para a escola costeando as cercas da mão direita e balançando a sacola de couro sobre a cabeça, em vez de levá-la à maneira de um bornal. As cercas da mão esquerda pertenciam a Jack, o que permitia aos três Clearys mais moços ficarem com o domínio da estrada. Chegando ao topo da longa e íngreme colina que tinham de galgar desde a depressão em que ficava a ferraria até o ponto em que a estrada de Robertson se juntava à estrada de Wahine, pararam por um momento, ofegantes, as cinco cabeças brilhantes aureoladas de encontro ao céu de nuvens fofas. Vinha agora a melhor parte, a descida do morro; deram-se as mãos e galoparam até o fim da borda relvosa, que terminava num emaranhado de flores, desejando ter tempo para passar por baixo da cerca do Sr. Chapman e rolar pela encosta abaixo como se fossem pedras.

A casa dos Clearys ficava a oito quilômetros de Wahine e, quando Meggie viu os primeiros postes telegráficos ao longe, as pernas lhe tremiam e suas meias estavam caindo. Com os ouvidos à espera do toque do sino, Bob a fitava, impaciente, enquanto ela avançava a custo pela estrada, puxando as calças de baixo e arquejando, de vez em quando, de exaustão. Debaixo da massa de cabelos, o rosto era róseo e, no entanto, curiosamente pálido. Suspirando, Bob entregou sua sacola a Jack e correu as mãos pelos calções.

— Vamos, Meggie, eu a levarei de cavalinho o resto do caminho — disse, fazendo cara feia para os irmãos, a fim de que estes não o julgassem erroneamente capaz de amolecer.

Meggie trepou nas costas dele, alçou-se o suficiente para enlaçar-lhe a cintura com as pernas e ajeitou a cabeça, com uma sensação de bem-aventurança, sobre o ombro magro do irmão. Agora poderia contemplar Wahine com todo o conforto.

Não havia muita coisa para ver. Pouco mais que uma grande aldeia, Wahine crescia desordenadamente dos dois lados de uma rua pavimentada no centro. O maior edifício era o hotel local, de dois andares, com um toldo que protegia a calçada do sol e postes que sustentavam o toldo ao longo da sarjeta. Segundo edifício em tamanho, o armazém também se gabava de ter um toldo protetor e dois compridos bancos de madeira, debaixo das janelas abarrotadas de mercadorias, onde os transeuntes podiam descansar. Havia um mastro diante da loja maçônica, em cujo topo uma bandeira do Reino Unido drapejava, desbotada, ao perpassar da brisa forte. A cidade ainda não possuía uma oficina para automóveis, pois o número de veículos de tração mecânica era muito pequeno, mas havia uma oficina de ferreiro perto da loja maçônica, um estábulo logo atrás e uma bomba de gasolina à beira de um cocho para cavalos. O único edifício em todo o povoado que realmente chamava a atenção era uma loja pintada de um azul brilhante especial, muito pouco britânico; todos os outros prédios exibiam a mesma sóbria tonalidade pardacenta. A escola pública e a igreja anglicana se achavam lado a lado, bem defronte da Igreja do Sagrado Coração e da escola paroquial.

Quando os Clearys passaram apressados pelo armazém, soou o sino católico, seguido do badalar mais pesado do sino grande no poste que fronteava a escola pública. Bob pôs-se a trotar, e eles entraram no pátio coberto de cascalho, onde umas cinqüenta crianças se alinhavam diante de uma freirinha que segurava uma vara flexível, maior do que ela. Sem precisar que lhe dissessem, Bob dirigiu a irmã para um lado, separado das fileiras de crianças, e ali ficou com os olhos cravados na vara.

O convento do Sagrado Coração era uma construção de dois andares, mas, por estar bem apartado da rua, atrás de uma grade, o fato passava despercebido. As três freiras da Ordem das Irmãs da Misericórdia, que constituíam todo o seu pessoal, viviam no segundo andar em companhia de uma quarta freira, que exercia as funções de zeladora e nunca era vista; no andar térreo havia três salas grandes em que se ministravam as aulas. Circundava todo o edifício retangular ampla e sombreada varanda, onde, nos dias de chuva, se permitia às crianças permanecer decorosamente sentadas durante os intervalos do recreio e do lanche, e onde, nos dias de sol, nenhuma tinha licença para pôr os pés. Várias figueiras de grande porte ensombravam parte do espaçoso terreno dentro do qual se erguia o convento e, atrás da escola, o chão declivava um pouco até chegar a um círculo relvoso eufemicamente batizado com o nome de "campo de críquete", em virtude da principal atividade que ali se realizava.

Sem dar atenção às risadinhas espremidas e abafadas que partiam das crianças enfileiradas, Bob e sua irmã ficaram imóveis enquanto os alunos marchavam para o interior do prédio ao som do pianinho da escola, em que Irmã Catherine esgoelava "A Fé de Nossos Pais". Só depois que desapareceu a última criança é que Irmã Agatha desfez sua rígida postura; jogando o cascalho imperiosamente para os lados com as pesadas saias de sarja, dirigiu-se aos Clearys, que esperavam.

Meggie olhou embasbacada para ela, pois nunca tinha visto uma freira. O espetáculo era realmente extraordinário; três salpicos de pessoa, a saber, o rosto e as mãos de Irmã Agatha, a touca e o peitilho, brancos e engomados, destacavam-se das camadas do preto mais preto, ao passo que a corda maciça de contas de madeira do rosário pendia de um anel de ferro, em que se juntavam as pontas do cinto de couro que cingia a robusta cintura de Irmã Agatha. A pele da religiosa era permanentemente vermelha, em virtude do excesso de asseio e da pressão das bordas da touca, afiadas como facas, que lhe encaixilhavam o centro dianteiro da cabeça numa coisa tão separada do corpo que não se poderia chamar de rosto; pelinhos brotavam em tufos por todo o queixo, que a touca, impiedosa, dividia em dois. Os lábios eram quase invisíveis, comprimidos numa única linha de concentração sobre a árdua tarefa de ser a Noiva de Cristo num atrasado povoado colonial, em que as estações andavam de pernas para o ar, depois de ter feito seus votos na mansa suavidade de um abadia de Killarney, cinqüenta e tantos anos antes. Duas pequeninas marcas vermelhas, de cada lado do nariz, falavam do aperto implacável dos óculos de aros redondos de aço, atrás dos quais seus olhos, de um azul desmaiado, espiavam, suspeitosos e amargos.

— E então, Robert Cleary, por que está atrasado? — perguntou, áspera, Irmã Agatha com sua voz seca, que já fora irlandesa.

— Sinto muito, Irmã — replicou Bob em tom inexpressivo, mas sem tirar os olhos azul-esverdeados da ponta da vara, que vibrava enquanto oscilava de um lado para o outro.

— Por que está atrasado? — repetiu ela.

— Sinto muito, Irmã.

— Este é o primeiro dia do novo ano escolar, Robert Cleary, e eu teria imaginado que nesta manhã, se não nas outras, você poderia ter feito um esforço para chegar na hora.

Meggie sentiu um calafrio, mas criou coragem.

— A culpa foi minha, Irmã! — guinchou ela.

Os olhos de um azul desmaiado desviaram-se de Bob e pareceram traspassar a própria alma de Meggie, que ali se achava de olhos erguidos em total inocência, sem perceber que estava infringindo a primeira norma de conduta no duelo mortal que se travava entre professores e alunos *ad infinitum*: nunca se disponha a prestar uma informação. Bob deu-lhe um rápido pontapé na perna e Meggie enviesou os olhos para ele, perplexa.

— Por que foi sua culpa? — perguntou a freira no tom mais frio que Meggie já ouvira.

— Bem, eu vomitei na mesa e aquilo foi direto para minhas calças, de modo que mamãe teve de me lavar e trocar minha roupa, e assim fiz com que todos se atrasassem — explicou Meggie, sem nenhum artifício.

Os traços de Irmã Agatha não se alteraram, mas sua boca apertou-se ainda mais, como mola excessivamente enrolada, e a ponta da vara abaixou-se alguns centímetros

— Quem é *isto*? — perguntou, desabrida, dirigindo-se a Bob, como se o objeto da sua indagação fosse uma espécie nova e particularmente antipática de inseto.

— É minha irmã Meghann, Irmã.

— Nesse caso, no futuro, você a fará compreender que existem assuntos que nunca mencionamos, Robert, se formos damas e cavalheiros de verdade. Em hipótese alguma, entendeu?, em hipótese alguma aludimos, pelo nome, a uma peça das nossas roupas de baixo, como os filhos de qualquer família decente deveriam saber automaticamente. Estendam as mãos, vocês todos.

— Mas a culpa foi *minha*, Irmã! — gemeu Meggie, enquanto estendia as mãos com as palmas viradas para cima, pois vira os irmãos fazê-lo em casa mil vezes em pantomimas.

— Silêncio! — silvou Irmã Agatha, voltando-se para ela. — Não me importa conhecer o responsável. Isso me é indiferente. Todos estão atrasados e, portanto, todos serão castigados. Seis chibatadas.

Ela pronunciou a sentença com monótono prazer.

Aterrorizada, Meggie observou as mãos firmes de Bob, viu a chibata descer assobiando, quase mais depressa do que a vista podia acompanhá-la, e estalar no centro das palmas dele, onde a pele era mole e tenra. Um vergão purpurino apareceu incontinenti; a lambada seguinte pegou na junção dos dedos com a palma, mais sensível ainda, e a última, na ponta dos dedos, onde o cérebro acumula mais sensações do que em qualquer outro lugar, exceto os lábios. A pontaria de Irmã Agatha era perfeita. Seguiram-se mais três varadas desferidas na outra mão de Bob antes que ela desviasse sua atenção para Jack, o seguinte da fila. O rosto de Bob estava pálido, mas ele não gritou nem fez movimento algum, e o mesmo aconteceu com seus irmãos ao chegar a vez de cada um; até o quieto e meigo Stu.

Quando acompanharam a ascensão da vara acima de suas próprias mãos, os olhos de Meggie se fecharam sem querer, de modo que ela não a viu descer. Mas a dor foi como que uma vasta explosão, uma invasão causticante e cauterizante de sua carne, que lhe chegava ao osso; a dor ainda não se acabara de espalhar, num formigamento, pelo antebraço, quando veio a varada seguinte e quando esta já lhe atingia o ombro, a lambada final, que lhe pegara a ponta dos dedos, seguia, gritando, o mesmo caminho, até o coração. Ela aplicou os dentes ao lábio inferior e mordeu-o, envergonhada e orgulhosa demais para chorar, e tão colérica e indignada com aquela injustiça que não se atrevia a abrir os olhos e fixá-los na Irmã Agatha; a lição estava penetrando, embora o seu ponto crucial não fosse o que Irmã Agatha tencionava ensinar.

Chegada a hora do lanche, a dor não lhe desaparecera de todo das mãos. Meggie passara a manhã num ofuscamento mental provocado pelo medo e pelo assombro, sem compreender coisa alguma do que se disse e se fez. Empurrada para uma carteira dupla na última fila da classe dos menores, só veio a notar sua colega de banco depois de uma lamentável hora de lanche, que passou encolhida atrás de Bob e de Jack, num canto isolado do recreio. Só a ordem severa de Bob persuadiu-a a comer os sanduíches de geléia de groselha que Fee lhe preparara.

Quando o sino anunciou o início das aulas da tarde e Meggie encontrou lugar na fila, sentiu os olhos afinal bastante claros para se dar conta do que estava acontecendo ao seu redor. A vergonha das chibatadas continuava a mortificá-la como antes, mas ela conservou a cabeça erguida e fingiu não notar as cutucadas e murmúrios das menininhas ao seu lado.

Irmã Agatha estava em pé, na frente, com a sua vara; Irmã Declan rondava de um lado para outro, atrás das filas; Irmã Catherine sentou-se ao piano, perto da porta da sala dos menores, e principiou a tocar "Para a Frente, Soldados Cristãos", dando ênfase ao tempo da música. Era, a bem dizer, um hino protestante, mas a guerra o tornara comum a todas as congregações. As queridas crianças marchavam ao som do hino como se fossem pequeninos soldados, pensou com orgulho Irmã Catherine.

Das três freiras, Irmã Declan era uma réplica de Irmã Agatha com quinze anos menos, ao passo que Irmã Catherine ainda parecia remotamente humana. Tinha trinta e poucos anos, nascera na Irlanda, naturalmente, e o fogo do seu entusiasmo não se dissipara de todo; ainda encontrava alegria no ensinar, ainda via a imagem imperecível de Cristo nos rostinhos erguidos para o seu em atitude adorativa. Mas ensinava os maiores, que Irmã Agatha julgava ter surrado o suficiente para se comportarem direito, apesar da mocidade e da brandura da supervisora. A própria Irmã Agatha se encarregava dos menores, a fim de formar mentes e corações do barro infantil, deixando os médios para Irmã Declan.

Seguramente escondida na última fila de carteiras, Meggie atreveu-se a olhar para a menininha sentada junto dela. Seu olhar assustado deu com um sorriso banguela e dois imensos olhos negros que a contemplavam francamente do alto de um rosto escuro e luzidio. Habituada à alvura e às sardas, pois até Frank, com seus olhos e cabelos escuros, tinha a pele alva, Meggie sentia-se fascinada e acabou achando sua colega de carteira a mais bela criatura que já vira.

— Como é que você se chama? — perguntou a beldade morena, murmurando as palavras com o canto da boca, enquanto mascava a ponta do lápis e cuspia os pedacinhos mastigados no buraco vazio do tinteiro.

— Meggie Cleary — respondeu ela com outro murmúrio.

— Você aí! — disse uma voz seca e áspera, vinda da frente da sala.

Meggie deu um pulo, olhando atônita à sua volta. Ouviu-se um barulho surdo quando vinte crianças, ao mesmo tempo, descansaram os lápis nas carteiras e um ruge-ruge abafado quando empurraram para o lado preciosas folhas de papel a fim de poder colocar os cotovelos sub-repticiamente sobre a tampa da escrivaninha. Com um coração que lhe parecia estar despencando, Meggie percebeu que todos olhavam para ela. Irmã Agatha aproximava-se depressa pelo corredor entre as carteiras; tão agudo era o terror da menina, que ela teria fugido para salvar a pele, se houvesse para onde fugir. Mas atrás dela se erguia a parede que separava a sua sala da sala dos médios, de ambos os lados havia as mesas dos alunos e, à sua frente, estava Irmã Agatha. Os olhos quase que lhe tomaram todo o rostinho agoniado ao encarar a freira com um medo sufocado, ao passo que as mãos se apertavam e desapertavam sobre a tampa da carteira.

— Você falou, Meghann Cleary.

— Sim, Irmã.

— E o que foi que você disse?

— Meu nome, Irmã.

— O seu *nome*! — Irmã Agatha sorriu com expressão escarninha e olhou para as outras crianças ao redor, como se elas devessem partilhar também do seu desprezo. — E então, crianças, quanta honra para nós! Outro Cleary em nossa escola, que não pode sequer esperar para apregoar o seu nome! — Voltou-se para Meggie. — *Levante-se quando lhe dirijo a palavra,* sua selvagenzinha ignorante! E estenda as mãos, por favor.

Meggie levantou-se da carteira com a ajuda das mãos, enquanto os longos cachos lhe balançavam diante do rosto e depois retornavam aos seus lugares. Juntando as mãos, ela torceu-as em desespero, porém Irmã Agatha não se moveu. Só esperava, esperava, esperava... Depois, de um modo ou de outro, Meggie conseguiu apresentar-lhe as mãos, mas, quando a vara desceu, retirou-as, arfando de terror. Irmã Agatha fechou os dedos em torno do coque que encimava a cabeça da menina e puxou-a para perto de si, de modo que o rosto dela ficou apenas a alguns centímetros de distância daqueles óculos temíveis.

— Estenda as mãos, Meghann Cleary.

As palavras eram ditas em tom cortês, frio e implacável.

Meggie abriu a boca, e uma golfada de vômito inundou a frente do hábito de Irmã Agatha. Todas as crianças que estavam na sala suspenderam, horrorizadas, a respiração, enquanto a freira permanecia em pé, com a matéria nauseante a escorrer-lhe pelas dobras negras do hábito, o rosto escarlate de raiva e de espanto. Em seguida, a vara desceu, atingindo o corpo de Meggie onde acontecia de cair, enquanto esta erguia os braços para proteger o rosto e se encolhia, ainda engulhada, no canto. Quando o braço de Irmã Agatha, cansado, se recusou a erguer novamente a vara, ela apontou para a porta.

— Agora vá para casa, sua repugnante filisteiazinha — ordenou, girando sobre os calcanhares e rumando para a sala de aulas de Irmã Declan.

O olhar desvairado de Meggie encontrou Stu; ele fez-lhe um sinal com a cabeça, como a dizer-lhe que fizesse o que lhe ordenavam, os meigos olhos azul-esverdeados cheios de piedade e compreensão. Enxugando a boca com o lenço, ela transpôs, aos tropeções, a soleira da porta e chegou ao recreio. Ainda faltavam duas horas para o encerramento das aulas do dia; arrastou-se pela rua sem interesse, sabendo que não poderia ser alcançada pelos irmãos e assustada demais para procurar um lugar onde pudesse esperar por eles. Teria de voltar sozinha para casa, confessar tudo sozinha a sua mãe.

Fee quase caiu ao sair, cambaleante, pela porta dos fundos com a cesta cheia de roupa ainda molhada. Meggie estava sentada no degrau mais alto da varanda dos fundos, a cabeça baixa, as pontas dos cachos meladas e a frente do vestido manchada. Pondo no chão o peso esmagador da cesta, Fee suspirou e afastou dos olhos uma mecha teimosa de cabelo.

— E então, que aconteceu? — perguntou, em tom cansado.

— Vomitei em cima de Irmã Agatha.

— Oh, Senhor! — exclamou a mãe, com as mãos nas cadeiras.

— E fui surrada também — murmurou Meggie, com as lágrimas não derramadas a dançar-lhe nos olhos.

— Bonita embrulhada, sim, senhora. — Fee tornou a erguer a cesta, oscilando até conseguir equilibrá-la. — Positivamente, Meggie, não sei o que fazer com você. Teremos de esperar e ouvir o que diz o papai.

E afastou-se pelo quintal, na direção dos varais trapeantes e já cheios pela metade.

Esfregando as mãos no rosto com ar de cansaço, Meggie acompanhou com a vista, por um momento, a mãe que se afastava, depois levantou-se e enveredou pelo caminho que conduzia à forja.

Frank acabara de ferrar a égua baia do Sr. Robertson e a estava conduzindo à cocheira quando Meggie assomou à porta. Virou-se, viu-a e as lembranças do seu próprio sofrimento na escola voltaram-lhe, torrenciais. Ela era pequenina, um bebezinho ainda, inocente e meiga, mas a luz dos olhos fora brutalmente apagada e neles se escondia agora uma expressão que o fez desejar matar Irmã Agatha. Matá-la, matá-la mesmo, pegar o queixo duplo e apertar... Desfez-se à pressa das ferramentas, desfez-se do avental e caminhou para junto dela.

— Que aconteceu, meu bem? — perguntou, inclinando-se, até que o rosto dela ficou no mesmo nível do dele. O cheiro de vômito subia dela como um miasma, mas ele controlou o impulso de virar-se para o outro lado.

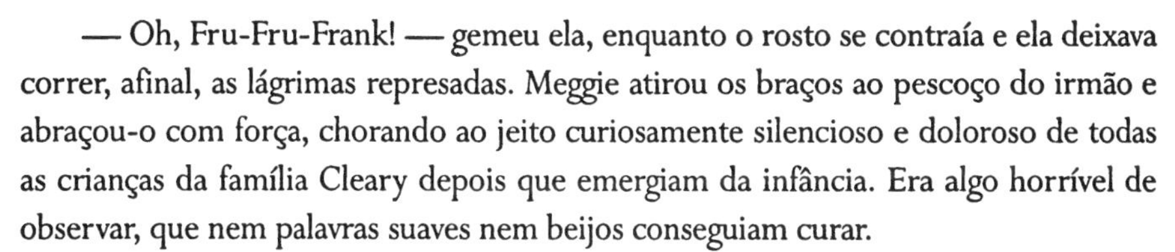

— Oh, Fru-Fru-Frank! — gemeu ela, enquanto o rosto se contraía e ela deixava correr, afinal, as lágrimas represadas. Meggie atirou os braços ao pescoço do irmão e abraçou-o com força, chorando ao jeito curiosamente silencioso e doloroso de todas as crianças da família Cleary depois que emergiam da infância. Era algo horrível de observar, que nem palavras suaves nem beijos conseguiam curar.

Quando ela tornou a acalmar-se, ele ergueu-a nos braços e levou-a para uma pilha cheirosa de feno bem perto da égua do Sr. Robertson; ali se sentaram juntos os dois e deixaram que o animal tocasse com os lábios as bordas da sua cama de palha, perdidos para o mundo. A cabeça de Meggie aninhara-se no peito liso e nu de Frank, e anéis do seu cabelo esvoaçavam quando a égua fungava forte sobre o feno, resfolegando com prazer.

— Por que foi que ela nos surrou a todos, Frank? — indagou Meggie. — Eu lhe disse que a culpa era minha.

Frank já se acostumara com o cheiro dela, que, agora, deixara de incomodá-lo; estendeu a mão e, num gesto distraído, passou-a pelo focinho da égua, empurrando-o quando este se mostrava demasiado inquisitivo.

— Somos pobres, Meggie, essa é a razão principal. As freiras sempre odeiam os alunos pobres. Depois que você tiver passado alguns dias na velha e bolorenta escola da Irmã Ag, verá que não são apenas os Clearys que ela persegue, mas os Marshalls e os MacDonalds também. Somos todos pobres. Se fôssemos ricos e chegássemos à escola numa carruagem, como os O'Briens, o caso mudaria de figura. Acontece, porém, que não podemos doar órgãos à igreja, nem vestes de ouro à sacristia, nem uma charrete e um cavalo novos às freiras. Por isso não temos importância alguma. Por isso elas podem nos fazer o que bem entenderem.

"Lembro-me de um dia em que Irmã Ag ficou tão louca da vida comigo que não parava de gritar, 'Chore, pela amor de Deus! Faça um barulho qualquer, Francis Cleary! Se você me desse a satisfação de ouvi-lo berrar, eu não o surraria com tanta força, nem com tanta freqüência!'"

"Essa é outra razão por que ela nos odeia: porque nisso somos melhores do que os Marshalls e os MacDonalds. Ela não consegue nos fazer chorar. Imagina que devíamos lamber-lhe as botas. Pois muito bem, eu disse aos rapazes o que faria ao Cleary que chegasse a lamentar-se por apanhar, e isso vale para você também, Meggie. Por mais que ela a surre, nem um pio, entendeu? Hoje você chorou?"

— Não, Frank — replicou ela, bocejando, enquanto as pálpebras se cerravam e o polegar lhe passeava às cegas pelo rosto à procura da boca. Frank deitou-a sobre o monte de feno e voltou ao trabalho, cantarolando e sorrindo.

Meggie ainda estava dormindo quando Paddy entrou. Trazia os braços sujos por haver feito uma boa limpeza na vacaria do Sr. Jarman, e o chapelão de abas largas caído sobre os olhos. Viu, rum relance, Frank modelando um eixo na bigorna, enquanto fagulhas lhe dançavam em torno da cabeça e, logo, seus olhos foram dar com a filha encolhida sobre o feno, enquanto a égua do Sr. Robertson olhava para o rostinho adormecido.

— Imaginei que ela estivesse aqui — disse Paddy, deixando cair o chicotinho de montar e conduzindo o velho ruão para o estábulo, na extremidade do celeiro.

Frank fez um breve sinal com a cabeça, dirigindo ao pai o sombrio olhar de suspeita e incerteza que Paddy achava tão irritante, e depois voltou para o eixo aquecido ao branco, enquanto o suor lhe fazia brilhar o torso nu.

Desarreando o ruão, Paddy levou-o para uma baia, encheu o compartimento de água e, em seguida, misturou farelo e aveia com um pouco de água para dar-lhe de comer. O animal rosnou afetuosamente quando ele despejou a forragem na manjedoura, e seguiu-o com os olhos ao vê-lo rumar para o grande cocho fora da forja e despir a camisa. Paddy lavou os braços, o rosto e o torso, ensopando as calças e o cabelo. Enquanto se enxugava num saco velho, olhou com expressão irônica para o filho.

— Mamãe me disse que Meggie foi mandada para casa de castigo. Você sabe exatamente o que aconteceu?

Frank largou o eixo assim que o calor da peça principiou a morrer.

— A coitadinha vomitou sobre Irmã Agatha.

Disfarçando o sorriso que ameaçava contrair-lhe o rosto, Paddy fixou os olhos na parede distante enquanto se recompunha. Depois voltou-se na direção de Meggie.

— Ela, com certeza, ficou muito excitada por ir à escola?

— Não sei. Sei que vomitou antes de saírem hoje cedo, isso retardou a partida e acabaram chegando atrasados para o toque do sino. Todos levaram seis lambadas, mas Meggie ficou totalmente transtornada, pois achava que devia ser a única punida. Depois do lanche, Irmã Ag caiu sobre ela outra vez e a nossa Meggie vomitou todo o pão e toda a geléia no hábito preto e limpo de Irmã Ag.

— Que aconteceu então?

— Irmã Ag deu-lhe uma surra em regra e mandou-a para casa de castigo.

— Bem, eu diria que ela já foi bastante castigada. Tenho muito respeito às freiras e sei que não nos cabe duvidar do que elas fazem, mas gostaria que tivessem menos entusiasmo pela vara. Sei que elas têm de enfiar muita coisa em nossas burras cabeças irlandesas, mas, afinal, era o primeiro dia de escola da Meggiezinha.

Frank olhava assombrado para o pai. Até aquele momento, Paddy nunca tivera com o filho mais velho uma conversa de homem para homem. Deixando, por efeito do choque, o eterno ressentimento, Frank compreendeu que, apesar de seu orgulho, Paddy queria mais a Meggie do que aos filhos homens. Surpreendeu-se quase a gostar do pai e, por isso mesmo, sorriu sem desconfiança.

— Ela é uma coisinha muito especial, não é? — perguntou. Paddy fez que sim com a cabeça, num gesto distraído, absorto em observá-la. A égua soprou os beiços para dentro e para fora, ruidosamente; Meggie mexeu-se, rolou sobre si mesma e abriu os olhos. Quando viu o pai em pé ao lado de Frank, sentou-se, num pulo, enquanto o medo lhe tirava o sangue da pele.

— Como é, mocinha, parece que teve hoje um dia cheio, não teve? — Paddy aproximou-se dela e ergueu-a do monte de feno, respirando com dificuldade ao sentir, de repente, o cheiro que dela se exalava. Mas logo deu de ombros e apertou-a com força de encontro ao peito.

— Levei uma surra, papai — confessou ela.

— Bem, conhecendo Irmã Agatha como conheço, sei que não foi a última — disse ele, a rir, encarapitando-a no ombro. — É melhor você ver se sua mãe tem um pouco de água quente no tacho para lhe dar um banho. Você está fedendo mais que a vacaria de Jarman.

Frank foi até a porta e contemplou as duas cabeças cor de fogo que seguiam, bamboleantes, pelo caminho acima, depois voltou-se para encontrar os mansos olhos da égua postos nele.

— Pronto, sua cavalona velha. Eu a levarei para casa — prometeu, encabrestando-a.

O vômito de Maggie acabou por se revelar uma bênção. Irmã Agatha ainda a vergastava regularmente, mas sempre a uma distância prudente, a fim de poder escapar às conseqüências, o que lhe diminuía a força do braço e lhe estragava a pontaria.

A menina trigueira que se sentava a seu lado era a filha mais moça de um italiano, dono do café azul-brilhante de Wahine. Chamava-se Teresa Annunzio, e era suficientemente estúpida para escapar à atenção de Irmã Agatha, mas não tão estúpida que se transformasse em alvo da freira. Quando lhe cresceram os dentes, ficou muito bonita, e Meggie a adorava. Nos intervalos entre as aulas, no recreio, passeavam as duas com o braço na cintura uma da outra, sinal evidente de que eram "amigas íntimas" e não podiam ser requisitadas por mais ninguém. E falavam, falavam, falavam.

Certa vez, à hora do lanche, Teresa levou-a ao café para apresentar-lhe a mãe, o pai, as irmãs e os irmãos mais velhos. Estes ficaram tão encantados com o seu brilho de ouro quanto Meggie se encantara com a beleza morena deles, comparando-a a um anjo quando ela fixava neles os grandes olhos cinza. Da mãe herdara ela um ar indefinível de boa educação, que todas sentiam de pronto; o mesmo sentiu a família Annunzio. Tão ansiosos quanto Teresa por cortejá-la, deram-lhe grandes e gordas lascas de batatas, fritas em caldeirões que chiavam onde caíam os pingos de gordura do carneiro que estava assando, e um pedaço de peixe de sabor delicioso, envolto em massa de farinha e frito no caldeirão fumegante de gordura líquida juntamente com as lascas de batatas, mas numa cesta de arame separada. Meggie jamais provara comida tão deliciosa e desejou poder lanchar mais vezes no café. Aquela, porém, fora uma verdadeira festa, que exigira licença especial de sua mãe e das religiosas.

Sua conversação em casa era toda entremeada de "Teresa diz" e "Vocês sabem o que Teresa fez?", até que Paddy, um belo dia, rugiu, dizendo que estava farto de ouvir falar em Teresa.

— Não sei se é uma boa idéia essa de andar sempre metida com carcamanos — murmurou ele, compartindo da instintiva desconfiança da comunidade britânica contra todos os povos morenos ou mediterrâneos. — Os carcamanos são sujos, Meggiezinha, não gostam de se lavar — explicou ele de modo pouco convincente, encolhendo-se debaixo do olhar de magoada censura que Meggie lhe dirigiu.

Terrivelmente ciumento, Frank concordou com o pai. Por isso, Meggie passou a falar com menos freqüência de sua amiga quando estava em casa. Mas a desaprovação doméstica não poderia interferir no seu relacionamento, limitado, pela distância, aos dias e às horas da escola; Bob e os rapazes exultaram ao vê-la tão interessada por Teresa. Isso lhes permitia correr feito loucos pelo recreio como se a irmã não existisse.

As coisas ininteligíveis que Irmã Agatha vivia escrevendo no quadro-negro começaram a fazer sentido, e Meggie aprendeu que um "+" significava que a gente contava todos os números até chegar ao total, ao passo que um "–" significava que a gente tirava os números de baixo dos números de cima e chegava ao fim com menos do que tinha no começo. Criança inteligente, teria sido aluna excelente, se não brilhante, se fosse capaz de vencer o medo que lhe inspirava Irmã Agatha. Mas, a partir do momento em que os olhos de verruma viravam para o seu lado e a voz velha e seca lhe fazia uma breve e ríspida pergunta, ela gaguejava e não conseguia pensar. Achava fácil a aritmética, mas, quando chamada a demonstrar verbalmente sua habilidade, não conseguia lembrar-se de quanto eram dois mais dois. A leitura representava para ela o ingresso num mundo tão fascinante que nunca parecia se esgotar, mas, quando a Irmã Agatha a fazia levantar-se para ler algum trecho em voz alta, mal conseguia pronunciar "gato" e muito menos "miau". Tinha a impressão de estar sempre tremendo sob os comentários sarcásticos de Irmã Agatha ou ficando vermelha como um pimentão porque o resto da classe se ria dela. Pois era sempre a sua lousa que Irmã Agatha erguia para achincalhar, eram sempre as suas folhas de papel laboriosamente escritas que Irmã Agatha utilizava para mostrar o quanto repugnava um trabalho desmazelado. Algumas crianças mais ricas tinham a sorte de possuir borrachas, mas o único apagador de Meggie era a ponta do dedo, que ela molhava na língua e esfregava sobre os seus erros nervosos até borrar toda a escrita e fazer no papel uma porção de rasuras. Isso esburacava a folha e era rigorosamente proibido, mas ela estava tão desesperada que faria qualquer coisa para evitar as censuras de Irmã Agatha.

Até o advento de Meggie, Stuart fora o alvo principal da vara e do veneno da religiosa. A menina, todavia, era um alvo muito melhor, pois a tranqüilidade atenta e o quase santo alheamento de Stuart faziam dele um osso duro de roer, até para Irmã Agatha. Por outro lado, Meggie tremia e ficava vermelha como um pimentão, por mais que tentasse seguir a linha de comportamento dos Clearys, como a definira Frank. Stuart tinha muita pena de Meggie e tentava facilitar-lhe as coisas desviando de propósito para a própria cabeça a cólera da freira. Mas esta enxergava logo através dos estratagemas dele e voltava a enfurecer-se ao ver tão em evidência na menina quanto sempre estivera nos meninos o sentido de clã. Se alguém lhe tivesse perguntado a verdadeira razão da sua má vontade contra os Clearys, não teria sabido responder. Mas, para uma velha freira como Irmã Agatha, amargurada pelo curso tomado por sua vida, uma família orgulhosa e sensível como a dos Clearys não era fácil de engolir.

O pior pecado de Meggie consistia em ser canhota. Quando ela pegou, com o máximo cuidado, no lápis de ardósia para aventurar-se à primeira lição de escrita, Irmã Agatha caiu sobre ela como César sobre os gauleses.

— Meghann Cleary, ponha este lápis na carteira — trovejou ela.

Assim começou uma esplêndida batalha. Meggie era irremediavelmente canhota. Quando Irmã Aghata lhe dobrou, à força, os dedos da mão direita em torno do lápis e colocou-a na ardósia, Meggie ficou ali sentada, com a cabeça girando e sem nenhuma idéia no mundo sobre como obrigar o membro aflito a fazer aquilo de que a Irmã o afirmava capaz. Sentia-se mentalmente surda, muda e cega; o apêndice inútil que era a sua mão direita estava tão ligado aos seus processos mentais quanto os dedos dos seus pés. Traçou uma linha completamente fora da borda da ardósia, porque não conseguia dobrá-la; deixou cair o lápis como se estivesse paralisada; nada que Irmã Agatha fizesse conseguiria que a mão direita de Meggie formasse um A. Depois, despistadamente, a menina transferia o lápis para a mão esquerda e, com o braço abrangendo canhestramente três lados da ardósia, desenhava uma fieira de bonitos e nítidos *aa*.

Irmã Agatha venceu a batalha. Numa bela manhã, quando Meggie ocupou o seu lugar na fila, antes de entrar, amarrou-lhe o braço esquerdo ao corpo com uma corda e só a desatou depois que soou o sino de saída, às três da tarde. Até na hora do lanche Meggie teve de comer, andar e brincar com o lado esquerdo imobilizado. Isso levou três meses, mas, afinal, ela aprendeu a escrever direito, de acordo com os dogmas de Irmã Agatha, embora a formação das suas letras nunca chegasse a ser grande coisa. Para certificar-se de que a menina jamais voltaria a usá-lo para escrever, o braço esquerdo permaneceu amarrado ao corpo por mais dois meses; feito isso, Irmã Agatha reuniu todos os alunos da escola para rezarem um terço de agradecimento a Deus

Todo-Poderoso por Sua Sabedoria em fazer com que Meggie percebesse o erro dos seus hábitos. Os filhos de Deus eram todos manidestros; os canhotos eram produto do Demônio, sobretudo quando tinham o cabelo vermelho.

Nesse primeiro ano de escola, Meggie perdeu a rechonchudez de bebê e ficou muito magrinha, embora crescesse pouco. Começou a roer as unhas até o sabugo, e teve de obedecer à ordem da Irmã Agatha, que a fazia passar por toda a escola, de carteira em carteira, mostrando as mãos, a fim de que todos vissem como são feias as unhas roídas. E isso quando a metade, ou quase, das crianças entre cinco e quinze anos de idade roía tanto as unhas quanto Meggie.

Fee desencantou a garrafa de aloés e pintou as pontas dos dedos da filha com aquele suco horrível. Todos os membros da família ficaram encarregados de impedir que ela tivesse a oportunidade de lavar os dedos e, quando as outras meninas na escola notaram as manchas pardas reveladoras, Meggie sentiu-se mortificada. Se pusesse os dedos na boca, o gosto era amargo, indescritível, asqueroso e escuro, como o do banho desinfetante para carneiros; desesperada, cuspia no lenço e com ele esfregava os dedos até deixá-los esfolados, mas sem a parte pior das manchas. Paddy foi buscar seu chicotinho, instrumento muito mais delicado que a vara de Irmã Agatha, e obrigou a menina a andar aos saltos pela cozinha. Ele não aceitava a idéia de bater nas mãos, no rosto ou na bunda dos filhos, só nas pernas, que doíam tanto quanto qualquer outra parte do corpo e não se podiam machucar. Entretanto, apesar do aloés, do ridículo, de Irmã Agatha e do chicotinho de Paddy, Meggie continuou roendo as unhas.

Sua amizade com Teresa Annunzio era a alegria de sua vida, a única coisa que tornava a escola suportável. Ela passava sentada o período das lições ansiando pela hora do recreio, em que pudesse sentar-se enlaçando com o braço a cintura de Teresa e tendo o braço de Teresa em torno da sua cintura, debaixo da grande figueira, falando, falando. Corriam histórias sobre a extraordinária família estrangeira de Teresa, suas inúmeras bonecas e seu autêntico aparelho de chá decorado com ramos de salgueiro, imitando as porcelanas chinesas.

Quando Meggie viu o aparelho de chá, ficou extasiada. Eram 108 peças, entre xícaras, pires e pratos, um bule, um jarro de leite e um jarro de creme em miniatura, e minúsculas colheres, facas e garfos, do tamanho certo para bonecas usarem. Teresa possuía um sem-número de brinquedos; além de ser muito mais moça do que a irmã que a precedia; pertencia a uma família italiana, o que significava que era amada com paixão e com franqueza, e satisfeita em todas as suas vontades até o limite dos recursos paternos. As duas crianças se encaravam com respeito, medo e inveja, embora Teresa nunca invejasse a educação calvinística e estóica de Meggie. Ao invés disso, sentia pena dela. Não poder atirar-se aos braços de sua mãe para abraçá-la e beijá-la? Pobre Meggie!

De seu lado, Meggie não chegava a pôr em paralelo a radiante e robusta mãe de Teresa e sua própria mãe, severa e magra, e por isso nunca pensava: Quem me dera que mamãe me abraçasse e beijasse. Mas pensava: Quem me dera que a mãe de Teresa me abraçasse e beijasse. Embora as imagens de abraços e beijos fossem muito menos freqüentes em seu espírito do que as imagens do aparelho de chá decorado com ramos de salgueiro. Tão delicado, tão fino, tão bonito! Oh, quem lhe dera possuir um aparelho de chá decorado com ramos de salgueiro e poder servir o chá da tarde de Agnes numa xícara azul e branca e num pires azul e branco!

Durante a Bênção de sexta-feira na velha igreja com suas lindas e grotescas obras de talha maoris e a pintura maori do forro, Meggie, de joelhos, rezava para ganhar também um aparelho de chá decorado com ramos de salgueiro. Quando o Padre Hayes erguia o ostensório, a Hóstia entremostrava-se através do vidro, entre raios incrustados de pedras preciosas, e abençoava as cabeças inclinadas da congregação. Isto é, todas menos a de Meggie, que nem sequer via a hóstia, ocupada como estava tentando lembrar-se do número exato de pratos que havia no aparelho de chá de Teresa decorado com ramos de salgueiro. E, quando os maoris na galeria do órgão prorrompiam num cântico glorioso, a cabeça de Meggie girava num aturdimento azul, muito distante do catolicismo ou da Polinésia.

O ano escolar aproximava-se do fim, e a aproximação de dezembro e do seu aniversário começava a anunciar o verão, quando Meggie aprendeu como custa caro a realização dos nossos maiores desejos. Estava sentada num tamborete alto, perto do fogão, e Fee a penteava, como sempre, para ir à escola; era um processo complicado. O cabelo de Meggie tinha uma tendência natural para encaracolar, o que a mãe considerava uma sorte muito grande. As meninas de cabelo liso viam-se em desvantagem mais tarde, quando cresciam e tentavam produzir, com fios finos e lisos, massas gloriosas de cabelo ondulado. À noite, Meggie dormia com os cachos, que lhe chegavam quase até os joelhos, penosamente enrolados em pedaços de um velho lençol branco rasgado em longas tiras e, todas as manhãs, trepava no tamborete para que Fee lhe desatasse os trapos e rematasse os cachos.

Usando uma escova de cabelo Mason Pearson, Fee pegava um longo e desgrenhado cacho na mão esquerda e escovava-o destramente em torno do dedo indicador até transformá-lo num brilhante e grosso caracol; em seguida, retirava com cuidado o dedo do centro do rolo e sacudia-o, convertendo-o num cacho comprido, invejavelmente grosso. Repetida a manobra umas doze vezes, os cachos da frente eram depois reunidos no alto da cabeça de Meggie com uma fita branca de tafetá recém-passada a ferro, e ela estava pronta para o dia. Todas as outras meninas iam à escola com o cabelo trançado, reservando os cachos para ocasiões especiais, mas, nesse ponto, Fee era inflexível; Meggie teria cachos o tempo todo, por mais difícil que fosse arranjar, cada manhã, os minutos necessários para penteá-la. Se soubesse das coisas, Fee perceberia que a sua boa vontade era mal orientada, pois a filha possuía, sem sombra de dúvida, o cabelo mais bonito de toda a escola. Insistir nesses cachos, todos os dias, só servia para atrair para Meggie muita inveja e antipatia.

O processo era doloroso, mas Meggie já estava tão acostumada que nem o notava, e não se lembrava de um dia sequer em que ele tivesse sido omitido. O braço musculoso de Fee passava a escova aos puxões, com vontade, pelos nós e embaraços, até que os olhos de Meggie se marejavam e ela precisava agarrar-se com ambas as mãos ao tamborete para não cair. Na segunda-feira da última semana de escola, quando faltavam apenas dois dias para o seu aniversário, agarrada ao tamborete, Meggie sonhava com o aparelho de chá decorado com ramos de salgueiro, embora soubesse que isso nunca passaria de sonho. Havia um no armazém de Wahine, e ela já sabia o suficiente a respeito de preços para entender que o seu custo o colocava muito acima das magras posses de seu pai.

De repente, Fee emitiu um som tão estranho que arrancou Meggie de seu devaneio e fez com que os homens, ainda sentados à mesa do desjejum, virassem, curiosos, a cabeça.

— Santo Deus! — disse Fee.

Paddy saltou em pé, com a estupefação estampada no rosto; nunca a ouvira pronunciar o santo nome de Deus em vão. Ela segurava um cacho de Meggie na mão, a escova suspensa, os traços contraídos numa expressão de horror e repugnância. Paddy e os meninos acotovelaram-se em torno dela; Meggie tentou ver o que estava acontecendo e levou uma pancada de revés, com o lado peludo da escova, que lhe encheu os olhos de lágrimas.

— Olhe! — murmurou Fee, segurando o cacho sob um raio de luz, para que Paddy pudesse ver.

O cabelo era uma massa de ouro que brilhava e rebrilhava ao sol e, a princípio, Paddy não viu coisa alguma. Logo percebeu que uma *criatura* caminhava sobre o dorso da mão de Fee. Pegou em outro cacho e, na claridade, distinguiu outras criaturas, atarefadas em suas idas e vindas. Viu umas coisinhas brancas presas em blocos ao longo dos fios separados e viu que as criaturas produziam, com energia, novas quantidades de blocos de coisinhas brancas. O cabelo de Meggie era uma colméia ativíssima.

— Ela está com piolhos! — disse Paddy.

Bob, Jack, Hughie e Stu deram uma olhada e, como o pai, recuaram para uma distância segura; somente Frank e Fee ficaram a olhar para o cabelo de Meggie, hipnotizados, enquanto Meggie permanecia sentada, encurvada, perguntando a si mesma o que teria feito. Paddy sentou-se pesadamente em sua cadeira Windsor, com os olhos postos no fogo, piscando sem parar.

— Foi aquela maldita carcamaninha! — disse, afinal, e voltou-se para fitar a mulher com expressão feroz. — Malditos bastardos, bando imundo de porcos do diabo!

— *Paddy!* — gritou Fee, escandalizada.

— Desculpe-me os palavrões, mamãe, mas, quando penso naquela carcamaninha desgraçada passando os seus piolhos para Meggie, dá vontade de ir a Wahine agora mesmo e arrebentar aquele café sebento e imundo! — explodiu ele, batendo selvagemente com o punho sobre o joelho.

— Que foi, mamãe? — Meggie, finalmente, conseguiu perguntar.

— Veja, sua porquinha relaxada! — retrucou a mãe, colocando a mão diante dos olhos de Meggie. — Você está com todo o cabelo cheio dessas coisas que pegou daquela italianinha com quem anda agora tão agarrada. Que é que vou fazer com você?

Meggie olhou, embasbacada, para a minúscula coisinha que vagava às cegas pela pele nua de Fee à procura de um território mais hirsuto, e desatou a chorar.

Sem que fosse preciso mandá-lo, Frank botou o tacho de cobre no fogo, enquanto Paddy percorria a cozinha de um lado para outro, vociferando, a raiva a crescer dentro dele todas as vezes que olhava para Meggie. Por fim, dirigiu-se à fieira de cabides presos à face interna da porta dos fundos, enfiou o chapéu na cabeça e tirou o longo chicote do seu prego.

— Vou a Wahine, Fee, e direi àquele maldito carcamano o que pode fazer com suas lascas e seus peixes sujos! Depois verei Irmã Agatha e lhe direi o que penso dela por permitir crianças piolhentas na sua escola!

— Tenha cuidado, Paddy! — suplicou Fee. — E se não tiver sido a italianinha? Mesmo que esteja com piolhos, é possível que ela e Meggie os tenham pegado de outra pessoa qualquer.

— Besteira! — disse Paddy, desdenhoso.

Desceu a escada dos fundos e, dali a poucos minutos, a mulher e os filhos ouviram o tropel dos cascos do ruão na estrada. Fee suspirou, olhando para Frank com expressão desolada.

— Tomara que ele não acabe na cadeia. Frank, acho melhor trazer os meninos para dentro de casa. Hoje não haverá escola.

Um por um, Fee examinou o cabelo dos filhos minuciosamente, depois verificou a cabeça de Frank e o obrigou a fazer o mesmo com a dela. Não havia indícios de que alguém tivesse contraído o mal da pobre Meggie, mas Fee não pretendia arriscar-se. Quando a água no imenso tacho de cobre de lavar roupa começou a ferver, Frank tirou do prego em que estava pendurada a tina de lavar pratos e encheu metade com água quente e metade com água fria. Depois foi buscar no barracão uma lata fechada de cinco galões de querosene, tirou uma barra de sabão de lixívia da lavanderia e come-

çou o trabalho com Bob. Cada cabeça foi rapidamente mergulhada na tina, várias xícaras de querosene bruto foram despejadas sobre ela e cobriu-se a maçaroca enxovalhada e gordurosa de espuma de sabão. O querosene e a lixívia queimavam; os meninos urravam e esfregavam os olhos como doidos, coçando o couro cabeludo avermelhado e formigante e jurando vingar-se sombriamente de todos os carcamanos.

Fee dirigiu-se aonde estava a caixa de costura e dela tirou a tesoura grande. Voltou para junto de Meggie, que não se atrevera a descer do tamborete, apesar de já se haver passado uma hora e tanto, e ficou com a tesoura na mão, olhando para a formosa massa de cabelos. Depois principiou a cortá-los — plec! plec! — até que todos os cachos se empilharam em montes brilhantes no chão e a pele branca de Meggie principou a aparecer, em áreas irregulares, por toda a cabeça. Com a dúvida nos olhos, voltou-se para Frank.

— Raspo tudo? — perguntou, com os lábios apertados. Frank estendeu a mão, revoltado.

— Oh, mamãe, não! É claro que não! Creio que um bom banho de querosene será mais do que suficiente! Por favor, não faça isso!

Assim, Meggie foi levada para a mesa de trabalho e ali segura sobre a tina, enquanto eles lhe derramavam xícara após xícara de querosene sobre a cabeça e esfregavam sabão corrosivo no que sobrara do cabelo. Quando se deram, afinal, por satisfeitos, ela estava quase cega de tanto esfregar os olhos para tirar o ardor do cáustico, e fileirinhas de bolhas lhe cobriam o rosto e o couro cabeludo. Frank reuniu os cachos cortados numa folha de papel e atirou-os ao fogo, depois pegou a vassoura e colocou-a num recipiente de querosene. Ele e Fee lavaram os cabelos, suspendendo a respiração quando a lixívia lhes queimou a pele, depois Frank foi buscar um balde e esfregou o chão da cozinha com desinfetante para carneiros.

Quando a cozinha ficou tão esterilizada quanto um hospital, eles foram vistoriar os quartos, tiraram todos os lençóis e cobertores das camas, e passaram o resto do dia fervendo, torcendo e estendendo ao sol a roupa da família. Os colchões e travesseiros foram colocados sobre a cerca dos fundos e encharcados de querosene, e os tapetinhos da sala de visitas foram batidos quase a ponto de se desintegrarem. Convocaram-se todos os garotos para ajudar, e só Meggie foi dispensada do serviço por estar de castigo. Ela arrastou-se para trás do celeiro e chorou. A cabeça latejava de dor em virtude da esfregação, das queimaduras e das bolhas; e ela se sentia tão envergonhada que não quis olhar para Frank quando este foi buscá-la, nem se deixou persuadir a entrar.

Por fim, o irmão precisou arrastá-la à força para dentro de casa, bracejando e esperneando, e ela se enfiara num canto quando Paddy voltou, à noitinha, de Wahine. Ele olhou para a cabeça pelada de Meggie e começou a chorar, balançando-se na cadeira Windsor em que se sentara e cobrindo o rosto com as mãos, enquanto a família, não sabendo o que fazer, mudava a todo momento de posição, desejando estar em qualquer outro lugar, menos ali. Fee preparou um bule de chá e serviu uma xícara a Paddy quando este principiou a recuperar-se.

— Que aconteceu em Wahine? — perguntou ela. — Você esteve fora muito tempo.

— Em primeiro lugar, fui de chicote à casa do maldito carcamano e atirei-o no bebedouro dos cavalos. Depois, vendo MacLeod em pé, à porta da loja, olhando, contei-lhe o que acontecera. MacLeod reuniu alguns rapazes no botequim e nós jogamos toda a turma de carcamanos no bebedouro dos cavalos, as mulheres também, e derramamos sobre eles alguns galões de desinfetante para carneiros. Depois fui à escola e falei com Irmã Agatha, que me jurou de pés juntos não haver notado nada. Mas arrancou a carcamaninha da carteira a fim de examinar-lhe o cabelo e, naturalmente, encontrou piolhos à beça. Por isso mandou a menina para casa e proibiu-a de voltar à escola enquanto não tivesse acabado com eles. Deixei-a examinando, em companhia de Irmã Declan e Irmã Catherine, todas as cabeleiras da escola, e elas acabaram achando uma porção de cabeças piolhentas. Até as freiras se coçavam como loucas quando supunham que ninguém estava olhando. — Sorriu ao lembrar-se disso, mas tornou a ver a cabeça de Meggie e conteve-se. Olhou para ela de cara feia. — Quanto a você, senhorita, acabaram-se os carcamanos e todos os outros, exceto seus irmãos. Se eles não servirem, paciência. Bob, estou lhe dizendo que Meggie não pode falar com ninguém, a não ser com você e seus irmãos enquanto estiver na escola, entendeu?

Bob assentiu com a cabeça.

— Entendi, sim, senhor.

Na manhã seguinte, Meggie descobriu, horrorizada, que esperavam que ela fosse à escola como de costume.

— Não, não, eu não posso ir! — gemeu, com as mãos na cabeça. — Mamãe, mamãe, não posso ir à escola desse jeito, Irmã Agatha está lá!

— Pode, sim senhora — replicou a mãe, sem dar atenção aos olhares súplices de Frank. — Isso lhe ensinará uma lição.

Assim foi Meggie para a escola, arrastando os pés e com a cabeça envolta numa bandana castanha. Irmã Agatha não lhe deu a menor atenção, mas, à hora do recreio, as outras meninas, agarrando-a, arrancaram-lhe o lenço da cabeça para ver como ficara. O rosto não estava muito desfigurado, mas a cabeça descoberta, cheia de bolhas e inflamada, era um espetáculo pouco recomendável. Assim que viu o que estava acontecendo, Bob aproximou-se e levou a irmã para um canto afastado do campo de críquete.

— Não dê importância a elas, Meggie — disse ele asperamente, amarrando o lenço, muito sem jeito, ao redor da cabeça dela e dando-lhe uma palmadinha nos ombros retesados. — Gatas maldosas! Bem que eu queria ter pegado alguns daqueles troços que havia na sua cabeça; tenho a certeza de que não morreriam. E, quando todo o mundo os tivesse esquecido, eu jogaria alguns em certas cabeças.

Os outros garotos da família Cleary juntaram-se ao dois e ficaram guardando Meggie até o toque do sino.

Teresa Annunzio apareceu na escola por um momento com a cabeça raspada. Tentou atacar Meggie, mas os meninos a seguraram com facilidade. Enquanto se afastava, atirou o braço direito para o ar, com o punho fechado, e bateu com a mão esquerda no bíceps do braço estendido, num gesto fascinante e misterioso, que ninguém compreendeu, mas que os meninos guardaram avidamente para emprego futuro.

— Eu a odeio! — gritou Teresa. — Meu pai terá de sair daqui por causa do que seu pai fez a ele!

Em seguida virou-se e saiu correndo do pátio, uivando.

Meggie continuou de cabeça erguida e olhos enxutos. Estava aprendendo. *Não* importava o que outras pessoas pensavam, fossem quem fossem! As outras meninas a evitavam, em parte por medo de Bob e Jack, em parte porque a notícia chegara aos ouvidos dos pais e estes lhes haviam recomendado que se afastassem dela; muita amizade com os Clearys geralmente acabava em encrenca. Por isso Meggie passou os últimos dias da escola "em Conventry", segundo a expressão deles, o que queria dizer "no mais completo ostracismo". Até Irmã Agatha respeitava a nova política e despejava suas cóleras em Stuart, em vez de despejá-las em Meggie.

Como acontecia com todos os aniversários dos pequenos que caíam num dia de aula, a comemoração do natalício de Meggie foi adiada para sábado, quando ela recebeu o tão desejado aparelho de chá decorado com ramos de salgueiro, arrumado numa bela mesa azul-marinho de boneca, com duas minúsculas cadeiras da mesma cor, todas feitas no tempo de folga inexistente de Frank; e Agnes, sentada numa das duas cadeirinhas, usava um vestido novo, também azul, feito nas horas vagas inexistentes de Fee. Meggie olhou, sem entusiasmo, para os desenhos azuis e brancos que enfeitavam cada uma das pecinhas; para as árvores fantásticas com suas engraçadas flores rechonchudas, para os vistosos pagodezinhos, para o par estranhamente silencioso de pássaros e para as minúsculas figuras que não paravam de passar pela ponte retorcida. Tudo aquilo perdera o seu encantamento. Vagamente, porém, compreendeu por que a família se desfizera do último xelim para dar-lhe o que ela, na opinião dos pais e dos irmãos, mais desejava na vida. E assim, submissa, fez chá para Agnes no pequeno bule quadrado e executou todo o ritual, fingindo-se encantada. E continuou, teimosa, a usá-lo por anos e anos a fio, sem jamais quebrar ou mesmo lascar uma única peça. A ninguém ocorreu, em momento algum, que ela detestava o aparelho de chá decorado com ramos de salgueiro, a mesa e cadeiras azuis e o vestido azul de Agnes.

* * *

Dois dias antes daquele Natal de 1917, Paddy trouxe para casa seu jornal semanário e uma nova pilha de livros de biblioteca. Pela primeira vez, no entanto, o jornal teve precedência aos livros. Seus redatores tinham concebido uma idéia nova, baseada nas grandes revistas norte-americanas que, de longe em longe, conseguiam chegar à Nova Zelândia; toda a seção central era uma reportagem sobre a guerra. Havia fotografias desfocadas dos soldados do exército australiano-neozelandês escalando os rochedos impiedosos de Galípoli, longos artigos que exaltavam a bravura dos soldados dos Antípodas, reportagens sobre todos os australianos e neozelandeses que tinham ganho a Victoria Cross* desde a sua instituição, e um magnífico desenho de página inteira de um soldado australiano de cavalaria montado em seu cavalo de batalha, o sabre pronto para ser usado e longas plumas sedosas a enfeitar-lhe um dos lados do chapéu desabado.

Na primeira oportunidade, Frank apoderou-se do jornal e leu a reportagem com avidez, absorvendo-lhe a prosa patrioteira, ao passo que seus olhos brilhavam estranhamente.

— Papai, eu quero ir! — exclamou, colocando o papel sobre a mesa com gesto reverente.

A cabeça de Fee virou-se de um golpe, enquanto ela derramava o cozido sobre o fogão e Paddy se enrijecia em sua cadeira Windsor, esquecido do livro.

— Você é muito moço, Frank — disse ele.

— Não, não sou! Tenho dezessete anos, Papai, sou um homem! Por que haverão os hunos e os turcos de matar nossos homens como porcos enquanto eu fico aqui sentado, na maior segurança? Já é tempo de um Cleary fazer a sua parte.

— Você é menor de idade, Frank, eles não o aceitarão.

— Aceitarão se o senhor não fizer objeção — apressou-se Frank em dizer com os olhos escuros fixos no rosto paterno.

— Mas eu faço objeção. Você é o único que está trabalhando agora e nós precisamos do dinheiro que traz para casa, você sabe disso.

— Mas eles me pagarão no exército!

Paddy soltou uma gargalhada.

— O "xelim do soldado"**? Pois olhe, garanto-lhe que ganhará muito mais como ferreiro em Wahine do que como soldado na Europa.

— Indo para lá, eu talvez tenha a oportunidade de ser algo mais que um simples ferreiro! É a única maneira que tenho de melhorar, papai.

---

* *Victoria Gross*: No Reino Unido, a mais alta condecoração militar. (N.T.)

** *O xelim do soldado*: Referência à antiga prática das Forças Armadas britânicas de pagar um xelim simbólico ao recruta no ato do alistamento. (N.T.)

— Que bobagem! Francamente, rapaz, você não sabe o que está falando. A guerra é terrível. Venho de um país que há mil anos está em guerra, por isso sei o que digo. Você não ouviu os caras da Guerra dos Bôeres conversando? Pois ouça. Quando for a Wahine da próxima vez, preste atenção. E, de qualquer maneira, tenho a impressão de que os malditos ingleses usam os soldados australianos e neozelandeses como carne para os canhões inimigos, colocando-os em lugares onde não querem desperdiçar seus preciosos soldados. Veja como aquele batucador de sabre, Churchill, mandou nossos homens tomarem uma coisa tão inútil quanto Galípoli! Dez mil mortos em cinqüenta mil! Isso é dizimar em dobro.

"E, afinal, por que participaria você das guerras da Mãe Inglaterra? Que foi o que ela já fez por você, além de explorar suas colônias até a última gota de sangue? Se fosse para a Inglaterra, você lá seria desprezado, por ser colono. A Nova Zelândia não corre perigo nenhum. Nem a Austrália. Talvez fosse um grande benefício para a Mãe Inglaterra ser derrotada; já é tempo de alguém fazer a ela o que ela tem feito à Irlanda. Olhe, juro que eu não derramaria uma única lágrima se o *Kaiser* entrasse marchando com suas tropas do Strand."

— Mas, papai, eu *quero* me alistar!

— Você pode querer o que quiser, Frank, mas não vai se alistar, por isso é melhor esquecer a idéia. Você ainda não tem tamanho para ser soldado.

Frank ruborizou-se, seus lábios se juntaram; a estatura pequena sempre constituíra um dos seus pontos mais sensíveis. Na escola, sempre fora o menor dos garotos da classe, e brigava duas vezes mais do que qualquer outra pessoa por causa disso. Ultimamente, uma dúvida terrível principiara a invadir-lhe o ser, pois aos dezessete anos de idade media os mesmos um metro e cinqüenta e oito que media aos catorze; talvez tivesse parado de crescer. Só ele conhecia os sofrimentos a que submetia o corpo e o espírito, estiramento, os exercícios, a esperança inútil.

O trabalho de ferreiro, porém, dera-lhe uma força totalmente desproporcional à altura; se Paddy tivesse escolhido de caso pensado uma profissão para alguém com o temperamento de Frank, não poderia ter escolhido melhor. Aos dezessete anos de idade, Frank era uma pequena estrutura de força pura, que nunca fora derrotado numa briga e cuja fama já se espalhara por toda a península de Taranaki. Sua cólera, sua frustração e seu complexo de inferioridade iam para a luta com ele e, aliados a um corpo em soberbas condições físicas, a um cérebro excelente, ao rancor e a uma vontade indômita, representavam um adversário imbatível, até para os rapazes locais de porte mais avantajado e maior força física.

Quanto maiores e mais rijos fossem, tanto mais queria Frank vê-los beijar o pó. Seus pares davam uma grande volta para manter-se a distância, pois lhe conheciam a agressividade. Ultimamente, ele se afastara dos jovens na busca de desafios, e os homens do lugar ainda se lembravam do dia em que surrara Jim Collins, de modo que o transformara numa pasta, se bem que Jim Collins tivesse vinte e dois anos de idade, medisse 1,90m de altura e fosse capaz de erguer um cavalo. Com o braço esquerdo quebrado e as costelas partidas, Frank continuara brigando até ver Jim Collins convertido numa massa de carne inerte e ensangüentada a seus pés, e fora preciso empregar a força para impedi-lo de chutar o rosto indefeso. Assim que o braço sarou e as costelas se livraram das tiras de esparadrapo, Frank foi à cidade e levantou um cavalo, só para mostrar que Jim não era o único homem capaz de fazê-lo, e que a proeza não dependia do tamanho.

Como causa do fenômeno, Paddy conhecia muito bem a reputação de Frank e compreendia-lhe a batalha para conquistar respeito, mas isso não o impedia de zangar-se quando a briga interferia no trabalho da forja. Sendo ele mesmo um homem pequeno, Paddy tivera seu quinhão de brigas para provar a própria coragem, mas na sua parte da Irlanda ele não era tão pequeno assim em confronto com os outros e, quando chegara à Nova Zelândia, onde os homens são mais altos, já era homem feito. Desse modo, a altura nunca representara para o pai a obsessão que representava para o filho.

Agora observava atentamente o rapaz, procurando compreendê-lo e não o conseguindo; aquele sempre fora o mais afastado do seu coração, por mais que ele lutasse por não fazer discriminação entre os filhos. Sabia que isso mortificava a mulher, que ela se preocupava com o mudo antagonismo entre eles, mas nem o amor que sentia por Fee superava a exasperação que Frank lhe provocava.

As mãos curtas e bem torneadas de Frank estavam estendidas sobre o jornal aberto em atitude defensiva, e nos olhos cravados no rosto de Paddy via-se uma curiosa mistura de súplica e orgulho, mas um orgulho demasiado teimoso para suplicar. Como era estranho aquele rosto! Nada tinha de Cleary e nada tinha de Armstrong, exceto talvez uma ligeira semelhança com Fee ao redor dos olhos, se os olhos de Fee fossem escuros e fuzilassem e chispassem, como os de Frank, à menor provocação. De uma coisa não carecia o rapaz, e essa coisa era coragem.

O assunto terminou de maneira abrupta com a observação de Paddy acerca da altura de Frank; a família comeu cozido de coelho num silêncio incomum, e até Hughie e Jack travaram, cautelosos, uma tímida conversa a meia voz, pontilhada de gargalhadas escandalosas. Meggie recusou-se a comer, olhos fixos no irmão, como se este devesse desaparecer de sua vista a qualquer momento. Frank comeu do que havia no prato por algum tempo e, assim que lhe foi possível, pediu desculpas e levantou-se da mesa. Um minuto depois, todos ouviram os golpes surdos do machado, vindos do depósito de lenha; Frank atacava os troncos de madeira de lei que Paddy trouxera com a intenção de guardá-los para os demorados lumes do inverno.

Quando todo mundo a supunha na cama, Meggie esgueirou-se para fora do quarto, pela janela, e desceu até o depósito de lenha. Era uma área importantíssima na existência cotidiana da casa; cerca de noventa metros quadrados de chão recoberto de uma grossa camada de lascas de madeira e cascas de árvores, com grandes e altas pilhas de um lado, esperando para ser cortadas e, do outro, paredes que se diriam mosaicos de lenha muito bem talhada, do tamanho certo para caber na fornalha do fogão. No espaço livre, três cepos de árvores ainda enraizados eram utilizados para rachar a lenha a alturas diferentes.

Frank não estava em nenhum dos cepos; entretinha-se em cortar um tronco maciço de eucalipto com a intenção de reduzi-lo a um tamanho que lhe permitisse colocá-lo no cepo mais baixo e mais largo. O tronco de sessenta centímetros de diâmetro jazia sobre a terra, com as extremidades imobilizadas por grampos de ferro, e Frank, de pé em cima dele, dividia-o em dois pedaços, golpeando-o entre as pernas abertas. O machado movia-se tão depressa que assobiava, e o cabo produzia um silvo separado, ao ir e vir entre as palmas escorregadias de suas mãos. E subia-lhe, reluzente, acima da cabeça, para descer logo depois num opaco borrão prateado, talhando um bom pedaço de madeira dura em forma de cunha, com a mesma facilidade com que cortaria um pinheiro ou uma árvore decídua. Lascas de madeira voavam em todas as direções, o suor escorria do peito e das costas nuas de Frank, e ele amarrara o lenço ao nível das sobrancelhas para que o suor não o cegasse. O trabalho naquelas condições era perigoso, pois lhe bastava calcular mal o tempo do golpe ou enganar-se na direção para ficar sem um pé. Enrolara nos pulsos os braceletes de couro destinados a absorver o suor dos braços, mas as mãos delicadas, sem luvas, seguravam com leveza o cabo do machado e brandiam-no com habilidade e precisão.

Meggie acocorou-se ao lado da camisa e da camiseta que ele despira e ficou a observá-lo, presa de um temor reverente. Três machados de reserva jaziam ali perto, pois a madeira do eucalipto embotava o mais afiado dos gumes numa volta de mão. Ela pegou um deles pelo cabo e arrastou-o até colocá-lo sobre os joelhos, desejando poder rachar lenha como Frank. O instrumento era tão pesado que a menina mal conseguia levantá-lo. Os machados coloniais tinham uma lâmina só, tão afiada que até podia cortar um fio de cabelo, pois os machados de duas lâminas eram demasiado leves para o eucalipto. A parte posterior da cabeça, com quase três centímetros de grossura, ainda levava lastro, e o cabo que passava através dela ficava bem preso no lugar por meio de cunhas de madeira. Se houvesse folga entre o cabo e a cabeça, esta poderia desprender-se daquele em pleno golpe e, voando pelo ar com a violência e a rapidez de uma bala de canhão, matar alguém.

Frank trabalhava quase instintivamente à luz cada vez mais fraca; Meggie esquivava-se das lascas com a facilidade da longa prática e esperava, paciente, que ele a visse. O tronco estava quase decepado. Frank deu meia-volta, ofegando, atirou de novo o machado para o alto e começou a cortar do outro lado. Fizera um talho profundo e estreito, para não desperdiçar madeira e apressar o processo; à medida que se aproximava do centro do tronco, a cabeça do machado desaparecia completamente no interior do talho, e as grandes cunhas de madeira lhe voavam cada vez mais próximas do corpo. Sem fazer caso delas, Frank cortava ainda mais depressa. O tronco partiu-se ao meio de repente e ele saltou de lado ao mesmo tempo, sentindo que a madeira se partia antes até da última mordida do machado. E, enquanto o tronco se dividia em dois pedaços, ele punha os pés no chão, sorrindo; mas não era um sorriso feliz.

Ele voltou-se para apanhar outro machado e viu a irmã pacientemente sentada, envolta em sua bela camisola abotoada de alto a baixo. Ainda lhe causava uma estranha impressão o cabelo enfeixado numa porção de aneizinhos curtos em vez de estar arrumado nos trapos costumeiros, mas Frank chegou à conclusão de que o estilo infantil lhe ficava bem, e desejou que ele pudesse permanecer assim. Aproximando-se dela, agachou-se com o machado entre os joelhos.

— Como foi que você saiu, sua malandrinha?

— Trepei na janela depois que Stu pegou no sono e pulei.

— Se não tomar cuidado, você acabará virando uma machonazinha.

— Não faz mal. Acho melhor brincar com os meninos do que brincar sozinha.

— Também acho. — Ele sentou-se com as costas apoiadas num tronco e, com uma expressão de cansaço, virou a cabeça para ela. — Que aconteceu, Meggie?

— Frank, você não vai mesmo embora, vai? — Ela pôs as mãos com as unhas estropiadas na coxa dele e ergueu os olhos, ansiosa, para o irmão, com a boca aberta porque o nariz, entupido de lágrimas contra as quais lutava, não a deixava respirar direito.

— Pode ser que sim, Meggie — respondeu ele com brandura.

— Oh, Frank, não pode! Mamãe e eu *precisamos* de você. Francamente, não sei o que faremos sem você!

Ele sorriu apesar do seu sofrimento, ouvindo-a imitar inconscientemente o modo de falar de Fee.

— As coisas, Meggie, nem sempre acontecem como a gente gostaria que acontecessem. Você já devia saber disso. Nós, os Clearys, fomos ensinados a trabalhar juntos pelo bem de todos e a nunca pensar em nós mesmos primeiro. Mas não concordo com isso; acho que devíamos poder pensar primeiro em nós. Quero ir embora porque tenho dezessete anos e já é hora de eu dar um jeito na vida. Mas papai diz que não, que sou necessário em casa pelo bem da família em geral. E porque ainda não fiz vinte e um anos, tenho de fazer o que papai diz.

Meggie assentiu vigorosamente com a cabeça, tentando desenredar os fios da explicação de Frank.

— Bem, Meggie, pensei muito em tudo isso. E está decidido: vou-me embora, e pronto. Sei que você e mamãe terão saudade de mim, mas Bob está crescendo depressa, e papai e os meninos não sentirão minha falta. É só o dinheiro que trago para casa que interessa a papai.

— Você não gosta mais de nós, Frank?

Ele voltou-se para estreitá-la nos braços, abraçando-a e acariciando-a com um prazer torturado, feito em sua maior parte de mágoa, sofrimento e angústia.

— Oh, Meggie! Eu gosto de você e de mamãe mais do que de todos os outros juntos! Meu Deus, por que você não é um pouquinho mais velha, para podermos conversar? Não, talvez seja melhor assim, você tão pequenininha, talvez seja melhor...

Ele largou-a súbito, lutando por recobrar o domínio de si mesmo, rolando de um lado para outro a cabeça encostada ao tronco, enquanto a garganta e a boca trabalhavam. Depois olhou para ela.

— Quando for mais velha, Meggie, você compreenderá melhor.

— Por favor, Frank, não vá embora — repetiu a menina.

Ele riu, e seu riso era quase um soluço.

— Oh, Meggie! Você não ouviu nada do que eu disse? Bem, de qualquer maneira isso não tem muita importância. O principal é não dizer a ninguém que me viu aqui esta noite, entendeu? Não quero que pensem que você está metida nisso.

— Ouvi, sim, Frank, ouvi tudo — disse Meggie. — E prometo não dizer nada a ninguém. Mas como eu gostaria que você não precisasse ir embora!

Ela era tão pequena que não saberia explicar ao irmão o que não passava de um impulso irracional de seu coração; quem mais haveria ali, se Frank se fosse? Ele era o único que lhe dava uma afeição franca, o único que a punha no colo e abraçava. Quando ela era menorzinha, o pai a pegava muito, mas, desde que ela começara a freqüentar a escola, ele já não a deixava sentar-se nos seus joelhos nem enlaçar-lhe o pescoço com os braços. E dizia: "Você agora está crescidinha, Meggie." E sua mãe vivia sempre tão ocupada, tão cansada, tão absorta nos meninos e na casa! Era Frank quem estava mais perto do seu coração, era Frank quem avultava como um astro no seu limitado firmamento. O único que parecia gostar de sentar-se para conversar com ela, e explicava as coisas de um modo que ela compreendia. Desde o dia em que Agnes perdera o cabelo Frank estivera lá e, apesar dos seus dolorosos contratempos, nada, a partir de então, conseguira penetrar-lhe o coração. Nem as varadas, nem Irmã Agatha, nem os piolhos, porque Frank estava lá para a consolar e confortar.

A menina, porém, levantou-se e conseguiu sorrir.

— Mas se você precisa mesmo ir, Frank, está bem — rematou.

— Meggie, você devia estar na cama, e acho melhor voltar para lá antes da inspeção da mamãe. Vamos, corra, depressa!

A lembrança espantou tudo o mais de sua cabeça; ela olhou para o chão à procura da barra da camisola, enfiou-a entre as pernas, segurou-a como uma cauda ao lado e pôs-se a correr, enquanto os pés nus atiravam para os lados estilhaços e lascas afiadas de madeira.

De manhã, Frank se fora. Quando Fee apareceu para tirar Meggie da cama, sua expressão era sombria e distante; Meggie saltou da cama como um gato escaldado e vestiu-se sem pedir a ajuda de ninguém, apesar de todos os botõezinhos.

Na cozinha, os meninos se haviam sentado, tristonhos, em torno da mesa, e a cadeira de Paddy estava vazia. Vazia também estava a de Frank. Meggie esgueirou-se até o seu lugar e ali se deixou ficar, com os dentes batendo de medo. Concluído o desjejum, Fee calçou-os no quintal com expressão sombria e, atrás do celeiro, Bob transmitiu a notícia a Meggie.

— Frank fugiu — murmurou ele.

— Talvez tenha ido apenas a Wahine — sugeriu Meggie.

— Não, boba! Ele foi se alistar no exército. Oh, como eu gostaria de ter idade bastante para ir com ele! Sujeito de sorte!

— Pois eu gostaria que ele ainda estivesse em casa.

Bob encolheu os ombros.

— Você não passa de uma menina, e eu não esperaria ouvir outra coisa de uma menina.

A observação, normalmente explosiva, não foi contestada; Meggie entrou em casa à procura da mãe, a fim de saber o que poderia fazer.

— Onde está papai? — perguntou a Fee, depois que esta a incumbiu de passar os lenços a ferro.

— Foi a Wahine.

— Ele trará Frank de volta?

Fee respondeu com aspereza:

— É impossível tentar guardar um segredo nesta família. Não, ele não pegará Frank em Wahine, e você sabe disso. Mas vai telegrafar à polícia e ao exército em Wanganui, e eles o trarão de volta.

— Oh, mamãe, espero que o encontrem! Não quero que Frank vá embora!

Fee atirou o conteúdo da batedeira de manteiga sobre a mesa e atacou o monte amarelo e aquoso com duas pás de madeira.

— Nenhum de nós quer que Frank vá embora. É por isso que seu pai foi ver se o trazem de volta. — Os lábios lhe tremeram por um momento e ela bateu a manteiga com mais força. — Pobre Frank! — suspirou, não para Meggie mas para si mesma. — Não sei por que os filhos hão de pagar pelos nossos pecados. Meu pobre Frank, tão fora da realidade...

Notando, então, que Meggie parara de passar os lenços, cerrou os lábios e não disse mais nada.

Três dias depois, a polícia trouxe Frank de volta. Ele lutara como um leão, contou a Paddy o sargento da escolta que vinha de Wanganui.

— Puxa! Que belo lutador o senhor tem aí! Quando percebeu que os rapazes do exército não estavam para brincadeiras, partiu como um raio, desceu a escada de um salto e saiu em desabalada carreira pela rua com dois soldados atrás dele. Se não tivesse tido o azar de topar com um policial de serviço, acredito que teria conseguido fugir. Mas lutou como um doido; foram precisos cinco para botar-lhe as algemas.

Assim falando, tirou as correntes pesadas de Frank e empurrou-o com brutalidade pelo portão adentro; o rapaz acabou dando, sem querer, um encontrão no pai e recuou, como se tivesse levado uma ferroada.

Escondidas ao lado da casa, alguns metros além dos adultos, as crianças observavam e aguardavam. Bob, Jack e Hughie mantinham-se tensos, esperando que Frank travasse outra luta; Stuart limitava-se a olhar, tranqüilo, da janela de sua alma compassiva e pacífica; Meggie mantinha as mãos nas faces, esticando-as e massageando-as, apavorada com a idéia de que alguém pudesse machucar Frank.

Ele voltou-se a fim de olhar primeiro para a mãe, os olhos negros penetrando os olhos de cor cinza, numa escura e amarga comunhão que nunca fora expressa e nunca o seria. Desdenhoso e causticante, o olhar azul e feroz de Paddy intimidou-o, como se fosse o que ele já esperava, e as pálpebras abaixadas de Frank reconheceram-lhe o direito de estar zangado. A partir desse dia, Paddy nunca mais dirigiu ao filho palavras que não fossem da mais estrita civilidade. Entretanto, não foi ele, mas as crianças que Frank achou mais difíceis de encarar, envergonhado e desconcertado, pássaro rebelde trazido de volta para casa sem ter explorado e conhecido o céu, as asas cortadas rente e o canto afogado no silêncio.

Meggie esperou que Fee tivesse feito a ronda de todas as noites para insinuar-se pela janela aberta e transpor, num pulo, a distância que a separava do quintal. Sabia onde Frank estaria, no meio do feno no celeiro, a salvo de olhos espreitantes e de seu pai.

— Frank, Frank, onde é que você está? — perguntou num cochicho audível ao introduzir-se no silencioso negrume do celeiro, enquanto explorava, com os dedos dos pés, sensível como um animal, o terreno desconhecido à sua frente.

— Aqui, Meggie — chegou-lhe a voz cansada do irmão, que nem parecia a voz de Frank, tão sem vida e sem paixão.

Seguindo o som, ela foi dar com ele estendido sobre o feno, e aconchegou-se ao irmão, envolvendo-lhe o peito com os braços até onde estes podiam chegar.

— Oh, Frank, sinto-me tão feliz por você estar de volta — disse ela.

Ele gemeu, escorregou pelo feno até ficar mais baixo do que ela, e descansou a cabeça no corpo da irmã. Meggie agarrou-se-lhe ao cabelo espesso e liso, cantarolando. Estava tão escuro que ele não podia vê-la, e a substância invisível da solidariedade dela desmanchou-o. Frank desatou a chorar, sacudindo o corpo de Maggie, enquanto suas lágrimas ensopavam a camisola da menina. Meggie não chorou. Alguma coisa em sua alma era bastante velha e bastante feminina para sentir a alegria irresistível e pungente de ser necessária; ficou sentada, balançando a cabeça dele para a frente e para trás, para a frente e para trás, até que a mágoa dele se consumiu no vazio.

II

1921-1928 — RALPH

3

A estrada de Drogheda não lhe trazia lembranças da juventude, pensou o Padre Ralph de Bricassart, os olhos semicerrados para resguardar-se da luz ofuscante, enquanto o seu novo Daimler pulava nos rodeiros do caminho que se estendia pela comprida relva prateada. Aquilo não era, positivamente, a linda, brumosa e verde Irlanda. E Drogheda? Nem campo de batalha, nem alta sede de poder. Seria isso rigorosamente exato? Mais disciplinado nesses dias, mas agudo como sempre, o seu senso de humor invocou mentalmente uma imagem da cromwelliana Mary Carson distribuindo sua marca particular de malevolência imperialista. Tampouco se tratava de uma comparação exagerada; a dama sem dúvida detinha tanto poder e controlava tantos indivíduos quanto qualquer déspota de antanho.

A última porteira surgiu depois de uma touça de buxos e de um eucaliptal; o automóvel estacou, vibrando. Pondo na cabeça um inadequado chapéu cinzento de abas largas, a fim de precaver-se contra o sol, Padre Ralph apeou do carro, arrastou-se até o ferrolho de aço sobre o mourão de madeira, puxou-o para trás e abriu a porteira com cansada impaciência. Havia vinte e sete porteiras entre o presbitério de Gillanbone e a residência de Drogheda, e cada uma delas significava que ele precisava parar, descer do carro, abrir a porteira, entrar no carro, conduzi-lo até o outro lado, parar, descer e voltar para fechar a porteira, retornar ao carro e continuar até a porteira seguinte. Muitas e muitas vezes ansiara por dispensar ao menos a metade do ritual e disparar pelo caminho deixando as porteiras abertas como uma série de bocas espantadas atrás de si; mas nem mesmo a aura da sua profissão, que inspirava um respeitoso temor, impediria os donos das porteiras de recriminá-lo por isso. Ele gostaria que os cavalos fossem tão rápidos e eficientes quanto os automóveis, porque o cavaleiro não precisava desmontar para abrir e fechar porteiras.

— Não há nada que não tenha sua desvantagem — disse ele, dando uma palmadinha no painel de instrumentos do novo Daimler e partindo para o último quilôme-

tro e meio de distância relvosa e sem árvores do Home Paddock*, deixando a porteira aferrolhada atrás de si.

Até para um irlandês acostumado a castelos e mansões, a residência australiana era imponente. Sendo a mais velha e a maior propriedade do distrito, Drogheda fora dotada pelo seu último e afeiçoadíssimo proprietário de uma residência condigna. Feita de blocos de arenito amarelo-manteiga, talhados à mão em pedreiras situadas a oitocentos quilômetros a leste, a casa tinha dois pavimentos, e sua construção obedecera a um desenho austeramente georgiano, com grandes janelas de muitas vidraças e ampla varanda com pilares de ferro à volta de todo o pavimento inferior. Adornando os lados de cada janela havia venezianas pretas de madeira, tão ornamentais quanto úteis, pois no calor do verão eram fechadas para manter fresco o interior da casa.

Embora fosse outono e a esguia trepadeira estivesse verde, a glicínia plantada no dia em que se concluiu a construção da casa, cinqüenta anos atrás, era uma sólida massa de plumas lilases amotinadas pelas paredes externas e pelo teto da varanda. Vários acres de gramado meticulosamente cortado rodeavam a casa, juncados de jardins formais, ainda coloridos graças às rosas, aos goivos, às dálias e aos cravos-de-defunto. Uma plantação de magníficos eucaliptos de pálidos troncos brancos e pequenas folhas amontoadas a vinte e tantos metros acima do solo protegiam a casa do sol impiedoso, com os galhos engrinaldados de magenta brilhante onde neles se entrelaçavam as buganvílias. Até as indispensáveis monstruosidades do interior, os tanques de água, espessamente vestidos de robustas trepadeiras nativas, rosas e glicínias, conseguiam parecer mais decorativas que funcionais. Graças a sua paixão pela residência de Drogheda, o finado Michael Carson fora pródigo em matéria de tanques de água; segundo os boatos que corriam, Drogheda poderia dar-se ao luxo de manter seus relvados verdejantes e seus canteiros floridos ainda que não chovesse durante dez anos.

Quando a gente se aproximava do Home Paddock a casa da sede e seus eucaliptos eram o que primeiro chamava a atenção, mas, logo, o visitante notava as muitas outras casas térreas de arenito amarelo atrás e dos lados dela, ligadas à estrutura principal por rampas cobertas e disfarçadas por trepadeiras. Amplo caminho de cascalho substituía o caminho de rodeiros do Home Paddock e conduzia, depois de uma curva, a uma área circular de estacionamento ao lado da casa-grande, continuando para além dela até o centro da verdadeira atividade de Drogheda: os currais, o barracão da tosquia, os celeiros. Pessoalmente, o Padre Ralph preferia as gigantescas aroeiras-moles que davam sombra a todos esses edifícios e aos eucaliptos da casa principal. As aroeiras-

* *Home Paddock*: Na Austrália, área circular e cercada, ao ar livre, com vários quilômetros de diâmetro. (N.T.)

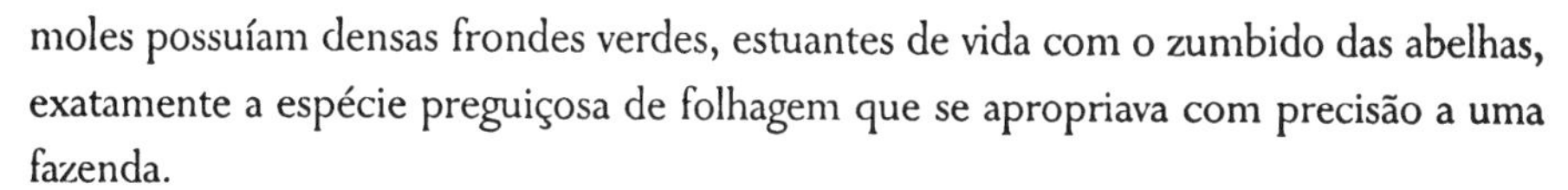

moles possuíam densas frondes verdes, estuantes de vida com o zumbido das abelhas, exatamente a espécie preguiçosa de folhagem que se apropriava com precisão a uma fazenda.

Enquanto Padre Ralph estacionava o automóvel e atravessava o gramado, a criada esperava na varanda da frente, com o rosto sardento desmanchado em sorrisos.

— Bom-dia, Minnie — disse ele.

— Oh, Padre, como é bom vê-lo nesta manhã tão bonita — disse ela no seu forte sotaque irlandês, segurando a porta aberta com uma das mãos e estendendo a outra para receber-lhe o chapéu surrado e tão pouco clerical.

No vestíbulo escuro, com os ladrilhos de mármore e a grande escada de corrimão de bronze, ele esperou que Minnie lhe fizesse um sinal com a cabeça para entrar na sala.

Sentada em sua *bergère* ao pé de uma janela aberta, que se erguia por quatro metros e meio entre o soalho e o teto, Mary Carson parecia indiferente ao ar frio que invadia a sala. Seu cabelo vermelho era quase tão brilhante quanto o fora na juventude; e, embora a pele áspera e sardenta houvesse ganho mais algumas manchas com a idade, as rugas eram poucas para uma mulher de sessenta e cinco anos e antes se diriam uma fina rede de minúsculos coxins em forma de diamantes, que lembrava um acolchoado ornamental. As únicas indicações da sua natureza intratável residiam nos dois vincos profundos que desciam de cada lado do nariz romano para terminar nos cantos da boca, puxando-os para baixo, e no olhar pétreo dos olhos azul-pálidos.

Padre Ralph cruzou em silêncio o tapete Aubusson e beijou-lhe as mãos; o gesto apropriava-se bem a um homem alto e gracioso como ele, especialmente por usar uma simples batina preta que lhe dava, até certo ponto, um ar cortesão. Com o olhar sem expressão repentinamente coquete e brilhante, Mary Carson quase sorria.

— Toma chá, Padre? — perguntou.

— Depende da senhora. Se quiser ouvir missa... — respondeu ele, sentando-se na cadeira defronte dela, cruzando as pernas e erguendo um pouco a batina, o suficiente para mostrar que, debaixo dela, usava calças e botas de cano longo, até os joelhos, numa concessão à colonização da sua paróquia. — Eu lhe trouxe a comunhão, mas, se quiser ouvir missa, estarei pronto para rezá-la em poucos minutos. Não me importa jejuar por mais algum tempo.

— O senhor é bom demais comigo, Padre — disse ela, jovial, sabendo muito bem que ele, como toda a gente, não prestava homenagem a ela, mas ao seu dinheiro. — Tome chá, por favor — prosseguiu. — Basta-me a comunhão.

Ele não deixou que o ressentimento lhe transparecesse no rosto; aquela paróquia fora excelente para o seu domínio de si mesmo. Se alguma vez lhe fosse oferecido o ensejo de sair da obscuridade em que o lançara o seu temperamento, não tornaria a cometer o mesmo erro. E, se jogasse bem as cartas, aquela velha talvez fosse a resposta às suas preces.

— Devo confessar, Padre, que o ano passado foi muito agradável — disse ela. — O senhor é um pastor muito mais satifatório do que o velho Padre Kelly, que Deus lhe apodreça a alma.

Ao pronunciar a última frase, a voz lhe soou desarmoniosa e vingativa.

Os olhos dele ergueram-se para o rosto dela, piscando.

— Minha querida Sra. Carson! Eis aí um sentimento não muito católico.

— Mas é a verdade. Ele era um velho bêbado, embrutecido pelo álcool, e tenho absoluta certeza de que Deus lhe apodrecerá a alma como a bebida lhe apodreceu o corpo. — Inclinou o corpo para a frente. — Agora já o conheço muito bem; creio que posso fazer-lhe algumas perguntas, não lhe parece? Afinal de contas, o senhor tem plena liberdade para utilizar Drogheda como seu recreio particular, aprendendo a ser pastor de ovelhas, aperfeiçoando sua equitação, fugindo às vicissitudes da vida em Gilly. Tudo a convite meu, é claro, mas, ainda assim, acho que mereço algumas respostas, não acha também?

Ele não gostava que o lembrassem de que precisava ser grato, mas já estava à espera do dia em que ela pensaria ter sobre ele direitos suficientes para começar a fazer exigências.

— É evidente que merece, Sra. Carson. Nunca lhe agradecerei o bastante por me permitir livre acesso a Drogheda e por todos os seus presentes... meus cavalos, meu carro.

— Que idade tem? — perguntou ela, sem mais preâmbulos.

— Vinte e oito anos.

— É mais moço do que eu supunha. Mesmo assim, eles não mandam padres como o senhor para sítios como Gilly. Que foi que fez para que eles o enviassem a um lugar como este, onde Judas perdeu as botas?

— Insultei o bispo — disse o Padre, calmamente, sorrindo.

— Não havia de ser outra coisa! Mas não posso imaginar um sacerdote com os seus talentos especiais sentindo-se feliz num lugar como Gillanbone.

— É a vontade de Deus.

— Não diga disparates! O senhor está aqui em virtude de falhas humanas... suas e do bispo. Só o Papa é infalível. Está totalmente fora do seu elemento natural em Gilly, todos sabemos disso, embora nos sintamos gratos por ter alguém assim, para variar, em lugar dos vadios tonsurados que costumam nos mandar. Mas o seu elemento natural está em algum corredor do palácio eclesiástico, e não aqui, entre cavalos e carneiros. Ficaria magnífico com a púrpura cardinalícia.

— Receio que não haja nenhuma possibilidade disso. Imagino que Gillanbane não seja exatamente o epicentro do mapa de Sua Excelência o Legado Papal. E olhe que poderia ser pior. Aqui tenho a senhora e tenho Drogheda.

Ela aceitou o elogio rasgado com o espírito que a ditara, saboreando a beleza, a polidez e o espírito farpado e sutil do interlocutor; este daria verdadeiramente um magnífico cardeal. Em toda a sua vida não se lembrava de ter visto homem mais belo, nem que usasse a beleza daquela maneira. Ele não podia deixar de ter consciência da própria aparência: a altura e as perfeitas proporções do corpo, os traços finos e aristocráticos, o modo com que tinham sido reunidos todos os elementos físicos com um zelo pelo aspecto do produto final que Deus não prodigalizava a todas as suas criações. Desde os anéis pretos e soltos do cabelo e o azul impressionante dos olhos até as mãos e os pés pequenos e graciosos, era perfeito. Sim, devia ter consciência da própria pessoa. E, no entanto, havia nele um alheamento, um modo todo seu de fazê-la sentir que a beleza nunca o escravizara e nunca o escravizaria. Utilizá-la-ia sem escrúpulo para conseguir o que desejava, se ela o ajudasse, mas não como seu amante; antes como se julgasse abaixo da crítica as pessoas que se deixavam influenciar por ela. E Mary Carson daria muita coisa para saber o que, em sua vida pregressa, o fizera assim.

Era curiosa a quantidade de padres que tinham a beleza de Adônis e o magnetismo sexual de Don Juan. Esposariam eles o celibato como refúgio contra as conseqüências?

— Por que tolera Gillanbone? — perguntou ela. — Não seria preferível renunciar ao sacerdócio a suportar isto aqui? O senhor seria rico e poderoso numa série de campos com os seus talentos, e não me diga que a idéia do poder pelo menos não o seduz.

A sobrancelha esquerda dele ergueu-se.

— A senhora é católica, minha querida Sra. Carson. Sabe que meus votos são sagrados. Serei padre até morrer. Não posso negá-lo.

Ela riu-se, desdenhosa.

— Ora, deixe disso! Acredita realmente que, se renunciasse aos seus votos, seria perseguido pelos quatro cantos da terra com raios, trovões, sabujos e espingardas de caça?

— Está claro que não. Nem a suponho tão estúpida que pense que é o medo do castigo que me mantém encerrado no aprisco sacerdotal.

— Oh! Como é suscetível, Padre de Bricassart! Nesse caso, o que o segura? O que o impele a suportar a poeira, o calor e as moscas de Gilly? Pelo que lhe é dado saber, a sentença pode ser até de prisão perpétua.

Uma sombra anuviou momentaneamente os olhos azuis, mas ele sorriu, com pena dela.

— A senhora é um grande consolo, não é mesmo? — Seus lábios se separaram, o sacerdote ergueu a vista para o forro e suspirou. — Fui educado desde o berço para ser padre, mas é muito mais do que isso. Como poderei explicá-lo a uma mulher? Sou um vaso, Sra. Carson, e, às vezes, estou cheio de Deus. Se fosse um padre melhor, não haveria períodos de vacuidade. E a plenitude, ou seja, a unicidade com Deus, não é uma questão de lugar. Ocorrerá se eu estiver em Gillanbone ou no palácio do bispo. Mas é difícil defini-la, pois até para os padres é um grande mistério. Uma posse divina, que outros homens jamais conhecerão. Talvez seja por isso. Abandoná-lo? Eu não poderia.

— Com que, então, é um poder, não é? Nesse caso, por que seria dado aos padres? Que é que o faz pensar que o simples besuntar da crisma durante uma cerimônia exaustivamente longa é capaz de dá-lo a algum homem?

O religioso sacudiu a cabeça.

— Ouça, são anos de vida, antes até de chegar ao ponto da ordenação. O cuidadoso desenvolvimento de um estado de espírito que abre o vaso para Deus. É algo que se adquire! Que se adquire todos os dias. Sabe quais são os propósitos dos votos? Que nenhuma coisa mundana se interponha entre o padre e o seu estado de espírito... nem o amor de uma mulher, nem o amor ao dinheiro, nem a relutância em obedecer às ordens de outros homens. A pobreza não é novidade para mim; não venho de família rica. Aceito a castidade sem que me pareça difícil mantê-la. E a obediência? No meu caso, é a mais dura das três. Mas obedeço, porque, se eu me considerar mais importante do que minha função como receptáculo de Deus, estarei perdido. Obedeço. E, se for preciso, estarei disposto a aceitar Gillanbone como uma sentença de prisão perpétua.

— Então, o senhor é um tolo — disse ela. — Também acho que há coisas mais importantes do que amantes, mas o fato de ser um receptáculo de Deus não é uma delas. Estranho. Nunca o supus capaz de acreditar em Deus com tamanho ardor. Imaginei que talvez fosse um homem capaz de duvidar.

— Eu duvido. Qual é o homem que pensa e não duvida? É por isso que, às vezes, estou vazio. — Olhou para além dela, para alguma coisa que ela não podia ver. — Sabe que eu abriria mão de todas as ambições, de todos os desejos que existem em mim, pela oportunidade de ser um padre perfeito?

— A perfeição em qualquer coisa — disse Mary Carson — é insuportavelmente enfadonha. Prefiro um toque de imperfeição.

Ele riu-se, encarando-a com uma admiração em que havia uma ponta de inveja. Era uma mulher notável.

A viuvez dela tinha trinta e três anos de idade e seu único filho, um menino, morrera na infância. Por causa do seu *status* peculiar na comunidade de Gillanbone, não aceitara nenhuma das propostas que lhe haviam feito os homens mais ambiciosos do seu círculo de amizades; como viúva de Michael Carson, era indiscutivelmente uma

rainha, mas, como esposa de outro homem, teria de transferir para esse homem o controle de tudo o que possuía. E não era esse o tipo de vida que Mary Carson ambicionava: ser o segundo violino. Por isso abjurara a carne, preferindo manipular o poder; seria inconcebível que arranjasse um amante porque, em se tratando de mexericos, Gillanbone era tão receptiva quanto o fio de uma corrente elétrica. Mostrar-se humana e fraca não fazia parte da sua obsessão.

Mas agora chegara a uma idade que a deixava oficialmente imune aos impulsos do corpo. Se o novo e jovem padre cumprisse com assiduidade suas obrigações para com ela e ela o recompensasse com presentinhos, como um automóvel, não haveria nisso inconveniente algum. Robusto pilar da Igreja durante toda a vida, sustentara a paróquia e o seu chefe espiritual de maneira apropriada, até quando o Padre Kelly entrecortava de soluços as orações da missa. Não era só ela que se sentia caridosamente inclinada em relação ao sucessor do Padre Kelly; o Padre Ralph de Bricassart tornara-se merecidamente popular entre todos os membros do seu rebanho, ricos ou pobres. Quando os paroquianos mais distantes não podiam ir a Gilly para vê-lo, ele ia procurá-los, e até ganhar o automóvel de Mary Carson sempre viajara a cavalo. Sua paciência e sua bondade lhe haviam granjeado a afeição de todos e o amor sincero de alguns; Martin King, de Bugela, remobiliara o presbitério gastando um dinheirão, Dominic O'Rourke, de Dibban-Dibban, pagava-lhe o ordenado de uma boa governanta.

Nessas condições, do alto do pedestal da sua idade e da sua posição, Mary Carson acreditava poder comprazer-se com segurança no Padre Ralph; gostava de medir seu espírito com um cérebro tão inteligente quanto o dela, gostava de prever-lhe as reações porque nunca tinha a certeza de que realmente as previa.

— Voltando ao que disse acerca de Gilly não ser o epicentro do mapa de Sua Excelência o Legado Papal — voltou ela, repoltreando-se na *bergère* —, qual seria, na sua opinião, o fato capaz de abalar tanto esse reverendo cavalheiro, que Gilly passaria a ser o pivô do seu mundo?

O padre sorriu com expressão melancólica.

— É impossível dizer. Um golpe qualquer? A súbita salvação de um milhar de almas, uma repentina capacidade de curar coxos e cegos... Acontece, porém, que a era dos milagres já passou.

— Pois olhe, duvido muito! Ele apenas alterou a *sua* técnica, e nos dias de hoje usa dinheiro.

— Quanto cinismo! Talvez seja por isso que eu a aprecio tanto, Sra. Carson.

— Meu nome é Mary. Por favor, chame-me de Mary.

Minnie entrou empurrando o carrinho de chá, ao mesmo tempo que o Padre de Bricassart dizia:

— Obrigado, Mary.

Diante dos pães frescos de farinha de cevada e torradas com anchovas, Mary Carson suspirou.

— Meu caro Padre, quero que reze por mim, hoje cedo mais do que nunca.

— Chame-me Ralph — disse ele. E continuou, malicioso:

— Duvido que me seja possível rezar mais por você do que faço todos os dias, mas tentarei.

— Você é um sedutor! Ou essa observação foi uma indireta? Por via de regra não ligo para o óbvio, mas, em se tratando de você, nunca sei com certeza se o óbvio, na verdade, não esconde algo mais profundo. Como uma cenoura defronte de um burro. O que pensa mesmo de mim, Padre de Bricassart? Nunca o saberei, porque você nunca terá a falta de tato de revelar, não é mesmo? Fascinante, fascinante... Mas *precisa* rezar por mim. Estou velha e pequei muito.

— A velhice chega para todos e eu também tenho pecados.

Ela não pôde deixar de rir por entre os dentes.

— Eu daria muita coisa para saber como foi que você pecou! Juro que daria. — Calou-se por um momento e depois mudou de assunto. — Neste momento estou sem o chefe dos meus pastores.

— Outra vez?

— Cinco no ano passado. Está ficando difícil encontrar um homem decente.

— Correm rumores de que você não é exatamente uma patroa generosa nem cheia de atenções para com os empregados.

— Que atrevimento! — disse ela, rindo-se. — Quem foi que lhe comprou um Daimler novinho em folha para que você não precisasse viajar a cavalo?

— Ah, mas veja também o quanto rezo por você!

— Se Michael tivesse tido a metade do seu espírito e do seu caráter, eu talvez o tivesse amado — acudiu ela, de repente. Sua expressão alterou-se, tornou-se rancorosa. — Você está pensando que não tenho nenhum parente neste mundo e que terei de deixar meu dinheiro e minhas terras à Santa Madre Igreja, não é isso?

— Não tenho a menor idéia — tornou ele, pachorrento, servindo-se de mais chá.

— Na verdade, tenho um irmão com uma grande e florescente récua de filhos.

— Que bom para você — disse o padre, circunspecto.

— Quando casei, eu não tinha nada de meu. Sabia que jamais casaria bem na Irlanda, onde uma mulher precisa ter educação e vir de família afidalgada para apanhar um marido rico. Por isso trabalhei feito uma condenada a fim de poupar o dinheiro da passagem para um país em que os homens ricos não fossem tão exigentes. Tudo o que eu tinha quando cheguei aqui eram um rosto, um corpo e uma cabeça melhor do que a que se atribui às mulheres, e eles foram suficientes para pegar Michael Carson, que era um idiota rico. Ele foi louco por mim até o dia em que morreu.

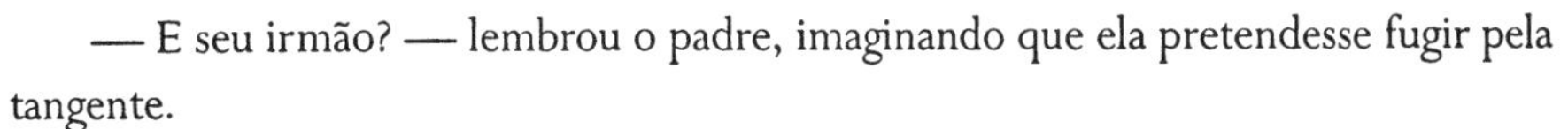

— E seu irmão? — lembrou o padre, imaginando que ela pretendesse fugir pela tangente.

— Meu irmão é onze anos mais moço do que eu e deve ter agora, portanto, cinqüenta e quatro. Somos os dois únicos sobreviventes. Mal o conheço; era um garotinho quando saí de Galway. Agora está morando na Nova Zelândia, mas, se emigrou para fazer fortuna, não foi bem-sucedido.

"Ontem à noite, quando o homem da estação me trouxe a notícia de que Arthur Teviot arrumara a trouxa e partira, pensei de repente em Padraic. Aqui estou eu, envelhecendo à medida que passam os anos, sem ninguém da família à minha volta. Ocorreu-me, então, que Paddy é um lavrador experimentado, embora sem recursos para possuir a sua terra. Por que não lhe escrevo, pensei, e não o convido a vir para cá e trazer os filhos? Quando eu morrer, ele herdará mesmo Drogheda e a Michar Limitada, pois é o meu único parente vivo, fora alguns primos desconhecidos que ainda moram na Irlanda."

Ela sorriu.

— Parece tolice esperar, não parece? Já que ele terá de vir mais tarde, que venha agora, que se acostume a criar carneiros nas planícies de solo negro, o que é muito diferente, com certeza, de criar carneiros na Nova Zelândia. Depois, quando eu me for, ele ficará no meu lugar sem dar pela coisa.

Com a cabeça baixa, ela observou Padre Ralph.

— Não sei por que não pensou nisso antes — disse ele.

— Pensei, sim. Mas até há pouco tempo eu supunha que a última coisa que eu desejava era ter um bando de abutres à minha volta esperando, ansiosos, que eu exalasse meu último suspiro. Ultimamente, porém, o dia de minha morte me tem parecido muito mais próximo, e sinto... não sei, que talvez fosse bom ver-me cercada de pessoas de meu sangue.

— Que aconteceu, acha que está doente? — apressou-se ele a perguntar, com uma preocupação sincera estampada nos olhos. Ela encolheu os ombros.

— Estou perfeitamente bem. No entanto, há qualquer coisa de pressago em completar sessenta e cinco anos. De repente, a velhice deixa de ser um fenômeno que vai ocorrer; já ocorreu.

— Percebo o que quer dizer, e acho que tem razão. Será muito agradável para você ouvir vozes jovens pela casa.

— Eles não vão viver aqui — disse ela. — Poderão viver na casa do chefe dos pastores, perto do riacho, bem longe de mim. Não gosto de crianças nem das suas vozes.

— Não será esse um jeito meio esquisito de tratar seu único irmão, Mary? Ainda que as idades dos dois sejam tão diferentes?

— Ele vai herdar... deixe-o merecê-lo — disse ela, cruelmente.

* * *

Fiona Cleary deu à luz outro menino seis dias antes de Meggie completar nove anos, considerando-se muito feliz por nada haver acontecido no intervalo além de um par de abortos. Aos nove anos, Meggie tinha idade bastante para ajudar de verdade. Fee acabara de completar quarenta anos e já estava demasiado velha para ter filhos sem que muita dor lhe solapasse as forças. A criança, batizada com o nome de Harold, era um bebê de saúde frágil; pela primeira vez, de acordo com as mais remotas lembranças, o médico fazia visitas regulares à casa.

E como acontece com os dissabores, os dos Clearys se multiplicaram. O resultado da guerra não foi um período de prosperidade, mas um período de depressão rural. O trabalho se tornava cada vez mais difícil de conseguir.

Um dia, no momento em que acabavam de tomar chá, o velho Angus MacWhirter entregou-lhes um telegrama, que Paddy abriu com mãos trêmulas; os telegramas nunca traziam boas notícias. Os meninos agruparam-se em torno, com exceção de Frank, que pegou na sua xícara de chá e levantou-se da mesa. Os olhos de Fee seguiram-no, depois voltaram ao ponto de partida quando Paddy gemeu.

— Que foi? — perguntou.

Paddy olhava para o pedaço de papel como se este trouxesse a notícia de uma morte.

— Archibald não nos quer.

Bob deu um murro violento na mesa; ele não via a hora de acompanhar o pai como aprendiz de tosquiador, e o redil de Archibald seria o seu primeiro.

— Por que haveria ele de fazer uma sujeira dessas conosco, papai? Devíamos começar amanhã.

— Ele não diz por quê, Bob. Imagino que algum empreiteiro sem-vergonha se ofereceu para fazer o serviço mais barato.

— Oh, Paddy! — suspirou Fee.

Hal, o bebê, começou a chorar no fundo do berço de vime colocado à beira do fogão, mas, antes que Fee esboçasse um movimento, Meggie levantou-se; Frank voltara à cozinha e, com a xícara de chá na mão, observava atentamente o pai.

— Bem, acho que terei de falar com Archibald — disse Paddy, afinal. — Agora já é tarde demais para procurar outro barracão que substitua o dele, mas entendo que ele me deve uma explicação melhor do que essa. Só nos restará a esperança de encontrar trabalho de ordenha até o barracão de Willoughby começar em julho.

Meggie puxou um quadrado de toalha branca da imensa pilha que se aquecia ao pé do fogão e estendeu-o com cuidado sobre a mesa de trabalho, depois tirou a criança que chorava do bercinho de vime. O cabelo dos Clearys brilhava, aqui e ali, pelo seu craniozinho enquanto Meggie lhe trocava a fralda com a rapidez e a eficiência com que sua mãe o teria feito.

— Mamãezinha Meggie — disse Frank para mexer com ela.

— Não sou! — respondeu ela, indignada. — Só estou ajudando mamãe.

— Eu sei — tornou ele, com brandura. — Você é uma boa menina, Meggiezinha.

E puxou-lhe a fita branca de tafetá atrás da cabeça até vê-la pender, torta, para um lado.

E, mais uma vez, os grandes olhos de cor cinza pousaram no rosto dele com expressão adorativa; acima da cabeça inclinada do bebê, ela poderia ter a sua idade, ou ser mais velha. Frank sentiu apertar-se-lhe o coração ao pensar que isso acontecia a ela numa idade em que o único bebê de que ela devia estar cuidando era Agnes, ora relegada, esquecida, ao quarto de dormir. Não fosse por Meggie e por Fee e ele já teria partido há muito tempo. Olhou acidamente para o pai, a causa da nova vida que estava criando tamanho caos na casa. Bem feito para ele, se lhe tinham tomado o barracão.

De certo modo, os outros meninos e a própria Meggie nunca lhe haviam invadido os pensamentos como Hal; mas, quando a linha da cintura de Fee começou a engrossar dessa vez, ele já tinha idade suficiente para estar casado e ser pai. Todos, exceto Meggie, tinham ficado constrangidos por causa disso, sobretudo a mãe. Os olhares furtivos dos meninos faziam-na encolher-se como um coelho; ela não conseguia enfrentar os olhos de Frank nem apagar a vergonha que havia nos seus. Não se devia permitir que mulher alguma passasse por isso, disse Frank a si mesmo pela milésima vez, lembrando-se dos gemidos e gritos aterradores que tinham saído do quarto dela na noite em que Hal nascera; maior de idade agora, ele não fora mandado para longe, como os outros. Bem feito se o pai perdera o barracão. Um homem decente a teria deixado em paz.

A cabeça de sua mãe sob os raios da luz elétrica recém-instalada era feita de ouro desfiado, e o perfil concentrado em Paddy, do outro lado da mesa comprida, possuía uma beleza indizível. Como pudera uma criatura tão linda e requintada casar com um tosquiador itinerante, vindo dos charcos de Galway? Consumindo-se e consumindo sua porcelana Spode, seu serviço de jantar de damasco e seus tapetes persas na sala de visitas que nunca ninguém via porque ela não se dava com as mulheres dos colegas de Paddy. Ela lhes ressaltava demasiado as vozes altas e vulgares e o seu assombro quando se viam às voltas com mais de um garfo.

Às vezes, aos domingos, Fee entrava na solitária sala de visitas, sentava-se à espineta debaixo da janela e tocava, embora houvesse perdido o toque havia muito tempo por falta de prática e só pudesse executar agora as peças mais simples. Ele sentava-se ao pé da janela, entre os lilases e os lírios, e fechava os olhos para ouvir. Nessas ocasiões, uma visão surgia diante dele e Frank via sua mãe trajando um longo vestido de saia rodada, feito de rendas cor-de-rosa pálida, sentada à espineta num imenso salão de marfim, cercada por todos os lados de grandes braços de candelabros. Isso lhe dava vontade de chorar, mas ele já não chorava; desde a noite no celeiro em que a polícia o trouxera de volta para casa.

Meggie recolocara Hal no berço e fora postar-se ao lado da mãe. Lá estava outra que iria pelo mesmo caminho. O mesmo perfil orgulhoso e sensível; alguma coisa de Fiona nas mãos, no corpo de criança. Seria muito parecida com a mãe quando também fosse mulher. E quem a desposaria? Outro estúpido tosquiador irlandês, ou algum caipira boçal de alguma fazenda de criar de Wahine? Ela valia mais, mas não nascera para mais. Não havia outra saída, dizia todo mundo, e cada ano que ela vivia mais parecia confirmá-lo.

Subitamente cônscias do seu olhar fixo, Fee e Meggie voltaram-se ao mesmo tempo, sorrindo para ele com a ternura especial que as mulheres reservam para o homem mais amado de suas vidas. Frank colocou a xícara sobre a mesa e saiu para dar comida aos cachorros, desejando poder chorar ou matar alguém. Qualquer coisa capaz de eliminar a dor.

Três dias depois de Paddy perder o barracão de Archibald, chegou a carta de Mary Carson. Ele a abrira na própria agência do correio de Wahine assim que recebera a correspondência e voltara para casa pulando como criança.

— Vamos para a Austrália! — berrou, agitando as páginas caras de papel velino debaixo dos narizes assombrados da família.

Fez-se silêncio e todos os olhares se cravaram nele. Os olhos de Fee mostraram-se assustados, como assustados estavam os de Meggie, mas todos os outros brilharam de alegria. Os de Frank chamejavam.

— Mas, Paddy, por que haveria ela de pensar em você tão de repente, depois de tantos anos? — perguntou Fee após haver lido a carta. — O dinheiro que ela tem não é novo para ela, como tampouco é novo o seu isolamento. Não me lembro de ela ter, algum dia, se oferecido para nos ajudar.

— Parece que está com medo de morrer sozinha — disse ele, querendo tranqüilizar-se tanto quanto desejava tranqüilizar a mulher. — Viu o que ela escreveu: "Não sou moça e você e seus meninos são meus herdeiros. Creio que devemos ver-nos antes da minha morte e já é tempo de você aprender a gerir sua herança. Tenciono fazê-lo chefe dos meus pastores — será um excelente treinamento, e os seus meninos que já tiverem idade para trabalhar também poderão empregar-se como pastores. Drogheda passará a ser a empresa de uma família, sem a participação de estranhos."

— Ela não fala em mandar-nos o dinheiro da viagem? — perguntou Fee.

As costas de Paddy enrijeceram-se.

— Eu jamais sonharia em molestá-la por uma coisa dessas! — retrucou, brusco. — Podemos ir para a Austrália sem nada mendigar dela; tenho guardado o suficiente.

— Pois acho que ela devia pagar nossa viagem — teimou Fee, para a assustada surpresa de todos, visto que ela não expressava com freqüência suas opiniões. — Por que há você de desistir da vida aqui e ir trabalhar para ela só por uma promessa feita numa carta? Até agora, sua irmã nunca levantou um dedo para nos ajudar, e não confio nela. A única coisa que me lembra ter-lhe ouvido a seu respeito é que era a mulher mais sovina que você já conheceu. E, afinal de contas, Paddy, você nem a conhece direito; há uma grande diferença de idade entre os dois, e ela embarcou para a Austrália antes de você ter idade para ir à escola.

— Não vejo como isso altere as coisas agora e, se ela é avarenta, melhor, herdaremos mais. Não, Fee, iremos para a Austrália e pagaremos nossa viagem.

Fee não disse mais nada. Era impossível saber, pela expressão do seu rosto, se ficara ressentida ou não por se ver tão sumariamente dispensada.

— Hurra! Vamos para a Austrália! — gritou Bob, agarrando o ombro do pai. Jack, Hughie e Stu pulavam e dançavam, e Frank sorria, os olhos postos em algo muito longe da sala. Somente Fee e Meggie estavam perplexas e assustadas, esperando dolorosamente que tudo aquilo desse em nada, pois suas vidas não seriam mais fáceis na Austrália, onde as coisas não mudariam e só as condições seriam estranhas.

— Onde fica Gillanbone? — perguntou Stuart.

O velho atlas apareceu; embora os Clearys fossem pobres, havia várias prateleiras de livros atrás da mesa de jantar da cozinha. Os meninos examinaram atentamente as páginas que amareleciam até encontrar a Nova Gales do Sul. Acostumados às pequenas distâncias da Nova Zelândia, não lhes ocorreu a idéia de consultar a escala de quilômetros no canto esquerdo inferior da página. Presumiram apenas que Nova Gales do Sul fosse do mesmo tamanho da Ilha do Norte da Nova Zelândia. E lá estava Gillanbone, na direção do canto esquerdo superior; parecendo distar de Sydney mais ou menos o mesmo que Wanganui distava de Auckland, embora os pontos que indicavam as cidades fossem muito menos numerosos do que no mapa da Ilha do Norte.

— Esse atlas é velho — disse Paddy. — A Austrália é como a América, cresce aos saltos e aos arrancos. Tenho a certeza de que existem muito mais cidades hoje em dia.

Eles teriam de viajar de terceira classe, mas, como a travessia duraria apenas três dias, não seria tão mau assim. Pelo menos não era como a viagem de semanas e semanas entre a Inglaterra e os Antípodas. As únicas coisas que poderiam dar-se ao luxo de levar consistiam em roupas pessoais, louça, talheres, roupas de cama e mesa, utensílios de cozinha e os preciosos livros; a mobília teria de ser vendida para cobrir o custo da remessa da meia dúzia de peças de Fee que estavam na sala de visitas, a espineta, os tapetes e as cadeiras.

— Não quero que você deixe essas coisas — disse Paddy a Fee com firmeza.

— Tem certeza de que estamos em condições de levá-las?

— Absoluta. Quanto à outra mobília, Mary diz que está arrumando a casa do chefe dos pastores e que lá há de tudo o que é preciso. O que me alegra é não termos de morar com Mary na mesma casa.

— A mim também — disse Fee.

Paddy foi para Wanganui a fim de reservar uma cabina de terceira classe com oito beliches no *Wahine*; era estranho que o navio e a cidade mais próxima tivessem o mesmo nome. Embarcariam no fim de agosto, de modo que, no princípio desse mês, todos começaram a compreender que a grande aventura iria realmente acontecer. Seria preciso dar os cachorros, vender os cavalos e a charrete, amontoar os móveis na carroça de Angus MacWhirter e levá-los para Wanganui a fim de leiloá-los, engradar as poucas peças de Fee juntamente com a louça, a roupa de mesa, os livros e os apetrechos de cozinha.

Frank encontrou a mãe em pé, ao lado da bela e velha espineta, passando a mão sobre o estofamento listrado, levemente róseo, e olhando vagamente para a poeira dourada que lhe ficara na ponta dos dedos.

— Ela sempre foi sua, mamãe? — perguntou ele.

— Sempre. O que era realmente meu não puderam me tomar quando casei. A espineta, os tapetes persas, o sofá e as cadeiras Luís XV, a escrivaninha Regência. Pouca coisa, mas tudo meu, muito meu.

Os olhos cinzentos e sôfregos fitaram-se, além do ombro dele, no quadro a óleo pendurado na parede, um pouco obscurecido pelo tempo, mas que ainda mostrava claramente a mulher de cabelos de ouro com o pálido vestido de rendas cor-de-rosa, guarnecido de cento e sete folhos.

— Quem era ela? — perguntou Frank curioso, virando a cabeça. — Eu sempre quis saber.

— Uma grande dama.

— Devia ser sua parenta; é parecida com você.

— Ela? Parenta minha? — Os olhos deixaram a contemplação do quadro e pousaram, irônicos, no rosto do filho. — Pareço, por acaso, alguém que tivesse uma parenta como ela?

— Parece.

— Você tem teias de aranha na cabeça; é melhor varrê-las.

— Eu gostaria que você me contasse, mamãe.

Ela suspirou e fechou a espineta, limpando o ouro da ponta dos dedos.

— Não há nada para contar, absolutamente nada. Vamos, ajude-me a levar essas coisas para o meio da sala, onde papai as possa acondicionar.

* * *

A viagem foi um pesadelo. Antes que o *Wahine* saísse do porto de Wellington, estavam todos mareados e assim continuaram pelo trajeto de mil e duzentas milhas através de mares invernosos, açulados por ventos fortes. Paddy levou os meninos para o convés e lá os conservou, a despeito do vento cortante e dos borrifos das ondas, só descendo para ir ver suas mulheres e o bebê quando alguma alma bondosa se oferecia para tomar conta dos quatro garotos nauseados e agoniados. Embora suspirasse por ar fresco, Frank decidira permanecer embaixo, tomando conta das mulheres. A cabina era minúscula, abafada e tresandava a óleo, pois ficava abaixo da linha d'água e na direção da proa, onde os movimentos do navio eram mais violentos.

Algumas horas depois de saírem de Wellington, Frank e Meggie se convenceram de que a mãe ia morrer; o médico, chamado na primeira classe por um camareiro preocupadíssimo, examinou-a e abanou a cabeça com expressão pessimista.

— Ainda bem que a viagem é curta — disse ele, ordenando à enfermeira que arranjasse leite para o bebê.

Entre acessos de ânsias, Frank e Meggie conseguiram dar a mamadeira a Hal, que não a aceitou bem. Fee desistira de tentar vomitar e caíra numa espécie de coma, do qual os filhos não conseguiam despertá-la. O camaroteiro ajudou Frank a colocá-la no beliche superior, onde o ar era um pouco menos viciado e, segurando uma toalha à altura da boca, para conter a bile aquosa que ainda vomitava, Frank empoleirou-se na borda da tarimba, ao lado dela, afastando delicadamente com a mão o cabelo louro e emaranhado que lhe caía sobre a testa. Hora após hora ele se manteve em seu posto, apesar das próprias náuseas; todas as vezes que Paddy entrava, encontrava-o ao lado da mãe, acariciando-lhe o cabelo, enquanto Meggie, encolhida num beliche inferior, junto de Hal, segurava também uma toalha diante da boca.

Quando faltavam três horas para chegar a Sydney, o mar se aquietou numa calma vítrea e o nevoeiro aproximou-se aos poucos, vindo da distante Antártida, e envolveu o velho barco. Revivendo um pouco, Meggie imaginou-o bramindo regularmente de dor, terminada a luta terrível. O navio moveu-se lentamente através do pegajoso lusco-fusco, tão furtivamente quanto uma coisa caçada, até que tornou a soar o berro profundo e monótono vindo de algum lugar da superestrutura, um ruído perdido e só, de uma tristeza indescritível. Depois, em torno, todo o ar se encheu de bramidos lamentosos enquanto ele se esgueirava, pela água fantasmagórica e fumegante, para o interior do porto. Meggie nunca se esqueceria do som das buzinas de cerração, seu primeiro contato com a Austrália.

Paddy carregou Fee nos braços para fora do *Wahine,* seguido de Frank com o bebezinho, de Meggie com uma caixa e de cada um dos meninos tropeçando, cansados, sob o peso de um fardo qualquer. Tinham chegado a Pyrmont, nome sem sentido para eles, numa manhã nevoenta de inverno, no fim de agosto de 1921. Enorme fila de táxis esperava fora do galpão de ferro no cais; Meggie, embasbacada, esbugalhava os olhos, pois nunca vira tantos carros no mesmo lugar ao mesmo tempo. De um modo ou de outro, Paddy acomodou todos eles num carro de aluguel, cujo motorista se prontificou a levá-los ao Palácio do Povo.

— É o melhor lugar para vocês, companheiro — disse a Paddy. — Um hotel para o trabalhador dirigido pelo Exército da Salvação.

As ruas estavam apinhadas de automóveis que pareciam correr em todas as direções; havia pouquíssimos cavalos. Eles puseram-se a olhar, enlevados, pelas janelas do táxi para os altos edifícios de tijolos, as ruas sinuosas, a rapidez com que multidões de pessoas pareciam fundir-se e dissolver-se em algum estranho ritual urbano. Wellington os amedrontara, mas Sydney fazia Wellington parecer uma cidadezinha do interior.

Enquanto Fee descansava num dos inumeráveis quartos do tugúrio que o Exército da Salvação chamava carinhosamente de Palácio do Povo, Paddy dirigiu-se à Central Railway Station a fim de saber quando poderiam tomar um trem para Gillanbone. Totalmente refeitos, os meninos gritaram que queriam ir com ele, pois tinham sabido que a estação não ficava muito longe, e que o caminho era só de lojas, entre as quais uma que vendia doces de albarrã. Invejando-lhes a mocidade, Paddy cedeu, pois não sabia até onde o levariam as suas pernas depois de três dias de enjôo de mar. Frank e Meggie ficaram com Fee e o bebê, desejando ir também, porém mais preocupados com o estado de saúde da mãe. Na realidade, ela parecia recobrar forças rapidamente logo depois de sair do navio, tomara uma tigela de sopa e mordiscara uma torrada que lhe trouxera um voluntário da instituição.

— Se não partirmos hoje à noite, Fee, o próximo trem só sairá daqui a uma semana — disse Paddy ao voltar. — Você se julga capaz de viajar esta noite?

Fee sentou-se, tiritando.

— Darei um jeito.

— Acho que devíamos esperar — acudiu Frank, corajoso. — Não creio que mamãe esteja suficientemente boa para viajar.

— O que você não parece compreender, Frank, é que, se perdermos o trem de hoje à noite, teremos de esperar uma semana inteira, e acontece que não tenho dinheiro para nos manter por uma semana em Sydney. Este é um grande país, e o lugar para onde vamos não tem trem todos os dias. Poderíamos ir a Dubbo num dos três comboios que partem amanhã, mas, nesse caso, teríamos de aguardar uma conexão local, e me disseram que, desse jeito, a viagem será muito mais comprida do que se fizermos um esforço para tomar o expresso desta noite.

— Darei um jeito, Paddy — repetiu Fee. — Tenho Frank e Meggie; ficarei bem. E olhava para Frank, suplicando-lhe que se calasse.

— Nesse caso, vou telegrafar para Mary, dizendo-lhe que nos espere amanhã à noite.

Central Station era maior do que qualquer outro edifício em que os Clearys já haviam entrado. Vasto cilindro de vidro, parecia ecoar e absorver simultaneamente a algazarra de milhares de pessoas que esperavam ao lado de malas velhas e surradas e tinham os olhos fixos num imenso quadro indicador, alterado à mão por homens munidos de grandes varas. Quando deram pela coisa, na escuridão da noite que se adensava, eles faziam parte da multidão, e não tiravam os olhos dos portões de aço da plataforma número cinco, que, embora fechados, ostentavam uma grande tabuleta pintada à mão: TREM DE GILLANBONE. Na plataforma número um e na plataforma número dois, uma tremenda atividade anunciava a partida iminente dos expressos noturnos de Brisbane e Melbourne, e os passageiros se aglomeravam junto às cancelas. Logo chegou a vez deles, e, quando se escancararam os portões da plataforma número cinco, a multidão avançou, apressada.

Paddy encontrou para eles um compartimento vazio de segunda classe, pôs os meninos mais velhos perto das janelas e Fee, Meggie e o bebê junto das portas corrediças que abriam para o longo corredor através do qual se fazia a conexão entre os compartimentos. Rostos apareciam espiando, esperançosos, à procura de algum lugar vazio, mas logo desapareciam horrorizados à vista de tantas crianças pequenas. Às vezes era vantajoso ser uma grande família.

A noite estava tão fria que justificava o apelo às grandes mantas de viagem de tecido axadrezado que todas as malas traziam presas do lado de fora; embora o carro não fosse aquecido, caixas de aço cheias de cinzas quentes, dispostas ao longo do chão, irradiavam calor. De qualquer maneira, aliás, ninguém esperaria aquecimento, visto que nada era aquecido na Austrália ou na Nova Zelândia.

— Fica muito longe, papai? — perguntou Meggie quando o trem partiu, estrepitando e balançando suavemente sobre uma infinidade de pontos.

— Fica bem mais longe do que parecia em nosso atlas, Meggie. Novecentos e setenta e seis quilômetros. Lá estaremos amanhã de noite.

Os meninos olhavam boquiabertos para o pai, mas logo se esqueceram disso diante das luzes feéricas do país encantado que ficava lá fora; todos se apinharam às janelas e observaram a passagem dos primeiros quilômetros sem que o número das casas diminuísse. A velocidade aumentou, as luzes foram rareando e por fim se apagaram, substituídas pelo revolutear constante das fagulhas, que ondeavam tangidas pelo vento ululante. Quando Paddy tirou os meninos do compartimento a fim de que Fee desse

de mamar a Hal, Meggie acompanhou-os com olhos compridos. Naqueles dias, ao que tudo indicava, ela não seria incluída entre os meninos, pelo menos desde que o bebezinho lhe transtornara a vida acorrentando-a à casa com tanta firmeza quanto sua mãe estava acorrentada. Não que lhe importasse muito, disse lealmente a si mesma. Ele era tão engraçadinho, o principal encanto de sua vida, e era gostoso ver sua mãe tratá-la como gente grande. Não tinha idéia do que fazia ela para produzir bebês, mas o resultado era lindo. Meggie deu Hal a Fee; o trem parou logo depois, rangendo e guinchando, e pareceu ficar horas ofegando, até recuperar o fôlego. A menina estava louca de vontade de abrir a janela e olhar para fora, mas o compartimento já esfriara muito, apesar das cinzas quentes do chão.

Paddy entrou, vindo do corredor, com uma xícara fumegante de chá para Fee, que tornou a colocar Hal no assento, saciado e sonolento.

— Onde estamos?

— Num lugar chamado Valley Heights. Vamos pegar outra locomotiva para subir até Lithgow. Foi o que disse a moça da sala dos refrescos.

— Quanto tempo tenho para tomar isto aqui?

— Quinze minutos. Frank está arrumando sanduíches para vocês e eu darei de comer aos meninos. Depois daqui, só pararemos para comer qualquer coisa em Blayney, mas já de madrugada.

Meggie partilhou da xícara de chá quente e açucarado, sentindo-se de repente insuportavelmente excitada, e engoliu com voracidade o sanduíche que Frank lhe trouxera. Este acomodou-a no longo banco debaixo de Hal, prendeu com firmeza uma das mantas em torno dela, e depois fez o mesmo com Fee, que esticara o corpo no banco fronteiro. Stuart e Hughie foram postos para dormir no chão, entre os dois bancos, mas Paddy disse a Fee que levaria Bob, Frank e Jack vários compartimentos mais adiante para conversar com alguns tosquiadores, e ali passaria a noite. O trem era muito mais gostoso que o navio, estalejando pelo caminho ao ruído característico e rítmico das duas locomotivas, enquanto o vento salmodiava nos fios do telégrafo, e as rodas de aço, de vez em quando, tinham acessos furiosos ao patinar sobre os trilhos nos aclives, buscando freneticamente a tração; Meggie adormeceu.

De manhã, os Clearys contemplaram, entre atemorizados e consternados, uma paisagem tão estranha que nunca haviam imaginado pudesse existir no mesmo planeta em que existia a Nova Zelândia. As colinas ondulantes lá estavam, sem dúvida, mas nada mais lhes recordava a terra que haviam deixado. Tudo pardo e cinzento, até as árvores! O trigo do inverno já fora convertido em prata acastanhada pelo sol ofuscante, e eram quilômetros de trigo, que se arrepiavam e inclinavam ao vento, interrompidos apenas por bosquetes de árvores altas e esguias, de folhas azuis, e moitas poeirentas de cansados arbustos cinzentos. Os olhos estóicos de Fee contemplaram a cena sem mudar de expressão, mas os da pobre Meggie encheram-se de lágrimas. Era horrível, aberto e vasto, sem um traço de verde.

A noite gelada transformou-se em dia escaldante à proporção que o sol subia para o zênite e o trem estrondejava pelos campos afora, parando de vez em quando em alguma cidade cheia de bicicletas e de veículos puxados por cavalos, e onde os automóveis pareciam escassos. Paddy abriu bem as duas janelas, a despeito da fuligem que entrava remoinhando e se instalava sobre tudo; o calor era tanto que eles arfavam, e as pesadas roupas neo-zelandesas de inverno, aderindo-lhes ao corpo, comichavam. Não parecia possível que algum lugar fora do inferno fosse tão quente no inverno.

Gillanbone chegou com o morrer do sol, estranha coleçãozinha de edifícios desconjuntados de madeira e ferro corrugado, dos dois lados de uma rua larga, empoeirada, cansada e sem árvores. O sol que tudo derretia passara uma pasta de ouro sobre as coisas e dava à cidade uma transitória luminosidade dourada, que se dissipou enquanto eles permaneciam na plataforma observando. Tornou-se, mais uma vez, um típico povoado das fronteiras do Fim do Mundo, derradeiro pasto avançado numa região em que as chuvas diminuíam drasticamente; não muito longe dali, na direção do oeste, principiavam três mil e seiscentos quilômetros de terra do Nunca Mais, zonas desérticas onde não chovia.

Um reluzente carro preto estava parado no pátio da estação e, caminhando despreocupado, a passos largos, pelo chão forrado de vários centímetros de poeira, acercava-se um padre. A longa sotaina dava-lhe o aspecto de uma figura do passado, como se ele não se movesse sobre os pés, como os outros homens, mas se deixasse levar, como num sonho; a poeira se erguia e encapelava em torno dele, vermelha às últimas claridades do pôr-do-sol.

— Olá, sou o Padre de Bricassart — disse, estendendo a mão a Paddy. — Você deve ser o irmão de Mary; é a imagem viva dela.

Voltou-se para Fee e ergueu-lhe a mão flácida aos lábios, sorrindo com genuíno espanto; ninguém identificava uma dama com maior rapidez do que o Padre Ralph.

— A senhora é bonita! — disse, como se fosse a observação mais natural do mundo para um padre fazer e, em seguida, seus olhos passaram para os meninos, reunidos num grupo. Demoraram-se por um instante com intrigada perplexidade em Frank, que ficara encarregado do bebê, e conferiram, um por um, os garotos à medida que diminuíam de tamanho. Atrás dos irmãos, sozinha, Meggie olhava para ele de boca aberta, como se olhasse para Deus. Sem parecer dar-se conta de que a fina batina de sarja chafurdava na poeira, passou pelos meninos, agachou-se e segurou Meggie entre as mãos firmes, delicadas, bondosas.

— Muito bem! E quem é você? — perguntou-lhe, sorrindo.

— Meggie — disse ela.

— O nome é Meghann — acudiu Frank, franzindo o cenho e detestando aquele homem bonito e sua altura extraordinária. — Meu nome favorito, Meghann. — Ele endireitou o corpo, mas continuou segurando a mão de Meggie na sua. — Será melhor vocês ficarem esta noite na casa paroquial — continuou, conduzindo Meggie para o carro. — Eu os levarei de automóvel a Drogheda amanhã cedo; é muito longe para quem acaba de vir de Sydney de trem.

Tirante o Hotel Imperial, a igreja católica, a escola, o convento e a casa paroquial eram os únicos edifícios de tijolos que havia em Gillanbone, e até a grande escola pública tinha de contentar-se com um arcabouço de madeira. Agora que escurecera, o ar se tornara incrivelmente frio; mas na sala de estar da casa paroquial ardia imenso fogo de troncos, e o cheiro de comida lhes chegava, tentador, de algum lugar do prédio. A governanta, velha escocesa murcha, dotada de surpreendente energia, azafamava-se pela casa, mostrando-lhes os seus quartos e falando o tempo todo com o sotaque carregado das Highlands ocidentais.

Acostumados à reserva cheia de não-me-toques dos padres de Wahine, os Clearys acharam difícil enfrentar a fácil e jovial bonomia do Padre Ralph. Somente Paddy se descongelou, ainda lembrado do estilo amistoso dos religiosos da sua terra natal, a intimidade com que tratavam os pobrezinhos. O resto jantou em cuidadoso silêncio e fugiu para os quartos assim que pôde, seguido com relutância por Paddy, para o qual a religião era cordialidade e consolação; para o resto da sua família, porém, era algo enraigado no medo, uma compulsão do tipo "faça-o ou você se danará".

Quando se foram, Padre Ralph refestelou-se na poltrona favorita, olhos postos no lume, fumando um cigarro e sorrindo. Com os olhos do espírito passou os Clearys em revista, como os vira pela primeira vez do pátio da estação. O homem tão parecido com Mary, mas encurvado pelo trabalho duro e, manifestamente, sem a disposição maldosa da irmã; a esposa cansada e bela, que parecia ter acabado de descer de um landolé puxado por cavalos brancos parelhos; o moreno e intratável Frank, de olhos negros, *olhos negros*; os filhos, quase todos parecidos com o pai, exceto o mais moço, Stuart, parecidíssimo com a mãe, e que viria a ser um belo homem quando crescesse; era impossível dizer em que se transformaria o bebê; e Meggie. A mais suave, a mais adorável menininha que ele já vira; o cabelo de uma cor que desafiava qualquer descrição, nem vermelho nem cor de ouro, mas uma perfeita fusão de ambos. E que erguia a vista para ele com olhos de um cinzento prateado de tão radiosa pureza que se diriam jóias fundidas. Dando de ombros, arremessou o toco do cigarro ao fogo e pôs-se em pé. Estava ficando velho e fantasioso; jóias fundidas, pois sim! Era até mais provável que os olhos dele se estivessem deteriorando, queimados pela areia.

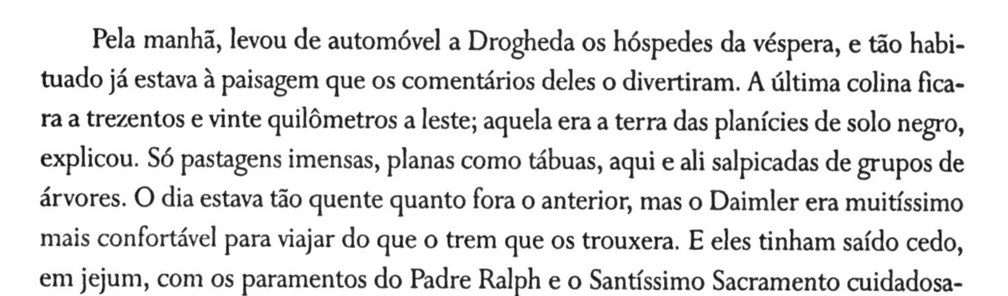

Pela manhã, levou de automóvel a Drogheda os hóspedes da véspera, e tão habituado já estava à paisagem que os comentários deles o divertiram. A última colina ficara a trezentos e vinte quilômetros a leste; aquela era a terra das planícies de solo negro, explicou. Só pastagens imensas, planas como tábuas, aqui e ali salpicadas de grupos de árvores. O dia estava tão quente quanto fora o anterior, mas o Daimler era muitíssimo mais confortável para viajar do que o trem que os trouxera. E eles tinham saído cedo, em jejum, com os paramentos do Padre Ralph e o Santíssimo Sacramento cuidadosamente acondicionados numa caixa preta.

— Os carneiros são sujos! — observou Meggie com expressão desconsolada, olhando para as muitas centenas de pelotas vermelhas, mas de um vermelho tirante à ferrugem, com os focinhos indagativos voltados para o capim.

— Ah, vejo que eu deveria ter escolhido a Nova Zelândia — disse o padre. — Lá deve ser como a Irlanda, cheia de bonitos carneiros cor de creme.

— Sim, é como a Irlanda em muitos sentidos; tem o mesmo belo capim verde. Mas é mais selvagem, muito menos domesticada — acudiu Paddy, que gostava cada vez mais do Padre Ralph.

Nesse exato momento um bando de emus ergueu-se, cambaleante, e disparou a correr, ligeiro como o vento, com as pernas desajeitadas semelhantes a um borrão, os pescoços compridos esticados para a frente. As crianças prenderam a respiração a princípio e depois desataram a rir, encantadas ao ver pássaros gigantescos como aqueles correndo em vez de voar.

— Que prazer é a gente não precisar descer do carro para abrir essas miseráveis porteiras — disse o Padre Ralph quando a última delas se fechou e Bob, encarregado de abri-las e fechá-las para ele, trepou de novo no carro.

Depois dos choques que a Austrália lhes causara com assombrosa rapidez, a casa-grande de Drogheda tinha para eles qualquer coisa do próprio lar, com sua graciosa fachada georgiana, suas glicínias trepadoras, que principiavam a lançar botões, e seus milhares de roseiras.

— É *aqui* que vamos morar? — guinchou Meggie.

— Não exatamente — apressou-se a dizer o padre. — A casa em que vocês vão morar fica a um quilômetro e meio daqui, lá embaixo, perto do córrego.

Mary Carson esperava-os na vasta sala de estar e não se levantou para cumprimentar o irmão. Ao invés disso, forçou-o a chegar até onde ela se achava, sentada em sua *bergére*.

— Muito bem, Paddy — disse, em tom satisfeito, olhando fixamente, atrás dele, para o Padre Ralph, que trazia Meggie nos braços, e tinha os bracinhos dela em volta do pescoço. Mary Carson levantou-se pesadamente, sem cumprimentar Fee nem as crianças.

— Vamos assistir à missa imediatamente — disse ela. — Estou certa de que o Padre de Bricassart não vê a hora de terminar suas obrigações.

— De maneira nenhuma, minha querida Mary. — Ele riu-se, enquanto os olhos azuis cintilavam. — Rezarei a missa, comeremos todos um bom desjejum quente à sua mesa, e depois, como prometi, mostrarei a Meggie o lugar onde ela vai morar.

— Meggie? — repetiu Mary Carson.

— Sim, esta é Meggie. O que, pelo visto, nos faz iniciar as apresentações pelo fim, não é mesmo? Deixe-me começar pelo começo, Mary. Esta é Fiona.

Mary Carson fez um breve aceno com a cabeça e prestou pouca atenção aos nomes dos meninos recitados pelo Padre Ralph; estava demasiado ocupada observando o padre e Meggie.

4

A casa do chefe dos pastores erguia-se sobre estacas uns nove metros acima de estreita ravina orlada de altos e desgarrados eucaliptos e de uma infinidade de salgueiros. Depois do esplendor da casa-grande de Drogheda, parecia desguarnecida e utilitária, mas em sua divisão interna não era muito diferente da casa que haviam deixado na Nova Zelândia. Sólida mobília vitoriana abarrotava os aposentos, recoberta de uma poeira vermelha muito fina.

— Vocês aqui têm sorte, dispõem de um banheiro — disse o Padre Ralph ao conduzi-los pelos degraus de tábuas à varanda da frente; dir-se-ia uma escalada, pois as estacas sobre as quais repousava a casa tinham quase cinco metros de altura. — Caso o córrego transborde — explicou o Padre Ralph. — Vocês ficarão aqui bem em cima dele e já ouvi dizer que ele é capaz de subir dezesseis metros numa noite.

Dispunham, com efeito, de um banheiro; uma velha banheira de folha-de-flandres e um velho aquecedor de água tinham sido colocados numa recâmara adaptada na extremidade da varanda dos fundos. Mas, como as mulheres descobriram com desagrado, a privada nada mais era que um buraco fedido feito na terra, a uns duzentos metros de distância da casa. Em confronto com a Nova Zelândia, primitivo.

— Quem quer que tenha morado aqui, não era muito limpo — disse Fee, passando o dedo pelo pó acumulado no aparador.

Padre Ralph riu-se.

— Você travará uma batalha já perdida ao tentar livrar-se disso — acudiu ele. — Isto é o interior, e há três coisas que jamais conseguirá derrotar: o calor, a poeira e as moscas. Faça o que fizer, eles estarão sempre ao seu lado.

Fee olhou para o padre.

— O senhor é muito bom para nós, Padre.

— E por que não seria? Vocês são os únicos parentes da minha boníssima amiga, Mary Carson.

Ela encolheu os ombros, não se deixando impressionar.

— Não estou acostumada a manter relações amistosas com padres. Na Nova Zelândia eles são muito fechados e dão pouca atenção às pessoas.

— Você não é católica, é?

— Não, Paddy é que é católico. As crianças, naturalmente, foram educadas como católicos, até a última delas, se é isso o que o preocupa.

— A mim, não. Nem pensei no assunto. Mas você, por acaso, não se sente mortificada?

— Na realidade, pouco me importa.

— Não se converteu?

— Não sou hipócrita, Padre de Bricassart. Perdi a fé em minha própria igreja e não sinto vontade alguma de abraçar outro credo igualmente sem sentido.

— Entendo. — Ele observou Meggie, que, na varanda da frente, acompanhava com a vista o caminho que conduzia à casa de sede de Drogheda. — Sua filha é tão linda! Gosto muito do louro veneziano, sabe? O cabelo dela faria Ticiano sair correndo em busca de pincéis e tintas. Até agora nunca vi ninguém com essa mesma cor de cabelo. É sua única filha?

— É. Os meninos são a regra na família de Paddy e na minha; as meninas são pouco comuns.

— Pobrezinha — disse ele, suspirando.

Depois que os engradados chegaram de Sydney e a casa assumiu um aspecto mais familiar com os livros, a louça, os enfeites, e os móveis de Fee encheram a sala de visitas, as coisas começaram a assentar. Paddy e os meninos mais velhos do que Stu passavam fora a maior parte do tempo em companhia dos dois empregados da fazenda que Mary Carson conservara para ensinar-lhes as diferenças que havia entre os carneiros do noroeste da Nova Gales do Sul e os carneiros da Nova Zelândia. Fee, Meggie e Stu descobriram as diferenças que havia entre dirigir uma casa na Nova Zelândia e morar na residência do chefe dos pastores em Drogheda; de acordo com um tácito entendimento, os Clearys nunca perturbariam Mary Carson pessoalmente, mas a governanta e as empregadas dela ansiavam tanto por ajudar as mulheres quanto os empregados da fazenda ansiavam por ajudar os homens.

Drogheda, como todos ficaram sabendo, era um mundo em si mesma, tão apartada da civilização que, passado algum tempo, Gillanbone tornou-se pouco mais que um nome que evocava lembranças remotas. Dentro dos limites do grande Home Paddock havia estábulos, uma ferraria, garagens, um sem-número de barracões em que se guardava tudo, desde alimentos até máquinas, canis e cercados para cães, uma confusão labiríntica de currais, um gigantesco barracão para a tosquia com o número inacreditável de vinte e seis estrados em seu interior, e outro dédalo de currais atrás dele. Havia galinheiros, chiqueiros, estábulos para vacas e uma vacaria, aposentos para os vinte e seis tosquiadores, choças para os biscateiros, duas casas como a deles, porém menores, para pastores, barracas para empregados inexperientes, um matadouro e lenheiros.

Tudo isso ficava exatamente no meio de um círculo sem árvores de cinco quilômetros de diâmetro: o Home Paddock. Só no ponto em que se erguia a casa do chefe dos pastores é que o conglomerado de prédios quase chegava à floresta. Havia, contudo, muitas árvores em torno dos barracões, currais e encerras de animais para dar a sombra bem-vinda e necessária; sobretudo aroeiras-moles, enormes, vigorosas, densas e sonolentamente lindas. Mais adiante, no longo capim do Home Paddock, cavalos e vacas de leite pastavam, amodorrados.

No fundo da ravina que ladeava a casa do chefe dos pastores fluía um raso e lerdo curso de água barrenta. Ninguém deu crédito à história do Padre Ralph de que o córrego poderia subir dezoito metros da noite para o dia; não parecia possível. Sua água era bombeada à mão para servir ao banheiro e à cozinha, e as mulheres precisaram de muito tempo para acostumar-se à idéia de lavar-se e de lavar pratos e roupas numa água pardacenta e esverdeada. Seis tanques maciços de ferro corrugado colocados no alto de torres de madeira, que lembravam guindastes, colhiam a chuva do telhado e lhes proporcionavam água potável, que devia ser consumida com parcimônia e nunca usada para lavar o que quer que fosse, pois ninguém sabia quando as próximas chuvas tornariam a encher os tanques.

Os carneiros, as vacas e os cavalos bebiam água artesiana, não extraída de um lençol freático acessível, mas a verdadeira água artesiana, trazida de mais de novecentos metros abaixo da superfície do solo, que jorrava, no ponto de ebulição, de um cano na chamada cabeça de perfuração e, depois de percorrer minúsculos canais orlados de um capim venenosamente verde, chegava a cada cercado que havia na propriedade. Esses canais eram os drenos da perfuração e a sua água, muito sulfurosa, carregada de minerais, não se apropriava ao consumo humano.

A princípio, as distâncias os assombraram; Drogheda tinha duzentos e cinqüenta mil acres. Sua divisa mais comprida se estendia por cento e vinte e oito quilômetros. A casa da sede distava sessenta e quatro quilômetros e vinte e seis porteiras de Gillanbone, o único povoado mais próximo num raio de cento e sessenta e nove quilômetros. A estreita divisa oriental era formada pelo Rio Barwon, nome que a gente do lugar dava ao curso setentrional do Rio Darling, grande rio lodoso de mil e seiscentos quilômetros que se juntava ao Rio Murray para desaguar no oceano meridional, a dois mil e quatrocentos quilômetros de distância no sul da Austrália. O Ribeirão Gillan, que corria na ravina ao lado da casa do chefe dos pastores, desembocava no Barwon três quilômetros e pouco além do Home Paddock.

Paddy e os garotos adoraram aquilo. Passavam, às vezes, dias e dias na sela, a quilômetros da casa da sede, acampando à noite debaixo de um céu tão vasto e tão cheio de estrelas que tinham a impressão de ser uma parte de Deus.

A terra pardo-acinzentada fervilhava de vida. Milhares de cangurus passavam em bandos, céleres, aos saltos, por entre as árvores, transpondo cercas sem mudar de andadura, adoráveis em sua graça, liberdade e quantidade; emus construíam seus ninhos no meio da planície relvosa e passeavam altivos e majestosos como gigantes pelas suas fronteiras territoriais, assustando-se com tudo o que fosse estranho e correndo mais do que cavalos para longe dos seus ovos verde-escuros, do tamanho de bolas de futebol; cupins erguiam torres cor de ferrugem que pareciam arranha-céus em miniatura; formigas imensas, que tinham uma picada dolorosíssima, desapareciam como rios por buracos feitos em cômoros no chão.

A vida alada era tão rica e variada que as espécies novas pareciam não ter fim; seus representantes, entretanto, não viviam isolados nem aos pares, senão aos milhares; minúsculos passarinhos verdes e amarelos, que Fee costumava chamar de periquitos, mas que os do lugar chamavam de *budgerigars*; pequenos papagaios escarlates e azuis cognominados *rosellas*; grandes papagaios cinza-claros com o peito, a cabeça e parte das asas de cor púrpura, conhecidos pelo nome de *galahs*; e os grandes pássaros inteiramente brancos, as cacatuas de insolentes cristas amarelas. Lindos e minúsculos tentilhões chirriavam e revoluteavam, e o mesmo faziam pardais e estorninhos, e os robustos e pardos martins-pescadores, os *kookaburras*, riam-se e exultavam, alegres, ou mergulhavam à procura de cobras, seu alimento predileto. Eram quase humanos todos esses pássaros e, completamente sem medo, pousados às centenas nas árvores, olhavam curiosos à sua volta com os olhinhos brilhantes e inteligentes, gritando, falando, rindo e imitando tudo o que produzia sons.

Temíveis lagartos de um metro e meio ou um metro e oitenta de comprimento avançavam pesadamente pelo chão ou trepavam, ágeis, aos altos galhos das árvores, tão à vontade fora da terra como sobre ela; eram *goannas*. E havia muitos outros, menores mas não menos assustadores, com o pescoço adornado de cristas córneas dinossáuricas, ou com línguas tumefatas, de um azul brilhante. A variedade de cobras era quase infinita, e os Clearys ficaram sabendo que as maiores e de aspecto mais perigoso nem sempre eram as mais daninhas, ao passo que uma criaturinha atarracada, de trinta centímetros de comprimento, poderia ser uma víbora mortal; pítons, mortíferas cobras-corais cor de cobre, cobras arborícolas, cobras-pretas de barriga vermelha, cobras-pardas.

E os insetos! Gafanhotos, cigarras, grilos, abelhas, moscas de todos os tamanhos e espécies, borrachudos, libélulas, mariposas gigantes e tantas borboletas! Aranhas medonhas, imensas e peludas, com pernas de vários centímetros de comprimento, ou enganosamente pequenas, mas pretas e mortais, escondidas na privada; algumas viviam em vastas teias gigantes, suspensas entre as árvores, outras se embalavam em densos berços de fios prateados, presos entre hastes de capim, outras ainda se enfiavam no chão em buraquinhos com tampas que se fechavam depois que elas passavam.

Também havia predadores: porcos bravos que não tinham medo de nada, selvagens e carnívoros, umas coisas pretas e peludas, grandes como vacas; dingos, os cães nativos selvagens que se movem às furtadelas, rentes ao solo, e se fundem com a relva; corvos, às centenas, desolados e aflitos, empoleirados nos brancos e murchos esqueletos de árvores mortas; gaviões e águias, pairando imóveis sobre as correntes de ar.

De alguns era preciso proteger os carneiros e o gado, sobretudo quando pariam. Os cangurus e os coelhos comiam o capim precioso; os porcos e os dingos devoravam cordeirinhos, bezerrinhos e bichos doentes; os corvos arrancavam os olhos dos animais com o bico. Os Clearys tiveram de aprender a atirar e carregavam fuzis quando saíam a cavalo, às vezes para acabar com o sofrimento de um animal condenado, às vezes para abater um porco bravo ou um dingo.

Isso, pensavam os meninos, exultantes, era *vida*. Nenhum tinha saudade da Nova Zelândia; quando as moscas se apinhavam como remela nos cantos dos seus olhos, lhes subiam pelo nariz, lhes entravam pela boca e pelas orelhas, eles aprenderam o truque australiano de prender cordões em toda a volta da aba do chapéu e amarrar uma rolha de cortiça na ponta de cada cordão. Para impedir que parasitos rastejantes lhes subissem pelas pernas, por baixo das calças largas, amarravam tiras de pele de canguru chamadas *bowyangs* abaixo dos joelhos. A Nova Zelândia era mansa comparada com isto aqui, mas isto era *vida*.

Presas à casa e às suas imediações, as mulheres achavam a existência muito menos interessante, pois não tinham tempo nem pretexto para montar a cavalo, nem o estímulo de atividades variadas. Era-lhes apenas mais duro fazer o que sempre fizeram as mulheres: cozinhar, limpar, lavar, passar a ferro, cuidar de nenezinhos. Lutavam contra o calor, a poeira, as moscas, os muitos degraus, a água barrenta, a quase permanente ausência de homens para cortar e carregar lenha, bombear a água, matar aves. O calor sobretudo era difícil de agüentar e, no entanto, ainda estavam no começo da primavera; mesmo assim, o termômetro colocado na varanda, onde havia sombra, marcava trinta e oito graus todos os dias. Na cozinha, com o fogão funcionando, a temperatura chegava a quarenta e nove graus.

As roupas que elas usavam, numerosas e justas, haviam sido feitas para a Nova Zelândia, onde o interior das casas era quase sempre frio. Mary Carson, que caminhara, à guisa de exercício, até a casa da cunhada, olhava com desdém para o vestido de algodão de Fee, fechado no pescoço e comprido até os pés. Ela mesma envergava, de acordo com a nova moda, um vestido de seda creme que não lhe passava da metade das pernas, de mangas largas, decote baixo e sem cintura.

— Não há dúvida, Fiona, você é irremediavelmente antiquada — disse ela, correndo a vista pela sala de visitas recém-pintada de creme, pelos tapetes persas e pelos móveis finos e valiosos.

— Não tenho tempo para ser outra coisa — redargüiu Fee, com excessivo laconismo para uma anfitriã.

— Você terá mais tempo agora que os homens se demoram longe de casa e há menos refeições para preparar. Suspenda as suas bainhas e deixe de usar anáguas e espartilhos, pois acabará morrendo quando chegar o verão. Sabe que o calor ainda pode aumentar de oito a onze graus? — Seus olhos se demoraram no retrato da bela mulher loura com a saia-balão à Imperatriz Eugênia. — Quem é aquela? — perguntou, apontando.

— Minha avó.

— É mesmo? E os móveis, os tapetes?

— Meus, herdados de minha avó.

— Não me diga! Pelo visto, minha querida Fiona, você desceu na escala social, não desceu?

Fee nunca perdia as estribeiras, de modo que não as perdeu tampouco nessa ocasião, mas seus lábios se afinaram.

— Pois eu não penso assim, Mary. Tenho um bom marido; você devia saber disso.

— Mas que não tem sequer um gato para puxar pelo rabo. Qual era o seu nome de solteira?

— Armstrong.

— Ah, sim? Mas não o mesmo Armstrong de Roderick Armstrong?

— É meu irmão mais velho. Ele recebeu o nome de meu avô

Mary Carson levantou-se, enxotando com o chapelão as moscas atrevidas, que não respeitavam nem as pessoas mais importantes.

— É, você é mais bem-nascida do que os Clearys, e sou eu quem o diz. Era tão grande assim o seu amor a Paddy que preferiu desistir de tudo isso?

— As razões para o que faço — voltou Fee, sem alterar o tom de voz — dizem respeito a mim, Mary, e não a você. Não discuto meu marido com ninguém, nem com a irmã dele.

As rugas de cada lado do nariz de Mary Carson se acentuaram, seus olhos tornaram-se um pouquinho mais protuberantes.

— Ora, essa! — disse ela.

Mary Carson não voltou à casa de Fee, mas a Sra. Smith, sua governanta, veio com freqüência e repetiu-lhe o conselho a respeito das roupas.

— Ouça — disse ela —, no meu quarto há uma máquina de costura que nunca uso. Mandarei um par de biscateiros trazê-la para a senhora. E, se eu um dia precisar usá-la, virei até aqui. — Seus olhos dirigiram-se para onde Hal, o bebezinho, rolava no chão, feliz da vida. — Gosto de ouvir o barulho das crianças, Sra. Cleary.

De seis em seis semanas chegava a correspondência de Gillanbone num carroção puxado por cavalos; era esse seu único contato com o mundo exterior. Drogheda possuía um caminhão Ford comum, outro caminhão Ford construído especialmente com um tanque de água na carroçaria, um automóvel Ford modelo T e uma limusine Rolls-Royce, mas ninguém parecia jamais utilizá-los para ir a Gilly, a não ser Mary Carson infreqüentemente. Sessenta e quatro quilômetros era longe como a lua.

Bluey Williams conseguira o contrato postal do distrito e levava seis semanas para cobrir seu território. Puxavam-lhe o carroção de teto plano com rodas de três metros, carregado de todas as coisas encomendadas pelas fazendas distantes, seis magníficas parelhas de cavalos de tiro. Assim como o Correio Real, ele transportava artigos de mercearia, gasolina em tambores de quarenta e quatro galões, querosene em lata quadradas de cinco galões, feno, sacos de milho, sacos de açúcar e farinha, caixas de chá, sacos de batatas, máquinas agrícolas, brinquedos e roupas pedidos pelo correio à casa de Anthony Horden em Sydney, e tudo o mais que devesse ser trazido de Gilly ou de Fora. Locomovendo-se à esplêndida velocidade de trinta e dois quilômetros por dia, recebiam-no muito bem onde quer que parasse, assediavam-no de perguntas sobre as notícias e o tempo de outros lugares, e entregavam-lhe os pedaços rabiscados de papel cuidadosamente enrolados em torno do dinheiro para as mercadorias que compraria em Gilly, e as cartas laboriosamente escritas, que iam parar no saco de lona onde se lia "Correio Real GVR".

A oeste de Gilly só havia duas fazendas no seu caminho, Drogheda, a mais próxima, e Bugela, a mais afastada; além de Bugela ficava o território que só recebia a correspondência de seis em seis meses. A carroça de Bluey descrevia um grande arco ziguezagueante ao percorrer todas as fazendas a sudoeste, a oeste e a noroeste, depois regressava a Gilly antes de partir, rumo ao leste, jornada mais curta porque a cidade de Booroo se responsabilizava por noventa e seis quilômetros a leste. Às vezes, trazia pessoas sentadas ao seu lado, no assento de couro da boléia descoberta, visitante ou gente à procura de trabalho; às vezes, levava pessoas, visitantes ou pastores, criadas ou biscateiros descontentes e, de raro em raro, uma governanta. Os criadores de carneiros possuíam condução própria, mas os que trabalhavam para os criadores de carneiros dependiam de Bluey para o seu transporte assim como dependiam dele para suas mercadorias e sua correspondência.

Depois que as peças de fazenda encomendadas por Fee chegaram pelo correio, ela sentou-se à máquina de costura que havia ganho e começou a fazer vestidos folgados para si e para Meggie, calças e macacões leves para os homens, camisolões para Hal e cortinas para as janelas, tudo de algodão. Não havia dúvida de que a gente não sentia tanto calor usando menos roupas e roupas mais folgadas.

A vida era solitária para Meggie, que dos irmãos só tinha Stuart para fazer-lhe companhia. Jack e Hughie saíam com o pai a fim de aprender o ofício de pastor de ovelhas — *jackaroos*, como se chamavam os jovens aprendizes. Stuart não era companhia para ela como o haviam sido Jack e Hughie. Vivia num mundo próprio. Menino sossegado, preferia ficar sentado horas a fio observando o comportamento de uma fila de formigas a trepar em árvores, ao passo que Meggie adorava trepar em árvores e achava maravilhosos os eucaliptos australianos, de variedades e dificuldades infinitas. Não que lhes sobrasse muito tempo para trepar em árvores ou para observar formigas, pois Meggie e Stuart trabalhavam como gente grande. Rachavam e transportavam a lenha, abriam buracos para o lixo, cuidavam da horta e tratavam das aves e dos porcos. Também aprenderam a matar cobras e aranhas, embora nunca deixassem de temê-las.

As chuvas haviam sido medianamente boas durante vários anos; o córrego baixara, mas os tanques estavam pela metade. Embora estivesse razoavelmente bom, o capim ficava muito aquém das suas épocas de maior viço.

— É provável que fique pior — disse Mary Carson em tom sombrio.

Mas eles conheceriam uma enchente antes de enfrentar a seca. Em meados de janeiro, a região apanhou a orla meridional das monções de noroeste. Extremamente insidiosos, os grandes ventos sopraram à vontade. Às vezes, apenas nas extremidades setentrionais mais afastadas do continente caíam as tempestades de verão, às vezes elas chegavam até as regiões mais remotas e menos povoadas e proporcionavam aos infelizes habitantes de Sydney um verão molhado. Naquele mês de janeiro as nuvens turbilhonaram, negras, pelo céu, rasgadas em frangalhos ensopados pelo vento, e começou a chover; não foi uma chuva fina, mas um dilúvio persistente e atroador, que parecia não acabar mais.

Eles tinham sido avisados; Bluey Williams aparecera de repente com o carroção carregado até o teto e doze cavalos de reserva atrás de si, pois pretendia terminar seus giros antes que as chuvas tornassem impossível novos fornecimentos às fazendas.

— As monções vêm vindo — disse ele, enrolando um cigarro e indicando pilhas de artigos suplementares de mercearia com o cabo do relho. — O Cooper, o Barcoo e o Diamantina transbordaram. Todo o interior de Queensland está mais de meio metro debaixo d'água e aqueles pobres-coitados estão tentando encontrar um morrinho qualquer para guardar os carneiros.

Súbito, instaurou-se uma espécie de pânico controlado; Paddy e os meninos trabalhavam como doidos, tirando os carneiros dos pastos mais baixos e levando-os para o mais longe possível do córrego e do Barwon. Padre Ralph apareceu, selou sua montaria e saiu com Frank e a melhor matilha de cães na direção de dois pastos ainda não evacuados ao longo do Barwon, enquanto Paddy e os dois pastores de ovelhas, cada qual acompanhado de um garoto, seguiam em outras direções.

O próprio Padre Ralph era um excelente pastor. Montava uma égua castanha, puro-sangue, que Mary Carson lhe dera, e trajava calças de montaria amarelo-pálidas de talhe perfeito, botas amarelas reluzentes que lhe chegavam aos joelhos, e uma camisa branca imaculada com as mangas arregaçadas sobre o braço musculoso e o pescoço descoberto deixando ver o peito moreno e liso. Vestindo velhas e largas calças cinzentas de sarja, presas abaixo do joelho com tiras de couro de canguru, e uma camiseta cinzenta de flanela, Frank sentia-se como um parente pobre. Exatamente o que ele era, pensou, seguindo o cavaleiro ereto sobre a égua bonita através de uma moita de buxos e de um pinhal, além do córrego. Ele próprio cavalgava um animal de lida, molhado, duro de boca, um diabo genioso e voluntarioso, que odiava, feroz, outros cavalos. Os cachorros latiam e pulavam, excitados, lutando entre si e rosnando até que os separava uma chicotada magistralmente aplicada pelo Padre Ralph. Dir-se-ia que não houvesse nada que o homem não soubesse fazer; familiarizado com os assobios convencionais para incitar os cães ao trabalho, ele manejava o chicote muito melhor do que Frank, que ainda estava aprendendo essa exótica arte australiana.

O grande cão de manto azul da raça Queensland, que dirigia a matilha, apegou-se ao padre e seguia-o servilmente, sem discutir, o que dava a Frank, decididamente, uma situação subalterna. Metade de Frank não se importava com isso; só ele, entre os filhos de Paddy, não gostava da vida em Drogheda. Seu maior desejo fora deixar a Nova Zelândia, mas não para isso. Detestava o incessante patrulhar dos pastos, o chão duro para dormir na maior parte das noites, os cães selvagens que não podiam ser tratados como animais domésticos e eram sacrificados quando descumpriam sua obrigação.

Mas a cavalgada sob as nuvens que se adensavam tinha em si um elemento de aventura; até as árvores que vergavam e estalavam pareciam dançar com bárbara alegria. Padre Ralph trabalhava como um homem dominado por uma obsessão, atiçando os cachorros no encalço de bandos distraídos de carneiros e fazendo as tolas bolotas de lã saltarem e balirem assustadas, até que as formas baixas que listavam a relva os ajuntavam e punham a correr. Somente a posse dos cães permitia a um punhado de homens operar uma propriedade do tamanho de Drogheda; educado para lidar com carneiros ou com o gado, o dingo inteligentíssimo necessitava de muito pouca direção.

Ao cair da noite, Padre Ralph e os cães ajudados por Frank, que procurava fazer o melhor que podia, e não fazia grande coisa, haviam retirado todos os carneiros de um pasto, serviço que, em épocas normais, levava vários dias. O padre desarreou a égua ao pé da porteira do segundo pasto, afirmando, otimista, que ainda tirariam os carneiros dali também antes de começar a chuva. Os cães estavam escarrapachados na grama, com a língua de fora, enquanto o grande Queensland sacudia a cauda, subserviente, aos pés do Padre Ralph. Frank arrancou do alforje um repugnante amontoado de pedaços de carne de canguru e arremessou-os aos cachorros, que se atiraram a eles abocanhando-os e mordendo-se uns as outros.

— Feras medonhas e sangüinárias — disse ele — Não se comportam como cães; parecem chacais.

— Pois creio que estão, provavelmente, muito mais próximos do que Deus pretendia que fossem os cachorros — acudiu Padre Ralph com mansidão. — Alertas, inteligentes, agressivos e quase indomados. Pessoalmente, eu os prefiro à espécie dos animaizinhos de estimação. — Sorriu-se o padre. — Os gatos também. Não os observou em torno dos barracões? Selvagens e maus como panteras; não deixam nenhum ser humano aproximar-se deles. Porém magníficos caçadores, que a nenhum homem dão o título de amo ou provedor.

Extraiu um pedaço frio de carne de carneiro e um pacote de pão com manteiga do seu alforje, cortou um bom naco da carne e estendeu o resto a Frank. Colocando o pão com manteiga sobre um tronco entre ambos, enterrou os dentes brancos no guisado com evidente prazer. Mitigou a sede com o conteúdo de um cantil de lona e, a seguir, enrolou um cigarro.

— Este é o lugar para dormir — disse ele, desencorreando o cobertor e pegando na sela.

Frank seguiu-o até a árvore, comumente tida pela mais bela nessa parte da Austrália. As folhas, quase perfeitamente arredondadas, tinham uma cor verde-pálida de lima e a folhagem, densa, crescia tão perto do solo que os carneiros a alcançavam com facilidade, de modo que o fundo de cada *wilga* era cortado tão direito quanto uma sebe topiária. Se a chuva começasse a cair, encontrariam melhor abrigo debaixo dela do que debaixo de qualquer outra, pois as árvores australianas, em geral, tinham uma folhagem menos espessa que as dos países mais chuvosos.

— Você não está feliz, Frank, está? — perguntou o Padre Ralph, deitando-se no chão com um suspiro e enrolando outro cigarro.

Da posição em que se encontrava, a pouco menos de um metro de distância, Frank voltou-se para mirá-lo, desconfiado.

— Quem é feliz?

— No momento, seu pai e seus irmãos. Mas nem você, nem sua mãe, nem sua irmã. Que é que há? Vocês não gostam da Austrália?

— Desta parte, não. Quero ir para Sydney. Eu talvez encontre ali a oportunidade de fazer alguma coisa.

— Sydney, é? Um antro de iniqüidades.

Padre Ralph estava sorrindo.

— Pouco me importa! Aqui estou tão atolado como na Nova Zelândia; não consigo me afastar dele.

— Dele?

Mas Frank não tencionara dizer isso, e não quis falar mais nada. Continuou deitado, olhando para as folhas.

— Quantos anos você tem, Frank?

— Vinte e dois.

— Sei. Já esteve, algum dia, separado da família?

— Não.

— Já foi a um baile, já teve uma namorada?

— Não.

— Nesse caso, ele não o segurará por muito tempo.

— Ele me segurará até eu morrer.

Frank recusava-se a dar-lhe o seu título.

Padre Ralph bocejou e preparou-se para dormir.

— Boa-noite — disse.

De manhã, as nuvens estavam mais baixas, mas a chuva esperou o dia todo para cair, e eles conseguiram evacuar o segundo pasto. Uma pequena crista atravessava Drogheda de noroeste para sudoeste; em seus pastos se concentravam os rebanhos de carneiros, pois tinham ali um terreno mais alto para buscar se a água ultrapassasse as margens do regato e do Barwon.

A chuva começou quase ao cair da noite, quando Frank e o padre se apressavam, num trote ligeiro, na direção do vau do córrego, abaixo da casa do chefe dos pastores de ovelhas.

— Não adianta preocupar-se em não os esfalfar agora! —gritou o Padre Ralph. — Crave as esporas nele, rapaz, ou você morrerá afogado na lama!

Dali a segundos estavam os dois ensopados, como ensopado estava o solo crestado. A terra fina, não porosa, converteu-se em mar de lama, em que os cavalos, atolados até os jarretes, patinhavam. Enquanto houve relva, eles puderam continuar, mas, perto do riacho, onde a terra, pisada, estava nua, precisaram desmontar. Livres dos seus fardos, os cavalos não tiveram dificuldades, mas Frank percebeu que não conservaria o equilíbrio. Aquilo era pior que uma pista de patinação. Valendo-se das mãos e dos joelhos, arrastaram-se até o topo da margem do arroio e escorregaram por ela como projéteis. O leito de pedra, que costumava estar coberto por trinta centímetros de águas preguiçosas, achava-se agora debaixo de um metro e tanto de espuma impetuosa; Frank ouviu o padre rir. Instigados pelos gritos e golpes desferidos com chapéus empapados, os cavalos escalaram a margem oposta sem acidentes, mas Frank e o Padre Ralph não conseguiram imitá-los. Toda vez que o tentavam, escorregavam para trás. O padre acabara de sugerir que trepassem num salgueiro, quando Paddy, alertado pelo aparecimento dos cavalos sem cavaleiros, surgiu com uma corda e içou os dois.

Sorrindo e sacudindo a cabeça, Padre Ralph recusou o oferecimento de hospitalidade de Paddy.

— Estou sendo esperado na casa-grande — explicou.

Mary Carson ouviu-o chamar antes de qualquer outra pessoa da casa, pois ele decidira caminhar até a frente, julgando que assim lhe seria mais fácil chegar ao seu quarto.

— Você não vai entrar desse jeito — disse ela, em pé na varanda.

— Então seja boazinha e me dê umas toalhas e minha caixa.

Sem nenhum constrangimento, ela o viu despir a camisa, as botas e as calças, encostada ao peitoril da janela semi-aberta da sala de estar, enquanto ele tirava, com a toalha, o pior da lama.

— Você é o homem mais bonito que já vi, Ralph de Bricassart — disse ela. — Por que será que tantos padres são bonitos? Pelo fato de serem irlandeses? Os irlandeses são um povo bonito. Ou porque os homens bonitos encontram no sacerdócio um refúgio contra as conseqüências da sua beleza? Aposto que as moças de Gilly andam todas loucas de amor por você.

— Aprendi há muito tempo a não dar atenção às moças loucas de amor. — Ele riu. — Qualquer padre com menos de cinqüenta anos é um alvo para algumas delas, e um padre com menos de trinta e cinco costuma ser um alvo para todas. Mas são só as protestantes que tentam francamente me seduzir.

— Você nunca responde direito às minhas perguntas, não é mesmo? — Endireitando-se, ela colocou a palma da mão no peito dele e ali a deixou. — Você é um sibarita, Ralph, toma banhos de sol. Todo o seu corpo é assim queimado?

Sorrindo, ele inclinou a cabeça para a frente e riu com a boca no cabelo dela, enquanto as mãos desabotoavam as ceroulas de algodão; quando estas caíram ao chão, empurrou-as com os pés, e ali ficou, como uma estátua de Praxíteles, enquanto ela dava uma volta completa em torno dele, devagar, olhando.

Os últimos dois dias o haviam estimulado, como o estimulava a súbita consciência de que ela talvez fosse mais vulnerável do que ele imaginara; mas, conhecendo-a, sentiu-se perfeitamente seguro ao perguntar:

— Você quer que eu faça amor com você, Mary?

Ela contemplou-lhe o pênis flácido, rindo muito.

— Eu seria incapaz de exigir-lhe tamanho sacrifício! Você precisa de mulheres, Ralph?

A cabeça dele recuou, num gesto desdenhoso.

— Não!

— De homens?

— São piores que as mulheres. Tampouco preciso deles.

— E de si mesmo?

— Menos ainda.

— Interessante. — Abrindo toda a janela, ela entrou na sala de estar. — Ralph, Cardeal de Bricassart! — anunciou, em tom escarninho.

Quando, porém, se viu longe dos olhos perspicazes dele, deixou-se cair na *bergère* e cerrou os punhos, gesto de vitupério contra as incoerências do destino.

Nu, Padre Ralph desceu da varanda para ficar no gramado bem-aparado com os braços erguidos acima da cabeça, os olhos fechados; deixou que a chuva caísse sobre si, em duchas quentes, penetrantes, vigorosas, deliciosa sensação na pele nua. Estava muito escuro. Mas ele continuava flácido.

O córrego transbordou e a água subiu ainda mais pelas estacas da casa de Paddy, estendendo-se até o Home Paddock na direção da própria casa da sede.

— Ele descerá amanhã — disse Mary Carson quando Paddy foi informá-la do fato, preocupado.

Como sempre, ela estava certa; na outra semana a água refluiu e, finalmente, voltou aos canais normais. O sol apareceu, a temperatura subiu a quarenta e seis graus à sombra, e o capim parecia querer alcançar o céu, da altura da coxa de um homem, tão limpo, brilhante e dourado que machucava a vista. Lavadas e espanejadas, as árvores reluziam e as hordas de papagaios voltaram de onde se haviam refugiado enquanto a chuva caía para ostentar seus corpos de arco-íris no meio das árvores, mais loquazes do que nunca.

Padre Ralph regressara em auxílio dos seus paroquianos desamparados, sereno por saber que não seria censurado; debaixo da imaculada camisa branca, junto ao coração, trazia um cheque de mil libras. O Bispo ficaria extasiado.

Os carneiros foram levados de volta aos pastos normais e os Clearys viram-se obrigados a aprender o hábito interiorano da sesta. Levantavam-se às cinco da manhã, faziam tudo o que tinham de fazer antes do meio-dia, depois caíam, prostrados, como sacos, exaustos e suados até às cinco da tarde. Isto tanto se aplicava às mulheres em casa quanto aos homens nos pastos. As tarefas não executadas cedo eram-no depois das cinco, e fazia-se a refeição da noite após o ocaso, à mesa colocada na varanda. As camas também tinham sido levadas para fora, pois o calor persistia durante a noite. Dir-se-ia que nas últimas semanas a coluna de mercúrio não descera abaixo da marca dos quarenta, quer de dia, quer de noite. A carne de vaca era uma lembrança esquecida, e só havia para comer um carneiro suficientemente pequeno para durar sem se estragar até ser todo deglutido. Seus paladares ansiavam por uma mudança da eterna rotina de costeletas assadas de carneiro, cozido de carneiro, torta de carne de carneiro bem picada, carne de carneiro temperada com caril, pernil assado de carneiro, carne de carneiro cozida e conservada em vinagre, carne de carneiro cozida e servida em panela de barro.

No começo de fevereiro, porém, a vida mudou de repente para Meggie e Stuart, que foram mandados, como internos, para o convento de Gillanbone, pois não havia escola mais próxima. Hal, disse Paddy, faria o curso por correspondência da Escola dos Dominicanos em Sydney quando tivesse idade para isso, mas, nesse meio tempo, como Meggie e Stuart estivessem acostumados a professoras, Mary Carson se oferecera, generosa, para pagar-lhes a pensão e o ensino no convento de Santa Cruz. Além disso, Fee andava tão ocupada com Hal que não poderia vigiar também as aulas por correspondência. Ficara tacitamente entendido, desde o começo, que Jack e Hughie não prosseguiriam em seus estudos; Drogheda precisava deles na terra, e a terra era o que eles queriam.

Meggie e Stuart encontraram uma existência estranha e pacífica em Santa Cruz depois de sua vida em Drogheda, mas, sobretudo, depois do Sagrado Coração em Wahine. Padre Ralph dera a entender sutilmente às freiras que, além de serem as duas crianças suas protegidas, a tia delas era a mulher mais rica da Nova Gales do Sul. Assim sendo, a timidez de Meggie passou de vício a virtude, e o estranho isolamento de Stuart, o seu hábito de ficar olhando durante horas para distâncias incomensuráveis, valeu-lhe o epíteto de "santo".

Era verdadeiramente muito pacífico, pois havia pouquíssimos internos; os moradores do distrito que tinham dinheiro bastante para internar os filhos num colégio sempre preferiam Sydney. O convento cheirava a verniz e a flores, e seus altos e escuros corredores emanavam quietude e uma tangível santidade. As vozes eram abafadas, a vida prosseguia por trás de um véu negro e fino. Ninguém os açoitava, ninguém gritava com eles, e havia sempre o Padre Ralph.

Este vinha vê-los com freqüência e os hospedava na casa paroquial com tanta regularidade que decidiu pintar o quarto usado por Meggie de um delicado verde-maçã e comprar cortinas novas para as janelas e uma nova colcha para a cama. Stuart continuou a dormir num quarto que continuava marrom e creme apesar de duas redecorações; o fato é que nunca ocorria ao Padre Ralph perguntar a si mesmo se Stuart se sentia feliz. Ele era convidado de última hora que, para não se ofender ninguém, também precisava ser incluído na lista.

Padre Ralph não sabia exatamente por que gostava tanto de Meggie e, aliás, não perdia muito tempo pensando nisso. O sentimento começara pela piedade, naquele dia no pátio empoeirado da estação da estrada de ferro, quando a notara atrás dos outros; separada do resto da família em virtude do sexo, conjeturara ele com sagacidade. Entretanto, pouco se lhe dava de saber por que Frank também se movia num perímetro externo nem se sentia inclinado a ter pena de Frank. Havia neste qualquer coisa que matava as emoções ternas: um coração negro, um espírito carente de luz interior. Mas Meggie? Meggie o comovera insuportavelmente, e ele não sabia por quê. Havia a cor do seu cabelo, que lhe agradava; a cor e a forma dos olhos, parecidos com os da mãe e, portanto, belos, porém muito mais doces e expressivos; e o seu caráter, que ele via como o perfeito caráter feminino, passivo mas enormemente forte. Meggie não era uma rebelde; ao contrário. Obedeceria durante toda a vida e mover-se-ia dentro das fronteiras do seu destino feminino.

Entretanto, a soma de todos esses elementos não dava o total procurado. É possível que, se tivesse olhado mais profundamente para dentro de si mesmo, ele tivesse visto que o que sentia por ela era o curioso resultado do tempo, do lugar e da pessoa. Ninguém a julgava importante, o que significava que havia um espaço em sua vida em que ele poderia encaixar-se e ter a certeza do seu amor; ela era uma criança e, portanto, não representava perigo para o seu estilo de vida nem para a sua reputação sacerdotal; ela era bela, e ele apreciava a beleza; e, o que ele menos admitia, Meggie enchia um espaço vazio em sua vida que o seu Deus não poderia encher, pois possuía calor e solidez humana. Para não constranger a família dela dando-lhe presentes, ele lhe dava o máximo possível da sua companhia, e gastava tempo e idéias na redecoração do quarto da menina na casa paroquial; não tanto para ver-lhe o prazer como para criar um engaste apropriado à sua jóia.

Nada de bijuteria para Meggie.

No princípio de maio, os tosquiadores chegaram a Drogheda. Mary Carson tinha plena consciência do modo com que tudo se fazia em Drogheda, desde a distribuição dos carneiros até o estalar de um chicote; mandou chamar Paddy na casa-grande alguns dias antes da chegada dos tosquiadores e, sem sair de sua *bergère*, disse-lhe precisamente o que ele teria de fazer até o último pormenor. Acostumado à tosquia na Nova Zelândia, Paddy ficara abismado com o tamanho do barracão e os seus vinte e seis estrados; agora, depois da entrevista com a irmã, os fatos e os números começaram a lutar dentro da sua cabeça. Não somente os carneiros de Drogheda seriam tosquiados em Drogheda, mas também os de Bugela, de Dibban-Dibban e de Beel-Beel. Isso significava uma quantidade extenuante de trabalho para todas as pessoas do lugar, homens e mulheres. O costume era a tosquia comunal, e as fazendas que se valiam das instalações de Drogheda também arregaçariam as mangas, mas o impacto do trabalho posterior recairia sobre os ombros da gente de Drogheda.

Os tosquiadores trariam seu próprio cozinheiro e comprariam a comida no armazém da fazenda, mas cumpria encontrar as vastas quantidades de alimentos; cumpria lavar, limpar e equipar de colchões e cobertores as choças decrépitas, providas de cozinha e de um banheiro primitivo. Nem todas as fazendas eram tão generosas com os tosquiadores quanto Drogheda, que se orgulhava da sua hospitalidade e da sua reputação de "barracão supimpa". Pois sendo esta a única atividade de que participava, Mary Carson não fazia economias. Não somente era aquele um dos maiores barracões em toda a Nova Gales do Sul, mas também requeria o trabalho dos melhores homens, homens do calibre de Jackie Howe; mais de trezentos mil carneiros seriam ali tosquiados antes que os tosquiadores jogassem suas trouxas no velho caminhão Ford do empreiteiro e desaparecessem no caminho, rumo ao barracão seguinte.

Fazia duas semanas que Frank não aparecia em casa. Com o velho Beerbarrel Pete, o pastor de ovelhas, uma matilha de cães, dois cavalos de lida e um carro leve atrelado a um pangaré relutante para transportar-lhes as modestas necessidades, ele partira em direção aos pastos mais ocidentais no intuito de trazer de lá os carneiros para os juntar cada vez mais, apartar e escolher. Trabalho lento e tedioso que não se podia comparar com o ajustamento realizado antes da cheia. Cada pasto tinha os próprios currais, onde se faria parte do trabalho de classificação e marcação e onde os rebanhos ficariam detidos até chegar a sua vez. Os currais de tosquia do barracão só comportavam dez mil carneiros, de modo que a vida não seria fácil enquanto os tosquiadores lá estivessem, num constante vaivém de rebanhos que se trocavam, os já tosquiados pelos ainda não tosquiados.

Quando Frank entrou na cozinha de sua mãe, encontrou-a em pé à beira da pia, entretida numa tarefa que nunca tinha fim, descascando batatas.

— Mamãe, cheguei! — disse ele, com alegria na voz. Quando ela se virou para vê-lo mostrou a barriga, e as duas semanas que ele passara fora lhe permitiram a percepção. — Meu Deus! — murmurou.

Os olhos dela perderam o prazer que a chegada do filho lhes causara, enquanto a vergonha lhe corava o rosto; ela estendeu as mãos sobre o avental bojudo, como se elas pudessem esconder o que as roupas não conseguiam.

Frank estava tremendo.

— O velho bode sujo!

— Frank, não posso permitir que você diga essas coisas. Você agora é um homem, devia compreender. Isto não é diferente da maneira com que você mesmo veio ao mundo, e merece o mesmo respeito. Não é sujo. Quando você insulta seu pai, está me insultando também.

— Ele não tinha o direito! Ele devia tê-la deixado em paz! — sibilou Frank, enxugando uma gota de saliva que lhe ficara no canto da boca trêmula.

— Não é sujo — repetiu ela em tom cansado, e o fitou com os olhos claros e fatigados, como se tivesse decidido, subitamente, deixar a vergonha de vez para trás. — *Não* é sujo, Frank, como não é sujo o ato que o criou.

Desta vez o rosto dele ficou vermelho. Não podendo continuar a sustentar o olhar dela, virou-se, saiu da cozinha e foi enfiar-se no quarto que partilhava com Bob, Jack e Hughie. Suas paredes nuas e suas caminhas de solteiro caçoaram dele, do seu aspecto inútil e banal, da falta de uma presença para aquecê-lo, de um propósito para santificá-lo. E o rosto dela, o belo e cansado rosto dela com seu halo formalista de cabelo dourado, se iluminava todo por causa do que ela e aquele peludo bode velho tinham feito no calor terrível do verão.

Ele não podia livrar-se disso, não podia livrar-se dela, dos pensamentos que ficavam no fundo da sua mente, das fomes naturais da sua idade e da sua virilidade. Na maior parte das vezes, conseguia empurrar tudo aquilo para debaixo da consciência, mas quando ela lhe exibia uma prova palpável da sua sensualidade, quando expunha diante dele sua misteriosa atividade com aquela besta lúbrica... Como poderia ele pensar nisso, como poderia consentir nisso, com poderia sofrê-lo? Ele desejava poder imaginá-la totalmente santa, pura e imaculada como a Mãe Santíssima, um ser que se elevava acima dessas coisas, embora suas irmãs no mundo inteiro as praticassem. Vê-la provar o que ele concebia como o erro dela era o caminho para a loucura. Tornara-se necessário à sanidade dele supor que ela se deitava com aquele velho feio em perfeita castidade, para ter onde dormir, mas que, durante a noite, eles nunca se voltavam um para o outro, nem se tocavam! Oh, Deus!

Um som metálico e áspero fê-lo olhar para baixo e, ao fazê-lo, verificou que torcera o pé da cama, transformando-o num S.

— Por que você não é papai? — perguntou ao pé da cama.

— Frank — disse a mãe da soleira da porta.

Ele ergueu os olhos, olhos negros cintilantes e molhados como pedaços de carvão sobre os quais houvesse chovido.

— Ainda o acabarei matando — disse.

— Se fizer isso, você me matará — volveu Fee, aproximando-se para sentar na cama.

— Não, eu a libertarei — retrucou ele num tom selvagem, cheio de esperança.

— Frank, nunca poderei ser livre, e não quero ser livre. Quisera saber de onde vem a sua cegueira, mas não sei. Não vem de mim, e tampouco de seu pai. Sei que você não é feliz, mas precisa acaso nos culpar disso, a mim e a ele? Por que insiste em tornar as coisas tão difíceis? Por quê? — Ela abaixou os olhos para as próprias mãos e, em seguida, tornou a erguê-los para ele. — Eu não queria dizer isto, mas preciso dizê-lo. Já é tempo de você arranjar uma moça, Frank, desposá-la e constituir família. Há espaço em Drogheda. Nunca me preocupei com os outros meninos nesse sentido; eles não parecem, de modo algum, ter a sua natureza. Mas você precisa de uma esposa, Frank. Se você tivesse uma mulher, não teria tempo para pensar em mim.

Ele voltara as costas para ela e não quis virar-se. Durante uns cinco minutos, talvez, ela ficou sentada na cama à espera de que ele dissesse qualquer coisa. Depois suspirou, levantou-se e saiu.

5

Depois que se foram os tosquiadores e o distrito caiu na semi-inércia do inverno, veio a festa anual da Exposição de Gillanbone e das Corridas do Piquenique. Era o acontecimento mais importante do calendário social, e durava dois dias. Como Fee não se sentisse muito bem para ir, Paddy levou Mary Carson à cidade em seu Rolls-Royce sem a esposa para apoiá-lo ou para conservar em silêncio a língua de Mary. Ele notara que, por alguma razão misteriosa, a própria presença de Fee reprimia sua irmã, colocava-a em situação de inferioridade.

Os outros iriam todos. Ameaçados de morte se não se comportassem direito, os meninos foram de caminhão em companhia de Beerbarrel Pete, Jim, Tom, a Sra. Smith e as crianças, mas Frank foi mais cedo, sozinho, no Ford modelo T. Os adultos do grupo ficariam na cidade para assistir às corridas do dia seguinte; por motivos que só ela conhecia, Mary Carson recusou o oferecimento do Padre Ralph de acomodá-la na casa paroquial, mas insistiu com Paddy para que o aceitasse para si e para Frank. Ninguém ficou sabendo onde pararam os dois pastores e Tom, o aprendiz de jardineiro, mas a Sra. Smith, Minnie e Cat tinham amigos em Gilly que as hospedaram.

Eram dez horas da manhã quando Paddy instalou a irmã no melhor quarto que o Hotel Imperial tinha para oferecer; de lá, dirigiu-se ao bar, onde encontrou Frank com uma caneca de cerveja na mão.

— Deixe-me pagar a próxima, meu velho — disse Paddy jovialmente ao filho. — Tenho de levar Tia Mary ao almoço das Corridas do Piquenique, e preciso de apoio moral para poder agüentar o sacrifício sem a presença de sua mãe.

O hábito e o respeito são mais difíceis de superar do que as pessoas supõem, até que tentam realmente modificar o procedimento de anos; Frank descobriu que não poderia fazer o que desejava, não poderia atirar o conteúdo da caneca no rosto do pai, pelo menos diante da multidão que estava no bar. Por isso, emborcou de uma vez o resto da cerveja, sorriu amarelo e disse:

— Desculpe, papai, mas acontece que prometi me encontrar com alguns sujeitos no recinto da exposição.

— Então vá até lá. Olhe, pegue isto e gaste-o com você mesmo. Divirta-se e, se ficar de pileque, não deixe sua mãe perceber.

Frank parou os olhos na nota azul e amarfanhada de cinco libras sentindo uma vontade quase insopitável de rasgá-la em pedacinhos e atirá-los ao rosto de Paddy, mas o costume venceu outra vez; dobrou-a, enfiou-a no bolsinho do relógio e agradeceu ao pai. E saiu do bar o mais depressa que pôde.

Ostentando o seu melhor terno azul, colete abotoado, o relógio de ouro seguro por uma corrente de ouro e um peso feito de um pepita procedente dos campos auríferos de Lawrence, Paddy puxou com força o colarinho de celulóide e correu a vista pelo bar à procura de um rosto conhecido. Não estivera muitas vezes em Gilly desde que chegara a Drogheda, nove meses atrás, mas sua posição como irmão de Mary Carson e seu herdeiro aparente fizera com que o tratassem muito hospitaleiramente toda as vezes que ele fora à cidade e com que todos se lembrassem do seu rosto. Vários homens cumprimentaram-no sorridentes, vozes se ofereceram para pagar-lhe uma cerveja e ele logo se viu cercado de uma simpática multidãozinha; Frank estava esquecido.

O cabelo de Meggie, naquele tempo, era trançado, pois nenhuma freira se mostrava disposta (apesar do dinheiro de Mary Carson) a cuidar-lhe dos cachos, e ele estava preso em duas grossas tranças por cima dos ombros, amarradas com fitas azul-marinho. Vestindo o sóbrio uniforme azul-marinho de aluna de Santa Cruz, ela atravessou o gramado que separava o convento da casa paroquial, escoltada por uma freira, e foi entregue à governanta do Padre Ralph, que a adorava.

— Oh, é o bonito cabelo escocês da garotinha — explicou ela, certa vez, ao padre que a interrogava, divertido; Annie não era dada a gostar de menininhas e já deplorara a proximidade entre a casa paroquial e a escola.

— Ora essa, Annie! O cabelo é inanimado; você não pode gostar de uma pessoa só por causa da cor do seu cabelo — disse ele, para mexer com ela.

— Bem, ela é uma pobre garotinha... um salmãozinho, o senhor sabe como é.

Ele não sabia, mas tampouco lhe perguntou o que significava "salmãozinho". Às vezes era melhor não saber o que Annie queria dizer, nem incentivá-la dando muita atenção às suas palavras; de acordo com a sua própria linguagem, ela era meio vidente e, se tinha pena da menina, ele não queria ouvir dela que a pena se referia ao futuro e não ao passado.

Frank chegou, trêmulo ainda do encontro com o pai no bar, e sem ter o que fazer.

— Venha comigo, Meggie, vou levá-la à feira — disse ele, estendendo a mão.

— E por que não posso levar os dois? — acudiu o Padre Ralph, estendendo a sua.

Ladeada pelos dois homens que adorava, e dando a mão a ambos, Meggie sentia-se no sétimo céu.

O recinto da feira de Gillanbone fora instalado numa das margens do Rio Barwon, ao lado da pista de corrida. Embora já fizesse seis meses que a inundação ocorrera, a lama ainda não secara de todo, e os pés ansiosos dos primeiros a chegar já a haviam convertido em atoleiro. Depois das baias em que ficavam os carneiros, as vacas, os touros, os porcos, as cabras e os bodes, o gado excelente e perfeito que competia pelos prêmios a serem conferidos, erguiam-se tendas cheias de peças de artesanato e guloseimas. Eles admiraram o gado, os bolos, os xales de crochê, as roupinhas de tricô, as toalhas de mesa bordadas, os gatos, os cães e os canários.

Na extremidade mais afastada de tudo isso ficava a pista de equitação, onde jovens ginetes e amazonas passavam com seus cavalos a meio galope diante dos juízes que pareciam, como se afigurou à risonha Meggie, tão cavalares quanto os animais que desfilavam diante deles. Viam-se amazonas com magníficos trajes de montar encarapitadas em silhões no alto de cavalos enormes, com suas cartolinhas envoltas em sedutores véus. Como poderia uma pessoa montada e enchapelada de modo tão precário manter-se imperturbável em cima de um cavalo que andasse mais depressa do que a passo era coisa que Meggie não conseguia entender, até que viu uma esplêndida criatura obrigar o seu animal a empinar, gracioso, e depois dar uma série de saltos difíceis, terminando de forma tão impecável quanto começara. Em seguida, a dama esporeou a montaria com gesto impaciente e, partindo a meio galope pelo solo encharcado, fê-la parar diante de Meggie, Frank e o Padre Ralph para atalhar-lhes o avanço. Endireitando a perna, que descrevia uma curva em torno do silhão, a dama sentou-se de lado na sela, com destreza, suas mãos enluvadas estendidas num gesto imperioso.

— Padre! Tenha a bondade de me ajudar a apear!

Ele colocou as mãos na cintura dela, ela pôs as mãos nos ombros dele e pulou do cavalo; mas, assim que os saltos dela tocaram o solo, ele a deixou, pegou nas rédeas do cavalo e saiu andando, enquanto que a dama, ao seu lado, lhe acompanhava sem esforço as largas passadas.

— Pretende vencer a Caçada, Srta. Carmichael? — perguntou ele em tom de total indiferença.

Ela se aborreceu; era jovem e muito bonita, e o tom curioso e impessoal dele irritou-a.

— Espero vencer, mas não posso ter certeza. A Srta. Hopeton e a Sra. Anthony King também vão competir. Entretanto, vencerei a Exibição e, por isso, se não vencer a Caçada, não me zangarei.

Ela falava arredondando as vogais e com a fraseologia estranhamente afetada de uma senhorita educada com tanto esmero que já nenhum indício de calor ou de dialeto lhe coloria a voz. Ao dirigir-se a ela, até a fala do Padre Ralph se tornava mais requintada, e perdia o seu sedutor e tênue sotaque irlandês; como se ela lhe evocasse um tempo em que ele também fora assim. Meggie franziu o cenho, intrigada e impressionada pelas palavras ligeiras mas cautelosas que eles diziam, sem saber que espécie de mudança se operara no Padre Ralph, mas sabendo apenas que ocorrera uma mudança e que ela não era do seu agrado. Soltou a mão de Frank, pois se tornara difícil para eles continuarem caminhando lado a lado.

Quando chegaram a uma grande poça d'água, Frank ficara para trás. Os olhos do Padre Ralph inspecionaram a água, que era quase um poço raso; voltou-se para a criança cuja mão continuara segurando com firmeza, e inclinou-se para ela com uma ternura especial que a dama não poderia deixar de notar, pois faltara de todo nas suas trocas de civilidades com ela.

— Não uso capa, querida Meggie, e, por isso, não posso ser o seu *Sir* Walter Raleigh. Estou certo de que me perdoará, minha cara Srta. Carmichael — prosseguiu, entregando as rédeas à jovem —, mas não posso permitir que minha garota predileta suje de lama os seus sapatos, posso?

Ele levantou Meggie e apertou-a de encontro ao quadril, deixando que a Srta. Carmichael arregaçasse as saias roçagantes com uma das mãos, pegasse as rédeas com a outra e atravessasse a poça d'água sem ajuda de ninguém. O som da risada de Frank, logo atrás deles, não contribuiu para melhorar-lhe o humor; chegados ao extremo oposto do charco, deixou-os abruptamente.

— Acredito que ela o mataria, se pudesse — disse Frank, enquanto o Padre Ralph punha Meggie no chão. Sentia-se fascinado por aquele embate e pela crueldade deliberada do religioso. Ela parecera a Frank tão bela e tão soberba que nenhum homem poderia contrariá-la, nem mesmo um padre; não obstante, o Padre Ralph, caprichosamente, se propusera abalar-lhe a confiança em si mesma, naquela impetuosa feminilidade que ela manejava como uma arma. Como se a odiasse e odiasse o que ela representava, pensou Frank, o mundo das mulheres e seu requintado mistério, que ele nunca tivera a oportunidade de perscrutar. Espicaçado pelas palavras de sua mãe, quisera que a Srta. Carmichael o notasse, o filho mais velho do herdeiro de Mary Carson, mas ela não se dignara sequer admitir-lhe a existência. Toda a sua atenção estivera concentrada no padre, um ser sem sexo e desvirilizado. Embora alto, moreno e bonito.

— Não se preocupe, ela tentará de novo — respondeu o Padre Ralph com cinismo. — É rica e, portanto, no próximo domingo, deixará cair uma nota de dez libras no prato da coleta, com muita ostentação. — Ele riu-se ao ver a expressão de Frank. — Não sou muito mais velho do que você, meu filho, mas, apesar da minha profissão, sou um homem do mundo. Não me censure por isso; ponha-o simplesmente na conta da experiência.

Eles haviam deixado para trás a pista de equitação e entrado no recinto reservado às diversões. Tanto para Meggie quanto para Frank, tudo aquilo era um verdadeiro encantamento. O Padre Ralph dera a Meggie cinco xelins e Frank tinha suas cinco libras; era maravilhoso ter dinheiro para pagar a entrada de todas aquelas barracas sedutoras. Multidões ali se apinhavam, crianças corriam por toda parte contemplando de olhos esbugalhados as sinistras legendas pintadas com letras grosseiras à frente das barracas em franca decadência: A Mulher Mais Gorda do Mundo; A Princesa Huri, a Dançarina da Serpente (Veja-a Atiçar as Chamas de Fúria de uma Cobra!); O Homem de Borracha Hindu; Golias, o Homem Mais Forte do Mundo; Tétis, a Sereia. Em cada uma eles deixaram os seus *pence* e viram tudo, extasiados, sem reparar nas escamas tristemente desluzidas de Tétis nem no sorriso desdentado da cobra.

Na extremidade oposta, tão grande que ocupava um lado inteiro, havia um barracão gigantesco com uma alta passarela de tábuas à sua frente e um friso que se estendia por todo o seu comprimento, cheio de figuras pintadas ameaçando a multidão. Um homem com um megafone na mão gritava para o povo reunido.

— Aqui está, cavalheiros, a famosa companhia de pugilistas de Jimmy Sharman! Oito dos maiores boxeadores do mundo, e uma bolsa para ser arrecadada por qualquer camarada que tenha a coragem de experimentar!

Mulheres e moças iam saindo do meio da turba com a mesma rapidez com que homens e rapazes iam chegando de todas as direções, engrossando-a, apinhando-se debaixo da passarela. Com a solenidade de gladiadores que desfilassem no Circus Maximus, oito homens subiram em fila à passarela e ali ficaram, com as mãos enfaixadas na cintura, as pernas separadas, olhando com arrogância para a multidão admirativa. Meggie supôs que eles estivessem de ceroulas, pois vestiam camisetas pretas e calções cinzentos bem apertados, que iam da cintura ao meio das coxas. No peito de cada um, grandes letras maiúsculas brancas diziam COMPANHIA DE JIMMY SHARMAN. Não havia dois do mesmo tamanho, pois alguns eram grandes, outros pequenos, outros medianos, mas todos exibiam um corpo particularmente bem desenvolvido. Conversando e rindo com a maior naturalidade do mundo, como se aquela fosse uma ocorrência cotidiana, flexionavam seus músculos e tentavam fingir que não estavam gostando daquilo.

— Vamos, rapazes, quem vai calçar as luvas? — berrava o camelô. — Quem quer experimentar? Calce as luvas, ganhe cinco libras! — continuava ele a berrar entre as batidas de um bumbo.

— Eu quero! — gritou Frank. — Eu quero, eu quero! — e desvencilhou-se da mão do Padre Ralph, que o retinha quando as pessoas mais próximas da multidão, que podiam ver-lhe o tamanho pequeno, começaram a rir e, condescendentes, o empurraram para a frente.

Mas o camelô falou muito sério quando um membro da companhia estendeu a mão amistosa e puxou Frank escada acima a fim de colocá-lo ao lado dos oito que já estavam na passarela.

— Não se riam, cavalheiros. Ele não é muito grande, mas é o primeiro a apresentar-se como voluntário! Vocês sabem que o tamanho do cachorro na briga não tem importância, o que importa é o tamanho da briga do cachorro! Vamos ver, aqui está o pequeno corajoso que vai experimentar... Onde estão os grandes corajosos? Hein? Que tal? Calce as luvas e ganhe uma nota de cinco libras, enfrente um dos membros da companhia de Jimmy Sharman!

Pouco a pouco, as fileiras dos voluntários foram aumentando. Os rapazes, tímidos, de chapéu na mão, olhavam para os profissionais que lá estavam, como um bando de seres de elite, ao lado deles. Embora estivesse louco para ficar e ver o que aconteceria, Padre Ralph decidiu, com relutância, que já era tempo de afastar Meggie de lá. Levantou-a do chão e girou nos calcanhares para partir. Meggie começou a gritar e, quanto mais ele se afastava, mais alto gritava ela; as pessoas estavam começando a olhar para eles, e o fato de ser o padre muito conhecido tornava aquilo embaraçoso, para não dizer inconveniente.

— Deixe disso, Meggie, não posso levá-la para lá. Seu pai me esfolaria vivo e teria toda a razão!

— Quero ficar com Frank, quero ficar com Frank! — uivava ela o mais alto que podia desferindo pontapés e tentando morder.

— *Merda*! — disse o Padre Ralph.

Cedendo ante o inevitável, enfiou a mão no bolso à procura das moedas necessárias e aproximou-se do guichê do barracão, esguelhando um olho à procura de algum dos Clearys; mas, não conseguindo divisar nenhum, presumiu que estivessem tentando a sorte com as ferraduras ou se empanturrando de pastéis de carne e de sorvetes.

— O senhor não pode entrar aí com ela, Padre! — disse o homem que vendia as entradas, escandalizado.

Padre Ralph ergueu os olhos para o céu.

— Se me disser como poderemos afastá-la daqui sem que toda a força policial de Gilly nos prenda por molestar uma criança, terei muito prazer em fazê-lo! Mas o irmão se ofereceu para boxear e ela não está disposta a deixá-lo sem uma luta que fará os seus rapazes parecerem amadores!

O bilheteiro deu de ombros.

— Bem, Padre, não posso discutir com o senhor, posso? Entre, se quiser, mas... mas... pelo amor de Deus, mantenha-a fora do caminho. Não, não, Padre, guarde o seu dinheiro. Jimmy não gostaria de recebê-lo.

A tenda estava cheia de homens e rapazes, que se espremiam em torno de um ringue central; Padre Ralph encontrou um lugar atrás da multidão, rente à parede de lona, e ali ficou agarrado a Meggie com todas as forças. O ar estava enevoado de fumaça de cigarro e de charuto e cheirava à serragem atirada ao chão para absorver a lama. Frank, já com as mãos enluvadas, era o primeiro desafiante do dia.

Embora fosse inusitado, não era inédito um homem saído da multidão enfrentar com êxito um boxeador profissional. Os pugilistas de Jimmy Sharman não seriam, evidentemente, os melhores do mundo, mas eram os melhores da Austrália. Colocado diante de um peso mosca por causa do seu tamanho, Frank nocauteou-o com o terceiro golpe que desferiu, e ofereceu-se para lutar com outro. Quando chegou ao seu terceiro profissional, a notícia já circulara pela feira e a tenda ficou tão cheia de gente que não cabia mais ninguém.

Ele mal fora tocado pelas luvas adversárias, e os poucos golpes que recebera só tinham servido para exacerbar-lhe a fúria, que não cessava de arder. Com os olhos esgazeados, quase crepitantes de paixão, pois cada um dos seus oponentes subia ao ringue com a cara de Paddy, ouvia os gritos e aplausos da multidão, que lhe martelavam na cabeça como uma vasta e única voz a ordenar *Vai! Vai! Vai!* Como ele ansiara pela oportunidade de lutar, que lhe fora negada desde que chegara a Drogheda! Pois só lutando conseguia livrar-se da cólera e da dor e, quando desferia o golpe demolidor, parecia-lhe que a grande voz rouca do povo lhe dizia *Mata! Mata! Mata!*

Depois, colocaram-no para lutar com um dos verdadeiros campeões, um peso leve que recebera instruções para mantê-lo a distância e verificar se ele boxeava tão bem quanto batia. Os olhos de Jimmy Sharman estavam brilhando. Vivia à procura de campeões, e esses pequenos espetáculos do interior já lhe haviam fornecido mais de um. O peso leve fez o que lhe haviam ordenado, apertado de rijo apesar da sua maior categoria, ao passo que Frank, dominado pela sanha assassina, não via mais nada e perseguia sem cessar a figura saltitante e esquiva. Sendo uma dessas pessoas estranhas que, mesmo no meio de uma fúria titânica, são capazes de pensar, ele aprendia com cada *clinch* e com cada saraivada de golpes. E agüentou o tranco, apesar do castigo que lhe infligiram os punhos experimentados; tinha um olho inchado, a sobrancelha e o lábio cortados. Mas ganhara vinte libras e o respeito de todos os homens presentes.

Meggie escapou, num repelão, do aperto de mão já menos firme do Padre Ralph e saiu correndo da tenda antes que ele pudesse segurá-la. Quando o padre a encontrou lá fora, ela vomitara e estava tentando limpar os sapatos salpicados com um lenço minúsculo. Em silêncio, ele deu-lhe o seu, acariciando-lhe a cabeça ruiva e soluçante. A atmosfera lá dentro também não lhe fizera bem ao estômago, e ele desejou que a dignidade da sua profissão lhe permitisse o alívio de esvaziá-lo em público.

— Você quer esperar por Frank ou prefere ir para casa?

— Vou esperar por Frank — murmurou ela, encostando-se nele, imensamente grata por sua calma e simpatia.

— Por que será que você puxa com tanta força o meu inexistente coração? — perguntou ele, julgando-a demasiado nauseada e infeliz para prestar-lhe atenção, mas precisando expressar seus pensamentos em voz alta, como o fazem tantas pessoas que levam uma vida solitária. — Você não me lembra minha mãe e nunca tive irmã, mas eu gostaria de saber o que há com você e com a sua desgraçada família... Sua vida tem sido difícil, minha Meggiezinha?

Frank saiu da tenda com um pedaço de esparadrapo acima do olho, mexendo de leve no lábio machucado. Pela primeira vez desde que o Padre Ralph o conhecera, parecia feliz; como parece feliz a maioria dos homens depois de passar uma boa noite na cama com uma mulher, pensou o padre.

— O que Meggie está fazendo aqui? — rosnou ele, ainda não de todo dissipada a exaltação do ringue.

— Sem amarrar-lhe as mãos e os pés e sem amordaçá-la, eu não teria conseguido mantê-la fora daqui — disse o Padre Ralph, mordaz, irritado por precisar justificar-se, mas sem muita certeza de que Frank não estaria querendo medir-se com ele também. Embora não tivesse medo de Frank, tinha medo de fazer uma cena em público. — Ela estava preocupada por sua causa, Frank; queria ficar perto de você para ver com os próprios olhos se você estava bem. Não a recrimine, ela já está bem transtornada.

— Não deixe papai saber que você esteve a menos de um quilômetro deste lugar — disse Frank a Meggie.

— Vocês não se incomodam se desistirmos do resto do passeio? — perguntou o padre. — Creio que nos faria bem a todos um pequeno descanso e uma xícara de chá na casa paroquial. — E ajuntou, beliscando a ponta do nariz de Meggie. — E a você, mocinha, uma boa limpeza não faria mal.

Paddy teve um dia atormentado com a irmã, ao colocar-se à disposição dela como nunca se colocara à disposição de Fee, ajudando-a a escolher o seu caminho, mal-humorada e rabugenta, através da lama de Gilly, com os seus sapatos importados de renda, sorrindo e dirigindo-se às pessoas que ela cumprimentava como uma rainha, ficando em pé ao seu lado quando ela fez a entrega do bracelete de esmeraldas ao vencedor da corrida principal, o Troféu de Gillanbone. Por que haveriam eles de gastar todo o dinheiro do prêmio numa bugiganga de mulher em vez de entregar uma taça folheada a ouro e um bonito maço de notas ao vencedor era uma coisa que ele não entendia, pois não entendia a natureza profundamente amadora das corridas, já que as pessoas que inscreviam seus cavalos não precisavam de dinheiro e, na realidade, poderiam dar, indiferentes, à esposa o que tivessem ganho. Horry Hopeton, cujo cavalo baio, King Edward, conquistara o bracelete de esmeraldas, já possuía um de rubis, outro de brilhantes e outro de safiras, ganhos nos anos anteriores; tinha mulher e cinco filhas e declarou que não poderia parar enquanto não tivesse ganho cinco braceletes.

A camisa engomada e o colarinho de celulóide de Paddy estavam-no esfolando, o terno azul era demasiado quente e os exóticos frutos do mar de Sydney, servidos ao almoço com champanha, não tinham chegado a um acordo com sua digestão acostumada à carne de carneiro. E ele se sentira um tolo. Embora fosse o melhor, seu terno cheirava a alfaiate barato e a um bucólico desconhecimento da moda. Não eram da sua espécie de gente aqueles rudes fazendeiros vestidos de *tweed*, aquelas matronas arrogantes, aquelas jovens dentuças e hípicas, a nata do que o *Bulletin* denominava "a posseirocracia". Pois eles faziam o que podiam para esquecer o período no século passado em que, chegando àquela área, haviam tomado posse de vastas extensões de terras devolutas, que foram depois tacitamente reconhecidas por suas com o advento da federação e da autonomia política. Tinham-se tornado, assim, o grupo de pessoas mais invejado do continente, fundado o seu próprio partido político, mandado os filhos para escolas exclusivas de Sydney e conversado amistosamente com o Príncipe de Gales quando este visitara a Nova Gales do Sul. Ele, o simples Paddy Cleary, era um trabalhador. Não tinha absolutamente nada em comum com aqueles aristocratas coloniais, que lhe recordavam desconfortavelmente a família da esposa.

Assim, quando chegou à sala de estar da casa paroquial e encontrou Frank, Meggie e o Padre Ralph relaxados à volta da lareira, como se tivessem passado um dia maravilhoso e tranqüilo, irritou-se. O apoio bem-educado de Fee lhe fizera uma falta insuportável e ele continuava antipatizando com a irmã como antipatizara com ela em sua primeira infância na Irlanda. Nisso, notou o esparadrapo acima do olho de Frank, o rosto inchado; era um pretexto caído do céu.

— Como é que você acha que vai enfrentar sua mãe com essa cara? — gritou. — Basta-lhe ficar menos de um dia fora da minha vista para se meter a brigar com qualquer um que olhar atravessado para você!

Assustado, Padre Ralph pôs-se em pé de um salto, esboçando uma palavra apaziguante; mas Frank foi mais rápido.

— Eu ganhei dinheiro com isto! — disse ele, em voz baixa, apontando para o esparadrapo. — Vinte libras por um trabalho de poucos minutos, mais do que tia Mary nos paga a você e a mim juntos num mês! Pus a nocaute três bons pugilistas e ainda agüentei um assalto com um campeão peso leve na tenda de Jimmy Sharman hoje à tarde. E ganhei vinte libras. Eu talvez não me adapte às suas idéias do que devo fazer, mas hoje conquistei o respeito de todos os homens que estavam presentes!

— Uns poucos sujeitos cansados, sonados e fracassados num espetáculo mambembe do interior, e você está todo entusiasmado? Ora, cresça e apareça, Frank! Sei que você não pode crescer mais no corpo, mas poderia fazer um esforço, por amor de sua mãe, e crescer um pouco mais no espírito!

O rosto de Frank ficou branco como cera. Como um rosto de ossos alvejados. Era o insulto mais terrível que um homem poderia dirigir-lhe, e o homem que o insultara era seu pai; ele não poderia revidar. A respiração começou a vir-lhe do fundo do peito com o esforço que fazia para conservar as mãos na cintura.

— Não são fracassados, papai. Você conhece Jimmy Sharman tão bem quanto eu. E o próprio Jimmy Sharman me disse que tenho um futuro tremendo como boxeador; ele quer que eu entre para a sua companhia e quer treinar-me. E quer me pagar! Pode ser que eu não fique maior do que sou, mas já sou grande bastante para surrar qualquer homem já nascido... e isso vale também para você, seu velho bode fedorento!

A insinuação por trás do epíteto não escapou a Paddy, que ficou tão branco quanto o filho.

— Não se atreva a me chamar disso!

— E que mais é você? Você é nojento, é pior que um carneiro no cio! Não foi capaz de deixá-la em paz, não foi capaz de manter as mãos longe dela?

— Não, não, não! — gritou Meggie. As mãos do Padre Ralph firmaram-se nos ombros dela como garras e conservaram-na a custo junto dele. As lágrimas lhe escorriam pelo rosto, ela contorcia-se, desesperada, para libertar-se, mas em vão. — Não, papai, não! Oh, Frank, por favor! Por favor, por favor! — suplicava em tom agudo.

Mas o único que a ouviu foi o Padre Ralph. Frank e Paddy estavam defronte um do outro, admitindo afinal a aversão e o medo recíprocos. O dique do amor mútuo a Fee rompera-se por fim e a amarga rivalidade fora reconhecida.

— Sou marido dela. E, pela graça de Deus, fomos abençoados com nossos filhos, — disse Paddy mais calmo, lutando por dominar-se.

— Você não é melhor que um velho cachorro de merda atrás de qualquer cadela em que possa enfiar a sua coisa!

— E você não é melhor que o velho cachorro de merda que o gerou, seja lá quem for! Graças a Deus nunca tive participação nisso! — berrou Paddy, e deteve-se. — Oh, meu Jesus! — A cólera deixou-o como um vento ululante, ele cambaleou, murchou e as mãos lhe bateram na boca, como se quisessem arrancar a língua que pronunciara o impronunciável. — Eu não quis dizer isso! Eu não quis dizer isso! *Eu não quis dizer isso!*

Assim que as palavras foram proferidas, Padre Ralph soltou Meggie e agarrou Frank. Torcera-lhe o braço direito nas costas, enquanto passava o seu braço esquerdo pelo pescoço do rapaz, sufocando-o. Ele era forte, e o aperto, paralisante. Frank lutou para libertar-se, mas, de repente, como sua resistência diminuísse, sacudiu a cabeça num gesto de submissão. Meggie caíra ao chão e ali se ajoelhara, chorando, enquanto

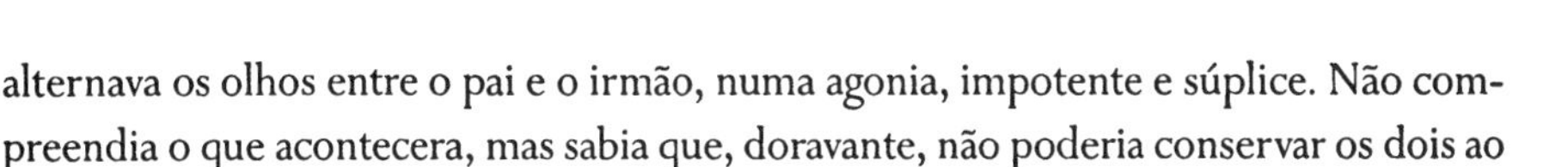

alternava os olhos entre o pai e o irmão, numa agonia, impotente e súplice. Não compreendia o que acontecera, mas sabia que, doravante, não poderia conservar os dois ao seu redor.

— Você quis dizer, sim, senhor — rosnou Frank. — Creio que eu sabia desde o princípio! Creio que eu sabia desde o princípio. — Tentou virar a cabeça para o Padre Ralph. — Solte-me, Padre. Juro por Deus que não tocarei nele.

— Jura por Deus? Pois Deus há de apodrecer a alma dos dois! Se vocês causaram algum mal irremediável a essa menina, eu os matarei! — rugiu o padre, o único agora que estava com raiva. — Compreendem que tive de segurá-la aqui para ouvir o que vocês disseram, com medo de que, se eu a levasse embora, os dois pudessem matar-se na minha ausência? E era o que eu devia tê-los deixado fazer, seus cretinos miseráveis e egoístas!

— Está bem, eu vou-me embora — disse Frank com voz estranha e vazia. — Vou me juntar à companhia de Jimmy Sharman e não voltarei!

— Você tem de voltar! — murmurou Paddy. — Que direi a sua mãe? Você é mais importante para ela do que todos nós reunidos. Ela nunca me perdoará.

— Diga-lhe que me juntei a Jimmy Sharman porque desejo ser alguém. É a verdade.

— O que eu disse... não era verdade, Frank.

Os olhos negros e estranhos de Frank fuzilaram, desdenhosos, os olhos que haviam intrigado o padre quando este os vira pela primeira vez; o que Fee, de olhos cinzentos, e Paddy, de olhos azuis, faziam com um filho de olhos negros? Padre Ralph conhecia as leis de Mendel e achava que nem o cinza dos olhos de Fee tornaria possível a terceira cor.

Frank apanhou o chapéu e o paletó.

Era verdade! Creio que eu sabia desde o começo. As lembranças de mamãe tocando a sua espineta numa sala que você nunca poderia possuir! A sensação de que você não estivera sempre ali, de que veio depois de mim. De que ela foi minha primeiro. — Ele soltou uma risada sem som. — E pensar que em todos esses anos censurei *você* por havê-la destruído, e quem fez isso fui eu. Fui *eu*!

— Não foi ninguém, Frank, ninguém! — bradou o padre, tentando segurá-lo. — Isso é parte do grande plano imperscrutável de Deus; pense nisso desse jeito.

Frank livrou-se da mão que procurava detê-lo e dirigiu-se à porta com o seu jeito leve e intenso de andar na ponta dos pés. Ele nascera para ser pugilista, pensou Padre Ralph num canto destacado do seu cérebro, aquele cérebro de cardeal.

— O grande plano imperscrutável de Deus! — zombou a voz do rapaz já da porta. — O senhor não é melhor do que um papagaio quando faz o papel de sacerdote, Padre de Bricassart! Peço a Deus que o proteja porque, de todos nós aqui, é a única pessoa que não faz idéia do que ele realmente é!

Sentado numa cadeira, abatido, Paddy pôs os olhos horrorizados em Meggie, que, ajoelhada e encolhida ao pé do fogo, chorava e se balançava para a frente e para trás. Levantou-se para ir ter com ela, mas o Padre Ralph afastou-o com rudeza.

— Deixe-a em paz. Você já fez o suficiente. Há uísque no aparador; tome um pouco. Vou pôr a criança na cama, mas voltarei para conversarmos, por isso não se vá. Está me ouvindo, homem?

— Estarei aqui, Padre. Ponha-a na cama.

Em cima, no encantador quarto de dormir verde-maçã, o padre desabotoou o vestido e a camisa da menina e fê-la sentar-se na beira da cama para poder tirar-lhe os sapatos e as meias. Sua camisola estava sobre o travesseiro, onde Annie a deixara; ele enfiou-a por cima da cabeça dela e cobriu-lhe o corpo decentemente antes de puxar-lhe as calças. Enquanto isso, falava com ela sobre nada, histórias tolas a respeito de botões que se recusavam a sair de suas casas, de sapatos que teimavam em não se desamarrar, de fitas que nunca se desatavam. Era impossível dizer se ela o ouvia; com suas histórias não narradas de tragédias infantis, desgraças e sofrimentos superiores à sua idade, os olhos olhavam, tristonhos, para além do ombro dele.

— Agora deite-se, minha menina querida, e procure dormir. Voltarei daqui a pouco para vê-la, por isso não se preocupe, ouviu? Então falaremos sobre isso.

— Ela está bem? — perguntou Paddy quando ele voltou à sala de estar.

O Padre Ralph estendeu a mão para pegar a garrafa de uísque colocada sobre o aparador e serviu-se de meio copo.

— Sinceramente, não sei. Por Deus que está no Céu, Paddy, eu gostaria de saber qual é a maior maldição de um irlandês, se a bebida ou o gênio. O que foi que deu em você para *dizer* aquilo? Não, não precisa nem responder! Já sei, foi o gênio. E é verdade, naturalmente. Percebi que ele não era seu desde que o vi pela primeira vez.

— Poucas coisas lhe escapam, não é verdade?

— Acho que sim. Entretanto, não são necessários poderes extraordinários de observação para perceber quando os vários membros da minha paróquia estão perturbados ou sofrendo. E, tendo-o percebido, é meu dever fazer o que posso para ajudar.

— O senhor é muito querido em Gilly, Padre.

— O que, sem dúvida, devo agradecer ao meu rosto e ao meu físico — disse o padre com amargura, incapaz de fazer com que a observação soasse tão leve quanto pretendera.

— É isso o que pensa? Pois eu não concordo consigo, Padre. Nós o apreciamos porque o senhor é um bom pastor.

— Seja como for, parece que estou inteiramente enredado em suas dificuldades — disse o Padre Ralph sem entusiasmo. — É melhor você se abrir comigo, homem.

Paddy olhou para o fogo que ele alimentara até dar-lhe as proporções de uma fornalha, enquanto o padre punha Meggie na cama, num excesso de remorso e desesperado por fazer alguma coisa. O corpo vazio tremeu-lhe na mão numa série de rápidos movimentos convulsivos; o Padre Ralph levantou-se para pegar a garrafa de uísque e tornou a enchê-lo. Depois de um longo gole, Paddy suspirou, enxugando as lágrimas esquecidas no rosto.

— Não sei quem é o pai de Frank. Isso aconteceu antes de eu conhecer Fee. Do ponto de vista social, a gente dela, praticamente, é a primeira família da Nova Zelândia, e o pai possuía uma grande propriedade em que plantava trigo e criava carneiros perto de Ashburton, na Ilha do Sul. O dinheiro não era a finalidade deles, e Fee era a única filha. Pelo que pude depreender, o pai já tinha planejado a vida dela — uma viagem à Inglaterra, a estréia na corte, o marido certo. Ela, naturalmente, nunca precisara mexer um dedo dentro de casa. Eles tinham criadas, mordomos, cavalos e grandes carruagens; viviam como fidalgos.

"Eu era o leiteiro e, às vezes, via Fee a distância, caminhando com um menininho de um ano e meio, mais ou menos. Depois disso, o velho James Armstrong veio falar comigo. Sua filha, disse ele, desonrara a família: não era casada e tinha um filho. Tudo fora abafado, é claro, mas, quando tentaram mandá-la embora, a avó provocara tamanho estardalhaço que não puderam fazer outra coisa senão mantê-la ali, apesar da inconveniência. Agora, porém, a avó estava morrendo e não havia mais nada que os impedisse de livrar-se de Fee e do filho. Eu era um homem solteiro, disse James; se casasse com ela e me comprometesse a tirá-la da Ilha do Sul, eles pagariam nossas despesas de viagem e nos dariam mais quinhentas libras.

"Bem, Padre, isso era uma fortuna para mim, e eu já estava cansado da vida de solteiro. Mas sempre fui tão tímido que nunca tive sorte com garotas. A idéia me pareceu boa e, sinceramente, não me incomodei com a criança. A avó ficou sabendo da história e mandou me chamar, embora estivesse passando muito mal. Ela deve ter sido uma pessoa intratável no seu tempo, mas era uma verdadeira dama. Contou-me alguma coisa sobre Fee, mas não disse quem era o pai, nem eu senti vontade de perguntar. De qualquer maneira, fez-me prometer que eu seria bom para a neta dela — sabia que a expulsariam de casa assim que ela fechasse os olhos, e por isso sugerira a James que lhe encontrasse um marido. Senti pena da pobre velha; ela adorava Fee.

"O senhor acreditaria, Padre, se eu lhe dissesse que só cheguei suficientemente perto de Fee para dizer-lhe olá no dia em que casei com ela?"

— É claro que acredito — disse o padre a meia voz. Olhou para o líquido no copo, bebeu-o de um sorvo e, em seguida, estendeu a mão para pegar a garrafa e tornar a encher os dois copos. — Isso quer dizer que você desposou uma dama que estava muito acima de você, Paddy.

— Sim. A princípio, eu tinha um medo danado dela. Ela era tão bonita naqueles dias, Padre, e tão... fora de tudo, se sabe o que quero dizer. Como se nem estivesse ali, como se tudo aquilo estivesse acontecendo a outra pessoa.

— Ela ainda é bonita, Paddy — disse o Padre Ralph com brandura. — Posso ver em Meggie como deve ter sido Fiona antes de começar a envelhecer.

— A vida não tem sido fácil para ela, Padre, mas não sei que outra coisa eu poderia ter feito. Comigo, pelo menos, ela estava segura e não era maltratada. Levei dois anos para criar coragem e ser... bem, um marido de verdade para ela. Tive de ensiná-la a cozinhar, a varrer o chão, a lavar e a passar roupa. Ela não sabia fazer nada disso.

"E nem uma vez em todos os anos que estivemos casados, Padre, ela se queixou, riu, ou chorou. Só na parte mais íntima de nossa vida em comum é que ela manifesta, alguma vez, um sentimento, e mesmo então não fala. Espero que fale e, no entanto, não quero que o faça, porque sempre tenho a impressão de que, se o fizer, ela dirá o nome *dele*. Não quero dizer que ela não goste de mim nem dos nossos filhos. Mas eu a amo demais, e me parece que ela já não tem dentro de si esse tipo de sentimento. A não ser por Frank. Eu sempre soube que ela amava Frank mais do que a todos nós juntos. Deve ter amado muito o pai dele. Mas não sei nada a respeito do homem, quem era e por que não puderam casar."

Padre Ralph olhou para suas mãos, piscando.

— Oh, Paddy, que inferno é a gente estar vivo! Graças a Deus não tenho a coragem de experimentar mais que um pedacinho da periferia da vida.

Paddy levantou-se, sem muita firmeza.

— Bem, Padre, agora está tudo acabado, não está? Mandei Frank embora e Fee nunca me perdoará.

— Você não pode contar isso a ela, Paddy. Não deve contar, nunca. Diga-lhe apenas que Frank fugiu com os boxeadores e deixe as coisas assim. Ela sabe o quanto Frank tem andado irrequieto; acreditará em você.

— Eu não poderia fazer uma coisa dessas, Padre! — Paddy estava assombrado.

— É preciso, Paddy. Não acha que ela já teve bastantes sofrimentos e aflições? Não amontoe novas dores sobre a cabeça dela.

E consigo mesmo pensava: Quem sabe? Quem sabe ela não aprende afinal a dar a você o amor que tem por Frank, a você e àquela coisinha que está lá em cima?

— Pensa mesmo assim, Padre?

— Penso. O que aconteceu hoje à noite não deve transpirar.

— E que me diz de Meggie? Ela ouviu tudo.

— Não se preocupe com Meggie, eu me encarregarei dela. Não creio que tenha compreendido, de tudo o que aconteceu, senão que houve uma briga entre você e Frank. Eu a farei ver que, agora que Frank se foi, falar à mãe a respeito da briga seria apenas proporcionar-lhe mais um motivo de sofrimento. Além disso, algo me diz que Meggie, para começar, não conta muita coisa a sua mãe. — Ele levantou-se. — Vá para a cama, Paddy. Você terá de parecer normal e estar à disposição de Mary amanhã, lembra-se?

Meggie não estava dormindo; estava deitada, de olhos arregalados, na penumbra produzida pela lampadazinha à beira da cama. O padre sentou-se ao lado dela e notou-lhe o cabelo ainda entrançado. Com todo o cuidado, desatou as fitas azul-marinho e puxou com delicadeza o cabelo até que ele se espalhou, ondulado e fulvo, sobre o travesseiro.

— Frank foi-se embora, Meggie — disse ele.

— Eu sei, Padre.

— E sabe por que, meu bem?

— Ele teve uma briga com Papai.

— E o que você vai fazer?

— Vou-me embora com Frank. Ele precisa de mim.

— Você não pode, minha Meggie.

— Posso, sim. Eu ia procurá-lo hoje à noite, mas minhas pernas não me seguravam em pé e também não gosto do escuro. Mas amanhã de manhã irei procurá-lo.

— Não, Meggie, você não deve fazer isso. Veja bem, Frank precisa viver sua própria vida, e já está na hora de ele partir. Sei que você não quer que ele vá, mas faz muito tempo que ele está querendo ir. Não seja egoísta; deixe-o viver sua própria vida. — A monotonia da repetição, pensava o padre, continue martelando. — Quando crescemos, é natural e direito que desejemos uma vida fora do lar em que crescemos, e Frank já cresceu. Ele agora deve ter o seu lar, a sua esposa, os seus filhos. Compreende, Meggie? A briga entre seu pai e seu irmão foi apenas um sinal do desejo de Frank de sair de casa. Nao aconteceu porque eles não gostam um do outro. Aconteceu porque é assim que muitos rapazes saem de casa, uma espécie de motivo. A briga foi um motivo para Frank fazer o que está querendo fazer há muito tempo, um motivo para ir embora. Você compreende, minha Meggie?

Os olhos dela transferiram-se para o rosto dele e ali ficaram. Estavam tão cansados, tão cheios de sofrimento, tão *velhos*!

— Eu sei — disse ela. — Eu sei. Frank queria sair de casa quando eu era pequena, e não saiu. Papai o trouxe de volta e o obrigou a ficar conosco.

— Mas desta vez seu pai não vai trazê-lo de volta, porque não pode mais obrigá-lo a ficar. Frank foi embora para sempre, Meggie. Não vai voltar.

— E nunca mais tornarei a vê-lo?

— Não sei — retrucou o padre, sincero. — Eu gostaria de dizer que sim, que é claro que você tornará a vê-lo, mas ninguém pode predizer o futuro, Meggie, nem mesmo os padres. — Respirou fundo. — E outra coisa: não conte à mamãe que houve uma briga, Meggie, está-me ouvindo? Isso a deixaria muito nervosa, e ela não está passando bem.

— Por que vai ter outro bebê?

— O que você sabe sobre isso?

— Mamãe gosta de fazer bebês; ela já fez muitos. E faz uns bebês tão bonitinhos, padre, mesmo quando não está passando bem. Eu também vou fazer um como Hal e, então, não sentirei tanta falta de Frank, não é mesmo?

— Partenogênese — disse ele. — Boa sorte, Meggie. E se você não conseguir fazer um bebê?

— Ainda tenho Hal — disse ela sonolenta, ajeitando-se na cama. Depois perguntou: — Padre, o senhor também irá embora? Também?

— Um dia, Meggie. Mas não será tão cedo, não se preocupe. Tenho a impressão de que ainda ficarei atolado em Gilly por muito, muito tempo — respondeu o Padre Ralph com os olhos amargos.

6

Não havia outro jeito, Meggie teve de voltar para casa. Fee não podia arranjar-se sem ela e, assim que o deixaram sozinho no convento de Gilly, Stuart começou a fazer greve de fome. E também voltou para Drogheda.

Era agosto e fazia muito frio. Havia um ano que eles tinham chegado à Austrália; mas este inverno era mais frio que o anterior. Não chovia e o ar, de tão gelado, feria os pulmões. Nos topos da Great Divide, a quase quinhentos quilômetros a leste, a neve se espessara mais do que em muitos anos, mas não chovera a oeste de Barren Junction desde a cheia provocada pelas monções do verão anterior. As pessoas em Gilly estavam falando em outra seca: ela estava atrasada, teria de vir, talvez já tivesse começado.

Quando Meggie viu sua mãe, sentiu como que um peso terrível caindo sobre o seu ser; talvez uma despedida da infância, um pressentimento do que significava ser mulher. Exteriormente não se via mudança alguma, excetuando-se a barriga enorme; interiormente, porém, Fee diminuíra o ritmo, como um velho relógio cansado, que andasse cada vez mais devagar, até parar para sempre. A vivacidade que Meggie sempre lhe notara desaparecera. Fee erguia os pés e tornava a pô-los no chão como se já não tivesse certeza do modo certo de fazê-lo. Uma espécie de hesitação espiritual instalara-se em seu modo de andar; e não havia alegria nela pela vinda do nenê, que se anunciava, nem mesmo o contentamento rigidamente controlado que mostrara em relação a Hal.

O sujeitinho de cabelos vermelhos andava aos trambolhões pela casa, tropeçando constantemente em tudo, mas Fee não fez a menor tentativa para discipliná-lo, nem mesmo para vigiar-lhe as atividades, entretida no círculo autoperpetuador formado pelo fogão, pela mesa de trabalho e pela pia da cozinha, como se nada mais existisse. Meggie, portanto, não teve escolha; encheu simplesmente o vazio que havia na vida da criança e passou a ser sua mãe. O que não era nenhum sacrifício para ela, pois lhe queria muito e via no pequerrucho o alvo indefeso e respectivo de todo o amor que já estava querendo dispensar a uma criatura humana. Ele chorava chamando-a, falou o nome dela pri-

meiro que qualquer outro, erguia os braços para que ela o pegasse no colo. E isso a enchia de tamanho contentamento que, apesar do trabalho pesado, do tricô, dos remendos, da costura, da lavagem de roupa e da passagem a ferro, das galinhas, de todas as outras tarefas de que estava sobrecarregada, Meggie achava sua vida muito agradável.

Ninguém falava em Frank, mas, de seis em seis semanas, Fee erguia a cabeça ao ouvir o grito do carteiro e, por algum tempo, se mostrava animada. Depois, a Sra. Smith lhes trazia o que acabara de chegar para eles e, quando não vinha carta de Frank, o breve e doloroso repente de interesse desaparecia.

Havia agora duas vidas novas na casa. Fee deu à luz gêmeos, mais dois minúsculos Clearys de cabelo vermelho, batizados com os nomes de James e Patrick. Possuindo o gênio alegre do pai e o seu natural amável, os sujeitinhos, assim que nasceram, passaram a ser propriedade comum, pois, além de amamentá-los, Fee não demonstrava nenhum interesse por eles. Logo depois seus nomes foram abreviados para Jims e Patsy; eles eram os queridinhos das mulheres da casa-grande, as duas criadas solteironas e a governanta viúva e sem filhos, que sentiam imensa falta das delícias de um bebê. Tornou-se magicamente fácil para Fee esquecê-los — eles tinham três mães amorosíssimas — e, à medida que os dias se escoavam, foi-se admitindo que eles passassem a maior parte das suas horas de vigília na casa-grande. Meggie não tinha tempo para tomá-los sob a sua proteção e tratar de Hal ao mesmo tempo, que era muito possessivo e ao qual não interessavam as carícias desajeitadas e inexperientes da Sra. Smith, de Minnie e de Cat. Meggie era o centro afetivo do seu mundo; ele não queria saber de ninguém a não ser de Meggie, não queria ter ninguém a não ser Meggie.

Bluey Williams negociou seus formosos cavalos de tiro e sua carroça maciça trocando-os por um caminhão, e a correspondência passou a chegar de quatro em quatro semanas, em vez de chegar de seis em seis, mas ainda sem notícias de Frank, cuja lembrança foi-se esvaindo aos poucos, como fazem as lembranças, até as que vêm envoltas em muito amor; como se existisse um processo curativo inconsciente em nossa mente, que nos reergue, apesar da nossa desesperada determinação de nunca esquecer. Para Meggie, foi um gradativo e doloroso desvanecimento da aparência de Frank, um anuviamento dos traços queridos, transformados numa imagem imprecisa, como de santo, tão relacionada com o verdadeiro Frank quanto as imagens convencionais do Cristo hão de relacionar-se com o que deve ter sido o Homem. E para Fee, das profundezas silenciosas em que ela calara a evolução da sua alma, foi uma substituição.

Aquilo aconteceu tão discretamente que ninguém notou. Pois Fee se mantinha recolhida em quietude e numa falta absoluta de exteriorização; a substituição foi uma coisa interior, que ninguém teve tempo de ver, exceto o novo objeto do seu amor, que não fez nenhum sinal externo. Uma coisa oculta, não expressa, entre eles, para amortecer-lhes a solidão.

Talvez fosse inevitável, pois de todos os seus filhos era Stuart o único que se parecia com ela. Aos catorze anos ele representava um mistério tão grande para o pai e para os irmãos quanto representara Frank, mas, à diferença deste, ele não provocava hostilidade nem irritação. Fazia o que lhe ordenavam sem se queixar, trabalhava tanto quanto os outros e não criava encrespamentos no lago da vida dos Clearys. Embora tivesse o cabelo vermelho, era o mais moreno de todos os meninos, tirante ao mogno, e seus olhos, claros como a água pálida na sombra, pareciam ter remontado ao começo do tempo e visto tudo como tudo realmente era. Era também o único filho de Paddy que prometia ser bonito ao atingir a idade adulta, se bem que Meggie, em particular, julgasse que Hal lhe faria sombra quando chegasse a sua vez de crescer. Ninguém sabia jamais o que Stuart estava pensando; como Fee, ele falava pouco e nunca exprimia uma opinião. E tinha um jeito curioso de manter-se totalmente imóvel, tão imóvel por dentro quanto por fora, e para Meggie, a mais próxima dele na idade, Stuart parecia capaz de ir a lugares a que ninguém jamais conseguiria segui-lo. O Padre Ralph expressou-o de outro modo:

— Esse garoto não é humano! — exclamou no dia em que descarregou em Drogheda um Stuart que iniciara uma greve de fome ao ver-se sozinho no convento sem Meggie. — Ele disse, porventura, que queria voltar para casa? Disse que sentia falta de Meggie? Não! Apenas parou de comer e esperou, paciente, que a razão penetrasse nossos crânios espessos. Nem uma vez abriu a boca para queixar-se e, quando me acerquei dele e perguntei-lhe, gritando, se queria voltar para casa, simplesmente sorriu para mim e fez que sim com a cabeça!

À medida, porém, que se passava o tempo, decidiu-se tacitamente que Stuart não iria para os pastos trabalhar com Paddy e os outros meninos, ainda que a idade lho permitisse fazer. Ficaria guardando a casa, cortando a lenha, cuidando da horta, ordenhando — desincumbindo-se do imenso número de tarefas que as mulheres não tinham tempo de executar com três criancinhas dentro de casa. Era prudente ter sempre um homem por perto, ainda que fosse um homem não de todo crescido; seria uma prova da presença de outros homens por ali. Pois havia visitantes — o passo pesado de botas estranhas subindo a escada de tábuas da varanda dos fundos e uma voz estranha perguntando:

— Bom-dia, dona, tem um pouco de comida para um homem?

Eles enxameavam o interior, os andantes que carregavam suas trouxas de uma fazenda a outra, de Queensland para baixo e de Victoria para cima, homens que tinham perdido a sorte ou não queriam saber de empregos regulares e preferiam percorrer, a pé, milhares de quilômetros à cata só eles sabiam do quê. Sujeitos decentes quase todos, apareciam, comiam uma lauta refeição, enfiavam na trouxa um pouco de chá, açúcar e farinha que ganhavam, e desapareciam no caminho que conduzia a Barcoola ou a

Narrengang, a gamela a saltar-lhes nas costas, cães esquálidos a trotar atrás deles. Os itinerantes australianos raro andavam a cavalo ou de carro; caminhavam.

De vez em quando aparecia um malfeitor, à espreita de mulheres cujos homens estivessem ausentes; não pensando em estupro, mas em roubo. Por isso Fee guardava uma espingarda carregada num canto da cozinha, onde os pequeninos não pudessem alcançá-la, e certificava-se de que estava mais próxima dela do que o seu visitante, até que sua vista experimentada lhe avaliasse o caráter. Depois que a casa foi oficialmente declarada domínio de Stuart, Fee passou-lhe a espingarda, prazerosa.

Nem todos os visitantes eram andarilhos, embora estes constituíssem a maioria; havia, por exemplo, o homem da Watkins e o seu velho modelo T, em que ele carregava tudo, desde linimento para cavalos até sabonete cheiroso, tão diferente do troço, duro como pedra, que Fee fazia no tacho de cobre da lavanderia, com sebo e soda cáustica; água-de-lavanda e água-de-colônia, pós e cremes para rostos ressecados pelo sol. Havia coisas que ninguém sonhava em comprar senão do homem da Watkins; como o seu ungüento, muito melhor do que qualquer ungüento de farmácia ou aviado, capaz de curar tudo, desde o talho na ilharga de um cachorro de lida até a ferida numa canela humana. As mulheres se amontoavam em todas as cozinhas que ele visitava, esperando ansiosas vê-lo abrir sua grande mala de mercadorias.

E havia outros vendedores, patrulheiros menos regulares das regiões interioranas do que o homem da Watkins, mas igualmente bem recebidos, que mascateavam tudo, desde cigarros feitos sob encomenda e cachimbos vistosos até peças inteiras de tecido e, às vezes, roupas de baixo escandalosamente sedutoras e espartilhos cobertos de fitas. Pois tinham muita fome de coisas essas mulheres do interior, limitadas, não raro, a uma ou duas viagens por ano à cidade mais próxima, longe das lojas brilhantes de Sydney, longe das modas e dos enfeites.

A vida parecia feita principalmente de poeira e de moscas. Fazia um tempão que não chovia, nem mesmo um chuvisco para assentar a poeira e afogar as moscas; e, quanto menos chuva, tanto mais moscas e mais poeira.

Cada teto era festonado de longas e preguiçosas espirais revoluteantes de papel pega-moscas, que ficavam pretas de corpos um dia depois de haverem sido pregadas. Não se podia deixar nada descoberto nem por um instante sem que o objeto em apreço se transmudasse numa orgia ou num cemitério de moscas, e minúsculos pontinhos de excrementos enchiam os móveis, as paredes, a folhinha do Armazém Geral de Gillanbone.

E a poeira! Não havia como fugir desse pó fininho e pardo que se introduzia até nos recipientes mais bem fechados, tirava o brilho do cabelo recém-lavado, deixava a pele áspera, enfiava-se nas dobras das roupas e das cortinas, revestia as mesas polidas de uma película que voltava a formar-se assim que era removida. Os pisos viviam grossos de poeira, vinda das botas limpadas sem cuidado e do vento quente e seco que entrava pelas portas e janelas abertas. Fee viu-se obrigada a enrolar os seus tapetes persas na sala de visitas e mandou Stuart pregar o linóleo que comprara sem ver na loja de Gilly.

O soalho da cozinha, que recebia a maior parte do tráfego vindo de fora, era feito de tábuas de teca que já tinham a cor de ossos velhos de tanto ser esfregadas com uma escova de arame e sabão de lixívia. Fee e Meggie cobriam o soalho de serragem, recolhida com cuidado por Stuart no lenheiro, borrifavam a serragem com preciosas partículas de água e varriam a mixórdia úmida e de cheiro acre para a varanda, e da varanda para a horta, a fim de que lá se decompusesse e transformasse em humo.

Nada, porém, conseguia deter a poeira por muito tempo e, passados alguns dias, o arroio secou e dele sobraram apenas umas cacimbas, de modo que já não se lhe podia bombear a água para a cozinha e para o banheiro. Stuart levava o caminhão-tanque para o poço e trazia-o cheio. Despejava-o depois num dos tanques vazios de água de chuva e as mulheres tinham de acostumar-se a uma espécie diferente de água horrível nos pratos, nas roupas e nos corpos, pior do que a água barrenta do riacho. O líquido rançoso, com cheiro de enxofre, tinha de ser eliminado escrupulosamente dos pratos e tornava o cabelo opaco e grosso, como palha. A pouca água de chuva que ainda restava era estritamente usada para beber e cozinhar.

Padre Ralph observava Meggie com ternura. Ela estava escovando a cabeça ruiva e encaracolada de Patsy, enquanto Jims, em pé, esperava, obediente mas um tanto cambaleante, a sua vez, e dois pares de brilhantes olhos azuis se erguiam adorativamente para ela. Era o que ela parecia, uma minúscula mãezinha. Teria de ser alguma coisa nascida com elas, ponderou ele, essa peculiar obsessão das mulheres pelas crianças pequenas, pois, do contrário, na sua idade, ela o teria considerado muito mais como obrigação do que como prazer puro, e já teria partido em busca de algo mais atraente para fazer. Ao invés disso, prolongava deliberadamente o processo, anelando o cabelo de Patsy entre os dedos a fim de converter em ondulações aquela rebeldia toda. Durante algum tempo o padre se encantou com a atividade dela, depois bateu com o chicote no lado da bota empoeirada e ficou olhando, melancólico, da varanda para a casa da sede, escondida pelos eucaliptos e trepadeiras, pela profusão de prédios da fazenda e pelas pimenteiras que se erguiam entre o seu isolamento e o fulcro da vida da propriedade, a residência do chefe dos pastores. Que trama estaria tecendo a aranha lá em cima, no centro da sua vasta teia?

— Padre, o senhor não está prestando atenção! — acusou-o Meggie.

— Desculpe-me, Meggie. Eu estava pensando. — Voltou-se para ela no momento em que a menina concluía o trabalho na cabeça de Jims; os três ficaram a observá-lo em atitude expectante, até que ele se inclinou e ergueu os gêmeos, colocando um em cada quadril. — Que tal se fôssemos ver sua tia Mary, hein?

Meggie seguiu-o pelo caminho acima carregando-lhe o chicote e conduzindo a égua castanha; ele levava nos braços os pequerruchos com fácil familiaridade e parecia não ligar para aquilo, embora o arroio distasse um quilômetro e meio da casa-grande. Chegados à cozinha, entregou os gêmeos à encantada Sra. Smith e enveredou pelo caminho que conduzia à casa-grande, tendo Meggie ao seu lado.

Mary Carson estava sentada em sua *bergère*, de onde mal se levantava nesses dias; já não tinha necessidade de fazê-lo, agora que Paddy era tão capaz de superintender as coisas. Quando o Padre Ralph entrou segurando a mão de Meggie, o seu olhar malévolo fez a criança abaixar o dela; Padre Ralph sentiu que se aceleravam as batidas do pulso de Meggie e apertou-o, solidário com ela. A pequena fez à tia uma canhestra cortesia, murmurando uma saudação inaudível.

— Vá para a cozinha, menina, vá tomar chá com a Sra. Smith — disse Mary Carson, lacônica.

— Por que você não gosta dela? — perguntou o Padre Ralph, deixando-se cair na cadeira que já passara a considerar sua.

— Porque você gosta.

— Ora, deixe disso! — Uma vez, pelo menos, ela o fazia sentir-se perplexo. — É apenas uma criança desamparada, Mary.

— Mas não é isso o que você vê nela, e bem o sabe.

Os belos olhos azuis pousaram em Mary Carson, irônicos; já se sentia mais à vontade.

— E você me acha capaz de me meter com crianças? Afinal de contas, sou um padre!

— Em primeiro lugar, você é um homem, Ralph de Bricassart! O fato de ser padre o faz sentir-se seguro, mais nada.

Chocado, ele riu. Fosse lá como fosse, não poderia esgrimir com ela naquele dia; dir-se-ia que Mary tivesse encontrado a brecha na sua armadura e por ela se houvesse esgueirado com o seu veneno de aranha. E ele estava mudando, ficando mais velho, talvez, reconciliando-se com a obscuridade de Gillanbone. Os fogos estavam morrendo; ou arderia ele, agora, por outras coisas?

— Não sou um homem — disse. — Sou um padre...É o calor, talvez, a poeira, as moscas... Mas não sou um homem, Mary. Sou um padre.

— Oh, Ralph, como você mudou! — zombou ela. — Será realmente o Cardeal de Bricassart que estou ouvindo?

— Isso não é possível — disse ele, com uma sombra passageira de tristeza nos olhos. — Creio que já não me interessa.

Ela principiou a rir-se, balançando-se para a frente e para trás na *bergère*, observando-o.

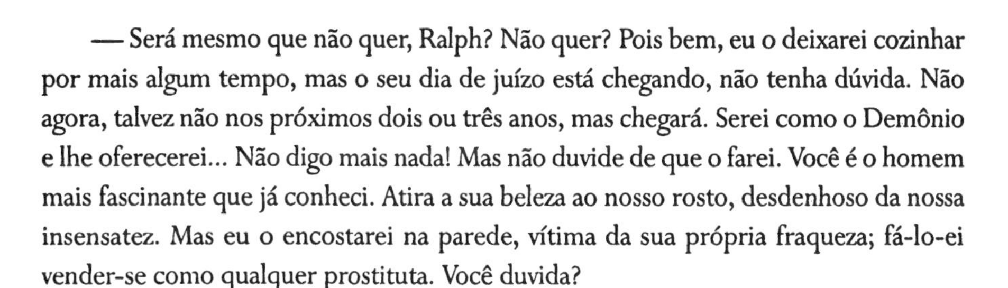

— Será mesmo que não quer, Ralph? Não quer? Pois bem, eu o deixarei cozinhar por mais algum tempo, mas o seu dia de juízo está chegando, não tenha dúvida. Não agora, talvez não nos próximos dois ou três anos, mas chegará. Serei como o Demônio e lhe oferecerei... Não digo mais nada! Mas não duvide de que o farei. Você é o homem mais fascinante que já conheci. Atira a sua beleza ao nosso rosto, desdenhoso da nossa insensatez. Mas eu o encostarei na parede, vítima da sua própria fraqueza; fá-lo-ei vender-se como qualquer prostituta. Você duvida?

Ele inclinou-se para trás, sorrindo.

— Não duvido de que você tente. Mas não creio que me conheça tão bem quanto julga me conhecer.

— Acha que não? O tempo dirá, Ralph, e só o tempo. Estou velha; o tempo é a única coisa que me resta.

— E a mim, o que você acha que resta? — perguntou ele. — O tempo, Mary, nada mais que o tempo. O tempo, a poeira e as moscas.

As nuvens amontoaram-se no céu, e Paddy começou a acalentar esperanças de chuva.

— Tempestades secas — prenunciou Mary Carson. — Essas nuvens não nos trarão chuva. Não teremos chuva por muito tempo.

Se os Clearys supunham ter visto o pior que a Austrália poderia oferecer-lhes em matéria de rigor climático, era porque ainda não haviam experimentado as tempestades secas das planícies assoladas pela estiagem. Despojada da umidade confortante, a secura da terra e a do ar esfregavam-se uma na outra, ásperas e crepitantes, num atrito irritante que aumentava, aumentava, aumentava, até poder terminar numa dissipação desenfreada de energia acumulada. O céu caía e ficava tão escuro que Fee se via obrigada a acender as luzes dentro de casa; fora, nas cocheiras, os cavalos estremeciam e saltavam ao menor ruído; as galinhas procuravam seus poleiros e escondiam a cabeça em peitos apreensivos; os cães brigavam e rosnavam; os porcos mansos que fossavam o lixo do chiqueiro da fazenda enfiavam os focinhos na poeira e espiavam através dela com olhos brilhantes e assustadiços. Forças sombrias encerradas nos céus punham medo nos ossos de todos os seres vivos, enquanto vastas nuvens profundas engoliam o sol e preparavam-se para vomitar o fogo solar sobre a terra.

O trovão veio marchando de muito longe em passo cada vez mais rápido, minúsculos lampejos no horizonte davam nítido relevo a imensas ondas que se elevavam, com cristas de surpreendente alvura, espumantes e encrespadas, sobre profundezas azul-escuras. Depois, com um vento que rugia e aspirava a poeira para arremessá-la, urticante, aos olhos, aos ouvidos e às bocas, veio o cataclisma. Eles já não precisavam tentar imaginar a cólera bíblica de Deus; viviam-na. Homem nenhum teria deixado de pular quando o trovão estalou — explodiu com o fragor e a fúria de um mundo que se desintegrasse — mas, transcorrido algum tempo, a família reunida se habituou de tal modo a ele que saíram todos para a varanda e de lá fitaram a vista, do outro lado do córrego, nas pastagens distantes. Grandes relâmpagos zebravam o céu com veias de fogo, cada qual composto de dúzias de raios, que não cessavam; clarões de nafta, em cadeia, riscavam as nuvens, saindo das ondas e voltando a elas, como se brincassem de pique. Árvores crestadas sozinhas no meio do capim fumegavam, e eles compreenderam afinal por que tinham morrido essas solitárias sentinelas dos pastos.

Um brilho fantástico, sobrenatural, tomou conta do ar, um ar que já não era invisível, mas ardia por dentro, lançando fluorescências róseas, lilases e amarelas e exalando um perfume obsessivamente doce e esquivo, inteiramente irreconhecível. As árvores tremeluziam, o cabelo vermelho dos Clearys era aureolado de línguas de fogo, os pêlos dos seus braços se arrepiavam. E durante toda a tarde aquilo continuou, só se desvanecendo pouco a pouco no leste, e só os livrou do seu medonho fascínio ao pôr-do-sol. Todos estavam excitados, nervosos, irrequietos. Nem um pingo de chuva caíra. Mas ter sobrevivido incólume ao furor atmosférico era como ter morrido e ressuscitado outra vez; e durante uma semana não puderam falar em outra coisa.

— Ainda teremos muitas mais — disse Mary Carson, aborrecida.

E tiveram muitas mais. O segundo inverno seco veio mais frio do que haviam imaginado possível sem neve; a geada depositava-se no chão, à noite, com vários centímetros de espessura, e os cães se encolhiam, trêmulos nos canis, empanturrando-se de carne de canguru e de montes de gordura do gado abatido na fazenda para aquecer-se. O mau tempo significava, pelo menos, que se podia comer carne de vaca e carne de porco em vez da eterna carne de carneiro. Dentro de casa se faziam grandes fogueiras crepitantes, e os homens voltavam para casa sempre que podiam, pois à noite nos pastos morriam de frio. Mas os tosquiadores pareciam chegar contentes; poderiam fazer o serviço mais depressa e suando menos. No espaço destinado a cada homem no grande barracão, formara-se no soalho um círculo de cor muito mais clara do que o resto. Era o lugar onde os tosquiadores, durante cinqüenta anos, tinham deixado cair seu suor alvejante sobre as tábuas do piso.

Ainda havia capim nascido da cheia há muito tempo, mas este rareava pressagamente. Dia após dia os céus se nublavam e a luz se amortecia, mas não chovia. O vento cortava os pastos, uivando, lúgubre, fazia girar turbilhonantes e pardos lençóis de poeira à sua frente como chuva, atormentando a mente com imagens de água, tão parecidos com chuva eram aqueles farrapos de poeira soprados pelo vento.

As crianças ficaram com frieiras nos dedos, tentavam não sorrir com os lábios rachados, tinham de tirar com muito cuidado as meias para não transformar numa ferida só os calcanhares e as canelas, que sangravam. Era de todo impossível permanecer aqueci-

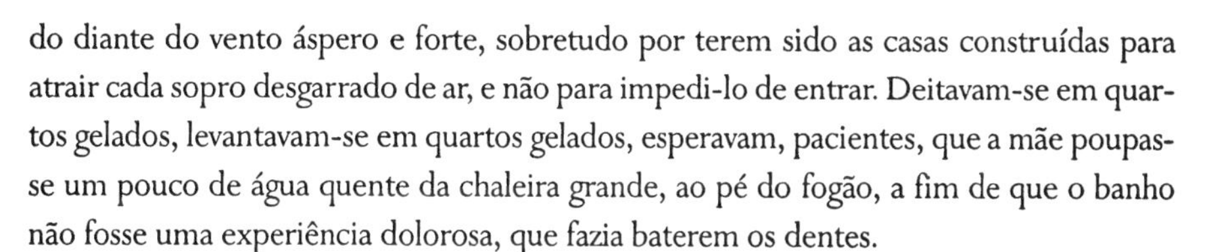

do diante do vento áspero e forte, sobretudo por terem sido as casas construídas para atrair cada sopro desgarrado de ar, e não para impedi-lo de entrar. Deitavam-se em quartos gelados, levantavam-se em quartos gelados, esperavam, pacientes, que a mãe poupasse um pouco de água quente da chaleira grande, ao pé do fogão, a fim de que o banho não fosse uma experiência dolorosa, que fazia baterem os dentes.

Um dia, o pequenino Hal começou a tossir e a respirar com dificuldade, com uma forte chiadeira no peito. Fee preparou uma cataplasma grudenta e quente de carvão vegetal e aplicou-a sobre o peitinho dolorido, mas o remédio não pareceu aliviá-lo. A princípio, a mãe não ficou indevidamente preocupada, mas, à proporção que o dia foi passando, ele começou a piorar tão depressa que ela já não tinha idéia do que fazer e Meggie, sentada ao seu lado, torcia e retorcia as mãos, rezando uma série de padre-nossos e ave-marias sem palavras. Quando Paddy chegou, às seis da tarde, a respiração da criança ouvia-se da varanda, e seus lábios estavam azuis.

Paddy partiu no ato para a casa-grande e para o telefone, mas o médico se achava a sessenta e tantos quilômetros de distância, ocupado com outro caso. Eles aqueceram uma panela de enxofre e seguraram o menino em cima dela, na tentativa de fazê-lo tossir e expelir a membrana que se instalara em sua garganta e que o ia, pouco a pouco, sufocando, mas ele não conseguia contrair o tórax com força suficiente para tirar a membrana do lugar. Sua cor ia ficando de um azul cada vez mais escuro, sua respiração era convulsiva. Meggie, sentada, segurava-o nos braços e rezava, com o coração apertado como uma cunha de dor, ao ver o esforço que o coitadinho precisava fazer cada vez que respirava. Ela queria a Hal como não queria a nenhuma das crianças; ela era sua mãe. Nunca até então desejara tão desesperadamente ser uma mãe adulta, pois, se fosse uma mulher como Fee, teria, de um jeito ou de outro, o poder de curá-lo. Fee não podia curá-lo porque não era sua mãe. Confusa e aterrorizada, Meggie aconchegava a si o corpinho arquejante, tentando ajudá-lo a respirar.

Não lhe ocorreu que ele poderia morrer, nem quando Fee e Paddy, ajoelhados à beira da cama, começaram a rezar, sem saber o que mais poderiam fazer. À meia-noite, Paddy tirou a criança imóvel dos braços de Meggie, que a enlaçavam, e os pais deitaram-na ternamente sobre a pilha de travesseiros.

Os olhos de Meggie se abriram; ela adormecera, embalada porque Hal cessara de lutar.

— Oh, papai, ele está melhor! — disse ela.

Paddy sacudiu a cabeça; parecia enrugado e velho, ao que a lâmpada lhe captava fios encanecidos do cabelo e da barba de uma semana.

— Não, Meggie, ele não está melhor como você imagina, mas está em paz. Ele se foi para Deus, não sofre mais.

— Papai quer dizer que ele está morto — interveio Fee com uma voz sem tom.

— Oh, papai, não! Ele não pode estar *morto*!

Mas a criaturinha no ninho de cobertores estava morta. Meggie percebeu-o assim que olhou para ela, embora nunca tivesse visto a morte. Parecia um boneco, não uma criança. Ela levantou-se e foi procurar os meninos, sentados cabisbaixos numa vigília apreensiva, em torno do fogo da cozinha, ao passo que a Sra. Smith, numa cadeira dura ao lado deles, não tirava os olhos dos minúsculos gêmeos, cujo berço havia sido levado para a cozinha, por causa do calor.

— Hal acaba de morrer — disse Meggie.

Stuart ergueu os olhos, voltando de um devaneio distante.

— Foi melhor assim — disse ele. — Pense na paz.

Ergueu-se em pé quando Fee saiu do corredor e dirigiu-se a ela, sem tocá-la.

— Você deve estar cansada, mamãe. Venha deitar-se. Eu acenderei um fogo para você em seu quarto. Saia daí, vá deitar-se.

Fee voltou-se e seguiu-o sem dizer uma palavra. Bob levantou-se e saiu para a varanda. Os outros rapazes ficaram esfregando os pés no chão por algum tempo e depois lhe saíram no encalço. Paddy não aparecera. Sem pronunciar uma palavra, a Sra. Smith pegou o carrinho de bebê do seu canto da varanda e, com muito cuidado, ajeitou nele Jims e Patsy adormecidos. Olhou para Meggie, enquanto as lágrimas lhe corriam pelo rosto.

— Meggie, vou voltar à casa-grande e vou levar Jims e Patsy comigo. Voltarei amanhã cedo, mas será melhor que os bebezinhos fiquem com Minnie, com Cat e comigo por algum tempo. Diga isso a sua mãe.

Meggie sentou-se numa cadeira vazia e dobrou as mãos sobre o colo. Ele era dela e estava morto! O pequenino Hal, de quem ela cuidara, que ela amara e protegera. O espaço em sua mente que ele ocupara ainda não se esvaziara; ela ainda sentia o peso quente dele de encontro ao peito. Era terrível saber que aquele peso nunca mais descansaria ali, onde ela o sentira durante quatro longos anos. Não, não era uma coisa pela qual se devesse chorar; as lágrimas destinava-as a Agnes, às feridas na frágil redoma do amor-próprio, à infância que deixara para sempre para trás. Este era um fardo que ela teria de carregar até o fim dos seus dias, e continuar vivendo apesar dele. A vontade de sobreviver é muito forte em alguns, menos forte em outros. Em Meggie era tão requintada e poderosa quanto um cabo de aço.

Foi assim que o Padre Ralph a encontrou ao chegar com o médico. Ela indicou em silêncio o corredor, mas não fez nenhum esforço para acompanhá-los. E só muito tempo depois pôde fazer o padre, finalmente, o que desejara fazer desde que Mary Carson telefonara para a casa paroquial; ir ter com Meggie, ficar com ela, dar à pobre mulherzinha algo dele mesmo para o mais íntimo dela. Duvidava que mais alguém tivesse sequer percebido o que Hal significava para ela.

Mas levou muito tempo. Havia que atender às últimas cerimônias, pois era possível que a alma ainda não tivesse abandonado o corpo; e urgia ver Fee, urgia ver Paddy, urgia dar conselhos. O médico se fora, abatido mas acostumado havia muito tempo às tragédias que a extensão da sua clínica tornava inevitáveis. Do que ele disse se depreendia que, de qualquer maneira, pouca coisa se poderia ter feito tão longe do seu hospital e do seu pessoal experimentado. Essa gente se arriscava, enfrentava os seus demônios e esperava. A certidão de óbito diria apenas "Difteria". Era uma moléstia conveniente.

Finalmente já não havia mais nada que o Padre Ralph precisasse ver. Paddy fora procurar Fee, Bob e os rapazes tinham ido à carpintaria fazer o caixãozinho. No chão do quarto de Fee, o perfil de Stuart, tão parecido com o dela, destacava-se do céu noturno entrevisto pela janela do lugar em que estava, com a cabeça no travesseiro e a mão apertando a mão de Paddy. Fee não tirava os olhos da sombra escura encolhida no chão frio do quarto. Eram cinco horas da manhã e os galos já se mexiam, sonolentos, mas a escuridão perduraria por muito tempo ainda.

Com a estola de púrpura em torno do pescoço, porque se esquecera de que a estava usando, Padre Ralph inclinou-se diante do fogo da cozinha e, atiçando as brasas já dormidas, transformou-as num fogaréu, apagou a lâmpada na mesa de trás e sentou-se num banco de madeira defronte de Meggie a fim de observá-la. Ela crescera, calçara botas de sete léguas que ameaçavam deixá-lo para trás, superado; observando-a, ele sentiu mais profundamente a sua inadequação do que a sentira durante toda a vida, em que o corroera e obsedara uma dúvida sobre a própria coragem. Afinal, de que tinha medo? Que era o que supunha não poder enfrentar se um dia lhe surgisse pela frente? Ele podia ser forte pelos outros, não tinha medo de outras pessoas; mas dentro de si, esperando que essa coisa sem nome lhe chegasse, sorrateira, à consciência quando menos esperasse, conhecia o medo. Ao passo que Meggie, nascida dezoito anos depois dele, estava crescendo e, crescendo, superava-o.

Não que ela fosse uma santa, ou mesmo algo mais que a maioria das pessoas. Só que nunca se queixava, possuía o dom — ou seria a maldição? — da aceitação. Fosse o que fosse que tivesse acontecido ou pudesse acontecer, ela o enfrentava e aceitava, guardava-o para alimentar a fornalha do seu ser. Quem ou o que lhe ensinara isso? E seria isso algo que se pudesse ensinar? Ou seria a idéia que ele fazia dela uma invenção das suas fantasias? Teria isso, de fato, algum valor? Que era mais importante, o que ela verdadeiramente era ou o que ele supunha que ele fosse?

— Oh, Meggie — disse o padre, num gesto de impotência.

Ela voltou os olhos para ele e deu-lhe um sorriso extraído do seu sofrimento, um sorriso de amor absoluto e transbordante, sem reservas, visto que os tabus e inibições da sua feminilidade ainda não faziam parte do seu mundo. O fato de ser amado assim abalou-o, fê-lo desejar perante o Deus de cuja existência às vezes duvidava, ser qualquer outra pessoa no universo, menos Ralph de Bricassart. Seria isto, a coisa desconhecida? Oh, Senhor, por que haveria ele de amá-la assim? Mas, como sempre, ninguém lhe respondeu; e Meggie continuava sentada, sorrindo para ele.

Ao amanhecer, Fee levantou-se para preparar o desjejum, com a ajuda de Stuart. Pouco depois a Sra. Smith voltou com Minnie e Cat, e as quatro mulheres ficaram juntas à beira do fogão, conversando com voz monótona e abafada, presas a alguma liga de sofrimento que nem Meggie nem o padre compreendiam. Concluída a refeição, Meggie foi forrar a caixinha de madeira que os meninos tinham feito, alisado e envernizado. Sem dizer uma palavra, Fee lhe dera um vestido de baile de cetim branco que assumira, havia muito tempo, com a idade, a coloração do marfim, e ela cortou pedaços da fazenda para ajustar aos duros contornos do interior da caixa. Enquanto o Padre Ralph a forrava com uma toalha à guisa de forro, ela dava forma aos pedaços de cetim na máquina de costura e, em seguida, juntos, os dois fixaram o forro no lugar com a ajuda de percevejos. Feito isso, Fee vestiu o seu bebê com a melhor roupa de veludo, penteou-lhe o cabelo e deitou-o no ninho macio que cheirava a ela, mas não cheirava a Meggie, que fora sua mãe. Paddy fechou a tampa do caixãozinho chorando; aquele era o primeiro filho que perdia.

Durante anos, a sala de visitas de Drogheda fora usada como capela; erguera-se um altar numa das extremidades, e sobre ele se estendera um pano dourado, bordado pelas monjas de Santa Maria d'Urso, a quem Mary Carson pagara mil libras pelo serviço. A Sra. Smith enfeitara a sala e o altar com flores de inverno dos jardins de Drogheda, goivos amarelos, prematuros goivos vermelhos rajados de branco e rosas tardias, massas de flores semelhantes a pinturas cor-de-rosa e ferrugentas, encontrando magicamente a dimensão da fragrância. Ostentando alva branca, sem rendas, e casula preta, sem adornos, Padre Ralph celebrou o ofício dos mortos.

Como acontecia na maior parte das grandes fazendas do interior, Drogheda enterrava seus mortos em sua própria terra. O cemitério ficava além dos jardins, às margens do córrego ornadas de salgueiros, e era cercado por uma grade de ferro fundido pintada de branco, que continuava verde até durante a seca, pois era regada com a água dos tanques da sede da fazenda. Michael Carson e seu filho pequeno estavam ali sepultados numa imponente abóbada mortuária de mármore sobre cujo frontão triangular se erguia a estátua de um anjo em tamanho natural com a espada desembainhada para guardar-lhes o repouso. Mas uma dúzia talvez de túmulos menos pretensiosos cercava o mausoléu, marcados apenas por singelas cruzes brancas de madeira e arcos brancos de croquê, que lhes definiam às divisas exatas, alguns até mesmo sem nome: um tosquiador sem parentes conhecidos, morto numa briga nos alojamentos; dois ou três andantes cujo último local de atividade na terra fora Drogheda; alguns ossos assexuados e anônimos encontrados numa das pastagens; o cozinheiro chinês de Michael Carson, sobre cujos restos mortais se via um curioso guarda-chuva vermelho, cheio de sininhos tristes, que pareciam repicar perpetuamente o nome de Hee Sing, Hee Sing, Hee Sing; um tropeiro cuja cruz dizia apenas TANKSTAND CHARLIE ERA UM BOM SUJEITO; e outros mais, ao lado, alguns dos quais mulheres. Mas essa simplicidade não era para Hal, sobrinho da proprietária; enfiaram-lhe o caixão feito em casa numa prateleira no interior da abóbada mortuária e fecharam sobre ela trabalhadas portas de bronze.

Passado algum tempo, toda a gente deixou de falar em Hal, a não ser de passagem. Meggie guardou sua tristeza exclusivamente para si; seu sofrimento tinha a desolação irracional peculiar às crianças, aumentada e misteriosa, embora a própria juventude a soterrasse sob acontecimentos de todos os dias e lhe diminuísse a importância. Os meninos não sentiram muito, exceto Bob, que tinha idade suficiente para afeiçoar-se ao irmão caçula. Paddy sofreu profundamente, mas ninguém ficou sabendo se Fee chegou a sofrer. Ela parecia afastar-se cada vez mais do marido e dos filhos, de todos os sentimentos. Por causa disso, Paddy se sentiu muito grato a Stu pelo modo com que este se ocupava da mãe, a grave ternura com que a tratava. Só Paddy sabia como ficara Fee no dia em que ele voltara de Gilly sem Frank. Não se lhe notara o menor indício de emoção nos mansos olhos cinzentos, nem endurecimento, nem acusação, nem ódio, nem tristeza. Como se ela estivesse simplesmente à espera do golpe que seria desferido, como o cachorro condenado espera a bala que o matará, conhecendo o próprio destino e sem forças para fugir-lhe.

— Eu sabia que ele não voltaria — disse ela.

— Talvez volte, Fee, se você lhe escrever depressa — disse Paddy.

Ela sacudiu a cabeça, mas, sendo Fee, não deu explicações. Era melhor que Frank construísse uma vida nova para si, longe de Drogheda e dela. Conhecia suficientemente o filho para saber que uma palavra sua o traria de volta, de modo que não devia pronunciar essa palavra, nunca. Se os dias eram longos e amargos e traziam uma sensação de fracasso, cumpria-lhe suportá-los em silêncio. Paddy não fora o homem de sua escolha, mas nunca existira um homem melhor do que Paddy. Ela era uma dessas pessoas cujos sentimentos são tão intensos que se tornam intoleráveis, de convivência impossível, e a lição que a vida lhe reservara fora dura. Durante quase vinte e cinco anos ela se ocupara em esmagar a emoção, arrancando-a da existência, e estava convencida de que, no fim, a persistência venceria.

A vida prosseguiu no ciclo rítmico, interminável, da terra; no verão seguinte vieram as chuvas, não trazidas pelas monções, mas como subproduto delas, enchendo o arroio e os tanques, socorrendo as raízes sedentas do capim, aplacando a poeira furtiva. Quase chorando de alegria, os homens lançaram-se ao trabalho das estações padronizadas, sabendo que não precisariam alimentar os cordeiros com mamadeiras. O capim durara o tempo suficiente, remediado com a poda das árvores mais sumarentas; mas não era assim em todas as fazendas de Gilly. A quantidade de cabeças que havia numa fazenda dependia inteiramente do criador que a dirigia. Para o seu grande tamanho Drogheda tinha menos cabeças do que as que podia comportar, de modo que o seu capim durava proporcionalmente mais.

O período de parição e as semanas febris que a ele se seguiam eram os mais atarefados de todo o calendário ovino. Todo carneirinho nascido tinha de ser pego; enrolava-se um anel na cauda de cada um, marcava-se-lhe a orelha e, se fosse macho e não se destinasse à reprodução, castrava-se. Trabalho asqueroso e abominável, que os empapava de sangue até a pele, pois só havia um jeito de dar cabo do serviço em milhares e milhares de carneiros machos no curto espaço de tempo de que dispunham. Projetavam-se os testículos entre os dedos, cortavam-se com os dentes e cuspiam-se no chão. Rodeados de tiras de metal que não lhes permitia expansão alguma, as caudas dos cordeirinhos, machos e fêmeas, iam perdendo aos poucos o suprimento vital de sangue, inchavam, secavam e caíam.

Aqueles eram os melhores rebanhos lanígeros do mundo, criados numa escala de que nunca se ouvira falar em qualquer outro país, e com pouca mão-de-obra. Tudo funcionava para a perfeita produção de lã perfeita. Havia o corte das entrepernas; em torno da extremidade posterior do carneiro a lã ficava suja de excrementos e lêndeas de moscas, que formavam frocos pendentes a que se dava o nome de cardinas. Essa área tinha de ser bem raspada ou cortada. Embora fosse um trabalho de tosquia secundário, muito menos agradável, fedido e empestado de moscas, rendia mais dinheiro aos tosquiadores. Depois havia o banho: milhares e milhares de criaturas, que baliam e saltavam, eram conduzidas, com a ajuda de cães, a um dédalo de cercados, onde entravam e saíam dos banhos de fenilo, que os livravam de carrapatos, pragas e parasitos. E havia os remédios: a administração de preparados por meio de imensas seringas enfiadas pela garganta abaixo, a fim de livrar o carneiro de parasitos intestinais.

Em suma, o trabalho com os carneiros nunca terminava; assim que acabava um serviço, já era tempo de encetar outro. Reuniam-se e classificavam-se os animais, levavam-se de um pasto para outro, enxertavam-se ou não as fêmeas, tosquiavam-se, banhavam-se, medicavam-se, abatiam-se e embarcavam-se para serem vendidos. Drogheda tinha também cerca de mil cabeças de gado bovino de corte de primeira qualidade, além dos carneiros, mas como estes últimos fossem muito mais lucrativos, Drogheda, nos bons tempos, abrigava, em média, três carneiros por alqueire, o que dava um total aproximado de cento e vinte e cinco mil cabeças. Sendo merinos, não eram vendidos para corte; ao cabo dos anos de produção de lã de um merino, despachavam-no para os curtumes e matadouros, onde o transformavam em peles, lanolina, sebo e cola.

Foi assim que os clássicos da literatura do interior da Austrália adquiriram significado. A leitura tornara-se mais importante do que nunca para os Clearys, isolados do mundo em Drogheda; seu único contato com ele se fazia através da mágica palavra escrita. Mas não havia biblioteca que emprestasse livros nas proximidades, como havia em Wahine, não se faziam excursões semanais à cidade para ir buscar a correspondência, os jornais e uma nova pilha de livros, como se faziam em Wahine. O Padre Ralph preencheu a lacuna saqueando a biblioteca de Gillanbone, a sua e as estantes do convento, e descobriu, espantado, que antes de dar pela coisa, organizara toda uma biblioteca itinerante do interior através de Bluey Williams e do caminhão postal, que agora vivia carregado de livros — livros gastos, manuseados, que percorriam os caminhos sulcados de rodeiras entre Drogheda e Bugela, Dibban-Dibban e Braich y Pwll, Cunnamutta e Each-Uisge, e dos quais se apossavam mentes sequiosas de sustento e fuga. As histórias muito apreciadas eram sempre devolvidas com grande relutância, mas o Padre Ralph e as freiras mantinham cuidadoso registro dos livros que ficavam fora da biblioteca por mais tempo e do seu paradeiro. Em seguida, o Padre Ralph encomendava novos exemplares por intermédio da banca de jornais e revistas de Gilly e punha-os gentilmente na conta de Mary Carson, como donativos para a Sociedade Bibliófila de Santa Cruz dos Campos.

Esses eram os tempos em que um livro tinha sorte quando continha um beijo casto, quando os sentidos não eram excitados por passagens eróticas, de modo que se traçava com menos rigor a linha de demarcação entre as obras destinadas aos adultos e as destinadas às crianças de mais idade, e não era vergonhoso para um homem da idade de Paddy preferir os livros que seus filhos também adoravam: *Dot and the Kangaroo*, a série *Billabong* a respeito de Jim, Norah e Wally, o imortal *We of the Never-Never* da Sra. Aeneas Gunn. Na cozinha, à noite, eles se revezavam para ler em voz alta os poemas de Banjo Paterson e C. J. Dennis, emocionando-se com a cavalgada de "O Homem do Rio Nevado", ou rindo-se com "O Sujeito Sentimental" e sua Doreen, ou enxugando lágrimas furtivas à leitura de "Risonha Mary", de John O'Hara.

> "Eu lhe havia escrito uma carta, que, por falta de maior
> Conhecimento, mandara para onde o conheci no Lachlan
> [há anos;
> Ele estava tosquiando quando o conheci, de modo que lhe
> [mandei a carta,
> Só para experimentar, com este endereço, "Clancy, do
> [Overflow."
> E veio uma resposta redigida numa escrita inesperada
> (E acho que a mesma foi escrita com uma unha
> embebida em alcatrão);

Foi o seu companheiro de tosquia quem a escreveu, e vou
[citá-la — *verbatim*:
"Clancy foi para Queensland tropeando e não sabemos
[onde está."
Em minha fantasia errática e selvagem me acudiram visões
[de Clancy
Tropeando "pelo Cooper abaixo", para onde vão os
[tropeiros do oeste;
Enquanto o gado segue devagar Clancy cavalga atrás dele
[cantando,
Pois a vida do peão tem prazeres que a gente da cidade
[desconhece.
E o sertão tem amigos para encontrá-lo e suas vozes bondosas
[o saúdam
No murmúrio das brisas e do rio em seus baixios,
E ele vê a esplêndida visão das intérminas planícies ensolaradas,
E, à noite, a beleza sem par das estrelas sempiternas."

"Clancy do Overflow" era o favorito de todos e "o Banjo", o poeta predileto. Versos de pé meio quebrado, talvez, mas os poemas não se destinavam aos olhos sapientes de intelectuais sofisticados; eram para o povo, e havia mais australianos naquele tempo que os sabiam de cor do que os que conheciam as obras clássicas, aprendidas na escola, de Tennyson e Wordsworth, pois a sua marca de poesias de pé quebrado fora escrita sob a inspiração da Inglaterra. Multidões de narcisos e campos de asfódelos nada significavam para os Clearys, que viviam num clima onde eles não poderiam existir.

Os Clearys compreendiam os poetas da região melhor do que muita gente, visto que o Overflow era o seu quintal, os rebanhos de carneiros em viagem uma realidade na estrada destinada ao gado, pois havia uma estrada oficial para o transporte do gado que passava perto do Rio Barwon, faixa de terra da coroa reservada para a transferência de mercadoria viva de um ponto a outro da metade oriental do continente. Antigamente os tropeiros e suas tropas famintas, que acabavam com o capim, não eram bem-vindos, e odiavam-se os boiadeiros, principalmente quando enfiavam suas juntas mamúticas de vinte a oitenta bois pelo meio das melhores pastarias dos posseiros. Agora, com estradas oficiais para os tropeiros e tendo os boiadeiros desaparecido na lenda, as coisas andavam mais amistosas entre errabundos e sedentários.

Os tropeiros ocasionais eram acolhidos com alegria e convidados a tomar uma cerveja, a bater um papo, a provar uma comida caseira. Vinham, às vezes, em companhia de mulheres, que dirigiam velhas carroças em pandarecos, com pilecas esfoladas, que já tinham sido animais de lida, entre os varais, enquanto potes, bules e garrafas retiniam ao redor. Eram as mulheres mais joviais ou as mais taciturnas do interior, que viajavam de Kynuna ao Paroo, de Goondiwindi a Gundagai, do Katherine ao Curry. Mulheres estranhas; não sabiam o que era ter um teto sobre a cabeça nem conheciam a maciez de um colchão de paina debaixo das suas espinhas duras como ferro. Nenhum homem as sobrepujava; eram tão rijas e resistentes quanto o país que se estendia debaixo dos seus pés inquietos. Selvagens como os pássaros nas árvores encharcadas de sol, seus filhos se esgueiravam, tímidos, para trás das rodas da carroça ou saíam disparados em busca da proteção do lenheiro, enquanto seus pais loroteavam diante de xícaras de chá, trocavam historias incríveis e livros, prometiam transmitir mensagens vagas a Hoopiron Collins ou a Brumby Waters, e narravam a fantástica aventura do colono novato de Pommy em Gnarlunga. E, de um modo ou de outro, podia-se ter a certeza de que esses nômades sem raízes haviam aberto uma cova e enterrado um filho, uma esposa ou um companheiro debaixo de algum *coolibah*, que nunca seria esquecido, num trecho da estrada que só parecia o mesmo aos que não sabiam como podem os corações distinguir uma árvore no meio de uma floresta.

Meggie desconhecia até o significado de uma expressão tão antiga quanto "os fatos da vida", pois as circunstâncias haviam conspirado para bloquear todas as avenidas por meio das quais lhe poderia ter chegado o conhecimento. Seu pai traçara uma linha rígida entre os homens e as mulheres da família; assuntos como procriação ou acasalamento nunca se discutiam em presença das mulheres, e os homens só apareciam diante delas completamente vestidos. A espécie de livros que teria podido dar-lhe uma pista nunca apareceu em Drogheda, e ela não tinha amigas da mesma idade capazes de contribuir para a sua educação. Sua vida era toda ela utilizada nas necessidades da casa, e ao redor da casa não havia atividades sexuais de espécie alguma. As criaturas do Home Paddock eram quase que literalmente estéreis. Mary Carson não criava cavalos, comprava-os de Martin King, de Bugela, que os criava; e, a menos que se criem cavalos, os garanhões são uma fonte de aborrecimento, de modo que Drogheda não tinha nenhum. Possuía um touro, um animal selvagem e feroz, cuja cocheira ficava rigorosamente fora dos limites da sede, e Meggie tinha tanto medo dele que nunca se aproximava dos seus domínios. O acasalamento dos cães, mantidos no canil e acorrentados, era um exercício científico e supervisado, levado a efeito sob os olhos de águia de Paddy ou de Bob e, portanto, também fora dos limites da sede. Nem havia tempo para observar os porcos, que Meggie detestava e não gostava de precisar alimentar. Na verdade, não lhe sobrava tempo para observar quem quer que fosse além dos minúsculos irmãozinhos. E ignorância gera ignorância; um corpo e um espírito não despertados dormem através de acontecimentos que o conhecimento cataloga automaticamente.

Pouco antes do décimo quinto aniversário de Meggie, quando o calor do verão principiava a subir, rumo ao seu máximo estupeficante, ela notou manchas pardas, irregulares, nas calças. Um ou dois dias depois as manchas desapareceram, mas, seis semanas mais tarde, voltaram, e a vergonha mudou-se em terror. Da primeira vez julgara-as sinais de um traseiro sujo, e daí a sua mortificação, mas, da segunda, viu que se tratava inegavelmente de sangue. Não tinha a menor idéia da sua procedência, mas presumiu que viesse do traseiro, mesmo. A lenta hemorragia desapareceu três dias depois e não voltou por mais de dois meses; a lavagem furtiva das calças passara despercebida, pois era ela mesma que lavava quase toda a roupa. O ataque seguinte lhe trouxe dor, as primeiras cólicas não hepáticas de sua vida. E a sangria foi pior, muito pior. Ela furtou algumas fraldas dos gêmeos, que tinham sido postas fora de uso, e tentou amarrá-las por baixo das calças, horrorizada pela perspectiva de que o sangue pudesse transpassá-las.

A morte que levara Hal havia sido como uma visita tempestuosa de algo fantasmagórico; mas essa cessação do próprio ser era aterradora. Como poderia ela procurar Fee ou Paddy para dar-lhes notícia de que estava morrendo de alguma doença indecorosa e proibida do traseiro? Somente a Frank teria ela podido contar suas dificuldades, mas Frank estava tão longe que não sabia onde encontrá-lo. Ela ouvira as mulheres falarem, à mesa do chá, em tumores e cânceres, mortes lentas e horripilantes que suas amigas, suas mães ou suas irmãs haviam sofrido, e aquilo lhe parecia, sem dúvida, uma espécie qualquer de tumor que lhe comia as entranhas, roendo-as em silêncio na direção do coração assustado. E ela não queria morrer!

Suas idéias sobre a morte eram vagas; como era vaga a idéia que fazia do seu futuro *status* naquele incompreensível outro mundo. Para Meggie, a religião era muito mais um conjunto de leis que uma experiência espiritual, e não poderia ajudá-la de maneira alguma. Palavras e frases acotovelavam-se, aos pedaços, em sua consciência tomada de pânico, proferidas pelos pais, pelas amigas, pelas freiras, pelos padres nos sermões, pelos vilões nos livros quando ameaçavam vingar-se. Não havia maneira com que pudesse chegar a um acordo com a morte; deixava-se ficar, noite após noite, presa de um terror confuso, procurando imaginar se a morte era uma noite perpétua, um abismo de chamas que ela teria de transpor num salto para chegar aos campos dourados do lado oposto, ou uma esfera, como o interior de um balão gigantesco, cheio de coros que se alteavam e luzes atenuadas por janelas sem fim de vidros pintados.

Ela assumiu uma atitude de extrema introversão, mas totalmente diversa do isolamento pacífico e sonhador de Stuart; o seu era a paralisia hipnotizada de um animal preso ao olhar de uma serpente. Quando lhe dirigiam a palavra de repente, ela dava um pulo, quando os pequerruchos choravam, chamando-a, ela os enchia de atenções exageradas, querendo expiar assim o seu descaso. E sempre que tinha um raro momento de folga fugia para o cemitério e para Hal, a única pessoa morta que conhecia.

Todos notaram a mudança que nela se operara, mas aceitaram-na como conseqüência natural do seu crescimento, sem jamais perguntar a si mesmos o que acarretava esse crescimento para Meggie; ela escondia com perfeição suas aflições. As velhas lições tinham sido bem aprendidas; o seu domínio de si mesma era fenomenal e o seu orgulho, formidável. Ninguém deveria saber jamais o que estava acontecendo dentro dela, a fachada continuaria impecável até o fim; de Fee e Frank e a Stuart os exemplos lá estavam e, sendo ela do mesmo sangue, isso fazia parte de sua natureza e da sua herança.

Mas como o Padre Ralph visitasse Drogheda com freqüência e a mudança em Meggie se aprofundasse, passando de uma bonita metamorfose feminina para uma extinção de toda a sua vitalidade, sua solicitude por ela cresceu e transformou-se em preocupação e depois em medo. Estava ocorrendo, debaixo do seu nariz, um depauperamento físico e espiritual, ela lhes fugia e ele não suportava a idéia de vê-la convertida em outra Fee. O rostinho comprido era todo olhos arregalados e fixos em alguma perspectiva medonha, e a pele leitosa e opaca, que nunca ficava bronzeada nem sardenta, tornava-se cada vez mais translúcida. Se o processo continuasse, pensou, ela desapareceria um dia no interior dos próprios olhos como a cobra que engole a cauda, até vogar à deriva pelo universo como uma coluna quase invisível de vítrea luz cinzenta, vista apenas do canto da visão onde se emboscam sombras e coisas pretas descem, rastejantes, por uma parede branca.

Mas ele acabaria descobrindo o que havia, nem que tivesse de empregar a força. Mary Carson estava em sua fase de maiores exigências naqueles dias, com ciúme de todos os momentos que ele passava em casa do chefe dos pastores; só a paciência infinita de um homem sutil e tortuoso não o deixava perceber a rebelião dele contra o temperamento possessivo dela. Nem mesmo a preocupação que Meggie lhe causava lhe suplantaria sempre a sabedoria política, o ronronante contentamento que lhe advinha de observar a ação do seu charme sobre uma criatura obstinada e refratária como Mary Carson. E, enquanto o cuidado, há tanto tempo adormecido, pelo bem-estar de outra pessoa mordia o freio e batia o pé, andando de um lado para outro da sua mente, ele reconhecia a existência de outra entidade que morava ao lado da primeira: a fria crueldade felina de sobrepujar uma mulher presunçosa e dominadora, de zombar dela. Sempre gostara de fazer isso! A velha aranha nunca o venceria.

Finalmente, conseguiu livrar-se de Mary Carson e saiu atrás de Meggie. Foi alcançá-la no cemiteriozinho, à sombra do pálido e tão pouco belicoso anjo vingador. Ela estava olhando para o enjoativamente plácido rosto do anjo com o próprio rosto contraído de medo, contraste admirável entre o sensível e o insensível, pensou. Mas que estava ele fazendo ali, correndo atrás dela como uma velha galinha cacarejante quando, na verdade, aquilo não lhe dizia respeito, quando cabia à mãe dela, ou ao pai, descobrir o que estava acontecendo? Eles, entretanto, nada tinham visto de errado, pois ela não era importante para eles do jeito que era importante para ele. E a ele, como padre, cumpria-lhe confortar os solitários e os desesperados. Era-lhe insuportável vê-la infeliz e, no entanto, assustava-o o modo com que se estava ligando a ela por uma série de eventos. Ele a estava transformando num arsenal de acontecimentos e lembranças, e sentia medo. Seu amor a ela e seu instinto sacerdotal de oferecer-se em qualquer capacidade espiritual necessária entravam em guerra com um horror obsessivo de tornar-se imprescindível a um ser humano e de fazer que um ser humano se lhe tornasse imprescindível.

Quando ela o ouviu caminhar pela grama, voltou-se para enfrentá-lo, cruzando as mãos no colo e abaixando os olhos para os próprios pés. Ele sentou-se ao lado dela, com os braços em torno dos joelhos, a batina em dobras, tão graciosa em todo o seu comprimento quanto o corpo que a habitava. Não se justificavam rodeios naquele momento; se pudesse, ela lhe escaparia.

— Que aconteceu, Meggie?

— Nada, Padre.

— Não acredito.

— Por favor, Padre, por favor! Eu não posso lhe contar!

— Ora, Meggie! Criatura de pouca fé! Você pode me contar tudo, tudo que acontece debaixo do sol. É para isso que estou aqui, é para isso que sou padre. Sou o representante escolhido de Nosso Senhor na terra, ouço as pessoas em nome d'Ele e posso até perdoar em nome d'Ele. E, Meggiezinha, não há nada no universo de Deus que Ele e eu não possamos encontrar motivos em nossos corações para perdoar. Você precisa me contar o que há, meu bem, porque, se alguém pode ajudá-la, esse alguém sou eu. Enquanto eu viver, tentarei ajudá-la, protegê-la. Se você quiser, serei uma espécie de anjo da guarda, muito melhor do que esse pedaço de mármore que está acima de sua cabeça. — Ele fez uma pausa para respirar e inclinou-se para a frente. — Meggie, se você gosta de mim, me conte.

Ela entrelaçou os dedos.

— Padre, estou morrendo! Estou com câncer!

Primeiro lhe veio um desejo violento de rir-se, uma grande vaga de ruidoso anticlímax; depois olhou para a pele fina e azulada, os bracinhos magros, e acudiu-lhe um desejo horrível de chorar, de gritar a injustiça daquilo perante os céus. Não, Meggie não teria tirado do nada uma coisa dessas; era preciso que houvesse uma razão válida.

— Como é que você sabe, minha querida?

Ela levou muito tempo para dizê-lo e, quando o fez, ele precisou inclinar a cabeça até deixá-la ao nível dos lábios da menina, num arremedo inconsciente da pose confessional, a mão escondendo o rosto dos olhos dela, enquanto apresentava à imundície do mundo a orelha finamente modelada.

— Faz seis meses, Padre, que começou. Tive umas dores horríveis na barriga, mas não como cólicas de fígado, não, e... oh, padre!... uma porção de sangue saiu do meu traseiro!

Ele atirou a cabeça para trás, o que nunca fizera no interior do confessionário; em seguida abaixou a vista para a cabeça inclinada e envergonhada da menina, assaltado por tantas emoções que não conseguia controlar os próprios pensamentos. Um absurdo, um delicioso alívio; uma raiva tão grande de Fee que sentia vontade de matá-la; uma admiração mesclada de respeito por aquela coisinha, que suportara tanta coisa tão bem; e um dilema horrível, que tudo penetrava.

Ele era tão prisioneiro dos tempos quanto ela. As jovens vulgares de todas as cidades que conhecera, de Dublin e Gillanbone, procuravam de propósito o confessionário para murmurar-lhe suas fantasias como se fossem realidade, preocupadas com a única faceta dele que lhes interessava, a sua virilidade, sem querer admitir que não tinham o poder de despertá-la. Falavam em homens que violavam todos os orifícios, de jogos ilícitos com outras moças, de luxúria e adultério, e uma ou duas dotadas de maior imaginação, chegavam a minuciar as relações sexuais que teriam tido com um padre. E ele as ouvia sem o menor vestígio de comoção, a não ser um desprezo nauseado, pois passara pelos rigores do seminário e para um homem do seu tipo era fácil pôr em prática essa lição. Mas as jovens nunca, nunca mencionavam a secreta atividade que as colocava à parte, que as degradava.

Por mais que o tentasse, não conseguiu impedir que a onda abrasadora se lhe difundisse por baixo da pele; o Padre Ralph de Bricassart continuou sentado, com o rosto voltado para outro lado, escondido pela mão, e sentiu a humilhação do primeiro rubor.

Mas isso não estava ajudando a sua Meggie. Quando se certificou de que a vermelhidão passara, levantou-se, ergueu-a de onde a encontrara sentada e colocou-a sobre um pedestal de mármore, de modo que o rosto dela e o dele ficassem no mesmo nível.

— Meggie, olhe para mim. Não, *olhe* para mim!

Ela ergueu os olhos acuados e viu que ele estava sorrindo; um contentamento incomensurável inundou-lhe a alma. Ele não sorriria assim se ela estivesse morrendo; sabia perfeitamente o quanto significava para ele, que nunca fizera segredo disso.

— Meggie, você não está morrendo nem está com câncer. Não cabe a mim lhe dizer o que está acontecendo, mas creio que o terei de fazer. Sua mãe já devia tê-lo contado, há anos, a você, e confesso que não atino com a razão por que não o fez.

Ele ergueu os olhos para o inescrutável anjo de mármore que se erguia acima dele e soltou uma risada peculiar, meio abafada.

— Meu Jesus! Que coisa Tu me dás para fazer. — Logo, dirigindo-se à expectante Meggie: — No futuro, quando você ficar mais velha e souber mais a respeito das coisas do mundo, poderá sentir-se tentada a recordar o dia de hoje com embaraço e até com vergonha. Mas não recorde assim o dia de hoje, Meggie. Não há nisso absolutamente nada de vergonhoso nem de embaraçoso. Nisto, como em tudo o que faço, sou apenas o instrumento de Nosso Senhor. É minha única função na terra; nem devo aceitar nenhuma outra. Você estava muito assustada, precisava de ajuda e Nosso Senhor lhe mandou essa ajuda através de minha pessoa. Só se lembre disso, Meggie. Sou o padre de Nosso Senhor e falo em Seu nome.

"Você só está fazendo o que fazem todas as mulheres, Meggie. Uma vez por mês, durante vários dias, perderá sangue. Isso costuma começar por volta dos doze ou treze anos de idade... a propósito, quantos anos você tem?"

— Tenho quinze, Padre.

— Quinze? Você? — Ele sacudiu a cabeça, quase não acreditando. — Bem, se é você quem diz, terei de aceitar sua palavra. Nesse caso, está mais atrasada do que a maioria das jovens. Mas isso continuará todos os meses, até por volta dos cinqüenta anos. Em algumas mulheres o aparecimento do sangue é tão regular quanto as fases da lua, em outras já é menos predizível. Em algumas mulheres a perda de sangue não acarreta dor nenhuma, em outras é um processo muito doloroso. Ninguém sabe por que difere tanto uma mulher de outra. Mas a perda de sangue todos os meses é um sinal de que você está madura. Sabe o que quer dizer "madura"?

— É claro, Padre! Eu leio! Quer dizer crescida.

— Está bem, isso já serve. Enquanto persistir a sangria, você poderá ter filhos. A sangria é uma parte do ciclo da procriação. Diz-se que, antes da Queda, Eva não ficava menstruada. Pois o nome certo disso é menstruação, ficar menstruada. Mas quando Adão e Eva caíram, Deus puniu mais a mulher do que o homem, porque foi realmente por culpa dela que eles caíram. Foi ela quem tentou o homem. Você se lembra das palavras em sua história bíblica? "Tu parirás teus filhos em dor." O que Deus quis dizer foi que, para a mulher, tudo o que se refere aos filhos envolve dor. Grande alegria, mas também grande dor. É a sua sina, Meggie, e você terá de aceitá-la.

Ela não o sabia, mas era assim mesmo que ele teria oferecido conforto e ajuda a qualquer um dos seus paroquianos, embora com um envolvimento pessoal menos intenso; com a mesma bondade, mas sem se identificar com a dificuldade. E, talvez, não tão curiosamente, desse modo o conforto e a ajuda que ele oferecia eram ainda maiores. Como se, tendo ele superado tais problemas, provasse com isso que eram superáveis. Nem era nele uma coisa consciente; ninguém que já o procurara em busca de auxílio se sentira menosprezado ou censurado por sua fraqueza. Muitos padres deixavam seus confessados sentir-se culpados, indignos ou bestiais, mas ele nunca. Pois dava aos outros a impressão de que também tinha suas tristezas e suas lutas; tristezas estranhas e lutas incompreensíveis, talvez, mas não menos reais. Ele nunca soube, nem o poderia saber, que a maior parte do fascínio e da atração que exercia não residia em sua pessoa, se não nesse algo alheio, quase divino e, no entanto, muito humano de sua alma.

No tocante a Meggie, ele lhe falava como Frank lhe falara: como seu igual. Mas ele era mais velho, mais sábio e muito mais instruído que Frank, um confidente mais satisfatório. E como era bonita a sua voz, com o seu leve sotaque irlandês e o seu acentuado sotaque britânico. Uma voz que levava embora todo o medo e toda a angústia. Entretanto, ela era jovem, cheia de curiosidade, ansiava agora por saber tudo o que havia para saber, e nem um pouco perturbada pelas desconcertantes filosofias dos que põem em dúvida constantemente não o *quem* de si mesmos, mas o *por quê*. Ele era amigo dela, era o ídolo querido do seu coração, o novo sol do seu firmamento.

— Por que o senhor não deveria me contar, Padre? O que me disse que deveria ter sido dito por mamãe?

— Trata-se de um assunto que as mulheres costumam guardar para si mesmas. Falar em menstruação ou em regras femininas diante de homens ou de rapazes é coisa que simplesmente não se faz, Meggie. É coisa estritamente para mulheres.

— Por quê?

Ele sacudiu a cabeça e riu-se.

— Para ser inteiramente sincero, confesso que também não sei. Mas você precisa acreditar em mim quando digo que é assim. Nunca, ouviu bem?, nunca fale nisso a ninguém a não ser a sua mãe, e nem diga a ela que discutiu o caso comigo.

— Está bem, Padre, não direi.

Era terrivelmente difícil esse negócio de ser mãe; havia tantas considerações práticas que cumpria não esquecer!

— Meggie, você precisa ir para casa, contar a sua mãe que andou perdendo sangue, e perguntar a ela o que deve fazer para arranjar-se nesses momentos.

— *Mamãe* também faz isso?

— Todas as mulheres sadias fazem isso. Só quando estão esperando bebê param de perder sangue até o nascimento da criança. É assim que as mulheres sabem que estão esperando bebê.

— Por que param de perder sangue quando estão esperando bebê?

— Isso não sei. É verdade, não sei mesmo. Desculpe-me, Meggie.

— Por que o sangue sai do meu traseiro, Padre?

Ele lançou um olhar penetrante ao anjo, que o devolveu serenamente, imperturbado pelas perturbações das mulheres. As coisas estavam ficando muito complicadas para o Padre Ralph. Era incrível que ela insistisse quando sempre se mostrava tão reticente! Compreendendo, todavia, que ele se transformara na fonte dos seus conhecimentos a respeito de tudo o que ela não encontrava nos livros, ele sabia que não devia aparentar diante dela o menor constrangimento ou desconforto. Se o fizesse, ela fugiria para dentro de si mesma e nunca mais lhe perguntaria coisa alguma.

Por isso respondeu, paciente:

— O sangue não vem do traseiro, Meggie. Existe uma passagem oculta na frente do traseiro, e essa é a passagem que se relaciona com filhos.

— Oh!, o senhor quer dizer que é por aí que eles saem, não é? — acudiu ela. — Eu sempre quis saber como é que eles saíam.

Ele sorriu e desceu-a do pedestal.

— Pois agora você sabe. E sabe o que é que faz bebês, Meggie?

— Ah, isso eu sei — respondeu ela com importância, contente por saber ao menos alguma coisa. — A gente os faz, Padre.

— E como se começa a fazê-los?

— Desejando-os.

— Quem lhe disse isso?

— Ninguém. Eu mesma descobri.

Padre Ralph cerrou os olhos e pensou que ninguém poderia tachá-lo de covarde por deixar as coisas no pé em que estavam. Ele podia ter pena dela, mas não poderia ajudá-la mais do que isso. Já era o bastante.

✵

7

Mary Carson ia completar setenta e dois anos de idade e estava planejando a maior festa que já se realizara em Drogheda nos últimos cinqüenta anos. Sua data natalícia caía no princípio de novembro, quando já fazia calor, mas um calor ainda suportável — pelo menos para os nativos de Gilly.

— Tome nota disso, Sra. Smith! — sussurrou Minnie. — Tome nota disso! Foi no dia três de novembro que ela nasceu!

— O que você está pretendendo agora, Min? — perguntou a governanta. O céltico pendor de Minnie para o mistério mexia com os seus bons e sólidos nervos ingleses.

— Ué, isso significa que ela é uma mulher de Escorpião, não significa? Uma mulher de Escorpião, nossa!

— Não tenho a menor idéia do que você está falando, Min!

— Esse é o pior signo em que uma mulher nasce, minha querida Sra. Smith. Puxa, elas são filhas do Capeta, sem tirar nem pôr! — acudiu Cat, de olhos arregalados, persignando-se.

— Francamente, Minnie, você e Cat são o máximo — disse a Sra. Smith, que não se deixara impressionar.

A comoção, porém, já era grande e seria maior ainda. A velha aranha na sua *bergère*, no centro exato da sua teia, emitiu uma torrente infindável de ordens; isto tinha de ser feito, aquilo tinha de ser feito, tais e tais coisas deviam ser tiradas do depósito ou colocadas no depósito. As duas criadas irlandesas passavam os dias polindo a prataria, lavando as melhores porcelanas de Haviland, retransformando a capela em sala de visitas e aprontando as salas de jantar adjacentes.

Mais atrapalhados do que ajudados pelos pequenos Clearys, Stuart e um grupo de biscateiros cortavam e aparavam a grama, carpiam os canteiros de flores, espalhavam serragem molhada nas varandas para tirar a poeira que ficava entre os ladrilhos espanhóis e giz seco no soalho da sala de visitas a fim de prepará-lo para as danças. A banda de Clarence O'Toole viria de Sydney, juntamente com ostras e pitus, caranguejos e lagostas; várias mulheres de Gilly tinham sido contratadas como ajudantes temporárias. Todo o distrito de Rudna Hunish e Inishmurray, a Bugela e a Narrengang se achava em plena fermentação.

Enquanto os corredores de mármore ecoavam sons não habituais de objetos mudados de lugar e de pessoas que gritavam, Mary Carson transferiu-se da *bergère* para a escrivaninha, pegou numa folha de papel de pergaminho, molhou a pena no tinteiro e começou a escrever, sem nenhuma hesitação, sem uma pausa sequer para pensar na posição de uma vírgula. No correr dos últimos cinco anos ela estudara mentalmente todas as frases intricadas, até torná-las perfeitas. Não levou muito tempo para terminar; duas folhas de papel, a segunda com uma quarta parte, pelo menos, em branco. Mas por ora, concluída a última sentença, acomodou-se na cadeira. A escrivaninha de tampa de correr ficava ao lado de uma das grandes janelas, de modo que lhe bastava virar a cabeça para enxergar os gramados. Um riso vindo de fora fê-la olhar, a princípio ociosamente, depois com uma raiva que lhe retesou os músculos. Malditos fossem ele e a sua obsessão!

O Padre Ralph ensinara Meggie a montar; filha de uma família do campo, ela nunca cavalgara montada como um homem no cavalo, até que o padre remediou a deficiência. Pois, por mais estranho que parecesse, as filhas de famílias pobres do campo não cavalgavam com muita freqüência. A equitação era um passatempo para as moças ricas do campo e da cidade. As moças com a experiência de Meggie poderiam dirigir carros, carroças e parelhas de animais pesados, até tratores e às vezes automóveis, mas raro montavam a cavalo. Custava muito dinheiro ensinar uma filha a montar.

Padre Ralph trouxera botinas de elástico e culotes de sarja de Gilly e deixou-os cair pesada e ruidosamente sobre a mesa da cozinha dos Clearys. Paddy erguera os olhos do livro que costumava ler depois do jantar, levemente surpreso.

— O que o senhor tem aí, Padre? — perguntou.

— Roupas de montar para Meggie.

— Quê? — mugiu a voz do Paddy.

— Quê? — guinchou a voz de Meggie.

— Roupas de montar para Meggie. Francamente, Paddy, você é um idiota de primeira classe! Herdeiro da maior e mais rica fazenda da Nova Gales do Sul, nunca deixou sua única filha montar a cavalo! Como acha você que ela ocupará o lugar a que tem direito ao lado da Srta. Carmichael, da Srta. Hoperton e da Srta. Anthony King, todas exímias amazonas? Meggie precisa aprender a montar, tanto em silhão quanto em sela comum, ouviu? Compreendo que você tenha muita coisa que fazer, por isso eu mesmo a ensinarei, e pouco me importa que você goste ou desgoste disso. Se as aulas de equitação interferirem nas suas obrigações dentro de casa, paciência. Durante algumas horas por semana Fee terá de arrumar-se sem Meggie, e pronto.

Uma coisa que Paddy não faria era discutir com um padre; Meggie aprendeu a montar num instante. Durante anos ansiara pela oportunidade e, certa vez, aventurara-se a pedir ao pai, timidamente, que a deixasse aprender, mas ele se esquecera do pedido logo depois, e ela nunca mais o repetira, supondo ser aquela a sua maneira de dizer não. Aprender sob a égide do Padre Ralph deixou-a numa alegria que ela não demonstrou, pois, a essa altura, a sua adoração pelo Padre Ralph se transformara em paixonite aguda, muito infantil. Sabendo ser uma coisa totalmente impossível, dava-se ao luxo de sonhar com ele, de pensar em como se sentiria nos braços dele, recebendo-lhe o beijo. Seus sonhos não poderiam ir além disso, visto que ela não tinha idéia do que vinha depois, nem mesmo de que viesse depois alguma coisa. E se soubesse que era errado sonhar assim com um padre, não parecia haver modo nenhum com que pudesse disciplinar-se e deixar de fazê-lo. O máximo que conseguia era certificar-se de que ele não tinha a menor idéia do rumo que haviam tomado os seus pensamentos.

Enquanto Mary Carson observava pela janela da sala de estar, Padre Ralph e Meggie vinham caminhando das cocheiras, que ficavam na extremidade mais afastada da casa-grande, do lado da residência do chefe dos pastores. Os homens da fazenda montavam ossudos animais de lida que nunca tinham visto o interior de uma cocheira em toda a sua vida, e só entravam nos cercados quando eram destacados para o trabalho e pinoteavam pelo capim de Home Paddock quando eram revezados. Mas havia cocheiras em Drogheda, onde Mary Carson mantinha dois cavalos de raça para uso exclusivo do Padre Ralph. Quando este lhe perguntou se Meggie poderia usar também suas montarias, ela não encontrou jeito de objetar. A menina era sua sobrinha, e ele tinha razão. Ela precisava saber montar decentemente.

Com toda a amargura que cabia em seu velho corpo inchado, Mary Carson desejara ter sido capaz de recusar ou, então, de cavalgar com eles. Mas não poderia ter feito uma coisa nem outra. E mortificava-a vê-los agora, atravessando juntos o relvado, ele com suas calças de montar, suas botas, que lhe chegavam aos joelhos, e a camisa branca, gracioso como um bailarino, ela com seus culotes, esguia e puerilmente linda. Ambos irradiavam uma amizade natural; pela milionésima vez Mary Carson perguntou a si mesma por que ninguém, além dela, lhes deplorava o estreito e quase íntimo relacionamento. Paddy achava-o maravilhoso, Fee — uma palerma! — nada dizia, como sempre, ao passo que os meninos os tratavam como irmãos. Seria porque ela mesma amava Ralph de Bricassart que via o que ninguém mais via? Ou estaria apenas imaginando coisas, e não havia em tudo aquilo nada mais que a amizade de um homem de trinta e tantos anos por uma menina que nem sequer chegara à plenitude da sua feminilidade? Tolice. Nenhum homem que tivesse mais de trinta anos, nem mesmo Ralph de Bricassart, poderia deixar de ver a rosa que desabrochava. Nem mesmo Ralph de Bricassart? Ah! Principalmente Ralph de Bricassart! Nada escapava àquele homem.

Tremiam-lhe as mãos; a pena salpicou de manchas azul-escuro no fundo do papel. O dedo nodoso tirou outra folha de um escaninho, tornou a mergulhar a pena no tinteiro, e reescreveu as palavras com a mesma segurança da primeira vez. Em seguida, ergueu-se, ofegante, e dirigiu-se para a porta.

— Minnie! Minnie! — chamou.

— Valha-nos Deus, é ela! — disse claramente a criada da sala de visitas fronteira. Seu rosto sem idade, cheio de sardas, surgiu à porta. — O que posso ir buscar para a senhora, querida Sra. Carson? — perguntou, indagando a si mesma por que a velha não tocara a campainha chamando a Sra. Smith, como costumava fazer.

— Vá-me procurar o cerqueiro e Tom. Mande-os falar comigo imediatamente.

— Devo primeiro informar a Sra. Smith?

— Não! Faça apenas o que estou mandando, garota!

Tom, o faz-tudo do jardim, era um velho encarquilhado, que, dezessete anos antes, passara pela fazenda com sua trouxa de andante e seu bule, e aceitara trabalho por uns dias; mas apaixonara-se pelos jardins de Drogheda e agora não suportava a idéia de deixá-los. O cerqueiro, andarilho como todos os da sua raça, fora tirado da tarefa interminável de esticar fios de arame entre mourões nos cercados a fim de consertar as estacas brancas da sede para a festa. Aterrados pelo chamado, apareceram poucos minutos depois e ali ficaram com as calças de trabalho, os suspensórios e as camisas de flanela, torcendo nervosamente o chapéu entre as mãos.

— Vocês sabem escrever? — indagou a Sra. Carson.

Os dois assentiram com a cabeça, engolindo em seco.

— Bem. Quero que me vejam assinar este pedaço de papel e depois escrevam seus nomes e endereços logo abaixo da minha assinatura. Entenderam?

Eles fizeram que sim com a cabeça.

— Tomem o cuidado de assinar como sempre assinam, e escrevam seus endereços permanentes com bastante clareza. Não me importa que seja a posta-restante do correio. O que importa é vocês poderem receber correspondência através desse endereço.

Os dois homens viram-na escrever o seu nome; foi a única vez em que ela não escreveu apertando as letras. Tom adiantou-se e fez estalar a pena sobre o papel com dificuldade; depois o consertador de cercas escreveu "Chas. Hawkins" em letras grandes e redondas, e um endereço em Sydney. Mary Carson observou-os com atenção; quando terminaram, deu a cada um uma nota vermelha de dez libras e dispensou-os com instruções categóricas para não abrirem a boca sobre aquilo.

Meggie e o padre tinham desaparecido havia muito tempo. Mary Carson tornou a sentar-se pesadamente à secretária, puxou outra folha de papel para junto de si e recomeçou a escrever. Mas não rematou essa comunicação com a facilidade e a fluência da anterior. Muitas e muitas vezes parou para pensar e logo, com os lábios contraídos num sorriso sem alegria, continuava. Dir-se-ia que tivesse muita coisa para dizer, pois suas palavras eram apertadas, suas linhas muito juntas uma da outra e, mesmo assim, precisou de uma segunda folha de papel. No fim, releu o que escrevera, juntou todas as folhas, dobrou-as e enfiou-as num envelope, cujo dorso selou com cera vermelha.

Só Paddy, Fee, Bob, Jack e Meggie iriam à festa; Hughie e Stuart foram incumbidos de cuidar dos pequenos, para secreto alívio de ambos. Pois uma vez, ao menos, em sua vida Mary Carson abrira a carteira o suficiente para deixar sair algumas notas, e todos tinham ganho roupas novas, as melhores que Gilly poderia proporcionar.

Paddy, Bob e Jack viam-se imobilizados atrás de peitos engomados de camisas, colarinhos altos, gravatas-borboleta brancas, casaca preta, calças pretas e colete branco. Seria uma festa muito formal, casaca e gravata branca para os homens, vestidos compridos para as mulheres.

O vestido de crepe de Fee, de um matiz azul-cinzento particularmente rico, assentava-lhe muito bem, chegando até o chão em pregas suaves; tinha o decote baixo, as mangas apertadas nos pulsos e era generosamente bordado de contas, ao estilo da Rainha Mary. Como aquela imperiosa dama, Fee trazia o cabelo alto com rolos caídos para trás, e a loja de Gilly lhe fornecera uma gargantilha e brincos de imitações de pérolas, que só seriam reconhecidas mediante rigorosa inspeção. Magnífico leque de penas de avestruz, tingidas da mesma cor do vestido, completava o conjunto, menos ostentoso do que parecia à primeira vista; a temperatura estava inusitadamente elevada e, às sete horas da noite, o termômetro ainda marcava mais de 38 graus.

Quando Fee e Paddy saíram do quarto, os meninos ficaram embasbacados, pois nunca tinham visto os pais tão suntuosamente belos, tão estranhos. Paddy aparentava, com efeito, os seus sessenta e um anos, mas com tanta distinção que poderia passar por estadista. Fee parecia ter perdido, de repente, dez dos seus quarenta e oito anos, bela, vital, magicamente sorridente. Jims e Patsy abriram um berreiro, recusando-se a olhar para Mamãe e Papai, até que estes voltaram ao normal e, no corre-corre para atender aos filhos, a etiqueta foi esquecida; Mamãe e Papai comportaram-se como sempre o faziam e, dali a pouco, os gêmeos também estavam radiantes de admiração.

Mas foi para Meggie que todos olharam por mais tempo. Recordando-se talvez da própria infância e despeitada porque todas as outras jovens convidadas tinham encomendado seus vestidos em Sydney, a costureira de Gilly fizera com o coração o vestido de Meggie. Um vestido sem mangas e decotado; a princípio, Fee se mostrara em dúvida, mas diante das súplicas de Meggie e tendo-lhe assegurado a costureira que todas as moças estariam usando a mesma espécie de coisa — quereria ela que a filha fosse chamada de caipira e malvestida? Fee acabara cedendo. De crepe *georgette*, levemente cinturado, o vestido tinha uma faixa do mesmo tecido em torno das cadeiras. Era de um cinzento tirante à palha, cor-de-rosa pálido, da cor a que davam, naquele tempo, o nome de cinzas de rosas; entre ambas, a costureira e Meggie haviam bordado todo ele com minúsculos e róseos botões de rosa. E Meggie mandou cortar o cabelo da maneira mais parecida possível com o corte das moças de Gilly, rente ao pescoço, "à la garçonne". Se bem fosse muito encaracolado para ajustar-se inteiramente à moda, ficava-lhe melhor curto do que comprido.

Paddy abriu a boca para berrar que ela assim já não era a sua Meggiezinha, mas tornou a fechá-la, sem pronunciar uma palavra; a cena com Frank na casa paroquial, tantos anos atrás, ensinara-lhe muita coisa. Não, ele não poderia conservá-la como uma menininha para sempre; ela já era uma jovem mulher e uma jovem mulher intimidada diante da assombrosa transformação que o espelho lhe mostrara. Por que tornar as coisas ainda mais difíceis para a pobrezinha?

Ele estendeu-lhe a mão, sorrindo com ternura.

— Como você está linda, Meggie! Eu mesmo lhe darei o braço, e Bob e Jack levarão sua mãe.

Faltava exatamente um mês para ela completar dezessete anos e, pela primeira vez na vida, Paddy se sentiu velho. Mas ela era o tesouro do seu coração, e nada haveria de estragar-lhe a primeira festa de mocinha.

Caminharam devagar até a sede da fazenda, muito cedo para os primeiros convidados; mas eles jantariam com Mary Carson e deveriam estar preparados para ajudá-la a receber os que fossem chegando. Ninguém queria sujar os sapatos, mas um quilômetro e meio pela poeira de Drogheda significava uma pausa na cozinha para lustrá-los, sacudir a poeira da barra das calças e da bainha dos vestidos que se arrastavam pelo chão.

Padre Ralph estava de batina, como sempre: nenhuma moda masculina para a noite lhe cairia tão bem quanto aquela túnica severamente cortada, que se alargava levemente de cima para baixo, os inúmeros botõezinhos de fazenda preta que a fechavam da bainha até o pescoço, e a faixa de monsenhor de bordas purpurinas.

Mary Carson decidira usar cetim branco, rendas brancas e penas brancas de avestruz. Fee olhava aparvalhada para ela, arrancada à sua indiferença habitual. Aquilo era tão incongruentemente nupcial, tão grosseiramente inadequado — por que cargas d'água se empetecara daquele jeito, como uma velha solteirona pintada que estivesse brincando de casar? Ela engordara muito ultimamente, e isso não melhorava as coisas.

Paddy, contudo, não parecia ver nada de errado; adiantou-se, radiante, e tomou as mãos da irmã. Que sujeito amável era ele, pensou o Padre Ralph enquanto observava a cenazinha, entre divertido e alheado.

— Ora, viva, Mary! Você está linda! Parece uma mocinha!

Na verdade ela parecia uma cópia quase exata da famosa fotografia da Rainha Victoria tirada não muito antes da sua morte. Lá estavam as duas rugas pesadas de cada lado do nariz dominador, a boca obstinada feita de traços indômitos, os olhos glaciais e levemente salientes fixos sem piscar em Meggie. Os belos olhos do Padre Ralph passaram da sobrinha à tia e voltaram à sobrinha.

Mary Carson sorriu para Paddy e pôs a mão no braço dele.

— Pode me levar para jantar, Padraic. O Padre de Bricassart dará o braço a Fiona e os meninos terão de arranjar-se com Meggie entre eles. — Ela voltou a vista para Meggie por cima dos ombros. — Vai dançar esta noite, Meghann?

— Ela é muito novinha ainda, Mary, não completou dezessete anos — apressou-se em dizer Paddy, lembrando-se de mais uma deficiência paterna: nenhum dos seus filhos aprendera a dançar.

— Que pena — disse Mary Carson.

Foi uma festa esplêndida, suntuosa, brilhante, gloriosa; foram esses, pelo menos, os objetivos mais empregados para descrevê-la. Royal O'Mara lá estava, vindo de Inishmurray, a trezentos e sessenta quilômetros de distância; fora ele quem viera de mais longe, em companhia da esposa, dos filhos e da única filha, embora não se avantajasse demasiado aos outros nesse particular. A gente de Gilly não achava grande coisa viajar trezentos e sessenta quilômetros para assistir a uma partida de críquete, quanto mais ir para uma festa. Duncan Gordon viera de Each-Uisge; ninguém jamais lograra persuadi-lo a explicar por que dera à sua fazenda, tão longe do oceano, o nome escocês do cavalo-marinho. Martin King, a esposa, o filho Anthony e a Sra. Anthony; era o posseiro mais velho de Gilly, já que Mary Carson não poderia chamar-se assim por ser mulher. Evan Pugh, de Braich y Pwll, que o distrito pronunciava Brakeypull. Dominic O'Rourke de Dibban-Dibban, Horry Hopeton de Beel-Beel; e dúzias de outros.

Quase todas as famílias presentes eram católicas e poucas ostentavam nomes anglo-saxões; havia, praticamente, uma distribuição igual de irlandeses, escoceses e galeses. Não, eles não poderiam esperar pela autonomia na pátria-mãe, nem poderiam, se fossem católicos na Escócia ou no País de Gales, esperar muita simpatia dos indígenas protestantes. Mas aqui, nos milhares de quilômetros quadrados em torno de Gillanbone, donos de tudo o que a vista alcançava, podiam fazer fiau para os senhores ingleses; Drogheda, a maior propriedade, possuía uma área superior à de vários principados europeus. Principezinhos monegascos, duques liechtensteinianos, cuidado! Mary Carson era maior do que vocês. Por isso mesmo rodopiavam ao som das valsas executadas pela suave orquestra de Sydney e recuavam, indulgentes, para ver os filhos dançar o *charleston*, comiam bolinhos de lagosta e ostras cruas geladas, bebiam o champanha francês de quinze anos de idade e o uísque escocês de doze. Para dizer a verdade, teriam preferido comer uma perna assada de carneiro ou um bom naco de carne de vaca preservada em salmoura, e teriam gostado muito mais de beber um rum barato, muito forte, de Bundaberg ou o *bitter* de Grafton tirado do barril. Mas era bom saber que as melhores coisas da vida estavam ao alcance das suas mãos.

Sim, havia anos magros, muitos deles. O dinheiro ganho com a lã era cuidadosamente guardado nos anos bons para valer-lhes contra as depredações dos anos maus, pois ninguém poderia prever se haveria chuvas ou não. Mas aquele era um bom período, fora-o durante algum tempo, e havia pouca coisa em que gastar em Gilly. Para quem nascera nas planícies de solo negro do Grande Noroeste, não existira na terra outro lugar como aquele. Não faziam nostálgicas peregrinações à velha terrinha, que nada fizera por eles senão persegui-los por suas convicções religiosas, ao passo que a Austrália era um país católico demais para abrigar perseguições. E o Grande Noroeste era o lar eles.

De mais a mais, Mary Carson pagava as despesas naquela noite. E ela bem poderia dar-se a esse luxo. Dizia-se dela à boca pequena que tinha dinheiro suficiente para comprar e vender o Rei da Inglaterra. Possuía dinheiro em aço, dinheiro em prata, chumbo, zinco, dinheiro em cobre e ouro, dinheiro numa centena de coisas diferentes, mas coisas que literal e metaforicamente davam dinheiro. Fazia muito tempo que Drogheda deixara de ser sua principal fonte de rendas; a fazenda não era mais que um *hobby* lucrativo.

Padre Ralph não dirigiu a palavra diretamente a Meggie durante o jantar, nem depois dele; durante toda a noite, de caso pensado, não tomou conhecimento dela. Magoada, os olhos da jovem o procuravam onde quer que ele estivesse na sala de visitas. Cônscio disso, ele ardia por aproximar-se e explicar-lhe que seria desastroso para a reputação dela (e para a dele) dar-lhe maior atenção do que a que dava, digamos, à Srta. Carmichael, à Srta. Gordon ou à Srta. O'Mara. Como Meggie, ele não dançava e, como em Meggie, nele estavam postos inúmeros olhares; pois os dois, sem sombra de dúvida, eram as duas pessoas mais bonitas da sala.

Metade dele detestava a aparência de Meggie naquela noite, o cabelo curto, o lindo vestido, as delicadas sandálias de seda cinzas de rosas, com os saltos de cinco centímetros; ela estava crescendo e seu corpo assumia contornos muito femininos. E a outra metade dele se ocupava em constatar, terrivelmente orgulhoso, que ela punha no chinelo todas as outras jovens. A Srta. Carmichael tinha feições patrícias, mas carecia da beleza especial daquele cabelo entre ruivo e dourado; a Srta. King possuía deliciosas tranças loiras, mas faltava-lhe o corpo elástico; a Srta. Mackail era assombrosa de corpo, mas, de rosto, parecia um cavalo comendo maçã através de um alambrado. Sua reação global, no entanto, foi de decepção no mesmo tempo que sentia um desejo angustiado de fazer recuar a folhinha. Ele não queria que Meggie crescesse, queria a menininha que pudesse tratar como o seu querido bebê. Vislumbrou no rosto de Paddy uma expressão que lhe espelhava os próprios pensamentos, e sorriu debilmente. Que felicidade seria a sua se, pelo menos uma vez na vida, pudesse mostrar seus sentimentos! Mas o hábito, o adestramento e a discrição estavam nele demasiado entranhados.

À proporção que a noite se adiantava, as danças se tornavam cada vez mais desinibidas, a bebida mudou do champanha e do uísque para o rum e a cerveja, e quase todos passaram a proceder como se estivessem num baile eminentemente popular. Às duas da manhã, só a ausência total de trabalhadores rurais e empregadas domésticas poderia distingui-lo dos costumeiros entretenimentos democráticos organizados no distrito de Gilly.

Paddy e Fee ainda estavam de serviço, mas, à meia-noite, Bob e Jack saíram com Meggie. Nem Fee nem Paddy se deram conta disso; estavam se divertindo. Se os filhos não sabiam dançar, eles sabiam e dançavam; quase sempre juntos, pareceram de repente ao observador Padre Ralph muito mais afinados entre si, talvez por serem raras as ocasiões que se lhes ofereciam de relaxar e apreciar a companhia um do outro. Ele não se lembrava de tê-los visto alguma vez sem que estivesse pelo menos um filho por perto, e ponderou que devia ser duro para os pais de famílias numerosas não poderem ter um momento a sós fora do quarto, onde seria perfeitamente desculpável que tivessem em mente outras coisas que não a conversação. Paddy mostrava-se, como sempre, jovial e agradável, mas Fee, naquela noite, brilhava quase literalmente e, quando Paddy ia tirar para dançar, por simples obrigação, a esposa de um posseiro, não lhe faltavam pares ansiosos; havia muitas mulheres bem mais jovens, sentadas pela sala toda, que não eram tão procuradas.

Entretanto, os momentos que teve o Padre Ralph para observar o casal Cleary foram limitados. Sentindo-se dez anos mais moço assim que viu Meggie sair da sala, mostrou-se mais animado e deixou estupefatas as Srtas. Hopeton, Mackail, Gordon e O'Mara, dançando — e dançando muito bem — o *black bottom* com a Srta. Carmichael. Depois disso, foi a vez de cada uma das moças descomprometidas da sala e até da pobre feia Srta. Pugh; e como, a essa altura, todo mundo estava completamente relaxado e de boa vontade, ninguém condenou o padre, cujo zelo e cuja bondade, foram, com efeito, muito admirados e comentados. Ninguém poderia dizer que sua filha não tivera a oportunidade de dançar com o Padre de Bricassart. Claro está que, se não fosse uma festa particular, ele não teria podido fazer um movimento sequer na direção da pista de dança, mas era tão bom ver um homem tão extraordinário divertir-se de verdade ao menos uma vez na vida!

Às três horas da madrugada Mary Carson pôs-se em pé e bocejou.

— Não, não parem a festa! Se eu estiver cansada, e é o que estou, posso ir para a cama, e é o que vou fazer. Mas há ainda muita comida e muita bebida, a orquestra foi contratada para tocar enquanto houver alguém com vontade de dançar, e um pouquinho de barulho só poderá me ajudar a sonhar mais depressa. Padre, quer me ajudar a subir a escada, por favor?

Assim que saiu da sala de visitas, ela não se voltou para a majestosa escadaria, mas, acompanhada do padre, guiou-o para a sala de estar, pesadamente apoiada no braço dele. A porta estava fechada; Mary esperou enquanto ele usava a chave que ela lhe entregara, depois precedeu-o na sala.

— Foi uma boa festa, Mary — disse ele.

— Minha última festa.

— Não diga isso, querida.

— Por que não? Estou cansada de viver, Ralph, e vou parar. — Seus olhos duros zombavam. — Duvida do que digo? Por mais de setenta anos fiz precisamente o que desejei fazer e quando desejei fazê-lo. Por isso, se a morte imagina que ela é quem vai escolher o momento da minha partida, está muitíssimo enganada. Morrerei quando *eu* tiver escolhido a hora, e olhe que não pretendo suicidar-me. É a vontade de viver que nos mantém vivos, Ralph; não é difícil parar quando realmente o desejamos. Estou cansada e quero parar. É muito simples.

Ele também estava cansado; não exatamente de viver, mas da fachada, do clima, da ausência de amigos com interesses comuns, de si mesmo. A sala estava apenas debilmente iluminada por um alto lampião de querosene, que projetava, através do envoltório de rubi, sombras vermelhas sobre o rosto de Mary Carson, cujos ossos intratáveis ele logo associou com algo mais diabólico. Doíam-lhe os pés e as costas; fazia muito tempo que ele não dançava tanto, embora se orgulhasse de acompanhar sempre a última moda, fosse ela qual fosse. Trinta e cinco anos de idade, um monsenhor de província, e como força da Igreja? Terminara antes de haver começado. Oh, os sonhos da juventude! E a imprudência da língua da juventude, a violência do gênio da juventude. Ele não fora suficientemente forte para enfrentar a prova. Mas nunca tornaria a cometer o mesmo erro. Nunca, nunca...

Mexeu-se, inquieto, e suspirou; de que adiantava? A oportunidade nunca mais voltaria. Já era tempo de enfrentar o fato com coragem e realismo; já era tempo de renunciar aos sonhos e esperanças.

— Você se lembra de eu lhe haver dito, Ralph, que o enganaria, que faria com que o tiro lhe saísse pela culatra?

A voz seca e velha arrancou-o ao devaneio a que o cansaço o induzira. Ele olhou para Mary Carson e sorriu.

— Querida Mary, nunca me esqueço de nada que você diz. Francamente, não sei o que teria feito sem você nos últimos sete anos. Seu espírito, sua malignidade, sua percepção...

— Se fosse mais moça, eu o teria conseguido de um modo diferente, Ralph. Você nunca saberá o quanto desejei atirar pela janela trinta anos de minha vida. Se o Diabo me tivesse procurado e se tivesse oferecido para comprar minha alma em troca da oportunidade de ser jovem outra vez, eu a teria vendido num segundo, e nunca teria lamentado estupidamente a barganha, como fez o velho idiota do Fausto. Mas não há Diabo. Você sabe que não consigo persuadir-me a acreditar em Deus ou no Diabo. Ainda não encontrei o menor pedacinho de prova de que eles existem. Você já encontrou?

— Não. Mas a crença não repousa em provas da existência, Mary. Repousa na fé, e a fé é a pedra de toque da Igreja. Sem fé, não há nada.

— Eis aí um dogma muito efêmero.

— Talvez. Creio que a fé nasce com o homem ou com a mulher. Reconheço que para mim é uma luta constante, mas não desistirei.

— Eu gostaria de destruí-lo.

Os olhos azuis dele riram-se, assumindo uma coloração cinzenta.

— Eu sei disso, minha querida Mary.

— E sabe por quê?

Uma ternura aterradora invadiu-o sorrateiramente, instalou-se quase dentro dele, mas o padre lutou desesperadamente contra ela.

— Eu sei por quê, Mary, e acredite, lamento muito.

— Além de sua mãe, quantas mulheres o amaram?

— Não sei se minha mãe me amou. De qualquer maneira, acabou por me odiar. É o que acontece à maioria das mulheres. Eu deveria ter sido batizado com o nome de Hipólito.

— Oooohhh! Isso é extremamente revelador!

— Quanto a outras mulheres, só penso em Meggie... Mas ela é uma menina. Eu talvez não exagere dizendo que centenas de mulheres me desejaram, mas será que amaram? Duvido muito.

— Eu o amei — disse ela, patética.

— Não, não amou. Eu sou o estímulo da sua velhice, nada mais. Quando você olha para mim, eu lhe recordo o que você já não pode fazer, por causa da idade.

— Engano seu. Eu o amei. E só Deus sabe quanto! Pensa, por acaso, que os meus anos impossibilitam automaticamente o amor? Pois bem, Padre de Bricassart, deixe-me dizer-lhe uma coisa. Dentro deste corpo estúpido ainda sou moça... ainda sinto, ainda desejo, ainda sonho, ainda me divirto a valer e me impaciento com restrições como o meu corpo. A velhice é a mais amarga vingança que o nosso vingativo Deus nos inflige. Por que não envelhece Ele nossos espíritos também? — Encostou-se no espaldar da poltrona e fechou os olhos, enquanto que entremostrava irritadamente os dentes. — Irei para o inferno, é claro. Mas, antes de ir, espero ter a oportunidade de dizer a Deus que Ele não passa de um mesquinho, rancoroso e deplorável arremedo de divindade!

Ela calou-se por um momento, enquanto suas mãos agarravam com força os braços da poltrona; depois começou a descontrair-se e abriu os olhos. Estes cintilaram com tonalidades vermelhas à luz do lampião, porém sem lágrimas; mas com algo mais duro, mais brilhante. Ele prendeu a respiração, com medo. Ela parecia uma aranha.

— Ralph, há um envelope sobre a minha mesa. Quer fazer-me o favor de trazê-lo para mim?

Dolorido e amedrontado, ele ergueu-se, foi até a secretária dela, sopesou a carta, olhou-a com curiosidade. O anverso do envelope estava em branco, mas o reverso fora convenientemente lacrado e selado com o seu selo, em que se via uma cabeça de carneiro e um D grande. Levou-o até onde ela estava e estendeu-lho, mas Mary fez-lhe sinal que se sentasse, sem pegar na carta.

— É sua — disse ela, e soltou uma risada nervosa. — O instrumento do seu destino, Ralph, eis aí o que é. Meu golpe derradeiro e o mais revelador em nossa longa batalha. Infelizmente não estarei aqui para ver o que acontece. Mas sei o que vai acontecer, porque o conheço, conheço-o muito melhor do que você imagina. Presunção insuportável! Dentro do envelope encontra-se o destino da sua vida e da sua alma. Terei de perdê-lo para Meggie, mas mexi meus pauzinhos para que ela também não fique com você.

— Por que a odeia tanto?

— Eu já lhe disse uma vez. Porque você a ama.

— Mas não desse jeito! Ela é a filha que nunca poderei ter, a rosa da minha vida. Meggie é uma idéia, Mary, uma idéia!

A velha, porém, contraiu os lábios num sorriso zombeteiro.

— Não me interessa falar sobre a sua querida Meggie! Não tornarei a vê-lo, de modo que não quero perder o tempo que tenho com você falando sobre ela. A carta. Quero que você jure pelos seus votos de religioso que não a abrirá enquanto não vir com os seus próprios olhos meu corpo morto; nesse momento, porém, a abrirá sem demora, antes de me enterrar. Jure!

— Não há necessidade de jurar, Mary. Farei o que você me pede.

— Jure ou eu a tiro de você!

Ele deu de ombros.

— Está bem. Juro-o pelos meus votos de sacerdote. Não abrirei a carta enquanto não a vir morta, e depois a abrirei antes do seu enterro.

— Bom, bom!

— Mary, por favor não se preocupe. Isso não passa de uma fantasia sua. Amanhã cedo você rirá de tudo.

— Não verei o amanhã. Morrerei esta noite; não sou tão fraca que espere só para ter o prazer de revê-lo. Que anticlímax! Vou para a cama agora. Quer me levar até o alto da escada, por favor?

Ele não acreditava nela, mas pôde perceber que não adiantaria discutir e ela não parecia disposta a ouvir-lhe as brincadeiras nesse sentido. Só Deus estabelecia a hora da morte de uma pessoa, a menos que, valendo-se do livre-arbítrio que Ele lhe dera, essa pessoa desse cabo da própria vida. E ela dissera que não faria isso. Portanto, ajudou-a a subir, resfolegante, a escada e, chegando ao patamar, tomou-lhe as mãos nas suas e inclinou-se para beijá-las.

Ela afastou-as de si.

— Não, esta noite, não. Na minha boca, Ralph! Beije-me na boca como se fôssemos amantes!

À luz brilhante do candelabro, aceso para a festa com quatrocentas velas de cera, ela viu a repugnância no rosto dele, o recuo instintivo; e quis morrer nesse momento, quis tanto morrer que a espera se lhe tornou intolerável.

— Mary, sou um padre! Não posso!

Ela riu-se. Um riso agudo, sobrenatural.

— Ora, Ralph, que grandessíssima impostura é você! Impostura como homem, impostura como padre! E pensar que você já teve a temeridade de oferecer-se para fazer amor comigo! Tinha tanta certeza assim de que eu recusaria? Como eu quisera não ter recusado! Eu daria minha alma para vê-lo esquivar-se do compromisso, se pudéssemos ter de volta aquela noite! *Impostor*, *impostor*, *impostor*! Isso é o que você é, Ralph! Um impostor impotente e inútil! Homem impotente e padre impotente! Não creio que conseguisse levantá-lo e mantê-lo levantado, nem mesmo para a Santíssima Virgem! Já conseguiu levantá-lo alguma vez, Padre de Bricassart? *Impostor!*

Lá fora ainda não despontara a aurora nem a claridade que a precede. A relva pairava macia, densa e muito quente sobre Drogheda. Os convidados estavam-se tornando extremamente barulhentos; se a sede da fazenda possuísse vizinhos próximos, havia muito tempo que a polícia teria sido chamada. Alguém vomitava copiosa e repulsivamente na varanda e, debaixo de uma cavalinha, duas formas indistintas estavam agarradas uma na outra. Padre Ralph evitou o vomitador e os amantes, caminhando em silêncio sobre o flexível relvado recém-aparado, com tamanha tormenta a agitar-se-lhe na mente que não sabia nem queria saber aonde ia. Só queria estar longe dela, da medonha aranha velha convencida de que teceria o casulo da sua morte naquela noite maravilhosa. O calor ainda não era extenuante; havia um tênue agitar-se do ar e um esgueirar-se de lânguidos perfumes de boronias e rosas, a quietude celestial que só as latitudes tropicais e subtropicais podem conhecer. Oh, Deus, estar vivo, estar realmente vivo! Abraçar a noite e viver, e ser livre!

Deteve-se na extremidade mais distante do gramado e elevou os olhos para o céu, numa instintiva busca aérea de Deus. Sim, lá em cima em algum lugar, entre os pontos tremeluzentes de luz tão pura e celestial; que era mesmo aquilo acerca do céu noturno? Que estando erguida a pálpebra azul do dia, o homem permitia lampejos de eternidade? Só a contemplação da paisagem das estrelas poderia convencê-lo de que o infinito e Deus existiam.

Ela tem razão, naturalmente. Um impostor total. Nem padre, nem homem. Apenas alguém que desejaria saber como ser uma coisa ou outra. Não! Uma coisa ou outra, não! O padre e o homem não podem coexistir — ser homem é não ser padre. Por que haveria eu de enredar meus pés na teia dela? O seu veneno é forte, mais forte talvez do que suponho. O que há na carta? Era muito próprio de Mary atormentar-me com provocações! Quanto saberá ela, quanto apenas imagina? O que é que há para saber ou imaginar? Apenas futilidade e solidão. Dúvida, dor. Sempre dor. Entretanto, você está enganada, Mary. Eu posso levantá-lo. Acontece que não quero fazê-lo, que passei anos provando a mim mesmo que ele pode ser controlado, dominado, subjugado. Pois fazê-lo levantar-se é atividade de homem, e eu sou padre.

Alguém estava chorando no cemitério. Meggie, naturalmente. Ninguém mais pensaria numa coisa dessas. Ele arregaçou as fraldas da batina e passou por cima do gradil de ferro forjado, sentindo a inevitabilidade do encontro com Meggie naquela noite. Tendo enfrentado uma das mulheres de sua vida, tinha também de enfrentar a outra. Seu divertido alheamento estava voltando; ela não poderia afugentá-lo por muito tempo, a velha aranha. A velha aranha má. Deus a apodreça, *Deus a apodreça*!

— Querida Meggie, não chore — disse ele, sentando-se na grama molhada de orvalho, ao lado dela. — Pronto. Aposto que você não tem um lenço decente. As mulheres nunca têm. Pegue o meu e enxugue os olhos como uma boa menina.

Ela pegou-o e fez o que lhe mandavam.

— Você ainda não trocou sua roupa de festa. Está aqui sentada desde a meia-noite?

— Estou.

— Bob e Jack sabem onde você está?

— Eu lhes disse que ia para a cama.

— Que aconteceu, Meggie?

— O senhor não falou comigo esta noite!

— Eu imaginava que talvez fosse isso mesmo. Vamos, Meggie, olhe para mim!

Lá longe, no oriente, via-se um brilho perolado, uma fuga da escuridão total, e os galos de Drogheda já gritavam precoces boas-vindas à aurora. E ele pôde ver assim que nem o choro prolongado lhe atenuara a beleza dos olhos.

— Meggie, você era, sem comparação, a moça mais bonita da festa, e todo mundo sabe que eu venho a Drogheda mais vezes do que preciso. Sou um padre e, portanto, devo estar acima de qualquer suspeita... mais ou menos como a mulher de César... mas receio que as pessoas não pensem com a mesma pureza. Como padre, sou jovem e não sou feio. — Fez uma pausa para pensar em como Mary Carson teria reagido àquela atenuação da verdade e riu-se por dentro. — Se eu lhe desse a menor das atenções, a notícia se teria propagado por todo o distrito de Gilly num tempo recorde. Todas as

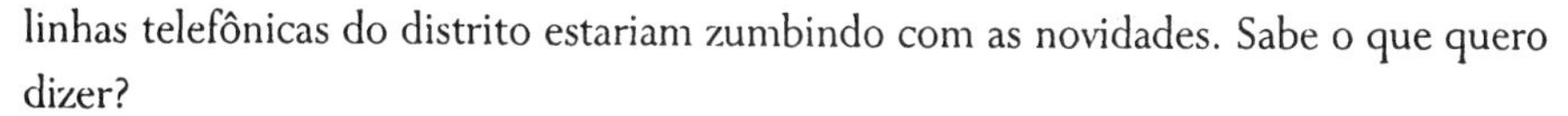

linhas telefônicas do distrito estariam zumbindo com as novidades. Sabe o que quero dizer?

Ela sacudiu negativamente a cabeça; os cachos tosados ficavam cada vez mais brilhantes à luz que avançava.

— Bem, você é jovem ainda para ter conhecimento das coisas do mundo, mas tem de aprender, e parece ser função minha ensinar-lhe, não parece? Quero dizer que as pessoas falariam que eu estava interessado em você como homem, não como padre.

— *Padre!*

— Horrível, não é? — Ele sorriu. — Mas eu lhe garanto que as pessoas não falariam outra coisa. Veja bem, Meggie, você já não é uma menininha, é uma moça. Mas ainda não aprendeu a esconder a afeição que sente por mim, de modo que, se eu parasse de falar com você enquanto todo mundo estivesse olhando, você olharia para mim de um jeito que poderia ser mal interpretado.

Ela o estava observando de um modo estranho, com uma súbita inescrutabilidade a nublar-lhe o olhar; depois, de surpresa, virou a cabeça e ficou de perfil.

— Sim, compreendo. Foi tolice minha não ter pensado nisso.

— E agora você não acha que já está na hora de voltar para casa? É claro que todo mundo lá deve estar dormindo, mas, se alguém acordar à hora de costume, você estará em maus lençóis. E não poderá dizer que esteve comigo, Meggie, nem mesmo para o seu pessoal.

Ela pôs-se em pé e ficou olhando para ele.

— Vou indo, Padre. Mas gostaria que o conhecessem melhor, para que nunca pensassem essas coisas a seu respeito. O senhor não sente nada disso, sente?

Por uma razão qualquer, a pergunta lhe doeu, doeu-lhe bem no fundo da alma, como as ironias cruéis de Mary não tinham doído.

— Não, Meggie, você tem razão. Não sinto. — Ele ergueu-se de um salto, com um sorriso forçado. — Você julgaria estranho se eu dissesse que desejaria sentir? — Levou a mão à cabeça. — Não, não desejo nada disso! Vá para casa, Meggie, vá para casa!

O rosto dela estava triste.

— Boa-noite, Padre.

Ele tomou-lhe as mãos nas suas, inclinou-se e beijou-as.

— Boa-noite, Meggie.

Viu-a caminhar por entre os túmulos, passar por cima do gradil; envolta no vestido de botões de rosa, a forma que se retirava era graciosa, feminina e um tanto ou quanto irreal. Cinzas de rosas.

— Muito apropriado — disse ele ao anjo.

Os carros estavam deixando Drogheda no meio do estardalhaço dos motores enquanto ele percorria o relvado em sentido contrário; a festa finalmente se acabara. Dentro da casa, os músicos guardavam seus instrumentos, cambaleando por efeito do rum e do cansaço, e as criadas e ajudantes temporárias, exaustas, tentavam pôr um pouco de ordem na desordem. O Padre Ralph cumprimentou a Sra. Smith com uma inclinação de cabeça.

— Mande todo mundo para a cama, minha cara. É muito mais fácil lidar com esse tipo de coisas quando se está com a cabeça fresca. Não deixarei que a Sra. Carson se zangue.

— Gostaria de comer alguma coisa, Padre?

— Não, pelo amor de Deus! Eu vou é para a cama.

À tardinha, uma mão tocou-lhe o ombro. Ele estendeu a sua para agarrar a mão que o tocara, sem forças para abrir os olhos, e tentou aproximá-la do rosto.

— Meggie — murmurou.

— Padre, Padre! Acorde, por favor!

Ouvindo o tom da voz da Sra. Smith, seus olhos tornaram-se, de súbito, bem despertos.

— Que foi, Sra. Smith?

— É a Sra. Carson, Padre. Ela está morta.

O seu relógio informou-o de que eram seis horas da tarde; aturdido e trôpego em conseqüência do torpor que o terrível calor do dia lhe produzira, lutou para livrar-se dos pijamas e vestir as roupas de sacerdote, passou uma estreita estola de púrpura ao redor do pescoço e pegou dos óleos da extrema-unção, da água benta, da grande cruz de prata, do rosário de contas de ouro. Não lhe ocorreu sequer por um momento perguntar a si mesmo se a Sra. Smith falara a verdade; sabia que a aranha estava morta. Teria ela tomado alguma coisa, afinal? Prouvesse a Deus que, se o tivesse feito, isso não estivesse obviamente presente no quarto nem fosse óbvio para um médico. Não chegava a atinar com a possível utilidade da administração da extrema-unção naquele caso. Mas era uma coisa que precisava ser feita. Se ele a recusasse, haveria autópsias e toda a sorte de complicações. Sua dúvida, no entanto, não tinha relação alguma com a oculta suspeita de suicídio; simplesmente, no seu entender, era obsceno colocar coisas sagradas sobre o corpo de Mary Carson.

Ela estava morta e remorta. Deveria ter morrido alguns minutos depois de recolher-se, umas quinze horas atrás, pelo menos. As janelas continuavam bem fechadas e o quarto úmido, graças às grandes bacias de água que ela insistia em deixar em todos os cantos escondidos do quarto a fim de manter-lhe a pele juvenil. Havia um ruído peculiar no ar; depois de um estúpido momento de pasmo, ele compreendeu que estava ouvindo moscas, hordas de moscas que zumbiam e faziam um barulho ensurdecedor quando se regalavam com ela, quando copulavam sobre ela, quando botavam seus ovos em cima dela.

— Pelo amor de Deus, Sra. Smith, abra as janelas!— arquejou ele, abeirando-se da cama com o rosto muito pálido. Ela já passara pela fase do *rigor mortis* e estava novamente flácida, repugnantemente flácida. Tinha os olhos abertos sarapintados e os lábios finos, pretos; em toda parte havia moscas sobre ela. Ele teve de pedir à Sra. Smith que as enxotasse enquanto fazia o seu ofício, murmurando as antigas exortações latinas. Que farsa! E ela em danação. E o cheiro dela! Oh, Deus! Pior que o de qualquer cavalo morto no meio do pasto. Esquivou-se de tocá-la na morte, como se esquivara de tocá-la em vida, sobretudo os lábios negros de moscas. Ela seria uma massa de vermes dali a algumas horas.

Afinal, chegou ao fim. Endireitou-se.

— Vá à casa do Sr. Cleary imediatamente, Sra. Smith, e, pelo amor de Deus, diga-lhe que mande os meninos preparar um caixão sem demora. Não há tempo para mandar buscar um caixão em Gilly; ela está apodrecendo diante dos nossos olhos. Santo Deus! Estou-me sentindo mal. Vou tomar um banho e deixarei minhas roupas do lado de fora da porta do meu quarto. Queime-as. Nunca conseguirei limpá-las do cheiro dela.

De volta ao quarto e já vestindo culote e camisa — pois não pusera duas batinas na maleta de viagem —, lembrou-se da carta e da promessa. Haviam soado sete horas; chegaram aos seus ouvidos os sons de um caos reprimido quando as criadas e ajudantes temporárias voaram para limpar a confusão da festa, transformar de novo a sala de visita em capela, aprontar a casa para o funeral do dia seguinte. Não haveria outro jeito, ele teria de ir a Gilly naquela noite em busca de outra sotaina e dos paramentos do ofício fúnebre. Ao deixar a casa paroquial em direção a alguma fazenda afastada, levava sempre consigo certas coisas, cuidadosamente guardadas em compartimentos na caixinha preta, os sacramentos para o nascimento, a morte, a bênção, o culto e os paramentos apropriados à missa em qualquer época do ano. Mas, como bom irlandês, achava que andar para baixo e para cima com as vestes negras de uma missa de defunto era tentar o destino. Ouviu a voz de Paddy a distância, mas não poderia enfrentá-lo naquele momento; a Sra. Smith faria tudo que tivesse de ser feito.

Sentado ao pé da janela, que se abria para uma vista de Drogheda ao pôr-do-sol, com os eucaliptos dourados e a massa de rosas vermelhas, róseas e brancas todas empurpuradas, tirou da caixa a carta de Mary Carson e segurou-a entre as mãos. Mas ela insistira em que ele a lesse antes do enterro e, em algum lugar de sua mente, uma vozinha lhe dizia que devia lê-la *agora*, não depois de avistar-se com Paddy e Meggie, mas *agora*, antes de ter visto outra pessoa além de Mary Carson.

O envelope continha quatro folhas de papel; separou-as e entendeu na hora que

as duas últimas constituíam o testamento dela. As duas primeiras eram dirigidas a ele, em forma de carta.

"Meu queridíssimo Ralph,

"Você já deve ter visto que o segundo documento neste envelope é meu testamento. Já tenho um testamento perfeitamente em ordem, assinado e selado, no escritório de Harry Gough, em Gilly; o testamento incluso neste envelope é muito mais recente e, naturalmente, anula o que está em poder de Harry.

"Na realidade, eu o fiz no outro dia, e mandei que o assinassem como testemunhas Tom e o cerqueiro, pois, segundo me consta, não é permitido que nenhum beneficiário assine o testamento como testemunha. Apesar de não ter sido redigido por Harry, é perfeitamente legal e eu lhe asseguro que nenhum tribunal deste país lhe contestará a validade.

"Por que não pedi a Harry que redigisse também este testamento, se eu queria alterar a disposição dos meus bens? É muito simples, meu caro Ralph. Eu fazia questão fechada de que ninguém soubesse da existência desse testamento além de nós dois. Essa é a única cópia, e você ficará com ela. Ninguém sabe que ela está com você. E isso representa uma parte muito importante do meu plano.

"Lembra-se do trecho do Evangelho em que Satanás levou Nosso Senhor Jesus Cristo para o alto de uma montanha e tentou-O com o mundo todo? Como é agradável saber que eu tenho um pouco do poder de Satanás, e posso tentar aquele que amo (você duvida de que Satanás amasse Cristo? Eu não duvido) com o mundo inteiro. A contemplação do seu dilema avivou consideravelmente meus pensamentos nos últimos anos e, quanto mais perto chego da morte, tanto mais deleitosas se tornam minhas visões.

"Depois que tiver lido o testamento, você compreenderá o que quero dizer. Enquanto eu estiver ardendo no inferno além das fronteiras desta vida que agora conheço, você ainda estará nessa vida, porém ardendo num inferno de chamas ainda mais aterradoras do que as que qualquer Deus poderia manufaturar. Oh, meu Ralph, eu o avaliei com a máxima precisão! Ainda que nunca soubesse fazer outra coisa, eu sempre soube fazer sofrer as pessoas que amo. E você é um jogo muito melhor do que o que foi algum dia o meu querido e finado Michael.

"Quando o conheci, você queria Drogheda e o meu dinheiro, não é verdade, Ralph? Via-os como um modo de comprar de volta seu *métier* natural. Mas depois veio Meggie, e você pôs de lado o seu propósito original de cultivar-me, não pôs? Passei a ser um pretexto para suas visitas a Drogheda, a fim de que você pudesse estar com Meggie. Mas não sei se você seria capaz de virar a casaca com tanta facilidade se soubesse quanto valho realmente. Você sabe, Ralph? Não creio que tenha sequer uma vaga idéia. Creio que não fica bem a uma dama mencionar a soma exata de seus bens no próprio testamento, por isso será melhor eu dizer-lhe aqui, para certificar-me de que você terá todas as informações necessárias ao alcance das mãos quando chegar o momento da decisão. Com uma pequena diferença de umas poucas centenas de milhares, para mais ou para menos, minha fortuna orça por uns *treze milhões de libras*.

"Estou chegando ao fim da segunda página, e não posso me dar ao trabalho de transformar isto aqui numa tese. Leia meu testamento, Ralph e, depois de o ter lido, decida o que vai fazer com ele. Você o apresentará a Harry Gough para homologá-lo ou o queimará e nunca dirá a ninguém que ele existiu? Eis aí a decisão que terá de tomar. Devo acrescentar que o testamento que se encontra no escritório de Harry foi o que fiz um ano depois da chegada de Paddy, e nele deixo tudo o que tenho para ele. De modo que agora você sabe o que está na balança.

"Eu o amo, Ralph, eu o amo tanto que o teria matado por você não me querer, com a diferença de que esta é uma forma muito melhor de represália. Não pertenço à espécie nobre; eu o amo, mas quero que você grite de dor. Procure, veja bem, *eu sei* qual será sua decisão. Sei-o com a mesma certeza que teria se pudesse estar por perto, observando. Você gritará, Ralph, você saberá o que é sofrimento. Por isso, continue a ler, meu belo, meu ambicioso padre! Leia o meu testamento e decida o seu destino."

Não estava assinado nem continha quaisquer iniciais. Ele sentiu o suor na testa, sentiu-o escorrendo da cabeça para a nuca. E teve ímpetos de levantar-se naquele mesmo instante para queimar os dois documentos, sem ler o que continha o segundo. Mas a velha aranha avaliara muito bem a sua presa. É claro que ele continuaria a ler; era demasiado curioso para resistir. Deus! Que havia feito ele para ela querer fazer-lhe uma coisa dessas? Por que as mulheres o faziam sofrer dessa maneira? Por que não teria ele nascido pequeno, torto, feio? Se fosse assim, poderia ter sido feliz.

As duas últimas folhas estavam cobertas com a mesma letrinha miúda e precisa. Tão sovina e rancorosa quanto a alma dela.

"Eu, Mary Elizabeth Carson, no gozo de todas as minhas faculdades físicas e mentais, declaro por meio deste instrumento ser esta minha última vontade e meu testamento, tornando nulos e sem valor, por esse modo, quaisquer testamentos anteriores feitos por mim.

"Com a única exceção das doações testamentárias enumeradas abaixo, lego todos os meus bens materiais, dinheiro e propriedades à Santa Igreja Católica Apostólica Romana, respeitadas as seguintes condições:

"Primeiro, que a mencionada Santa Igreja Católica Apostólica Romana, doravante denominada apenas a Igreja, conheça a estima e o afeto que consagro a seu sacerdote, o Padre Ralph de Bricassart. É *unicamente* graças à sua bondade, à sua orientação espiritual e ao seu apoio inquebrantável que assim disponho dos meus bens.

"Segundo, que o legado só continuará beneficiando a Igreja enquanto ela tiver o devido apreço pelo valor e a capacidade do citado Padre Ralph de Bricassart.

"Terceiro, que o citado Padre Ralph de Bricassart será responsável pela administração e pela canalização dos meus mencionados bens materiais, dinheiro e propriedades, como autoridade máxima encarregada do meu espólio.

"Quarto, que, por morte do citado Padre Ralph de Bricassart, a subseqüente administração do meu espólio dependerá unicamente do que dispuser a última vontade e testamento do citado Padre Ralph de Bricassart. Isto é, a Igreja continuará na plena posse dele, mas o Padre Ralph de Bricassart será o único responsável pela nomeação do seu sucessor na administração; não sendo ele obrigado a escolher para seu sucessor um eclesiástico ou um membro leigo da Igreja.

"Quinto, que a fazenda Drogheda nunca poderá ser vendida nem subdividida.

"Sexto, que meu irmão, Padraic Cleary, será mantido como gerente da fazenda Drogheda com o direito de morar em minha casa, e que lhe será pago um salário à discrição do Padre Ralph de Bricassart e de mais ninguém.

"Sétimo, que, no caso da morte de meu irmão, o mencionado Padraic Cleary, sua viúva e seus filhos terão permissão para permanecer na fazenda Drogheda e que o cargo de gerente passará consecutivamente a cada um de seus filhos, Robert, John, Hughie, Stuart, James e Patrick, excluindo-se Francis.

"Oitavo, que, por morte de Patrick ou de qualquer outro filho, excluindo-se Francis, que seja o último filho vivo, serão os mesmos direitos transmitidos aos netos do mencionado Padraic Cleary.

"*Legados especiais:*

"A Padraic Cleary, tudo o que se contém nas minhas casas na fazenda Drogheda.

"A Eunice Smith, minha governanta, que continuará como tal, percebendo um bom salário, enquanto assim o desejar, a soma de cinco mil libras que lhe será entregue imediatamente, sendo-lhe ainda concedida, quando se aposentar, uma pensão justa.

"A Minerva O'Brien e a Catherine Donnelly, que continuarão trabalhando, mediante um bom salário, durante o tempo que quiserem, a soma de mil libras a cada uma, que lhes será entregue imediatamente, sendo-lhes ainda concedida, quando se aposentarem, uma pensão justa.

"Ao Padre Ralph de Bricassart a soma de dez mil libras, que lhe será paga anualmente, enquanto viver, para seu uso particular e incontestado."

O testamento estava devidamente assinado, datado e testemunhado.

Seu quarto dava para oeste. O sol se punha naquele momento. O manto de poeira, que vinha com o verão, enchia o ar silencioso, e o sol varava as partículas de pó, de modo que o mundo inteiro parecia haver-se transmudado em ouro e púrpura. Nuvens raiadas, orladas de um fogo brilhante, emanavam raios de prata, iluminados pelo grande disco de sangue suspenso logo acima das árvores nos pastos distantes.

— Bravo! — disse ele. — Reconheço, Mary, que você me venceu. Um golpe de mestre. O tolo fui eu, não você.

Ele não podia ver as páginas em suas mãos através das lágrimas, e afastou-as de si antes de borrá-las. Treze milhões de libras. *Treze milhões de libras*! Fora isso realmente que estivera planejando abiscoitar antes do advento de Meggie. E quando ela chegara, abrira mão dos seus planos, pois não poderia levar adiante, a sangue-frio, uma campanha destinada a fraudá-la da sua herança. Mas como teria agido se soubesse o quanto valia a velha aranha? Como teria agido? Ele não supusera sequer que o total orçasse pela décima parte daquela soma. Treze milhões de libras!

Durante sete anos Paddy e sua família tinham vivido na casa do chefe dos pastores e trabalhado como condenados para Mary Carson. A troco do quê? Dos salários miseráveis que ela pagava? Nunca chegara ao conhecimento de Padre Ralph que Paddy se houvesse queixado de ser tratado com mesquinhez, pensando, sem dúvida, que, por morte da irmã, seria amplamente compensado do tempo que gerira a propriedade recebendo a paga de um pastor comum, enquanto seus filhos faziam o trabalho de pastores recebendo o salário de biscateiros. Ele conseguira arranjar-se e acabara amando Drogheda como se fosse sua, presumindo com razão que o seria.

— Bravo, Mary! — disse de novo o Padre Ralph, ao que aquelas lágrimas, as primeiras que derramava desde a infância, lhe caíam sobre o dorso das mãos, mas não sobre o papel.

Treze milhões de libras e a possibilidade de ainda vir a ser Cardeal de Bricassart. Contra Paddy Cleary, sua esposa, seus filhos — e Meggie. Com que diabólica saga ela soubera lê-lo! Se ela tivesse despojado Paddy de tudo, sua obrigação teria sido claríssima: teria levado o testamento até o fogão da cozinha e o teria enfiado na fornalha sem pestanejar. Mas ela dispusera as coisas de modo que Paddy não passaria necessidades, que depois da sua morte ele viveria melhor em Drogheda que durante a sua vida, e que Drogheda não lhe poderia ser totalmente arrebatada. Os lucros e o título, sim, mas a terra propriamente dita, não. Paddy não seria o dono dos fabulosos treze milhões de libras, mas seria respeitado e teria com que viver confortavelmente. Meggie não passaria fome, nem seria jogada no olho da rua. Mas tampouco seria a Srta. Cleary, capaz de ombrear com a Srta. Carmichael e com as outras senhoritas do mesmo nível. Respeitável, sem dúvida, socialmente admissível, mas não pertenceria à nata. Nunca pertenceria à nata.

Treze milhões de libras. A oportunidade de sair de Gillanbone e da perpétua obscuridade, a oportunidade de ocupar seu lugar dentro da hierarquia da administração da Igreja, a garantia da boa vontade de seus pares e superiores. E tudo isso numa idade em que ainda poderia recuperar o terreno que perdera. Mary Carson fizera de Gillanbone, violentamente, o epicentro do mapa do Legado Papal; e os tremores chegariam ao próprio Vaticano. Embora a Igreja fosse riquíssima, treze milhões de libras eram treze milhões de libras. Não se tratava de uma importância desprezível, nem para a Igreja. E seria sua mão que a levaria ao redil, sua mão reconhecida com tinta azul do próprio punho de Mary Carson. Ele sabia que Paddy jamais impugnaria o testamento; como também o soubera Mary Carson, que Deus a apodrecesse. Sim, era evidente que Paddy ficaria furioso, não quereria vê-lo nunca mais, nem quereria nunca mais falar com ele, mas a sua fúria não chegaria ao litígio judicial.

Haveria, acaso, uma decisão para ser tomada? Ele, porventura, já não sabia, não o soubera desde o momento em que lera o testamento, o que iria fazer? As lágrimas tinham secado. Com a graça habitual, Padre Ralph levantou-se, certificou-se de que a camisa estava toda enfiada no culote, e dirigiu-se à porta. Precisava ir a Gilly buscar uma batina e os paramentos. Mas primeiro queria ver Mary Carson outra vez.

Apesar das janelas abertas, o mau cheiro empestara a sala; nem uma sugestão de brisa agitava as cortinas frouxas. Com passo firme, dirigiu-se à cama e ali ficou olhando para baixo. Os ovos de moscas estavam começando a produzir vermes em todas as partes úmidas do rosto, gases em expansão enchiam-lhe as mãos e os braços roliços de bolhas esverdeadas, a pele começava a romper-se. Oh, Deus. A repugnante aranha velha. Você venceu, mas que vitória! O triunfo de uma caricatura podre da humanidade sobre outra. Mas você não pode derrotar minha Meggie, nem pode tirar-lhe o que nunca foi seu. Eu talvez arda no inferno ao seu lado, mas conheço o inferno que eles planejaram para você: ver minha indiferença por você persistir enquanto apodrecemos juntos por toda a eternidade...

Paddy estava à sua espera na sala, ao pé da escada, parecendo nauseado e atônito.

— Oh, Padre! — exclamou ele, adiantando-se. — Não é horrível? Que choque! Nunca imaginei que ela se fosse desse jeito; estava tão bem ontem à noite! Santo Deus, o que é que vou fazer?

— Você a viu?

— Valha-me Deus, vi, sim!

— Nesse caso, sabe o que tem de ser feito. Nunca vi um cadáver decompor-se com tanta rapidez. Se você não conseguir colocá-la decentemente em alguma espécie de recipiente nas próximas horas, terá de jogá-la mais tarde num tambor de gasolina. Teremos de enterrá-la amanhã bem cedo. Não perca tempo enfeitando-lhe o caixão; cubra-o com rosas do jardim, ou qualquer coisa assim. Mas mexa-se, homem! Vou a Gilly buscar os paramentos.

— Volte o mais cedo que puder, Padre! — suplicou Paddy.

Padre Ralph, todavia, demorou-se mais do que demandaria uma simples visita à casa paroquial. Antes de virar o automóvel nessa direção, tomou por uma das ruas laterais mais prósperas de Gillanbone e parou diante de uma casa pretensiosa, cercada por um jardim muito bem tratado.

Harry Gough estava acabando de sentar-se à mesa do jantar, mas levantou-se e foi para a sala de visitas quanto a criada lhe contou quem era o visitante.

— Padre! Quer jantar conosco? Carne de vaca conservada em salmoura, repolho, batatas cozidas e molho de salsa. E, pela primeira vez, a carne não está muito salgada.

— Não, Harry, não posso ficar. Só vim lhe contar que Mary Carson faleceu hoje cedo.

— Santo Deus! Pois se ainda ontem à noite estive lá! Ela me pareceu tão bem, padre!

— Eu sei. Ela estava perfeitamente bem quando a ajudei a subir a escada, por volta das três horas da manhã, mas deve ter morrido praticamente no momento em que se recolheu. A Sra. Smith encontrou-a às seis da tarde. A essa hora, ela já estava morta havia tanto tempo que tinha um aspecto medonho; o quarto ficara fechado como uma incubadora durante todo o calor do dia. Misericórdia, eu rezo para esquecer o espetáculo que ela oferecia! Uma coisa pavorosa, Harry, terrível.

— O enterro será amanhã?

— Terá de ser.

— Que horas são? Dez? Com este calor precisamos jantar tão tarde quanto os espanhóis, mas não temos de nos preocupar com o adiantado da hora para avisar as pessoas pelo telefone. Quer que eu faça isso pelo senhor, Padre?

— Muito obrigado, seria muita bondade de sua parte. Só vim a Gilly à procura dos paramentos. Eu não esperava ter de dizer uma missa fúnebre quando saí daqui hoje cedo. Preciso voltar a Drogheda tão depressa quanto vim; eles lá precisam de mim. A missa será às nove da manhã.

— Diga a Paddy que levarei o testamento dela, de modo que assim poderei liquidar o assunto logo depois do enterro. E como o senhor também é um dos beneficiários, Padre, eu gostaria que ficasse para a leitura.

— Receio que tenhamos aqui um probleminha, Harry. Acontece que Mary fez outro testamento. Ontem à noite, depois que deixou a festa, entregou-me um envelope selado e me fez prometer que eu o abriria no momento em que lhe visse o corpo morto com os meus próprios olhos. Quando o abri, verifiquei que ele continha um novo testamento.

— Mary fez um novo testamento? Sem *mim*?

— É o que parece. Se não me engano, é qualquer coisa que ela andava tramando há muito tempo, mas não sei por que fez questão de ser tão reservada a esse respeito.

— O senhor tem o testamento aí, Padre?

— Tenho.

O padre enfiou a mão por dentro da camisa e passou-lhe as folhas de papel, muito bem dobradas.

O advogado não teve escrúpulos de lê-las ali mesmo. Concluída a leitura, ergueu a vista e Padre Ralph viu nos olhos dele uma porção de coisas que preferiria não ter visto. Admiração, raiva e um certo desprezo.

— Muito bem, Padre, meus parabéns! O senhor, afinal, conseguiu pôr a mão na massa.

Ele podia dizer isso, pois não era católico.

— Acredite-me, Harry, a surpresa foi maior para mim do que está sendo para você.

— Esta é a única via?

— Pelo que sei, é.

— E ela lhe entregou ontem à noite?

— Isso mesmo.

— Então, por que não a destruiu, para ter a certeza de que o pobre Paddy receberia o que por direito lhe pertence? A Igreja não tem nenhum direito às propriedades e aos bens de Mary Carson.

Os belos olhos do religioso tinham uma expressão de meiguice.

— Mas não teria sido correto, Harry, não lhe parece? Afinal de contas, as propriedades eram de Mary, que poderia dispor delas como bem entendesse.

— Aconselharei Paddy a impugnar.

— Pois acho que deve fazer isso mesmo.

Separaram-se depois dessa troca de palavras. Quando de manhã chegaram os amigos para assistir ao sepultamento de Mary Carson, toda Gillanbone e todos os pontos da bússola ao redor da cidade já sabiam para onde iria o dinheiro. Os dados tinham sido lançados, agora não havia volta.

Eram quatro horas da manhã quando o Padre Ralph transpôs a última porteira e entrou no Home Paddock, pois não se apressara na viagem de regresso. Durante todo o seu transcorrer, obrigara a própria mente a permanecer em branco; não queria pensar. Nem em Paddy, nem em Fee, nem em Meggie, nem naquela coisa gorda e fedida que eles haviam (contava devotamente com isso) enfiado no caixão. Mas abria os olhos e o espírito para a noite, para a prata fantasmagórica das árvores mortas que se erguiam, solitárias, no meio da relva brilhante, para as sombras do coração das trevas projetadas pelas florestas, para a lua cheia que percorria o céu como uma bolha etérea. Uma ocasião, parara o carro e descera, caminhando até uma cerca de arame e inclinou-se sobre o fio esticado, enquanto aspirava o aroma dos eucaliptos e a fragrância inebriante das flores-do-campo. A terra era tão bela, tão pura, tão indiferente aos destinos das criaturas que supunham governá-la. Elas podiam pôr a mão nela, mas, no rol das contas, era ela quem as governava. Enquanto os homens não pudessem controlar o clima e chamar as chuvas, a terra estaria por cima.

Estacionou o carro a alguma distância dos fundos da casa e caminhou lentamente para ela. Todas as janelas estavam inundadas de luz; dos aposentos da governanta vinha-lhe o som discreto do terço rezado pelas duas criadas irlandesas sob a direção da Sra. Smith. Uma sombra moveu-se na escuridão das glicínias; ele estacou de um golpe, sentindo que os pêlos do seu corpo se eriçavam. A velha aranha o pegara já de muitas maneiras. Mas era apenas Meggie, que esperava, paciente, pelo seu regresso. Envergava culote e botas e estava bem desperta.

— Você me pregou um susto — disse ele.

— Desculpe, Padre, não tive essa intenção. Mas eu não queria ficar lá dentro da casa com papai e os meninos, e mamãe ainda está em nossa casa com os bebês. Eu talvez devesse estar rezando com a Sra. Smith, Minnie e Cat, mas confesso que não sinto vontade de rezar por ela. Isso é pecado, não é?

Ele não estava disposto a paparicar a memória de Mary Carson.

— Não acho que seja pecado, Meggie, mas a hipocrisia, sim, é pecado. Também não sinto vontade de rezar por ela. Ela não era... uma pessoa muito boa. — Seu sorriso iluminou-se. — Portanto, se você pecou ao dizer isso, eu também pequei, e mais seriamente do que você. Pois tenho obrigação de amar todo mundo, e esse fardo não lhe foi imposto.

— O senhor está bem, Padre?

— Estou, estou bem. — Ele ergueu os olhos para a casa e suspirou. — Só não quero ficar lá dentro, nada mais. Não quero ficar onde ela está enquanto não houver luz e os demônios da treva não tiverem sido expulsos. Se eu arrear os cavalos, você cavalgará comigo até o amanhecer?

A mão dela tocou-lhe a manga preta e caiu.

— Também não quero entrar.

— Espere um minuto enquanto coloco a batina no carro.

— Eu vou indo para as cocheiras.

Pela primeira vez ela tentava encontrá-lo no terreno dele, no terreno adulto; ele sentia-lhe a diferença tão seguramente quanto sentia o perfume das rosas nos belos jardins de Mary Carson. Rosas. Cinzas de rosas. Rosas, rosas, em toda parte. Pétalas na grama. Rosas de verão, vermelhas, brancas e amarelas. Perfume de rosas, pesado e doce na noite. Rosas cor-de-rosa, alvejadas pela lua até se transformarem em cinzas. Cinzas de rosas, cinzas de rosas. Minha Meggie, eu a desertei. Mas você não percebe que se transformou numa ameaça? Por isso a esmaguei sob o peso da minha ambição; para mim, você não tem mais substância do que uma rosa ferida na relva. O cheiro das rosas. O cheiro de Mary Carson. Rosas e cinzas, cinzas de rosas.

— Cinzas de rosas — disse ele, montando. — Vamos para tão longe do cheiro das rosas quanto a lua. Amanhã a casa estará cheia delas.

Ele cutucou com o calcanhar a égua castanha e saiu a meio galope à frente de Meggie pelo caminho que conduzia ao regato, desejando chorar; pois enquanto não tivesse cheirado os futuros adornos do caixão de Mary Carson, este não lhe invadiria realmente o cérebro como um fato iminente. Ele partiria logo. Pensamentos em demasia, emoções em excesso, todos ingovernáveis. Não o deixariam ficar em Gilly nem mais um dia assim que se inteirassem dos termos do testamento incrível; chamá-lo-iam imediatamente a Sydney. *Imediatamente*! Ele fugia da sua dor, pois jamais a conhecera, mas ela lhe acompanhava os passos sem nenhum esforço. Não se tratava de alguma coisa num vago amanhã; aquilo ia acontecer logo. E quase via o rosto de Paddy, a repulsa, as costas voltadas para ele. Depois disso já não seria bem-vindo em Drogheda, e nunca mais veria Meggie.

A aceitação começou então, fincada a poder de cascos, num impulso de fuga. Era melhor assim, melhor assim, melhor assim. Galopando sempre. A dor, então, doeria menos, quando estivesse escondido com segurança em alguma cela do palácio de um bispo, doeria cada vez menos, até que, afinal, desapareceria da consciência. Tinha de ser melhor assim. Melhor do que ficar em Gilly e vê-la converter-se numa criatura que ele não queria, para depois casá-la, um dia, com algum desconhecido. Longe dos olhos, longe do coração.

Mas, então, o que ele estava fazendo com ela agora, cavalgando por entre as moitas de buxos e *coolibah* do outro lado do arroio? Dir-se-ia que não pudesse atinar com a razão, apenas sentir a dor. Não a dor da traição; não havia lugar para isso. Apenas a dor de deixá-la.

— Padre! Padre! Não consigo acompanhá-lo! Vá um pouco mais devagar, Padre, por favor!

Era o chamado do dever e da realidade. Como um homem em câmara lenta, puxou súbita e violentamente as rédeas da égua, que deu meia-volta, e esperou que o animal serenasse e que Meggie o alcançasse. Eis aí a dificuldade. Meggie o alcançava.

Perto deles se ouvia o rugido do poço, o grande poço fumegante com cheiro de enxofre, com um cano parecido com o ventilador de um navio, que lhe arremessava água fervente nas profundezas. Em toda a volta do perímetro do lagozinho elevado como raios saídos do cubo de uma roda, os drenos do poço rasgavam a planície eriçada de uma relva inesperadamente verde. As margens do lago eram de um lodo cinzento resvaladio, e os lagostins de água doce chamados *yabbies* viviam no meio da lama.

Padre Ralph desatou a rir.

— Isto tem cheiro de inferno, não tem, Meggie? Enxofre. Flor-de-enxofre. Aqui, bem aqui, na propriedade dela, no quintal dela. Ela deverá reconhecer o cheiro quando chegar lá toda coberta de rosas, não deve? Oh, Meggie...

Os cavalos estavam treinados para ficar parados com as rédeas soltas; não havia cercas ali por perto, e as árvores mais próximas ficavam a pouco menos de um quilômetro. Mas havia um tronco deitado do outro lado do poço, onde a água era mais fria, assento preparado para os banhistas de inverno, enquanto deixavam secar os pés e as pernas.

Padre Ralph sentou-se e Meggie sentou-se a pequena distância, virando-se para poder observá-lo melhor.

— Que aconteceu, Padre?

Parecia estranha aquela pergunta, feita tantas vezes por ele, e que ela agora lhe dirigia. Padre Ralph sorriu.

— Eu a vendi, minha Meggie, eu a vendi por treze milhões de moedas de prata.

— Vendeu-me?

— Um modo de dizer. Não tem importância. Vamos, sente-se mais perto de mim. Pode ser que não tenhamos outra oportunidade de conversar assim.

— Enquanto estivermos de luto por titia, o senhor quer dizer? — Ela foi-se aproximando até chegar perto dele. — Que diferença faz o fato de estarmos de luto?

— Não me refiro a isso, Meggie.

— O senhor quer dizer que é porque estou crescendo e as pessoas poderão falar de nós?

— Não exatamente. Quero dizer que vou embora.

Pronto: o enfrentamento do problema de cara, a aceitação de outro fardo. Sem gritos, sem choros, sem nenhuma tempestade de protestos. Apenas uma leve contração, como se o fardo, colocado de través, relutasse em distribuir-se de modo que ela pudesse suportá-lo convenientemente. E uma respiração presa, que não chegava a ser um suspiro.

— Quando?

— Uma questão de dias.

— Oh, Padre! Será mais duro do que Frank.

— E para mim será mais duro do que qualquer outra coisa em minha vida. Eu não tenho consolação. Você, pelo menos, tem sua família.

— O senhor tem seu Deus.

— Bem lembrado, Meggie! Você está crescendo mesmo!

Mas, mulher tenaz, seu espírito voltara à pergunta que ela cavalgara cinco quilômetros sem ter a oportunidade de formular. Ele ia embora, seria muito difícil viver sem ele, mas a pergunta também tinha importância.

— Padre, na cocheira o senhor falou em "cinzas de rosas". Referia-se à cor do meu vestido?

— De certo modo, talvez. Mas creio que eu realmente queria dizer outra coisa.

— O quê?

— Nada que você pudesse compreender, minha Meggie. A morte de uma idéia que não tinha o direito de nascer, e muito menos de ser alimentada.

— Não há nada que não tenha o direito de nascer, nem mesmo uma idéia.

Ele virou a cabeça para observá-la.

— Você sabe do que estou falando, não sabe?

— Creio que sim.

— Nem tudo o que nasce é bom, Meggie.

— Não. Mas se chegou a nascer é porque deve existir.

— Você argumenta como um jesuíta. Que idade tem?

— Vou fazer dezessete anos daqui a um mês, Padre.

— E trabalhou como gente grande em todos esses dezessete anos. Muito bem, o trabalho pesado nos envelhece mais depressa do que os anos. Em que é que você pensa, Meggie, quando arranja um tempinho para pensar?

— Penso em Jims e em Patsy e no resto dos meninos; penso em papai e em mamãe; penso em Hal e em tia Mary. Às vezes penso em ter filhos. Eu gostaria muito de tê-los. E penso em andar a cavalo, e nos carneiros. Em todas as coisas sobre as quais os homens falam. Penso no tempo, na chuva, na horta, nas galinhas, no que terei de fazer no dia seguinte.

— Você não pensa em ter um marido?

— Não, embora eu imagine que terei de ter um, se quiser ter filhos. Não é bom para uma criança nascer sem pai.

Apesar do seu sofrimento, ele sorriu; ela era uma mistura tão singular de ignorância e moral! Nisso, virando-se de lado, pegou-lhe no queixo com a mão e abaixou a vista para ela. Como fazer o que tinha de ser feito?

— Meggie, não faz muito tempo compreendi uma coisa que eu devia ter visto mais cedo. Você não foi muito sincera quando me contou tudo em que pensava, foi?

— Eu... — começou ela, e calou-se.

— Você não disse que pensava em mim, disse? Se não havia culpa nisso, teria mencionado o meu nome ao lado do nome de seu pai. Creio que talvez seja uma boa coisa eu ir embora, você também não acha? Você já está meio grandinha para ter paixonites de menina, mas também não é muito velha com os seus quase dezessete anos, é? Gosto da sua inexperiência do mundo, mas sei o quanto são penosas as paixonites das garotas; eu mesmo sofri muito por causa delas.

Ela fez menção de falar, mas as pálpebras lhe caíram sobre os olhos brilhantes de lágrimas, e ela sacudiu a cabeça.

— Ouça, Meggie, é simplesmente uma fase, um marco na estrada de sua vida de mulher. Quando se tornar uma mulher, você conhecerá o homem destinado a ser seu marido e estará tão ocupada em viver que nem pensará em mim, a não ser como um velho amigo que a ajudou em alguns dos momentos difíceis do crescimento. O que você não deve fazer é adquirir o hábito de sonhar comigo de modo romântico. Nunca poderei vê-la como um marido a verá. Não penso em você desse jeito, está-me entendendo, Meggie? Quando digo que a amo, não quero dizer que a amo como homem. Sou padre, não sou homem. Por isso, não encha sua cabeça com sonhos a meu respeito. Vou-me embora e duvido muito que eu tenha tempo, algum dia, de voltar, nem que seja para uma visita.

Embora tivesse os ombros curvados, como se o fardo fosse muito pesado, ela ergueu a cabeça para encará-lo.

— Não encherei minha cabeça de sonhos a seu respeito, não se preocupe. Sei que o senhor é padre.

— E não estou convencido de que errei ao escolher minha profissão. Ela satisfaz em mim uma necessidade que nenhuma criatura humana poderia satisfazer, nem mesmo você.

— Eu sei. Vejo-o quando o senhor reza a missa. Vejo a sua força. Tenho a impressão de que o senhor deve sentir-se como Nosso Senhor.

— Posso sentir cada respiração suspensa na igreja, Meggie! Morro a cada dia que passa e, a cada manhã, ao dizer a missa, renasço. Mas isso acontece porque sou um padre escolhido de Deus ou porque ouço essas respirações respeitosas e conheço o poder que tenho sobre cada uma das almas presentes?

— Isso tem importância? Basta que seja assim.

— Talvez nunca tivesse para você, mas tem para mim. Eu duvido, eu duvido.

Ela desviou a conversa para o assunto que lhe interessava.

— Não sei como conseguirei viver sem o senhor, Padre. Primeiro Frank, agora o senhor. Com Hal, de certo modo, a coisa é diferente; sei que está morto e nunca poderá voltar. Mas o senhor e Frank estão vivos! Estarei sempre pensando em como vai o senhor, no que estará fazendo, se está bem, se não haveria alguma coisa que eu pudesse fazer para ajudá-lo. Terei até de perguntar a mim mesma se o senhor ainda está vivo, não é verdade?

— Estarei sentindo a mesma coisa, Meggie, e tenho certeza de que Frank também estará.

— Não. Frank nos esqueceu... E o senhor também nos esquecerá.

— Nunca poderei esquecê-la, Meggie, enquanto for vivo. E, para meu castigo, terei de viver por muito, muito tempo. — Ele levantou-se e levantou-a também. Em seguida pôs os braços em torno dela, frouxa e afetuosamente. — Creio que isto é um adeus, Meggie. Não voltaremos a ficar sozinhos.

— Se o senhor não fosse padre, casaria comigo?

O título feriu os seus ouvidos.

— Não me chame de padre o tempo todo! Tenho um nome e meu nome é Ralph.

O que não respondia à pergunta de Meggie.

Embora continuasse a segurá-la, ele não tinha intenção alguma de beijá-la. O rosto erguido para o seu era quase invisível, pois a lua se pusera e estava muito escuro. Ele sentiu-lhe os seios pequeninos, pontudos, no peito; uma sensação curiosa, perturbadora. Ainda mais perturbador era o fato de que os braços dela lhe haviam envolvido o pescoço e se enlaçavam apertada e naturalmente, como se ela estivesse acostumada a aninhar-se todos os dias nos braços de um homem.

Ele jamais beijara ninguém como amante, nem queria fazê-lo agora; Meggie tampouco haveria de querê-lo, pensou ele. No máximo, um beijo quente no rosto, um rápido abraço, como os que ela daria ao pai se este devesse partir. Sensível e orgulhosa, ela devera ter-se sentido profundamente magoada quando ele descobrira os seus queridos sonhos para esmiuçá-los friamente. Ela devia estar tão ansiosa quanto ele por acabar com a despedida. Ser-lhe-ia, acaso, um conforto saber que o sofrimento dele era muito pior que o dela? Quando ele inclinou a cabeça para alcançar-lhe o rosto, ela ergueu-se na ponta dos pés e mais por sorte do que ousadia tocou-lhe os lábios com os seus. Ele recuou de um golpe, como se tivesse provado o veneno da aranha e, logo, inclinou a cabeça para a frente antes de perdê-la, tentou dizer qualquer coisa junto dos lábios cerrados dela e, ao tentar responder, ela os abriu. Meggie sentiu que seu corpo parecia perder todos os ossos, tornava-se fluido, uma quente escuridão que se derretia; um dos braços dele envolvia-lhe a cintura, o outro, envolvendo-lhe as costas, segurava-lhe o crânio, os cabelos, e erguia-lhe o rosto, como se tivesse medo de que ela lhe fugisse, antes que ele pudesse captar e catalogar essa presença inacreditável que era Meggie. Meggie e não Meggie, demasiado estranha para ser familiar, pois essa Meggie não era uma mulher, não sentia como uma mulher, nunca seria uma mulher para ele. Exatamente como ele nunca seria um homem para ela.

O pensamento dominou-lhe os sentidos que principiavam a submergir; arrancou os braços dela, com violência, do pescoço, empurrou-a para trás e tentou ver-lhe o rosto no escuro. Mas ela abaixara a cabeça, não queria olhar para ele.

— Já é hora de irmos, Meggie — disse o padre.

Sem uma palavra, ela voltou-se para o seu cavalo, montou e ficou esperando por ele; habitualmente era ele quem ficava esperando por ela.

* * *

O Padre Ralph tivera razão. Naquela época do ano Drogheda estava inundada de rosas, de modo que a casa ficou abarrotada delas. Por volta das oito horas da manhã já não restava uma única flor no jardim. Os primeiros acompanhadores de enterro começaram a chegar pouco depois que a última rosa foi arrancada da roseira; um leve desjejum de café e pãezinhos recém-feitos, com manteiga, fora servido na pequena sala de jantar. Depois que Mary Carson fosse depositada na abóbada oferecer-se-ia um repasto mais substancial na sala de jantar grande, a fim de fortificar os pranteadores para as suas longas jornadas de volta. A notícia se espalhara; não se podia duvidar da eficiência da fonte de informações confidenciais de Gilly, o circuito telefônico. Enquanto os lábios modelavam frases convencionais, os olhos e as mentes atrás deles especulavam, deduziam, sorriam, maliciosos.

— Ouvi dizer que vamos perdê-lo, Padre — disse a Srta. Carmichael, maldosa.

Ele nunca parecera tão remoto, tão destituído de sentimentos humanos como naquela manhã ao envergar a alva sem rendas e a casula preta e sem brilho com a cruz de prata. Dir-se-ia que só estivesse presente o corpo, enquanto o espírito errava muito longe dali. Mas ele abaixou os olhos para a Srta. Carmichael com expressão ausente, pareceu recompor-se e sorriu com genuína jovialidade.

— Deus age de maneiras estranhas, Srta. Carmichael — disse, e foi falar com outra pessoa.

Ninguém teria adivinhado o que lhe passava pela cabeça; era o iminente confronto com Paddy a respeito do testamento, e seu medo de ver a fúria de Paddy, sua *necessidade* da fúria e do desprezo de Paddy.

Antes de iniciar o ofício de corpo presente, voltou-se para enfrentar a sua congregação; a sala estava lotada e recendia tanto a rosas que as janelas não conseguiam dissipar-lhes o perfume pesado.

— Não pretendo fazer um longo panegírico — disse ele com sua dicção clara, quase inglesa e seu leve sotaque irlandês. — Mary Carson era conhecida de todos vocês. Um pilar da comunidade, um pilar da Igreja que ela amava mais do que a qualquer outro ser vivo.

Nesse ponto havia os que juravam que seus olhos eram irônicos, mas também os que sustentavam, com o mesmo vigor, que os nublava um pesar verdadeiro e permanente.

— Um pilar da Igreja que ela amava mais do que a qualquer outro ser vivo — repetiu, com maior clareza ainda. — Em sua hora derradeira ela estava só e, no entanto, não estava só. Pois, na hora de nossa morte, Nosso Senhor Jesus Cristo está conosco, suportando o fardo da nossa agonia. Nem o maior nem o mais humilde dos seres morre só, e a morte é suave. Estamos aqui reunidos para rezar por sua alma imortal, para que ela, que amamos em vida, desfrute de sua justa e eterna recompensa. Oremos.

O ataúde feito à pressa estava tão coberto de rosas que não podia ser visto, e repousava sobre uma carreta com rodas que os meninos tinham construído com várias peças de equipamentos agrícolas. Mesmo assim, com as janelas escancaradas e o perfume avassalador das rosas, sentia-se-lhe o cheiro. O médico também andara falando.

— Quando cheguei a Drogheda ela já estava tão podre que não consegui segurar o estômago — disse ele ao telefone a Martin King. — Nunca tive tanta pena de alguém quanto de Paddy Cleary nesse momento, não só por lhe tirarem Drogheda, mas por precisar colocar aquele monte de carne putrefata num caixão.

— Nesse caso, não me oferecerei para carregar o caixão — disse Martin, tão baixo por causa do excesso de extensões ocupadas do mesmo circuito naquele momento, que o doutor teve de fazê-lo repetir a declaração três vezes antes de compreendê-la.

Daí a carreta; ninguém estava disposto a carregar nos ombros os restos mortais de Mary Carson e atravessar com ele todo o relvado até a abóbada. E ninguém ficou triste quando as portas da câmara mortuária se fecharam sobre ela e a respiração normalizou-se por fim.

Enquanto os acompanhantes do enterro se apinhavam na grande sala de jantar, comendo ou fingindo comer, Harry Gough levou Paddy, sua família, Padre Ralph, a Sra. Smith e as duas criadas à sala de estar. Nenhum dos acompanhantes tinha a menor intenção de voltar para casa, e por isso simulavam estar comendo; queriam estar lá para ver a cara de Paddy quando este saísse da sala após a leitura do testamento. Ele e sua família, justiça seja feita, não se haviam comportado durante o enterro como se tivessem consciência do seu elevado *status*. Simplório como sempre, Paddy chorara a morte da irmã, e Fee tinha a expressão que sempre tivera, como se pouco lhe importasse o que pudesse acontecer-lhe.

— Paddy, quero que você impugne o testamento — disse Harry Gough depois de haver lido o surpreendente documento até o fim, com voz dura e indignada.

— Velha cadela malvada! — resmungou a Sra. Smith; embora gostasse do padre, gostava muito mais dos Clearys, que haviam trazido bebês e crianças à sua vida.

Paddy, porém, abanou a cabeça.

— Não, Harry! Eu não poderia fazer uma coisa dessas. A propriedade era dela, não era? Ela tinha todo o direito de fazer o que bem entendesse com o que era seu. Se queria doá-la à Igreja, queria doá-la à Igreja, e pronto. Não nego que fiquei um pouco decepcionado, mas acontece que sou um sujeito perfeitamente comum, por isso talvez seja melhor assim. Não creio que me agradasse a responsabilidade de possuir uma propriedade do tamanho de Drogheda.

— Você não compreende, Paddy — disse o advogado em voz lenta e clara, como se estivesse dando uma explicação a uma criança. — Não estou falando apenas em Drogheda. Drogheda era a menor parte do que sua irmã tinha para deixar, acredite-me. Ela é uma das principais acionistas de uma centena de grandes companhias, possui

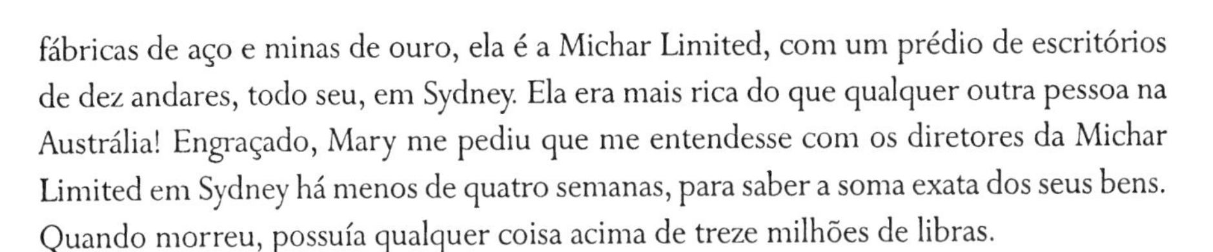

fábricas de aço e minas de ouro, ela é a Michar Limited, com um prédio de escritórios de dez andares, todo seu, em Sydney. Ela era mais rica do que qualquer outra pessoa na Austrália! Engraçado, Mary me pediu que me entendesse com os diretores da Michar Limited em Sydney há menos de quatro semanas, para saber a soma exata dos seus bens. Quando morreu, possuía qualquer coisa acima de treze milhões de libras.

— Treze milhões de libras?! — Paddy pronunciou a soma como quem diz a distância da terra ao sol, qualquer coisa totalmente incompreensível. — Isso resolve a questão, Harry. Não quero saber da responsabilidade por essa espécie de dinheiro.

— Não é nenhuma responsabilidade, Paddy! Você ainda não compreendeu? Um dinheiro desse tamanho cuida de si mesmo! Você não teria necessidade alguma de cultivá-lo e colhê-lo; existem centenas de pessoas empregadas cuja única função é tomar conta dele por você. Impugne o testamento, Paddy, *por favor*! Eu lhe arranjarei os melhores advogados do país e lutarei por você, nem que seja preciso apelar para o Conselho Privado.

Compreendendo, de repente, que sua família tinha tanto interesse quanto ele, Paddy voltou-se para Bob e Jack, que ouviam, perplexos, sentados num banco de mármore florentino.

— O que é que vocês dizem, rapazes? Querem reivindicar os treze milhões de libras esterlinas da tia Mary? Se quiserem, eu impugnarei, mas, se não, não.

— Nós poderemos viver em Drogheda de qualquer maneira, não é isso o que diz o testamento? — perguntou Bob.

Foi Harry quem respondeu:

— Ninguém poderá expulsá-los de Drogheda enquanto viver pelo menos um neto de seu pai.

— Viveremos aqui na casa-grande, teremos a Sra. Smith e as meninas para cuidar de nós, ganhando um bom ordenado — acudiu Paddy, como se o mais difícil para ele fosse acreditar na sua boa fortuna e não na má.

— Nesse caso, que mais haveremos de querer, Jack? — perguntou Bob ao irmão. — Não está de acordo comigo?

— De pleno acordo — respondeu Jack.

Padre Ralph mexeu-se, intranqüilo. Ele nem sequer trocara as vestes que usara para celebrar a missa de réquiem, nem se sentara para ouvir a leitura do testamento; como um sombrio e belo feiticeiro, permanecia meio oculto na sombra, no fundo da sala, isolado, as mãos debaixo da casula preta, o rosto impassível e, no fundo dos distantes olhos azuis, um ressentimento horrorizado, assombrado. Não receberia sequer a punição tão desejada de fúria ou de desprezo; Paddy lhe entregaria tudo de bandeja e ainda lhe *agradeceria* por livrar os Clearys de um fardo.

— E quanto a Fee e a Meggie? — perguntou o padre em tom áspero. — Você faz tão pouco caso de suas mulheres que não se dá ao trabalho de consultá-las?

— Fee? — perguntou Paddy, com ansiedade.

— O que você decidir, Paddy. Não me importo.

— Meggie?

— Não quero os treze milhões de moedas de prata dela — disse Meggie com os olhos fixos no Padre Ralph.

Paddy voltou-se para o advogado.

— Então está decidido, Harry. Não queremos impugnar o testamento. A Igreja que fique com o dinheiro de Mary e que faça bom proveito.

Harry juntou as mãos.

— Com seiscentos diabos! Eu detesto vê-lo tapeado!

— Pois eu sou muito grato a Mary — disse Paddy suavemente. — Se não fosse por ela, ainda estaria tentando não morrer de fome na Nova Zelândia.

Quando saíam da sala de estar, Paddy deteve o Padre Ralph e estendeu-lhe a mão, diante de todos os acompanhantes do enterro, aglomerados à porta da sala de jantar.

— Padre, não pense que existe algum ressentimento de nossa parte. Mary nunca se deixou influenciar por outro ser humano em toda a sua vida, padre, irmão ou marido. Ouça o que lhe digo, ela fez o que queria fazer. O senhor foi boníssimo para ela e tem sido boníssimo para nós. Nunca o esqueceremos.

A culpa. *O fardo*. O Padre Ralph quase não se moveu para pegar a mão nodosa e manchada, mas o cérebro do cardeal venceu; apertou-a febrilmente e sorriu, agoniado.

— Obrigado, Paddy. Fique descansado, que zelarei para que nunca lhes falte coisa alguma.

No meio da semana ele se foi, mas não voltou a Drogheda. Passou os poucos dias que lhe restavam em Gilly acondicionando seus poucos pertences e visitando cada fazenda do distrito em que havia famílias católicas, exceto Drogheda.

O Padre Watkin Thomas, procedente do País de Gales, chegou para assumir as funções de pároco do distrito de Gillanbone, enquanto que o Padre Ralph de Bricassart passava a exercer as funções de secretário particular do Arcebispo Cluny Dark. Mas o seu trabalho era leve; ele tinha dois subsecretários. E levava a maior parte do tempo investigando no que e no quanto consistia exatamente o espólio de Mary Carson e investindo-se na posse dele em nome da Igreja.

III

1929-1932 — PADDY

8

O ano-novo chegou com a festa anual de Hogmanay em Rudna Hunish, dada por Angus McQueen, e a mudança para a casa-grande ainda não se realizara. Não era coisa que se pudesse fazer da noite para o dia, entre acondicionar mais de sete anos de badulaques acumulados diariamente e a declaração de Fee de que só se mudaria depois que a sala de estar da casa-grande estivesse pronta. Ninguém tinha a menor pressa, embora todos antegozassem a mudança. Em alguns sentidos, a casa-grande não se revelaria diferente: não tinha eletricidade e as moscas a povoavam com a mesma intensidade. No verão, todavia, a temperatura dentro de casa era cerca de oito graus mais baixa do que fora, graças à espessura das paredes de pedra e dos eucaliptos que lhe sombreavam o telhado. Além disso, o banheiro era um verdadeiro luxo e tinha água quente durante o inverno todo, vinda de canos instalados atrás do vasto fogão da cozinha, ao lado, e cada gota que passava pelos canos era de água da chuva. Embora os banhos de imersão e de chuveiro tivessem de ser tomados nessa grande estrutura com seus dez cubículos separados, a casa-grande e todas as casas menores eram liberalmente dotadas de privadas, um grau inédito de opulência que os habitantes invejosos de Gilly haviam sido surpreendidos chamando de sibaritismo. Tirando o Hotel Imperial, duas hospedarias, a casa paroquial católica e o convento, o distrito de Gillanbone só conhecia privadas fora de casa. Excetuando-se, é claro, a sede de Drogheda, graças ao enorme número de tanques e telhados para captar a água da chuva. As regras eram estritas: nada de descargas desnecessárias e muito desinfetante de carneiro. Mas depois dos buracos feitos no chão, aquilo era o paraíso.

Padre Ralph mandara a Paddy um cheque de cinco mil libras no começo do mês de dezembro, para que ele se fosse arranjando, dizia a carta; Paddy passou-o a Fee com uma exclamação de deslumbramento.

— Duvido que eu tenha conseguido ganhar todo esse dinheiro em todos os dias que trabalhei em minha vida — disse ele.

— O que é que vou fazer com isso? — perguntou Fee, alternando os olhos cintilantes entre o cheque e o marido. — É dinheiro, Paddy! Dinheiro afinal, você compreende? Não faço caso dos treze milhões de libras da tia Mary... não há nada real em tanto dinheiro assim. Mas *isto* é real! O que é que vou fazer com ele?

— Gaste-o — disse Paddy simplesmente. — Que tal umas roupas novas para as crianças e para você? E talvez haja coisas que você queira comprar para a casa-grande. Sei lá! Não consigo imaginar mais nada de que precisemos.

— Nem eu, não é gozado? — Fee levantou-se da mesa do desjejum, chamando Meggie com um gesto imperioso. — Vamos indo, mocinha, vamos dar uma espiada na casa-grande.

Embora já se tivessem passado três semanas depois dos dias de terrível excitação que se seguiram à morte de Mary Carson, nenhum dos Clearys havia chegado perto da casa-grande. Mas agora a visita de Fee compensou-os de sobra da relutância anterior. Ela passou de uma sala a outra em companhia de Meggie, da Sra. Smith, de Minnie e de Cat, animada como a atônita Meggie nunca a vira. Falava consigo mesma, em murmúrios, o tempo todo; isto era medonho, aquilo era um pavor, Mary devia ser daltônica ou, então, nunca tivera uma pitada de bom gosto.

Na sala de estar Fee demorou-se por mais tempo, inspecionando-a peritamente. Só a sala de recepções a excedia em tamanho, pois media doze metros de comprimentos por nove de largura e quatro e meio de altura. Reunia uma mistura do melhor e do pior em sua decoração, e a pintura creme uniforme, já amarelada, não concorria para realçar os magníficos frisos do teto nem os painéis esculpidos nas paredes. As janelas enormes, que iam do soalho ao teto e que se sucediam, ininterruptas, ao longo dos doze metros que davam para a varanda, tinham cortinas pesadas de veludo marrom, que projetavam uma sombra densa sobre as encardidas poltronas marrons, dois belíssimos bancos de malaquita e dois bancos igualmente belos de mármore florentino, e uma lareira maciça de mármore creme com veios cor-de-rosa. No soalho polido de tábuas de teca, três tapetes Aubusson tinham sido dispostos com geométrica precisão e um lustre de cristal de quase dois metros de comprimento tocava o teto, com a corrente enrolada à sua volta.

— A senhora está de parabéns, Sra. Smith — declarou Fee. — Isto aqui é positivamente horroroso, mas está imaculadamente limpo. Eu lhe darei alguma coisa de que valha a pena cuidar. Estes bancos inestimáveis sem nada para destacá-los! É uma vergonha! Desde que vi esta sala pela primeira vez, desejei transformá-la em algo tão bonito que despertasse a admiração dos que entrassem e, ao mesmo tempo, tão confortável que os que entrassem desejassem ficar.

A escrivaninha de Mary Carson era um estrupício vitoriano; Fee encaminhou-se para o telefone sobre ela, batendo de leve e com desprezo na madeira escura do móvel.

— Minha secretária ficará linda aqui — disse ela. — Começarei com esta sala e, quando a tiver terminado, vou me mudar lá de baixo; antes disso, não. Teremos então, afinal, um lugar onde poderemos reunir-nos sem nos sentirmos deprimidos.

Sentou-se e tirou o receptor do gancho.

Enquanto a filha e as criadas formavam, extáticas, um pequeno grupo aturdido, ela pôs Harry Gough em ação. À Mark Foys mandariam amostras de tecidos pela mala noturna; à Nock & Kirbys mandariam amostras de tintas; à Grace Brothers mandariam amostras de papéis de parede; essas e outras lojas de Sydney mandariam catálogos especialmente compilados para ela, descrevendo os artigos que podiam fornecer. Com voz de riso, Harry garantiu que arranjaria um tapeceiro competente e um grupo de pintores capazes de realizar o trabalho meticuloso exigido por Fee. Bravo para a Sra. Cleary! Ela varreria da casa os últimos vestígios de Mary Carson.

Concluído o telefonema, todas receberam instruções para arrancar imediatamente as cortinas de veludo marrom das janelas em que estavam penduradas. E lá foram para o monte de lixo numa orgia de desperdício, que a própria Fee supervisou, fazendo questão de chegar-lhes pessoalmente a tocha redentora.

— Não precisamos delas — disse — e não as infligirei aos pobres de Gillanbone.

— Sim, mamãe — concordou Meggie, paralisada.

— Não teremos aqui cortina nenhuma — anunciou Fee, sem se preocupar com essa quebra flagrante dos costumes decorativos da época. — A varanda é tão larga que não deixa o sol entrar diretamente, de modo que não precisaremos de cortinas. Quero que esta sala seja *vista*.

Os materiais chegaram, como também chegaram os pintores e o tapeceiro; Meggie e Cat foram mandadas para o alto de uma escada a fim de lavar e lustrar os vidros superiores das janelas, ao passo que a Sra. Smith e Minnie se haviam com os inferiores e Fee, andando de um lado para outro, inspecionava tudo com olhos de águia.

Na segunda semana de janeiro estava tudo pronto e, de um jeito ou de outro, naturalmente, a notícia vazou pelo circuito telefônico. A Sra. Cleary transformara a sala de estar de Drogheda num palácio, e a Sra. Hopeton não faria mais que um ato de cortesia acompanhando a Sra. King e a Sra. O'Rourke numa visita à Sra. Cleary a fim de desejar-lhe felicidades na nova residência.

Ninguém negou que os esforços de Fee redundaram em beleza pura. Os tapetes creme Aubusson, com seus ramalhetes desbotados de rosas vermelhas e róseas e folhas verdes, tinham sido colocados mais ou menos ao acaso pelo chão, que brilhava como um espelho. Uma nova pintura creme cobria as paredes e o teto, e cada friso e entalhe fora cuidadosamente pintado de dourado, mas os imensos espaços ovalados e lisos dos painéis tinham sido empapelados com seda preta descorada, que ostentava os mesmos ramalhetes de rosas desenhados nos tapetes, como pinturas japonesas postas sobre andas e cercadas de creme e ouro. Abaixara-se o lustre de cristal até que o seu fundo suspenso do teto bimbalhasse a apenas dois metros do soalho, e polira-se cada um dos seus milhares de prismas até arrancar-lhes fúlgidos arco-íris. A grande corrente de bronze estava presa à parede em vez de enrolar-se no teto. Sobre mesas altas e esguias, creme e ouro, viam-se lampiões, cinzeiros e vasos de cristal, estes últimos cheios de rosas creme e róseas; todas as grandes poltronas confortáveis tinham sido recobertas de seda creme achamalotada e colocadas de modo a formar pequenos grupos aconchegantes com grandes escabelos convidativos; num canto ensolarado, encimava a antiga e delicada espineta enorme vaso de rosas creme e róseas. Acima da lareira pendia o retrato da avó de Fee em sua pálida saia-balão cor-de-rosa e, olhando para ela, no extremo oposto da sala, o retrato ainda maior de uma jovem e ruiva Mary Carson, com o rosto parecido com o da jovem Rainha Victoria, num vestido preto engomado e com anquinhas, segundo a moda do tempo.

— Muito bem — disse Fee — agora podemos mudar-nos lá de baixo. Arrumarei as outras salas devagar. Não é gostoso ter dinheiro e uma casa decente onde gastá-lo?

Uns três dias antes da mudança, tão cedo que o sol ainda nem nascera, os galos no galinheiro cantavam alegremente.

— Patifes miseráveis — disse Fee, embrulhando a louça em jornais velhos. — Não sei o que eles imaginam que fizeram para cantar desse jeito. Nem um ovo na casa para o desjejum, e todos os homens em casa até terminar a mudança. Meggie, você terá de ir ao galinheiro por mim; tenho muito que fazer. — Ela correu o olhos por uma página amarelada do *Sydney Morning Herald*, rindo-se às gargalhadas de um anúncio de espartilhos que deixavam a cintura fina como cintura de vespa. — Não sei por que Paddy insiste em recebermos todos o jornais; ninguém tem tempo para lê-los. E eles vão-se empilhando depressa demais para poderem ser queimados no fogão. Vejamos este aqui! É de antes de virmos para esta casa. Bem, pelo menos servem para empacotar as coisas.

Era bom ver sua mãe tão alegre, pensou Meggie ao descer correndo a escada dos fundos e ao atravessar o pátio empoeirado. Embora todo mundo aguardasse com natural interesse o dia da mudança para a casa-grande, sua mãe parecia ansiar por isso, como se pudesse lembrar-se de como era a vida numa casa-grande. E quanta inteligência e quanto bom gosto revelara ela! Coisas de que ninguém se dera conta, mesmo porque, até então, não houvera tempo nem dinheiro para que pudessem manifestar-se. Meggie felicitava-se, comovida; seu pai fora procurar o joalheiro de Gilly e utilizara parte das cinco mil libras para comprar uma gargantilha e um par de brincos de pérolas verdadeiras para sua mãe, só que no meio das pérolas havia uns brilhantezinhos também. Ele pretendia dar-lhe as jóias no seu primeiro jantar na casa-grande. Agora que ela vira o rosto de sua mãe liberto da sombria expressão costumeira, mal conseguia esperar para ver-lhe o semblante quando recebesse as pérolas. Desde Bob até os gêmeos, os filhos aguardavam com ansiedade esse momento, pois o pai lhes mostrara o grande estojo achatado de couro e abrira-o para revelar as leitosas contas opalescentes sobre o leito de veludo negro. A felicidade de sua mãe, que desabrochava, exercera profunda influência neles; era como presenciar o início de uma boa chuva revigorante. Até então não tinham compreendido perfeitamente o quanto ela devera ter sido infeliz nos anos todos em que eles a haviam conhecido.

O galinheiro, muito grande, abrigava quatro galos e mais de quarenta galinhas, que passavam a noite debaixo de um telheiro em ruínas, cujo chão, rigorosamente varrido, tinha, ao longo das bordas, cestos de laranja cheios de palha para a postura; mais atrás, viam-se os poleiros a várias alturas. Durante o dia, porém, as aves passeavam, cacarejando, por um grande cercado fechado de tela. Quando Meggie abriu o portão do cercado e esgueirou-se para dentro, as galinhas reuniram-se, ávidas, à sua volta, imaginando que seriam alimentadas, mas, como só lhes dava de comer à tardinha, Meggie riu-se das suas tolas momices e, passando por entre elas, entrou debaixo do telheiro.

— Francamente, que turma incorrigível de galinhas vocês são! — recriminou-as, severa, enquanto examinava os ninhos. — Quarenta galinhas e apenas quinze ovos! Não dão nem para o desjejum, quanto mais para um bolo. Pois vou lhes dizer uma coisa e é bom que prestem atenção: se vocês não se mexerem para melhorar a situação, irão todas para a panela, e isso tanto se aplica aos senhores do galinheiro quanto às suas excelentíssimas esposas. Portanto, não fiquem assim de rabo erguido e pescoço inchado como se eu não me referisse também aos senhores cavalheiros!

Com os ovos cuidadosamente ajeitados no avental, Meggie voltou depressa para a cozinha, cantando.

Sentada na cadeira de Paddy, Fee tinha os olhos parados numa folha do *Smith's Weekly*, o rosto branco, os lábios em movimento. Dentro da casa, Meggie ouvia os homens andando de um lado para outro e os sons de Jims e Patsy, de seis anos, rindo-se no berço; eles não podiam levantar-se enquanto os homens não tivessem saído.

— Que aconteceu, mamãe? — perguntou Meggie.

Fee não respondeu. Continuou sentada, olhando à sua frente, enquanto gotas de suor lhe corriam ao longo do lábio superior, os olhos imobilizados por uma dor desesperadamente racional, como se dentro de si mesma ela estivesse reunindo todos os recursos que possuía para não gritar.

— Papai, papai! — gritou Meggie, assustada.

O tom da sua voz trouxe-o depressa, ainda abotoando a camiseta de flanela, seguido de Bob, Jack, Hughie e Stu. Meggie apontou para a mãe sem dizer uma palavra.

O coração de Paddy pareceu bloquear-lhe a garganta. Ele inclinou-se sobre Fee e agarrou com a mão um pulso frouxo.

— Que foi, querida? — perguntou com uma ternura que nenhum dos filhos lhe conhecia; de um modo ou de outro, porém, compreenderam que era a ternura com que ele devia tratá-la quando as crianças não estavam por perto para ouvir.

Ela como que reconheceu o suficiente aquela voz especial para emergir do seu estado de choque. Os grandes olhos cinzentos fixaram-se no rosto dele, tão bom e tão cansado, já não moço.

— Aqui — murmurou, apontando para uma notícia sem muito destaque, quase no fundo da página.

Stuart colocara-se atrás da mãe, com a mão levemente pousada no ombro dela; antes de começar a ler o artigo, Paddy ergueu a vista para o filho, para os olhos tão parecidos com os de Fee, e fez um sinal com a cabeça. O que lhe despertara o ciúme em Frank nunca o faria em Stuart; como se o amor que ambos votavam a Fee os unisse ainda mais em vez de separá-los.

Paddy leu em voz alta, devagar, ao passo que o tom de sua voz se tornava cada vez mais triste. O pequeno cabeçalho dizia: PUGILISTA CONDENADO À PRISÃO PERPÉTUA.

Francis Armstrong Cleary, de 26 anos, pugilista profissional, foi julgado hoje no Tribunal Distrital de Gouldbourn pelo assassínio de Runald Albert Cumming, de 32 anos, operário, ocorrido no mês de julho passado. O júri chegou a sua decisão depois de apenas dez minutos de liberação, recomendando a punição mais severa que o tribunal pudesse aplicar. Era, disse o M. Juiz Fitz-Hugh-Cunneally, um caso simples e evidente. Cumming e Cleary tinham brigado violentamente no bar público do Harbor Hotel no dia 23 de julho. Mais tarde, na mesma noite, o Sargento Tom Beardsmore, da polícia de Gouldbourn, acompanhado de policiais, foi chamado ao Harbor Hotel pelo seu proprietário, o Sr. James Ogilvie. Na alameda atrás do hotel a polícia descobriu Cleary esmurrando a cabeça de Cumming, sem sentidos. Em seus punhos ensangüentados viam-se tufos de cabelo de Cumming. Quando foi detido, Cleary estava bêbedo, mas lúcido. Foi acusado de agressão com a intenção de produzir ferimentos graves, mas essa acusação foi mudada para homicídio depois que Cumming morreu de lesões cerebrais no Hospital Distrital de Gouldbourn, no dia seguinte.

O advogado, Sr. Arthur Whyte, alegou, em defesa do réu, a atenuante de insanidade mental, mas quatro peritos médicos da Coroa afirmaram peremptoriamente que, de acordo com o que dispõem as regras de M'Naghten, Cleary não poderia ser declarado insano. Dirigindo-se ao jurados, o M. Juiz Fitz-Hugh-Cunneally disse-lhes que não se tratava de decidir se o réu era culpado ou inocente, pois a sua culpa era clara. Solicitava-lhes, porém, que pensassem bem antes de recomendar clemência ou severidade ao tribunal, pois este pautaria sua decisão pela opinião deles. Ao proferir a sentença contra Cleary, o M. Juiz Fitz-Hugh-Cunneally chamou o ato de "selvageria subumana" e lamentou que a natureza do crime, não premeditado por ter sido cometido em estado de embriaguez, excluísse o enforcamento, pois, no seu entender, as mãos de Cleary eram uma arma tão mortal quanto um revólver ou uma faca. Cleary foi condenado à prisão perpétua com trabalhos forçados, devendo a sentença cumprir-se na cadeia de Gouldbourn, instituição destinada aos prisioneiros que revelam disposição para a violência. Perguntado se tinha alguma coisa para dizer, Cleary respondeu: "Não contem à minha mãe".

Paddy olhou para o alto da página à procura da data: 6 de dezembro de 1925.

— Isso aconteceu há mais de três anos — observou, perplexo.

Ninguém lhe respondeu nem disse nada, pois ninguém sabia o que fazer; da frente da casa veio o riso alegre dos gêmeos, cujas vozes se elevavam numa interminável conversa fiada.

— Não... contem... a minha mãe — disse Fee num murmúrio. — E ninguém contou! Oh, meu Deus! Meu pobre, pobre Frank!

Paddy enxugou as lágrimas do rosto com as costas da mão livre, depois acocorou-se diante dela, batendo-lhe de leve no colo.

— Fee querida, arrume suas coisas. Vamos vê-lo.

Ela ergueu-se e tornou a cair, os olhos no rosto miúdo e branco brilhando como se estivessem mortos, as pupilas enormes revestidas de uma película dourada.

— Não posso ir — disse ela, sem nenhuma sugestão de sofrimento, mas fazendo todos sentirem que o sofrimento lá estava. — Ele morreria se me visse. Oh, Paddy, isso o mataria! Conheço-o tão bem... seu orgulho; sua ambição, sua determinação de ser alguém importante. Deixe-o sofrer a vergonha sozinho, é o que ele quer. Você acabou de ler: "Não contem à minha mãe." Precisamos ajudá-lo a guardar o seu segredo. Que bem lhe fará, ou nos fará, a nossa visita?

Paddy ainda estava chorando, mas não por Frank; chorava pela vida que se fora do rosto de Fee, pela morte que lia em seus olhos. Um pé-frio, era isso o que o rapaz sempre fora; o amargo portador da desgraça, erguendo-se para sempre entre Fee e ele como a razão pela qual ela abandonara seu coração e o coração de *seus* filhos. Todas as vezes que parecia haver alguma felicidade à espera de Fee, Frank a arrebatava. Mas o amor que Paddy votava a ela era tão profundo e tão impossível de ser erradicado quanto o amor que ela votava a Frank; ele nunca mais poderia usar o rapaz como o seu bode expiatório, depois daquela noite na casa paroquial.

Por isso, disse:

— Bem, Fee, se você acha que é melhor não tentarmos entrar em contato com ele, não tentaremos. Mas eu gostaria de saber se ele está bem, se tudo o que pode ser feito por ele está sendo feito. E se eu escrevesse ao Padre de Bricassart e lhe pedisse para olhar um pouco por Frank?

Os olhos não se animaram, mas um leve tom róseo lhe acudiu às faces.

— Sim, Paddy, faça isso. Só quero que você lhe recomende que não diga a Frank que nós sabemos o que aconteceu. Talvez até Frank se sentisse melhor tendo a certeza de que não sabemos de nada.

Poucos dias depois Fee recuperou quase toda a energia, e o interesse pela redecoração da casa-grande manteve-a ocupada. Mas o seu silêncio tornou-se melancólico outra vez, porém menos severo, envolto na redoma de uma calma inexpressiva. Dir-se-ia que lhe interessava mais o aspecto que teria afinal a casa-grande do que o bem-estar da família. Ela talvez julgasse os filhos capazes de cuidar de si mesmos espiritualmente, e a Sra. Smith e as criadas lá estavam para cuidar deles fisicamente.

Não obstante, a descoberta do destino de Frank comovera profundamente todos os membros da família. Os mais velhos afligiam-se intensamente por sua mãe e passavam noites sem dormir lembrando-se do rosto dela no momento terrível. Amavam-na, e a sua alegria nas poucas semanas anteriores dera-lhes uma visão dela que nunca mais os abandonaria e lhes inspiraria um desejo apaixonado de trazê-la de volta. Se o pai havia sido o fulcro em torno do qual tinham girado suas vidas até então, a partir desse instante a mãe foi colocada ao lado dele. Começaram a tratá-la com um zelo terno e absorto, que nenhum grau de indiferença da parte dela conseguia eliminar. De Paddy a Stu, os membros masculinos da família Cleary conspiraram para fazer da vida de Fee o que ela desejasse, e de todos exigiam fidelidade a esse propósito. Ninguém deveria jamais feri-la ou magoá-la outra vez. E, quando Paddy lhe deu as pérolas de presente e ela as aceitou com uma palavra breve e inexpressiva de agradecimento, sem nenhum prazer e nenhum interesse no exame das jóias, todos concluíram que sua reação seria muito diferente se não fosse por Frank.

Se a mudança para a casa-grande não tivesse ocorrido, a pobre Meggie teria sofrido muito mais do que sofreu, pois, embora não fosse admitida plenamente como membro da sociedade masculina de proteção à mãe (sentindo talvez que a sua participação era mais relutante do que a deles), o pai e os irmãos mais velhos esperavam que ela arcasse com todas as tarefas que a Fee obviamente repugnavam. Na realidade, a Sra. Smith e as criadas partilharam do fardo com Meggie. Repugnava particularmente a Fee o cuidado dos dois filhos menores, mas a Sra. Smith assumiu todo o encargo de Jims e Patsy com tamanho ardor que Meggie não poderia ter pena dela; ao invés disso, sentia-se de certo modo contente porque os dois poderiam, afinal, pertencer inteiramente à governanta. Meggie sofria também por sua mãe, mas não o fazia de modo tão completo quanto os rapazes, pois a lealdade deles estava sendo posta cruelmente à prova; a grande veia materna que havia nela sentia-se profundamente ofendida pela indiferença cada vez maior de Fee por Jims e Patsy. Quando eu tiver meus filhos, pensava no mais íntimo de si mesma, *nunca* amarei um deles mais do que os outros.

Viver na casa-grande, por certo, era muito diferente. A princípio estranharam o fato de ter um quarto só para si, e as mulheres, o de não precisar preocupar-se com nenhuma tarefa doméstica, dentro ou fora de casa. Minnie, Cat e a Sra. Smith davam conta de tudo sozinhas, desde lavar e passar a ferro até cozinhar e limpar, e ficavam horrorizadas com os oferecimentos de ajuda. Em troca de muita comida e minguados salários, uma procissão interminável de andarilhos registrava-se nos livros da fazenda como biscateiros, que rachavam lenha para os fogões e lareiras da sede, alimentavam as aves e os porcos, ordenhavam, ajudavam o velho Tom a tomar conta dos belos jardins e faziam toda a limpeza pesada.

Paddy se andara comunicando com o Padre Ralph.

"A renda das propriedades de Mary totaliza aproximadamente quatro milhões de libras por ano, graças ao fato de ser a Michar Limited uma companhia de propriedade particular, com a maior parte do seu ativo empregado em aço, navios e mineração", escreveu o Padre Ralph. "Por isso, o que lhe destinei não passa de uma gota d'água no balde da fortuna Carson e não chega sequer a um décimo dos lucros da fazenda Drogheda num ano. Tampouco se preocupe com os anos maus. A conta-corrente da fazenda Drogheda tem um saldo positivo tão grande, que eu poderia pagá-lo sempre só com o dinheiro dos juros, se fosse necessário. Por conseguinte, o dinheiro que lhe chega às mãos não é senão o que você merece, e não abala a Michar Limited. Você está recebendo dinheiro da fazenda, e não dinheiro da companhia. Só lhe peço que mantenha atualizados e corretamente escriturados os livros da fazenda para os auditores."

Foi depois de receber essa carta que Paddy celebrou uma conferência na bela sala de estar, uma noite em que estavam todos em casa. Sentou-se, com os meios-óculos de aros de metal empoleirados no nariz romano, numa grande poltrona creme, ajeitou confortavelmente os pés num escabelo da mesma cor e colocou o cachimbo num cinzeiro de cristal.

— Como isto é gostoso! — Sorriu, olhando à sua volta com prazer. — Creio que devemos aprovar um voto de agradecimento a mamãe, vocês não acham, rapazes?

Ouviram-se murmúrios de assentimento dos "rapazes"; sentada no que havia sido a *bergère* de Mary Carson, recoberta agora de uma seda creme pálida, Fee inclinou a cabeça. Meggie enroscou os pés em torno do escabelo que lhe fazia as vezes de poltrona e obstinou-se em manter os olhos fixos na meia que estava cerzindo.

— Bem, o Padre de Bricassart organizou tudo e mostrou-se muito generoso — continuou Paddy. — Depositou sete mil libras no banco em meu nome, e abriu cadernetas de poupança com a importância inicial de duas mil libras para cada um de nós. Receberei quatro mil libras por ano como gerente da fazenda e Bob, três mil, como subgerente. Os rapazes que já estão trabalhando (Jack, Hughie e Stu) receberão duas mil, e os pequenos, mil libras anuais, até chegarem à idade de saber o que querem fazer.

"Quando os pequenos crescerem, o espólio pagará a cada um uma renda anual igual à dos irmãos que estiverem trabalhando em Drogheda, mesmo que eles não queiram trabalhar na fazenda. Quando Jims e Patsy completarem doze anos, serão enviados ao Riverview College, em Sydney, como internos, e ali serão educados às expensas do espólio.

"Mamãe terá duas mil libras por ano para si, e o mesmo será dado a Meggie. Para custear as despesas da casa receberemos cinco mil libras, embora eu não saiba onde foi que o padre descobriu que precisamos de tanto dinheiro para dirigir a casa. Segundo ele, isso servirá para a hipótese de querermos fazer maiores alterações. Recebi suas instruções no tocante ao que deve ser pago à Sra. Smith, a Minnie, a Cat e a Tom, e devo dizer que ele não foi mesquinho. Quanto aos outros salários, estes serão fixados por mim. Mas minha primeira decisão como gerente é contratar pelo menos mais seis pastores, para que Drogheda possa ser dirigida como deve sê-lo. A fazenda é grande demais para tão pouca gente."

Isso foi o máximo que ele disse em toda a sua vida, à guisa de censura, sobre os métodos de sua irmã na gestão da propriedade.

Nunca passara pela cabeça de ninguém a idéia de ter tanto dinheiro; continuaram todos sentados, em silêncio, tentando assimilar a boa sorte que lhes caía do céu.

— Não chegaremos a gastar nem a metade disso, Paddy — disse Fee. — Ele não nos deixou nada em que gastar.

Paddy olhou carinhosamente para ela.

— Eu sei, mamãe. Mas não é bom pensar que nunca mais teremos de preocupar-nos com dinheiro? — Ele limpou a garganta. — Agora tenho a impressão de que mamãe e Meggie ficarão um pouco sem ter o que fazer — prosseguiu. — Nunca fui muito bom com números, mas mamãe soma, diminui, divide e multiplica como uma professora de aritmética. Por isso ela será a guarda-livros de Drogheda, em substituição ao escritório de Harry Gough. Eu não sabia disso, mas Harry empregou um sujeito só para lidar com as contas de Drogheda e, de momento, ele está com falta de empregados, de modo que não se incomoda de passar-nos o serviço. Aliás, foi ele quem sugeriu que mamãe seria uma boa contabilista. E vai mandar uma pessoa de Gilly para ensiná-la a fazer tudo direitinho, mamãe. O negócio, aparentemente, é muito complicado. Você terá de escriturar os livros, razão, o livro caixa, os diários, registrar tudo no livro de registro e assim por diante. O bastante para mantê-la ocupada, embora não seja um trabalho tão duro quanto o do fogão e o do tanque de lavar roupa, creio eu.

Meggie por pouco não gritou: "E *eu*? Eu lavei tanta roupa e cozinhei tanta comida quanto mamãe!"

Fee estava sorrindo, realmente sorrindo, pela primeira vez desde que tivera notícias de Frank.

— Vou gostar do serviço, Paddy, vou gostar mesmo. Assim me sentirei parte de Drogheda.

— Bob vai ensiná-la a dirigir o novo Rolls, pois você terá a incumbência de fazer as viagens a Gilly para ir ao banco ver Harry. Além disso, será bom para você saber-se capaz de ir aonde quiser sem depender de que um de nós esteja por perto. Estamos muito isolados aqui. Sempre tive a intenção de ensinar vocês, meninas, a dirigir, mas até agora nunca tive tempo para isso. Está bem, Fee?

— Está bem, Paddy — retrucou ela com expressão feliz.

— Agora, Meggie, vamos tratar de você.

Meggie depôs a meia e a agulha e ergueu os olhos para o pai com uma expressão em que se mesclavam a indagação e o ressentimento, certa de saber o que ele diria: sua mãe estaria ocupada com os livros e, portanto, caberia a ela o serviço de supervisionar a casa e seus arredores.

— Eu detestaria vê-la transformar-se numa ociosa e esnobe senhorita, como algumas filhas de posseiros que conhecemos — disse Paddy com um sorriso que lhe tirou das palavras qualquer indício de desdém. — Por isso vou dar-lhe um serviço de tempo integral também, Meggiezinha. Você inspecionará as pastagens internas para nós: Borehead, Creek, Carson, Winnemurra e North Tank. Tomará conta do Home Paddock. Será responsável pelos cavalos de lida, e saberá quais são os que estão trabalhando e quais são os que estão sendo substituídos. Nas épocas de reunião dos carneiros e de parição, trabalharemos todos juntos, é claro, mas, nas épocas normais, você trabalhará sozinha, suponho eu. Jack poderá ensinar-lhe a manejar os cachorros e a usar o chicote. Você ainda é uma garota levada e, por isso, calculei que talvez gostasse mais de trabalhar nas pastagens do que ficar flanando aqui em casa — rematou, com um sorriso maior do que nunca.

O ressentimento e o descontentamento haviam fugido pela janela à proporção que ele, falando, voltava a ser o pai que a amava e pensava nela. Que acontecera com ela, para duvidar dele dessa maneira? Meggie sentiu tanta vergonha de si mesma que teve ímpetos de enfiar a grande agulha de cerzir na perna, mas estava tão feliz que não poderia pensar por muito tempo em nenhuma espécie de autopunição. De qualquer maneira, aquele era apenas um modo extravagante de expressar o seu remorso.

Seu rosto se iluminou.

— Oh, papai, adorarei fazer isso!

— E quanto a mim, papai? — perguntou Stuart.

— As meninas já não precisam de você aqui em casa, de modo que voltará para as pastagens, Stu.

— Está bem, papai.

Ele olhou com ternura para Fee, mas não disse uma palavra.

Fee e Meggie aprenderam a dirigir o novo Rolls-Royce que Mary Carson recebera uma semana antes de morrer, e Meggie aprendeu a manejar os cachorros enquanto Fee aprendia a escriturar os livros.

Não fora a continuada ausência de Padre Ralph e Meggie, pelo menos, se teria sentido inteiramente feliz. Era isto mesmo o que sempre ambicionara fazer: estar lá fora, nos pastos, montada num cavalo, executando o trabalho dos pastores. Entretanto, o desejo de ver o Padre Ralph continuou ali também, a lembrança do seu beijo era algo com que ela sonhava, que guardava como um tesouro, que ressentia um milhão de vezes. A lembrança, contudo, não se podia comparar com a realidade; por mais que tentasse, não conseguia evocar a verdadeira sensação, somente uma sombra dela, como uma nuvem fina e triste.

Quando ele escreveu para falar-lhes sobre Frank, suas esperanças de que Padre Ralph se valeria do assunto como pretexto para visitá-los foram repentinamente por água abaixo. A descrição que ele fez da viagem para ver Frank na cadeia de Gouldbourn foi cuidadosamente redigida, despojada da dor que engendrara e sem a menor alusão à psicose de Frank, que se agravava dia a dia. Ele tentara em vão internar o rapaz no asilo de Morisset para os criminosos portadores de perturbações mentais, mas ninguém lhe dera ouvidos. Por isso mesmo, limitou-se a transmitir a imagem idealista de um Frank resignado a pagar sua dívida para com a sociedade e, num trecho bem sublinhado, contou que Frank não tinha a menor idéia de que a família sabia o que lhe acontecera. A notícia chegara ao seu conhecimento, assegurara o padre a Frank, através dos jornais de Sydney, e ele cuidaria de manter os Clearys na ignorância de tudo. Depois de ouvir-lhe essa afirmação, disse ele, Frank ficou mais calmo e o assunto morreu aí.

Paddy falou em vender a égua castanha de Padre Ralph. Meggie utilizava o cavalo preto pernalteiro como animal de lida, mais leve de boca e de natureza mais dócil do que as éguas ariscas e os cavalos intratáveis dos cercados. Os animais de lida eram inteligentes e raramente mansos. Nem mesmo a total ausência de garanhões servia para torná-los muito amáveis.

— Oh, por favor, papai! Posso montar a égua castanha também? — pediu Meggie. — Pense em como seria horrível se, depois de todos os benefícios que nos fez, o Padre voltasse aqui para nos visitar e descobrisse que vendemos a sua égua!

Paddy a encarou com bondade.

— Meggie, não creio que o Padre volte aqui algum dia.

— Mas pode voltar! Nunca se sabe!

Os olhos, tão parecidos com os de Fee, desarmaram-no. Não poderia persuadir-se a magoá-la mais do que já estava magoada, pobrezinha!

— Está bem, Meggie, ficaremos com a égua, mas não se esqueça de usar regularmente os dois, a égua e o cavalo, pois não quero saber de animais gordos em Drogheda, ouviu?

Até então não lhe agradara usar a montaria do Padre Ralph, mas, depois disso, ela passou a montar ora um, ora outro, para dar aos dois, na cocheira, a oportunidade de fazer jus à aveia que comiam.

E ainda bem que a Sra. Smith, Minnie e Cat eram loucas pelos gêmeos, pois estando Meggie lá fora nos pastos e Fee sentada horas e horas à sua secretária na sala de estar, os dois sujeitinhos se divertiam horrores. Estavam em toda parte, mas tão alegres e com um bom humor tão constante que ninguém poderia zangar com eles por muito tempo. À noite, em sua pequena casa, a Sra. Smith, que se convertera ao catolicismo havia muito tempo, punha-se de joelhos para dizer suas orações com uma gratidão tão profunda em seu coração que mal conseguia contê-la. Filhos, nunca os tivera para alegrá-la enquanto Rod fora vivo e, durante anos, a casa-grande vivera vazia de crianças e suas ocupantes tinham sido terminantemente proibidas de misturar-se com os habitantes das casas dos pastores lá embaixo, ao pé do arroio. Mas, quando os Clearys chegaram, parentes de Mary Carson, chegaram também as crianças. Ainda mais agora, que Jims e Patsy eram residentes permanentes da casa-grande.

O inverno fora seco e as chuvas de verão não apareceram. Viçoso e alto, batendo no joelho das pessoas, o capim fulvo secou de tal maneira ao sol implacável que o âmago de cada haste de relva se tostou. Para olhar por cima das pastagens era preciso entrefechar os olhos e manter o chapéu bem desabado sobre a testa; a relva assemelhava-se a um espelho de prata, e pequenos remoinhos de vento espiralados passavam atarefados por entre miragens azuis e tremeluzentes, transferindo folhas mortas e hastes partidas de um monte inquieto para outro.

E como tudo estava seco! Até as árvores estavam secas, e a casca lhes caía em fitas duras e estrepitosas. Ainda não havia perigo de que os carneiros morressem de fome — a relva duraria mais um ano pelo menos, talvez mais — mas ninguém gostava de ver tudo tão seco. Havia sempre uma boa probabilidade de que as chuvas não viessem no ano seguinte, nem no outro. Num ano bom, as precipitações atingiam duzentos e cinqüenta e três a trezentos e oitenta milímetros, num ano mau não chegavam a cento e vinte e seis milímetros e às vezes mal subiam acima de zero.

A despeito do calor e das moscas, Meggie amava a vida nos pastos, conduzindo a égua castanha atrás de um rebanho de carneiros que balia, enquanto os cães, estatelados no chão, com a língua de fora, pareciam desatentos. Bastava, porém, que uma ovelha se desgarrasse do rebanho compacto para que o cachorro mais próximo disparasse no seu encalço, como um raio de vingança, os dentes afiados ansiando por morder um casco infeliz.

Meggie cavalgou à frente do rebanho, bem-vindo alívio depois de haver respirado o pó que os carneiros tinham levantado durante vários quilômetros, e abriu a porteira do pasto. Esperou, paciente, que os cães, deliciando-se com essa oportunidade de mostrar-lhe o que sabiam fazer, mordendo e cercando, obrigassem os carneiros a passar pela porteira. Era mais difícil reunir e tocar o gado, que escoiceava e investia contra os cães, matando, não raro, um cachorro desavisado; nesse momento o pastor precisava estar preparado para entrar em ação e usar o chicote, mas os cães gostavam do sabor do perigo trabalhando com bois e vacas. Essa parte, porém, não se exigia dela; era o próprio Paddy quem lidava com o gado.

Os cachorros, contudo, nunca deixavam de fasciná-la; sua inteligência era fenomenal. A maioria dos cães de Drogheda pertencia à raça dos *kelpies*, de um rico pêlo castanho-amarelado e patas, peito e testa creme, mas havia também os *blues* de Queensland, maiores, de pêlo cinzento-azulado, malhado de preto e todas as variedades de cruza entre *kelpies* e *blues*. Quando as cadelas ficavam no cio, eram cientificamente acasaladas, emprenhadas e pariam; depois de desmamados e crescidos, experimentavam-se os filhotes nas pastagens; se fossem bons, guardavam-se ou vendiam-se, se não prestassem, matavam-se.

Assobiando para os cachorros a fim de chamá-los à ordem, Meggie fechou a porteira após a passagem do último carneiro e guiou a égua castanha na direção da casa. Ali perto havia um grupo grande de árvores, várias espécies de eucaliptos e buxos e uma ou outra *wilga* na periferia. Dirigiu-se, agradecida, a sua sombra e, tendo agora tempo para olhar em torno, correu os olhos com prazer. Os eucaliptos estavam cheios de periquitos que gritavam e assobiavam suas paródias de cantos; tentilhões pulavam de galho em galho; duas cacatuas de crista roxa, sentadas com a cabeça inclinada para o lado, observavam-lhe o progresso com olhos faiscantes; lavandiscas esquadrinhavam a terra à procura de formigas, com seus absurdos traseiros bamboleando; corvos crocitavam eterna e lamentosamente. O ruído que faziam era o mais detestável de todo o repertório musical do mato, sem alegria, desolado e de certo modo sinistro, a sugerir carne podre, carniça e moscas-varejeiras. Pensar num corvo cantando como uma araponga era impossível: o grito e a função ajustavam-se perfeitamente.

É evidente que havia moscas em toda a parte; Meggie usava um véu sobre o chapéu, mas os seus braços nus eram constantemente assediados, e a cauda da égua castanha não parava de zunir e sua carne não parava de tremer e arrepiar-se. Surpreendia Meggie que mesmo através do couro e do pêlo um cavalo pudesse sentir algo tão delicado e leve quanto uma mosca. Elas bebiam o suor, e por isso atormentavam cavalos e humanos, mas estes nunca se deixavam fazer o que lhes permitiam os carneiros, que elas utilizavam para um propósito mais íntimo, botando seus ovos em torno da lã do traseiro, ou onde quer que encontrassem lã úmida e suja.

Enchia o ar o zumbido das abelhas e animavam-no as brilhantes e ligeiras libélulas, que procuravam os drenos do poço, ao lado de borboletas lindamente coloridas e mariposas diurnas. Com um casco, sua montaria virou do avesso um tronco podre; Meggie olhou para o lado do tronco que estivera colado à terra e sua pele se arrepiou toda. Havia larvas de mariposas, gordas, brancas e asquerosas, bichos-de-conta e lesmas, imensas centopéias e aranhas. De suas tocas, coelhos saltavam e se detinham, disparavam de novo para dentro da toca, esguichando jatos de pó branco no ar, depois voltavam para espiar, torcendo o focinho. Mais adiante uma equidna interrompeu sua busca de formigas, tomada de pânico ante a aproximação dela. Escavando a terra tão depressa que suas robustas patas providas de garras sumiram em poucos segundos, ela começou a desaparecer debaixo de um tronco imenso. Fazia trejeitos divertidos enquanto cavava, e os espinhos cruéis se lhe achatavam ao longo do corpo a fim de facilitar-lhe a entrada debaixo do solo, enquanto a terra voava de todos os lados.

Ela saiu do meio das árvores para o caminho principal que conduzia à sede da fazenda. Uma camada cinzenta malhada cobria a poeira de um trecho do caminho; eram cacatuas à cata de insetos ou vermes; ouvindo-a aproximar-se, alçaram vôo em massa. Meggie teve a impressão de ser avassalada por uma onda cor-de-rosa; peitos e asas ergueram-se acima de sua cabeça, o cinzento magicamente transformado em róseo. Se tivesse de deixar Drogheda amanhã, pensou ela, para nunca mais voltar, eu a veria em sonhos como uma aquarela de peitos cor-de-rosa de cacatuas... Mais adiante devia estar ficando muito seco; os cangurus chegavam em quantidades cada vez maiores...

Um grande rebanho de cangurus, de umas duas mil cabeças, interrompeu seu tranqüilo pastoreio, assustado pelas cacatuas e perdeu-se na distância em longos e graciosos saltos, que engoliam léguas mais depressa do que qualquer outro animal, com exceção do emu. Os cavalos não conseguiam acompanhá-los.

Entre um e outro momento prazeroso de estudo da natureza, ela pensava em Ralph, como sempre. Em seu íntimo, Meggie jamais classificara o que sentia por ele como paixonite de menina, e simplesmente lhe chamava amor, como se fazia nos livros. Seus sintomas e sentimentos não diferiam dos de uma heroína de Ethel M. Dell. Nem lhe parecia justo que uma barreira tão artificial quanto o sacerdócio pudesse erguer-se entre ela e o que ela queria dele, isto é, tê-lo por marido. Viver com ele como seu pai vivia com sua mãe, em tão grande harmonia que ele a adoraria como Paddy adorava Fee. Sua mãe nunca fizera muita coisa para conquistar a adoração de seu pai, pensava Meggie, e, não obstante, ele a adorava. Dessa maneira, Ralph logo veria que viver com ela era muito melhor do que viver sozinho, pois ela ainda não se compenetrara de que o sacerdócio era alguma coisa a que Ralph não poderia renunciar em hipótese nenhuma. Sim, ela sabia que era proibido ter um padre por marido, ou por amante, mas adquirira o hábito de contornar a dificuldade despindo Ralph do seu ofício religioso. Sua educação católica formal nunca chegara à discussão da natureza dos votos religiosos, e como ela mesma não precisasse da religião, não a continuou voluntariamente. E visto que a oração não lhe proporcionava satisfação, Meggie obedecia às leis da Igreja simplesmente porque, se o não fizesse, arderia no inferno por toda a eternidade.

Em seu atual devaneio, comprazia-se na bem-aventurança de viver com ele e dormir com ele, como seu pai vivia e dormia com sua mãe. Depois, a idéia da proximidade dele a excitava, fazia-a mexer-se na sala, desassossegada; e ela traduzia o desassossego num dilúvio de beijos, pois carecia de outro critério. As cavalgadas pelos pastos não lhe tinham aprimorado a educação sexual, já que a simples fungadela de um cachorro ao longe expulsava todo e qualquer desejo de acasalamento da mente de qualquer animal e, como em todas as fazendas, o acasalamento indiscriminado não era permitido. Quando os carneiros eram levados para as ovelhas de determinado pasto, Meggie tomava outro rumo, e a vista de um cachorro trepado em outro era apenas o sinal para separar o par com o chicote e fazer os dois desistirem da "brincadeira".

Talvez nenhum ser humano esteja em condições de julgar o que é pior: se o desejo incipiente com a inquietude e a irritabilidade dele decorrentes ou o desejo específico com o seu impulso voluntário para satisfazê-lo. A pobre Meggie desejava, embora não soubesse bem o quê, mas o impulso básico lá estava, e arrastava-a inexoravelmente na direção de Ralph de Bricassart. E ela sonhava com ele, ansiava por ele, desejava-o; e deplorava que, apesar do amor que ele mesmo declarara, ela significasse tão pouco para ele que não o levasse sequer a visitá-la.

No meio dos seus sonhos, avistou Paddy, que também chegava à sede e seguia o mesmo caminho; sorrindo, ela freou a égua castanha e esperou que ele a alcançasse.

— Que boa surpresa — disse Paddy, emparelhando o velho ruão com a égua quase nova da filha.

— É mesmo — concordou ela. — Está muito seco daquele lado?

— Um pouco pior do que aqui, creio eu. Misericórdia, nunca vi tanto canguru! Deve estar tudo estorricado no caminho de Milparinka. Martin King andou falando numa grande matança, mas não vejo como um exército de metralhadoras poderia reduzir suficientemente o número dos cangurus para se notar a diferença.

Ele estava tão amável, tão atencioso, parecia tão disposto a perdoar e a amar; e era tão raro que ela tivesse o ensejo de estar com ele sem ter pelo menos um dos rapazes ao seu lado. Antes que pudesse mudar de idéia, Meggie fez a pergunta que lhe resumia todas as dúvidas, a pergunta que a atormentava e afligia, apesar de suas reafirmações.

— Papai, por que é que o Padre de Bricassart nunca vem nos visitar?

— Ele está ocupado, Meggie — respondeu Paddy, cuja voz se tornara cautelosa.

— Mas até os padres têm férias, não têm? Ele gostava tanto de Drogheda, que tenho a certeza de que gostaria de passar as férias aqui.

— De certo modo os padres têm férias, Meggie, mas, de outro, nunca estão de folga. Por exemplo, ele têm de rezar missa todos os dias de sua vida, nem que estejam inteiramente sós. Creio que o Padre de Bricassart é um homem muito sábio e não ignora que nunca se pode voltar a um estilo de vida que já passou. Para ele, Meggie, Drogheda é um pedaço do passado. Se voltasse aqui, esse estilo já não lhe daria o mesmo tipo de prazer a que está habituado.

— Você quer dizer que ele nos esqueceu — disse a jovem com voz apagada.

— Não, não verdadeiramente. Se nos tivesse esquecido, não nos escreveria com tanta freqüência, nem pediria notícias de cada um de nós. — Ele virou-se na sela e havia piedade em seus olhos azuis. — Como entendo que é melhor que ele não volte nunca mais, não o animo a pensar nisso convidando-o a vir aqui.

— Papai!

Mas Paddy estava decidido a ir ao fundo da questão.

— Ouça, Meggie, é errado você pensar num padre, e já é tempo de compreendê-lo. Você guardou muito bem guardado o seu segredo, e creio que mais ninguém sabe o que você sente por ele, mas é a mim que se dirigem as suas perguntas, não é? Não muitas, mas o bastante. Pois ouça o que vou dizer-lhe: você precisa parar, entendeu? O Padre de Bricassart fez votos sagrados, que sei que ele não tem a menor intenção de quebrar, e você se enganou a respeito dos sentimentos dele por você. Ele já era um homem adulto quando a conheceu, e você, uma menininha. Pois muito bem, é desse jeito que ele pensa em você, Meggie, até o dia de hoje.

A jovem não respondeu, nem o seu rosto se alterou. Ela é bem filha de Fee, pensou ele, não há dúvida.

Volvido um momento, ela disse, tensa:

— Mas ele poderia deixar de ser padre. Acontece apenas que ainda não tivemos a oportunidade de conversar sobre isso.

O choque estampado no rosto de Paddy era tão autêntico que ela não poderia deixar de acreditar nele. E a expressão do pai lhe pareceu mais convincente do que as palavras, por veementes que fossem.

— Meggie! Oh, meu Deus, nisso é que dá morar no mato! Você devia estar na escola, minha filha, e se sua tia Mary tivesse morrido um pouco antes, eu a teria mandado para Sydney com tempo suficiente para dar-lhe, pelo menos, mais dois anos de estudos. Mas você agora está muito velha, não está? Eu não gostaria que as outras rissem de você por causa de sua idade, pobre Meggiezinha. — Ele prosseguiu mais suavemente, espaçando as palavras para imprimir-lhes uma crueldade incisiva e lúcida, embora não tivesse a intenção de ser cruel, mas apenas de varrer ilusões de uma vez por todas. — O Padre de Bricassart é um *sacerdote*, Meggie. Compreenda bem, ele nunca, nunca poderá deixar de sê-lo. Os votos que fez são sagrados, sagrados demais para quebrar. Depois que um homem se faz padre, não pode voltar atrás, e seus supervisores no seminário se certificaram de modo absoluto de que ele sabia o que estava jurando antes de jurá-lo. Um homem que faz esses votos sabe, sem qualquer sombra de dúvida, que, depois de feitos, não podem ser quebrados, nunca. O Padre de Bricassart os fez, e nunca os quebrará. — Ele suspirou. — Agora você sabe, não sabe, Meggie? A partir deste momento, não terá mais desculpas para sonhar com o Padre de Bricassart.

Eles tinham chegado pela frente da casa e, por isso, as cocheiras estavam mais próximas do que os cercados: sem dizer uma palavra, Meggie virou a égua castanha na direção das cocheiras, e deixou o pai continuando sozinho. Durante algum tempo ele ficou dando voltas para não a perder de vista, mas, depois que ela desapareceu do outro lado da cerca que rodeava as cocheiras, cutucou com os calcanhares as costelas do ruano e terminou a cavalgada com um meio galope, odiando-se e odiando a necessidade que tivera de dizer o que dissera. Maldita história a das relações entre o homem e a mulher! Parecia ter um conjunto de regras que discrepavam de todas as outras.

Embora muito fria, a voz do Padre Ralph de Bricassart era, assim mesmo, mais quente que os seus olhos, que nunca se desviavam do rosto lívido do jovem padre, enquanto pronunciava suas palavras duras e medidas.

— O senhor não se conduziu como Nosso Senhor Jesus Cristo exige que Seus padres se conduzam. Creio que o sabe melhor do que nós, que o censuramos, poderemos jamais sabê-lo, mas ainda assim preciso censurá-lo em nome do nosso arcebispo, que é para o senhor não apenas um colega de profissão, mas também seu superior hierárquico. O senhor lhe deve obediência perfeita e não lhe compete discutir as opiniões nem as decisões de Sua Excelência.

"Compreende realmente a vergonha que acarretou para si, para a sua paróquia e sobretudo para a Igreja que diz amar mais do que a qualquer ser humano? O seu voto de castidade foi solene e proibitivo como os demais, e quebrá-lo é pecar gravemente. Está claro que nunca mais verá a mulher, mas cumpre-nos assisti-lo em suas lutas para vencer a tentação. Por isso, determinamos que parta imediatamente a fim de servir na paróquia de Darwin, no Território do Norte. Embarcará para Brisbane esta noite no trem expresso e de lá seguirá, também de trem, até Longreach. Em Longreach tomará um avião da QANTAS para Darwin. Seus pertences estão sendo empacotados neste momento e estarão no expresso antes da sua partida, de modo que o senhor não tem necessidade de voltar à sua atual paróquia.

"Agora vá para a capela com o Padre John e reze. Ficará na capela até o momento de ir para a estação. A fim de confortá-lo e consolá-lo, o Padre John lhe fará companhia até Darwin. Está dispensado."

Eram sábios e acautelados os padres encarregados da administração; não concederiam ao pecador nenhuma oportunidade de um novo contato com a jovem com quem ele se amasiara. Aquilo fora o escândalo da sua atual paróquia, e muito constrangedor. Quanto à moça — ela que esperasse, observasse e refletisse. Desde aquele momento até a sua chegada a Darwin ele seria vigiado pelo excelente Padre John, que tinha recebido instruções taxativas e, depois disso, todas as cartas que mandasse de Darwin seriam abertas, e não lhe seria permitido fazer nenhuma ligação interurbana. Ela nunca saberia para onde ele fora, e ele não poderia contar-lhe. Nem lhe seria dada outra oportunidade de se interessar por outra moça. Darwin era uma cidade de fronteira e as mulheres ali quase não existiam. Seus votos eram absolutos, ele jamais poderia ser dispensado deles; e se era tão fraco que não conseguia policiar-se, a Igreja o faria em seu lugar.

Depois de ver o jovem padre e o cão de guarda que lhe haviam impingido sair da sala, Padre Ralph levantou-se da sua mesa e passou a uma câmara interna. O Arcebispo Cluny Dark estava sentado na poltrona costumeira e, formando um ângulo reto com ele, outro homem de faixa e calota purpurinas, também sentado, permanecia em silêncio. O arcebispo era um homenzarrão, com uma bela cabeleira branca e olhos intensamente azuis; sujeito do tipo vigoroso, tinha um agudo senso de humor e amava os prazeres da boa mesa. Seu visitante era quase o oposto: pequeno e magro, uns poucos fiapos esparsos de cabelo preto em torno do solidéu e, debaixo deles, um rosto ascético, a tez pálida realçada pela sombra escura da barba e dois olhos grandes e escuros. Na aparência, poderia ter qualquer idade entre trinta e cinqüenta anos, mas, na realidade, tinha trinta e nove e era, portanto, três anos mais velho do que o Padre Ralph de Bricassart.

— Sente-se, Padre, tome uma xícara de chá — convidou o Arcebispo jovialmente. — Eu já estava começando a pensar que teríamos de mandar buscar um novo bule. Dispensou o rapaz com uma adequada admoestação para que se emende?

— Sim, Excelência — respondeu o Padre Ralph, e sentou-se na terceira cadeira ao lado da mesa do chá, cheia de sanduíches fininhos de pepino, bolos cobertos de um glacê róseo e branco, bolinhos assados na chapa, ainda quentes, besuntados de manteiga, pratos de cristal com geléia e nata batida, um serviço de chá de prata e xícaras de porcelana Aynsley com o interior primorosamente folheado a ouro.

— Tais incidentes são lamentáveis, meu caro Arcebispo, mas até nós, que fomos ordenados padres de Nosso Senhor, somos criaturas fracas, demasiado humanas. Sinto em meu coração profunda pena dele, e rezarei esta noite para que encontre mais força no futuro — disse o visitante.

O sotaque era manifestamente estrangeiro, a voz, suave, com uma sutil sibilância nos esses. De nacionalidade italiana, seu título e seu nome eram Sua Excelência e Legado Papal à Igreja Católica Australiana, Arcebispo Vittorio Scarbanza di Contini-Verchese. Incumbia-lhe o papel delicado de estabelecer um elo entre a hierarquia australiana e o centro nervoso do Vaticano; o que significava que era o sacerdote mais importante desta seção do mundo.

Antes de receber sua nomeação ele esperara, naturalmente, ser indicado para os Estados Unidos da América, mas depois, pensando bem, chegou à conclusão de que a Austrália também lhe serviria. Embora fosse um país muito menor em população, mas não em área, era também muito mais católico. À diferença do resto do mundo de fala inglesa, ser católico não representava na Austrália nenhum desmerecimento social, nem constituía desvantagem alguma para um candidato a político, a homem de negócios ou a juiz. E era um país rico, sustentava bem a Igreja. Não havia perigo de que Roma o esquecesse enquanto estivesse na Austrália.

O Legado Papal era também um homem sutilíssimo, e seus olhos, por cima da borda dourada da xícara de chá, não se fixavam no Arcebispo Cluny Dark, porém no Padre Ralph de Bricassart, que logo se tornaria seu próprio secretário. Que o Arcebispo Dark gostava enormemente do padre era um fato notório, mas o Legado Papal pensava no quanto *ele* haveria de gostar de um homem assim. Eram todos tão grandes aqueles padres irlandeses e australianos, bem mais altos do que ele; estava cansado de precisar enviesar a cabeça e erguer a vista para ver-lhes o rosto. A maneira com que o Padre Ralph de Bricassart tratava seu atual chefe era perfeita: leve, fácil, respeitosa, mas de homem para homem, cheia de humor. Como se ajustaria ele ao serviço de um chefe muito diferente? Era costume nomear para secretário do legado um padre tirado das fileiras da Igreja italiana, mas o Vaticano nutria especial interesse pelo Padre Ralph de Bricassart. Não somente possuía ele a curiosa distinção de ser pessoalmente rico (ao contrário do que supunha o povo, seus superiores não estavam autorizados a tirar seu dinheiro, nem ele o oferecera), mas também, sozinho, carreara uma grande fortuna para a Igreja. Por isso decidira o Vaticano incumbir o Legado Papal de tomar por secretário o Padre Ralph de Bricassart, a fim de estudá-lo e descobrir exatamente como era ele.

Um dia o Santo Padre teria de recompensar a Igreja australiana com um barrete cardinalício, mas ainda não seria agora. Cumpria-lhe, pois, estudar os padres da faixa de idade do Padre de Bricassart, e destes era o Padre Ralph, evidentemente, o principal candidato. Muito bem. Que o Padre Bricassart experimentasse o seu vigor contra um italiano por algum tempo. Talvez fosse interessante. Mas por que não haveria de ser o homem um pouquinho menor?

Enquanto sorvia o seu chá, agradecido, Padre Ralph se mostrava inusitadamente quieto. O Legado Papal notou que ele comeu um pequeno sanduíche de formato triangular e se absteve dos outros salgadinhos e doces, mas tomou quatro xícaras de chá com sofreguidão, sem lhe deitar leite nem açúcar. Aliás, isso mesmo dizia o seu relatório: em seus hábitos pessoais de vida, o padre era notavelmente abstêmio, e sua única fraqueza era um carro bom (e veloz).

— Seu nome é francês, Padre — sobreveio o Legado Papal com suavidade —, mas, ao que me consta, o senhor é irlandês. Como se explica o fenômeno? Sua família era francesa?

Padre Ralph sacudiu a cabeça, sorrindo.

— O nome é normando, Excelência, muito antigo e honrado. Sou descendente direto de um certo Ranulf de Bricassart, que foi barão na corte de Guilherme, o Conquistador. Em 1066 ele invadiu a Inglaterra com Guilherme, e um de seus filhos apoderou-se de terras inglesas. A família prosperou sob os reis normandos da Inglaterra e, mais tarde, alguns dos seus membros cruzaram o Mar da Irlanda durante o reinado de Henrique IV e estabeleceram-se dentro do Pale. Quando Henrique VIII subtraiu a Igreja da Inglaterra à autoridade de Roma, nós mantivemos a fé de Guilherme, o que significava que continuamos leais primeiro a Roma e depois a Londres. Mas quando Cromwell fundou a República Inglesa de 1649, perdemos nossas terras e nossos títulos, que nunca mais nos foram restituídos. Carlos tinha favoritos ingleses para recompensar com terras irlandesas. E não é sem motivo, como sabe, o ódio irlandês aos ingleses.

"Entretanto, caímos numa relativa obscuridade, ainda leais à Igreja e a Roma. Meu irmão mais velho possui um próspero haras no Condado de Meath, e espera criar um campeão do Derby ou do Grand National. Sou o segundo filho, e sempre foi tradição de minha família que o segundogênito entrasse para a Igreja se se sentisse com vontade de fazê-lo. Tenho muito orgulho do meu nome e da minha linhagem. Durante mil e quinhentos anos tem havido Bricassarts."

Ah, isso era bom! Um velho nome aristocrático e um perfeito registro de manutenção da fé através de emigrações e perseguições.

— E o Ralph?

— Uma contração de Ranulf, Excelência.

— Entendo.

— Vou sentir muita falta do senhor, Padre — acudiu o Arcebispo Cluny Dark, empilhando geléia e nata batida sobre a metade de um bolinho quente e enfiando-o inteiro na boca.

O Padre Ralph sorriu para ele.

— Vossa Excelência me coloca num dilema! Aqui estou eu, sentado entre o meu antigo e o meu novo chefe e, se responder agradando a um, desagradarei ao outro. Ser-me-á, porém, permitido dizer que sentirei falta de Vossa Excelência, ao mesmo tempo que aguardo com ansiedade o momento de servir Vossa Excelência?

Resposta bem sacada, de diplomata. O Arcebispo di Contini-Verchese estava começando a crer que se daria bem com um secretário assim. Não obstante, ele era demasiado bonito, com seus belos traços, a impressionante coloração da pele, o corpo magnífico.

O Padre Ralph voltou ao silêncio anterior, olhando para a mesa do chá sem vê-la. Revia o jovem padre que acabara de disciplinar, a expressão dos olhos já atormentados ao compreender que não lhe permitiriam dizer adeus à sua garota. Santo Deus e se tivesse sido ele o padre, e a garota fosse Meggie? Um clérigo poderia levar adiante um caso desses por algum tempo se fosse discreto; para sempre, se limitasse o contato com mulheres às férias anuais longe da paróquia. Bastaria, porém, que um sentimento sério, despertado por uma mulher, entrasse em cena para ser inevitavelmente descoberto.

Momentos havia em que só se ajoelhando no chão de mármore da capela do palácio até que a dor física o deixasse entorpecido conseguia não tomar o próximo trem de volta para Gilly e para Drogheda. Ele dizia a si mesmo, pura e simplesmente, que era apenas vítima da solidão, que estava sentindo falta do afeto humano que conhecera em Drogheda. E que nada mudara quando cedera a uma fraqueza passageira e retribuíra o beijo de Meggie; que o seu amor a ela ainda vivia no reino da fantasia e do encantamento, não passara para um mundo diferente, que tinha uma inteireza enlouquecedora e perturbadora que os primeiros sonhos não tinham. Pois não podia admitir que alguma coisa tivesse mudado, e Meggie continuava a ser em seu espírito uma menininha, excluindo quaisquer visões capazes de contradizê-lo.

Ele se enganara. A dor não se dissipava. Parecia acentuar-se de um modo mais frio, mais sério. Antigamente, sua solidão fora uma coisa impessoal, ele nunca pudera dizer a si mesmo que a presença de algum ser humano em sua vida seria capaz de remediá-la. Agora, todavia, a solidão tinha um nome: Meggie. Meggie, Meggie, Meggie...

Padre Ralph saiu do seu devaneio e encontrou o Arcebispo di Contini-Verchese encarando-o sem pestanejar e percebeu que aqueles grandes olhos escuros eram muito mais perigosamente oniscientes do que as órbitas redondas e vívidas do seu chefe atual. Inteligente demais para simular que nada o impelira à meditação profunda, Padre Ralph lançou ao futuro chefe um olhar tão penetrante quanto o dele; depois sorriu levemente e encolheu os ombros, como se dissesse: todo homem tem uma tristeza dentro de si, e não é pecado recordar um desgosto.

— Diga-me, Padre, o súbito colapso que se verificou no terreno econômico produziu algum efeito no espólio a seu cargo? — perguntou suavemente o prelado italiano.

— Por enquanto, não temos do que nos queixar, Excelência. A Michar Limited não sofre facilmente a influência das flutuações do mercado. Sou levado a crer que aqueles cujas fortunas foram investidas com menos cuidado que a da Sra. Carson são os que têm maiores probabilidades de perder. É evidente que a fazenda Drogheda não irá tão bem; o preço da lã está caindo. Entretanto, a Sra. Carson era tão inteligente que não investiu dinheiro em empreendimentos agrícolas; preferia a solidez do metal. Embora, a meu ver, seja esta uma época excelente para comprar terras, não só fazendas no interior, como também casas e prédios nas cidades principais. Os preços estão ridiculamente baixos, mas não permanecerão baixos para sempre. Não vejo como poderemos perder em imóveis nos anos vindouros se comprarmos agora. A Depressão acabará um dia.

— Naturalmente — concordou o Legado Papal.

Com que, então, o Padre de Bricassart não tinha apenas o estofo de um diplomata, mas também o estofo de um homem de negócios! Bom seria, verdadeiramente, que Roma ficasse de olho nele.

9

Corria o ano de 1930, e Drogheda sabia tudo acerca da Depressão. Havia homens sem trabalho em toda a Austrália. Os que podiam, paravam de pagar aluguel e renunciavam à futilidade de procurar serviço quando não havia nenhum. Tendo de arranjar-se sozinhas, as esposas e os filhos aboletavam-se em choças erguidas em terras municipais e faziam filas para receber o subsídio governamental aos desempregados; pais e maridos tinham partido e andarilhavam em busca de algo melhor. Um homem arrumava seus poucos tarecos dentro do cobertor, amarrava-o com tiras de couro, jogava-o nas costas e metia o pé na estrada, esperando ao menos ofertas de comida das fazendas que atravessava, se não emprego. Carregando a trouxa nas costas pela trilha do Sertão, dormindo no Território de Sydney.

O preço dos alimentos estava baixo, e Paddy encheu até não caber mais as despensas e armazéns de Drogheda. Assim, os caminheiros teriam sempre a certeza de encher suas sacolas quando chegassem a Drogheda. O estranho era que o desfile de andejos mudava constantemente; assim que se viam com uma boa refeição quente no bucho e provisões no saco para o caminho, não faziam tentativa alguma de ficar, mas saíam vagueando à procura de alguma coisa que só eles sabiam o que era. Nem todos os lugares se mostravam hospitaleiros e generosos como Drogheda, o que apenas aumentava o espanto geral quando os viandeiros se recusavam a ficar. Talvez o cansaço e o sem-propósito de não ter um lar, de não ter um lugar para ir os faziam continuar à deriva. A maioria conseguia sobreviver, alguns morriam e, quando eram encontrados, enterravam-se antes que os corvos e os porcos os reduzissem a um monte de ossos limpos. O interior da Austrália era uma área imensa e solitária.

Mas Stuart estava de novo em casa e a espingarda nunca ficava muito longe da porta da cozinha. Não era difícil aparecerem bons pastores, e Paddy tinha nove homens bons registrados em seus livros nas velhas barracas dos aprendizes, de modo que Stuart não precisava voltar aos pastos. Fee parou de deixar o dinheiro espalhado por ali e pediu ao filho que fizesse um armário camuflado para o cofre atrás do altar da capela. Poucos andarilhos eram maus. Estes homens maus preferiam ficar nas grandes cidades e nas cidades maiores do interior, pois a vida na estrada era dura demais, solitária demais e escassa de proveitos para malfeitores. Entretanto, ninguém censurava Paddy por não querer correr riscos com suas mulheres; Drogheda era um nome muito famoso e não seria inconcebível que atraísse os poucos indesejáveis que palmilhavam a estrada.

Aquele inverno trouxe tempestades violentas, algumas secas, outras não, e a primavera e o verão seguintes trouxeram uma chuva tão pesada que o capim de Drogheda cresceu mais viçoso e comprido do que nunca.

Jims e Patsy estudavam laboriosamente suas lições por correspondência à mesa da cozinha da Sra. Smith, e conversavam agora sobre como seria quando chegasse o momento de ir para Riverview, o seu internato. Mas a Sra. Smith ficava tão ríspida e azeda ao ouvir esse tipo de conversa, que eles aprenderam a não falar em sair de Drogheda quando ela estivesse por perto e pudesse ouvi-los.

O tempo seco voltou; o capim alto, que atingia o joelho das pessoas, secou de todo e esturrou-se, convertido em hastes de prata encrespadas num verão sem chuvas. Habituados, depois de viver dez anos nas planícies de solo negro, às oscilações entre a seca e a cheia, os homens davam de ombros e enfrentavam a tarefa de cada dia como se fosse a única coisa que realmente importava. O que era verdade; no caso deles, o essencial era sobreviver entre um ano bom e o seguinte, fosse ele como fosse. Ninguém poderia predizer a chuva. Em Brisbane, um homem chamado Inigo Jones costumava acertar predições do tempo a longo prazo, empregando um novo conceito da atividade das manchas do sol, mas lá nas planícies de solo preto ninguém dava muito crédito ao que ele tinha para dizer. As noivas de Sydney e de Melbourne que lhe solicitassem as prognoses; os homens das planícies de solo preto continuariam com aquela velha sensação nos ossos.

No inverno de 1932 voltaram as tempestades secas, junto com um frio intenso, mas o capim luxuriante manteve a poeira reduzida ao mínimo e a quantidade de moscas diminuiu. Mas não havia consolação para os carneiros recém-tosados, que tiritavam miseravelmente. A Sra. Dominic O'Rourke, que morava numa casa de madeira sem nenhuma distinção especial, adorava receber visitas de Sydney; um dos pontos altos do seu programa de excursões era uma parada na sede de Drogheda, a fim de mostrar aos seus convivas que até ali nas planícies de solo negro havia gente que sabia viver. E a conversa derivava invariavelmente para os carneiros magricelas, que mais pareciam ratos afogados, condenados a enfrentar o inverno sem os seus velos, que chegavam a ter doze ou quinze centímetros de comprimento quando rompia o calor do verão. Mas, como Paddy disse gravemente a um dos visitantes, isso melhorava a lã. E o importante era a lã, não o carneiro. Pouco depois de haver feito essa declaração, apareceu uma carta no *Sydney Morning Herald* que exigia "pronta ação parlamentar", para acabar com o que denominava "crueldade dos criadores". A pobre Sra. O'Rourke ficou horrorizada, mas Paddy riu até lhe doerem as ilhargas de tanto riso.

— Aposto que esse tonto nunca viu um tosquiador rasgar a barriga de um carneiro e costurá-la com uma agulha de saco — confortou ele a perturbada Sra. O'Rourke. — Não vale a pena aborrecer-se por causa disso, Sra. Dominic. Lá na cidade eles não sabem como vive a outra metade, e podem dar-se ao luxo de mimar seus animais como se fossem crianças. Aqui é diferente. A senhora nunca verá um homem, uma mulher ou uma criança precisados de ajuda que não encontrem quem lhes dê a mão; mas na cidade essa mesma gente que paparica seus bichinhos de estimação nem ouvirá o grito de socorro de um ser humano.

Fee ergueu os olhos.

— Ele tem razão, Sra. Dominic — disse ela. — Sempre tendemos a desprezar o que existe em grande quantidade: aqui os carneiros, na cidade as pessoas.

Só Paddy estava longe, no campo, quando estourou a grande tempestade. Apeou do cavalo, amarrou o animal bem amarrado a uma árvore e sentou-se debaixo de uma *wilga* para esperá-la passar. Tremendo de medo, seus cinco cachorros aglomeraram-se ao seu lado, ao passo que os carneiros que ele tencionava transferir para outro pasto se espalharam em grupinhos saltitantes que trotavam, sem rumo, em todas as direções. E foi uma tempestade terrível, que reservava o pior da sua fúria para quando o centro do redemoinho estivesse diretamente em cima dele. Paddy enfiou os dedos nos ouvidos, fechou os olhos e rezou.

Não longe do lugar em que ele estava sentado debaixo da *wilga* curvada para a terra e cujas folhas se entrebatiam, num desespero, à medida que o vento se tornava cada vez mais forte, havia uma pequena coleção de tocos e troncos mortos de árvores cercados de capim alto. No meio do monte branco, esquelético, erguia-se um maciço eucalipto já sem vida, cujo corpo nu se alteava doze metros na direção das nuvens negras como a noite, e se afinava no topo para formar uma ponta aguda e recortada.

Um fogo azul e florido tão brilhante que lhe feriu os olhos através das pálpebras cerradas pôs Paddy em pé num salto, só para ser derrubado como um boneco no deslocamento provocado por imensa explosão. Ele ergueu o rosto da terra para ver a glória final do raio, que punha halos trêmulos de azul e púrpura fulgurante em toda a extensão do eucalipto morto; depois, tão rapidamente que ele mal teve tempo de compreender o que estava acontecendo, tudo pegou fogo. Havia muito que a última gota de umidade se evaporara dos tecidos daquele conjunto de coisas em decomposição, e o capim em toda parte era comprido e seco como papel. Como resposta desafiadora da terra ao céu, a árvore gigantesca arremessou um pilar de chamas muito acima da sua ponta, os troncos e tocos ao redor ergueram-se no mesmo instante e, num círculo à roda do centro, grandes lençóis de fogo precipitaram-se, impetuosos, impulsionados pelo vento torvelinhante, num redemoinho dantesco. Paddy não teve tempo sequer de alcançar o cavalo.

A *wilga* ressecada pegou fogo e a resina em seu tenro coração explodiu. Paredes sólidas de fogo erguiam-se em todas as direções para onde Paddy volvesse os olhos; as árvores ardiam furiosamente e a relva debaixo dos seus pés rugia à medida que se convertia em chamas. Ele ouviu os gritos do cavalo e quis acudir-lhe; não poderia deixar o pobre animal morrer amarrado e indefeso. Um cachorro uivou e o uivo mudou-se em grito quase humano de agonia. Chamejou e dançou por um momento, qual tocha viva, depois caiu sobre o capim ardente. Outros uivos se ouviram à medida que os outros cães, fugindo, eram envolvidos pelo fogo mais rápido que eles, mais rápido que qualquer coisa com pés ou asas. Um meteoro em chamas chamuscou-lhe o cabelo enquanto ele se detinha, por um milésimo de segundo, pensando na melhor maneira de acercar-se do cavalo; abaixou os olhos e viu uma grande cacatua assando a seus pés.

De repente, Paddy soube que aquele era o fim. Não havia saída do inferno para ele nem para o cavalo. No momento em que pensou nisso, um eucalipto dessecado, às suas costas, soltou chamas em todas as direções, quando explodiu a resina que havia dentro dele. A pele dos braços de Paddy murchou e enegreceu, o cabelo de sua cabeça viu-se afinal ofuscado por algo mais brilhante. Morrer assim é indescritível; porque o fogo age de fora para dentro. As últimas coisas que se vão, cozinhadas até não poderem mais funcionar, são o cérebro e o coração. Com as roupas em chamas, Paddy dava cambalhotas, gritando e gritando durante todo o holocausto. E cada um dos seus gritos medonhos era o nome de sua mulher.

Todos os outros homens voltaram para a sede de Drogheda antes da tempestade, deixaram as montarias no cercado e guiaram para a casa-grande ou para as barracas dos aprendizes. Na sala de estar de Fee, brilhantemente iluminada por um fogo de troncos que ardia na lareira de mármore creme e róseo, os Clearys estavam sentados, atentos à tempestade, sem vontade, naqueles dias, de sair para ir vê-la lá fora. O cheiro gostoso e penetrante da madeira de eucalipto que queimava na lareira e os bolos e sanduíches empilhados no carrinho do chá da tarde eram irresistíveis.

Por volta das quatro horas as nuvens rolaram para o leste e todos, inconscientemente, respiraram melhor; fosse como fosse, ninguém conseguia relaxar durante uma tempestade seca, muito embora todos os prédios de Drogheda fossem equipados de pára-raios. Jack e Bob levantaram-se e saíram da sala para respirar um pouco de ar fresco, disseram, mas, na realidade, era para soltar a respiração contida.

— Olhe! — disse Bob, apontando para o oeste.

Acima das árvores que rodeavam todo o Home Paddock, um grande manto brônzeo de fumaça crescia, com as margens desfeitas em bandeirolas esfarrapadas pelo vento.

— Jesus! Misericórdia! — gritou Jack, correndo para dentro de casa à procura do telefone.

— Fogo, fogo! — gritou no aparelho, enquanto os que ainda se achavam dentro da sala o miravam boquiabertos e depois saíam correndo para ver. — Incêndio em Drogheda, e dos grandes!

Em seguida, desligou; era tudo o que precisava dizer ao circuito telefônico de Gilly e ao pessoal que ficava ao longo da linha e costumava atender ao primeiro toque da campainha. Embora não tivesse havido um grande incêndio no distrito de Gilly desde a chegada dos Clearys a Drogheda, todo mundo conhecia a rotina.

Os rapazes espalharam-se para pegar os cavalos e os pastores saíram das barracas dos aprendizes, enquanto a Sra. Smith abria um dos armazéns e distribuía sacos de aniagem às dúzias. A fumaça estava no oeste e o vento soprava dessa direção, o que queria dizer que o fogo se dirigia para a sede. Fee despiu a sua longa saia e enfiou um par de calças de Paddy, depois correu com Meggie para as cocheiras; seriam necessárias todas as mãos capazes de segurar um saco.

Na cozinha, a Sra. Smith carregou a fornalha do fogão e as criadas começaram a descer imensas panelas dos seus ganchos presos no teto.

— Ainda bem que matamos um novilho ontem — disse a governanta. — Minnie, aqui está a chave do armazém das bebidas. Você e Cat tragam toda a cerveja e todo o rum que tivermos, depois comecem a fazer pão sem fermento enquanto eu adianto o cozido. E depressa, *depressa*!

Desassossegados pela tempestade, os cavalos tinham sentido o cheiro da fumaça e estavam difíceis de selar; Fee e Meggie fizeram recuar os dois indóceis puros-sangues, que escarvavam o chão, e assim os tiraram da cocheira e os levaram para o cercado, onde era mais fácil lidar com eles. Enquanto Meggie lutava com a égua castanha, dois andarengos apareceram correndo pela trilha que saía da estrada de Gilly.

— Fogo, dona, fogo! Tem um par de cavalos de reserva? Dê-nos alguns sacos.

— Vão por aqui até os potreiros. Santo Deus! Espero que nenhum de vocês fique preso lá embaixo! — disse Meggie, que não sabia onde estava seu pai.

Os dois homens pegaram os sacos de aniagem e os cantis que a Sra. Smith lhes oferecia; fazia cinco minutos que Bob e os homens tinham partido. Os dois andarilhos saíram atrás e, por fim, Fee e Meggie dispararam a galope para o córrego, atravessaram-no e subiram o barranco do outro lado, na direção da fumaça.

Atrás deles, Tom, o jardineiro, acabou de encher o grande caminhão-tanque, tirando água do poço com a bomba, depois fez funcionar o motor. É claro que nenhuma quantidade de água proveniente de chuvas caídas do céu ajudaria a apagar um incêndio daquele porte, mas ela seria necessária para manter molhados os sacos e as pessoas que os usavam. Quando engatou a primeira do caminhão para subir o aclive da outra margem, olhou para trás por um momento e viu a casa vazia do chefe dos pastores e as duas casas vagas além dela; lá estava o ponto fraco da sede, o único lugar em que coisas inflamáveis poderiam chegar suficientemente perto das árvores do lado de cá do córrego para pegar fogo. O velho Tom olhou para oeste, abanou a cabeça numa súbita decisão e conseguiu fazer com que o caminhão, de marcha à ré, atravessasse de novo o rio e subisse a ribanceira. Eles nunca deteriam aquele incêndio lá nos pastos; teriam de voltar para casa. No alto do barranco, ao lado da casa do chefe dos pastores, onde estivera acampado, ligou a mangueira ao tanque e principiou a saturar de água o prédio; depois, passando para as duas habitações menores, regou-as também. Era ali que mais poderia ajudar, mantendo as três casas tão molhadas que não pudessem incendiar-se.

Enquanto Meggie cavalgava ao lado de Fee, crescia a nuvem pressaga no ocidente e, cada vez mais forte, empurrado pelo vento, vinha o cheiro da queimada. Escurecia; criaturas que fugiam do oeste atravessavam os pastos em grupos sempre mais densos, cangurus e porcos-bravos, carneiros e bois assustados, emus e lagartos, coelhos aos milhares. Bob estava deixando as porteiras abertas, ela observou ao passar de Borehead para Billa-Billa; cada pasto de Drogheda tinha um nome. Mas os carneiros eram tão estúpidos que empacavam diante de uma cerca, a um metro da porteira, e não a enxergavam.

O fogo cobrira dezesseis quilômetros quando elas o alcançaram e espalhava-se lateralmente também, ao longo de uma frente que se ampliava a cada segundo. À proporção que o capim longo e seco e o vento forte carregavam o fogo, rapidamente, de um grupo de árvores para outro, elas detiveram os cavalos assustados e indóceis e olharam, impotentes, para o oeste. Não adiantava tentar pará-lo ali; um exército não alcançaria fazê-lo. Teriam de voltar para a sede e defendê-la, se pudessem. A frente já tinha oito quilômetros de extensão; se elas não tocassem as montarias cansadas, também seriam alcançadas e ultrapassadas. Era uma pena que acontecesse aos carneiros, mas não havia nada que se pudesse fazer.

O velho Tom ainda estava regando as casas ao pé do arroio quando os cavalheiros transpuseram o tênue lençol de água do vau.

— Boa, Tom! — gritou Bob. — Continue molhando até que a coisa esquente demais, mas não se demore muito, ouviu? Nada de heroísmos bobos; você é mais importante do que uns pedaços de madeira e vidro.

A sede enchera-se de carros e novos faróis vinham pulando e ofuscando pela estrada de Gilly; um grande grupo de homens estava à espera deles quando Bob entrou no potreiro.

— O fogo é muito grande, Bob? — perguntou Martin King.

— Grande demais para combater, acho eu — disse Bob, com desespero na voz. — Calculo uns oito quilômetros de largura e, com esse vento, viaja quase tão depressa quanto um cavalo a galope. Não sei se poderemos salvar a sede, mas creio que Horry deve se preparar para defender suas terras. Ele será o próximo, porque não vejo como segurar isso aí.

— Bem, o caso é que já devíamos ter tido uma queimada assim há muito tempo. O último grande incêndio foi em 1919. Vou organizar um grupo para ir a Beel-Beel, mas ainda vem vindo muita gente para cá. Gilly pode mobilizar quase quinhentas pessoas para combater um incêndio. Alguns de nós ficaremos aqui para ajudar. Graças a Deus estou a oeste de Drogheda, é a única coisa que posso dizer.

Bob sorriu.

— Você é um grande consolo, Martin.

Martin olhou à sua volta.

— Onde está seu pai, Bob?

— A oeste do fogo, como Bugela. Estava em Wilga reunindo algumas ovelhas para a parição, e Wilga fica, pelo menos, a oito quilômetros a oeste do lugar onde o fogo começou, acho eu.

— E você não está preocupado com mais ninguém?

— Hoje, não, graças a Deus.

De certo modo era como estar numa guerra, pensou Meggie ao entrar em casa: a rapidez controlada, a preocupação com a comida e a bebida, o esforço para sustentar a força e a coragem. E a ameaça de desastre iminente. À medida que chegavam, outros homens vinham juntar-se aos que já estavam no Home Paddock, cortando as poucas árvores que tinham nascido perto da margem do córrego, e roçando o capim mais comprido que crescia no perímetro. Meggie lembrava-se de haver pensado, ao chegar a Drogheda pela primeira vez, que o Home Paddock poderia ter sido muito mais bonito, pois, comparado com a riqueza de árvores que havia por toda a volta, era nu e descampado. Agora compreendia por quê. O Home Paddock não passava de um gigantesco aceiro circular.

Todos falavam nos incêndios que Gilly presenciara nos seus setenta e tantos anos de existência. Por mais curioso que parecesse, as queimadas nunca representavam grande ameaça durante uma seca prolongada, pois, nesse caso, não havia capim suficiente para que o fogo se alastrasse. Fora em épocas como aquela, um ou dois anos depois que chuvas pesadas haviam feito a relva crescer tão alta e queimadiça, que Gilly vira suas grandes conflagrações, que às vezes ardiam, sem controle, por centenas de quilômetros.

Martin King assumira a chefia dos trezentos homens que tinham ficado para defender Drogheda. Sendo o cevador mais velho do distrito, combatera incêndios durante cinqüenta anos.

— Tenho cento e cinqüenta mil acres em Bugela — disse ele — e em 1905 perdi toda a criação e todas as árvores que havia em minhas terras. Levei quinze anos para recompor-me e, durante algum tempo, pensei que não o conseguiria, porque a lã não estava dando muito naquele tempo, nem a carne.

O vento continuava a uivar; sentia-se em toda parte o cheiro de queimado. A noite caíra, mas o céu no ocaso resplandecia com um brilho perverso e a fumaça, cada vez mais baixa, fazia-os tossir. Não tardou muito para que vissem as primeiras chamas, vastas labaredas saltando e contorcendo-se por trinta e tantos metros de altura no meio da fumaça, e chegou-lhes aos ouvidos um rugido como de imensa multidão desvairada num jogo de futebol. As árvores do lado ocidental do bosquete que circundava o Home Paddock incendiaram-se e ergueram-se como um sólido lençol de fogo; enquanto assistia, petrificada, àquelas cenas da varanda da casa, Meggie via pequenas silhuetas de pigmeus, destacadas do clarão, pulando como almas penadas no Inferno.

— Meggie, quer fazer o favor de entrar e empilhar estes pratos no aparador, menina? Lembre-se de que não estamos num piquenique! — chegou-lhe a voz da mãe. Ela afastou-se, relutante.

Duas horas depois, a primeira turma de homens exaustos entrou cambaleando para comer e beber alguma coisa, recobrar as forças que já estavam no fim e continuar a luta. Para isso se haviam afadigado as mulheres da fazenda, providenciando o cozido, o pão sem fermento, o chá, o rum e a cerveja em quantidade suficiente até para trezentos homens. Num incêndio, cada qual fazia o que sabia fazer melhor, e isso significava que as mulheres cozinhavam para manter a força física superior dos homens. Caixas e caixas de bebida se esvaziavam, substituídas por novas; negros de fuligem e cambaleantes de cansaço, os homens, em pé, bebiam copiosamente e enfiavam imensos nacos de pão na boca, engoliam, vorazes, um prato cheio de cozido depois que este esfriava, entornavam um último copo de rum e voltavam à luta.

Entre as idas e vindas à cozinha, Meggie observava o fogo, incrédula e aterrada. À sua maneira, ele tinha uma beleza que excedia a beleza de quanto havia na terra, pois era uma coisa do céu, de sóis tão distantes que sua luz chegava fria, de Deus e do Diabo. A frente da conflagração galopara no rumo do nascente, cercando-os de todo, e Meggie percebeu minúcias que o indefinido holocausto da frente não lhe permitira enxergar. Entremeavam-se o preto, o alaranjado, o vermelho, o branco e o amarelo: a silhueta negra de uma árvore alta, cercada de uma casca alaranjada, que tremia e brilhava; as brasas vermelhas que flutuavam e piruetavam como fantasmas travessos no ar; as pulsações amarelas dos corações exaustos de árvores consumidas pelo fogo; o chuveiro de centelhas rubras e rodopiantes quando um eucalipto explodia; as súbitas lambidelas de chamas alaranjadas e brancas de alguma coisa que resistira até então e que finalmente entregava o corpo ao fogo. Oh, sim, era belo à noite; e ela guardaria a sua lembrança por toda a vida.

Um súbito aumento da velocidade do vento fez com que todas as mulheres subissem pelos ramos da glicínia até o teto prateado de ferro, envoltas em sacos, pois todos os homens estavam lá fora, no Home Paddock. Armadas de sacos molhados, chamuscando as mãos e os joelhos mesmo através dos sacos, abafavam as brasas sobre o teto que frigia, aterradas pela idéia de que o ferro, cedendo ao peso dos carvões, deixasse cair partes incendiadas sobre o vigamento de madeira embaixo. Mas o pior do fogo já estava a dezesseis quilômetros a leste, na direção de Beel-Beel.

A sede de Drogheda distava apenas cinco quilômetros das divisas orientais da propriedade, as mais próximas de Gilly. Beel-Beel confrontava com elas e, além, mais para leste, ficava Narrengang. Quando o vento passou de oitenta para cem quilômetros por hora, o distrito todo entendeu que só uma chuva impediria o fogo de arder por semanas a fio e assolar centenas de quilômetros quadrados de terras de primeira qualidade.

Durante a pior parte da queimada as casas ao pé do córrego haviam resistido e Tom, como um possesso, enchia o caminhão-tanque, regava as casas, tornava a encher, tornava a regar. Mas, no instante em que o vento aumentou de intensidade, as casas explodiram e Tom retirou-se para o caminhão, chorando.

— Vocês deviam ajoelhar-se e agradecer a Deus pela força do vento não ter aumentado enquanto a frente estava a oeste de nós — advertiu Martin King. — Se isso tivesse acontecido, não somente a sede teria ido embora, mas nós também. Santo Deus, espero que estejam todos bem em Beel-Beel!

Fee estendeu-lhe um copo grande de rum puro; ele já não era moço, mas lutara enquanto fora preciso lutar, e dirigira as operações com maestria.

— É uma bobagem — disse ela —, mas, quando tudo parecia perdido, eu só pensava nas coisas mais esquisitas. Não pensei em morrer, nem nas crianças, nem nesta bonita casa em ruínas. As únicas coisas de que conseguia lembrar-me eram o meu cesto de costura, o meu tricô inacabado, a caixa de botões avulsos que venho guardando há anos e as minhas fôrmas de bolo, em forma de coração, que Frank me fez há tanto tempo. Como poderia eu sobreviver sem elas? Todas essas coisinhas, sabe?, que não podem ser substituídas, nem se compram em lojas.

— Sim, é assim mesmo que a maioria das mulheres costuma pensar. É gozado, não é, o jeito com que a mente reage? Lembro-me, em 1905, de minha mulher correndo de volta para casa, enquanto eu a chamava, gritando feito um louco, só para pegar um pano em que começara a bordar qualquer coisa. — Martin sorriu. — Mas conseguimos sair a tempo, embora perdêssemos a casa. Quando construímos a nova, a primeira coisa que ela fez foi terminar o trabalho. Um daqueles bordados antigos, que as meninas faziam nas escolas, você sabe o que quero dizer. E estava escrito nele "Lar, Doce Lar".

— Depôs na mesa o copo vazio, sacudindo a cabeça, num mudo comentário sobre a estranheza das mulheres. — Vou-me embora. Gareth Davier precisará de nós em Narrengang e, ou muito me engano, ou Angus em Rudna Hunish também.

Fee empalideceu.

— Oh, Martin! Tão longe assim?

— A notícia espalhou-se, Fee. Booroo e Bourke estão-se arregimentando.

Por mais três dias o fogo alvorotou-se na direção do oriente, numa frente que não cessava de dilatar-se. Depois caiu um aguaceiro repentino e pesado, que durou quase quatro dias e resfriou os últimos carvões. Mas ele percorrera mais de cento e sessenta quilômetros e deixara um rastro carbonizado e enegrecido de mais de trinta quilômetros de largura, que se estendia de Drogheda até a divisa da última propriedade na parte oriental do distrito de Gillanbone, Rudna Hunish.

Enquanto não começou a chover ninguém esperava ouvir notícias de Paddy, pois todos o criam em segurança do outro lado da zona calcinada, isolado pelo calor do solo escaldante e pelas árvores que ainda ardiam. Se a queimada não tivesse derrubado a linha telefônica, Bob imaginava que já teriam recebido um chamado de Martin King, pois era lógico que Paddy guiasse para o poente, à procura de abrigo na sede de Bugela. Mas seis horas depois que a chuva principiou a cair sem que soubessem dele, começaram a ficar preocupados. Tinha levado quase quatro dias tentando persuadir-se de que não havia motivos para sobressaltos e que ele, naturalmente, impossibilitado de comunicar-se com a sede, decidira esperar até poder voltar para casa em vez de ir a Bugela.

— A esta altura já devia ter chegado — disse Bob, andando de um lado para outro da sala de estar, enquanto os outros observavam; a nota irônica em tudo aquilo era que a chuva deixara um frio úmido no ar e, mais uma vez, um fogo brilhante ardia na lareira de mármore.

— Que é que você acha, Bob? — perguntou Jack.

— Acho que é mais do que hora de irmos procurá-lo. Ele pode estar ferido, ou a pé, tendo pela frente uma longa caminhada para chegar aqui. Seu cavalo pode ter-se assustado, derrubando-o, e ele talvez esteja deitado em algum lugar, incapaz de mover-se. Levava comida para um pernoite, mas não tinha o suficiente para quatro dias, embora ainda não deva ter desmaiado de fome. É melhor não fazermos nenhum rebuliço agora, porque não quero chamar os homens de Narrengang. Mas, se não o encontrarmos até o cair da noite, irei a cavalo à casa de Dominic e poremos o distrito inteiro em movimento amanhã. Puxa! Como eu gostaria que esses caras do correio arrumassem logo as linhas telefônicas!

Fee tremia. Tinha os olhos febris, quase alucinados.

— Eu visto umas calças — disse ela. — Não agüento ficar aqui esperando.

— Fique em casa, mamãe! — pediu Bob.

— Se ele estiver machucado, poderá estar em qualquer lugar, Bob, e em quaisquer condições. Você mandou os pastores para Narrengang, e isso nos deixa com muito pouca gente para fazer uma busca. Se eu sair em companhia de Meggie, nós duas teremos força suficiente para enfrentar o que encontrarmos, mas se Meggie for sozinha, terá de ir em companhia de um de vocês, o que equivale a desperdiçá-la, sem falar em mim.

Bob cedeu.

— Está bem, então. Você irá no cavalo de Meggie; já o montou no primeiro dia do incêndio. Cada um pegue um rifle e muitos cartuchos.

Atravessaram o arroio e de lá passaram ao coração da paisagem crestada. Nem uma coisa verde ou marrom ficara em parte alguma, só uma vasta extensão de carvões pretos e encharcados, que ainda fumegavam incrivelmente depois de horas de chuva. Todas as folhas de todas as árvores tinham sido transformadas em cordõezinhos encolhidos e flácidos e, onde houvera capim, divisavam-se pequenos vultos pretos aqui e ali, carneiros surpreendidos pelo fogo, ou um volume um pouco maior de vez em quando, restos de um novilho ou de um porco. Suas lágrimas misturavam-se com a chuva em seus rostos.

Bob e Meggie encabeçavam a procissãozinha, Jack e Hughie iam no meio, Fee e Stuart formavam a retaguarda. Para Fee e Stuart era um progresso pacífico; confortava-os o simples fato de estarem juntos, sem falar, cada qual contente com a companhia do outro. Às vezes os cavalos se aproximavam ou se afastavam à vista de algum novo horror, mas isso não parecia impressionar o último par de cavaleiros. A lama retardava e dificultava a marcha, mas a relva torrada e entretecida estendia-se sobre o solo como um tapete de fibras de coco para dar apoio aos cavalos. A cada meia dúzia de jardas que transpunham esperavam ver Paddy aparecer no horizonte distante e plano, mas o tempo ia passando e ele não aparecia.

Com o coração apertado, compreenderam que o fogo principiara mais longe ainda do que tinham imaginado a princípio, no pasto de Wilga. As nuvens da borrasca deviam ter disfarçado a fumaça enquanto o fogo percorria um bom caminho. A região fronteiriça era surpreendente. De um lado da linha traçada com absoluta clareza, tudo era preto e brilhante como o alcatrão, ao passo que, do outro, a terra continuava como sempre a haviam conhecido, marrom, azul e triste sob a chuva, mas viva. Bob parou e voltou-se para falar com os demais.

— Muito bem, é aqui que começamos. Daqui irei diretamente para oeste; é a direção mais provável e eu sou o mais forte. Todos têm bastante munição? Bom. Quem descobrir alguma coisa dará três tiros para o ar, e os que ouvirem responderão com um tiro cada um. Depois esperem. Quem tiver dado os três tiros, dará mais três, cinco minutos depois, e continuará dando três tiros de cinco em cinco minutos. Os que ouvirem, um tiro só em resposta.

"Jack, você irá para o sul, acompanhando a linha do fogo. Você, Hughie, para sudoeste. Eu irei para oeste. Mamãe e Meggie, para noroeste. Stu, acompanhe a linha do fogo diretamente para o norte. E vão todos devagar, por favor. Com esta chuva não se pode ver muito longe, e ainda há muita madeira espalhada pelo chão. Chamem-no muitas vezes; ele talvez os ouça, mas sem poder vê-los . Mas, lembrem-se, nada de tiros enquanto não encontrarem alguma coisa, porque ele não está armado e, se ouvir um tiro e estiver muito longe para responder com um chamado, será terrível para ele.

"Boa sorte, e Deus os abençoe."

Como peregrinos nas encruzilhadas finais, apartaram-se uns dos outros debaixo da chuva firme e cinzenta, distanciando-se cada vez mais, ficando cada vez menores, até que cada qual desapareceu ao longo do rumo indicado.

Stuart não chegara a percorrer um quilômetro quando notou, bem próximo da linha de demarcação do fogo, um grupo de árvores queimadas. Havia uma pequena *wilga* preta e encrespada como a gaforinha de um negrinho, e os restos de um grande toco bem perto da divisa calcinada. O que ele viu foi o cavalo de Paddy, estatelado e fundido com o tronco de um grande eucalipto, e dois cachorros de Paddy, coisinhas hirtas e pretas com as quatro patas esticadas para cima, como bengalas. Desceu do cavalo, as botas lhe afundaram até o tornozelo no barro, e tirou a espingarda do estojo amarrado à sela. Seus lábios se moviam, rezando, enquanto escolhia o caminho resvaladiço por entre os carvões pegajosos. Não fossem o cavalo e os cães e teria podido esperar que se tratasse de um andarilho ou de um viandante surpreendido pelo fogo. Mas Paddy estava a cavalo e levava cinco cachorros; e os andarilhos que percorriam a estrada andavam a pé e nunca tinham mais de um cachorro. Além disso, o lugar ficava tão dentro das terras de Drogheda que não se podia pensar num tropeiro ou num pastor de Bugela que tivesse chegado até lá. Um pouco adiante, mais três cães incinerados; cinco ao todo, cinco cães. Sabia que não encontraria um sexto, como não o encontrou.

E não muito longe do cavalo, oculto por um tronco, viu, ao aproximar-se, o que fora um homem. Não havia engano possível. Faiscando e reluzente debaixo da chuva, a coisa preta estava de costas, e as costas estavam dobradas como um grande arco, de modo que ele tinha o corpo erguido no meio e só tocava o solo com os ombros e os quadris. Os braços, abertos e curvados à altura dos cotovelos, pareciam implorar misericórdia; os dedos, cuja carne se despegava para mostrar os ossos torrados, davam a impressão de agarrar e segurar qualquer coisa. As pernas também se haviam separado uma da outra, dobradas nos joelhos, e a caveira olhava, sem olhos, para o céu.

Por um momento, o olhar claro e lúcido de Stuart demorou-se no pai, e não viu a casca arruinada, mas o homem, como este fora em vida. Apontou a espingarda para o céu, deu um tiro, recarregou-a, deu o segundo, recarregou-a, deu o terceiro. Fracamente, a distância, ouviu a primeira resposta, depois, mais longe e mais fraca ainda, a segunda. Nesse momento, lembrou-se de que o tiro mais próximo deveria ter vindo da mãe e da irmã. Elas estavam a noroeste, ele estava ao norte. Sem aguardar os cinco minutos estipulados, pôs outro cartucho na espingarda, apontou diretamente para o sul e disparou. Uma pausa para recarregar, o segundo tiro, outra pausa, o terceiro. Colocou a arma no chão e ficou olhando para o sul, de cabeça erguida, prestando atenção. Desta vez, a primeira resposta veio do oeste. O tiro de Bob. O segundo de Jack, ou de Hughie, o terceiro de sua mãe. Suspirou, aliviado; não queria que as mulheres chegassem primeiro.

Por isso não viu o grande porco bravo sair do meio das árvores, ao norte; sentiu-o pelo cheiro. Grande como uma vaca, o corpanzil maciço gingava e fremia sobre as pernas curtas e robustas, enquanto ele abaixava a cabeça, farejando o solo queimado e molhado. Os tiros o haviam perturbado e ele estava ferido. Os ralos pêlos pretos de um lado do corpo tinham sido arrancados, a pele ficara em carne viva; o que Stuart sentiu enquanto olhava para o sul foi o cheiro bom de couro de porco assado, exatamente como fica um quarto de leitão recém-saído do forno. Surpreendido em sua tristeza estranhamente mansa, que sempre parecia ter conhecido, virou a cabeça, no momento exato em que dizia a si mesmo que já estivera ali, que aquele local preto e encharcado se lhe gravara em alguma parte de cérebro no dia do seu nascimento.

Inclinando-se, tateou o chão à procura da arma, lembrando-se de que estava descarregada. O javali continuava imóvel, os olhinhos avermelhados loucos de dor, as grandes presas amarelas afiadas e curvadas para cima, formando um meio círculo. O cavalo de Stuart relinchou, farejando o animal; a cabeçorra do porco virou-se para observá-lo e depois se abaixou para o ataque.

Enquanto a atenção do javali se concentrava no cavalo, Stuart viu sua única oportunidade, abaixou-se depressa para pegar a espingarda e abriu-lhe a culatra, ao mesmo tempo que a outra mão, no bolso do casaco, procurava um cartucho. Em toda a volta a chuva caía, abafando outros sons em seu tamborilar uniforme. Mas o porco ouviu o ferrolho deslizar para trás e, no derradeiro instante, mudou a direção da investida, do cavalo para Stuart. A fera já estava quase sobre ele quando conseguiu acertar-lhe o tiro bem no meio do peito, mas isso não diminuiu a fúria de seu ataque. As presas, viradas para cima e para o lado, furaram-lhe a virilha. Ele caiu, o sangue principiou a jorrar, como se uma torneira tivesse sido aberta, saturando-lhe as roupas e esguichando no chão.

Virando-se, desajeitado, quando começou a sentir o tiro, o porco voltou para feri-lo outra vez, tropeçou, vacilou e desabou. O corpanzil de setecentos e tantos quilos caiu sobre o rapaz e comprimiu-lhe o rosto de encontro à lama enfarruscada. Por um momento suas mãos se enterraram no chão, de cada lado, num esforço frenético e inútil para libertar-se; era isso, então, o que sempre soubera, era por isso que nunca esperara, nunca sonhara, nunca fizera planos, deixando-se ficar sentado, a beber o que podia do mundo vivo tão profundamente que não tivera tempo para lamentar o destino que o esperava. E pensou: Mamãe, mamãe! Não posso ficar com você, mamãe!, no mesmo momento em que o coração rebentava dentro dele.

— Por que será que Stu não tornou a atirar? — perguntou Meggie a sua mãe, enquanto trotavam para o local de onde viera o som das duas descargas triplas, incapazes de avançar mais depressa, mas desesperadamente ansiosas.

— Com certeza achou que já o tínhamos ouvido — disse Fee. Mas no fundo de sua mente lembrava-se do rosto do filho quando se haviam separado para procurar em direções diferentes, do modo com que a mão dele se estendera para apertar a sua, do jeito com que ele lhe sorrira. — Agora não podemos estar longe — disse ela, e obrigou a montaria a um meio galope desajeitado e perigoso.

Mas Jack chegara primeiro, como Bob, e eles afastaram as mulheres quando estas se aproximaram do lugar onde a queimada principiara.

— Não vá até lá, mamãe — disse Bob, quando ela desmontou.

Jack aproximara-se de Meggie e segurava-lhe os braços.

Os dois pares de olhos cinzentos voltaram-se, menos assombrados ou temerosos do que sabedores, como se não fosse preciso dizer-lhes coisa alguma.

— Paddy? — perguntou Fee com uma voz que não era a dela.

— Sim. E Stu.

Nenhum dos filhos pôde olhar para ela.

— Stu? *Stu! O que você quer dizer, Stu?* Oh, meu Deus, mas que foi, que foi que aconteceu? Os dois, não... não!

— Papai ficou preso no incêndio; está morto. Stu deve ter perturbado um javali, que o atacou. Stu matou-o, mas o javali caiu em cima dele ao morrer e o sufocou. Ele também está morto, mamãe.

Meggie gritou e bracejou, tentando livrar-se de Jack, mas Fee permaneceu entre as mãos sujas e ensangüentadas de Bob, como alguém que tivesse virado pedra, os olhos tão vidrados quanto duas bolas de cristal.

— É demais — disse ela por fim, e ergueu a vista para Bob enquanto a chuva lhe escorria pelo rosto e pelo cabelo em madeixas dispersas em torno do pescoço, como rios de ouro. — Deixe-me ir até lá, Bob. Sou esposa de um e mãe de outro. Você não pode me manter afastada... não tem o direito de me manter afastada. Deixe-me ir até eles.

Meggie se aquietara e permanecia entre os braços de Jack, com a cabeça no ombro do irmão. Quando Fee começou a caminhar por entre as ruínas com o braço de Bob em torno da cintura, Meggie contemplou-os, mas não fez menção de segui-los. Hughie apareceu, saído da chuva que toldava tudo; com a cabeça, Jack mostrou-lhe a mãe e Bob.

— Vá atrás deles, Hughie, fique com eles. Meggie e eu vamos voltar a Drogheda para trazer a carroça. — Ele soltou Meggie e ajudou-a a montar a égua castanha. — Vamos, Meggie; está quase escuro. Não podemos deixá-los aqui a noite toda, e eles não sairão enquanto não voltarmos.

Era impossível pôr a carroça ou qualquer outra coisa com rodas naquele lodo; por fim, Jack e o velho Tom atrelaram uma folha de ferro corrugado a dois cavalos de tiro. Tom conduzia a parelha, montado num cavalo de lida, ao passo que Jack cavalgava à frente, empunhando o maior lampião que havia em Drogheda.

Meggie ficou em casa, sentada diante da lareira da sala de estar, enquanto a Sra. Smith tentava convencê-la a comer, enquanto as lágrimas lhe corriam pelo rosto ao ver o estado de choque em que ficara a jovem, imóvel e muda, sem chorar. Ao som da aldrava da porta da frente, virou-se e foi atender, perguntando a si mesma quem teria conseguido atravessar aquele lamaçal todo, e espantada como sempre com a rapidez com que as notícias transpunham os quilômetros solitários entre as sedes das fazendas, tão distantes uma da outra.

Padre Ralph estava em pé na varanda, molhado e sujo, vestindo roupas de montar e um impermeável.

— Posso entrar, Sra. Smith?

— Oh, Padre, Padre! — gritou ela, e atirou-se nos braços estarrecidos dele. — Como foi que soube?

— A Sra. Cleary me telegrafou, numa cortesia de gerente para proprietário que muito me sensibilizou. Obtive uma licença do Arcebispo di Contini-Verchese. Que nome comprido! A senhora acredita que sou obrigado a pronunciá-lo cem vezes por dia? Vim voando para cá. O avião atolou ao aterrar e espetou o nariz no chão, de modo que eu já sabia como estava o solo antes mesmo de tocá-lo com os pés. Querida e formosa Gilly! Deixei minha mala com o Padre Watty na casa paroquial e filei um cavalo do publicano imperial, que me julgou louco e apostou comigo uma garrafa de Johnnie Walker Rótulo Preto em como eu não chegaria até aqui. Oh, Sra. Smith, não chore assim! Minha cara, o mundo não acabou por causa de um incêndio, por maior e por pior que fosse! — ajuntou ele a sorrir e a bater-lhe nos ombros arquejantes. — Aqui estou eu fazendo o possível para não dar muita importância às coisas, e a senhora não está fazendo o possível para ajudar. Não chore assim, por favor.

— Quer dizer que o senhor não sabe — sussurrou ela.

— O quê? O que é que eu não sei? Que foi... que aconteceu?

— O Sr. Cleary e Stuart morreram.

O rosto dele perdeu a cor; suas mãos afastaram a governanta da sua frente.

— Onde está Meggie? — perguntou, em tom ríspido.

— Na sala de estar. A Sra. Cleary ficou no pasto com os corpos. Jack e Tom foram buscá-los. Oh, Padre, às vezes, apesar da minha fé, não posso deixar de pensar que Deus é demasiado cruel! Por que precisava Ele levar os dois?

Padre Ralph, no entanto, só ficara o tempo suficiente para saber onde estava Meggie; entrara na sala de estar, desvencilhando-se do impermeável pelo caminho e deixando um rastro de água barrenta atrás de si.

— Meggie! — disse ele, aproximando-se dela e ajoelhando-se a um lado da cadeira, enquanto lhe tomava com firmeza as mãos frias entre as suas mãos molhadas.

Ela escorregou da cadeira e aninhou-se nos braços dele, encostou a cabeça na camisa gotejante, tão feliz a despeito da sua dor e do seu luto que não queria que aquele momento se acabasse. Ele viera, era uma prova do poder dela sobre ele, ela não falhara.

— Estou molhado, Meggie querida; você ficará ensopada — murmurou ele com o rosto no cabelo dela.

— Não faz mal. Você veio.

— Sim, eu vim. Eu queria ter a certeza de que vocês estavam bem, pois tive a impressão de que precisavam de mim, e queria me certificar pessoalmente. Oh, Meggie, seu pai e Stu! Como foi que aconteceu?

— Papai ficou preso no meio do fogo e Stu o encontrou. Stu foi morto por um javali, que caiu em cima dele depois que ele o matou. Jack e Tom foram buscá-los.

O Padre Ralph não disse mais nada, mas ficou a segurá-la e a embalá-la como a um bebê, até que o calor do fogo lhe secou parcialmente a camisa e ele sentiu que Meggie perdia um pouco da sua rigidez. Em seguida, pôs a mão debaixo do queixo dela, puxou-lhe a cabeça para cima até que ela olhou para ele e, sem pensar, beijou-a. Foi um impulso confuso, sem raízes no desejo, apenas algo que ele instintivamente ofereceu quando viu o que havia nos olhos cinzentos dela. Algo à parte, uma espécie diferente de sacramento. Os braços dela deslizaram por baixo dos seus braços e foram juntar-se nas suas costas; ele não pôde deixar de encolher-se, suprimindo a exclamação de dor.

Ela recuou um pouco.

— Que aconteceu?

— Devo ter machucado as costelas quando meu avião desceu. O aparelho enfiou o nariz na velha e boa lama de Gilly, de modo que a aterragem não foi nada calma. Acabei batendo no espaldar do assento à minha frente.

— Deixe-me ver.

Com os dedos firmes, ela desabotoou a camisa úmida e tirou-a pelos braços, libertando-a do aperto das calças. Sob a superfície da pele morena e lisa uma mancha arroxeada estendia-se de um lado a outro, abaixo do tórax; ela prendeu a respiração.

— Oh, Ralph! Você veio de Gilly até aqui com isso? Como deve ter doído! Está-se sentindo bem? Nenhuma fraqueza? Você poderia ter quebrado qualquer coisa por dentro!

— Não, estou bem, e nem senti isso aí, palavra. Eu ansiava tanto por chegar aqui, certificar-me de que vocês iam bem, que devo ter simplesmente eliminado a dor da minha idéia. Se estivesse sangrando por dentro eu o saberia há muito tempo, imagino. Por Deus, Meggie, não faça *isso*!

Ela abaixara a cabeça e, delicadamente, tocava com os lábios o machucado, enquanto que as palmas de suas mãos subiam pelo peito dele até os ombros com uma sensualidade deliberada que o atordoou. Fascinado, aterrado, querendo libertar-se a qualquer preço, ele empurrou-lhe a cabeça; mas, fosse como fosse, a única coisa que conseguiu fazer foi tê-la de novo nos braços, serpente enrolada, apertada, em torno da sua vontade, estrangulando-a. Esqueceu-se da dor, esqueceu-se da Igreja, esqueceu-se de Deus. Encontrou-lhe a boca, forçou-a a abri-la, querendo mais e mais dela, sem poder mantê-la suficientemente aconchegada a si para minorar o impulso medonho que crescia dentro dele. Ela deu-lhe o seu pescoço, desnudou os ombros cuja pele era fria, mais macia e acetinada que o cetim; era como um afogar-se, um afundar cada vez mais, arquejante e impotente. A mortalidade desceu sobre ele, um grande peso comprimiu-lhe a alma, liberando o vinho escuro e amargo dos sentidos numa torrente súbita. Sentiu vontade de chorar; o resto do desejo escapou-se-lhe debaixo do fardo da sua mortalidade, e ele arrancou os braços dela do seu corpo lamentável, sentou-se nos calcanhares com a cabeça a pender para a frente, parecendo inteiramente absorto na contemplação das próprias mãos, que lhe tremiam sobre os joelhos. Meggie, o que foi que você me fez, que é que você me faria se eu a deixasse fazer?

— Meggie, eu a amo, sempre a amarei. Mas sou um padre, não posso... Simplesmente não posso!

Ela ergueu-se de um ímpeto, recompôs a blusa, ficou olhando para ele ainda acocorado, enquanto crispava os lábios num sorriso torto, que só serviu para dar maior realce à dor que havia em seus olhos.

— Está certo, Ralph. Vou ver se a Sra. Smith pode arranjar-lhe alguma coisa para comer, depois lhe trarei o linimento de cavalo. É maravilhoso para curar machucados; acho que tira a dor muito melhor do que beijos.

— O telefone está funcionando? — conseguiu ele perguntar.

— Está. Esticaram uma linha temporária entre as árvores e há duas horas religaram o nosso.

Mas só alguns minutos depois que ela o deixou conseguiu o religioso recobrar-se o bastante para sentar-se à escrivaninha de Fee.

— Interurbano, por favor, telefonista. Aqui é o Padre de Bricassart em Drogheda quem está falando... Oh, é você, Doreen! Pelo que vejo, continua no telefone. Tive muito prazer também em ouvir sua voz. Nunca se sabe quem é a telefonista em Sydney; apenas uma voz entediada. Quero uma ligação urgente para Sua Excelência o Legado Papal em Sydney. O número dele é XX-2324. E enquanto espero a chamada de Sydney, ligue-me com Bugela, Doreen.

Mal tivera tempo de contar a Martin King o que havia acontecido quando se completou a ligação de Sydney, mas uma palavra transmitida a Bugela era mais do que suficiente. Gilly saberia de tudo por Martin e pelos escutadores espalhados ao longo da linha telefônica, e os que estivessem dispostos a enfrentar o lodeiro de Gilly acompanhariam o enterro.

— Excelência? Aqui é o Padre de Bricassart quem está falando... Sim, muito obrigado a Vossa Excelência, cheguei bem, mas o avião enterrou o nariz na lama, de modo que terei de voltar de trem... Lama, Excelência, *la-ma, lama*! Não, Excelência, tudo aqui fica intransitável quando chove. Tive de ir a cavalo de Gillanbone a Drogheda; é o único meio de transporte que se pode tentar em época de chuvas... É por isso que estou telefonando, Excelência. Ainda bem que vim. Devo ter tido uma espécie qualquer de premonição... Sim, as coisas estão más, muito más. Padraic Cleary e seu filho Stuart morreram, um queimado no incêndio, outro sufocado por um javali... Um *ja-va-li*, Excelência, um porco-bravo... Sim, Vossa Excelência tem razão, aqui se fala um inglês meio esquisito.

Por todo o correr da linha, ouvia os arquejos das escutas, e sorriu malgrado seu. Não poderia gritar ao telefone que todo mundo precisava sair da linha — aquele era o único entretenimento de massa que Gilly tinha para oferecer aos seus cidadãos famintos de contato humano — mas se todos saíssem da linha era provável que Sua Excelência o ouvisse melhor.

— Com sua licença, Excelência, ficarei para dirigir os funerais e certificar-me de que a viúva e os outros filhos estão bem... Sim, Excelência, muito obrigado. Voltarei a Sydney assim que puder.

A telefonista ouvia também; ele acionou a alavanca e tornou a falar na hora.

— Doreen, ligue-me de novo com Bugela, por favor.

Conversou com Martin King por alguns minutos e decidiu, visto que estavam em agosto e fazia um frio de inverno, adiar o enterro para dois dias depois. Muita gente gostaria de estar presente, apesar da lama, mas precisava preparar-se para a viagem a cavalo, e este era um trabalho árduo e demorado.

Meggie voltou com o linimento, mas não se ofereceu para esfregá-lo, apenas estendeu-lhe a garrafa em silêncio. Informou-o com brusquidão de que a Sra. Smith estava preparando um jantar quente para ele na saleta de jantar, que seria servido dali a uma hora, de modo que ainda teria tempo de tomar um banho. Ralph sentia-se desagradavelmente cônscio de que, no entender de Meggie, ele lhe falhara, mas não sabia por que haveria ela de pensar assim, ou baseada em que o julgara. Ela *sabia* o que ele era; por que se zangava?

Na madrugada cinzenta a cavalgadazinha que escoltava os corpos chegou ao riacho e parou. Embora a água ainda estivesse contida dentro de suas margens, o Gillan transformara-se em rio caudaloso, rápido e profundo. O Padre Ralph fez a égua castanha cruzá-lo a nado para encontrar-se com eles, com a estola em torno do pescoço e os instrumentos da sua profissão num alforje. Enquanto Fee, Bob, Jack, Hughie e Tom permaneciam em roda, ele tirou a lona que cobria os corpos e preparou-se para ungi-los. Depois de Mary Carson, nada mais poderia nauseá-lo; entretanto, nada em Paddy e Stu lhe pareceu repugnante. Estavam ambos negros à sua maneira — Paddy por causa do fogo, Stu por efeito da sufocação —, mas o padre beijou-os com amor e respeito.

Num trajeto de vinte e quatro quilômetros a folha tosca de ferro estrugira e ressaltara sobre o solo atrás da parelha de cavalos de tiro, deixando no lodo fundas cicatrizes que ainda seriam visíveis anos depois, mesmo na relva de outras temporadas. Dir-se-ia, porém, que eles não podiam ir mais longe; o torvelinhante curso d'água os seguraria naquela margem, a pouco mais de um quilômetro e meio de Drogheda. Ficaram todos a olhar para os topos dos eucaliptos espectrais, claramente visíveis até na chuva.

— Tenho uma idéia — disse Bob, voltando-se para o Padre Ralph. — Padre, o senhor é o único que tem um cavalo descansado; terá de ser o senhor mesmo. Os nossos só atravessarão o rio a nado uma vez... já não têm força nenhuma depois de tanta lama e tanto frio. Volte, procure alguns tambores vazios de quarenta e quatro galões e feche-os de modo que não deixem entrar nem uma gota d'água em seu interior. Soldeos, se for necessário. Precisaremos de doze tambores, ou de dez se não for possível encontrar mais. Amarre-os e traga-os aqui. Nós os colocaremos debaixo da folha de ferro e os faremos flutuar de uma margem à outra como um batelão.

O Padre Ralph fez o que lhe pediam sem discutir; era uma idéia melhor do que qualquer outra que pudesse oferecer-lhes. Dominic O'Rourke de Dibban-Dibban chegara a cavalo com dois filhos; vizinho, a distância entre as sedes das duas propriedades era relativamente pequena. Quando o Padre Ralph explicou o que devia ser feito, puseram-se logo em campo, vasculhando os barracões à procura de tambores vazios, despejando o farelo ou a aveia que havia dentro deles, antigos tambores de gasolina que agora serviam para guardar mantimentos, procurando tampas e soldando-as nos tambores que não estavam enferrujados e pareciam capazes de agüentar os golpes que receberiam dentro d'água. A chuva continuava a cair. Só pararia dali a dois dias.

— Dominic, detesto precisar pedir-lhe uma coisa dessas, mas, quando aquela gente chegar, estará mais morta do que viva. Teremos de realizar o enterro amanhã e, mesmo que o cangalheiro pudesse fazer os caixões, jamais conseguiríamos transportá-los até aqui com essa lama toda. Que tal se um de vocês tentasse fazer dois caixões? Só preciso de um homem para transpor o ribeirão comigo.

Os filhos de O'Rourke assentiram com a cabeça; não queriam ver o que o fogo fizera a Paddy nem o que o javali fizera a Stuart.

— Nós os faremos, papai — prometeu Liam.

Arrastando os tambores atrás dos cavalos, Padre Ralph e Dominic O'Rourke desceram até o rio e atravessaram-no.

— Há uma coisa, Padre! — gritou Dominic. — Não teremos de abrir covas nesta maldita lama! Eu costumava pensar que a velha Mary estava querendo aparecer um pouco demais quando mandou construir uma catacumba de mármore para Michael, mas, neste exato momento, se ela estivesse aqui, eu lhe daria um beijo.

— Certíssimo! — gritou o Padre Ralph.

Amarraram os tambores debaixo da folha de ferro, seis de cada lado, prenderam com muita firmeza a mortalha de lona por baixo e fizeram os exaustos cavalos de tiro atravessar as águas a nado, com a corda que serviria afinal para puxar o batelão de tambores. Tom e Dominic cavalgaram os grandes animais e, chegados ao alto da margem que ficava do lado da sede de Drogheda, estacaram, olhando para trás, enquanto os que tinham ficado na outra margem agarraram o batelão provisório, empurraram-no até à beira do ribeirão e atiraram-no dentro dele. Os cavalos de tiro começaram a caminhar e Tom e Dominic soltaram um grito estridente de aviso quando o batelão se pôs a flutuar. Este balançou e jogou violentamente, mas continuou flutuando o suficiente para ser retirado do rio na outra margem em perfeito estado; em vez de perder tempo desmanchando os caixões flutuantes, os dois postilhões improvisados instigaram os cavalos para a trilha que levava à casa-grande, ao passo que a folha de ferro deslizava sobre os tambores melhor do que deslizara sem eles.

Uma rampa conduzia aos grandes portões da seção de empacotamento do barracão de tosquia, de modo que colocaram o batelão e sua carga na imensa construção vazia, entre os cheiros misturados de suor, alcatrão, lanolina e esterco. Envoltas em impermeáveis, Minnie e Cat haviam descido da casa-grande para fazer a primeira vigília e ajoelharam-se, cada qual de um lado do esquife de ferro. As contas do rosário começaram a se roçar e as vozes a erguer-se e abaixar-se em cadências tão bem conhecidas que dispensavam o esforço da memória.

A casa principiara a encher-se. Duncan Gordon chegara de Each-Uisge, Gereth Davis de Narrengang, Horry Hopeton de Beel-Beel, Eden Carmichael de Barcoola. O velho Angus MacQueen fizera parar no meio do caminho um dos atrasados trens locais de carga e seguira viagem ao lado do maquinista até Gilly, onde tomara emprestado um cavalo de Harry Gough e fora a Drogheda em sua companhia. Percorrera, assim, mais de trezentos e vinte quilômetros de lama, nos dois sentidos.

— Estou liquidado, Padre — disse Horry, mais tarde, quando sete deles se sentaram na saleta de jantar para comer torta de carne e de rins. — O incêndio varreu minhas terras de ponta a ponta e quase não deixou um carneiro vivo nem uma árvore verde. A única coisa que posso dizer é que foi uma sorte os últimos anos terem sido bons. Estou em condições de substituir meu rebanho e, se a chuva continuar por mais algum tempo, o capim voltará depressa. Mas Deus nos livre de outro desastre igual a esse nos próximos dez anos, porque, nesse caso, não terei nada armazenado de lado para enfrentá-lo.

— Você é menor do que eu, Horry — acudiu Gareth Davies, enfrentando com manifesto prazer as massas folhadas da Sra. Smith, que derretiam na boca de tão leves. Nada em matéria de desastres estragaria por muito tempo o apetite de um habitante das planícies de solo negro; ele precisava do seu alimento para arrostá-los. — Calculo que perdi metade das minhas terras e talvez dois terços do meu rebanho de carneiros, infelizmente. Padre, precisamos das suas orações.

— É verdade — interveio o velho Angus. — Não fui tão atingido quanto o pequeno Horry, nem quanto Garry, Padre, mas, assim mesmo, a coisa foi feia. Perdi sessenta mil acres e a metade dos carneiros. São tempos como este, padre, que me fazem desejar que eu não tivesse deixado Skye quando era um rapazola.

O Padre Ralph sorriu.

— Esse é um desejo passageiro, Angus, e você sabe disso. Você saiu de Skye pela mesma razão por que eu saí de Clunamara. O lugar era pequeno demais para nós.

— Nisso o senhor tem razão. As urzes não fazem um fogo tão bonito quanto os eucaliptos, não é mesmo, Padre?

Estranho funeral, pensou o Padre Ralph, correndo os olhos pela sala; as únicas mulheres seriam as de Drogheda, pois todos os acompanhantes de fora eram homens. Levara uma grande dose de láudano a Fee depois que a Sra. Smith a despira, enxugara e colocara na cama enorme que ela partilhara com Paddy e, quando ela se recusara a bebê-lo, chorando histericamente, entornara-lhe o remédio a muque pela garganta abaixo. Engraçado, não imaginara que Fee sucumbisse. O láudano surtira efeito depressa, pois fazia 24 horas que ela não comia. Sabendo-a profundamente adormecida, descansou mais sossegado. Quanto a Meggie, estava de olho nela; naquele momento, a jovem estava na cozinha, ajudando a Sra. Smith a preparar a comida. Os rapazes se haviam deitado, tão cansados que mal tinham conseguido tirar a roupa molhada antes de emborcar. Quando Minnie e Cat concluíram a sua parte da vigília indispensável, porque os corpos se achavam em lugar deserto e não abençoado, Gareth Davies e seu filho Enoch as substituíram; os outros distribuíram entre si os períodos restantes de uma hora enquanto falavam e comiam.

Nenhum dos moços se juntara aos mais velhos na sala de jantar. Estavam todos na cozinha aparentemente ajudando a Sra. Smith, mas, na verdade, vigiando Meggie.

Quando compreendeu esse fato, o Padre Ralph sentiu-se, ao mesmo tempo, agastado e aliviado. Afinal, era no meio deles que ela teria de escolher um marido, como o faria inevitavelmente. Enoch Davies, com vinte e nove anos, era um "galês negro", o que queria dizer que tinha cabelos pretos e olhos muito escuros, um belo homem; Liam O'Rourke, de vinte e seis, possuía o cabelo ruivo e olhos azuis, como seu irmão Rory, de vinte e cinco; mais velho do que a irmã, com trinta e dois anos, e parecidíssimo com ela, Connor Carmichael era, de fato, muito bem-apessoado, ainda que um pouco arrogante; mas a flor do grupo, na opinião do Padre Ralph, Alastair, o neto do velho Angus, e o mais próximo de Meggie no tocante à idade, pois mal completara vinte e quatro anos, era um moço agradável, com os belos olhos azuis escoceses do avô e o cabelo já grisalho, traço de família. Ela que se apaixone por um deles, case com ele e tenha os filhos que tanto queria. Oh, meu Deus, se fizerdes isso por mim, suportarei alegremente a dor de amá-la, alegremente...

Nenhuma flor encobria os caixões, e os vasos em toda a volta da capela estavam vazios. As flores que tinham sobrevivido ao terrível calor do ar das duas noites atrás haviam sucumbido à chuva, e jaziam prostradas na lama como borboletas mortas. Nem uma haste de cavalinha, nem uma rosa temporã. E todos estavam cansados, tão cansados...! Os que tinham cavalgado os longos quilômetros no lodo para mostrar seu apreço a Paddy estavam cansados, os que tinham trazido os corpos estavam cansados, as que tinham mourejado como escravas para cozinhar e limpar estavam cansadas. O Padre Ralph estava tão cansado que se sentia num sonho, e os olhos lhe fugiam do rosto angustiado e desesperançado de Fee, da expressão de tristeza e cólera de Meggie, do sofrimento coletivo de Bob, Jack e Hughie...

Não fez o panegírico dos mortos; Martin King falou pouco, mas comoveu a todos, em nome dos que ali se achavam reunidos, e o padre passou sem demora para a missa de réquiem. Trouxera, naturalmente, seu cálice, seus sacramentos e uma estola, pois nenhum padre saía sem eles quando ia oferecer conforto ou ajuda, mas não trouxera vestimentas e a casa não possuía nenhuma. O velho Angus, porém, passara pela casa paroquial de Gilly a caminho de Drogheda e carregara os paramentos lutuosos da missa dos mortos num impermeável amarrado à sela. De modo que ele estava convenientemente trajado enquanto a chuva silvava de encontro às vidraças das janelas e tamborilava sobre o telhado de ferro, dois andares mais acima.

Depois saíram para a chuva impiedosa, atravessaram o relvado tostado e causticado pelo calor, na direção do cemiteriozinho gradeado de branco. Desta feita havia gente disposta a carregar nos ombros os caixões singelos e retangulares, escorregando e deslizando no barro, procurando enxergar o caminho através da chuva que lhes batia nos olhos. E os sininhos no túmulo do cozinheiro chinês tilintavam, monótonos: Hee

Sing, Hee Sing, Hee Sing. Concluída a cerimônia, os acompanhadores partiram em seus cavalos, as costas arqueadas debaixo dos impermeáveis, alguns pensando, acabrunhados, na perspectiva da ruína, outros agradecendo a Deus por haverem escapado à morte e ao fogo. E o Padre Ralph reuniu as poucas coisas que trouxera, sabendo que precisava partir antes que não pudesse fazê-lo.

Foi ter com Fee onde ela estava, sentada à sua mesa, com os olhos cravados nas mãos.

— Fee, você ficará bem? — perguntou, sentando-se onde pudesse vê-la.

Ela voltou-se para ele, tão calma e reprimida dentro de sua alma que ele ficou com medo, e fechou os olhos.

— Sim, Padre, ficarei bem. Tenho os livros para escriturar e cinco filhos que me sobraram... seis, se puder contar Frank, embora ache que não podemos contar com Frank, não é mesmo? A propósito, nunca poderei lhe dizer o quanto lhe sou grata por isso. É um consolo tão grande para mim saber que a sua gente está velando por ele, tornando-lhe a vida um pouco mais fácil. Oh, se eu pudesse vê-lo, ao menos uma vez!

Ela era como um farol, pensou ele; despedia lampejos de dor todas as vezes que o seu espírito chegava perto de emoções grandes demais para serem contidas. Um clarão imenso e, depois, um longo período de nada.

— Fee, quero que você pense numa coisa.

— Sim, que é? — Ela se apagara outra vez.

— Está prestando atenção? — perguntou ele, severo, preocupado, e ainda mais assustado do que antes.

Por um longo momento supôs que ela se houvesse recolhido tão dentro em si mesma que nem a severidade da voz dele a penetrara, mas o farol tornou a luzir e os lábios se separaram.

— Meu pobre Paddy! Meu pobre Stuart! Meu pobre Frank! — lamentou-se ela. Mas logo assumiu, mais uma vez, o controle de ferro, como se estivesse decidida a encompridar os períodos de escuridão até que a luz não voltasse a brilhar em sua vida.

Seus olhos erraram pela sala sem parecer reconhecê-la.

— Sim, Padre, estou prestando atenção — disse ela.

— Fee, que me diz de sua filha? Lembra-se alguma vez de que tem uma filha?

Os olhos cinzentos ergueram-se para o rosto dele e nele pousaram, quase penalizados.

— E qual é a mulher que se lembra disso? Que é uma filha? Apenas um lembrete do sofrimento, uma versão mais moça de nós mesmas, que fará todas as coisas que nós fizemos, que chorará as mesmas lágrimas. Não, Padre. Procuro esquecer que tenho uma filha... e, quando penso nela, é como se fosse um dos meus filhos. É dos filhos que a mãe se lembra.

— Você verte lágrimas, Fee? Só as vi uma vez.

— E nunca mais as verá. Acabei com as lágrimas para sempre. — O corpo todo lhe tremia. — Sabe de uma coisa, Padre? Dois dias atrás descobri o quanto eu amava Paddy, mas foi como tudo em minha vida... tarde demais. Tarde demais para ele, tarde demais para mim. Se soubesse o quanto desejei a oportunidade de tomá-lo nos braços, dizer-lhe que o amava! Oh, Deus, espero que nenhum ser humano venha a sentir a minha dor!

Ele afastou os olhos daquele rosto subitamente devastado, para dar-lhe tempo de recuperar a calma, e para dar tempo a si mesmo de enfrentar com compreensão o enigma que era Fee. E disse:

— Ninguém mais poderá sentir a *sua* dor.

Um canto da boca ergueu-se-lhe num sorriso severo.

— De fato, isso é um consolo, não é? Pode não ser invejável, mas a minha dor é *minha*.

— Quer me prometer uma coisa, Fee?

— O que o senhor quiser.

— Olhe por Meggie, não a esqueça. Faça-a ir aos bailes da vizinhança, deixe-a conhecer alguns rapazes, anime-a a pensar em casamento e num lar. Todos os rapazes olhavam hoje para ela. Dê-lhe a oportunidade de encontrá-los de novo, porém em circunstâncias mais felizes do que estas.

— Farei o que o senhor quiser, Padre.

Suspirando, ele deixou-a entregue à contemplação das mãos alvas e finas.

Meggie caminhou com ele até às cocheiras, onde o cavalo baio do taverneiro se estivera fartando de feno e de farelo e morando numa espécie de paraíso eqüino durante dois dias. Atirou a sela maltratada do taverneiro sobre ele e inclinou-se para apertar a sobrecilha e a barrigueira, enquanto Meggie, encostada num fardo de palha, observava-o.

— Padre, veja o que achei — disse ela quando ele terminou e endireitou o corpo. Estendeu a mão, em que se via uma rosa pálida, quase cinzenta. — É a única. Encontrei-a numa touceira, debaixo das árvores à beira do tanque, nos fundos. Com certeza não recebeu o calor do incêndio e ficou protegida da chuva. Por isso a colhi para você. Para que você se lembre de mim.

Com mão pouco firme, ele pegou na flor semidesabrochada que a jovem lhe estendia, e ficou olhando para ela.

— Meggie, não preciso de nenhuma lembrança sua, nem agora, nem nunca. Levo-a dentro de mim, e você sabe disso. Eu não poderia, nem que quisesse, esconder isso de você, poderia?

— Mas, às vezes, há realidade numa lembrança — insistiu ela. — Você pode pegá-la, olhar para ela e recordar-se, ao vê-la, de todas as coisas que, de outro modo, esqueceria. Por favor, aceite-a, Padre.

— Meu nome é Ralph — disse ele.

Abriu a caixinha dos sacramentos e dela tirou o seu grande missal ricamente encadernado em madrepérola, presente de seu falecido pai no dia em que ele se ordenara, treze anos antes. As páginas abriram-se num trecho marcado com uma grossa fita branca; virou várias outras, colocou a rosa entre elas e fechou o livro sobre a flor.

— Você quer uma lembrança minha, Meggie, não é isso?

— É.

— Pois não lhe darei nenhuma. Quero que me esqueça, quero que procure em seu próprio mundo um homem correto e bom, que case com ele e tenha os filhos que você tanto deseja. Você nasceu para ser mãe. Não deve agarrar-se a mim, não é direito. Nunca poderei deixar a Igreja, e serei agora completamente sincero com você, para o seu próprio bem. Não quero deixar a Igreja, porque não a amo como um marido a amará, entende? Esqueça-me, Meggie!

— Não me dará um beijo de despedida?

Como única resposta, ele montou no baio do taverneiro e fê-lo andar até a porta antes de enfiar na cabeça o velho chapéu de feltro do dono do cavalo. Seus olhos azuis cintilaram por um momento, depois o animal saiu para a chuva e resvalou, relutante, pelo caminho que conduzia a Gilly. Ela não tentou segui-lo, mas permaneceu na escuridão da cocheira úmida, aspirando os odores de esterco e de feno; aquilo lhe recordava o celeiro da Nova Zelândia e Frank.

Trinta horas depois o Padre Ralph entrou na câmara do Legado Papal, atravessou a sala para beijar o anel de seu superior e deixou-se cair, exausto, numa cadeira. E só quando sentiu os belos olhos oniscientes fixos nele compreendeu que devia ter um aspecto muito estranho e por que tanta gente o fitara, espantada, desde que descera do trem na Central. Sem se lembrar da mala que dera ao Padre Watty Thomas para guardar na casa paroquial, tomara, dois minutos antes de partir, o trem postal noturno e viajara 960 quilômetros num vagão frio, vestindo apenas camisa, calças e botas, molhado como um pinto, sem sentir o frio. Por isso mesmo examinou-se com um sorriso pesaroso, depois olhou para o Arcebispo.

— Peço-lhe que me desculpe, Excelência. Aconteceu tanta coisa que nem pensei no vexame que eu devia estar dando.

— Não se desculpe, Ralph. — À diferença do seu predecessor, ele preferia chamar o secretário pelo prenome. — Você me parece muito romântico e casquilho. Mas um pouquinho secular demais, não concorda comigo?

— Extremamente secular, sem dúvida. Quanto ao romântico e casquilho, é que Vossa Excelência não está acostumado a ver os trajes que se usam em Gillanbone.

— Meu caro Ralph, se você cismasse um dia de vestir hábitos fúnebres de penitência, ainda assim pareceria romântico e casquilho! Mas, de qualquer maneira, as roupas de montar lhe ficam muito bem. Quase tão bem quanto uma batina, e não desperdice energias tentando me convencer de que não sabe que esta lhe assenta melhor que o terno preto dos padres. Você tem um porte peculiar e muito atraente e, além disso, conservou a linha; creio, aliás, que sempre a conservará. Acho também que, quando for chamado de volta a Roma, eu o levarei comigo. Será muito divertido para mim observar o seu efeito sobre os nossos prelados italianos, gordos e atarracados. O belo gato insinuante entre os pombos roliços e assustados.

Roma! O Padre Ralph endireitou-se na cadeira.

— Foi muito ruim, meu Ralph? — continuou o Arcebispo, passando a mão leitosa e cheia de anéis pelo dorso sedoso da sua ronronante gata abissínia.

— Terrível, Excelência.

— Você tem uma grande ternura por essa gente.

— É verdade, Excelência.

— E ama igualmente a todos, ou a alguns mais do que aos outros?

O Padre Ralph era, pelo menos, tão ladino quanto o seu superior e já estava com ele o tempo suficiente para saber como funcionava a sua mente. Por isso aparou a pergunta insinuante com ilusória franqueza, estratagema que, segundo descobrira, aquietava de pronto as suspeitas de Sua Excelência. Jamais ocorreu àquela mente sutil e tortuosa que uma demonstração de franqueza pudesse ser mais mentirosa do que qualquer evasão.

— Amo a todos, mas, como diz Vossa Excelência, amo a alguns mais do que a outros. É da moça Meggie que mais gosto. Sempre a considerei minha responsabilidade especial, porque a família está tão obcecada pelos filhos homens que se esquece de que ela existe.

— Que idade tem essa Meggie?

— Não estou bem certo, mas calculo uns vinte anos, mais ou menos. Entretanto, fiz a mãe prometer-me que erguerá o rosto dos seus livros de contabilidade o suficiente para fazê-la ir a uns bailes e conhecer alguns rapazes. Ela acabará desperdiçando toda a sua vida em Drogheda, e será uma pena.

Ele não falara mais que a verdade; o nariz inefavelmente sensível do Arcebispo farejou-o no ato. Se bem fosse apenas três anos mais velho que o secretário, sua carreira dentro da Igreja não sofrera os percalços que Ralph encontrara e ele se sentia, de muitas maneiras, infinitamente mais velho do que Ralph jamais se sentiria; o Vaticano extraía a essência vital das pessoas expostas muito cedo à sua influência, e Ralph possuía essa essência vital em abundância.

Relaxando um pouco a vigilância, continuou a observar o secretário e voltou ao seu jogo interessante de descobrir precisamente o que fazia palpitar o Padre Ralph de Bricassart. A princípio tivera a certeza de que seria uma fraqueza da carne, se não numa direção, pelo menos em outra. Aquela extraordinária beleza física devia ter feito dele o alvo de muitos desejos, incompatíveis com a preservação da inocência ou da inconsciência. E, com o passar do tempo, descobriu que acertara pela metade; a consciência lá estava, sem dúvida, mas principou a convencer-se de que lá estava também uma autêntica inocência. Assim, fosse por que fosse que ardia o Padre Ralph, não era a carne. Ele atirara o padre no meio de habilidosíssimos homossexuais, irresistíveis para outro homossexual, sem resultado. Observara-o com as mulheres mais belas da terra, sem resultado. Nem uma chama de interesse ou de desejo, nem mesmo quando ele não poderia saber que estava sendo observado. Pois o Arcebispo não se encarregava sempre da própria vigilância e, quando empregava sabujos, não o fazia através de canais secretariais.

Começara a pensar que as fraquezas do Padre Ralph eram o orgulho de ser padre e a ambição; facetas ambas de personalidade que compreendia, pois também as possuía. A Igreja tinha lugares para homens ambiciosos, como todas as grandes instituições capazes de perpetuar-se indefinidamente. Dizia-se à boca pequena que o Padre Ralph lesara os Clearys, que ele dizia amar tanto, abiscoitando-lhes a herança que por direito lhes cabia. Se isso fosse verdade, não se devia perdê-lo de vista. E como haviam cintilado aqueles maravilhosos olhos azuis à simples menção de Roma! Talvez já estivesse na hora de tentar outro ardil. Moveu preguiçosamente um peão na conversa, mas os olhos debaixo das pálpebras descidas estavam muito alertas.

— Recebi notícias do Vaticano enquanto você esteve fora, Ralph — disse ele, mudando um pouco a posição da gata. — Minha Sheba, você é egoísta; adormeceu minhas pernas.

— Oh? — O Padre Ralph afundava cada vez mais na poltrona, e seus olhos encontravam uma dificuldade cada vez maior para manter-se abertos.

— Sim, você poderá ir para a cama, mas não sem primeiro ouvir minhas notícias. Há pouco tempo enviei uma comunicação pessoal e privada ao Santo Padre, e hoje me chegou uma resposta do meu amigo Cardeal Monteverdi... Às vezes fico a imaginar se não será descendente do músico da Renascença. Por que nunca me lembro de perguntar-lhe quando o vejo? Oh, Sheba, você precisa mesmo insistir em enterrar suas unhas em mim quando está feliz?

— Estou ouvindo, Excelência, ainda não adormeci — disse o Padre Ralph, sorrindo. — Não admira que goste tanto de gatos. Vossa Excelência mesmo é um gato, que brinca com sua presa para divertir-se. — Estalou os dedos. — Venha cá, Sheba, deixe-o e venha comigo! Ele é mau.

A gata saltou na mesma hora do colo de púrpura, cruzou o tapete e pulou com delicadeza para os joelhos do padre, onde ficou abanando o rabo e aspirando, extasiada, os estranhos cheiros de cavalo e barro. Os olhos azuis do Padre Ralph sorriram para os olhos castanhos do Arcebispo, ambos semicerrados, ambos alertas.

— Como é que você faz isso? — perguntou o arcebispo. — Um gato nunca vai com ninguém, mas Sheba vai com você como se você lhe desse caviar e valeriana. Animal ingrato.

— Estou esperando, Excelência.

— E você ainda me castiga, tirando-me a gata. Está bem, ganhou, admito. Aliás, será que você já perdeu alguma vez? Pergunta interessante. Preciso dar-lhe os parabéns, meu querido Ralph. Daqui a pouco estará usando a mitra e a capa de asperges, e será saudado como Sua Excelência, o Bispo de Bricassart.

Isso lhe escancarou os olhos!, notou com alegria. Por uma vez ao menos o Padre Ralph não tentou dissimular, nem esconder seus verdadeiros sentimentos. Apenas resplandeceu.

IV

1933-1938 — LUKE

10

Era incrível a rapidez com que a terra se recuperava; numa semana, pequeninos brotos verdes de capim já saíam do charco viscoso e, dali a dois meses, as folhas começaram a repontar nas árvores torradas. Se as pessoas eram rijas e se recobravam depressa a razão era porque a terra não lhes dava ensejo de ser de outra maneira; os que tinham o coração frouxo ou careciam de um traço fanático de resistência não ficavam por muito tempo no Grande Noroeste. Mas só dali a anos desapareceriam as cicatrizes. Muitas camadas de córtex teriam de crescer e cair como farrapos eucaliptóides para que os troncos das árvores voltassem a ser brancos, vermelhos ou cinzentos outra vez, e certa percentagem de troncos nunca se regeneraria, mas continuaria morta e escura. E, durante anos, esqueletos em desintegração juncariam as planícies, depositando-se na esteira do tempo, pouco a pouco cobertos pela poeira e pelos cascozinhos em marcha. E, atravessando Drogheda no rumo do oeste, permaneceram os canais nítidos e fundos cortados na lama pelos cantos de um féretro provisório, apontados pelos viandantes que conheciam a história aos viandantes que não a conheciam, até que a narrativa se incorporou ao folclore das planícies de solo preto.

Drogheda perdeu talvez uma quinta parte da sua área no incêndio e vinte e cinco mil carneiros, simples bagatela para uma fazenda em que se haviam contado, nos últimos anos bons, perto de cento e vinte e cinco mil. Não adiantava imputar à malevolência do destino nem à cólera de Deus, ou ao que quer que os interessados quisessem atribuí-lo, um desastre natural. A única coisa que se podia fazer era virar a página e começar de novo. Em caso algum fora aquela a primeira vez e em nenhum caso presumia alguém que seria a última.

Mas doía ver os jardins da sede de Drogheda nus e escuros na primavera. Numa seca eles sobreviviam graças aos tanques de água de Michael Carson, mas, depois de um incêndio, nada sobrevivia. Nem a glicínia floresceu; quando as chamas chegaram, estavam-se formando justamente os tenros cachos de botões, que murcharam.

Encresparam-se as rosas, morreram os amores-perfeitos, os goivos se transformaram em palha de cor sépia, os brincos-de-princesa mirraram de tal modo que já não tinham possibilidade de recuperação, os muscaris morreram sufocados, as rendilhadas ervilhas-de-cheiro secaram e perderam o perfume. Mas, como a água tirada dos tanques durante a conflagração fora substituída pelas chuvas pesadas que se seguiram ao fogo, toda a gente em Drogheda sacrificou um tempo nebuloso de lazer para ajudar o velho Tom a ressuscitar os jardins.

Bob decidiu continuar a política de Paddy de contratar gente nova para trabalhar em Drogheda, e admitiu mais três pastores; a política de Mary Carson fora excluir dos seus livros quem não pertencesse à família Cleary, preferindo contratar trabalhadores avulsos nas épocas de reunião dos carneiros, parição e tosquia, mas Paddy achava que os homens trabalhavam melhor quando sabiam que tinham empregos permanentes e, a longo prazo, a diferença não era muito grande. De qualquer maneira, porém, a maioria dos pastores sofria cronicamente de cócegas nos pés e nunca parava por muito tempo no mesmo lugar.

As novas casas, erguidas a maior distância do ribeirão, eram ocupadas por homens casados; o velho Tom ganhara um chalezinho novo e bem-arrumado de três cômodos e ria-se com o júbilo do proprietário todas as vezes que entrava em casa. Meggie continuava a tomar conta de alguns pastos internos, e sua mãe, dos livros.

Fee assumira a tarefa de comunicar-se com o Bispo Ralph e, sendo Fee, não passava adiante nenhuma informação que não se referisse diretamente à gerência da fazenda. Meggie ansiava por arrebatar-lhe as cartas, lê-las com avidez, mas Fee não lhe dava chance de fazê-lo, fechando-as numa caixa de aço assim que lhes digeria o conteúdo. Com a partida de Paddy e Stu não se podia chegar a Fee. Quanto a Meggie, assim que o Bispo Ralph se fora, Fee se esquecera de todo da promessa que lhe fizera. Meggie respondia aos convites de bailes e festas com polidas negativas; embora se desse conta disso, Fee nunca a censurou nem a aconselhou a aceitar os convites. Liam O'Rourke aproveitava todas as oportunidades para passar por Drogheda; Enoch Davies telefonava constantemente, e o mesmo faziam Connor Carmichael e Alastair MacQueen. Meggie, porém, era lacônica e indiferente com todos eles, a ponto de chegarem à conclusão de que não conseguiriam interessá-la.

O verão foi muito úmido, mas as cheias dos rios não duravam o tempo suficiente para provocar inundações; só o solo se mantinha perpetuamente barrento, e o Barwon-Darling percorria seus mil e seiscentos quilômetros fundo, largo e forte. Quando o inverno chegou, as chuvas esporádicas continuaram; os lençóis marrons voadores eram feitos agora de água e não de poeira. Nessas circunstâncias, a marcha dos que não tinham parada ao longo do caminho, provocada pela Depressão, foi diminuindo aos poucos, pois era o diabo percorrer as planícies de solo negro em época de chuva e, com o frio acrescentado à umidade, a pneumonia grassou furiosa entre os que não encontravam para dormir um abrigo quente.

Preocupado, Bob começou a falar em podridão dos cascos entre os carneiros se aquilo continuasse; os merinos não agüentariam o excesso de umidade do solo sem ficar com os cascos doentes. A tosquia fora quase impossível, pois os tosquiadores se negavam a tocar em lã molhada e, a não ser que a lama secasse antes da parição, muitos filhotes morreriam na terra empapada e fria.

O telefone tocou: dois toques longos e um curto. Era um chamado para Drogheda; Fee atendeu e voltou-se.

— Bob, telefone para você.

— Alô, Jimmy, aqui é Bob quem está falando... Sim, é isso mesmo... Oh, muito bem! As referências estão todas em ordem?... Certo, diga-lhe que venha me ver... Se for tão bom como você diz, pode dizer a ele que provavelmente conseguiu o emprego, mas ainda assim faço questão de vê-lo pessoalmente, não gosto de comprar nabos em sacos e não me fio em referências... Certo, obrigado.

Bob sentou-se outra vez.

— Vem aí um novo pastor, um bom sujeito, de acordo com Jimmy. Andou trabalhando nas planícies de West Queensland, perto de Longreach e Charleville. Foi tropeiro também. Boas referências. Tudo limpo. Monta tudo o que tem rabo e quatro patas e costumava amansar cavalos. Foi tosquiador antes disso, e parece que de primeira, diz Jimmy, mais de cinqüenta por dia. Isso é o que me deixa meio desconfiado. Por que um tosquiador tão bom assim trabalharia pelo ordenado de um pastor? Não é muito freqüente um bom tosquiador trocar a tesoura pela sela. Mas também pode nos dar uma boa mão nos pastos, não é?

Com o passar dos anos, o falar de Bob se tornava cada vez mais arrastado e o seu sotaque cada vez mais australiano, ao passo que suas frases se iam encurtando cada vez mais. Ele estava chegando perto dos trinta e, para decepção de Meggie, não dava sinais de gostar de nenhuma das moças casadouras que encontrava nas poucas festas a que a decência os obrigava a comparecer. Primeiro, era tímido ao extremo e, segundo, parecia totalmente concentrado na terra, preferindo amá-la com exclusividade. Jack e Hughie estavam ficando cada vez mais parecidos com ele; na verdade, poderiam passar por trigêmeos quando se sentavam juntos num dos bancos duros de mármore, a maior concessão ao conforto doméstico que eram capazes de fazer a si mesmos. Dir-se-ia realmente que preferissem acampar fora, nos pastos e, quando dormiam em casa, estendiam-se no chão de seus quartos, com medo de que as camas viessem a amolecê-los. O sol, o vento e o ar seco lhes haviam alterado a cor da pele clara e sardenta, convertendo-a numa espécie de mogno sarapintado, em que os olhos azuis brilhavam pálidos e tranqüilos, rodeados de rugas fundas, que falavam de olhares dirigidos a grandes distâncias e ao capim bege prateado. Era quase impossível dizer-lhes a idade, ou quem era o mais velho e o mais moço. Todos tinham o nariz romano e o rosto bondoso e feio de Paddy, embora seus corpos fossem melhores que o do pai, que acabara arqueado e com os braços mais compridos depois dos muitos anos de tosquia. Em vez disso, possuíam a beleza sóbria e tranqüila dos cavaleiros. Entretanto, não suspiravam por mulheres, nem por conforto, nem por prazer.

— Esse empregado novo é casado? — perguntou Fee, traçando linhas nítidas com uma régua e uma pena molhada em tinta vermelha.

— Não sei, não perguntei. Saberei amanhã quando ele chegar.

— E como virá até aqui?

— Jimmy vai trazê-lo de carro; agora preciso ir ver aqueles velhos carneiros capados em Tankstand.

— Esperemos que fique algum tempo. Se não for casado, estará dando o fora daqui a algumas semanas. Gente miserável, esses pastores — disse Fee.

Jims e Patsy, internos em Riverview, juravam que não ficariam na escola nem um minuto a mais depois de completar catorze anos de idade, quando poderiam deixá-la legalmente. Suspiravam pelo dia em que estariam lá fora, nos pastos, em companhia de Bob, Jack e Hughie, quando Drogheda fosse novamente administrada só pela família e os de fora pudessem chegar e partir quando quisessem, sem que isso tivesse a menor importância. Embora partilhassem da paixão da família pela leitura, isso não aumentava para eles os atrativos de Riverview; um livro poderia ser transportado num alforje ou num bolso do casaco e lido com muito maior prazer à sombra de uma *wilga* ao meio-dia do que na sala de um colégio de jesuítas. O internato lhes fora uma dura transição. As salas de aulas com seus janelões, os vastos e verdes campos de esporte, a riqueza de jardins e instalações nada significavam para eles, como nada significava Sydney com seus museus, suas salas de concertos e suas galerias de arte. Eles fizeram amizade com os filhos de outros fazendeiros e passavam os momentos de lazer suspirando pela hora de voltar ao lar ou vangloriando-se do tamanho e do esplendor de Drogheda diante de ouvidos assombrados, mas crentes, pois todo o mundo a oeste de Burren Junction já ouvira falar na poderosa Drogheda.

Várias semanas se passaram antes de Meggie ver o novo pastor. O nome dele fora devidamente registrado nos livros, Luke O'Neill, e já era muito mais discutido na casa-grande do que em geral se discutiam os nomes dos pastores. Primeiro, porque se recusara a dormir na barraca dos novatos, mas se instalara na última casa vazia ao pé do córrego. Segundo, porque se apresentara à Sra. Smith e conquistara as boas graças dessa senhora, que não costumava interessar-se por pastores. Meggie sentiu despertada a sua curiosidade por ele muito antes de conhecê-lo pessoalmente.

Como ela costumava recolher a égua castanha e o cavalo preto às cocheiras, em vez de deixá-los nos potreiros, e quase sempre saía para o trabalho mais tarde do que os homens, passava, às vezes, longos períodos de tempo sem topar com nenhum dos empregados. Mas conheceu, afinal, Luke O'Neill, num fim de tarde, quando o sol de verão brilhava acima das árvores e longas sombras se esgueiravam na direção do manso deserto da noite. Ela regressava de Borehead e rumava para o vau a fim de atravessar o ribeirão, e ele vinha do sudeste e também se encaminhava para o vau.

O sol batia nos olhos dele, de modo que ela o viu antes que ele a visse. Luke O'Neill montava um grande baio arisco, de crina, cauda e extremidades pretas; ela conhecia o animal porque lhe competia organizar o rodízio dos cavalos de lida, e já perguntara a si mesma por que o baio, ultimamente, não estava mais na berlinda. Nenhum dos homens gostava dele e só o montava se não pudesse evitá-lo. Aparentemente, o novo pastor não ligava para isso, sinal evidente de que sabia montar, pois o baio era notório por sua farta distribuição matinal de pinotes e coises, e tinha o hábito de morder a cabeça do cavaleiro depois que este apeava.

Era difícil calcular a altura de um homem a cavalo, pois os pastores australianos usavam pequenas selas inglesas sem a patilha e o arção dianteiro da sela norte-americana, e cavalgavam com os joelhos dobrados e o corpo ereto. O novo homem parecia alto, mas, às vezes, a altura estava toda no tronco, sendo as pernas desproporcionalmente curtas, de modo que Meggie adiou o julgamento definitivo. Entretanto, à diferença da maioria dos pastores, ele preferia uma camisa branca e calças brancas de fustão às roupas cinzentas de flanela ou de sarja; meio almofadinha, decidiu ela, divertida. Muito bom para ele, se não se incomodava com a trabalheira de tanto lavar e passar roupa.

— Bom-dia, dona! — cortejou ele, quando ambos convergiam na mesma direção, tirando o velho e castigado chapéu de feltro cinzento e recolocando-o com galhardia na cabeça, inclinado para trás.

Dois risonhos olhos azuis olharam para Meggie com admiração não disfarçada quando ela se emparelhou com ele.

— A senhora não é a dona, que eu sei, por isso há de ser a filha — disse ele. — Eu sou Luke O'Neill.

Meggie murmurou qualquer coisa, mas não quis olhar de novo para ele, tão confusa e irritada se sentia que não conseguia pensar num assunto apropriado de conversação. Não era justo! Como se atrevia outra pessoa qualquer a ter os olhos e o rosto do Padre Ralph! Não pelo modo com que a encarava: a alegria que brilhava em seu olhar era coisa sua e nele não havia amor; e, no entanto, desde o primeiro momento em que vira o Padre Ralph ajoelhado na poeira da estação de Gilly, Meggie distinguira o amor em seus olhos. Olhar para os olhos *dele* e não *o* ver! Era uma pilhéria cruel, um castigo.

Sem conhecer os pensamentos da companheira, Luke O'Neill manteve o baio arisco ao lado da égua recatada de Meggie ao passarem, esparrinhando água, pelo riacho que ainda corria com ímpeto depois de tanta chuva. Ela era linda, sem dúvida alguma! E que cabelo! Os simples cabelos ruivos dos Clearys do sexo masculino transformavam-se em outra coisa naquela mocinha. Se ela olhasse para cima e lhe desse uma oportunidade melhor de ver-lhe o rosto! Nesse momento ela olhou, mas com uma expressão que o fez juntar as sobrancelhas, perplexo; não exatamente como se o odiasse, mas como se estivesse tentando ver alguma coisa e não o conseguisse, ou como se visse alguma coisa que preferia não ter visto. Ou por outro motivo qualquer. Fosse o que fosse, aquilo parecia perturbá-la. Luke não estava acostumado a ser pesado numa balança feminina e achado insuficiente. Preso naturalmente numa deliciosa armadilha de cabelos de ouro e olhos doces, o seu interesse só serviu para alimentar o desprazer e o desapontamento dela, que ainda assim continuava a observá-lo, a boca cor-de-rosa ligeiramente aberta, um suave orvalho de suor acima do lábio superior e na testa, por causa do calor, as sobrancelhas de ouro avermelhado arqueadas numa fisionomia de admiração interrogativa.

Ele sorriu, mostrando os grandes dentes brancos do Padre Ralph; entretanto, não era o sorriso do Padre Ralph.

— Sabe que você se parece muito com um bebezinho, todo cheio de ohs! e ahs!?

Ela desviou a vista.

— Desculpe. Eu não pretendia fixá-lo. Acontece que você me lembrou alguém, mais nada.

— Pode olhar quanto quiser. É melhor do que eu ficar olhando para o seu cocuruto, por mais bonito que seja. Quem foi que lhe lembrei?

— Ninguém importante. Mas é esquisito ver alguém familiar e, ao mesmo tempo, totalmente estranho.

— Como é o seu nome, pequena Srta. Cleary?

— Meggie.

— Meggie... Não tem dignidade suficiente, não lhe assenta nada bem. Seu nome devia ser qualquer coisa como Belinda ou Madeline, mas se Meggie é o melhor que tem a oferecer, paciência. E Meggie é apelido de quê? De Margaret?

— Não, de Meghann.

— Ah, está melhorando! Eu a chamarei de Meghann.

— Não, não chamará! — atalhou ela. — Detesto esse nome.

Mas ele apenas riu.

— Você está muito mal acostumada a ter as coisas ao seu jeito, pequena Srta. Meghann. Se eu quiser, posso até chamá-la de Eustacia Sophronia Augusta, sabe?

Eles tinham chegado aos potreiros; ele apeou do baio, desferindo um murro na

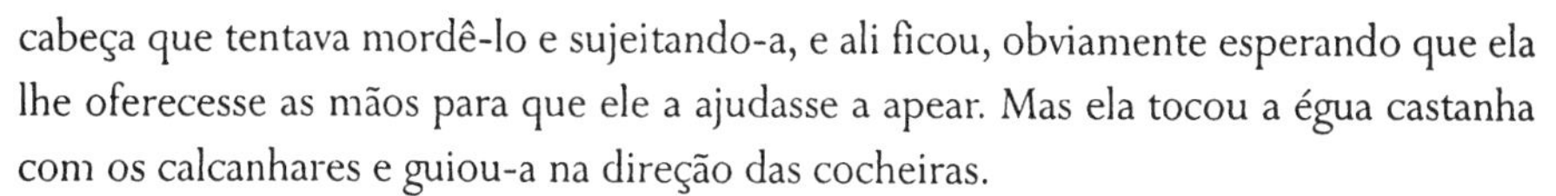

cabeça que tentava mordê-lo e sujeitando-a, e ali ficou, obviamente esperando que ela lhe oferecesse as mãos para que ele a ajudasse a apear. Mas ela tocou a égua castanha com os calcanhares e guiou-a na direção das cocheiras.

— Não vai pôr a distinta senhora com os velhos pastores vulgares? — gritou ele atrás dela.

— É claro que não! — respondeu a jovem, sem se voltar.

Não, não era justo! Até de pé ele era parecido com o Padre Ralph: a mesma altura, os mesmos ombros largos, os mesmos quadris estreitos e um pouco da mesma graça, embora empregada de maneira diferente. O Padre Ralph movia-se como um bailarino, Luke O'Neill como um atleta. O cabelo era igualmente preto, cheio e crespo, os olhos igualmente azuis, o nariz igualmente fino e reto, a boca igualmente bem-feita. E, no entanto, ele era tão parecido com o Padre Ralph quanto um eucalipto branco, alto, pálido e esplêndido, era parecido com um eucalipto azul, alto, pálido e esplêndido.

Depois do encontro ocasional, Meggie começou a prestar atenção ao que se dizia a respeito de Luke O'Neill. Bob e os meninos estavam satisfeitos com o seu trabalho e pareciam dar-se bem com ele; aparentemente, o homem não tinha um único osso preguiçoso em todo o corpo, no dizer de Bob. A própria Fee trouxe seu nome à baila uma noite, observando que era um belo tipo.

— Ele lhe recorda alguém? — perguntou Meggie com displicência, deitada de bruços no tapete, lendo um livro.

Fee pensou na pergunta por um momento.

— Acho que é meio parecido com o Padre de Bricassart. A mesma constituição, o mesmo tom de cabelo, a mesma cor dos olhos. Mas não é uma semelhança fora do comum; como homens, são muito diferentes.

Logo, porém, mudou de assunto:

— Meggie, eu gostaria que você se sentasse numa cadeira como uma dama, para ler! Só porque está de calças de montar não precisa esquecer completamente o recato.

— Ora! — disse Meggie. — Como se alguém reparasse!

E assim continuaram as coisas. Havia uma semelhança, mas os homens atrás dos rostos eram tão diferentes que só Meggie se atormentava com isso, pois estava apaixonada por um e irritava-a achar o outro atraente. Descobriu que ele, na cozinha, era o queridinho de todas e também descobriu por que podia dar-se ao luxo de entrar nos pastos vestindo camisa e calças brancas; a Sra. Smith as lavava e passava a ferro para ele, sucumbindo ao seu encanto.

— Que belo pedaço de irlandês! — suspirou Minnie, extática.

— Ele é australiano — disse Meggie, para provocá-la.

— Nascido aqui, talvez, minha querida Srta. Meggie, mas com um nome como O'Neill, é tão irlandês quanto os porcos de Paddy, sem querer faltar com o respeito ao seu santo pai, que Deus o tenha em sua glória. Com aquele cabelo e aqueles olhos azuis, a senhora ainda tem a coragem de dizer que o Sr. Luke não é irlandês? Nos velhos tempos os O'Neill eram os reis da Irlanda.

— Pensei que fossem os O'Connors — tornou Meggie, maliciosa.

Os olhinhos redondos de Minnie faiscaram.

— Que é que tem isso, Srta. Meggie? Era um país muito grande!

— Pois sim! Garanto que não era maior do que Drogheda! E, seja como for, O'Neill é nome de orangista; você não me engana.*

— Eu sei que é. Mas é também um grande nome irlandês, que existia muito antes de alguém pensar em orangistas. É um nome dos lados dos Ulsters, de modo que é lógico que houvesse orangistas entre eles, não é? Mas havia também o O'Neill de Clandeboy e havia o O'Neill Morback, minha querida Srta. Meggie.

Meggie desistiu da batalha; havia muito tempo que Minnie perdera as tendências fenianas militantes que poderia ter possuído outrora, e já era capaz de pronunciar a palavra *orange* [laranja] sem ser vítima de um ataque.**

Cerca de uma semana depois, voltou a encontrar-se com Luke O'Neill, à beira do riacho. Ela desconfiou de que ele ali estivera à sua espera, mas não saberia o que fazer se isso fosse verdade.

— Boa-tarde, Meghann.

— Boa-tarde — disse ela, olhando com firmeza por entre as orelhas da égua castanha.

— Haverá um baile no barracão de tosquia de Braich y Pwll, no sábado que vem, à noite. Quer ir comigo?

— Muito obrigada pelo convite, mas eu não sei dançar. Não teria propósito a minha ida.

— Pois eu a ensino a dançar enquanto o demo esfrega um olho, de modo que isso não é obstáculo. E já que vou levar a irmã do posseiro, acha que Bob me emprestaria o velho Rolls, se não quiser me emprestar o novo?

* *Orangista*: Membro de uma sociedade secreta irlandesa fundada no século XIX cujo objetivo era livrar a Irlanda do domínio britânico. (N. T.)

** *Feniano*: Membro de uma sociedade *secreta* da Irlanda do Norte fundada no século XVIII para a preservação da fé protestante. (N. T.)

— Eu disse que não iria — tornou ela, cerrando os dentes.

— *Você* disse que não sabia dançar, e *eu* disse que lhe ensinaria. Você não disse que não iria se soubesse dançar, por isso presumi que era à dança que fazia objeção, não a mim. Vai se desdizer?

Exasperada, ela cravou nele dois olhos fuzilantes, mas ele limitou-se a rir.

— Você é uma garota muito mimada, menina Meghann; já está na hora de ser um pouco contrariada.

— Eu não sou mimada!

— Pois sim! Conta outra, que essa não cola! Única filha, com tantos irmãos para correr atrás de você, com todas essas terras e esse dinheiro, uma casa como essa, cheia de criadas? Eu sei que é tudo da Igreja Católica, mas acontece que os Clearys também não ficaram a ver navios.

Aquela era a grande diferença entre eles!, pensou ela, triunfante; a solução vinha-lhe fugindo desde que o conhecera. O Padre Ralph nunca se teria deixado levar por ornamentos exteriores, mas esse homem não tinha a mesma sensibilidade; não possuía antenas embutidas que lhe dissessem o que havia debaixo da superfície. Passava pela vida sem uma idéia na cabeça acerca da sua complexidade ou da sua dor.

Estupefato, Bob estendeu-lhe as chaves do Rolls novo sem um murmúrio; ele cravara os olhos em Luke por um momento sem falar e depois sorriu.

— Nunca pensei em Meggie indo a um baile, mas leve-a, Luke, e felicidades! Garanto que ela vai gostar, coitadinha. Não sai muito de casa. Devíamos pensar em levá-la de vez em quando, mas nunca a levamos.

— Por que você, Jack e Hughie não vêm também? — perguntou Luke, que não parecia avesso a companhia.

Bob sacudiu a cabeça, horrorizado.

— Não, obrigado. Não gostamos muito de dançar.

Meggie pôs o vestido de cinzas de rosas, pois não tinha mais nada para usar; não lhe ocorrera a idéia de utilizar algumas das libras acumuladas, que o Padre Ralph punha no banco em seu nome, mandando fazer vestidos para festas e bailes. Até então conseguira recusar os convites, pois homens como Enoch Davies e Alastair MacQueen eram fáceis de desanimar com um não firme. Não tinham o descaramento de Luke O'Neill.

Mas, ao olhar para o seu reflexo no espelho, achou que poderia ir a Gilly na semana seguinte, quando a mãe fizesse a viagem costumeira, a fim de visitar a velha Gert e encomendar-lhe alguns vestidos novos.

Pois detestava usar aquele; se tivesse outro, ainda que remotamente apropriado, tê-lo-ia despido num segundo. Outros tempos, outro homem de cabelo preto; o vestido estava tão impregnado de amor e sonhos, de lágrimas e solidão, que vesti-lo para alguém como Luke O'Neill parecia-lhe uma profanação. Acostumara-se a esconder o que sentia, a parecer sempre calma e exteriormente feliz. O domínio de si mesma crescia em torno dela mais grosso do que a casca de uma árvore e, às vezes durante a noite, lembrando-se da mãe, estremecia.

Acabaria ela como sua mãe, isolada de todos os sentimentos? Fora assim que a coisa começara para Fee no tempo em que havia o pai de Frank? E que faria Fee, que diria ela se soubesse que Meggie se inteirara da verdade a respeito de Frank? Oh, a cena na casa paroquial! Parecia que fora ontem, o pai e o irmão em pé, um diante do outro, e Ralph a segurá-la com tanta força que até doía. Gritando aquelas coisas horríveis. Tudo se ajustara aos respectivos lugares. Quando soube, Meggie pensou que, no fundo, sempre soubera. Crescera o suficiente para compreender que era preciso mais para fazer bebês do que costumava pensar; uma espécie de contato físico terminantemente proibido entre pessoas que não fossem casadas. Quanta vergonha e quanta humilhação devera ter sentido a pobre Fee por causa de Frank. Não admirava que fosse como era. Se isso acontecesse a ela, Meggie, haveria de querer morrer. Nos livros, só as moças mais baixas, mais ordinárias, tinham filhos fora do casamento; e, no entanto, sua mãe não era ordinária, nunca poderia ter sido ordinária. Meggie desejou de todo coração que Fee pudesse falar-lhe sobre isso, ou que ela mesma tivesse a coragem de tocar no assunto. Talvez de algum jeito, ainda que modesto, ela pudesse ajudar. Mas sua mãe era o tipo de pessoa de que ninguém podia aproximar-se e muito menos se disporia ela mesma a abordar o assunto. Meggie suspirou para si mesma diante do espelho, e esperou que nada parecido lhe acontecesse algum dia.

E, contudo, era moça; em ocasiões como aquela, trajando o vestido de cinzas de rosas, desejava sentir, desejava que a emoção soprasse sobre ela como um vento quente e forte. Não queria afadigar-se como um automatozinho pelo resto da vida; desejava mudança, vitalidade, amor. Amor, um marido, filhos. De que lhe adiantava correr esfaimada atrás de um homem que nunca seria seu? Ele não a desejava, nunca a desejaria. Dizia que a amava, mas não como um marido a amaria. Porque estava casado com a Igreja. Todos os homens faziam o mesmo, isto é, amavam alguma coisa inanimada mais do que poderiam amar uma mulher? Não, seguramente nem todos. Os difíceis, talvez, os complexos, com seus mares de dúvidas, objeções e argumentos racionais. Mas devia haver homens mais simples, capazes de amar uma mulher acima de todas as outras coisas. Homens como Luke O'Neill, por exemplo.

— Acho que você é a moça mais bonita que já vi — disse Luke ao dar a partida no Rolls.

Meggie não estava habituada a elogios; dirigiu-lhe um espantado olhar de soslaio, mas não disse nada.

— Não é formidável? — continuou Luke, sem se impressionar, aparentemente, com a falta de entusiasmo dela. — É só virar uma chave e apertar um botão no painel e o carro começa a funcionar. Nada de manivelas, nada de rezar para que o burro pegue antes que a gente morra de cansaço. Isto é que é vida, Meghann, não há dúvida alguma.

— Não me deixe sozinha, sim? — pediu ela.

— É claro que não! Você vai comigo, não vai? Isso quer dizer que será minha a noite inteira, e não pretendo dar uma oportunidade a ninguém.

— Quantos anos você tem, Luke?

— Trinta. E você?

— Quase vinte e três.

— Tanto assim? Parece um bebê.

— Não sou um bebê.

— Oho! E por acaso já esteve apaixonada?

— Uma vez.

— Só? Com vinte e três anos? Misericórdia! Na sua idade eu já me havia apaixonado e desapaixonado uma dúzia de vezes.

— E é possível que isso também me acontecesse, mas conheço muito pouca gente em Drogheda pela qual possa me apaixonar. Que me lembre, você é o primeiro pastor que me disse algo mais que um tímido alô.

— Bem, se você não quer ir a bailes porque não sabe dançar, é como se estivesse de fora olhando para dentro, não é? Não se incomode, daremos um jeito nisso bem depressa. Quando acabar a noite, estará dançando e, daqui a algumas semanas, será uma verdadeira campeã. — Olhou rapidamente para ela. — Mas não vai me dizer que alguns donos de outras fazendas nunca tentaram levá-la a um baile. Os pastores eu compreendo, pois você está um degrau acima das suas aspirações normais, mas alguns petulantes criadores de carneiros devem ter-lhe arrastado a asa.

— Se estou um degrau acima dos pastores, por que você me convidou? — esgueirou-se ela, fugindo à pergunta.

— Porque sou o sujeito mais cara-de-pau do mundo. — Ele sorriu. — Mas não mude de assunto. Deve haver alguns sujeitos ao redor de Gilly que já a convidaram.

— Alguns — admitiu ela. — Na verdade, porém, nunca desejei ir. Foi você quem me empurrou.

— Então esse tais são mais tontos que uma cobra de estimação — disse ele. — Conheço o que é bom assim que o vejo.

Ela não estava muito certa de gostar do seu jeito de falar, mas a dificuldade que havia com Luke é que ele era um homem difícil de pôr de lado.

Todos iam aos bailes que se realizavam nos barracões de tosquia, desde os filhos e filhas dos posseiros até os pastores e suas esposas, quando as tinham, as criadas, as governantas, os citadinos de todas as idades e de ambos os sexos. Essas, por exemplo, eram as ocasiões em que as professoras tinham a oportunidade de confraternizar-se com os auxiliares de gerentes das fazendas de gado, com os rapazes do banco e com os verdadeiros camponeses fora das fazendas.

Não se observavam os requintes reservados para as reuniões mais formais. O velho Mickey O'Brien vinha de Gilly tocar rabeca, e havia sempre alguém à mão para encarregar-se do acordeão ou da sanfona, revezando-se com seus acompanhantes, enquanto o velho rabequista, sentado num barril ou num fardo de lã, tocava horas a fio, sem descansar, com a baba a escorrer-lhe pelo lábio inferior, porque ele não tinha paciência para engoli-la; isso atrapalhava o seu ritmo.

Mas não era a espécie de dança que Meggie vira na festa de aniversário de Mary Carson, e sim uma dança enérgica de roda: jigas, polcas, quadrilhas, escocesas, mazurcas, em que apenas se tocavam de passagem as mãos do parceiro ou se rodopiava vertiginosamente entre braços rudes. Não havia nenhum sentido de intimidade, de enlevo. Todos pareciam encarar o processo, de um modo geral, como simples dissipação de frustrações; as intrigas românticas promoviam-se melhor lá fora, longe do barulho e do alvoroço.

Meggie logo descobriu que o seu par, grande e bonito, lhe acarretava a inveja de muita gente. Ele era o alvo de quase tantos olhares sedutores ou lânguidos quanto os que o Padre Ralph costumava atrair, e de modo ainda mais espalhafatoso. Como era terrível ter de pensar nele no mais remoto de todos os pretéritos.

Fiel à sua promessa, Luke só a deixou sozinha o tempo que levou para visitar o reservado dos cavalheiros. Enoch Davies e Liam O'Rourke estavam lá, ávidos por tomar-lhe o lugar ao lado dela. Mas ele não lhes deu a menor oportunidade, e a própria Meggie parecia tão aturdida que não compreendia que lhe era perfeitamente lícito aceitar convites de outros homens, além do seu acompanhante, para dançar. Embora ela não ouvisse os comentários, Luke os ouviu, e riu-se em segredo. Que maldito topete tinha o sujeito, um simples pastor, roubando-a debaixo dos seus narizes! A desaprovação nada significava para Luke. Eles tinham tido suas oportunidades e, se não tinham sabido aproveitá-las, azar deles.

A última dança era uma valsa. Luke pegou na mão de Meggie e envolveu-lhe a cintura com o braço, puxando-a para junto de si. Ele era um excelente dançarino. Surpresa, ela descobriu que não tinha realmente nada que fazer além de segui-lo aonde quer que ele a conduzisse. E produzia-lhe uma sensação extraordinária estar assim em contato com um homem, sentir-lhe os músculos do peito e das coxas, absorver-lhe o calor do corpo. Seus breves contatos com o Padre Ralph tinham sido tão intensos que ela não tivera tempo para perceber detalhes isolados, e pensara sinceramente que o que sentia nos braços dele nunca mais sentiria nos braços de ninguém. Embora aquilo fosse muito diferente, era excitante; as batidas do seu pulso se haviam acelerado, e ela soube que ele o percebera pelo jeito com que a fazia girar mais depressa, apertando-a ainda mais de encontro a si, encostando o rosto no cabelo dela.

Enquanto o Rolls ronronava de volta para casa, sem dar importância à estrada esburacada e, às vezes, aos trechos de terra, não falaram muito. Braich y Pwll ficava a 112 quilômetros de Drogheda, através de pastos em que não se via nenhuma habitação, nenhum lar, nenhuma invasão de humanidade. A série de morros que atravessava Drogheda não se erguia mais de trinta metros acima do resto da terra, mas lá, nas planícies de solo preto, chegar à crista desses morros era o mesmo que, para um suíço, escalar o topo de um dos Alpes. Luke parou o carro, desceu e deu a volta para abrir a porta do lado de Meggie, Ela desceu e ficou ao seu lado, tremendo um pouco; iria ele estragar tudo tentando beijá-la? Estava tudo tão quieto e era tão longe de todos!

Havia uma cerca de madeira inclinada e em ruínas, que se desviava para um lado e, segurando-lhe o cotovelo de leve, para que ela não tropeçasse com aqueles sapatos sofisticados, Luke ajudou-a a andar pelo solo acidentado, pelos buracos de coelhos. Segurando a cerca com força e olhando para as planícies, ela emudeceu; primeiro, de terror; depois, à medida que o pânico morria, pois ele não fazia menção de tocá-la, de assombro.

Quase tão claramente quanto o faria o sol, a luz ainda pálida da lua clareava vastas e majestosas extensões, em que a relva tremeluzia e se encrespava num suspiro agitado, prateada, branca e cinzenta. As folhas das árvores brilhavam de repente como pontas de fogo quando o vento lhes virava o lado lustroso para cima, e grandes abismos de sombras se abriam debaixo dos grupos de árvores, tão misteriosos quanto bocas do mundo subterrâneo. Levantando a cabeça, ela tentou em vão contar as estrelas; delicadas como gotas de orvalho sobre a teia girante de uma aranha, as pontas de alfinetes luziam, sumiam, luziam, sumiam, num ritmo tão eterno quanto Deus. Dir-se-ia que estivessem suspensas sobre ela como uma rede, tão belas, tão absolutamente silenciosas, tão vigilantes e escrutadoras da alma, como olhos de insetos iluminados por um holofote, cegos quanto à expressão, mas infinitos quanto à capacidade de ver. Os únicos sons eram o vento quente no capim, as árvores que sibilavam, um ruído ocasional do Rolls que esfriava, e um pássaro sonolento e próximo reclamando porque lhe haviam perturbado o repouso; o único cheiro era o aroma fragrante e indefinível do campo.

Luke voltou as costas para a noite, tirou do bolso a bolsa de fumo e o macinho de papéis de arroz e principiou a enrolar um cigarro.

— Você nasceu por aqui, Meghann? — perguntou, esfregando os pedaços de fumo desfiado na palma da mão, pachorrento.

— Não, nasci na Nova Zelândia. Viemos para Drogheda há treze anos.

Ele deixou cair os fiapos de fumo na folha de papel, enrolou-a com perícia entre o polegar e o indicador, lambeu-lhe as bordas, fechou-a, enfiou alguns fiapos para dentro do tubo com a ponta de um palito de fósforo, riscou o fósforo e acendeu-o.

— Você divertiu-se hoje à noite, não se divertiu?

— Oh, sim!

— Pois eu gostaria de levá-la a todos os bailes.

— Muito obrigada.

Ele voltou a calar-se, fumando calmamente e olhando, através do teto do Rolls, para o grupo de árvores onde o pássaro irado ainda gritava, rabugento. Quando só um pequeno remanescente do tubo lhe crepitava entre os dedos manchados, deixou-o cair no chão e esmagou-o com força sob o salto da bota até certificar-se de que se apagara. Ninguém apaga tão bem uma ponta de cigarro aceso quanto um caipira australiano.

Suspirando, Meggie desviou os olhos do espetáculo da lua, e Luke ajudou-a a subir no automóvel. Ele era esperto demais para beijá-la a essa altura, pois pretendia desposá-la, se fosse possível; ela que mostrasse primeiro o desejo de ser beijada.

Mas houve outros bailes, à proporção que o verão passava e culminava num esplendor sangrento e empoeirado; e, pouco a pouco, a sede da fazenda foi-se acostumando ao fato de que Meggie arranjara um namorado muito bonito. Os irmãos abstinham-se de arreliá-la, pois a amavam e gostavam dele. Luke O'Neill era o maior pé-de-boi que já tinham empregado; não existia melhor recomendação do que essa. Mais próximos, no íntimo, da classe operária que da classe dos proprietários, nunca lhes ocorrera a idéia de julgá-lo por sua falta de posses. Fee, que poderia tê-lo pesado numa balança mais exigente, não se interessou tanto pelo caso que se animasse a fazê-lo. De qualquer maneira, a calma presunção de Luke de que era diferente dos pastores comuns deu resultado; por causa dela, tratavam-no mais como a um deles.

Adquiriu o costume de apresentar-se na casa-grande quando estava na sede à noite e não pernoitava nos pastos; depois de algum tempo, Bob declarou que era tolice sua comer sozinho quando havia tanta comida na mesa dos Clearys e, assim, Luke passou a comer com eles. Depois disso, parecia despropositado deixá-lo caminhar um quilômetro e tanto quando ele tinha a bondade de ficar conversando com Meggie até tarde, de modo que o convidaram a mudar-se para uma das pequenas casas de hóspedes que havia atrás da casa-grande.

A essa altura, Meggie já pensava muito nele, e menos depreciativamente do que no princípio, quando o comparava sempre ao Padre Ralph. A velha ferida estava sarando. Passado algum tempo, ela se esqueceu de que o Padre Ralph sorrira *assim* com a mesma boca, ao passo que Luke sorria *assado*, que os brilhantes olhos azuis do Padre Ralph tinham tido uma distante imobilidade, enquanto os de Luke brilhavam com agitada paixão. Ela era jovem e nunca chegara a saborear o amor, ainda que por um ou dois momentos o tivesse provado. Queria degustá-lo, sentir-lhe o aroma nos pulmões, fazê-lo girar estonteantemente no cérebro. O Padre Ralph era o Bispo Ralph; nunca, nunca voltaria para ela. Vendera-a por treze milhões de moedas de prata, e isso doía. Se ele não tivesse usado essa frase naquela noite ao pé do poço, ela não teria pensado assim, mas ele a usara, e eram sem conta as noites, desde então, em que se deixara ficar, deitada, procurando descobrir o que ele poderia ter querido dizer.

E suas mãos comichavam ao sentir as costas de Luke quando ele a segurava junto de si numa dança; ele, o contato dele, a sua revigorante vitalidade excitavam-na. É claro que nunca sentiu por ele o sensual fogo líquido nos ossos, nunca pensou que, se não tornasse a vê-lo, murcharia e secaria, nunca se encolheu nem tremeu porque ele a fitava. Mas, à medida que se sucediam os bailes a que Luke a levava, viera a conhecer melhor homens como Enoch Davies, Liam O'Rourke, Alastair MacQueen, e nenhum a emocionava como Luke. Quando eram tão altos que a obrigavam a olhar para cima, constatava que não tinham os olhos de Luke e, quando tinham a mesma espécie de olhos, não tinham o seu cabelo. Sempre lhes faltava alguma coisa que não faltava a Luke, embora ela mesma não soubesse o que era. Isto é, além do fato de que ele lhe recordava o Padre Ralph, e ela recusava-se a admitir que sua atração não tivesse melhor fundamento que esse.

Conversavam muito, mas sempre a respeito de generalidades; a tosquia, a terra, os carneiros, o que ele queria da vida, os lugares que já vira, ou algum acontecimento político. Ele lia um livro de vez em quando, mas não era um leitor inveterado como Meggie, que, por mais que o tentasse, não conseguia persuadi-lo a ler este ou aquele livro simplesmente porque ela o achara interessante. Nem ele dirigia a conversa para profundezas intelectuais; e o mais interessante e irritante de tudo era que ele nunca revelava o menor interesse pela vida dela, nem lhe perguntava o que ela queria da vida. Às vezes, Meggie sentia necessidade de conversar sobre assuntos mais chegados a ela do que carneiros ou chuva, mas, quando dizia qualquer coisa nesse sentido, ele a conduzia com perícia para terrenos menos pessoais.

Luke O'Neill era esperto, presunçoso, muito trabalhador e muito ambicioso. Nascera numa choça de paredes de taipa exatamente sobre o Trópico de Capricórnio, nos arredores da cidade de Longreach, em Western Queensland. Seu pai era a ovelha negra de uma família irlandesa próspera mas implacável e sua mãe era a filha do açougueiro alemão de Winton; quando ela insistiu em juntar-se com o pai de Luke, também foi repudiada. Havia dez crianças naquela cabana, nenhuma das quais possuía um par de sapatos — embora os sapatos tivessem pouca importância na tórrida Longreach. O velho Luke, que exercia sua profissão de tosquiador quando se sentia disposto (embora, na maior parte das vezes, só se sentisse disposto a tomar rum DP), morreu num incêndio no bar de Blackall quando o jovem Luke tinha doze anos. Nessas condições, assim que lhe foi possível, o menino ingressou no circuito da tosquia como ajudante, encarregado de passar pez derretido nos talhos produzidos por barbeiragem do tosquiador, quando este cortava a carne junto com a lã.

De uma coisa Luke nunca teve medo, e essa coisa era o trabalho pesado; vicejava no trabalho como certos homens vicejavam no seu oposto, ou porque seu pai fora freqüentador assíduo de bares e alvo das chacotas da cidade, ou porque herdara da mãe o amor à diligência; mas ninguém, até então, se preocupara em descobrir o motivo.

À proporção que foi ficando mais velho, deixou de ser o garoto do pez para ser auxiliar do barracão, incumbido de correr de um lado para outro a fim de apanhar os velos, grandes e pesados, quando estes, fugindo das tesouras numa única peça, subiam feito papagaios, e levá-los à mesa em que se alisava a lã, para limpá-los. A partir daí ele aprendeu a limpar a lã, arrancando as bordas dos velos incrustadas de sujeira e transferindo-os para as caixas, onde passavam pelo exame do classificador, que era o aristocrata do barracão: o homem que, à semelhança do provador de vinhos ou do avaliador de perfumes, só poderá ser treinado se tiver instinto para o trabalho. E Luke não tinha instinto de classificador; quando queria ganhar mais dinheiro, o que certamente acontecia, preferia lidar com a prensa ou com a tosquiadeira. Tinha força suficiente para manejar a prensa, calcando os velos classificados até transformá-los em fardos maciços, mas um tosquiador ganhava mais.

Agora ele já era bem conhecido em Western Queensland como bom trabalhador, de modo que não lhe foi difícil conseguir para si um cercado de aprendiz. Com graça, coordenação, força e resistência, todas necessárias e felizmente presentes em Luke, um homem poderia tornar-se bom tosquiador. Dali a pouco Luke estava tosquiando mais de duzentos carneiros por dia, seis dias por semana, ganhando uma libra esterlina por centena; e isso com uma tesoura estreita, que parecia um lagarto, donde o seu nome. As grandes tosquiadeiras da Nova Zelândia, com seus pentes e lâminas enormes e grosseiros, não se admitiam na Austrália, muito embora dobrassem a produção do tosquiador.

Era um trabalho extenuante: um homem da sua altura inclinado sobre o carneiro preso entre os joelhos, dando tesouradas no sentido do comprimento do corpo do animal para soltar a lã numa só peça e fazer o menor número possível de talhos, cortando rente o bastante a pele frouxa e retorcida para agradar ao dono do barracão, que, num segundo, estava em cima do tosquiador que não se conformasse com os seus padrões rigorosos. Ele não se incomodava com o calor, nem com o suor, nem com a sede que o forçava a beber mais de doze litros de água por dia, não se incomodava sequer com as hordas torturantes de moscas, pois nascera numa terra de moscas. Tampouco se incomodava com os carneiros, que eram o principal pesadelo de um tosquiador; carneiros manhosos, molhados, superdesenvolvidos, ariscos, com a lã suja de excrementos, com a pele infestada de larvas de moscas, que apareciam em todas as variedades, e eram todos merinos, o que queria dizer que tinham lã do focinho aos cascos e uma pele frágil e malhada, escorregadia como papel muito liso.

Não, não era o trabalho em si que o incomodava, pois, quanto mais duro trabalhava, melhor se sentia; o que o aborrecia era o barulho, o estar fechado ali dentro, a fedentina. Não havia nenhum lugar sobre a terra tão parecido com o inferno como um barracão de tosquia. De sorte que ele decidiu ser o patrão arrogante, o homem que andava de um lado para o outro, passando por entre os tosquiadores curvados, vendo os velos, que eram seus, despidos por aquele movimento suave e sem falhas.

Na extremidade da eira, em sua cadeira de assento de rotim.
Está sentado o dono do barracão com os olhos em toda parte.

Era isso o que dizia a velha canção dos tosquiadores, e era isso o que Luke O'Neill decidira ser. O patrão arrogante, o dono do barracão, o criador de gado, o fazendeiro. Não o seduziam a inclinação perpétua e os braços encompridados dos que passam a vida tosquiando; queria para si o prazer de trabalhar ao ar livre enquanto assistia à entrada do dinheiro. Só a perspectiva de tornar-se um tosquiador especial o poderia ter mantido no interior de um barracão, um desses raros punhados de homens que conseguiam tosquiar mais de trezentos merinos por dia, todos muito bem tosquiados, usando tesouras estreitas. E ainda faziam fortunas em apostas. Infelizmente, porém, ele era um pouquinho alto demais, e os segundos adicionais que perdia curvando-se e abaixando-se representavam a diferença entre o tosquiador comum e o tosquiador especial.

Dentro das suas limitações, voltou-se-lhe o espírito para outro método de adquirir o que tanto ambicionava; mais ou menos nesse estágio da sua vida, descobriu que as mulheres o achavam atraente. Fizera sua primeira tentativa trabalhando como pastor em Gnarlunga, fazenda cujo herdeiro era uma mulher, jovem e bonita. E só por absoluta falta de sorte, no fim, ela preferira o imigrante inglês que ali trabalhava como novato e cujas galhardas proezas começavam a transformar-se em lenda do local. De Gnarlunga fora para Bingelly, e ali conseguira um emprego de domador de cavalos, com os olhos postos na sede, onde a herdeira, já velhusca e despida de atrativos, morava com o pai viúvo. Pobre Dot, por um triz ele não a conquistara; no fim, todavia, cedendo aos desejos do pai, ela casara com o lépido sexagenário que possuía a propriedade vizinha.

Essas duas tentativas lhe custaram mais de três anos de vida, e ele chegou à conclusão de que perder vinte meses com cada herdeira era demasiado longo e tedioso. Convir-lhe-ia mais, por ora, viajar para longe, estar sempre em movimento, até encontrar, dentro desse campo muito mais amplo, outra perspectiva provável. Divertindo-se enormemente, começou a tropear pelas estradas de Western Queensland, descendo o Cooper, o Diamantina, o Barcoo e o Bulloo Overflow, que se reduzia no canto superior da Nova Gales do Sul ocidental. Estava com trinta anos e já era tempo de encontrar a galinha que botasse pelo menos parte dos seus ovos de ouro.

Toda a gente ouvira falar em Drogheda, mas Luke ficou de orelha em pé quando descobriu que só havia uma filha. Não se poderia esperar que ela herdasse, mas talvez a dotassem com uma modesta propriedade de 100.000 acres perto de Kynuma ou de Winton. Embora fosse boa, a terra em torno de Gilly era apertada e arborizada demais para o seu gosto. Luke ansiava pela enormidade de Western Queensland, onde a relva se estendia até o infinito e as árvores eram algo de que o homem se lembrava como algo que ficava vagamente na direção do leste. Só o capim, por quilômetros e mais quilômetros, sem princípio nem fim, onde o homem tinha sorte quando apascentava um carneiro em cada pedaço de dez acres que possuía. Porque às vezes não havia capim, apenas um deserto liso de solo preto, rachado e palpitante. Capim, sol, calor e moscas; para cada homem a sua espécie de céu, e esse era o céu de Luke O'Neill.

Ele arrancara o resto da história de Drogheda de Jimmy Strong, o gerente da fazenda AML&F, que o levou até lá no primeiro dia, e fora-lhe um duro golpe descobrir que a Igreja Católica possuía Drogheda. Descobrira, todavia, como eram poucas as herdeiras das propriedades e o quanto andavam longe da sua herança; e quando Jimmy Strong lhe contou que a única filha era dona de uma bela quantia em dinheiro, só sua, e tinha muitos irmãos loucos por ela, decidiu levar avante os seus planos.

Mas, embora houvesse decidido que o objetivo de sua vida eram cem mil acres nos arredores de Kynuna ou de Winton, e só trabalhasse para atingi-lo, a verdade era que, no íntimo, amava muito mais o dinheiro do que aquilo que o dinheiro poderia comprar-lhe; não a posse da terra, nem o seu poder inerente, mas a perspectiva de amontoar fileiras de algarismos bem-arrumados em sua conta bancária, *em seu nome*. Não fora Gnarlunga nem Bingelly que desejara com tanto desespero, mas o valor delas em moeda sonante. O homem que quisesse de fato ser o patrão arrogante nunca teria optado por uma Meggie Cleary sem propriedades. Nem teria amado o ato físico de trabalhar com afinco, como Luke O'Neill.

O baile no salão de Santa Cruz em Gilly foi o décimo terceiro a que Luke a levara em outras tantas semanas. A ingenuidade de Meggie não lhe permitia adivinhar como ele descobria o local dos bailes e como cavava alguns convites, mas, todos os sábados, o rapaz pedia a Bob as chaves do Rolls e levava-a a um lugar qualquer num círculo de duzentos e quarenta quilômetros.

Naquela noite fazia frio enquanto ela contemplava, ao lado de uma cerca, a paisagem sem lua e, debaixo dos pés, sentia ranger a geada. O inverno estava chegando. O braço de Luke envolveu-a e puxou-a para junto de si.

— Você está com frio — disse ele. — Acho melhor levá-la para casa.

— Não, agora está tudo bem, estou-me aquecendo — replicou ela, ofegante.

Ela sentiu uma mudança nele, uma mudança no braço que lhe passeava, frouxo e impessoal, pelas costas. Mas era gostoso apoiar-se nele, sentir o calor que se irradiava dele, a construção diferente do seu corpo. Mesmo através do seu colete de malha de lã, tinha consciência da mão dele, que agora se movia em pequenos círculos acariciantes, numa espécie de massagem preliminar, indagadora. Se, nesse ponto, ela anunciasse que estava com frio, ele teria parado; se ela não dissesse nada, ele interpretaria o silêncio como tácita permissão para prosseguir. Ela era jovem, ansiava por saborear devidamente o amor. Além de Ralph, aquele era o único homem que a interessava e, portanto, por que não descobrir como eram os seus beijos? Só queria que fossem diferentes! Que não fossem iguais aos beijos de Ralph!

Tomando-lhe o silêncio como aquiescência, Luke pôs a outra mão no ombro dela, virou-a para que ela o encarasse, e inclinou a cabeça. Era esse, realmente, o gosto de uma boca? Nada mais que uma espécie de pressão! O que se esperava que ela fizesse para indicar que estava gostando? Meggie moveu os lábios debaixo dos lábios dele e, logo em seguida, se arrependeu. A pressão aumentou; ele abriu a boca, separou os lábios dela com os dentes e a língua e, com esta, percorreu-lhe o interior da boca. Repugnante. Por que parecera tão diferente quando Ralph a beijara? Ela, então, não se dera conta do quanto aquilo tudo era molhado e meio nauseante; nem parecera pensar, apenas se abrira para ele como um porta-jóias se abre quando a mão familiar toca uma mola secreta. Mas, afinal, o que era que ele estava fazendo? Por que seu corpo vibrava desse jeito e colava-se ao dele quando seu espírito queria tanto afastar-se?

Luke encontrara o ponto sensível do lado dela, e ali mantinha os dedos, para fazê-la contorcer-se; até então ela não se mostrara particularmente entusiasmada. Interrompendo o beijo, ele comprimiu o pescoço dela com a boca. Ela pareceu gostar mais disso; suas mãos envolveram-no enquanto ela arquejava, mas, quando os lábios dele lhe deslizaram pela garganta abaixo e ele tentou, com a mão, tirar-lhe o vestido do ombro, ela empurrou-o com força e afastou-se, rápida.

— Chega, Luke!

O episódio decepcionara-a e, de certo modo, lhe repugnara. Luke teve plena consciência disso quando a ajudou a subir no carro e enrolou um cigarro, muito necessitado no momento. Supunha-se um amante capaz, nenhuma das garotas ainda se queixara — mas acontece que elas não eram damas como Meggie. A própria Dot MacPherson, a herdeira de Bingelly, muito mais rica do que Meggie, era grossa como o diabo, não estivera em nenhum internato de Sydney, nem nada disso. A despeito de sua aparência pessoal, Luke estava mais ou menos em igualdade de condições com o trabalhador rural comum em matéria de experiência sexual; pouco entendia da prática além do que lhe dava prazer, e desconhecia a teoria. As numerosas moças que namorara lhe asseguravam de bom grado que tinham gostado, mas isso significava que ele precisava confiar em certa quantidade de informações pessoais, nem sempre sinceras.

A jovem que iniciava um namoro na esperança de casar, quando o homem era atraente e trabalhador como Luke, não se envergonhava de mentir deslavadamente só para agradar-lhe. E nada agrada mais a um homem do que ouvir que ele é o tal. Luke nunca pensou na quantidade de homens, além dele, enganados com essa mentira.

Ainda pensando na velha Dot, que cedera e fizera a vontade do pai depois que este a mantivera fechada na barraca de tosquia durante uma semana em companhia de uma carcaça cheia de moscas-varejeiras, Luke encolheu mentalmente os ombros. Meggie seria um osso duro de roer, e ele não podia dar-se ao luxo de assustá-la ou chocá-la. O divertimento e as brincadeiras teriam de esperar. Ele a conquistaria como ela queria ser conquistada, com flores, atenções e sem muito jogo bruto.

Durante algum tempo reinou um silêncio constrangido, depois Meggie suspirou e afundou-se no assento do carro.

— Desculpe, Luke.

— Eu também lhe peço desculpas. Não pretendia ofendê-la.

— Não, você não me ofendeu, sério! O que acho é que não estou muito acostumada com... com isso. Fiquei assustada, mas não ofendida.

— Oh, Meghann! — Ele tirou uma das mãos do volante e colocou-a sobre as mãos dela. — Não se preocupe com isso. Você é uma garota e tanto e eu creio que me precipitei. Vamos esquecer tudo isso.

— Está bem, vamos — assentiu ela.

— *Ele* não a beijou? — perguntou Luke, curioso.

— Quem?

Haveria medo na voz dela? Mas por que haveria medo na voz dela?

— Você me contou que esteve apaixonada uma vez, por isso pensei que entendesse do riscado. Sinto muito, Meghann. Eu devia ter compreendido que, enfiada sempre aqui, no meio de uma família como a sua, o que você quis dizer foi que teve uma paixonite aguda de menina por algum sujeito que nem ligou para você.

Sim, sim, sim! Deixá-lo pensar isso mesmo!

— Você tem razão, Luke; o que tive mesmo foi uma paixonite de menina.

Fora de casa, ele tornou a puxá-la para si e deu-lhe um beijo delicado, demorado, mas sem boca aberta e sem língua. Ela não respondeu exatamente, mas era evidente que gostara; e ele desceu para a sua casa de hóspedes mais tranqüilo com a certeza de não haver comprometido suas possibilidades.

Meggie arrastou-se para a cama e parou a vista no suave halo circular que a lâmpada projetava no forro. Uma coisa, ao menos, ficara estabelecida: nada havia nos beijos de Luke que lhe lembrasse os beijos de Ralph. E uma ou duas vezes, mais para o fim da noite, ela sentira um arrepio de medrosa excitação, quando ele passara os dedos pelos seus quadris e quando lhe beijara o pescoço. Não adiantava comparar Luke com

Ralph, e ela mesma já não tinha a certeza de querer fazer a comparação. Era melhor esquecer Ralph; ele não poderia ser seu marido. Luke, sim.

Na segunda vez em que Luke a beijou, Meggie procedeu de maneira muito diversa. Eles tinham ido a uma festa maravilhosa em Rudna Hunish, no limite extremo da área territorial que Bob demarcara para os seus passeios, e a noite transcorrera bem desde o começo. Luke estivera em sua melhor forma, fazendo tantas piadas pelo caminho que quase a matara de riso, e mostrando-se depois muito amoroso e atencioso durante toda a festa. E a Srta. Carmichael parecera tão decidida a tirá-lo dela! Metendo-se onde Alastair MacQueen e Enoch Davies receavam chegar, ela juntara-se a eles e flertara com Luke descaradamente, obrigando-o, por educação, a convidá-la a dançar. Era uma festa formal, num salão de baile, e a dança que Luke dançara com a Srta. Carmichael fora uma valsa lenta. Mas ele voltara imediatamente para junto de Meggie assim que a dança acabara e não dissera nada, mas o seu jeito de erguer os olhos para o teto não lhe deixara nenhuma dúvida de que a Srta. Carmichael, na sua opinião, era uma chata. E ela o amara por isso; desde o dia em que a dama se metera com ela na Exposição de Gilly, Meggie passara a vê-la com maus olhos. Nunca esquecera o jeito do Padre Ralph, que não tomara conhecimento da dama para ajudar uma garotinha a transpor uma poça d'água; esta noite, Luke fizera praticamente o mesmo. Bravo! Luke, você é esplêndido!

O trajeto de volta era longo e fazia muito frio. Luke obtivera do velho Angus MacQueen um pacote de sanduíches e uma garrafa de champanha e, depois de haverem percorrido um terço do percurso, ele parou o automóvel. Os aquecedores nos carros eram raríssimos na Austrália, então como agora, mas o Rolls possuía um aquecedor, que, naquela noite, foi muito bem-vindo, pois havia cinco centímetros de geada no chão.

— Não é gostoso ficar sentada sem casaco numa noite como esta? — Meggie sorriu, pegando a taça de champanha que Luke lhe estendia, e mordendo um sanduíche de presunto.

— É, sim. Você está tão bonita esta noite, Meghann.

Que novidade havia na cor dos olhos dela? O cinzento não era, normalmente, uma cor que o entusiasmasse, pois a achava demasiado anêmica, mas, olhando agora para os olhos cinzentos de Meggie, ele juraria que via neles todas as cores da extremidade azul do espectro, o roxo, o anil e o azul do céu num belo dia claro, um verde-musgo profundo e um toque de amarelo-tostado. E brilhavam como jóias suaves, semi-opacas, emolduradas pelos longos cílios ondulados, que faiscavam como se tivessem sido mergulhados em ouro. Ele estendeu a mão e, delicadamente, passou o dedo pelos cílios de um dos olhos; a seguir, olhou, solene, para a ponta do dedo.

— Que foi, Luke?

— Não pude resistir à tentação de verificar por mim mesmo se você não tem um pote de ouro em pó no toucador. Sabe que é a primeira garota que conheci com ouro de verdade nas pestanas?

— Oh! — Ela mesma os tocou, olhou para o dedo, riu. — Você tem razão! O ouro não sai de jeito nenhum.

O champanha lhe fazia cócegas no nariz e lhe efervescia no estômago; ela sentia-se maravilhosamente bem.

— E sobrancelhas de ouro, em forma de teto de igreja, e o mais belo cabelo de ouro... Tenho sempre a impressão de que deve ser duro como o metal e, no entanto, é fino e macio como cabelo de bebê... E não creio que você não empoe a pele com pó de ouro, de tanto que ela brilha... E a boca mais bonita, feita especialmente para o beijo...

Sentada, ela olhava para ele, com os lábios róseos e tenros ligeiramente entreabertos, como tinham estado no dia em que se haviam conhecido; ele estendeu a mão e tirou-lhe a taça vazia.

— Você precisa de um pouco mais de champanha — declarou ele, enchendo-a.

— Devo reconhecer que é gostoso parar e descansar um pouco dos solavancos do caminho. E muito obrigada por ter tido a idéia de pedir ao Sr. MacQueen os sanduíches e o vinho.

O grande motor do Rolls tiquetaqueava suavemente no silêncio, enquanto o ar quente entrava quase sem fazer ruído pelos respiradouros; duas espécies distintas de ruídos acalentadores. Luke desfez o nó da gravata, tirou-a, desabotoou o colarinho. Os paletós de ambos estavam no assento traseiro, quentes demais para a temperatura do carro.

— Que gostosura! Não sei quem inventou as gravatas e depois cismou que o homem só estava decentemente vestido quando trazia uma no pescoço, mas se eu o encontrar algum dia, hei de estrangulá-lo com sua própria invenção.

Ele virou-se de repente, abaixou o rosto para o dela e pareceu pegar a curva arredondada dos lábios dela exatamente nos seus, como duas peças de um quebra-cabeça; embora não a segurasse nem a tocasse em qualquer outro lugar; ela se sentiu aprisionada por ele e deixou que a cabeça lhe acompanhasse o movimento quando ele se inclinou para trás, puxando-a sobre o seu peito. As mãos dele subiram para segurar-lhe a cabeça, para melhor trabalhar na boca entontecedora, surpreendentemente receptiva, esgotá-la. Suspirando, ele entregou-se todo àquela sensação, sentindo-se à vontade afinal com os lábios sedosos de criança, que finalmente se ajustavam aos seus. O braço dela procurou-lhe o pescoço, seus dedos, que tremiam, enfiaram-se-lhe no cabelo, a palma da sua outra mão descansou na pele macia e morena do peito dele. Desta vez Luke não se apressou, embora já estivesse ereto antes de dar-lhe a segunda taça de champanha, só de contemplá-la. Sem largar-lhe a cabeça, beijou-lhe as faces, os olhos cerrados, os ossos curvos das órbitas debaixo das sobrancelhas, voltou às faces porque eram tão acetinadas, voltou à boca porque sua forma infantil o deixava maluco, deixara-o maluco desde o dia em que a vira pela primeira vez.

E lá estava o colo dela, com a concavidadezinha na base, a pele do ombro tão delicada, tão fresca, tão enxuta... Incapaz de parar, morrendo de medo de que ela o mandasse parar, tirou uma das mãos da cabeça dela, libertou a longa fieira de botões nas costas do vestido, que fez deslizar pelos braços obedientes, e puxou as alças da combinação de cetim. Com o rosto enterrado entre o pescoço e o ombro dela passou as pontas dos dedos pelas costas nuas, sentiu-lhe os arrepiozinhos assustados, os bicos dos seios subitamente endurecidos. Abaixou ainda mais a cabeça, na busca tátil, cega, compulsiva, de uma superfície cálida e arredondada, os lábios apartados, pressionando, até que se fecharam sobre a carne retesada e arrepiada. Sua língua ali se demorou por um minuto aturdido, depois suas mãos lhe apertaram as costas com um prazer agoniado e ele chupou, mordiscou, beijou, chupou... O velho impulso eterno, sua preferência particular, que nunca falhava. Era bom, bom, bom; *boooom*! Não gritou, apenas estremeceu por um momento de espasmo e alargamento, e engoliu nas profundezas da sua garganta.

Como criança de peito saciada, deixou que o bico do seio lhe saltasse da boca, afeiçoou um beijo de amor e gratidão do lado do seio, e permaneceu inteiramente imóvel a não ser pelo arfar da respiração. Sentia-lhe a boca no cabelo, a mão por dentro da camisa. De repente, pareceu refazer-se, abriu os olhos. Sentou-se depressa, recolocou no lugar as alças da combinação, depois o vestido e abotoou destramente os botões.

— É melhor você casar comigo, Meghann — disse, com os olhos ternos e risonhos. — Acho que seus irmãos não aprovariam nem um pouco o que acabamos de fazer.

— É, também acho melhor — concordou ela com as pálpebras descidas e um rubor delicado nas faces.

— Vamos lhes contar amanhã cedo.

— Por que não? Quando mais cedo, melhor.

— No sábado que vem a levarei a Gilly. Veremos o Padre Thomas... Acredito que você queria um casamento na igreja... Trataremos dos proclamas e compraremos um anel de noivado.

— Obrigada, Luke.

Estava tudo resolvido. Ela se comprometera, não poderia voltar atrás, em poucas semanas, ou assim que corressem os proclamas desposaria Luke O'Neill. Seria... a Sra. Luke O'Neill! Que coisa estranha! Por que dissera sim? Porque *ele* me disse que eu devia, porque *ele* me disse que eu haveria de fazê-lo. Mas por quê? Para afastar o perigo *dele*? Para proteger-se ou para proteger-me? Ralph de Bricassart, às vezes penso que o odeio...

O incidente no carro fora alarmante e perturbador. Nem um pouco parecido com a primeira vez. Tantas sensações belas, aterradoras! Oh, o toque das mãos dele! O puxar eletrizante do seu seio, a emitir vastos anéis que se iam alargando pelo corpo dela! E precisamente no instante em que sua consciência erguera a cabeça, dissera à coisa irracional em que ela parecia haver-se transformado que ele a estava despindo, que era preciso gritar, esbofeteá-lo, fugir. Não mais embalada e meio inconsciente por causa do champanha, do calor, da descoberta de que era delicioso ser beijada quando o beijo era dado com acerto, o primeiro movimento dele para pôr-lhe o seio na boca a transfixara, silenciara o bom senso, a consciência e toda e qualquer idéia de fuga. Seus ombros ficaram acima do peito dele, seus quadris pareciam abater-se sobre ele, suas coxas e aquela região sem nome situada acima delas, sob a pressão das mãos dele, comprimiam-se de encontro a uma aresta do corpo dele dura como pedra, e ela apenas desejara permanecer assim pelo resto dos seus dias, abalada até à alma e abrindo-se vazia, desejando... Desejando o quê? Não sabia. No momento em que ele a afastara, ela não quisera afastar-se, teria sido até capaz de atirar-se sobre ele como uma selvagem. Mas aquilo acabara selando de modo definitivo sua determinação, que se consolidava, de casar com Luke O'Neill. Sem falar que ela estava convencida de que ele lhe fizera a coisa em conseqüência da qual nasciam os bebês.

Ninguém ficou muito surpreendido com a notícia, e ninguém sonhou em fazer objeções. Só os surpreenderam a recusa terminante de Meggie em escrever ao Bispo Ralph para dar-lhe a notícia e a sua quase histérica rejeição da idéia aventada por Bob de convidá-lo a Drogheda e fazer um casamento pomposo em casa. Não, não, não!, gritara-lhes Meggie, que nunca levantara a voz. Estava zangada, aparentemente, porque ele jamais voltara para vê-los. Sustentava que o casamento só interessava a ela e que, se ele não tivera a decência de vir a Drogheda sem um motivo especial, ela não iria agora fornecer-lhe uma obrigação a que ele não pudesse esquivar-se.

Por isso Fee prometeu não lhe dizer uma palavra em suas cartas; aliás, tinha-se a impressão de que pouco lhe importava uma coisa ou a outra, como a própria escolha de marido feita por Meggie. A escrituração dos livros de Drogheda tomava-lhe todo o tempo. Os registros de Fee teriam proporcionado a um historiador perfeita descrição da vida de uma fazenda de criar carneiros, pois não se limitavam aos algarismos e aos livros de contabilidade. Todos os movimentos de todos os rebanhos eram rigidamente descritos, as mudanças das estações, o tempo que fizera cada dia, e até o que a Sra. Smith servira ao jantar. O registro no livro diário, por exemplo, referente ao domingo, 22 de julho de 1934, era deste teor: *Céu claro, sem nuvens, temperatura de madrugada, 1,1 graus. Não se rezou missa hoje. Bob está na sede, Jack foi para Murrimbah com 2 pastores, Hughie foi para West Dam com 1 pastor, Beerbarrel está levando os carneiros castrados de 3 anos de Budgin para Winnemurra. Temperatura às 3 horas da tarde, 29,4 graus. Barômetro firme, 30,6 polegadas. Vento direto do oeste. Cardápio do jantar, carne de vaca conservada em salmoura, batatas, cenouras e couve cozidas, depois pudim de ameixas. Meghann Cleary desposará o Sr. Luke O'Neill, pastor, no sábado, dia 25 de agosto, na igreja de Santa Cruz, em Gillanbone. Registro feito às 9 horas da noite, temperatura de 7,2 graus, último quarto da lua.*

11

Luke comprou para Meggie um anel de noivado de brilhantes, modesto mas bonito, com duas pedras de um quarto de quilate engastadas num par de corações de platina. O casamento foi marcado para o meio-dia do sábado, 25 de agosto, na igreja de Santa Cruz. A cerimônia seria seguida de um jantar de família no Hotel Imperial, a que a Sra. Smith, Minnie e Cat foram, naturalmente, convidadas, se bem que Jims e Patsy tivessem ficado em Sydney depois de Meggie haver dito com firmeza que não via motivo para fazê-los percorrer novecentos e sessenta quilômetros só para assistir a uma cerimônia que eles nem compreendiam direito. Ela recebera as cartas de congratulações de ambos; a de Jims, longa, digressiva, infantil, a de Patsy com três palavras, "Montões de felicidades". Eles conheciam Luke, naturalmente, pois haviam cavalgado com ele pelos pastos de Drogheda durante as férias.

A Sra. Smith lamentou a insistência de Meggie em ter a menor festa de casamento possível; ela esperara ver a única moça casada em Drogheda com bandeiras desfraldadas e címbalos soando, dias de comemoração. Meggie, no entanto, era tão avessa ao espalhafato que até se recusou a vestir trajes de noiva; fez questão de casar com um vestido comum e um chapéu comum, que seria, mais tarde, o seu traje de viagem.

— Querida, já decidi aonde levá-la em nossa lua-de-mel — anunciou Luke, deixando-se cair numa cadeira defronte dela, no domingo, depois de feitos os planos de casamento.

— Aonde?

— A North Queensland. Enquanto você estava na costureira, fiquei conversando com alguns rapazes no bar do Imperial, e eles me disseram que há muito dinheiro para ganhar na terra da cana. Basta que o homem seja forte e não tenha medo do trabalho pesado.

— Mas, Luke, você já tem um bom emprego aqui!

— Um homem não se sente bem engordando à custa de cunhados e sogros.

Quero arranjar dinheiro para comprar umas terras em Western Queensland, e quero consegui-lo antes de ficar velho demais para trabalhar. Para um homem sem estudos não é fácil encontrar um trabalho bem pago nesta Depressão, mas há falta de gente em North Queensland, e o dinheiro, pelo menos, é dez vezes o que ganho em Drogheda.

— Fazendo o quê?

— Cortando cana.

— Cortando cana? Mas isso é trabalho de cule!

— Não é, aí é que você se engana. Os cules não são suficientemente grandes para fazer tão bem esse trabalho quanto os cortadores brancos e, além disso, você sabe tão bem quanto eu que as leis australianas proíbem a importação de homens pretos ou amarelos para trabalhar como escravos ou por salários menores que os de um homem branco, e tirar o pão da boca de um australiano branco. Há falta de cortadores e há dinheiro em penca. Não são muitos os sujeitos tão grandes ou tão fortes como eu para cortar cana. E isso não dará cabo de mim!

— Quer dizer que você está pensando em fazer nosso lar em North Queensland, Luke?

— Estou.

Ela olhou, por cima do ombro dele, através da grande série de janelas, para Drogheda: os eucaliptos, o Home Paddock, a extensão de árvores além. Não viver em Drogheda! Estar em algum lugar onde o Bispo Ralph nunca poderia encontrá-la, viver sem jamais tornar a vê-lo, unir-se ao estranho sentado diante dela tão irrevogavelmente que não poderia voltar atrás... Os olhos cinzentos pousaram no rosto vivo e impaciente de Luke e tornaram-se mais belos, mas, sem dúvida, mais tristes. Ele apenas o suspeitou; ela não vertia lágrimas, suas pálpebras não descaíam, nem lhe descaíam os cantos da boca. Mas ele não se preocupava com as possíveis tristezas de Meggie, nem tinha a intenção de deixar que ela se tornasse tão importante para ele que pudesse levá-lo a preocupar-se com ela. Ela era, sem dúvida, como um prêmio para quem tentara casar com Dot MacPherson de Bingelly, mas seu poder de atração e sua natureza tratável só aumentavam a vigilância de Luke sobre o próprio coração. Mulher alguma, nem que fosse tão meiga e tão bela quanto Meggie Cleary, teria poder suficiente sobre ele para dizer-lhe o que devia ou não devia fazer.

Por isso, continuando fiel a si mesmo, mergulhou diretamente no assunto que trazia no espírito. Havia ocasiões em que a astúcia era necessária, mas, nessa questão, não lhe seria mais eficaz do que a rudeza.

— Meghann, sou um homem antiquado — disse ele.

Ela encarou-o, intrigada.

— É mesmo? — perguntou, ao passo que o seu tom queria dizer: E isso importa?

— Sou — confirmou ele. — Acredito que quando um homem e uma mulher se

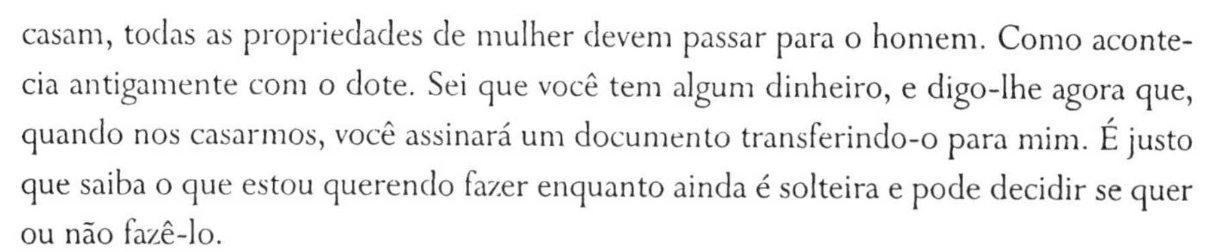

casam, todas as propriedades de mulher devem passar para o homem. Como acontecia antigamente com o dote. Sei que você tem algum dinheiro, e digo-lhe agora que, quando nos casarmos, você assinará um documento transferindo-o para mim. É justo que saiba o que estou querendo fazer enquanto ainda é solteira e pode decidir se quer ou não fazê-lo.

Nunca ocorrera a Meggie a idéia de ficar com o seu dinheiro; presumira simplesmente que, ao casar, o dinheiro passaria a ser de Luke, e não dela. Todas as mulheres australianas, excetuando-se apenas as mais cultas e sofisticadas, eram educadas para julgar-se, mais ou menos, bens móveis de seus homens, e isso era especialmente verdadeiro em relação a Meggie. Seu pai sempre governara Fee e os filhos e, a partir da sua morte, Fee passara a sujeitar-se às decisões de Bob, como sucessor dele. O homem possuía o dinheiro, a casa, a esposa e os filhos. Meggie nunca pusera em dúvida o direito de Luke nesse sentido.

— Eu não sabia que era preciso assinar alguma coisa, Luke — exclamou ela. — Pensei que o meu passasse automaticamente a ser seu quando nos casássemos.

— Costumava ser assim, mas aqueles noviços estúpidos de Canberra acabaram com isso quando deram o direito de voto às mulheres. Quero que tudo seja justo e direito entre nós, Meghann, de modo que lhe estou dizendo agora como serão as coisas.

Ela riu-se.

— Está bem, Luke, eu não me incomodo.

Ela tomava a coisa como uma boa esposa de outros tempos. Dot não teria cedido tão prontamente.

— Quanto é que você tem? — perguntou ele.

— Neste momento, catorze mil libras. Todos os anos ganho mais duas mil.

Ele assobiou.

— Catorze mil libras! Puxa! Isso é dinheiro pra burro, Meghann. É melhor que eu tome conta dele para você. Poderemos procurar o gerente do banco na semana que vem, e lembre-me de deixar acertado que tudo o que entrar no futuro seja posto em meu nome também. Não vou tocar num tostão, você sabe. É para comprar nossa fazenda mais tarde. Nos próximos anos nós dois vamos trabalhar bastante e poupar todo dinheiro que ganharmos. Certo?

Ela assentiu com a cabeça.

— Está certo, Luke.

Uma simples inadvertência da parte de Luke quase acabou com o casamento. Ele não era católico. Quando o Padre Watty o descobriu, ergueu as mãos, horrorizado.

— Misericórdia, Luke, por que não me disse isso antes? Agora serão necessárias todas as nossas energias para convertê-lo e batizá-lo antes do casamento!

Luke olhou espantado para o Padre Watty.

— Quem foi que falou em conversão, Padre? Sinto-me muito feliz sendo o nada que sou, mas, se isso o aborrece, pode me registrar como crente ou testemunha de Jeová, ou o que quiser. Mas como católico, não.

Em vão lhe suplicaram; Luke recusou-se terminantemente a pensar em conversão.

— Não tenho nada contra o catolicismo nem contra a Irlanda, e reconheço que os católicos do Ulster são muito maltratados. Mas acontece que sou orangista e não costumo virar a casaca. Se fosse católico e vocês quisessem me converter para o metodismo, eu reagiria do mesmo jeito. Não é ao fato de ser católico que faço objeção, mas ao fato de ser vira-casaca. Desista de contar comigo no seu rebanho, Padre, e pronto.

— Então você não pode casar!

— E por que não, ora essa? Se o senhor não quiser nos casar, não vejo por que o reverendo lá da Igreja Anglicana se recusaria a fazê-lo, ou mesmo Harry Gough, o juiz de paz.

Fee sorriu com acrimônia, lembrando-se do seu contratempo com Paddy e um padre; mas ela vencera aquele encontro.

— Eu *preciso* casar na igreja, Luke! — protestou Meggie, medrosa. — Se não casar na igreja, estarei vivendo em pecado.

— Pelo que me diz respeito, viver em pecado é muito melhor do que virar a casaca — rebateu Luke, que era, às vezes, curiosamente contraditório; por mais que quisesse o dinheiro de Meggie, a sua teimosia cega não o deixava voltar atrás.

— Ora, parem com essa bobagem! — interveio Fee, dirigindo-se, não a Luke, mas ao padre. — Façam o que Paddy e eu fizemos e acabem com a discussão! Se não quiser sujar a sua igreja, o Padre Thomas poderá casá-los na casa paroquial!

Todos arregalaram os olhos para ela, assombrados, mas a idéia deu certo; o Padre Watkin cedeu e concordou em casá-los na casa paroquial, embora se recusasse a abençoar o anel de noivado.

A sanção parcial da Igreja deixou Meggie com a impressão de estar pecando, mas não o bastante para merecer o Inferno, e a velha Annie, a governanta da casa paroquial, fez o possível para dar ao escritório do Padre Watty o aspecto mais eclesiástico possível, enchendo-o de grandes vasos de flores e muitos castiçais de latão. Mas foi uma cerimônia desagradável, em que o sacerdote, contrariado, fazia todo mundo sentir que ele só a realizava para evitar o constrangimento maior de um casamento secular realizado segundo os cânones de outra religião. Não houve missa nupcial, não houve bênçãos.

Entretanto, realizou-se. Meggie era a Sra. Luke O'Neill a caminho de North Queensland e de uma lua-de-mel um tanto retardada pelo tempo que levariam para chegar lá. Luke recusou-se a passar a noite de sábado no Imperial, pois o trem que servia o ramal de Goondiwindi só partia uma vez por semana, sábado à noite, a fim de estabelecer conexão com o trem postal de Goondiwindi a Brisbane, no domingo. Estariam em Bris na segunda-feira, a tempo de pegar o expresso de Cairns.

O trem de Goondiwindi ia apinhado. Não puderam isolar-se dos outros e passaram a noite sentados, porque o trem não tinha carro-dormitório. Hora após hora rodou ele, errático, aos sacolejos, pelo caminho que levava ao nordeste, parando todas as vezes que o maquinista sentia vontade de preparar um bule de chá, ou para deixar um rebanho de carneiros atravessar a estrada, ou para conversar com um tropeiro.

— Por que será que pronunciam *Goon*diwindi como se fosse *Gun*diwindi, se não querem escrever a palavra desse jeito? — perguntou Meggie, por perguntar, enquanto esperavam no único lugar que se abria aos domingos em Goondiwindi, a horrível sala de espera com o seu verde institucional e seus bancos duros e pretos de madeira. A pobre Meggie estava nervosa e pouco à vontade.

— Como posso saber? — suspirou Luke, que não se sentia inclinado a falar e estava morrendo de fome ainda por cima. Por ser domingo, não lhes foi possível arranjar nem mesmo uma xícara de chá; só na segunda-feira de manhã, na parada para o café do trem postal de Brisbane, tiveram a oportunidade de encher os estômagos vazios e matar a sede. Depois veio Brisbane, a estação de South Bris, a travessia da cidade até a estação do expresso de Cairns em Roma Street, onde Meggie descobriu que Luke comprara para eles dois lugares de segunda classe, em que teriam de viajar sentados.

— Luke, nós não estamos sem dinheiro! — disse ela, cansada e exasperada. — Se você se esqueceu de ir ao banco, eu tenho cem libras, que Bob me deu, aqui na minha bolsa. Por que não comprou para nós uma cabina de primeira classe com dois leitos?

Ele a encarou, assombrado.

— Mas são apenas três noites e três dias até Dungloe! Por que gastar dinheiro em leitos se somos ambos jovens, sadios e fortes? Viajar sentada num trem por algum tempo não a matará, Meghann! Já está na hora de você se compenetrar de que casou com um simples operário, e não com um maldito posseiro!

Meggie deixou-se cair no banco ao lado da janela, que Luke lhe arranjara, e descansou o queixo trêmulo na mão a fim de olhar para fora, sem que Luke lhe notasse as lágrimas. Ele lhe falara como se fala com uma criança irresponsável, e ela ficou a imaginar se ele, de fato, não a via assim. A rebelião começou a agitar-se dentro dela, mas era ainda incipiente e o forte orgulho vedava-lhe a indignidade de brigar. Em lugar disso, disse a si mesma que estava casada com aquele homem, mas a coisa era tão nova que ele ainda não se habituara a ela. Dessem-lhe um pouco de tempo. Viveriam juntos, ela cozinharia a comida dele, consertaria suas roupas, cuidaria dele, teria seus filhos, seria uma boa esposa. Era só ver o quanto seu pai gostara de sua mãe, o quanto a adorara. Luke precisava de tempo.

Destinavam-se a uma cidade chamada Dungloe, que distava apenas oitenta quilômetros de Cairns, ponto final da linha que corria ao longo de toda a costa de Queensland na direção do norte. Mais de mil e seiscentos quilômetros de trilhos de bitola estreita, sacolejando para a frente e para trás, com todos os bancos do carro ocupados, sem possibilidade de deitar-se ou de esticar as pernas. Embora a região fosse muito mais densamente povoada do que Gilly e muito mais colorida, Meggie não conseguia interessar-se por ela.

Doía-lhe a cabeça, nenhum alimento lhe parava no estômago, e o calor era muito, mas muito pior do que qualquer coisa que já tivesse experimentado em Gilly. O lindo vestido de casamento de seda cor-de-rosa sujara-se com a fuligem que entrava pelas janelas, sentia a pele pegajosa com um suor que não se evaporava e, o que era pior do que qualquer desconforto físico, estava na iminência de odiar Luke. Aparentemente sem o menor cansaço ou a menor indisposição, sentado à vontade, ele batia papo com dois homens que iam para Cardwell. Nas únicas vezes em que olhava na sua direção, levantava-se, curvava-se sobre ela com tanta desatenção que ela se encolhia, e atirava um jornal enrolado pela janela a uma turma de homens maltrapilhos famintos de notícias, ao lado da linha, com malhos de aço nas mãos, que gritavam:

— Jornal! Jornal!

— São os homens que examinam os trilhos — explicou ao sentar-se de novo, quando isso aconteceu pela primeira vez.

E ele parecia acreditá-la tão feliz e confortável quanto ele, fascinada pela planície litorânea que voava a seu lado. Ao passo que ela a contemplava sem vê-la, detestando-a antes mesmo de pôr o pé naquele chão.

Em Cardwell os dois homens apearam, e Luke dirigiu-se à venda de peixes e petisqueiras, defronte da estação, do outro lado da estrada, e de lá voltou com qualquer coisa embrulhada em jornal.

— Dizem que o peixe de Cardwell tem de ser provado para ser acreditado, Meghann querida. O melhor peixe do mundo. Experimente um pouco. É o seu primeiro bocado de comida autêntica de Bananalândia. É o que lhe digo, não há lugar como Queensland.

Meggie olhou para os pedaços gordurosos de peixe mergulhados em molho, levou o lenço à boca e saiu ventando para o toalete. Ele estava esperando no corredor quando ela voltou algum tempo depois, branca e trêmula.

— Que aconteceu? Está-se sentindo mal?

— Estou-me sentindo mal desde que saímos de Goondiwindi.

— Misericórdia! E por que não me disse?

— Por que você não notou?

— Você me parecia muito bem.

— Quanto falta agora? — perguntou ela, desistindo.

— De três a seis horas, um pouco mais ou um pouco menos. Aqui não se obedece muito aos horários. Há bastante espaço agora que aqueles sujeitos desceram; deite-se e ponha os pezinhos no meu colo.

— Pare de falar comigo como se eu fosse uma criancinha! — atalhou ela, ácida. — Teria sido muito melhor se eles tivessem descido há dois dias em Bundaberg!

— Ora, Meghann, seja boazinha! Estamos quase chegando. Só faltam Tully e Innisfail, depois vem Dungloe.

Entardecia quando desceram do trem. Meggie agarrava-se, desesperada, ao braço de Luke, orgulhosa demais para admitir que não podia caminhar direito. Ele pediu ao chefe da estação que lhe indicasse um hotel de trabalhadores, apanhou as malas e saiu para a rua, seguido de Meggie, que cambaleava como se estivesse bêbeda.

— É só até o fim do quarteirão do outro lado da rua — disse ele, confortante. — Aquela espelunca de dois andares.

Embora o quarto deles fosse pequeno e atulhado de grandes peças de mobília vitoriana, pareceu o céu para Meggie, que desabou sobre a beira da cama de casal.

— Descanse um pouco até à hora do jantar, amor. Vou sair para procurar meus pontos de referência — anunciou Luke, saindo calmamente do quarto com o aspecto viçoso e descansado que ostentara na manhã do dia do seu casamento. Ora, isso fora no sábado e já estavam na quinta-feira seguinte, à noitinha, depois de cinco dias sentados em trens abarrotados, sufocados pela fumaça de cigarros e pela fuligem.

A cama rodava monotonamente, ao ritmo das rodas de aço que passavam estalejando sobre junções de trilhos, mas Meggie virou a cabeça no travesseiro com um sentimento de gratidão, e dormiu, dormiu.

Alguém lhe tirara os sapatos e as meias, e cobrira-a com um lençol; Meggie estremeceu, abriu os olhos e correu-os à sua volta. Luke estava sentado no peitoril da janela com um joelho erguido, fumando. O movimento dela fê-lo voltar-se, olhar para ela e sorrir.

— Que bela noiva você me saiu! Eu aqui, esperando ansioso pela minha lua-de-mel, e minha esposa apaga durante quase dois dias! Fiquei um pouco preocupado quando não consegui despertá-la, mas diz o hoteleiro que isso acontece mesmo às mulheres, depois de uma viagem assim e por causa da umidade. Ele me aconselhou a deixá-la dormir. Como se sente agora?

Ela sentou-se na cama, cerimoniosa, e bocejou.

— Muito melhor, obrigada. Oh, Luke! Sei que sou moça e forte, mas também sou mulher! Não agüento esse castigo físico que você agüenta.

Ele foi sentar-se à beira da cama e começou a esfregar o braço dela, num gesto encantador de arrependimento.

— Sinto muito, Meghann, é verdade. Não pensei no fato de você ser mulher. Não estou acostumado a andar com uma esposa a tiracolo, é isso. Está com fome, querida?

— Estou morta de fome. Sabe que faz quase uma semana que não como?

— Então por que não toma um banho, não põe um vestido limpo e não sai comigo para conhecer a cidade?

Havia um café chinês ao lado do hotel, aonde Luke a levou para que Meggie provasse, pela primeira vez na vida, a comida oriental. Sua fome era tanta que qualquer coisa lhe teria cabido bem, mas aquilo estava soberbo. Nem se preocupou em verificar se fora feito de fato com caudas de ratos, nadadeiras de tubarões e tripas de aves, como se dizia em Gillanbone, que só possuía um café dirigido por gregos, onde se serviam bifes, batatas fritas e nada mais. Luke tirara duas garrafas de cerveja do hotel e insistiu com ela para que tomasse um copo apesar da sua aversão pela cerveja.

— Vá devagar com a água — recomendou ele. — A cerveja não lhe dará piriri.

Depois tomou-lhe o braço e passeou com ela por Dungloe orgulhosamente, como se fosse o dono da cidade. Acontece que Luke nascera em Queensland. Que lugar! Muito diferente das cidades ocidentais. Em tamanho talvez fosse igual a Gilly, mas, em vez de prolongar-se indefinidamente por uma única rua principal, Dungloe fora construída em quarteirões quadrados e ordenados, com todas as lojas e casas pintadas de branco, e não de marrom. As janelas eram basculantes verticais de madeira, provavelmente para melhor captar a brisa e, sempre que possível, não havia tetos, como acontecia no cinema, que possuía uma tela, paredes cheias de bandeiras e filas de cadeiras de lona, das que se usam nas cobertas dos navios, mas sem teto.

Uma verdadeira selva cercava a cidade. Plantas rastejantes e trepadeiras espalhavam-se por toda parte — trepavam nos postes, subiam pelos telhados, estendiam-se ao longo dos muros. Árvores surgiam casualmente no meio da rua, ou tinham casas construídas à sua volta, ou talvez tivessem crescido por dentro das casas. Era impossível dizer quem chegara primeiro, se as árvores ou as habitações humanas, pois a impressão predominante era a de um crescimento descontrolado, febril, da vegetação. Coqueiros mais altos e mais retos do que os eucaliptos de Drogheda agitavam as frondes, que se destacavam do céu azul-escuro; para onde quer que dirigisse o olhar, Meggie topava com um esplendor de cores. Aquela não era uma terra marrom e cinzenta. Todas as espécies de árvores pareciam florir — rubras, alaranjadas, escarlates, cor-de-rosa, azuis, brancas.

Havia muitos chineses que vestiam calças pretas de seda, minúsculos sapatos pretos e brancos com meias brancas, camisas com colarinhos de mandarim, rabichos na cabeça. Homens e mulheres tão parecidos uns com os outros que Meggie encontrou dificuldade para diferençá-los. Quase todo o comércio parecia estar nas mãos de chineses; um grande magazine, muito mais opulento do que tudo o que havia em Gilly, tinha um nome chinês: AH WONG'S, dizia a tabuleta.

Todas as casas eram construídas sobre estacas muito altas, como a velha residência do chefe dos pastores em Drogheda. Esse tipo de construção tinha por finalidade obter a máxima circulação do ar, explicou Luke, e impedir que os cupins lhes provocassem a queda um ano depois da sua construção. No topo de cada estaca havia uma chapa fina com as pontas viradas para baixo; não podendo dobrar o corpo ao meio, os cupins não conseguiam chegar, rastejando pelo parapeito de lata, à madeira da própria casa. Era evidente que se regalavam com as estacas, mas, quando uma estaca apodrecia, substituíam-na por outra nova. Muito mais fácil e barato do que construir uma nova casa. A maioria dos jardins parecia um prolongamento da selva, em que sobressaíam bambuais e coqueirais, como se os seus habitantes houvessem desistido de impor ordem ao mundo vegetal.

Os homens e as mulheres impressionaram-na. Para ir jantar e sair a passeio com Luke, ela se vestira como exigia o costume, com sapatos de salto alto, meias de seda, combinação de cetim, vestido leve de seda com cinto e mangas até os cotovelos. Na cabeça trazia um grande chapéu de palha, as mãos calçavam luvas. E o que mais a irritava era a sensação desagradável, provocada pelo jeito com que todos a miravam, de ser *ela* a malvestida!

Os homens andavam de pé no chão, pernas de fora e a maioria com o peito nu, vestindo apenas *shorts* cáqui de tecido grosso; os poucos que cobriam o peito faziam-no com camisetas de malha e não com camisas. As mulheres eram piores. Umas poucas exibiam parcos vestidos de algodão, manifestamente sem nada por baixo, sem meias, e calçavam sandálias sujas. A maioria, porém, usava *shorts* curtos, andava descalça e escondia os seios debaixo de indecentes camisetas sem mangas. Dungloe era uma cidade civilizada, não uma praia. Mas aqui estavam os seus habitantes brancos nativos passeando pelas ruas em trajes sumários e desavergonhados; os chineses vestiam-se melhor.

Havia bicicletas em toda parte, às centenas; alguns carros, nenhum cavalo. Sim, muito diferente de Gilly. E era quente, quente, quente. Passaram por um termômetro que marcava, incrivelmente, apenas trinta e dois graus; em Gilly, quando fazia quarenta e seis, o ar se diria mais frio. Meggie tinha a impressão de mover-se através de ar sólido, que seu corpo cortava como se fosse manteiga, como se seus pulmões estivessem cheios d'água.

— Luke, não agüento mais! Por favor, não podemos voltar?

— Se quiser, voltamos. O que você está sentindo é a umidade. Ela raramente desce a menos de noventa por cento, no inverno ou no verão, e a temperatura raramente desce a menos de vinte e nove e meio ou sobe a mais de trinta e cinco graus.

Não há muita variação sazonal, mas, no verão, com as monções, a umidade chega a cem por cento.

— Chove no verão e não chove no inverno?

— Chove o ano todo. As monções não falham e, quando não estão soprando, sopram os alísios, vindos do sudeste. E trazem muita chuva também. A média anual de precipitação atmosférica em Dungloe vai de dois metros e meio a sete metros e meio.

Sete metros e meio de chuva por ano! A pobre Gilly ficava extática quando conseguia 380 milímetros, ao passo que aqui, a pouco menos de quatro mil quilômetros de Gilly, caíam mais de sete metros.

— E não esfria à noite? — perguntou Meggie quando chegaram ao hotel; as noites quentes em Gilly eram suportáveis comparadas àquela sauna.

— Não muito. Você se acostumará. — Ele abriu a porta do quarto e afastou-se para ela passar. — Irei até o bar tomar uma cerveja, mas estarei de volta daqui a meia hora. Isso lhe dará tempo suficiente.

Os olhos dela voaram para o rosto dele, sobressaltados.

— Sim, Luke.

Dungloe ficava a dezessete graus ao sul do equador, de modo que a noite caía como um raio; num minuto se diria que o sol começara a se pôr e, no minuto seguinte, caía sobre as pessoas e as coisas uma escuridão de breu, grossa e quente como melaço. Quando Luke voltou, Meggie apagara a luz e estava deitada na cama com o lençol puxado até o queixo. Rindo, ele estendeu a mão, arrancou-o dela e atirou-o ao chão.

— Já está muito quente, amor. Não precisaremos do lençol.

Ela o ouviu andando de um lado para o outro, viu-lhe a sombra vaga deixando cair as roupas.

— Coloquei seus pijamas no toucador — murmurou ela.

— Pijamas? Com esse calor? Sei que em Gilly teriam um ataque à simples idéia de um homem que não usasse pijamas, mas aqui é Dungloe! Você está de camisola?

— Estou.

— Então, tire-a. Esse troço, de qualquer maneira, só poderá nos atrapalhar.

Muito desajeitada, Meggie conseguiu libertar-se da camisola de cambraia que a Sra. Smith bordara com tanto carinho para a sua noite de núpcias, agradecendo o fato de estar tão escuro que ele não podia vê-la. Mas Luke tinha razão; era muito mais fresco deitar-se inteiramente nua e deixar que a brisa que entrava pelos basculantes escancarados a acariciasse debilmente. Mas a idéia de outro corpo quente na cama ao seu lado deprimia-a.

As molas rangeram; Meggie sentiu uma pele úmida tocar-lhe o braço e deu um pulo. Ele virou-se de lado, aninhou-a entre os braços e beijou-a. A princípio, ela permaneceu passiva, tentando não pensar na boca escancarada e na língua exploradora e indecente, mas, depois, começou a lutar para libertar-se, não desejando ficar perto dele no calor, não desejando ser beijada, não desejando Luke. Não era nada parecido com a noite no Rolls, quando voltavam de Rudna Hunish. Meggie tinha a impressão de que ele nem estava pensando nela, enquanto uma parte qualquer dele lhe empurrava com insistência as coxas, e uma de suas mãos, de unhas afiadas, se metia entre suas nádegas. O medo dela transmudou-se em terror, ela sentiu-se esmagada em mais de um sentido físico pela força e determinação dele, pela ausência, que ele revelava, de percepção dela. De repente ele a largou, sentou-se e pareceu, com as mãos, estalar e esticar qualquer coisa.

— É melhor ir pelo seguro — ofegou ele. — Deite-se de costas, está na hora. Não, não, assim não! Abra as pernas, pelo amor de Deus! Você não sabe nada?

Não, não, Luke, eu não sei!, ela teve vontade de gritar. Isto é horrível, obsceno; seja o que for que você está fazendo comigo, não é possível que seja permitido pelas leis da Igreja ou dos homens! Ele, na verdade, se deitara em cima dela, erguera os quadris e tateava-a com uma das mãos, enquanto a outra lhe segurava com tanta firmeza o cabelo que ela não se atrevia a mexer-se. Contorcendo-se e pulando ao sentir a coisa estranha entre as pernas, ela tentou fazer como ele queria, abrindo-as ainda mais, mas ele era muito mais largo do que ela, e os músculos da sua virilha se contraíram, com cãibra, em razão do peso dele e da postura inusitada. Mesmo através das névoas do medo e do cansaço, que se adensavam, ela sentiu a concentração de uma força poderosa; e, quando ele a penetrou, seus lábios se abriram num grito alto e longo.

— Cale a boca! — gemeu Luke, tirando a mão do cabelo dela e tapando-lhe defensivamente a boca. — O que você está querendo? Fazer todo mundo nesta maldita espelunca pensar que a estou assassinando? Fique quieta, que isso não doerá mais que o necessário. Fique quieta, *fique quieta*!

Ela lutou como possessa para livrar-se da coisa medonha e dolorosa, mas o peso dele não a deixava mexer-se e a mão dele lhe abafava os gritos, e a agonia continuou. Inteiramente seca porque ele não a excitara, a camisinha ainda mais seca lhe arranhava e feria os tecidos, enquanto ele entrava e saía, cada vez mais depressa, e a respiração começava a silvar-lhe entre os dentes; depois, uma mudança qualquer o aquietou, fê-lo estremecer, engolir com força. A dor entorpeceu-se, transformou-se em irritação da carne viva e ele, misericordiosamente, saiu de cima dela e, rolando, foi ficar de costas ao seu lado, arquejante.

— Será melhor para você da próxima vez — ele conseguiu dizer. — A primeira sempre machuca a mulher.

Então por que você não teve a decência de prevenir-me antes?, ela quis rosnar, mas faltou-lhe energia para pronunciar as palavras, ocupada como estava em querer morrer. Não só por causa da dor, mas também pela descoberta de que não possuíra identidade para ele, fora-lhe mero instrumento.

A segunda vez doeu do mesmo jeito, e a terceira também; exasperado, esperando que o desconforto dela (pois era assim que definia as coisas) desaparecesse magicamente depois da primeira vez e, portanto, não compreendendo a razão por que ela continuava a lutar e a gritar, Luke enfezou-se, virou-lhe as costas e ferrou no sono. As lágrimas que caíam dos olhos de Meggie escorriam-lhe até o cabelo; ela estava deitada de costas, desejando a morte ou, então, desejando voltar à antiga existência em Drogheda.

Com que, então, fora a isso que se referira o Padre Ralph, anos atrás, quando lhe falara numa passagem oculta relacionada com o parto? Bonito modo de descobrir o que ele queria dizer. Não admira que tivesse preferido não explicar pessoalmente. Apesar de tudo, Luke apreciara tanto a atividade que a repetira duas vezes em rápida sucessão. Era evidente que isso não o machucava. E ela se surpreendeu a odiá-lo, a odiá-lo.

Exausta, tão machucada que qualquer movimento a fazia sofrer, Meggie, pouco a pouco, conseguiu virar-se de lado, com as costas voltadas para Luke, e chorou no travesseiro. O sono fugiu-lhe, embora Luke dormisse tão profundamente que os seus pequenos e tímidos movimentos não chegaram sequer a modificar-lhe o padrão da respiração. Ele dormia econômica e tranqüilamente, não roncava nem se debatia e, enquanto esperava a madrugada, ela pensou que se os dois ficassem apenas deitados lado a lado, ela talvez até gostasse de dormir com ele. E a aurora despontou tão rápida e melancólica quanto descera a escuridão; parecia-lhe estranho não ouvir os galos cantando e os outros sons de Drogheda ao despertar, com seus carneiros, cavalos, porcos e cães.

Luke acordou e rolou sobre si mesmo; ela sentiu-lhe o beijo no ombro, mas estava tão cansada e tão saudosa de casa que se esqueceu do recato e não se preocupou sequer em cobrir a própria nudez.

— Vamos, Meghann, vamos dar uma olhada em você — ordenou ele, com a mão no quadril dela. — Vire-se, vamos, como uma boa menina.

Nada importava naquela manhã; Meggie virou-se, estremecendo, e ficou olhando obtusamente para ele.

— Não gosto de Meghann — disse ela, utilizando a única forma de protesto que conseguiu encontrar. — Eu gostaria que você me chamasse de Meggie.

— Pois eu não gosto de Meggie. Mas se você tem realmente tanta aversão a Meghann, posso chamá-la de Meg. — O olhar dele passeou pelo corpo dela com expressão sonhadora. — Que belo corpo você tem! — Tocou num seio, de bico murcho e desexcitado. — Especialmente estes. — Fazendo uma pilha dos travesseiros, recostou-se neles e sorriu. — Vamos, Meg, beije-me. Agora é a sua vez de me namorar, e isso talvez lhe agrade mais, hein?

Nunca mais desejarei beijá-lo enquanto viver, pensou ela, olhando para o corpo longo e musculoso, a esteira de pêlos pretos do peito que descia para o ventre numa linha fina e depois se alargava numa pequena mata, da qual saía o rebento enganosamente pequeno e inocente, mas capaz de causar tanta dor. Como eram peludas as pernas dele! Meggie crescera com homens que nunca tiravam uma peça de roupa em presença de mulheres, mas as camisas abertas ao nível do pescoço mostravam peitos peludos no tempo do calor. Todos homens claros, que não lhe causavam repugnância; aquele homem moreno era estranho, repulsivo. A cabeça de Ralph tinha cabelos igualmente pretos, mas ela se lembrava muito bem do seu peito macio, liso e moreno.

— Faça o que estou mandando, Meg! Beije-me.

Inclinando-se, ela beijou-o; ele segurou-lhe os seios com as mãos em concha e fê-la continuar beijando-o; depois, pegou numa das mãos dela e empurrou-a até a sua virilha. Assustada, ela afastou a boca relutante dos lábios dele a fim de olhar para o que estava debaixo da sua mão, mudando e crescendo.

— Oh, por favor, Luke, outra vez não! — chorou ela. — Por favor, outra vez não! Por favor, por favor!

Os olhos azuis examinaram-na atenta e especulativamente.

— Dói tanto assim? Muito bem, faremos uma coisa diferente. Mas, pelo amor de Deus, procure mostrar um pouco de entusiasmo!

Colocando-a sobre ele, separou as pernas dela, ergueu-lhe os ombros e aferrou-se aos seios dela, como o fizera no automóvel na noite em que ela se comprometera a desposá-lo. Presente apenas fisicamente, Meggie suportou-o; ele, pelo menos, não se enfiava dentro dela, de modo que não doía mais que o simples movimento. Estranhas criaturas aqueles homens, que se entregavam àquilo como se fosse a coisa mais deleitosa do mundo. Era repugnante, um arremedo de amor. Não fora a sua esperança de que tudo culminasse num filho, e Meggie se teria recusado terminantemente a repetir a dose.

— Arranjei um emprego para você — disse Luke, depois do desjejum, no refeitório do hotel.

— O quê? Antes de eu ter tido a oportunidade de enfeitar o nosso lar, Luke? Antes de *termos* um lar?

— Não vejo a vantagem de alugarmos uma casa, Meggie. Eu vou cortar cana; está tudo arranjado. Os melhores cortadores de Queensland são uma turma de suecos, poloneses e irlandeses chefiados por um sujeito chamado Arne Swenson. Durante o seu sono depois da viagem, fui procurá-lo. Ele está com falta de um homem e concordou em me experimentar. Isso quer dizer que vou viver num acampamento com eles. Cortamos seis dias por semana, desde que o sol nasce até que ele se põe. Além disso, subiremos e desceremos a costa, onde quer que o serviço nos leve. O quanto ganharei dependerá da cana que eu puder cortar e, se conseguir acompanhar a turma de Arne, embolsarei mais de vinte libras por semana. Já pensou? Vinte libras por semana! Você pode imaginar uma coisa dessas?

— Você está querendo me dizer que não viveremos juntos, Luke?

— Não podemos, Meg! Os homens não querem saber de mulheres no acampamento, e a troco de que você vai viver sozinha numa casa? Será melhor que trabalhe também; tudo é dinheiro para a nossa fazenda.

— Mas onde vou viver? Que espécie de trabalho posso fazer? Aqui não há gado para tropear.

— Não, mas não faz mal. Por isso lhe arranjei um emprego em que você pode morar, Meg. Terá cama e comida de graça, e não precisarei sustentá-la. É uma despesa a menos. Você trabalhará como criada em Himmelhoch, na casa de Ludwig Mueller, o maior plantador de cana do distrito. Sua esposa é inválida e não pode cuidar da casa sozinha. Vou levá-la até lá amanhã cedo.

— E quando o verei, Luke?

— Aos domingos. Luddie sabe que você é casada e não se incomodará se você desaparecer aos domingos.

— Muito bem! Pelo visto, você arrumou as coisas a seu contento, não arrumou?

— Acho que sim. Oh, Meg, ficaremos ricos! Trabalharemos duro, economizaremos cada tostão e logo, logo, compraremos a melhor fazenda no oeste de Queensland. Há as catorze mil que tenho no banco de Gilly, as duas mil que virão todos os anos e as mil e trezentas, ou mais, que poderemos ganhar por ano com o nosso trabalho. Isso não vai demorar, amor, prometo. Sorria e agüente tudo por mim, sim? Por que contentar-se com uma casa alugada se quanto mais duro dermos agora, mais depressa você estará mexendo em sua própria cozinha?

— Se é isso o que você quer... — Ela abaixou os olhos para a bolsa. — Luke, você tirou minhas cem libras?

— Depositei-as no banco. Você não pode andar com dinheiro assim por aí, Meg.

— Mas você tirou tudo! Não tenho nem um tostão! E se eu precisar gastar algum dinheiro?

— Ué! Por que há de querer gastar dinheiro? Você estará em Himmelhoch amanhã cedo, e lá não poderá gastar coisa alguma. Eu me encarregarei da conta do hotel. Já é tempo de você compreender que casou com um operário, que não é a filha mimada do fazendeiro com dinheiro para jogar pela janela. Mueller depositará seus ordenados diretamente na minha conta no banco, onde ficarão com os meus. Nenhum de nós tocará no dinheiro, porque é o nosso futuro, a nossa fazenda.

— Sim, compreendo. Você é muito sensato, Luke. Mas que acontecerá se eu tiver um filho?

Por um momento ele se sentiu tentado a contar-lhe a verdade, que não haveria filho nenhum enquanto a fazenda não fosse uma realidade, mas alguma coisa no rosto dela fê-lo arrepiar carreira.

— Deixemos para atravessar essa ponte quando chegarmos a ela, sim? Eu preferia não ter filhos enquanto não tivéssemos a fazenda, por isso esperemos que não venham.

Sem lar, sem dinheiro, sem filhos. E, a propósito, sem marido. Meggie começou a rir. Luke acompanhou-a e ergueu a xícara de chá num brinde.

— Às camisinhas-de-vênus — disse ele.

De manhã foram para Himmelhoch no ônibus local, um velho Ford sem vidro nas janelas e lugar para doze pessoas. Meggie sentia-se melhor, pois Luke a deixava em paz quando ela lhe oferecia um seio, e parecia gostar tanto disso quanto daquela outra coisa horrível. Por mais que ela quisesse filhos, faltava-lhe coragem. No primeiro domingo em que não estivesse tão sensível, tentaria outra vez. Talvez já houvesse até um bebezinho a caminho, e ela não precisaria mais preocupar-se com isso de novo, a não ser que quisesse outros. Com os olhos mais brilhantes, olhou, interessada, à sua volta enquanto o ônibus roncava pela estrada de terra vermelha.

Uma região emocionante, muito diferente de Gilly; cumpria-lhe admitir que havia aqui uma grandeza e uma beleza que Gilly não possuía. Logo se via que a água não devia escassear. O solo tinha a cor do sangue recém-derramado, de um vermelho brilhante, e a cana nos campos não alqueivados fazia um perfeito contraste com a terra: longas lâminas de um verde-vivo a agitar-se cinco a seis metros acima das hastes cor de vinho, grossas como o braço de Luke. Em parte alguma do mundo, dizia Luke com entusiasmo, a cana crescia tão alta nem tão rica em açúcar; sua produção era a mais elevada que se conhecia. Aquele solo vermelho-vivo, com mais de trinta metros de profundidade, possuía em tamanha quantidade os elementos nutritivos indispensáveis que a cana não podia deixar de ser perfeita, ainda mais se se considerasse a chuva. E em parte alguma do mundo ela era cortada por homens brancos, no ritmo impetuoso e ávido de dinheiro do homem branco.

— Você faria boa figura num palanque de comício, Luke — disse Meggie, irônica.

Ele dirigiu-lhe um olhar de viés, desconfiado, mas absteve-se de fazer comentários porque o ônibus parara à beira da estrada para desembarcá-los.

Himmelhoch era uma casa grande e branca no topo de uma colina, cercada de coqueiros, bananeiras e belas palmeiras cujas folhas se desdobravam em grandes leques como caudas de pavões. Um bambual de doze metros de altura separava a casa do pior das monções de noroeste; e, apesar da altura da colina, a casa se erguia sobre estacas de cinco metros.

Luke carregava-lhe a mala; Meggie se cansava subindo a estrada vermelha ao lado dele, ofegante, ainda corretamente vestida e calçada de sapatos e meias, com o chapéu a girar-lhe em torno do rosto. O barão da cana não estava em casa, mas enquanto os dois subiam a escada, a esposa assomou à varanda, equilibrando-se entre duas bengalas. Sorriu; e, ao dar com o rosto amável e bondoso, Meggie logo se sentiu melhor.

— Entrem, entrem! — disse ela com um pesado sotaque australiano.

Esperando uma voz alemã, Meggie sentiu-se imensamente animada. Luke depôs a mala no chão, apertou a mão da senhora quando esta desvencilhou a direita da respectiva muleta e desceu correndo a escada, na ânsia de pegar o ônibus em sua viagem de volta. Arne Swenson combinara apanhá-lo, à porta do bar, às dez horas.

— Qual é o seu primeiro nome, Sra. O'Neill?

— Meggie.

— Oh, que bom! O meu é Anne, e prefiro que me chame de Anne. Tem sido tão solitário aqui desde que a minha menina me deixou, há um mês, e é tão difícil conseguir gente boa para ajudar no serviço da casa! Tenho lutado sozinha. Somos só dois, Luddie e eu; não temos filhos. Espero que goste de viver conosco, Meggie.

— Estou certa de que gostarei, Sra. Mueller... Anne.

— Deixe-me mostrar-lhe o seu quarto. Pode levar a mala? Receio não ser muito boa para carregar coisas.

O quarto era austeramente mobiliado, como o resto da casa, mas dava para o único lado em que a vista não esbarrava em quebra-ventos, e abria para o mesmo trecho de varanda da sala de estar, que pareceu muito despojada a Meggie com sua mobília de vime e sua falta de cortinas.

— Aqui é quente demais para usarmos veludo ou chita — explicou Anne. — Vivemos com vime, e vestimos o mínimo que a decência nos permite. Terei de educá-la, ou você morrerá. Tem muita coisa inútil sobre o corpo.

Ela mesma trajava camiseta sem mangas, decotada, e *short* curto, de onde lhe saíam, inanes, as pobres pernas tortas. Num abrir e fechar de olhos, Meggie viu-se vestida do mesmo jeito, com roupas de Anne, que as emprestaria até que Luke se persuadisse a comprar-lhe roupas novas. Era humilhante ter de explicar que não podia dispor de dinheiro, mas, ao menos, isso servia para atenuar-lhe o constrangimento por vestir tão pouca coisa.

— Pois você, com certeza, enfeitará meus *shorts* muito mais do que eu — disse Anne, que prosseguiu em sua animada conversa. — Luddie lhe trará a lenha; você não precisará rachá-la nem carregá-la escada acima. Quem me dera que tivéssemos eletricidade, como os lugares mais próximos de Dunny, porém o governo é mais vagaroso que uma semana de chuva. Talvez a força chegue a Himmelhoch no ano que vem, mas, enquanto isso, receio que tenhamos de usar aquele velho e horrível fogão de lenha. Mas não se incomode, Meggie! Assim que tivermos força, teremos um fogão elétrico, luz elétrica e um refrigerador.

— Estou acostumada a passar sem eles.

— Sim, mas no lugar de onde você vem o calor é seco. Isto aqui é muito, muito pior. Receio que sua saúde venha a sofrer. É o que acontece a muitas mulheres que não nasceram nem foram criadas aqui; qualquer coisa relacionada com o sangue. Estamos na latitude sul como Bombaim e Rangum estão na latitude norte, o que quer dizer que isto não é lugar para gente nem bicho que não tenham nascido aqui. — Sorriu. — Oh, já sinto como é bom tê-la conosco! Você e eu vamos nos divertir à beça! Gosta de ler? Luddie e eu temos paixão pela leitura.

O rosto de Meggie iluminou-se.

— Oh, sim!

— Esplêndido! Você viverá tão contente que não sentirá falta do bonitão do seu marido.

Meggie não respondeu. Sentir falta de Luke? Ele era bonito? Se nunca mais tornasse a vê-lo, seria completamente feliz. Só que ele *era* seu marido e, segundo a lei, ela teria de viver com ele. Fora para o casamento com os olhos abertos; não podia culpar ninguém senão a si mesma. Talvez, quando entrasse o dinheiro e a fazenda em Western Queensland fosse uma realidade, houvesse tempo para Luke e ela viverem juntos, estabilizarem-se, conhecerem-se um ao outro, darem-se bem.

Ele não era mau, nem era um homem que não pudesse ser amado; mas vivera sozinho por tanto tempo que não sabia dar-se a outra pessoa. E era um homem simples, não atormentado, que perseguia, implacável, um único propósito. Desejava uma coisa concreta, ainda que fosse um sonho, uma recompensa positiva, que viria decerto em conseqüência do trabalho sem descanso, do sacrifício massacrante. Por isso merecia respeito. Nem por um momento supôs ela que o marido empregasse o dinheiro em luxos para si; ele falara a sério. O dinheiro ficaria no banco.

O diabo é que ele não tinha tempo ou não tinha sutileza para compreender a mulher, não parecia saber que ela era diferente, precisava de coisas de que ele não precisava, como ele precisava de coisas de que ela não precisava. Bem, poderia ter sido pior. Ele podia tê-la feito trabalhar para uma pessoa muito mais fria e menos atenciosa do que Anne Mueller. No topo daquele morro não lhe aconteceria mal algum. Mas era tão longe de Drogheda!

O último pensamento voltou-lhe depois que terminaram a visita da casa e, juntas na varanda da sala de estar, estenderam a vista além de Himmelhoch. Os grandes canaviais (podiam até chamar-se cercados, pois eram tão pequenos que se abarcavam com o olhar) balouçavam, luxuriantes, ao vento, com o seu verde vivo e cintilante e lavado da chuva, que descia em longo declive até às margens enflorestadas de um grande rio, muito mais largo que o Barwon. Do outro lado do rio as terras de cana erguiam-se de novo, retângulos de verde venenoso entremeados de sangrentos campos de pouso, até que as plantações terminavam ao pé de vasta montanha, e a mata tomava conta da paisagem. Atrás do cone da montanha, mais além, outros picos se erguiam e morriam, vermelhos, na distância. De um azul mais rico e mais denso que os céus de Gilly, com um mar de nuvens grandes como ondas, o céu e tudo o mais tinham um colorido vivo e intenso.

— Aquele é o Monte Bartle Frere — disse Anne, apontando para o pico isolado. — Cento e oitenta metros que se erguem acima da planície, situada ao nível do mar. Dizem que é todo formado de estanho, mas não há esperança de minerá-lo por causa da mata.

O vento pesado e ocioso trazia um mau cheiro forte e enjoativo que Meggie vinha tentando afastar das narinas desde que descera do trem. Como a podridão, insuportavelmente doce, penetrante, presença tangível que nunca parecia diminuir, por mais forte que soprasse o vento.

— O que você está cheirando é melaço — disse Anne ao notar as narinas dilatadas de Meggie; e acendeu um cigarro Ardath, comprado pronto.

— É desagradável.

— Eu sei. É por isso que fumo. Mas, até certo ponto, a gente se habitua a ele, embora, à diferença da maioria dos cheiros, nunca desapareça. Entra dia, sai dia, o melaço está sempre aí.

— Que prédios são aqueles, à margem do rio, com as chaminés pretas?

— Aquela é a usina. Processa a cana até transformá-la em açúcar bruto. O que fica, isto é, os remanescentes secos da cana sem o conteúdo de açúcar, chama-se bagaço. Tanto o açúcar bruto quanto o bagaço são remetidos para o sul, para Sydney, e submetidos a um novo refino. Do açúcar bruto se extrai o melaço, o açúcar mascavo, o açúcar cristal, o açúcar refinado e a glicose líquida. O bagaço é transformado em tábuas fibrosas de construção, como a masonite. Nada se desperdiça, absolutamente nada. Por isso é que, mesmo numa crise como esta, plantar cana continua a ser um negócio muito rendoso.

Arne Swenson media 1,87 m de altura, exatamente a altura de Luke, e era tão bem-apessoado quanto ele. O corpo nu tinha uma coloração cinza dourada, mais escura pela perpétua exposição ao sol, e o cabelo, de um amarelo brilhante, encrespava-se por toda a cabeça; os belos traços suecos eram tão parecidos com os de Luke que se via facilmente quanto sangue nórdico devia ter passado para as veias dos escoceses e irlandeses.

Luke renunciara ao fustão e à camisa branca em favor dos *shorts*. Subiu em companhia de Arne numa antiga e resfolegante camionete modelo T e rumou para onde a turma cortava cana ao pé do Goondi. A bicicleta de segunda mão que comprara ia atrás, com a mala, e ele ansiava por começar o trabalho.

Os outros homens estavam cortando desde o romper da manhã e não levantaram a cabeça quando Arne apareceu vindo da direção do acampamento, trazendo Luke a reboque. O uniforme dos cortadores consistia em *shorts*, botas com meias grossas de lã e chapéus de lona. Luke olhou para os trabalhadores, que tinham um aspecto singular. Uma sujeira preta como carvão cobria-os da cabeça aos pés, e o suor lhes desenhava brilhantes riscas cor-de-rosa no peito, nos braços, nas costas.

— Fuligem e lama da cana — explicou Arne. — Precisamos queimá-la para poder cortá-la.

Abaixou-se, pegou dois instrumentos, deu um a Luke e ficou com o outro.

— Este é um facão de cana — disse, levantando o seu. — Com ele você corta a cana. Muito fácil, se souber manejá-lo.

Sorriu e passou à demonstração, fazendo a coisa parecer mais fácil do que provavelmente era.

Luke olhou para o objeto mortal que o outro empunhava, nada parecido com o machete usado nas Índias Ocidentais. Alargava-se para formar um grande triângulo em vez de afilar-se até a ponta, e tinha um gancho terrível, como a espora de um galo, numa extremidade da lâmina.

— O machete é pequeno demais para a cana de North Queensland — disse Arne, concluída a demonstração. — Você verá que este é o verdadeiro brinquedo. Mantenha-o afiado, e boa sorte.

E lá se foi ele para a sua seção, deixando Luke parado, indeciso por um momento. Depois, encolhendo os ombros, este começou a trabalhar. Dali a minutos compreendeu por que destinavam aquele serviço a escravos e a raças ainda não tão sofisticadas que soubessem da existência de maneiras mais fáceis de ganhar a vida; como a tosquia, pensou, de mau humor. Inclinar-se, cortar, endireitar-se, segurar com firmeza o feixe desajeitado, difícil de manejar, percorrê-lo com as mãos em todo o comprimento, arrancar-lhe as folhas, deixá-lo cair numa pilha bem-arrumada, dirigir-se ao feixe mais próximo, inclinar-se, cortar, endireitar-se, cortar, acrescentá-lo à pilha...

O canavial fervilhava de pragas: camundongos, ratazanas, baratas, sapos, aranhas, cobras, vespas, moscas e abelhas. Tudo o que pudesse morder com maldade ou picar de forma insuportável estava ali bem representado. Por essa razão os cortadores queimavam a cana primeiro, preferindo a sujeira de trabalhar com plantas chamuscadas às depredações da cana verde, viva. Mesmo assim eram ferroados, mordidos, cortados. Não fossem as botas e os pés de Luke teriam ficado em pior estado do que as mãos, mas nenhum cortador usava luvas, que atrasavam o trabalho. E o tempo significava dinheiro nesse jogo. De mais a mais, luvas eram coisa de maricas.

Ao pôr-do-sol, Arne ordenou a paralisação do trabalho e foi ver como Luke se saíra.

— Ei, companheiro, nada mau! — gritou, batendo-lhe nas costas. — Cinco toneladas; nada mau para um primeiro dia!

Não era uma longa caminhada até o acampamento, mas a noite tropical caía tão de repente que chegaram no escuro. Antes de entrar, juntaram-se, nus, debaixo de um chuveiro comunitário, e depois, com toalhas enroladas na cintura, entraram no acampamento, onde o cortador incumbido de cozinhar naquele dia já colocara sobre a mesa montanhas do prato em que era especialista. Naquele dia havia bife com batatas, pão sem fermento e rocambole de geléia de frutas; os homens caíram sobre a comida e devoraram tudo, voracíssimos, até à última partícula.

Duas fileiras de camas de ferro se estendiam, uma diante da outra, de cada lado de uma sala comprida, de ferro corrugado; suspirando e maldizendo a cana com uma originalidade que faria inveja a um boiadeiro, os homens derrearam-se nus sobre lençóis não branqueados, tiraram os mosquiteiros das argolas e dali a momentos dormiam, como formas imprecisas debaixo de tendas de gaze.

Arne deteve Luke.

— Deixe-me ver suas mãos. — Inspecionou os talhos que sangravam, as bolhas, os ferrões. — Passe um desinfetante primeiro e depois use este ungüento. E, se quiser um conselho, esfregue-as todas as noites com óleo de coco. Você tem mãos grandes; portanto, se suas costas agüentarem, dará um bom cortador. Daqui a uma semana estará mais rijo e isso doerá menos.

Cada músculo do esplêndido corpo de Luke doía com uma dor separada; ele não tinha consciência de nada a não ser de uma dor imensa que o crucificava. Com as mãos enroladas em panos e besuntadas de ungüento, estendeu-se na cama que lhe fora destinada, desceu o mosquiteiro e fechou os olhos sobre um mundo de pequenos buracos sufocantes. Se tivesse imaginado o que estava à sua espera, não teria desperdiçado sua energia com Meggie; ela passara a ser uma idéia murcha, indesejada e mal recebida no fundo de sua mente. Entendeu que não teria mais nada com ela enquanto cortasse cana.

Levou a semana inteira para enrijar e atingir o mínimo de oito toneladas diárias exigido por Arne dos membros da sua turma. Depois, decidiu ser melhor que Arne. Queria o maior quinhão do dinheiro, talvez uma sociedade. Mas queria principalmente ver dirigido a si o olhar que surpreendia em cada rosto à vista de Arne, uma espécie de deus para todos, por ser o melhor cortador de Queensland, o que significava, provavelmente, que era o melhor cortador do mundo. Quando iam para uma cidade no sábado à noite, os homens do lugar não se cansavam de oferecer a Arne copos de rum e cerveja, e as mulheres do lugar esvoaçavam em torno dele como se fossem beija-flores. Havia muitas semelhanças entre Arne e Luke. Vaidosos ambos, gostavam de provocar intensa admiração feminina, mas não passavam da admiração. Não tinham nada para dar às mulheres; davam tudo o que tinham à cana.

Para Luke o trabalho possuía uma beleza e uma dor que se diria que ele esperara toda a vida para sentir. Inclinar-se e endireitar-se e inclinar-se naquele ritmo ritual era participar de um mistério que transcendia a esfera dos homens comuns. Pois, como aprendera observando Arne, fazer soberbamente aquilo era ser membro importante do bando mais selecionado de trabalhadores do mundo; ele poderia caminhar orgulhoso, onde quer que estivesse, sabendo que quase todos os homens que conhecia não durariam um dia sequer num canavial. O Rei da Inglaterra não era melhor do que ele, e o Rei da Inglaterra o admiraria se o conhecesse. Podia olhar com piedade e desprezo para médicos, advogados, escrevinhadores, fazendeiros. Cortar cana ao jeito do homem branco ávido de dinheiro — esse, sim, era o feito maior.

Sentado na beira da cama, sentia inchar os músculos vigorosos e encordoados do braço, contemplava as palmas calejadas e cheias de cicatrizes das mãos, a extensão curtida das pernas belamente estruturadas, e sorria. Um homem capaz de fazer isso e não apenas sobreviver, mas gostar do que fazia, era um *homem*. E perguntava-se se o Rei da Inglaterra poderia dizer o mesmo.

Passaram-se quatro semanas sem que Meggie visse Luke. Todos os domingos, ela empoava o nariz oleoso, punha um bonito vestido de seda — embora desistisse do purgatório das combinações e das meias — e ficava esperando o marido, que nunca aparecia. Anne e Luddie Mueller não diziam nada, apenas observavam sua animação desaparecer à medida que cada domingo escurecia dramaticamente, como cortina que caísse sobre um palco vazio e bem-iluminado. Não que ela o desejasse; mas acontece que ele era dela, ou ela dele, ou fosse qual fosse a melhor maneira de definir o acordo. Imaginar que ele nem sequer pensava nela quando ela passava os dias ou as semanas esperando, pensando nele, era encher-se de raiva, frustração, amargura, humilhação, tristeza. Por mais que tivesse abominado as duas noites passadas no hotel de Dunny, ao menos então ela ocupara o primeiro lugar nos pensamentos dele; agora, surpreendia-se a desejar realmente que tivesse mordido a língua em vez de gritar de dor. Com certeza era isso. O seu sofrimento cansara-o, arruinara-lhe o prazer. Da raiva que sentia por ele, por sua indiferença ao sofrimento dela, Meggie passou ao remorso e acabou atribuindo a si mesma toda a culpa.

No quarto domingo, não se preocupou em vestir-se. Ficou andando pela cozinha, descalça, de *short* e camiseta, preparando um desjejum quente para Luddie e Anne, que apreciavam essa extravagância uma vez por semana. Ao ouvir o som de passos na escada dos fundos, afastou os olhos do toicinho que chiava na frigideira; durante um momento, limitou-se a olhar para o homenzarrão peludo que assomara à porta. Luke? Aquele era Luke? Parecia feito de rocha, inumano. Mas a efígie atravessou a cozinha, deu-lhe um beijo sonoro e sentou-se à mesa. Ela quebrou alguns ovos na frigideira e acrescentou-lhes um pouco mais de toicinho.

Anne Mueller entrou, sorriu cortesmente, mas, por dentro, sentiu raiva. Sujeito desgraçado, que pretendia ele abandonando a mulher assim por tanto tempo?

— Alegro-me por ver que você se lembrou de que tem uma esposa — disse ela — Venha para a varanda, venha sentar-se com Luddie e comigo e todos quebraremos o jejum. Luke, ajude Meggie a levar o toicinho e os ovos. Eu levo a travessa com torradas entre os dentes.

Ludwig Mueller nascera na Austrália, mas a ascendência alemã manifestava-se nele claramente: a compleição carnuda e vermelha, que não se dava bem com a combinação de cerveja e sol, a cabeça quadrada e grisalha, de olhos bálticos, de um azul-pálido. O casal gostava muito de Meggie e considerava-se afortunado por haver conseguido os seus serviços. Especialmente grato se mostrava Luddie, vendo Anne muito mais feliz depois que aquela cabecinha de ouro começara a brilhar pela casa.

— Como vai o corte de cana, Luke? — perguntou, enchendo o prato de ovos e toicinho.

— Acreditaria em mim se eu lhe dissesse que gosto disso? — riu-se Luke, enchendo o seu também.

Os olhos astutos de Luddie pousaram no rosto bonito e ele fez um aceno afirmativo de cabeça.

— Acredito. Você tem o temperamento certo e o corpo certo para isso. O trabalho o faz sentir-se melhor do que os outros homens, superior a eles.

Amarrado à sua herança de canaviais, longe da vida acadêmica e sem possibilidades de trocar uma pela outra, Luddie era um estudioso ardente da natureza humana; lia grandes tomos grossos, encadernados em marroquim, que ostentavam nomes nas lombadas como Freud e Jung, Huxley e Russell.

— Eu já estava começando a pensar que você nunca mais viria ver Meggie — disse Anne, espalhando manteiga de leite de búfala na torrada com uma espátula; só assim podiam ter manteiga por ali, mas era melhor do que nada.

— Arne e eu resolvemos trabalhar aos domingos também, durante algum tempo. Amanhã partiremos para Ingham.

— O que quer dizer que a pobre Meggie não o verá com muita freqüência.

— Ela compreende. Não serão mais que dois anos, e ainda teremos o período de inatividade do verão. Diz Arne que poderá conseguir trabalho para mim nas CSR de Sydney e, nesse caso, levarei Meg comigo.

— Por que precisa trabalhar tanto, Luke? — perguntou Anne.

— Quero juntar dinheiro para a minha propriedade no oeste, nos arredores de Kynuna. Meggie não lhe contou?

— Receio que a nossa Meggie não goste muito de falar sobre assuntos pessoais. Conte-nos você, Luke.

Os três, sentados, observavam o jogo de expressões no rosto curtido, forte, no brilho dos olhos tão azuis; desde que ele chegara, antes do desjejum, Meggie não dissera uma palavra a ninguém. E Luke falou, sem se cansar, do maravilhoso país que ficava Atrás do Além; do capim, dos grandes grous cinzentos, chamados *brolgas*, que andavam com passinhos miúdos, delicados, na poeira da única estrada de Kynuna, dos milhares e milhares de cangurus voadores, do sol quente e seco.

— E um dia destes, logo, logo, um naco de tudo isso será meu. Meg já juntou algum dinheiro e, no ritmo em que estamos trabalhando, não levará mais do que quatro ou cinco anos. Antes até, se eu me contentasse com um lugar mais pobre, mas, sabendo o que posso ganhar cortando cana, creio que cortarei um pouco mais e conseguirei um pedaço de terra realmente decente. — Inclinou-se para a frente, com as grandes mãos cobertas de cicatrizes em torno da xícara de chá. — Sabem que quase ultrapassei a marca de Arne no outro dia? Cortei onze toneladas *num dia só*!

O assobio de Luddie era genuinamente admirativo, e eles se empenharam numa discussão de marcas. Meggie sorveu o chá preto e forte, sem leite. Oh, Luke! Primeiro eram dois anos, agora já são quatro ou cinco, e quem sabe quantos serão na próxima vez em que ele mencionar um período de anos? Luke gostava daquilo, não havia dúvida possível. Teria ele a coragem de abandonar tudo quando chegasse a ocasião? Teria? E, a propósito, estaria ela disposta a esperar tanto tempo para averiguar? Os Mueller eram boníssimos e o seu serviço estava longe de ser excessivo, mas, para viver sem marido, Drogheda era o melhor lugar. Durante todo o primeiro mês de sua estada em Himmelhoch, não se sentira realmente bem nem um dia sequer; não queria comer, tinha crises dolorosas de diarréia, parecia dominada por uma letargia de que não conseguia livrar-se. Como só estivesse habituada a sentir-se muitíssimo bem, aquele vago mal-estar amedrontava-a.

Depois do desjejum, Luke ajudou-a a lavar os pratos, e, em seguida, levou-a para passear no canavial mais próximo, falando o tempo todo no açúcar e no corte de cana, na bela vida que se levava ao ar livre, no belo grupo de sujeitos que formavam a turma de Arne, no quanto aquilo era diferente da tosquia, e para muito melhor.

Deram meia-volta e tornaram a subir a colina; Luke conduzia-a à gruta deliciosamente fresca debaixo da casa, entre as estacas. Anne a transformara num viveiro de plantas, pusera em pé pedaços de canos de terracota de diferentes tamanhos e larguras, enchera-os de terra e neles plantara espécies rastejantes e pendentes: orquídeas de todas as variedades e cores, avencas, trepadeiras exóticas e arbustos. O solo fofo recendia a pó de serragem; grandes cestos de arame pendiam das pequenas vigas, em cima, cheios de orquídeas, samambaias ou tuberosas; fetos em xaxins de córtice cresciam nas estacas; magníficas begônias, em dúzias de cores brilhantes, floresciam ao redor das bases dos canos. Aquele era o retiro favorito de Meggie, a única coisa de Himmelhoch que ela preferia a tudo o que havia em Drogheda. Pois em Drogheda nunca se poderia plantar tanta coisa num espaço tão pequeno; não havia no ar a umidade suficiente.

— Não é lindo, Luke? Você acha que depois de uns dois anos aqui estaremos em condições de alugar uma casa em que eu possa viver? Morro de vontade de fazer alguma coisa como essa para mim.

— Por que diabo você quer viver sozinha numa casa? Isto não é Gilly, Meg; é o tipo de lugar em que uma mulher sozinha não está segura. Você ficará muito melhor onde está, acredite-me. Não é feliz aqui?

— Tão feliz quanto se pode ser feliz na casa dos outros.

— Ouça, Meg, você agora precisa contentar-se com o que tem até mudarmos para o oeste. Não podemos gastar dinheiro para alugar casas e você viver no bem-bom e ainda por cima economizar. Está-me ouvindo?

— Estou, Luke.

A sua perturbação era tanta que ele não fez o que pretendia quando a levou para baixo da casa, isto é, beijá-la. Em vez disso, pespegou-lhe uma palmada na bunda, que doeu um pouco demais para ser casual, e desceu pela estrada até onde deixara a bicicleta encostada numa árvore. Pedalara trinta e dois quilômetros para vê-la sem gastar dinheiro em passagem de trem e de ônibus, o que queria dizer que teria de pedalar mais trinta e dois na viagem de volta.

— Pobrezinha! — disse Anne a Luddie. — Eu seria capaz de matá-lo!

Janeiro chegou e se foi, o mês mais fraco do ano para os cortadores de cana. Mesmo assim, nem sinal de Luke. Ele falara em levar Meggie a Sydney, mas, ao invés disso, fora a Sydney com Arne e sem ela. Arne era solteiro e tinha uma tia que morava em Rozelle, a uma distância das CSR que se podia percorrer a pé (nada de passagens de bonde, era preciso poupar). No interior dos gigantescos muros de concreto das refinarias, como fortaleza sobre um morro, um cortador com boas relações poderia conseguir trabalho. Luke e Arne passavam o tempo empilhando sacos de açúcar e, nas horas de folga, nadando ou fazendo surfe.

Em Dungloe, com os Muellers, Meggie passou suando em bicas os meses da Chuva, como chamavam a estação das monções. A seca durava de março a setembro e, embora não houvesse exatamente seca nessa parte do continente, em confronto com a Chuva, era divina. Durante a Chuva os céus se abriam e vomitavam água, não o dia todo, mas em acessos e arrancadas; entre os dilúvios, a terra fumegava e grandes nuvens de vapor branco subiam da cana, do solo, da mata, das montanhas.

E à proporção que o tempo passava Meggie sentia uma saudade cada vez maior de casa. Sabia agora que North Queensland nunca seria um lar para ela. Em primeiro lugar, não se habituava ao clima, talvez por haver passado a maior parte da vida num clima seco. Em segundo lugar, odiava a solidão, a falta de amizade, a implacável sensação de letargia. Odiava a vida prolífica dos insetos e répteis que lhe convertiam todas as noites numa verdadeira provação com sapos gigantes, tarântulas, baratas, ratos; nada parecia mantê-los afastados da casa, e eles a aterravam, tão grandes, tão agressivos, tão *esfomeados!* Odiava sobretudo o *dunny*, que era não só o termo de gíria para indicar toalete, mas também o diminutivo de Dangloe, para grande e permanente gáudio do povo local, que vivia fazendo trocadilhos com a palavra. Mas um *dunny* de Dunny deixava qualquer um de estômago virado, pois, naquele clima em ebulição, os buracos na terra estavam fora de cogitação, por causa da febre tifóide e de outras febres entéricas. Em vez de ser um buraco no chão, o *dunny* de Dunny era uma lata fedorenta de estanho alcatroado e, à proporção que se enchia, começava a fervilhar de larvas e vermes barulhentos. Uma vez por semana substituía-se a lata cheia por outra vazia, mas uma vez por semana não era o bastante.

Todo o espírito de Meggie se rebelava contra a casual aceitação dessas coisas como normais; uma vida inteira que passasse em North Queensland não a reconciliaria com elas. Melancolicamente, no entanto, refletia que, com toda a probabilidade, ali passaria uma existência inteira ou, pelo menos, até que Luke, envelhecendo, já não pudesse cortar cana. Por mais que almejasse voltar a Drogheda e sonhasse com o seu regresso, o orgulho não lhe permitiria confessar à família que o marido pouco ligava para ela; a fazê-lo, preferiria cumprir uma sentença de prisão perpétua, dizia, feroz, a si mesma.

Passaram-se os meses, passou-se um ano e o tempo caminhava, lerdo, para o fim do segundo ano. Só a constante bondade dos Muellers conservava Meggie em Himmelhoch, tentando resolver o seu dilema. Se tivesse escrito pedindo dinheiro a Bob para a passagem de volta, ele o teria mandado no dia seguinte, por telegrama, mas Meggie não tinha coragem de contar à família que Luke a mantinha sem um tostão na bolsa. Só o contaria no dia em que o deixasse para sempre, e ainda não se decidira a dar esse passo. Tudo em sua educação conspirava para impedir que ela o fizesse: a natureza sagrada dos votos matrimoniais, a esperança de ter um filho um dia, a posição de Luke como marido e dono do seu destino. Além disso, havia coisas que vinham da sua própria natureza: o orgulho teimoso, a escrupulosa convicção de que ela era tão culpada quanto ele pela situação. Se não houvesse nada errado nela, Luke teria agido de modo diferente.

Vira-o seis vezes nos dezoito meses do seu exílio, e pensara com freqüência, embora desconhecesse de todo a existência da homossexualidade, que Luke deveria ter casado com Arne, já que vivia com ele e manifestava decidida preferência pela sua companhia. Eles agora eram sócios e andavam de um lado para outro dos dois mil e seiscentos quilômetros de costa, seguindo a colheita da cana e vivendo, ao que tudo indicava, exclusivamente para o trabalho. Quando Luke ia visitá-la, não tentava nenhuma espécie de intimidade: conversava uma ou duas horas com Luddie e Anne, levava-a para dar uma volta, dava-lhe um beijo amistoso e partia de novo.

Os três, Luddie, Anne e Meggie, passavam lendo todo o tempo livre. Himmelhoch possuía uma biblioteca bem maior que as poucas estantes de Drogheda, muito mais erudita e picante, e Meggie aprendeu muita coisa enquanto lia.

Num domingo de junho de 1936, Luke e Arne apareceram juntos, satisfeitíssimos consigo mesmos. Tinham vindo, diziam, proporcionar a Meggie um verdadeiro regalo, pois iam levá-la a um *ceilidh*.

À diferença da tendência geral que tinham os grupos étnicos na Austrália de espalhar-se e australianizar-se, as várias nacionalidades da península de North Queensland — chineses, italianos, alemães, escoceses e irlandeses: os quatro grupos que formavam o grosso da população —, tendiam a preservar com ferocidade suas tradições. E quando os escoceses organizavam um *ceilidh*, todo escocês, por mais longe que morasse, fazia questão de estar presente.

Para assombro de Meggie, Luke e Arne apareceram usando saiote escocês e estavam, pensou ela ao recobrar o raciocínio, positivamente magníficos. Nada é mais másculo num homem que um saiote, pois oscila, com passo largo e decidido, numa agitação de pregas atrás e permanece perfeitamente imóvel na frente, ao passo que a bolsa de pele protege as partes, e, abaixo da bainha que chega à metade do joelho, vêem-se as pernas fortes e bonitas realçadas por meias enxadrezadas e sapatos afivelados. Como estivesse muito quente, não usavam o manto nem o paletó, contentando-se com uma camisa branca aberta no peito, de mangas arregaçadas acima dos cotovelos.

— Mas que é um *ceilidh*, afinal? — perguntou ela quando partiram.

— É um termo gaélico que significa reunião, arrasta-pé.

— E por que cargas d'água vocês estão usando saiotes?

— Porque não nos deixarão entrar sem eles, e somos bem conhecidos em todos os *ceilidhs* que se realizam entre Bris e Cairns.

— Ah, é? Imagino que devem mesmo ir a muitos, pois, de outro modo, não consigo imaginar Luke desembolsando dinheiro para comprar um saiote. Não é verdade, Arne?

— Um homem precisa ter alguma distração — disse Luke, na defensiva.

O *ceilidh* realizava-se numa choça com jeito de celeiro, caindo aos pedaços, no meio dos mangues que apodreciam junto à embocadura do Rio Dungloe. Puxa, que região era aquela em matéria de cheiros!, pensou Meggie com desespero, ao que suas narinas se contraíam em contato com outro aroma indescritivelmente nauseante. Melaço, mofo, *dunnies* e, agora, o cheiro dos mangues. Todos os fétidos aflúvios da beira-mar reunidos num cheiro só.

Todo homem que chegava à choça usava saiote; quando eles entraram e ela olhou à sua volta, Meggie compreendeu como a pavoa deve sentir-se descolorida e deslumbrada pela grandiosidade do companheiro. As mulheres tinham sido relegadas a uma quase inexistência, impressão que as fases ulteriores da noitada só iriam acentuar.

Dois tocadores de gaita de foles, que ostentavam o xadrez escocês complexo, de fundo azul-claro, do clã Anderson, em pé num estrado mal seguro na extremidade do recinto, tocavam uma alegre escocesa em perfeita sincronia, o cabelo ruivo revolto, o suor a escorrer-lhes pelos rostos vermelhos.

Alguns pares dançavam, mas a maior parte da ruidosa atividade parecia concentrar-se num grupo de homens que distribuíam copos do que só podia ser uísque escocês. Meggie viu-se atirada a um canto com outras mulheres, e contentou-se em ali ficar, fascinada. Nenhuma delas usava o tecido axadrezado característico de um clã, pois, de fato, as escocesas não usam saiote, só o manto, mas estava quente demais para enrolar uma peça grande e pesada de tecido em torno dos ombros. Por isso as mulheres vestiam seus deselegantes vestidos de algodão de North Queensland, tímidos e silenciosos ao lado dos berrantes saiotes dos homens. Havia o vermelho e o branco resplandecentes do clã Menzie, o preto e o amarelo alegres do clã MacLeold de Lewis, o azul translúcido e os xadrezes vermelhos do clã Skene, a viva complexidade do clã Ogilvy, o vermelho, o cinzento e o preto do clã MacPherson. Luke ostentava as cores do clã MacNeil, e Arne, o padrão distintivo dos jacobitas de Sassenach. Lindo!

Luke e Arne eram obviamente conhecidos e queridos. Quantas vezes teriam vindo sem ela? E que bicho os mordera para quererem trazê-la naquela noite? Suspirando, encostou-se à parede. As outras mulheres olhavam-na, curiosas, fixando-se sobretudo nos anéis em seu dedo nupcial; Luke e Arne eram objeto de muita admiração feminina, e ela, objeto de muita inveja feminina. Eu gostaria de saber o que elas diriam se eu lhes contasse que o grandalhão moreno, meu marido, me viu exatamente duas vezes nos últimos oito meses, e nunca me vê com a idéia de ir para a cama! Olhem bem para os dois, os presunçosos montanheses almofadinhas! Nenhum deles é realmente escocês, e estão apenas representando porque sabem que ficam bem de saiote e gostam de ser o centro das atenções. Que magnífico par de impostores! Tão apaixonados por si mesmos que não querem o amor de mais ninguém e nem precisam dele.

À meia-noite, foram obrigadas a ficar em pé à volta das paredes; os tocadores de gaita de fole executaram os primeiros acordes de "Caber Feidh" e a dança séria começou. Durante o resto de sua vida, sempre que ouvia o som de uma gaita de fole, Meggie voltava mentalmente àquela choça. Até o rodopio de um saiote escocês produzia esse efeito: a fusão ideal do som e da imagem, da vida e da brilhante vitalidade, que caracteriza as lembranças tão penetrantes e tão fascinantes que nunca se perdem.

Colocaram-se no chão as espadas cruzadas; dois homens com saiote do clã MacDonald de Sleat ergueram os braços acima da cabeça, entortando as mãos como dançarinos de balé e, muito gravemente, como se as espadas devessem finalmente mergulhar em seus peitos, puseram-se a escolher o seu caminho delicado entre as lâminas.

Ouviu-se um grito alto e estridente acima do gracioso tremular das gaitas, a melodia passou a ser a de "Todos os Escoceses Além da Fronteira", recolheram-se os sabres e todos os homens na sala se puseram a dançar, unindo e desunindo os braços, os saiotes brilhando. Tocaram-se vários ritmos escoceses, mais ou menos impetuosos, e os homens dançaram todos eles. O barulho dos pés que sapateavam nas tábuas do soalho ecoava entre os caibros do telhado, as fivelas dos sapatos cintilavam e, cada vez que o ritmo se alterava, alguém atirava a cabeça para trás e emitia o grito estridente, ululante, dando início a uma sucessão de gritos de outras gargantas exuberantes. As mulheres, esquecidas, observavam.

Eram quase quatro horas da manhã quando o *ceilidh* terminou; lá fora não havia o frescor adstringente de Blair Atholl nem de Skye, mas o torpor de uma noite tropical, a lua grande e pesada arrastava-se ao longo das cintilantes extensões do firmamento, e pairava sobre a paisagem o miasma fétido dos mangues. Todavia, quando Arne os levava embora no velho Ford resfolegante, a última coisa que Meggie ouviu foi o lamento arrastado e cada vez mais distante de "Flores da Floresta", despedindo-se dos foliões e mandando-os de volta para casa. Casa. Onde era a sua casa?

— E então, gostou? — perguntou Luke.

— Eu teria gostado mais se tivesse dançado mais — respondeu ela.

— Ora essa! Num *ceilidh*? Deixe disso, Meg! Só os homens podem dançar. Nós, aliás, fomos até muito condescendentes com vocês, mulheres, deixando-as dançar um pouquinho!

— O que me parece é que só os homens fazem muitas coisas, principalmente quando são coisas boas, agradáveis.

— Então me desculpe! — revidou Luke, formalizando-se. — Aqui estava eu, pensando que você talvez gostasse de uma mudançazinha, e por isso a trouxe. Afinal, eu não tinha nenhuma obrigação de fazê-lo, e você sabe disso! E, se não se mostrar agradecida, não a trarei de novo.

— Provavelmente, você não tem nenhuma intenção de fazê-lo — respondeu Meggie. — Não lhe convém me admitir em sua vida. Aprendi muita coisa nestas últimas horas, mas não creio que seja o que você pretendia me ensinar. Está ficando cada vez mais difícil me enganar, Luke. Na verdade, estou farta de você, farta da vida que levo, farta de tudo!

— Shhh! — sibilou ele, escandalizado. — Não estamos sós!

— Então fiquemos sós! — respondeu ela. — Quando terei a oportunidade de vê-lo a sós por mais do que alguns minutos?

Arne parou no sopé da colina de Himmelhoch, sorrindo compreensivamente para Luke.

— Vá, companheiro — disse ele. — Vá com ela até lá em cima; esperarei aqui por você. Não se apresse.

— Estou falando sério, Luke! — disse Meggie, assim que se viram fora da alcance de Arne. — Minha paciência está acabando, entendeu? Sei que prometi lhe obedecer, mas você também prometeu me amar e me tratar com carinho, de modo que somos dois mentirosos! Quero voltar para Drogheda!

Ele pensou nas duas mil libras por ano que deixariam de ser depositadas em seu nome.

— Oh, Meg! — disse, com expressão consternada. — Ouça, querida, não será para sempre, prometo! E neste verão vou levá-la a Sydney, palavra de um O'Neill! Vai vagar um conjunto de quartos na casa da tia de Arne, e ali poderemos viver três meses, e passar uma temporada maravilhosa! Deixe-me cortar cana por mais um ano, ou coisa que o valha, que depois compraremos nossa propriedade e nos instalaremos, tá?

A lua iluminou o rosto dele; Luke parecia sincero, perturbado, ansioso, contrito. E muito parecido com Ralph de Bricassart.

Meggie abrandou-se, pois ainda queria os filhos dele.

— Está bem — concordou ela. — Mais um ano. Mas vou lhe cobrar a promessa de Sydney, Luke; por isso não se esqueça!

12

Uma vez por mês, Meggie escrevia uma carta respeitosa à mãe e aos irmãos, cheia de descrições de North Queensland, num tom cuidadosamente bem-humorado, nunca aludindo a quaisquer divergências entre ela e Luke. Sempre o velho orgulho. Pelo que constava em Drogheda, os Muellers eram amigos de Luke, em cuja casa ela se hospedava porque Luke viajava muito. Sua genuína afeição ao casal transparecia em cada palavra que escrevia sobre os dois, de modo que ninguém em Drogheda ficou preocupado. Só os entristecia o fato de que ela nunca os visitava. Mas como poderia ela contar-lhes também que o seu casamento com Luke O'Neill assumira aspectos tão lamentáveis?

De vez em quando, criava coragem e inseria uma pergunta casual sobre o Bispo Ralph, e com freqüência ainda menor Bob se lembrava de transmitir o pouco que sabia, por intermédio de Fee, a respeito do Bispo. Até que, um belo dia, recebeu uma carta cheia de notícias suas.

"Ele chegou um dia inesperadamente, Meggie", dizia a carta de Bob, "parecendo meio perturbado e abatido. Devo dizer que ficou desconcertado quando não a encontrou. E ficou louco da vida porque não lhe contamos nada sobre você e Luke, mas, quando mamãe lhe disse que você fez pé firme e não nos deixou contar-lhe, calou-se e não disse mais nada. Creio que sentiu mais falta de você do que de qualquer um de nós, e imagino que isso seja muito natural, porque você passou mais tempo com ele do que todos nós, e acho que ele sempre pensou em você como uma irmãzinha. Ele andava por aí, coitado, como se não pudesse acreditar que você não apareceria de um momento para outro. Também não tínhamos um único retrato seu para mostrar-lhe, e nunca pensei no caso até que ele pediu para vê-los, mas agora me parece engraçado que você não tenha tirado nenhum retrato do casamento. Ele perguntou se você tem filhos e eu disse achar que não. Você não tem, não é, Meggie? Quanto tempo faz agora que está casada? Já não vai para dois anos? Deve ser isso, porque estamos em julho. O tempo voa, não é mesmo? Espero que você tenha logo alguns filhos porque, na minha opinião, o Bispo gostará de saber disso. Ofereci-me para dar-lhe o seu endereço, mas ele não quis. Disse-me que não adiantaria nada porque vai passar algum tempo em Atenas, na Grécia, em companhia do Arcebispo com quem trabalha. Um nome italiano de quatro metros de comprimento, que nunca consigo lembrar. Você pode imaginar, Meggie, que eles foram de avião? Pois é verdade! De qualquer maneira, depois que descobriu que você não estava em Drogheda para passear com ele, não ficou muito tempo, andou apenas uma ou duas vezes a cavalo, rezou a missa para nós todos os dias e foi embora, seis dias depois de ter chegado."

Meggie abaixou a carta. Ele sabia, ele sabia! Afinal, ele sabia. Que pensara ele, quanto se afligira? E por que a impelira a fazê-lo? Isso não melhorara as coisas. Ela não amava Luke, nunca o amaria. Luke não passava de um substituto, um homem que lhe daria filhos semelhantes no tipo aos que poderia ter tido com Ralph de Bricassart. Oh, Senhor, que confusão!

O Arcebispo di Contini-Verchese preferiu hospedar-se num hotel secular a aceitar os aposentos que lhe tinham sido oferecidos num palácio ortodoxo de Atenas. Sua missão era muito delicada e de alguma importância; fazia muito tempo que certos assuntos deviam ter sido discutidos com os principais prelados da Igreja Ortodoxa grega, tendo o Vaticano uma afeição pela ortodoxia grega e russa que não poderia ter pelo protestantismo. Afinal de contas, a Igreja Ortodoxa era um cisma, não uma heresia; seus bispos, como os de Roma, remontavam a São Pedro numa linha ininterrupta.

Sabia o arcebispo que sua designação para essa tarefa era uma prova diplomática, um degrau que lhe permitiria ascender a maiores alturas em Roma. Mais uma vez lhe valera o talento para línguas, pois fora o seu grego fluente que fizera pender a balança em seu favor. Eles tinham mandado buscá-lo na Austrália, e dali o tiraram de avião.

E era inconcebível que fosse sem o Bispo de Bricassart, pois, com o passar dos anos, aprendera a contar cada vez mais com esse homem assombroso. Um Mazarino, um verdadeiro Mazarino; Sua Excelência admirava muito mais o Cardeal Mazarino do que o Cardeal Richelieu, de modo que a comparação representava um grande elogio. Ralph tinha tudo o que a Igreja apreciava nos seus altos dignitários. A teologia e a ética conservadoras, o cérebro rápido e sutil, o rosto que não traía o que lhe ia no íntimo, e a notável aptidão para agradar às pessoas que estavam com ele, quer as apreciasse, quer as abominasse, quer concordasse com elas, quer divergisse delas. E não era um hipócrita, era um diplomata. Se chamasse repetidamente para si a atenção dos hierarcas do Vaticano, sua ascensão seria certa. E isso agradaria muito a Sua Excelência o Arcebispo di Contini-Verchese, que não queria perder contato com o Bispo de Bricassart.

Estava muito quente, mas o Bispo Ralph não fazia caso do ar seco de Atenas depois da umidade de Sydney. Caminhando depressa e envergando, como sempre, botas, calças e batina, subiu a rampa rochosa que conduzia à Acrópole, transpôs o sombrio Propileu, passou pelo Erecteion, continuou pelo aclive acima com suas toscas pedras escorregadias até o Partenão, e guiou para o muro, mais além e mais abaixo.

Ali, com o vento a agitar-lhe o escuro cabelo encaracolado, que já se agrisalhava ao nível das têmporas, parou e olhou, por cima da cidade branca, para as colinas brilhantes e a clara e surpreendente água-marinha do Mar Egeu. Logo abaixo dele estava a Plaka com seus cafés nos telhados das casas, suas colônias de boêmios e, mais para o lado, um grande teatro envolvia a rocha. A distância, avistou colunas romanas, fortalezas do tempo das cruzadas e castelos venezianos, mas nenhum sinal dos turcos. Povo surpreendente, esses gregos. Odiavam tanto a raça que os governara durante setecentos anos que, assim que se libertaram, não deixaram em pé um minarete nem uma mesquita. E tão antigos, tão cheios de riquíssima herança. Os normandos, de que provinha o bispo, eram bárbaros cobertos de peles quando Péricles vestiu de mármore o topo da rocha, e Roma, uma aldeia tosca.

Só agora, a dezoito mil quilômetros de distância, se sentia capaz de pensar em Meggie sem ter vontade de chorar. Mesmo assim, as colinas distantes se embaraçaram momentaneamente antes que ele assumisse o controle das emoções. Como poderia censurá-la, se ele mesmo lhe dissera que o fizesse? Compreendeu logo por que ela se negara a contar-lhe: não queria que ele conhecesse o marido, nem que fizesse parte de sua nova vida. Em tese, naturalmente, Ralph presumira que ela traria o cônjuge a Gillanbone, se não à própria Drogheda, e continuaria vivendo onde ele a sabia segura, livre de cuidados e perigos. Mas, de tanto pensar nisso, percebeu ser essa a última coisa que ela desejaria. Não, Meggie teria de partir e, enquanto ela e esse Luke O'Neill estivessem juntos, não voltaria. Bob dissera que eles estavam economizando para comprar uma propriedade em Western Queensland, e essa notícia fora a derradeira pá de cal. Meggie não tinha nenhuma intenção de voltar. No que dizia respeito a ele, pretendia estar morta.

Mas você é feliz, Meggie? Ele é bom para você? Você o ama, você ama esse Luke O'Neill? Que espécie de homem é ele, para que você me deixasse por ele? Que havia nele, um pastor comum, que a fez preferi-lo a Enoch Davies, ou a Liam O'Rourke, ou a Alastair MacQueen? Seria o fato de *eu* não o conhecer, de *eu* não poder fazer comparações? Você fez isso para torturar-me, Meggie, para vingar-se de mim? Mas por que não há filhos? Que é que faz esse homem percorrer o estado de norte a sul, como um vagabundo, obrigando-a a morar com amigos? Não admira que você não tenha filhos; ele não fica com você o tempo suficiente. Meggie, por quê? Por que casou com esse Luke O'Neill?

Voltando, desceu da Acrópole e caminhou pelas ruas movimentadas de Atenas. Demorou-se nos mercados ao ar livre, em torno da Rua Evripidou, fascinado pelas pessoas, pelas cestas imensas de calamares e peixes que tresandavam ao sol, pelas verduras e chinelos de brocatel pendurados lado a lado; as mulheres divertiam-no com os galanteios que lhe dirigiam, descarada e abertamente, legado de uma cultura muito diversa da sua cultura puritana. Se a atrevida admiração delas fosse lúbrica (ele não conseguia achar um termo melhor), ele teria ficado profundamente constrangido, mas ele a aceitava com o espírito em que ela se manifestava, como prêmio outorgado à extraordinária beleza física.

O hotel, muito luxuoso e caro, ficava na Praça Omonia. O Arcebispo di Contini-Verchese sentara-se numa cadeira, ao pé das janelas do seu balcão, e refletia tranqüilamente; quando o Bispo Ralph entrou, virou a cabeça, sorrindo.

— Você chegou na hora, Ralph. Eu estava querendo rezar.

— Imaginei que tudo estivesse resolvido. Complicações inesperadas, Excelência?

— Não desse gênero. Recebi hoje uma carta do Cardeal Monteverdi, expressando os desejos do Santo Padre.

O Bispo Ralph sentiu os ombros apertados, um curioso formigamento da pele em torno das orelhas.

— Conte-me.

— Assim que as conferências terminarem... e elas já terminaram... devo dirigir-me a Roma. Lá serei abençoado com o barrete de cardeal, e continuarei meu trabalho em Roma, sob a direta supervisão de Sua Santidade.

— E eu?

— Você será nomeado Arcebispo de Bricassart e voltará à Austrália para ocupar meu lugar como Legado Papal.

A pele que formigava em torno das orelhas ficou vermelha; sua cabeça rodopiou. Ele, um não-italiano, agraciado com uma legação papal! Nunca se ouvira falar numa coisa dessas! Não havia dúvida, ele ainda seria Cardeal de Bricassart!

— É evidente que você, primeiro, terá de ser treinado e instruído em Roma. Isso levará, aproximadamente, uns seis meses, durante os quais estarei ao seu lado para apresentá-lo aos meus amigos. Quero que o conheçam, porque chegará o momento em que o mandarei chamar, Ralph, para ajudar-me em meu trabalho no Vaticano.

— Nunca poderei agradecer-lhe o bastante, Excelência! Devo a Vossa Excelência essa grande oportunidade.

— Deus permita que eu seja suficientemente inteligente para ver quando um homem capaz deve sair da obscuridade, Ralph! Agora ajoelhemo-nos e rezemos. Deus é muito bom.

Seu rosário e seu missal estavam sobre uma mesa próxima; com mão trêmula, o Bispo Ralph procurou alcançar o rosário e derrubou o missal. Quando este caiu no chão, abriu-se ao meio. O arcebispo, mais perto dele, apanhou-o e olhou, curioso, para a forma escura, fina como tecido, que fora uma rosa.

— Que coisa extraordinária! Por que guarda isso? Uma lembrança de sua casa, de sua mãe, talvez?

Os olhos que viam através da fraude e da dissimulação estavam fixos nele, e não havia tempo para disfarçar a emoção nem a apreensão.

— Não — redargüiu o Bispo Ralph com uma careta. — Não quero lembranças de minha mãe.

— Mas esta rosa deve significar muito para você, que a guarda com tanto amor entre as páginas do seu livro mais querido. De que fala ela?

— De um amor tão puro quanto o que consagro a Deus, Vittorio. Uma coisa que só traz honra ao livro.

— Isso eu já havia deduzido, porque o conheço. Mas esse amor, porventura, não porá em risco o seu amor à Igreja?

— Não. Pela Igreja renunciei a ela e pela Igreja sempre renunciarei a ela. Já fui tão longe adiante dela que nunca mais poderei voltar.

— Agora, sim, entendo a tristeza! Querido Ralph, isso não é tão ruim quanto você pensa, não é, não. Você viverá para fazer bem a muita gente, e será amado por muita gente. E a ela, que tem o amor contido numa velha e flagrante lembrança como esta, nada lhe faltará. Porque você conservou o amor ao lado da rosa.

— Não creio que ela compreenda nada disso.

— Há de compreender. Se não fosse uma mulher capaz de compreendê-lo, você não a teria amado dessa maneira. Já a teria esquecido e jogado fora esta relíquia há muito tempo.

— Tem havido momentos em que só as horas passadas de joelhos me impediram de deixar meu posto e correr para ela.

O Arcebispo levantou-se com cuidado da sua poltrona e foi ajoelhar-se ao lado do amigo, o belo homem que ele amava como amara poucas coisas além do seu Deus e da sua Igreja, para ele indivisíveis.

— Você não deixará seu posto, Ralph, e sabe-o muito bem. Você pertence à Igreja, sempre pertenceu e sempre pertencerá. Sua vocação é uma vocação verdadeira. Rezemos agora, e eu acrescentarei a Rosa às minhas orações para o resto de minha vida. Nosso Senhor nos envia muitos desgostos e muita dor em nossa caminhada para a vida eterna. Precisamos aprender a sofrê-los, eu tanto quanto você.

No fim de agosto, Meggie recebeu uma carta de Luke dizendo que se achava no Hospital de Townseville com a moléstia de Weil, mas que não corria perigo de vida e logo receberia alta.

"Por isso, parece que não teremos de esperar até o fim do ano para tirar nossas férias, Meg. Só poderei voltar para a cana quando estiver cem por cento fisicamente, e a melhor maneira de consegui-lo é tirar umas férias decentes. Portanto, irei buscá-la dentro de uma semana, mais ou menos. Passaremos duas semanas no Lago Eacham, no Planalto de Atherton, até eu ficar suficientemente bom para voltar ao trabalho."

Meggie mal pôde acreditar naquilo, e não sabia se queria ou não estar com ele, agora que se lhe oferecia a oportunidade. Embora a dor do espírito tivesse levado muito mais tempo para passar do que a dor do corpo, a lembrança do que fora para ela a lua-de-mel no hotel de Dunny tinha sido expulsa do seu pensamento havia tanto tempo que perdera o poder de aterrorizá-la e, graças às suas leituras, compreendia melhor agora que grande parte da provação se devera à ignorância, sua e de Luke. Oh, Senhor, tomara que essas férias significassem um filho! Se ela tivesse um bebezinho para amar, tudo seria muito mais fácil. Anne não se importaria de ter uma criança de colo pela casa, até gostaria disso. E Luddie também. Eles lhe haviam dito uma centena de vezes, esperando que, numa de suas visitas, Luke ficasse o tempo suficiente para dar um pouco de cor à existência triste e sem amor da esposa.

Quando ela lhes contou o que dizia a carta, ficaram encantados, mas, intimamente, céticos.

— Tão certo como dois mais dois são quatro, aquele desgraçado encontrará uma desculpa para partir sem ela — disse Anne a Luddie.

Luke conseguira um automóvel emprestado e foi apanhar Meggie de manhã cedinho. Estava magro, enrugado, amarelo, como se tivesse sido conservado em salmoura. Impressionada, Meggie deu-lhe a mala e subiu no carro ao seu lado.

— Em que consiste a moléstia de Weil, Luke? Você disse que não corria risco de vida, mas agora me parece que esteve realmente muito doente.

— É uma espécie qualquer de icterícia, que a maioria dos cortadores apanha, mais cedo ou mais tarde, transmitida pelos ratos da cana. Pega-se a doença através de um talho ou de uma ferida. Como eu estava bem de saúde, não fiquei tão ruim como outros que apanharam a mesma doença. Os charlatas me disseram que estarei em perfeitas condições num abrir e fechar de olhos.

Subindo por uma grande garganta coberta de mata, a estrada se adentrava no país. Um rio cheio rugia e corria com ímpeto, embaixo e, a certa altura, uma esplêndida cascata caía de algum lugar, em cima, para juntar-se ao rio ao lado da estrada. Passaram entre o rochedo e a água, que ali formava um ângulo, sob um arco molhado e fúlgido, de luzes e sombras fantásticas. E, à medida que subiam, o ar esfriava deliciosamente. Meggie se esquecera da sensação maravilhosa que o ar frio poderia proporcionar-lhe. A mata inclinava-se dos dois lados da estrada, tão fechada que ninguém se atrevia a penetrá-la. Disfarçava-lhe a magnitude o peso de trepadeiras folhosas, cujas algas se estendiam do cimo de uma árvore ao cimo de outra, contínuas e intermináveis, como um vasto lençol de veludo verde atirado sobre a floresta. Pelas raras aberturas da folhagem, Meggie entrevia flores e borboletas admiráveis, teias avantajadas como rodas de carroças com grandes e elegantes aranhas multicores imóveis no centro, fungos fabulosos saindo de troncos musgosos, pássaros com longas e roçagantes caudas vermelhas ou fulvas.

O Lago Eacham ficava no topo do chapadão, idílico em seu cenário intacto. Antes que a noite caísse, eles foram para a varanda da pensão a fim de contemplar a paisagem. Meggie desejava observar os enormes morcegos frutívoros, chamados raposas voadoras, que se aproximavam em círculos, como precursores do Juízo Final, aos milhares, à procura de alimento. Apesar de monstruosos e repulsivos, eram singularmente tímidos e não faziam mal a ninguém. Vê-los chegar por um céu incandescente em lençóis escuros, palpitantes, apavorava; Meggie nunca deixava de ir vê-los da varanda de Himmelhoch.

E era divino deitar-se numa cama fofa e fria, sem ter de ficar deitada, imóvel, até que o lugar se encharcasse de suor, e depois mover-se com cuidado para um novo lugar, sabendo que o anterior não secará de maneira alguma. Luke foi buscar um pacote achatado e pardo da mala, dele tirou um punhado de pequenos objetos redondos e colocou-os em fila sobre a mesinha-de-cabeceira.

Meggie estendeu a mão para pegar um deles a fim de inspecioná-lo.

— Que é isso? — perguntou, curiosa.

— Uma camisa-de-vênus. — Esquecera-se da decisão, tomada dois anos antes, de não dizer a ela que praticava a contracepção. — Coloco-a em mim antes de entrar em você. Se não fizer isso, poderei estar dando origem a um bebê, e não podemos ter filhos enquanto não tivermos conseguido nossa terra. — Sentado como estava, nu, na beira da cama, notava-se-lhe a magreza nas costelas e quadris salientes. Mas seus olhos azuis brilhavam, e ele estendeu a mão para apertar a dela, que segurava a camisa-de-vênus. — Estamos chegando lá, Meg, estamos chegando lá! Calculo que com mais cinco mil libras poderemos comprar a melhor propriedade que existe a oeste de Charters Towers.

— Então você já as tem — disse ela, com voz absolutamente calma. — Posso escrever ao Bispo de Bricassart e pedir-lhe o dinheiro emprestado. Ele nem cobrará juros.

— Você não fará nada disso! — retrucou ele, com brusquidão. — Que diabo, Meg, onde está o seu orgulho? Trabalharemos para conseguir o que quisermos, não pediremos nada emprestado! Nunca devi nada a ninguém em toda a minha vida e não é agora que vou começar a fazê-lo.

Ela mal o ouviu, fixando nele o olhar feroz, através de uma névoa vermelha e brilhante. Nunca estivera com tanto ódio em sua vida! Impostor, mentiroso, egoísta! Como se atrevia ele a fazer isso com ela, enganando-a para não lhe dar um bebê, tentando fazê-la acreditar que tivera algum dia a intenção de tornar-se fazendeiro! Ele encontrara o seu ideal, com Arne Swenson e a cana-de-açúcar.

Escondendo tão bem a raiva que ela mesma se surpreendeu, voltou sua atenção para a rodelinha de borracha que tinha na mão.

— Fale-me a respeito dessas camisas-de-vênus. Como é que elas me impedem de ter um filho?

Ele postou-se atrás dela, e o contato dos seus corpos fê-la estremecer de excitação, pensou ele; de nojo, sentiu ela.

— Você não sabe nada, Meg?

— Não — mentiu ela. O que era exato, aliás, no tocante às camisas-de-vênus; não se lembrava de ter lido nenhuma referência a elas.

As mãos dele brincavam com os seios dela, tocando-os de leve.

— Veja bem, quando acabo, eu produzo este... não sei... este negócio, e se eu estiver dentro de você sem a camisa-de-vênus, o negócio fica lá dentro. E quando ele fica lá dentro o tempo suficiente ou as vezes suficientes, faz um bebezinho.

Então era isso! Ele *usava* a coisa, como a pele de uma salsicha! Impostor!

Apagando a luz, Luke puxou-a para a cama e, pouco depois, estava tateando à procura do seu dispositivo anticoncepcional; ela o ouviu fazendo os mesmos ruídos que fizera no quarto do hotel de Dunny; sabia agora que ele estava colocando a camisa-de-vênus. Impostor! Mas como evitá-lo?

Tentando não deixar que ele percebesse o quanto a estava machucando, ela suportou-o. Por que teria de doer assim, se era coisa natural?

— Não adianta, não é, Meg? — disse ele depois. — Você deve ser muito miúda para que ele continue a machucá-la assim depois da primeira vez. Bem, não tornarei a fazê-lo. Você não se incomoda se eu fizer no seio?

— Que importância tem isso? — perguntou ela, em tom cansado. — Se quer dizer que não vai me machucar, está bem!

— Você poderia ser um pouco mais entusiástica, Meg!

— *Para quê?*

Mas ele começava a levantar-se outra vez; fazia dois anos que não tinha tempo ou energia para isso. Sim, era gostoso estar com uma mulher, excitante e proibido. Não se sentia de modo algum casado com Meg; aliás, o mesmo era pegar uma garota no pasto atrás do bar de Kynuna, ou trepar com a arrogante Srta. Carmichael encostada na parede do barracão de tosquia. Meggie tinha seios bonitos, firmes depois de tanto cavalgar, exatamente como ele os apreciava, e ele sinceramente preferia conseguir o seu prazer no seio dela, gostando da sensação do pênis imprensado entre duas barrigas. As camisas-de-vênus tiravam grande parte da sensibilidade do homem, mas deixar de pô-las quando ia enfiar-se nela era procurar encrenca.

Tateando, puxou-lhe as nádegas, fê-la deitar-se sobre ele, depois agarrou um mamilo com os dentes, sentindo-lhe a ponta escondida intumescer-se sobre sua língua. Um grande desprezo por ele tomara conta de Meggie; que ridículas criaturas eram os homens, grunhindo, chupando e esforçando-se daquele jeito. Ele estava ficando mais excitado, apertando-lhe as costas e as nádegas, arquejando como um gatinho que, embora crescido demais, voltasse às escondidas para a mãe. Seus quadris principiaram a mover-se de um jeito rítmico, espasmódico, e, esparramada sobre ele desajeitadamente, porque detestava ter de ajudá-lo, sentiu entre as pernas a ponta do pênis desprotegido.

Como não participasse do ato, ainda era dona dos seus pensamentos. E foi então que lhe surgiu a idéia. Tão lenta e discretamente quanto pôde, manobrou-o até deixá-lo exatamente na sua parte mais dolorida; depois, respirando fundo para não perder a coragem, trincando os dentes, forçou o pênis a entrar. Doeu, mas já doeu muito menos. Sem a bainha de borracha, o membro, mais escorregadio, era mais fácil de introduzir e mais fácil de tolerar.

Luke abriu os olhos. Tentou afastá-la de si, mas oh, Deus! Inacreditável o que sentia sem a camisa-de-vênus; nunca estivera dentro de uma mulher sem o preservativo, nunca imaginara a diferença que havia. Achava-se tão próximo do orgasmo, tão excitado que, por mais que tentasse, não conseguia empurrá-la com força suficiente e acabou enlaçando-a com os braços, incapaz de prosseguir em sua atividade no seio. Embora não fosse másculo gritar, não pôde impedir que o ruído partisse dele. Depois beijou-a suavemente.

— Luke?

— O quê?

— Por que não podemos fazer isso sempre? Se o fizéssemos, você não precisaria pôr a camisa-de-vênus.

— Não deveríamos ter feito isso dessa vez, Meg, quanto mais outras vezes! Eu estava bem dentro de você quando acabei.

Ela inclinou-se sobre ele, acariciando-lhe o peito.

— Mas você não vê? Eu estou sentada! A coisa não fica lá dentro, está escorrendo tudo para fora outra vez! Oh, Luke, por favor! É tão mais gostoso, e machuca muito menos. Tenho certeza de que não faz mal, porque sinto que está escorrendo. Por favor!

Qual foi o ser humano que já resistiu à repetição do prazer perfeito oferecido de forma tão razoável? À semelhança de Adão, Luke consentiu, pois, àquela altura, estava muito menos bem informado do que Meggie.

— Talvez seja verdade o que você está dizendo, e é muito melhor para mim quando você não luta. Está bem, Meg, de agora em diante faremos sempre desse jeito.

No escuro, Meggie sorriu, contente. Porque nem tudo escorrera para fora. No momento em que o sentira afastar-se, ela retesara todos os músculos internos, escorregara de cima dele até ficar deitada de costas, erguera para o ar, casualmente, os joelhos cruzados e aferrara-se com toda a sua determinação ao que sobrara. Oh, meu belo cavalheiro, deixe estar que darei um jeito nisso! Você não perde por esperar, Luke O'Neill! Ainda terei o meu filho, nem que isso me mate!

Longe do calor e da umidade do litoral, Luke restabeleceu-se depressa. Comendo bem, começou a recuperar os quilos que perdera, e sua pele mudou de cor, passando do amarelo doentio para o moreno de sempre. Com a tentação de uma Meggie desejosa e sensível na cama, não foi muito difícil persuadi-lo a prolongar para três as duas semanas originais, e depois para quatro. Mas, ao cabo de um mês, ele se rebelou.

— Já não há desculpas, Meg. Sinto-me melhor do que nunca. Estamos aqui, sentados no topo do mundo, como um rei e uma rainha, gastando dinheiro. Arne precisa de mim.

— Você não quer pensar melhor, Luke? Se quisesse, compraria agora mesmo a nossa fazenda.

— Vamos continuar mais um pouquinho do jeito que estamos, Meg.

Ele recusava-se a reconhecê-lo, naturalmente, mas o fascínio do açúcar estava em seus ossos, a estranha atração que alguns homens sentem pelo trabalho total. E, enquanto lhe durasse a força da juventude, Luke permaneceria fiel ao açúcar. A única coisa em que Meggie poderia contar para obrigá-lo a mudar de idéia era dar-lhe um filho, um herdeiro para a propriedade nos arredores de Kynuna.

Por isso ela voltou para Himmelhoch a fim de aguardar e esperar. Por favor, por favor, que haja um bebê! Um bebê resolveria tudo! Por favor, deixe que haja um bebê.

E houve. Quando ela deu a notícia a Anne e Luddie, eles exultaram. Luddie sobretudo revelou-se um tesouro. Fazia os mais lindos trabalhos de franzidos e bordados, duas habilidades que Meggie nunca tivera tempo de dominar. E enquanto ele empurrava uma agulha minúscula através do tecido delicado com as mãos calosas e mágicas, Meggie ajudava Anne a arrumar o quarto do bebê.

A única dificuldade era que a criança não estava numa boa posição e Meggie não sabia ao que poderia atribuí-lo, se ao calor, se à sua infelicidade. O enjôo matinal durava o dia inteiro e persistiu por muito tempo depois que já devia ter parado; a despeito do escasso aumento de peso, ela principiou a sofrer muito em virtude do excesso de fluido nos tecidos do corpo, e sua pressão sangüínea subiu a ponto de deixar o Dr. Smith apreensivo. A princípio, ele falou num hospital em Cairns para o resto da gravidez, mas, depois de muito pensar na sua situação, sem marido e sem amigos, concluiu que ela ficaria melhor em companhia de Luddie e Anne, que se interessavam por ela. Nas três últimas semanas de gestação, entretanto, teria de ir para Cairns.

— E procure fazer com que o marido venha vê-la — rugiu, dirigindo-se a Luddie.

Meggie escrevera logo para comunicar a Luke que estava grávida, com a costumeira convicção feminina de que, uma vez que o indesejado era um fato incontestável, Luke ficaria doido de alegria. A carta que ele mandou em resposta acabou com suas ilusões. Estava furioso. Para ele, tornar-se pai significava simplesmente ter duas bocas ociosas para alimentar, em vez de uma. Foi uma pílula bem amarga para Meggie engolir, mas ela a engoliu; não tinha escolha. A criança que se anunciava ligava-a agora a ele tão estreitamente quanto o seu orgulho.

Mas ela se sentia mal, indefesa, totalmente desamada; nem o bebê a amava, pois não queria ser concebido nem queria nascer. Percebia nas entranhas os frágeis protestos da débil e minúscula criatura contra a sua transformação num ser. Se ela fosse capaz de suportar os três mil e duzentos quilômetros que a separavam de casa, teria regressado a Drogheda, mas o Dr. Smith sacudiu a cabeça com firmeza. Viajar de trem uma semana ou mais, ainda que a viagem se fizesse por etapas, equivaleria a perder a criança. E, embora se sentisse desapontada e infeliz, Meggie não prejudicaria deliberadamente o bebê. Entretanto, à proporção que o tempo se escoava, o entusiasmo e o desejo ardente de ter alguém seu para amar definhavam nela; e a criança opressora pendia mais pesada, mais ressentida.

O Dr. Smith sugeriu uma mudança antecipada para Cairns; não tinha certeza de que Meggie sobreviveria a um parto em Dungloe, que só possuía uma enfermaria em precárias condições. Sua pressão sangüínea recalcitrava, o fluido continuava a aumentar; ele falou em toxemia e eclâmpsia, outras longas palavras médicas que assustaram Anne e Luddie e os forçaram a concordar, por mais que quisessem ver o bebê nascer em Himmelhoch.

No fim de maio só restavam quatro semanas para que Meggie pudesse libertar-se do seu fardo intolerável, aquele filho ingrato. Ela estava aprendendo a odiar o próprio ser que tanto quisera antes de descobrir as dificuldades que ele causaria. *Por que* presumira ela que Luke esperaria ansioso a vinda da criança depois que sua existência fosse uma realidade? Nada em sua atitude nem em sua conduta depois do casamento indicava que ele agiria assim.

Já estava na hora de admitir que o casamento fora um desastre, renunciar ao seu orgulho tolo e tentar salvar das ruínas o que pudesse. Eles se haviam unido por todos os motivos errados: ele pelo dinheiro dela, ela, para fugir de Ralph de Bricassart, ao mesmo tempo que tentava reter Ralph de Bricassart. Nunca houvera sequer uma simulação de amor, e só o amor os teria ajudado, a ela e a Luke, a superar as enormes dificuldades criadas por suas metas e desejos divergentes.

Por mais estranho que fosse, ela parecia incapaz de odiar Luke, embora se surpreendesse a odiar Ralph de Bricassart com freqüência cada vez maior. No entanto, no cômputo geral, Ralph tinha sido muito mais bondoso e muito mais justo com ela do que Luke. Nem uma vez a animara a sonhar com ele em papéis que não fossem o de padre e o de amigo, pois, até nas duas ocasiões em que a beijara, a iniciativa partira dela.

Por que, então, ficar tão zangada com ele? Por que odiar Ralph e não odiar Luke? A culpa era dos seus próprias temores e deficiências, do imenso e ultrajado ressentimento que lhe inspirara a sistemática rejeição dele, quando ela o amava e queria tanto. E a culpa era do impulso estúpido que a levara a desposar Luke O'Neill. Uma traição a si mesma e a Ralph. Não importava que nunca tivesse podido casar com ele, dormir com ele, ter um filho dele. Não importava que ele não a quisesse, e ele *não* a queria. Persistia o fato de que era ele quem ela queria, e nunca deveria ter-se contentado com menos.

Mas o fato de reconhecer os erros não os alterava. Luke O'Neill continuava sendo o homem que ela desposara, e continuava sendo de Luke O'Neill o filho que ela carregava. Como poderia dar-lhe felicidade a idéia do filho de Luke O'Neill, se nem ele queria saber da criança? Depois que nascesse, pelo menos, esta seria o seu próprio pedaço de humanidade, e poderia ser amada como tal. Que não daria ela pelo filho de Ralph de Bricassart? O impossível, o que nunca seria. Ralph servia a uma instituição que insistia em apoderar-se de tudo o que era dele, até a parte que para ela não tinha o menor valor, sua virilidade, que a Madre Igreja exigia dele como um sacrifício ao seu poder institucional e assim o desperdiçava, esmagava-lhe o ser, para que ele, quando parasse, parasse para sempre. Só que um dia a Igreja teria de pagar pela sua ganância. Um dia já não haveria Ralphs de Bricassart, porque todos teriam dado à sua virilidade valor suficiente para perceber que o sacrifício dela era inútil, totalmente sem sentido...

De repente, Meggie se levantou e dirigiu-se à sala de estar, onde Anne, sentada, lia um exemplar clandestino do romance interditado de Norman Lindsay, *Redheap*, e obviamente se deliciava com cada palavra proibida.

— Anne, creio que o seu desejo vai se realizar.

Anne ergueu os olhos com expressão ausente.

— Que foi, meu bem?

— Telefone para o Dr. Smith. Vou ter esse desgraçado bebê aqui e agora.

— Oh, meu Deus! Vá para o quarto e deite-se... Para o seu quarto não, para o nosso!

Maldizendo os caprichos do destino e a determinação dos bebês, o Dr. Smith saiu disparado de Dungloe em seu calhambeque com a parteira local no assento de trás e todo o equipamento que pôde carregar do seu hospitalzinho improvisado. Não adiantava levá-la para lá; ele poderia fazer o mesmo por ela em Himmelhoch. Era em Cairns que ela devia estar.

— Vocês avisaram o marido? — perguntou ele enquanto subia com esforço a escada da frente, seguido pela parteira.

— Mandei-lhe um telegrama. Ela está no meu quarto; achei que lá o senhor teria mais espaço.

Manquejando atrás dos dois, Anne entrou no quarto. Deitada na cama, de olhos arregalados, Meggie não dava nenhum sinal de dor a não ser um espasmo ocasional das mãos, um encolhimento do corpo. Virou a cabeça a fim de sorrir para Anne, e esta percebeu que seus olhos estavam muito amedrontados.

— Ainda bem que não fui para Cairns — disse ela. — Minha mãe nunca precisou de hospital para ter filhos, e papai contou certa vez que ela passou muito mal com Hal. Mas sobreviveu, e eu também sobreviverei. Nós, mulheres da família Cleary, somos duras na queda.

Somente horas depois o médico foi ter com Anne na varanda.

— Será um trabalho demorado e duro para ela. Os primeiros filhos raramente são fáceis, mas este não está em boa posição e a coitada só consegue arrastar-se sem chegar a parte alguma. Se estivesse em Cairns poderíamos fazer uma cesariana, mas isso aqui está fora de cogitação. Ela terá de dar à luz pelos próprios meios.

— Está consciente?

— Está, sim. É valente a mulherzinha, não grita nem se queixa. Na minha opinião, são sempre as melhores que passam pior. Não pára de me perguntar se Ralph já chegou, e sou obrigado a mentir, dizendo que o Johnstone transbordou. Pensei que o nome do marido fosse Luke.

— E é.

— Hum! Então é por isso que ela está querendo o tal de Ralph, seja lá quem for. Parece que Luke não é um grande consolo.

— Luke é um cretino.

Anne inclinou-se para a frente, com as mãos na balaustrada da varanda. Vindo da estrada de Dunny, um táxi enveredara pelo caminho que conduzia a Himmelhoch. Sua vista excelente acabara de distinguir um homem de cabelo preto no assento traseiro, e ela soltou uma exclamação de alívio e alegria.

— Não acredito no que estou vendo, mas parece que Luke, finalmente, se lembrou de que tem mulher!

— Então é melhor que eu vá ter com ela. Você fica aqui para se entender com ele, Anne. Não direi nada a ela, pois talvez não seja ele. Se for, dê-lhe uma xícara de chá e deixe o pior da história para contar depois. Ele vai precisar.

O táxi parou; surpresa, Anne viu o motorista descer, dirigir-se à porta de trás e abri-la para o passageiro. Joe Castiglione, chofer do único carro de praça de Dunny, não era dado a cortesias.

— Himmelhoch, Excelência — disse ele, inclinando-se profundamente.

Um homem que envergava uma longa e bem-talhada batina preta, com uma faixa de gorgorão púrpura na cintura, desceu do carro. Quando ele se voltou, Anne supôs, por um momento, que Luke O'Neill estivesse fazendo alguma brincadeira. Depois viu que o homem era muito diferente e tinha, pelo menos, dez anos mais do que ele. Meu Deus!, pensou, quando a garbosa figura subiu a escada de dois em dois degraus, é o sujeito mais bonito que já vi em toda a minha vida! E arcebispo, ainda por cima! Que há de querer um arcebispo católico em casa de um casal de velhos luteranos como Luddie e eu?

— Sra. Mueller? — perguntou ele, sorrindo-lhe com os olhos azuis, gentis e distantes. Como se já tivessem visto muita coisa que teriam dado tudo para não ver e conseguido deixar de sentir havia muito tempo.

— Sim, sou Anne Mueller.

— Sou o Arcebispo Ralph de Bricassart, legado de Sua Santidade na Austrália. Segundo me consta, a senhora tem uma Sra. Luke O'Neill hospedada em sua casa?

— Tenho, sim, senhor.

Ralph? *Ralph*? Seria *esse* Ralph?

— Sou um velho amigo dela. Posso vê-la, por favor?

— Tenho a certeza de que ela ficaria encantada, Arcebispo — não, não estava certo, não se dizia Arcebispo, dizia-se Excelência, como Joe Castiglione — em circunstâncias normais, porém Meggie acaba de entrar nas dores do parto, e está passando mal.

Ela viu, então, que ele não conseguira, absolutamente, deixar de sentir e apenas disciplinara os sentimentos, que se mantinham em canina abjeção no fundo da sua mente. Os olhos dele eram tão azuis que ela pensou afogar-se neles, e o que neles via agora fê-la perguntar a si mesma o que era Meggie para ele e o que era ele para Meggie.

— Eu *sabia* que alguma coisa estava errada! Tenho sentido que alguma coisa está errada há muito tempo, mas, ultimamente, minha preocupação tornou-se obsessão. Por favor, deixe-me vê-la! Se a senhora precisar de uma razão, sou padre.

Anne jamais tencionara impedi-lo de vê-la.

— Venha, Excelência, por aqui, por favor.

E enquanto ela se arrastava, devagar, entre as duas muletas, não cessava de pensar: A casa está limpa e arrumada? Já tirei o pó hoje? Já jogamos fora aquele velho e fedido pernil de carneiro, ou ele continua recendendo pela casa toda? Que momento para um homem importante como este fazer uma visita! Luddie, você vai ou não vai tirar essa bunda gorda do trator e entrar? O menino já devia tê-lo encontrado há horas!

Ele passou pelo Dr. Smith e pela parteira como se não existissem e foi cair de joelhos ao lado da cama, enquanto sua mão se estendia para a dela.

— Meggie!

Ela emergiu do sonho pavoroso em que afundara e viu o rosto amado perto do seu, o denso cabelo preto agora com duas mechas brancas em seu negrume, os belos traços aristocráticos um pouco mais acentuados, mais pacientes se possível, e os olhos azuis fixos nos dela com amor e desejo. Como pudera confundir Luke com ele? Não havia ninguém como ele. Luke era o lado escuro do espelho; Ralph era esplêndido como o sol, e igualmente remoto. Como era bom vê-lo!

— Ralph, ajude-me — disse ela.

Ele beijou-lhe a mão apaixonadamente, depois encostou-a no seu rosto.

— Sempre, minha Meggie, você sabe disso.

— Reze por mim e pelo bebê. Se alguém pode nos salvar, esse alguém é você. Está muito mais perto de Deus do que nós. Ninguém nos quer, ninguém nunca nos quis, nem mesmo você.

— Onde está Luke?

— Não sei e não quero saber.

Ela fechou os olhos e rolou a cabeça sobre o travesseiro, mas os dedos dela, entrelaçados com os dele, não queriam deixá-lo partir.

Nesse momento, o Dr. Smith tocou-lhe o ombro.

— Excelência, creio que deve sair agora.

— Se a vida dela correr perigo, o senhor me chamará?

— Imediatamente.

Luddie chegara finalmente do canavial, frenético porque não conseguia ver ninguém e sem coragem de entrar no quarto.

— Anne, ela está bem? — perguntou, no momento em que sua esposa saiu em companhia do Arcebispo.

— Por enquanto. O doutor não quer se comprometer, mas creio que tem esperanças. Luddie, temos visita. Este é o Arcebispo Ralph de Bricassart, velho amigo de Meggie.

Mais entendido do que a esposa, Luddie dobrou um joelho e beijou o anel da mão que lhe estendiam.

— Sente-se, Excelência, e converse com Anne. Vou ferver um pouco d'água para fazer chá.

— Com que, então, o senhor é Ralph — disse Anne, encostando as muletas numa mesa de bambu, enquanto o sacerdote se sentava defronte dela, com as pregas da batina caindo à sua volta, deixando claramente visíveis as botas pretas e lustrosas de montar, pois cruzara as pernas. Era um gesto afeminado para um homem, mas, em se tratando de um padre, não tinha importância; não obstante, havia nele qualquer coisa intensamente máscula, com as pernas cruzadas ou descruzadas. E ele não devia ser tão velho quanto ela supusera a princípio; teria, quando muito, uns quarenta e poucos anos. Que desperdício!

— Sim, sou Ralph.

— Desde que principiaram as dores de parto de Meggie, ela tem perguntado por alguém chamado Ralph. Devo confessar que estou abismada. Não me lembro de tê-la visto mencionar uma única vez esse nome.

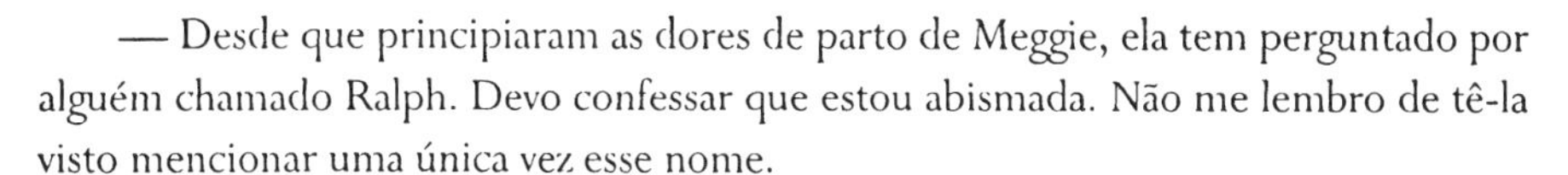

— Ela não o mencionaria, mesmo.

— Como é que Vossa Excelência conhece Meggie? Há quanto tempo?

O padre sorriu obliquamente e juntou as mãos, finas e belíssimas, formando com elas um teto pontudo de igreja.

— Conheço Meggie desde os seus dez anos de idade, quando fazia apenas alguns dias que ela desembarcara da Nova Zelândia. A senhora pode dizer, sem mentir, que a conheço através da inundação, do incêndio e da fome emocional, através da morte e da vida. Através de tudo que temos de suportar. Meggie é o espelho em que sou forçado a ver minha mortalidade.

— O senhor a ama? — Havia surpresa no tom de Anne.

— Sempre a amei.

— É uma tragédia para os dois.

— Eu esperava que fosse apenas para mim. Fale-me a respeito dela, conte-me o que lhe aconteceu depois que se casou. Faz muitos anos que não a vejo, mas não me sinto feliz a respeito dela.

— Eu lhe contarei, mas só depois que o senhor me falar de Meggie. Não me refiro a coisas pessoais, apenas à espécie de vida que ela levava antes de vir para Dunny. Não sabemos absolutamente nada sobre ela, Luddie e eu, a não ser que costumava viver em algum lugar perto de Gillanbone. Gostaríamos de saber mais, porque lhe somos muito afeiçoados. Mas ela nunca se dispôs a nos contar coisa alguma... por orgulho, creio eu.

Luddie trouxe uma bandeja com chá e muita comida, e sentou-se enquanto o padre lhes fazia um esboço da vida de Meggie antes de casar com Luke.

— Eu nunca teria adivinhado, nem em um milhão de anos! Pensar que Luke O'Neill teve a temeridade de tirá-la de tudo isso e fazê-la trabalhar como empregada doméstica! E a desfaçatez de estipular que os salários dela fossem depositados no banco, na conta *dele*! Sabe que a pobrezinha nunca teve um tostão na bolsa para gastar consigo desde que está aqui? Pedi a Luddie que lhe desse uma gratificação em dinheiro no último Natal, mas, nessa ocasião, ela já estava precisando de tanta coisa que gastou tudo num dia, e nunca mais aceitou nada de nós.

— Não tenham pena de Meggie — disse o Arcebispo Ralph em tom ligeiramente áspero. — Creio que nem ela sente pena de si mesma, e muito menos por não ter dinheiro. O dinheiro, afinal, não lhe trouxe muitas alegrias. Ela sabe onde encontrá-lo se não puder passar sem ele. Eu diria que a aparente indiferença de Luke a magoou muito mais que a falta de dinheiro. Minha pobre Meggie!

Anne e Luddie traçaram juntos um esboço da vida de Meggie, enquanto o

Arcebispo de Bricassart, sentado, com as mãos unidas formando um campanário, tinha o olhar perdido no belo leque majestoso de uma palmeira, lá fora. Nenhum músculo de seu rosto se moveu, mudança alguma se registrou nos olhos belos e distantes. Ele aprendera muito desde que entrara para o serviço de Vittorio Scarbanza, Cardeal di Contini-Verchese.

Quando os dois concluíram a narrativa, ele suspirou e transferiu o olhar para os rostos ansiosos dos donos da casa.

— Bem, parece que temos de ajudá-la, já que Luke se nega a fazê-lo. Se Luke realmente não a quer, ela estará melhor em Drogheda. Sei que os senhores não querem perdê-la, mas, por amor dela, procurem persuadi-la a voltar para casa. Eu lhes mandarei um cheque de Sydney para ela, para poupar-lhe o constrangimento de pedir dinheiro ao irmão. Depois, quando estiver em casa, ela dirá à família o que bem entender. — Olhou para a porta do quarto e mexeu-se, inquieto. — Meu Deus, fazei com que a criança nasça!

Mas a criança só nasceu dali a vinte e tantas horas, e Meggie quase morreu de cansaço e dor. O Dr. Smith dera-lhe copiosas doses de láudano, que, na sua opinião antiquada, ainda era a melhor coisa; ela parecia vogar à deriva, turbilhando através de pesadelos espiralados, em que coisas de fora e de dentro se rompiam e rasgavam, arranhavam e cuspiam, uivavam, lamuriavam e rugiam. As vezes, o rosto de Ralph entrava em foco por breve momento, mas logo se dissipava numa onda de dor cada vez maior; a lembrança dele, no entanto, persistia e, enquanto ele estivesse ali vigiando, Meggie sabia que nem ela nem o bebê morreriam.

Deixando a parteira sozinha, no comando da situação, para poder comer alguma coisa, tomar um bom gole de rum e verificar se nenhum dos seus outros pacientes tivera a desconsideração de pensar em morrer, o Dr. Smith ouviu sobre a história tudo o que Anne e Luddie acharam conveniente contar-lhe.

— Você tem razão, Anne — disse ele. — O fato de ter andado tanto a cavalo é provavelmente um dos motivos das dificuldades de hoje. O desaparecimento do silhão foi um mal para as mulheres que precisam cavalgar muito. O jeito de montar feito homem desenvolve os músculos errados.

— Pois eu ouvi dizer que isso era superstição — comentou o Arcebispo brandamente.

O Dr. Smith olhou maliciosamente para ele. Não gostava de padres católicos e julgava-os uma turma carola de tolos babosos.

— Pense o que quiser — disse ele. — Mas diga-me, Excelência, se se tratasse de escolher entre a vida de Meggie e a vida da criança, que aconselharia a sua consciência?

— A Igreja é inflexível nesse ponto, doutor. Nenhuma escolha poderá ser feita. Jamais. Não se pode sacrificar a criança para salvar a mãe, nem a mãe para salvar a criança. — Ele retribuiu o sorriso do Dr. Smith com a mesma dose de malícia. — Mas se chegássemos a esse ponto, doutor, eu não hesitaria em dizer-lhe que salvasse Meggie, e a criança que fosse para o diabo.

O Dr. Smith arquejou, riu-se e deu-lhe uma palmada nas costas.

— Boa, Excelência! Não tenha medo, que não espalharei o que nos disse. Mas a criança está viva, por enquanto, e não vejo razão para matá-la.

Anne, contudo, estava pensando: eu gostaria de conhecer a sua resposta se a criança fosse sua, Arcebispo.

Umas três horas depois, quando o sol da tarde escorregava, tristonho, pelo céu na direção do vulto enevoado do Monte Bartle Frere, o Dr. Smith saiu do quarto.

— Acabou-se — disse, com alguma satisfação. — Meggie tem uma longa estrada à sua frente para transpor, mas ficará boa, se Deus quiser. E a criança é uma menina magrinha, ranzinza, de dois quilos e duzentos e sessenta gramas, com uma cabeça enorme e um gênio que combina com o mais abominável cabelo ruivo que já vi num bebê recém-nascido. Não se poderia matar aquele carrapato nem com um machado, e sei o que estou dizendo, porque quase tentei fazê-lo.

Exultante, Luddie foi buscar a garrafa de champanha que estivera guardando, e os cinco se ergueram com os copos transbordantes; o padre, o médico, a parteira, o fazendeiro e a aleijada brindaram à saúde e ao bem-estar da mãe e do seu bebê gritador e excêntrico. Era o dia primeiro de junho, o primeiro dia do inverno australiano.

Para substituir a parteira, chegara uma enfermeira, que ficaria até que Meggie fosse declarada fora de perigo. O médico e a parteira despediram-se, e Anne, Luddie e o Arcebispo foram ver Meggie.

Ela parecia tão pequenina e abatida na cama de casal que o Arcebispo Ralph teve de guardar outra dor separada no fundo da sua mente, para ser destacada, examinada e sofrida mais tarde. Meggie, minha lacerada e surrada Meggie... eu a amarei sempre, mas não posso dar-lhe o que Luke O'Neill lhe deu, por maior vontade que tivesse de dá-lo.

O pedacinho de humanidade responsável por tudo aquilo estava deitado num berço de vime na parede oposta, muito pouco satisfeito com a atenção que lhe dispensava a gente reunida à sua volta e que não se cansava de mirá-lo. A recém-nascida berrou para expressar seu ressentimento, e continuou berrando. No fim, a enfermeira levantou-a, com berço e tudo, e a instalou no quarto designado para ela.

— Podemos ter certeza de que os seus pulmões estão em boas condições.

O Arcebispo Ralph sorriu, sentou-se na beira da cama e pegou na mão pálida de Meggie.

— Não creio que ela goste muito da vida — disse Meggie, respondendo-lhe ao sorriso. Como ele parecia mais velho! Em boa forma e ágil como sempre, mas infinitamente mais velho. Ela virou a cabeça para Anne e Luddie, e estendeu-lhes a outra mão.

— Meus queridos e bons amigos! Que teria feito sem vocês? Já tivemos notícias de Luke?

— Recebi um telegrama dizendo que ele estava muito ocupado para vir, mas desejando-lhe boa sorte.

— Muito gentil — disse Meggie.

Anne inclinou-se depressa para beijar-lhe o rosto.

— Vamos deixá-la agora conversando com o Arcebispo, minha querida. Estou certa de que têm muita coisa para contar um ao outro. — Inclinando-se por sobre Luddie, fez sinal com o dedo à enfermeira, que olhava embasbacada para o religioso, como se não pudesse acreditar nos próprios olhos. — Vamos, Nettie, venha tomar uma xícara de chá. Sua Excelência a chamará se Meggie precisar de você.

— Que nome dará à barulhenta da sua filha? — perguntou ele quando a porta se fechou e os dois ficaram a sós.

— Justine.

— É muito bom, mas por que o escolheu?

— Li-o em algum lugar, e gostei dele.

— Você não a quer, Meggie?

O rosto dela, minguado, parecia feito apenas de olhos; olhos suaves, cheios de uma luz nebulosa, sem ódio, mas também sem amor.

— Acho que a quero. Sim, quero-a. Fiz muitos planos para consegui-la. Mas, enquanto a carregava, não pude sentir nada por ela, a não ser que *ela* não me queria. Não creio que Justine algum dia venha a ser minha, nem de Luke, nem de ninguém. Acho que sempre pertencerá a si mesma.

— Preciso ir, Meggie — disse ele meigamente.

Os olhos agora ficaram mais duros, mais brilhantes; a boca retorceu-se, assumindo uma forma desagradável.

— Eu esperava *isso*! É engraçado como todos os homens em minha vida desaparecem, não é?

Ele estremeceu.

— Não seja amarga, Meggie. Não suporto a idéia de partir pensando em você desse jeito. Apesar do que lhe aconteceu no passado, você sempre conservou sua doçura e essa, para mim, é a sua qualidade mais cativante. Não se modifique, não se torne dura por causa disso. Sei que deve ser terrível pensar que Luke não lhe teve amor bastante para vir, mas não se modifique. Você já não seria a minha Meggie.

Mas ela continuava a encará-lo como se o odiasse.

— Ora, deixe disso, Ralph! Eu não sou a sua Meggie, e nunca fui! Você não me queria, você me mandou para ele, para Luke. Que acha você que sou, uma espécie de santa, uma freira? Pois não sou, não senhor! Sou um ser humano comum, e você estragou minha vida! Durante tantos anos eu o amei, não quis ninguém senão você, esperei por você... Tentei desesperadamente esquecê-lo, mas acabei casando com outro homem porque se parecia um pouquinho com você, e ele também não me quer, nem precisa de mim. Será pedir demais a um homem esperar que precise de nós e que nos queira?

Ela principiou a soluçar, mas dominou-se; havia linhas finas de sofrimento em seu rosto, que Ralph vira, e ele conheceu que elas não pertenciam à espécie que o repouso e a volta da saúde poderiam apagar um dia.

— Luke não é um mau homem, nem um homem que não se possa amar — prosseguiu ela. — É apenas um homem. Vocês são todos iguais, grandes mariposas peludas que se arrebentam e despedaçam no encalço de uma chama tola, atrás de um vidro tão claro que seus olhos não vêem. E quando conseguem entrar, aos trancos e barrancos, no interior do vidro para chegar à chama, caem ao chão queimados e mortos. Enquanto isso, lá fora, na noite fresca, há comida, amor e mariposinhas para fazer. Mas vocês vêem essas coisas? Querem essas coisas? Não! É atrás da chama que voltam, até perderem os sentidos e morrerem queimados por ela!

Ele não sabia o que dizer, pois nunca vira esse lado dela. Fora sempre seu, ou crescera provocado pelas suas terríveis dificuldades e pelo seu abandono? Meggie dizendo essas coisas? Ele mal as ouvia, e estava tão transtornado por ouvi-las da sua boca, que não compreendeu que tudo aquilo era fruto da solidão dela e do sentimento de culpa dele próprio.

— Lembra-se da rosa que me deu na noite em que saí de Drogheda? — perguntou ele, com ternura.

— Lembro-me, sim. — A vida se fora da voz, a luz dura desaparecera dos olhos. Estas fitavam-no agora como uma alma sem esperança, tão destituídos de expressão e vidrados quanto os olhos de sua mãe.

— Ainda a conservo, no meu livro de orações. E, todas as vezes que vejo uma rosa daquela cor, penso em você. Meggie, eu a amo. Você é a minha rosa, a mais bela imagem humana e o mais belo pensamento humano de minha vida.

Os cantos da boca de Meggie voltaram a descair, e seus olhos voltaram a brilhar com o tenso e coruscante ardor que encerrava também um travo de ódio.

— Uma imagem, um pensamento! Uma imagem humana e um pensamento humano! Sim, está certo, isso é tudo o que sou para você! Você não passa de um tolo romântico e sonhador, Ralph de Bricassart! Sabe tanto o que é a vida quanto a mariposa com que o comparei! Não admira que se fizesse padre! Você não poderia viver com tudo o que a vida tem de comum, se fosse um homem comum, tanto quanto Luke, o homem comum, também não pode! Você diz que me ama, mas não tem a menor idéia do que é o amor; está apenas pronunciando palavras que memorizou porque acha bonito o som delas! O que me desconcerta é que vocês homens ainda não nos dispensaram de todo, a nós, mulheres, e é justamente o que gostariam de fazer, não é? Vocês deviam encontrar um jeito de casar uns com os outros, pois assim seriam divinamente felizes!

— Meggie, não fale assim! Por favor, não fale assim!

— Ora, vá embora! Não quero olhar para você. E você se esqueceu de uma coisa a respeito das suas preciosas rosas, Ralph... elas têm espinhos, espinhos feios e recurvos!

Ele saiu do quarto sem olhar para trás.

Luke não se deu ao trabalho de responder ao telegrama que o informava de que ele era o pai orgulhoso de uma menina de dois quilos e duzentos e sessenta gramas, chamada Justine. Pouco a pouco, Meggie foi melhorando e a garotinha principiou a encorpar. Se Meggie tivesse podido alimentá-la, talvez conseguisse estabelecer um melhor relacionamento com a coisinha geniosa e magricela, mas não tinha leite nenhum nos seios abundantes, que Luke tanto gostara de sugar. Eis aí uma justiça irônica, pensou. Ela trocava as fraldas e dava a mamadeira conscienciosamente ao pedacinho de gente de cabeça e cara vermelhas, exatamente como o costume lhe ordenava que fizesse, esperando pelo início de alguma emoção maravilhosa, que depois cresceria. Mas a emoção não vinha; ela não sentia o desejo de abafar com beijos o minúsculo rostinho, nem de morder-lhe os dedinhos, nem de fazer qualquer uma das mil coisas tolas que as mães adoram fazer aos filhos. Ela não parecia ser sua filha e a pequena não precisava dela nem a queria, como ela não a queria nem precisava dela.

Luddie e Anne nunca imaginaram que Meggie não adorasse Justine, que não sentisse por Justine o que sentira por qualquer um dos filhos menores de sua mãe. Todas as vezes que Justine chorava, Meggie corria para pegá-la, cantarolava para ela, embalava-a, e nunca houve bebê mais sequinho nem mais confortável. O estranho era que Justine não parecia querer colo nem cantorias; ficava quieta muito mais depressa se a deixassem em paz.

À medida que o tempo foi passando, ela foi melhorando de aspecto. A pele de bebê perdeu a vermelhidão, adquiriu a transparência riscada de veias azuis que tantas vezes acompanha o cabelo vermelho, e os bracinhos e perninhas foram se enchendo, até atingir um agradável aspecto roliço. O cabelo principiou a encrespar-se, a adensar-se e a adquirir para sempre o tom violento que Paddy, o avô, possuíra. Todos estavam ansiosos por ver a cor que iriam adquirir os olhos. Luddie apostou que seriam azuis, como os do pai, Anne, que seriam cinzentos como os da mãe, e Meggie não quis opinar. Mas os olhos de Justine eram decididamente singulares e desalentadores, para não dizer outra coisa. Quando a menina completou seis semanas de vida, eles começaram a mudar e, por volta da nona semana, já tinham a cor e a forma finais. Em torno da orla externa da íris havia um anel cinza muito escuro, mas a própria íris era tão pálida que não se poderia dizer que fosse azul nem cinzento; a descrição mais aproximada da cor seria, nesse caso, uma espécie de branco-escuro. Olhos penetrantes, inquietantes, inumanos, que se diriam cegos; mas, com o passar do tempo, tornou-se óbvio que Justine via muitíssimo bem com eles.

Embora não o mencionasse, o Dr. Smith ficara preocupado com o tamanho da cabeça dela ao nascer, e não deixou de observá-la com atenção nos primeiros seis meses de vida; pusera-se a imaginar, sobretudo depois de ver-lhe os olhos estranhos, se ela não teria o que ele ainda chamava de água no cérebro, embora os compêndios já lhe chamassem hidrocefalia. Ao que tudo indicava, no entanto, Justine não sofria de nenhuma espécie de disfunção ou conformação anômala do cérebro; só tinha uma cabeça muito grande e, à proporção que cresceu, o resto se harmonizou, mais ou menos, com a cabeça.

Luke continuou longe. Meggie lhe escrevera repetidamente, mas ele não respondeu nem foi ver a filha. De certo modo, ela ficou contente; não teria sabido o que dizer a ele, e não acreditava que ele viesse a sentir-se extasiado diante da estranha criaturinha que era sua filha. Se Justine fosse um meninão robusto, é possível que o tivesse abrandado, mas Meggie sentiu um feroz contentamento por ter tido uma menina. Justine constituía a prova viva de que o grande Luke O'Neill não era perfeito, pois, se o fosse, só geraria filhos homens.

A criança vingou melhor do que a mãe e recobrou-se mais depressa do parto. Quando completou quatro meses já não chorava tanto e já se divertia, deitada no bercinho, brincando com as fieiras de contas coloridas, colocadas ao alcance de sua mãozinha. Mas nunca sorria para ninguém, nem mesmo sob o disfarce das dores provocadas pelos gases.

A chuva veio cedo, em outubro, e foi uma chuva muito molhada mesmo. A umidade subiu para cem por cento e ali ficou; todos os dias por horas a fio, a chuva rugia e fustigava Himmelhoch, derretendo o solo vermelho, encharcando os canaviais, enchendo o amplo e profundo Rio Dungloe, embora não o fizesse transbordar, pois o seu curso era tão pequeno que a água ia logo para o mar. Enquanto Justine, sentada no berço, contemplava o seu mundo através daqueles olhos estranhos, Meggie, apática, via Bartle Frere desaparecer atrás de um muro de chuva densa, e depois reaparecer.

O sol saía, arrancando do solo véus retorcidos de fumaça, fazendo o canavial tremular e lançar prismas de brilhantes e dando ao rio o aspecto de uma grande cobra de ouro. Depois, estendendo-se de um lado a outro da abóbada celeste, um duplo arco-íris se materializava, perfeito em toda sua extensão, tão rico no colorido sobre o fundo azul-escuro das nuvens que teria deixado pálida e pequena qualquer outra coisa, menos uma paisagem de North Queensland. E, como se tratava de North Queensland, seu brilho etéreo não desluzia o que quer que fosse, e Meggie achou que descobrira por que a paisagem de Gillanbone era tão parda e cinzenta: North Queensland também lhe usurpara a cota da paleta.

Um dia, no princípio de dezembro, Anne saiu para a varanda e sentou-se ao lado dela, observando-a. Ela estava tão magrinha, tão sem vida! Até o lindo cabelo de ouro se deslustrara.

— Meggie, não sei se fiz a coisa errada, mas o caso é que a fiz e, seja como for, quero que você me ouça primeiro antes de dizer não.

Meggie desviou os olhos dos arco-íris, sorrindo.

— Você está falando com um jeito tão solene, Anne! O que é que você quer que eu ouça?

— Luddie e eu estamos preocupados. Você não se recuperou direito depois que Justine nasceu e, agora que a chuva chegou, até parece pior. Não come e está emagrecendo. Nunca acreditei que você se desse bem com o clima daqui, mas, enquanto nada aconteceu para debilitá-la, você conseguiu enfrentá-lo com maior ou menor galhardia. Agora, entretanto, achamos que você não está bem e, se não se fizer logo alguma coisa, ficará doente de verdade. — Interrompeu-se para respirar. — Por isso, há umas duas semanas, escrevi a uma amiga, que trabalha numa agência de turismo, e marquei umas férias para você. Não comece a protestar por causa das despesas; elas não abalarão as finanças de Luke nem as nossas. O Arcebispo nos mandou um grande cheque para você, e seu irmão mandou outro, como contribuição de todos em Drogheda, para você e para a criança... Tenho a impressão de que ele sugere que você vá passar uns tempos em casa... Mas, depois de conversar sobre o assunto, chegamos à conclusão de que o melhor que poderíamos fazer era gastar um pouco desse dinheiro numas férias para você. E não creio que uma estada em Drogheda seja o tipo certo de férias. Luddie e eu achamos que você precisa agora de tempo para pensar. Sem Justine, sem nós, sem Luke, sem Drogheda. Você já ficou sozinha alguma vez, Meggie? Pois está na hora de experimentar. Por isso lhe reservamos uma cabana na Ilha Matlock por dois meses, desde princípio de janeiro até princípio de março. Luddie e eu cuidaremos de Justine. Você sabe que não lhe acontecerá mal nenhum, mas, à menor preocupação que ela nos der, tem a nossa palavra de que será informada no ato. A ilha tem telefone, de modo que você estaria aqui num abrir e fechar de olhos.

Os arco-íris tinham ido embora, e o sol também; a chuva preparava-se para cair outra vez.

— Anne, se não fosse por você e por Luddie nestes últimos três anos, eu teria ficado louca. E você sabe disso. Às vezes acordo de noite e começo a perguntar a mim mesma o que teria sido de mim se Luke me tivesse colocado numa casa de pessoas menos bondosas. Vocês cuidaram muito melhor de mim do que o próprio Luke.

— Isso é bobagem! Se Luke a tivesse colocado em casa de gente antipática, você teria voltado para Drogheda e, quem sabe, essa não teria sido a melhor solução?

— Não, não foi agradável o que se passou entre mim e Luke, mas foi muito melhor para mim ficar aqui e resolver o assunto.

A chuva começara a avançar aos poucos pelo canavial, que se toldava, obscurecendo tudo atrás de si, como um machado cinzento.

— Você tem razão, eu não estou bem — concordou Meggie. — Não tenho passado bem desde que Justine foi concebida. Tentei reagir, mas chega um ponto em que já não temos energias para fazê-lo. Oh, Anne, estou tão cansada e desanimada! Não sou nem mesmo uma boa mãe para Justine, e tinha obrigação de o ser, pois se ela existe a culpa é minha; ela não pediu para nascer. Mas estou desanimada, principalmente porque Luke não quer me dar nem a oportunidade de fazê-lo feliz. Não quer viver comigo nem me deixar fazer um lar para ele; não quer nossos filhos. Eu não o amo... nunca o amei como a mulher deve amar o homem que ela desposa, e ele talvez o tenha percebido desde o princípio. Se eu o tivesse amado, é possível que ele agisse de forma diferente. De modo que não posso culpá-lo. Creio que só posso culpar-me a mim mesma.

— É o Arcebispo que você ama, não é?

— Desde garotinha! Tratei-o com dureza quando ele esteve aqui. Pobre Ralph! Eu não tinha o direito de dizer-lhe o que lhe disse, porque ele nunca me animou. Espero que tenha tido tempo para compreender que eu estava sofrendo, esgotada e terrivelmente infeliz. A unica coisa que eu conseguia pensar era que a criança devia era ser filha dele, mas nunca seria, nunca poderia ser. Não é justo! O clero protestante pode casar, por que o católico não pode? E não tente me dizer que os ministros não cuidam dos seus rebanhos como os padres, porque não acreditarei em você. Já conheci padres sem coração e ministros maravilhosos. Mas por causa do celibato dos padres tive de afastar-me de Ralph, construir meu lar e minha vida com outra pessoa, ter o filho de outra pessoa. E quer saber de uma coisa, Anne? Isso, para mim, é um pecado tão revoltante quanto Ralph descumprir seus votos, ou pior ainda. O que me deixa indignada é saber que a Igreja considera pecaminoso meu amor a Ralph ou o amor dele por mim!

— Saia um pouco, Meggie. Descanse, coma, durma e pare de afligir-se. Depois, quando voltar, talvez possa persuadir Luke, de um modo ou de outro, a comprar a tal fazenda em lugar de ficar falando nela. Sei que você não o ama, mas, se ele lhe der a metade de uma oportunidade, creio que poderá ser feliz com ele.

Os olhos cinzentos eram da cor da chuva que caía, em lençóis, em toda a volta da casa; suas vozes tinham-se elevado e agora eram gritos para se poderem ouvir acima do incrível estrépito que o aguaceiro fazia no telhado de ferro.

— Mas é precisamente isso, Anne! Quando Luke e eu fomos para Atherton, compreendi afinal que ele não deixará a cana enquanto tiver forças para cortá-la. Ele ama essa vida, ama-a realmente. Gosta de estar ao lado de homens fortes e independentes como ele; gosta de andarilhar de um lado para outro. Agora compreendo que sempre foi um nômade. Quanto a precisar de mulher, nem que seja apenas pelo prazer, a cana o esgota demais. E como posso explicar uma coisa dessas? Luke pertence à espécie de homens que realmente não se importam de comer numa lata e de dormir no chão. Você não percebe? Não se pode apelar para ele como se apela para o homem que aprecia as coisas boas, porque ele não as aprecia. Às vezes, até acredito que ele despreze as coisas boas, as coisas bonitas. São delicadas e poderão deixá-lo delicado. Positivamente não tenho atrativos suficientes para afastá-lo do seu tipo atual de vida.

Ela olhou com impaciência para o teto da varanda, como se estivesse cansada de gritar.

— Não sei se terei força bastante para aceitar a solidão de viver sem lar nos próximos dez ou quinze anos. Anne, ou no tempo que Luke levar para se cansar, seja ele qual for. É adorável estar aqui com vocês; e não me julgue uma ingrata. Mas eu quero um *lar*! Quero que Justine tenha irmãos e irmãs, quero tirar a poeira dos meus móveis, fazer as cortinas para as minhas janelas, cozinhar no meu fogão para o meu homem. Oh, Anne! Sou exatamente esse tipo comum de mulher; nem ambiciosa, nem inteligente, nem culta, e você sabe disso. Só quero um marido, filhos, meu próprio lar. E um pouco de amor de *alguém*!

Anne tirou o lenço, enxugou os olhos e tentou rir.

— Que boa dupla de choronas estamos nos saindo! Mas eu compreendo, Meggie, compreendo realmente. Estou casada com Luddie há dez anos, os únicos realmente felizes de minha vida. Tive paralisia infantil aos cinco, e a doença me deixou desse jeito. Eu estava convencida de que ninguém jamais olharia para mim. E Deus sabe que era a pura verdade. Quando conheci Luddie, eu tinha trinta anos, e ganhava a vida lecionando. Ele era dez anos mais moço do que eu, de modo que não pude levá-lo a sério quando me disse que me amava e queria casar comigo. Que coisa terrível, Meggie, arruinar a vida de um homem tão moço! Durante cinco anos tratei-o com as piores demonstrações de maldade gratuita que você possa imaginar, mas ele voltava sempre. Por isso casei com ele, e tenho sido feliz. Luddie jura que também é, mas não sei. Ele precisou desistir de muita coisa, incluindo filhos, e hoje até parece mais velho do que eu, pobrezinho.

— É a vida, Anne, o clima.

A chuva cessou tão repentinamente quanto começara; o sol tornou a brilhar, e os arco-íris reapareceram em toda a sua glória no céu cheio de vapores. O Monte Bartle Frere surgiu, lilás, por entre as nuvens que o vento impelia.

Meggie voltou a falar.

— Eu irei. Fico muito grata a vocês por pensarem nisso, é possível que seja exatamente do que estou precisando. Mas você tem certeza de que Justine não lhes dará muito trabalho?

— É claro que não! Luddie já planejou tudo. Anna Maria, que costumava trabalhar para mim antes de você vir, tem uma irmã menor, Annunziata, que quer trabalhar como enfermeira em Townsville. Mas só completará dezesseis anos em março, e termina a escola dentro de alguns dias. Assim sendo, enquanto você estiver fora, ela ficará aqui. Além disso, é também uma boa mãe de criação. Existem hordas de bebês no clã Tesoriero.

— Ilha Matlock. Onde fica isso?

— Perto da Passagem de Whitsunday, no Recife da Grande Barreira. É muito quieto e isolado e, se não me engano, um sítio tradicional de luas-de-mel. Você sabe como é... cabanas em lugar do hotel central. Você não precisará jantar num salão cheio de gente, nem ser cortês com um monte de gente que prefere não conhecer. Nesta época do ano, aliás, o lugar é quase deserto, por causa do perigo dos ciclones de verão. A cheia não é problema, mas parece que ninguém se dispõe a ir para o recife no verão. Provavelmente porque a maioria das pessoas que vai para lá é de Sydney ou de Melbourne, onde o verão, gostoso, não obriga ninguém a viajar. Para junho, julho e agosto, sim, os sulinos reservam lugares com dois ou três anos de antecedência.

13

No último dia de 1937, Meggie tomou o trem para Townsville. Embora suas férias mal tivessem começado, já se sentia muito melhor, pois deixara para trás o mau cheiro do melaço de Dunny. Sendo o maior aglomerado humano de North Queensland, Townsville era uma cidade próspera de vários milhares de habitantes que viviam em casas brancas de madeira construídas sobre estacas. Uma rápida conexão entre o trem e o barco não lhe deu tempo para explorar a cidade, mas, de certo modo, Meggie não se lastimou por ter de correr para o desembarcadouro sem ter tido a oportunidade de pensar; depois da viagem medonha em que atravessara o Mar de Tasman dezesseis anos antes, ela não aguardava com muito prazer uma viagem de trinta e seis horas num barco bem menor do que o *Wahine*.

Mas as coisas então foram muito diferentes, um deslizar sussurrante sobre águas cristalinas; além disso, ela já fizera vinte e seis anos, não tinha apenas dez. O ar era o do intervalo entre os ciclones, o mar estava esgotado; embora fosse apenas meio-dia, Meggie deitou a cabeça no travesseiro e dormiu um sono sem sonhos até que o camaroteiro a acordou, às seis horas da manhã seguinte, com uma xícara de chá e um prato de biscoitos.

Em cima, no convés, havia uma nova Austrália, mais uma vez diferente. Num céu alto e claro, delicadamente incolor, um brilho róseo e nacarado foi-se difundindo aos poucos, vindo da orla oriental do oceano, até que o sol subiu acima do horizonte, a luz perdeu sua vermelhidão neonatal e fez-se dia. O navio resvalava silenciosamente por uma água límpida, tão translúcida que se podiam ver, várias braças abaixo, grutas de púrpura e as formas dos peixes lestos que passavam como relâmpagos ao lado do navio. Visto a distância, o mar era uma água-marinha de matizes esverdeados, salpicada de manchas escuras, cor de vinho, onde ervas daninhas ou corais cobriam o chão, e de todos os lados se tinha a impressão de que ilhas com praias de areia branca e brilhante, cheias de palmeiras, surgiam espontaneamente como cristais na sílica — ilhas montanhosas e cobertas de matas, ou ilhas rasas, de vegetação rasteira, quase ao rés da água

— As ilhas rasas são as verdadeiras ilhas de coral — explicou um tripulante. — Quando têm formato de anel e encerram uma lagoa, chamam-se atóis, mas quando são um simples fragmento de recife que se ergue acima do nível do mar, chamam-se bancos de coral. As ilhas montanhosas são cumes de montanhas, mas também têm seu anel de recifes e suas lagoas.

— Onde fica a Ilha Matlock?

Ele a encarou curiosamente; uma mulher sozinha que ia passar as férias numa ilha de lua-de-mel como Matlock era uma contradição.

— Estamos passando agora por Whitsunday Passage, depois rumaremos para a orla pacífica do recife. O lado de Matlock que dá para o oceano é surrado pelas ondas de rebentação, que percorrem quase duzentos quilômetros do Pacífico profundo como trens expressos, fazendo tamanho estardalhaço que não podemos sequer ouvir nossos pensamentos. — Ele suspirou, pensativo. — Estaremos em Matlock antes do pôr-do-sol, minha senhora.

E uma hora antes do ocaso o barco abriu caminho por entre as maretas da rebentação, cuja espuma se erguia como alto muro nevoento no céu oriental. O quebra-mar sobre estacas compridas e finas cambaleava literalmente numa extensão de oitocentos metros de um lado a outro de um recife exposto pela maré vazante; atrás dele, estendia-se alto e escarpado contorno litorâneo, que não se ajustava às expectativas de Meggie de esplendor tropical. Um homem idoso, que a estava esperando, ajudou-a a saltar do navio para o molhe e tirou suas malas que estavam nas mãos de um tripulante.

— Como vai, Sra. O'Neill? — disse ele. — Sou Rob Walter. Espero que seu marido também possa vir, mais tarde. Não há muita companhia em Matlock nesta época do ano, pois a ilha, na realidade, é um balneário de inverno.

Caminharam juntos pelos pranchões incômodos. O coral exposto derretia-se ao sol poente e o mar espantoso era uma glória refletida e tumultuosa de espuma carmesim.

— Ainda bem que a maré está baixa, pois, do contrário, teriam tido uma viagem menos calma. Está vendo a névoa no nascente? Lá é a orla do próprio Recife da Grande Barreira. Aqui em Matlock tudo depende dele; sente-se a ilha tremer constantemente por causa das ondas que quebram lá. — E continuou, depois de ajudá-la a subir num carro: — Este é o lado de Matlock que está a barlavento... de aspecto meio selvagem e rebarbativo, não lhe parece? Mas espere para ver o lado que fica a sotavento. Ali, sim, a coisa muda de figura.

Partiram com a velocidade displicente natural no único carro de Matlock, descendo uma estrada estreita de ossos esmigalhados de coral, através de filas de palmeiras e densa vegetação rasteira, enquanto um morro alto se erguia de um lado, uns seis quilômetros e meio além da lomba da ilha.

— Que beleza! — disse Meggie.

Haviam emergido em outra estrada, que acompanhava as curvas praias arenosas do lado da lagoa, vazias e em forma de crescente. Ao longe havia mais borrifos brancos, onde o oceano se quebrava em rendas deslumbrantes sobre as bordas do recife da lagoa, mas dentro do abraço de coral a água era imóvel e calma, um espelho de prata polido e tingido de bronze.

— A ilha tem seis quilômetros e meio de largura e quase treze quilômetros de comprimento — explicou o guia. Passaram por um solitário edifício branco com uma varanda funda e janelas que pareciam lojas.

— O armazém — disse ele com um floreio de proprietário. — É aqui que eu vivo com a patroa, e asseguro-lhe que ela não se sente muito feliz com a chegada de uma mulher desacompanhada. Acha que serei seduzido. Pelo menos foi o que ela disse. Ainda bem que a agência recomendou que lhe déssemos paz e tranqüilidade, porque a patroa ficou um pouco mais satisfeita quando a coloquei no chalé mais afastado que temos. Não ha uma única alma naquelas bandas; o único casal que está aqui ficou do outro lado. A senhora pode andar por aí sem nada no corpo... que ninguém a verá. A patroa não me deixará sair da vista dela enquanto a senhora estiver aqui. Mas, quando precisar de alguma coisa, use o telefone que eu lhe levarei. Não há necessidade de fazer toda a caminhada até aqui. E, queira ou não a patroa, passarei pelo seu chalé uma vez por dia, à hora do poente, para me certificar de que a senhora está bem. É melhor que esteja em casa nessa hora... e use um vestido decente, pois a patroa é capaz de querer me acompanhar no passeio.

Construção térrea, com três cômodos, o chalé tinha sua própria praia branca particular entre duas pontas de morro que mergulhavam no mar, e aqui a estrada terminava. Dentro de casa era tudo muito simples, mas confortável. A ilha gerava a própria energia, de modo que havia um pequeno refrigerador, luz elétrica, o prometido telefone e até um aparelho de rádio. A privada tinha descarga, o banheiro tinha água fresca; maiores comodidades modernas do que Drogheda ou Himmelhoch, pensou Meggie, divertida. Era fácil ver que quase todos os fregueses vinham de Sydney ou Melbourne, e se achavam tão habituados à civilização que não podiam passar sem ela.

Ficando sozinha enquanto Rob corria para junto da suspeitosa patroa, Meggie desfez a mala e inspecionou os seus domínios. A grande cama de casal era muito mais confortável do que o fora seu próprio leito nupcial. Pois sendo aquele um autêntico paraíso de lua-de-mel, uma das coisas que os clientes exigiriam seria, por certo, uma cama decente; e os hóspedes do hotelzinho de Dunny andavam geralmente tão bêbedos que não faziam objeções a molas causadoras de hérnias. Tanto a geladeira quanto os armários superiores estavam abarrotados de alimentos e, sobre a mesa, via-se uma grande cesta de bananas, maracujás, abacaxis e mangas. Não havia motivo para que ela não dormisse e comesse bem.

* * *

Durante a primeira semana, Meggie pareceu não fazer outra coisa senão comer e dormir; não percebera o quanto estava cansada, nem que o clima de Dungloe fora a verdadeira causa da sua falta de apetite. Dormia assim que se deitava na bonita cama, dez a doze horas seguidas, e a comida tinha para ela um atrativo que não tivera desde Drogheda. Ela parecia comer todos os minutos em que estava acordada, chegando a levar mangas para a água. Na verdade, aliás, tirando a banheira, este era o lugar mais lógico para comer mangas, cujo suco escorria por todos os lados. Como a sua minúscula praia ficasse dentro da lagoa, o mar tinha ali a calma de um espelho, era muito raso e estava totalmente livre de correntes. Meggie adorou tudo isso porque não sabia nadar. Mas na água tão salgada, que parecia sustentá-la, começou a fazer experiências; quando conseguia boiar dez segundos de uma vez, ficava encantada. A sensação de estar livre da atração da terra fazia-a desejar poder mover-se com a facilidade de um peixe.

Por isso, só sentiu a falta de companhia porque teria gostado de ter alguém que a ensinasse a nadar. Tirando isso, que maravilha ficar sozinha! Como Anne tivera razão! Durante toda a sua vida vivera cercada de gente. Não ter ninguém ao seu redor era um alívio tão grande, de uma tranqüilidade tão absoluta! Não se sentia solitária; não sentia falta de Anne, nem de Luddie, nem de Justine, nem de Luke e, pela primeira vez em três anos, não sentia saudades de Drogheda. O velho Rob nunca lhe perturbava a solidão. Todas as tardes, ao pôr-do-sol, chegava de automóvel a um ponto da estrada de onde podia certificar-se de que o amistoso aceno que ela lhe fazia da varanda não era um sinal de que estava em apuros. Em seguida, virava o automóvel e voltava devagar, acompanhado de perto pela severa, mas surpreendentemente bonita, patroa. Uma ocasião, ele telefonou-lhe para dizer que ia levar o outro casal residente na ilha a um passeio em seu barco de fundo de vidro e perguntou-lhe se não gostaria de ir também.

Meggie teve a impressão de haver ganho um ingresso para um planeta completamente diferente, quando olhou, através do vidro, para aquele mundo fervilhante, encantadoramente frágil, cujas formas delicadas eram sustentadas e amparadas pela amorosa intimidade da água. Descobriu que o coral vivo não tinha o espalhafatoso colorido, com certeza artificial, dos espécimes expostos no balcão de *souvenirs* da loja. De um róseo suave, ou bege, ou azul-cinza, em torno de cada excrescência e de cada ramo, um maravilhoso arco-íris, como aura visível. Grandes anêmonas de trinta centímetros de largura agitavam franjas de tentáculos azuis, vermelhos, alaranjados ou purpurinos; mariscos brancos estriados, do tamanho de rochas, convidavam os exploradores incautos a dar uma espiada lá dentro, com vislumbres tantalizantes de coisas coloridas e irrequietas, vistas através de lábios plumosos; leques de renda vermelha oscilavam aos ventos da água; fitas de ervas de um verde brilhante dançavam frouxas e à deriva. Nenhum dos quatro tripulantes do barco ficaria surpreso se visse uma sereia; um brilho de peito polido, uma cintilação torcida de cauda, nuvens de cabelo a girar, preguiçosas, um sorriso feiticeiro zombando do fascínio que exercia sobre os marujos. Mas os peixes! Jóias vivas, disparavam aos milhares, redondos como lanternas chinesas, esguios como balas, vestidos de cores que rutilavam com vida e com a decomposição da luz conferida pela água, alguns em chamas, com as escamas de ouro e escarlate, outros frios, de um azul-prateado, outros assemelhando-se a sacos de trapos a nadar, mais vistosos que papagaios. Havia peixes-agulhas de focinho pontudo, peixes-sapos de focinho amassado, barracudas dentuças, uma garoupa de papo cavernoso emboscada e visível só pela metade numa gruta e, certa vez, um grande cação-lixa cinzento e luzidio, que pareceu levar uma eternidade para passar debaixo deles.

— Mas não se preocupem — disse Rob. — Estamos aqui muito ao sul para que apareçam águas-vivas, de modo que, se alguma coisa tiver de matá-los no recife, o mais provável é que seja um mangangá. Nunca passeiem pelos corais sem sapatos.

Meggie gostou do passeio. Mas não sentia vontade de repeti-lo, nem de fazer amizade com o casal que Rob trouxera. Mergulhava no mar, caminhava e deitava-se ao sol. Por curioso que pareça, nem sequer lamentou a falta de livros para ler, pois sempre parecia haver alguma coisa interessante para observar.

Aceitara o conselho de Rob e deixara de usar roupas. A princípio, tendera a portar-se como um coelho, que sente o cheiro do dingo trazido pela brisa e foge para esconder-se, quando um galhinho estalava ou um coco caía de um coqueiro como bala de canhão. Mas, depois de vários dias de manifesta solidão, começou realmente a sentir que ninguém se aproximaria, que aquele era, como dissera Rob, um domínio inteiramente particular. A timidez não tinha razão de ser. E, caminhando pelos atalhos, deitada, na areia, brincando na água quente e salgada, principiou a sentir-se como um animal nascido e criado numa jaula e solto, de repente, num mundo ameno, ensolarado, espaçoso e hospitaleiro.

Longe de Fee, dos irmãos, de Luke, da inexorável e irracional dominação de toda a sua vida, Meggie descobriu o lazer puro; todo um caleidoscópio de modelos de pensamento se teciam e desteciam, formando novos desenhos em sua mente. Pela primeira vez na vida, não mantinha o eu consciente absorto em pensamentos de trabalho deste ou daquele feitio. Surpresa, compreendeu que a atividade física é o bloqueio mais eficaz que os seres humanos podem erguer contra a atividade totalmente mental.

Anos antes, o Padre Ralph lhe perguntara em que é que ela pensava, e Meggie respondera: em papai e mamãe, Bob, Jack, Hughie, Stu, os pequenos, Frank, Drogheda, a casa, o trabalho, a chuva. Ela não o citara, mas ele encabeçava a lista, como sempre. Agora cumpria acrescentar-lhes Justine, Luke, Luddie, Anne, a cana, as saudades de casa, a chuva. E sempre, naturalmente, a salvadora libertação que encontrava nos livros.

Mas tudo viera e se fora em massas e cadeias tão emaranhadas e desconexas; nenhuma oportunidade, nenhum *treinamento* que lhe permitisse sentar-se calmamente e pensar quem era exatamente Meggie Cleary, Meggie O'Neill! Que queria ela? Por que supunha que fora posta nesta terra? Lamentou a falta de treinamento, pois nenhuma quantidade de tempo que gastasse consertaria essa omissão. Entretanto, aqui estavam o tempo, a paz, a indolência do bem-estar físico ocioso; ela poderia deitar-se na areia e tentar.

Bem, havia Ralph. Uma risada desdenhosa, sem esperanças. Não seria um bom lugar para começar, mas, em certo sentido, Ralph era como Deus; tudo começava e terminava nele. Desde o dia em que ele se ajoelhara no pátio empoeirado da estação de Gilly, num entardecer, para tomá-la entre as mãos, houvera Ralph, e ainda que ela nunca mais tornasse a vê-lo enquanto vivesse, tudo levava a crer que o seu último pensamento do lado de cá do túmulo seria dele. Como era assustador que uma pessoa pudesse significar tanto, tantas coisas!

Que havia dito a Anne? Que seus desejos e necessidades eram absolutamente comuns — um marido, filhos, um lar. Alguém para amar. Seria, acaso, pedir muito? Afinal, a maioria das mulheres o conseguia. Mas quantas mulheres que o tinham conseguido se sentiam realmente satisfeitas? Meggie supunha que se sentiria, já que para ela as coisas eram tão difíceis de obter.

Aceite os fatos, Meggie Cleary, Meggie *O'Neill*. O alguém que você quer é Ralph de Bricassart, e esse você não pode ter. Como homem, porém, parece que ele a inutilizou para qualquer outro. Está bem, então. Suponha que o homem e o alguém para amar sejam impossíveis. Você terá de amar seus filhos, e o amor que receber virá deles. O que, por sua vez, significa Luke, e os filhos de Luke.

Oh, meu Deus, meu Deus! *Meu* Deus? Não! O que foi que Deus já fez por mim, senão privar-me de Ralph? Deus e eu não gostamos muito um do outro. E Você sabe de uma coisa, Deus? Você não me assusta mais como costumava me assustar. Como eu tinha medo de Você, do Seu castigo! Durante toda a minha vida andei direito com medo de Você. E o que foi que isso me valeu? Absolutamente nada mais do que se eu tivesse infringido todas as regras que constam do Seu livro. Você é um impostor, Deus, um demônio do medo. Trata-nos como a crianças, acenando com o castigo. Mas Você já não me assusta. Porque não é Ralph que eu devia estar odiando, é Você. A culpa é toda Sua, e não do pobre Ralph. Ele apenas vive com medo de Você, como sempre vivi. Que ele possa amá-lo é coisa que não consigo entender. Não vejo em Você o que seja digno de amor.

Entretanto, como posso deixar de amar um homem que ama a Deus? Por mais que o tente, não consigo fazê-lo. Ele é a lua e eu choro por ela. Pois bem, a única coisa que você pode fazer é parar de chorar por ela, Meggie O'Neill. Contente-se com Luke e com os filhos de Luke. Por bem ou por mal, você o tirará da maldita cana e viverá com ele lá onde não existem árvores. Dirá ao gerente do banco de Gilly que sua renda futura ficará em seu nome, e a usará para ter em seu lar sem árvores os confortos e comodidades que Luke não pensará em lhe proporcionar. Irá usá-la para educar convenientemente os filhos de Luke e para ter a certeza de que nunca lhes faltará coisa alguma.

E isso é tudo o que se pode dizer sobre o assunto, Meggie O'Neill. Eu sou Meggie O'Neill, não sou Meggie de Bricassart. Até soa ridículo, Meggie de Bricassart. Teria de ser Meghann de Bricassart, e sempre detestei Meghann. Oh, quando deixarei de lamentar que eles não sejam filhos de Ralph? Aí é que a coisa pega, não é? Diga a si mesma, uma e muitas vezes: sua vida é sua, Meggie O'Neill, e você *não* a desperdiçará sonhando com um homem e com filhos que nunca poderá ter.

Pronto! Assim é que se fala! Não adianta pensar no que passou, no que *precisa* ser enterrado. O importante é o futuro, e o futuro pertence a Luke, aos filhos de Luke. Não pertence a Ralph de Bricassart. Ralph é o passado.

Meggie rolou sobre a areia e chorou como não chorara desde os três anos de idade: lamentos ruidosos, e só os caranguejos e os pássaros lhe ouviram o desconsolo.

Anne Mueller escolhera a Ilha de Matlock deliberadamente, planejando mandar Luke para lá assim que pudesse. No momento em que Meggie embarcou, telegrafou a Luke dizendo que Meggie precisava desesperadamente dele, e implorando-lhe que viesse. Ela não era dada, por natureza, a interferir na vida dos outros, mas amava Meggie, tinha pena dela, e adorava a coisinha difícil e caprichosa que Meggie dera à luz e Luke gerara. Justine precisava de um lar e dos dois pais. Muito a magoaria vê-la partir, mas antes isso do que a atual situação.

Luke chegou dois dias depois. Estava a caminho das CSR em Sydney, de modo que não levou muito tempo para desviar-se do seu caminho. Já era tempo de ver o bebê; se tivesse sido um menino, teria vindo quando ele nascera, mas a notícia de uma menina o desapontara amargamente. Se Meggie insistia em ter filhos, que estes fossem pelo menos capazes de gerir, um dia, a fazenda de Kynuna. Meninas não tinham utilidade alguma; davam um trabalho de matar e, depois de crescidas, iam trabalhar para outra pessoa em vez de ficar em casa como os meninos e trabalhar para o velho pai nos seus últimos anos de vida.

— Como vai Meg? — perguntou, ao subir pela varanda da frente. — Espero que não esteja doente.

— Você espera. Não, não está doente. Mas venha ver primeiro sua bela filha.

Ele olhou o bebê, divertido e interessado, mas sem nenhum envolvimento emocional, pensou Anne.

— Ela tem os olhos mais esquisitos que já vi — disse ele. — De quem os terá herdado?

— Segundo Meggie, ao que ela sabe, de ninguém da família dela.

— Nem da minha. Este trocinho gozado é uma reversão a um tipo passado. E não parece muito feliz da vida, parece?

— E como poderia parecer feliz? — atalhou Anne, conservando de propósito o mau humor. — Nunca viu o pai, não possui um lar de verdade e não tem muitas probabilidades de vir a ter algum antes de crescer, se você continuar vivendo como vive!

— Estou poupando, Anne! — protestou ele.

— Besteira! Eu sei quanto dinheiro você tem. Amigos meus em Charters Towers mandam-me de vez em quando o jornal do lugar, de modo que tenho visto os anúncios de propriedades muito mais próximas do que Kynuna, e muito mais férteis. Estamos numa crise, Luke! Você conseguiria uma beleza de propriedade por muitíssimo menos do que o que tem no banco, e sabe disso.

— Pois é por isso mesmo! Estamos numa crise e, a oeste das montanhas, há uma seca terrível entre Junee e o Isa. Já vai para o segundo ano que não chove de jeito nenhum, nem uma gota. Agora mesmo aposto que Drogheda está passando por maus bocados. Nessas condições, como supõe você que estejam as coisas em volta de Winton e Blackall? Não, acho que devo esperar.

— Esperar que o preço da terra volte a subir numa boa temporada de chuvas? Deixe disso, Luke! Agora é que é hora de comprar! Com as duas mil libras por ano de Meggie garantidas, você poderá agüentar, sossegado, até dez anos de seca! Basta que não abasteça a propriedade. Viva com as duas mil libras até chegarem as chuvas e depois, sim, compre a criação que quiser.

— Ainda não estou preparado para deixar a cana — tornou ele, teimoso, enquanto continuava a olhar para os estranhos olhos claros da filha.

— Essa, afinal, é a verdade, não é mesmo? Por que não a admite, Luke? Você não quer ser casado, prefere viver como está vivendo agora, durão, no meio dos homens, trabalhando como um condenado, exatamente como a metade dos australianos que conheço. O que é que há neste bendito país para que seus homens prefiram a companhia de outros homens à vida no lar com a esposa e os filhos? Se a vida de solteiro é o que realmente desejam, por que cargas d'água experimentam o casamento? Você sabe quantas esposas abandonadas existem só em Dunny, dando duro para sobreviver e tentando educar os filhos sem pais? Oh, ele está trabalhando um pouco nos canaviais, mas voltará, naturalmente, é só por algum tempo. E em todos os dias de correspondência lá estão elas no portão, aguardando o carteiro, na esperança de que o cretino lhes tenha mandado algum dinheiro. Na maioria das vezes não manda, mas às vezes manda... não o suficiente, mas alguma coisa que dá para ir levando!

Ela tremia de raiva, ao passo que os seus meigos olhos castanhos brilhavam.

— Sabe que li no *Brisbane Mail* que a Austrália tem a maior percentagem de esposas abandonadas em todo o mundo civilizado? É a única coisa em que conseguimos superar todos os outros países... e não é uma superioridade de que podemos nos orgulhar!

— Devagar, Anne! Eu não abandonei Meg; ela está bem e não passa fome. O que é que há com você?

— Estou cansada de vê-lo tratar sua mulher desse jeito, é isso o que há! Pelo amor de Deus, Luke, cresça, assuma suas responsabilidades por algum tempo! Você tem esposa e filha! Devia estar fazendo um lar para elas... Seja marido e pai e não um maldito estranho!

— Eu serei, eu serei! Mas ainda não posso; tenho de continuar o trabalho do açúcar por mais uns dois anos. Por uma questão de segurança. Não quero que digam que estou vivendo à custa de Meg, que é exatamente o que eu estaria fazendo enquanto as coisas não melhorassem.

Anne ergueu o lábio num trejeito desdenhoso.

— Ora, bolas! Você casou com ela por dinheiro, não casou?

Um rubor escuro tingiu-lhe o semblante moreno. Ele não quis encará-la.

— Reconheço que o dinheiro ajudou, mas casei porque gostava mais dela do que de qualquer outra pessoa.

— *Gostava* dela! E quanto a amá-la?

— Amor! Que é o amor? Nada mais que uma invenção da cabeça das mulheres, só isso. — Ele desviou os olhos do bercinho de vime e dos olhos perturbadores, sem ter muita certeza de que a dona de uns olhos assim não pudesse compreender o que se dizia. — E se você já terminou o sermão, diga-me: onde está Meg?

— Ela não estava passando bem. Mandei-a embora por algum tempo. Não, não se assuste! Não foi com o seu dinheiro. Eu estava esperando poder persuadi-lo a ir ter com ela, mas vejo que é impossível.

— Fora de cogitação. Arne e eu partiremos para Sydney esta noite.

— Que devo dizer a Meggie quando ela voltar?

Ele encolheu os ombros, louco por sair dali.

— Pouco me importa. Diga-lhe que se agüente ainda por algum tempo. Agora que ela já começou com esse negócio de constituir família, eu não me incomodaria de ter um filho.

Apoiando-se na parede para não cair, Anne inclinou-se sobre o cesto de vime e ergueu a menina nos braços. Em seguida, arrastou os pés até à cama e sentou-se. Luke não fez movimento algum para ajudá-la, nem para pegar a criança; parecia ter medo da filha.

— Vá embora, Luke! Você não merece o que tem. Não agüento mais olhar para a sua cara. Volte para o maldito Arne e para a maldita cana e para a quebradeira de costas.

À porta, ele estacou.

— Que nome ela deu à filha? Até já me esqueci.

— Justine, Justine, *Justine*!

— Que nome estúpido — disse ele. E saiu.

Anne colocou Justine na cama e desatou a chorar. Todos os homens podiam ir para o inferno, todos, menos Luddie! Seria, acaso, o traço meigo, sentimental, quase feminino, da personalidade de Luddie que o fazia capaz de amar? Luke teria razão? Seria o amor uma simples invenção da cabeça das mulheres? Ou seria alguma coisa que só as mulheres eram capazes de sentir? Mulheres ou homens que tivessem uma mulherzinha dentro de si? Mulher alguma conseguiria jamais segurar Luke, nenhuma o conseguira. Não havia mulher que lhe pudesse dar o que ele queria.

No dia seguinte, mais calma, já não achava que sua tentativa fora inútil. Naquela manhã chegara um cartão-postal de Meggie, em que ela se referia com entusiasmo à Ilha de Matlock e dizia estar passando muito bem. Afinal, aquilo tudo redundara em algo bom. Meggie estava melhor. Voltaria quando as monções diminuíssem e ela se sentisse capaz de enfrentar a sua vida. Anne resolveu não lhe falar de Luke.

Por isso, Nancy, abreviatura de Annunziata, carregou Justine para a varanda da frente, enquanto Anne se arrastava com dificuldade, levando presa entre os dentes uma cestinha com as coisas necessárias ao bebê: fralda limpa, lata de talco e brinquedos. Instalou-se numa cadeira de vime, tirou a menina de Nancy e principiou a alimentá-la com a mamadeira de Lactogênio que Nancy aquecera. Era muito agradável, a vida era muito agradável; ela fizera o possível para colocar um pouco de juízo na cabeça de Luke e, se falhara, isso pelo menos significava que Meggie e Justine permaneceriam em Himmelhoch mais algum tempo. Sabia que, no fim, compreendendo que já não havia esperança de salvar o seu relacionamento com Luke, Meggie voltaria para Drogheda. Mas Anne nem queria pensar nesse dia.

Um carro esporte inglês rugiu pela estrada de Dunny e subiu o longo aclive íngreme; novo e caro, tinha o capô preso embaixo por uma tira de couro, canos de escapamento niquelados e pintura reluzente. A princípio, não reconheceu o homem que saltou sobre a porta baixa, envergando o uniforme de Queensland: um *short* e nada mais. Que bonito sujeito, francamente!, pensou, observando-o apreciativamente e percebendo nele algo familiar quando ele se pôs a subir a escada de dois em dois degraus. Eu quisera que Luddie não comesse tanto; não lhe faria mal nenhum um pouco do estado físico desse camarada. Não, já não é nenhum frangote — vejam só as maravilhosas têmporas grisalhas —, mas nunca vi um cortador de cana em melhor forma.

Quando os olhos calmos, alheados, se fixaram nos dela, Anne reconheceu-o.

— Meu Deus! — exclamou, e deixou cair a mamadeira da menina.

Ele a apanhou, entregou-a a Anne e encostou-se na balaustrada da varanda, diante dela.

— Está tudo bem. O bico não encostou no chão; pode dá-la ao bebê assim mesmo.

Justine estava começando a fazer beicinho. Anne enfiou-lhe a chupeta na boca e conseguiu recobrar o fôlego e falar.

— Francamente, Excelência, que surpresa! — Os olhos dela examinaram-no, divertidos. — Confesso que o senhor me parece tudo, menos um arcebispo. Não que se parecesse com um algum dia, mesmo com os trajes apropriados. Sempre imaginei os arcebispos de qualquer denominação religiosa como homens gordos e satisfeitos consigo mesmos.

— No momento não sou arcebispo, sou apenas um padre em gozo de merecidas férias, por isso pode me chamar de Ralph. Foi esta coisinha que deu tanto trabalho a Meggie quando aqui estive pela última vez? Posso pegá-la? Creio que conseguirei segurar a mamadeira no ângulo certo.

Sentou-se numa cadeira ao lado de Anne, pegou a criança e a mamadeira e continuou a alimentá-la, com as pernas cruzadas de modo casual.

— Meggie deu-lhe o nome de Justine?

— Deu.

— Pois gosto dele. Santo Deus, olhem para a cor do cabelo dela! É o avô escarrado.

— É o que diz Meggie. Espero que este pobre carrapatinho não venha a ter um milhão de sardas mais tarde, mas creio que as terá.

— Bem, Meggie também é meio ruiva e não tem sarda nenhuma. Embora sua pele tenha uma contextura diferente e uma cor mais opaca. — Depôs a mamadeira, fez a menina sentar-se ereta sobre o seu joelho, olhando para ele, inclinou-a para a frente e pôs-se a esfregar-lhe as costas ritmicamente, com força. — Entre as minhas obrigações consta a de visitar orfanatos católicos, de modo que sei lidar com bebês. Madre Gonzaga, do meu orfanato favorito, diz sempre que esta é a única maneira de fazer uma criança arrotar. Quando a seguramos no ombro, não deixamos que o corpo se flexione direito para a frente, o arroto não escapa com tanta facilidade e, quando chega lá em cima, costumam chegar com ele também grandes quantidades de leite. Como estou fazendo agora, o bebê se dobra ao meio, retendo o leite no estômago e deixando escapar o gás.

Como se quisesse provar o que estava dizendo, Justine arrotou imensamente várias vezes, mas reteve o que tinha no estômago. Ele riu-se, tornou a esfregá-la e, depois, quando nada mais aconteceu, instalou-a confortavelmente na curva do seu braço.

— Que olhos fabulosamente exóticos! Magníficos, não? Sou de opinião que Meggie teve um bebê singular.

— Não mudando de assunto, que grande pai o senhor teria dado, padre!

— Gosto de bebês e de crianças. Sempre gostei. É muito mais fácil para mim

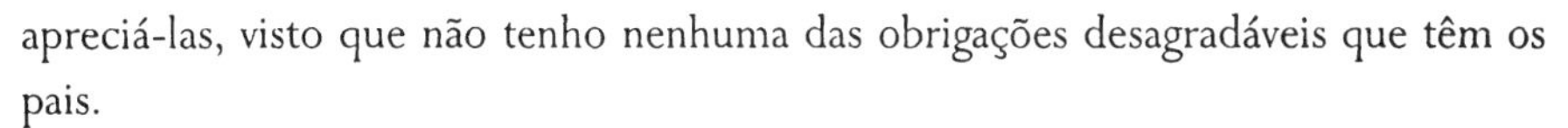

apreciá-las, visto que não tenho nenhuma das obrigações desagradáveis que têm os pais.

— Não é isso, não, o senhor é como Luddie. Tem um pouco de mulher em seu íntimo.

Justine, que sempre se mostrava tão arredia, retribuiu-lhe aparentemente a simpatia: adormeceu. Ralph instalou-a mais confortavelmente e tirou um maço de Capstans do bolso do *short*.

— Dê-me os cigarros. Acenderei um para o senhor.

— Onde está Meggie? — perguntou ele, pegando um cigarro aceso das mãos dela. — Obrigado. E desculpe-me, faça o favor de tirar um também.

— Não está aqui. Ela não conseguia se recobrar dos maus bocados por que passou quando Justine nasceu, e a chuva parece ter sido a gota d'água. Por isso, Luddie e eu a mandamos embora por dois meses. Estará de volta lá pelo dia primeiro de março; daqui a sete semanas.

No momento em que falou, Anne se deu conta da mudança operada nele; como se todo o seu propósito e a promessa de algum prazer muito especial se houvessem desvanecido de repente.

Ele respirou fundo.

— Esta é a segunda vez que venho para me despedir e não a encontro... Atenas, e agora. Naquela ocasião estive um ano fora e poderia ter ficado muito mais; mas eu não sabia. Nunca mais pus os pés em Drogheda depois da morte de Paddy e Stu e, no entanto, quando chegou a hora, descobri que não podia deixar a Austrália sem ver Meggie. Mas ela casara e partira. Eu quis segui-la, porém compreendi que isso não teria sido justo para ela nem para Luke. Desta vez vim porque sabia que não poderia prejudicar o que não existe.

— Para onde vai?

— Para Roma, para o Vaticano. O Cardeal di Contini-Verchese assumiu os encargos do Cardeal Monteverdi, que morreu há pouco tempo. E me chamou, como eu sabia que me chamaria. É uma grande honra, mas é também mais do que isso. Não posso me recusar a ir.

— Quanto tempo ficará longe?

— Muito tempo, creio eu. Há rumores de guerra na Europa, embora isso pareça tão longe visto daqui. A Igreja em Roma necessita de todos os diplomatas que possui e, graças ao Cardeal di Contini-Verchese, fui designado como diplomata. Mussolini aliou-se intimamente a Hitler, são ambos farinha do mesmo saco, e o caso é que o Vaticano precisa conciliar duas ideologias que se opõem, o catolicismo e o fascismo. Não será fácil. Falo alemão muito bem, aprendi grego quando estive em Atenas e italiano quando estive em Roma. Também falo francês e espanhol fluentemente. —

Suspirou. — Sempre tive jeito para línguas, e cultivei-o. Era inevitável que eu fosse transferido.

— Bem, Excelência, a menos que viaje amanhã, ainda poderá ver Meggie.

As palavras lhe saíram da boca antes que a própria Anne tivesse podido pensar; por que não haveria Meggie de vê-lo uma vez ainda, antes que ele se fosse? Ainda mais como ele parecia pensar, se devia ausentar-se por tanto tempo?

A cabeça dele voltou-se para ela. Belos e distantes, os olhos azuis eram muito inteligentes e muito difíceis de enganar. Oh, sim, ele nascera diplomata! Sabia com exatidão o que ela estava dizendo, e cada uma das razões escondidas no fundo da sua mente. Anne já se arrependia da sua resposta, mas, durante muito tempo, o padre não disse nada, ficando a olhar, por cima do canavial verde-esmeralda, para o rio cheio até às bordas, com o bebê esquecido na dobra do braço. Fascinada, ela contemplou-lhe o perfil — a curva da pálpebra, o nariz reto, a boca reservada, o queixo resoluto. Que forças estaria ele mobilizando enquanto contemplava a paisagem? Que complicados contrapesos de amor, desejo, dever, conveniência, poder da vontade, desejo veemente, pesava ele em seu espírito, e quais contra quais? A mão ergueu o cigarro até os lábios; Anne reparou-lhe nos dedos, que tremiam, e respirou sem fazer o menor ruído. Ali estava uma prova de que ele não era indiferente.

Durante uns dez minutos, talvez, ele não disse nada; Anne acendeu-lhe outro Capstan, estendeu-lho, em vez da guimba queimada do anterior. Ele também o fumou calmamente, sem levantar a vista uma vez sequer das montanhas distantes e das nuvens de monções, que diminuíam o céu.

— Onde está ela? — perguntou num tom de voz perfeitamente normal, atirando a segunda guimba por sobre a balaustrada da varanda, atrás da primeira.

E do que ela respondesse dependeria sua decisão; era a vez de Anne pensar. Justificava-se que alguém empurrasse outros seres humanos num rumo que ninguém sabia para onde levava, nem com que fim? Sua lealdade era toda de Meggie; pouco lhe importava, sinceramente, o que acontecesse àquele homem. A seu modo, ele não era melhor do que Luke. Perseguia um ideal exclusivamente masculino, sem ter o tempo ou a vontade de colocar uma mulher acima dele, sempre no encalço de um sonho que provavelmente só existia em sua cabeça confusa, sem mais substância que a fumaça da usina que se dissipava no ar passado, carregado de melaço. Mas era o que ele queria, e ele se exaurira e exauriria a vida correndo atrás dela.

Ele não perdera o juízo, por mais importante que Meggie lhe fosse. Nem mesmo por ela — e Anne começava a acreditar que ele a amava mais do que a qualquer outra coisa, exceto o seu estranho ideal — comprometeria ele a oportunidade de alcançar, um dia, o que tanto almejava. Por isso, se ela respondesse que Meggie estava em algum abarrotado hotel de balneário, onde ele poderia ser reconhecido, não iria. Ninguém sabia melhor do que ele que não pertencia à espécie capaz de continuar anônimo no meio da multidão. Ela molhou os lábios com a língua, recuperando a voz.

— Meggie está numa cabana na Ilha de Matlock.

— Onde?

— Na Ilha de Matlock. Um balneário que fica defronte de Whitsunday Passage, especialmente destinado aos que querem isolar-se. De mais a mais, numa época como esta, será difícil encontrar alguém por ali. — Ela não resistiu à tentação de acrescentar: — Não se preocupe, ninguém o verá!

— Muito tranqüilizador. — Com extrema delicadeza, ele tirou do braço o bebê adormecido e entregou-o a Anne. — Obrigado — disse, encaminhando-se para a escada. Depois voltou-se, e em seus olhos se lia um apelo patético. — Está muito enganada. Só quero vê-la, nada mais. Nunca envolverei Meggie em coisa alguma que possa pôr em perigo a sua alma imortal.

— Nem a sua, não é? Nesse caso, é melhor ir embora como Luke O'Neill; ele está sendo esperado. Dessa maneira, terá a certeza de não criar um escândalo, nem para Meggie, nem para si.

— E se Luke aparecer?

— Não há a menor possibilidade. Foi para Sydney e só voltará em março. Só poderia ter sabido que Meggie está em Matlock por meu intermédio, e eu não lhe contei, Excelência.

— Meggie está esperando Luke?

Anne sorriu ironicamente.

— De jeito nenhum — disse ela.

— Não lhe farei mal — insistiu ele. — Só quero vê-la, mais nada.

— Estou perfeitamente ciente disso, Excelência. Mas também não deixa de ser verdade que Vossa Excelência lhe faria muito menos mal se quisesse algo mais — disse Anne.

Quando o automóvel do velho Rob apareceu roncando na estrada, Meggie, na varanda do chalé, com a mão levantada, fazia sinal de que tudo estava bem e de que não precisava de coisa alguma. Ele parou no lugar de costume para virar o carro, mas, antes disso, um homem de *short*, camisa e sandálias saltou do carro, com a mala na mão.

— Viva, Sr. O'Neill! — gritou Rob ao partir.

Meggie nunca mais os confundiria, Luke O'Neill e Ralph de Bricassart. Aquele não era Luke; nem mesmo a distância e à luz que se dissipava rapidamente ela se deixou iludir. Permaneceu em silêncio onde estava e esperou que ele descesse a estrada em sua direção. Ralph de Bricassart. Ele concluíra, afinal, que a queria. Não poderia haver outra razão para que viesse procurá-la num lugar assim, fazendo-se passar por Luke O'Neill.

Nada nela parecia estar funcionando, nem as pernas, nem a mente, nem o coração. Aquele era Ralph, que viera reivindicá-la; por que não conseguia sentir? Por que não corria pela estrada ao seu encontro, para atirar-se-lhe nos braços, tão completamente feliz por vê-lo que nada mais importava? Aquele era Ralph e ele era tudo o que ela já quisera da vida; não passara mais de uma semana tentando arrancar esse fato do seu espírito? Maldito fosse, maldito fosse! Por que diabo teria ele de vir quando ela estava começando a excluí-lo dos seus pensamentos, se não do seu coração? Oh, tudo ia recomeçar! Aturdida, suando, colérica, ficou esperando, estupidamente, observando a forma graciosa aumentar de tamanho à proporção que se aproximava.

— Alô, Ralph — disse entre os dentes apertados, sem olhar para ele.

— Alô, Meggie.

— Traga a mala para dentro. Gostaria de tomar uma xícara de chá?

Enquanto falava, ela entrou, na frente dele, na sala de estar, ainda sem fitá-lo.

— Seria ótimo — disse ele, em tom tão artificial quanto o dela.

Ele seguiu-a até a cozinha e ficou observando-a ligar uma cafeteira elétrica, encher o bule com a água de um pequenino aquecedor acima da pia e ocupar-se em tirar xícaras e pires do guarda-comida. Quando ela lhe estendeu a grande lata de biscoitos Arnotts, ele tirou dois punhados de biscoitos e colocou-os num prato. A cafeteira ferveu, ela despejou a água quente do bule, deitou uma colher de chá solto dentro dela e encheu-a de água borbulhante. E, enquanto levava o prato de bolinhos e o bule, ele a seguiu com as xícaras e os pires, de volta à sala de estar.

Os três aposentos haviam sido construídos um ao lado do outro, de modo que o quarto de dormir se abria de um lado da sala de estar e a cozinha se abria do outro; o banheiro ficava além da cozinha. Isso queria dizer que a casa tinha duas varandas, uma que dava para a estrada, outra para a praia. O que, por sua vez, significava que cada um deles tinha um lugar para onde olhar, sem ter de olhar um para o outro. A noite caíra com uma brusquidão tropical, mas o ar que passava através das portas de correr escancaradas vinha cheio do barulho das águas, da rebentação distante no recife, das idas e vindas do vento quente e suave.

Tomaram o chá em silêncio, embora nenhum deles conseguisse comer um biscoito, e o silêncio prolongou-se depois que o chá se acabou, ele desviando o olhar para ela, ela mantendo o seu fixado na exuberância de uma palmeira-anã, do outro lado da varanda que dava para a estrada.

— Que aconteceu, Meggie? — perguntou ele, com tanta suavidade e ternura que o coração dela se pôs a bater, frenético, e parecia morrer de tanta dor. Era a velha pergunta do homem à menininha. Ele não viera a Matlock ver a mulher. Viera ver a criança. Amava a criança, não a mulher. Odiara a mulher desde que esta principiara a existir.

Os olhos dela buscaram os dele, atônitos, ultrajados, furiosos; mesmo agora, mesmo agora! Parada no tempo, ela olhou para ele de tal modo que ele foi obrigado a ver, com a respiração presa, assombrado, a mulher adulta nos olhos de vidro. Os olhos de Meggie. Meu Deus, os olhos de Meggie!

Ele fora sincero no que dissera a Anne Mueller; só queria vê-la, nada mais. Embora a amasse, não pretendia ser seu amante. Só viera vê-la, conversar com ela, ser seu amigo, dormir no sofá da sala de estar, enquanto tentasse, mais uma vez, desenterrar a raiz principal do eterno fascínio que ela exercia sobre ele, supondo que, se pudesse vê-lo totalmente exposto, obteria os meios espirituais para erradicá-lo.

Fora-lhe difícil ajustar-se a uma Meggie com seios, cintura, ancas; mas fizera-o porque, ao olhar para os olhos dela, via luzir neles, como na chama da lamparina de um santuário, a sua Meggie. Uma mente e um espírito de cuja atração nunca mais se libertara desde que a vira pela primeira vez, ainda inalterada no interior daquele corpo tristemente alterado; mas, enquanto lhe visse no olhar a prova da sua continuada existência, aceitaria o corpo alterado, disciplinaria sua atração por ele.

E, examinando seus próprios desejos e sonhos em relação a ela, nunca duvidara de que ela quisesse fazer o mesmo, até o dia em que ela se voltara contra ele, como uma gata ferida, por ocasião do nascimento de Justine. Mesmo então, depois que a cólera e a mágoa morreram nele, atribuíra-lhe a explosão ao sofrimento, mais espiritual do que físico. Mas agora, vendo-a por fim como ela era, foi-lhe possível localizar no tempo e no espaço o momento em que ela se desfizera das lentes da infância e colocara as de mulher: o intervalo no cemitério de Drogheda, depois da festa de aniversário de Mary Carson, quando ele lhe explicara por que não podia dar-lhe nenhuma atenção especial, pois as pessoas poderiam imaginá-lo interessado nela como homem. Ela o fitara com uma expressão nos olhos que ele não compreendera, depois desviara a vista e, quando se voltara, a expressão se fora. E ele via agora que, a partir daquele momento, ela pensara nele de modo diferente; ao beijá-lo, não o fizera movida por uma fraqueza passageira, para depois voltar a pensar nele como sempre, como ele pensava nela. Ele perpetuara as próprias ilusões, alimentara-as, guardara-as em seu inalterado estilo de vida da melhor maneira possível, usara-as como instrumento de tortura. Ao passo que, durante todo esse tempo, ela sublimara o amor que lhe votava com objetivos de mulher.

Sim, ele o reconhecia, desejara-a fisicamente desde o primeiro beijo, mas o desejo nunca o atormentara como o atormentara o amor; via-os separados e distintos, não como facetas da mesma coisa. E ela, pobre criatura incompreendida, nunca sucumbira a esse tipo de loucura.

Naquele momento, se houvesse algum modo de sair da Ilha de Matlock, ele teria fugido dela como Orestes das Eumênides. Mas não era possível deixar a ilha, e ele teve a coragem de permanecer diante dela em lugar de pôr-se a andar sem destino pela noite afora. Que posso fazer? Como reparar o que fiz? Eu a amo! E se a amo, amo-a tal como é agora e não como foi numa fase juvenil de sua vida. São as coisas de mulher que sempre amei nela; o modo de carregar o fardo. Portanto, Ralph de Bricassart, tire os seus antolhos, veja-a como ela realmente é e não como era há muito tempo. Há dezesseis anos, há dezesseis longos anos... Tenho quarenta e quatro e ela, vinte e seis; nenhum dos dois é criança, mas sou muito mais imaturo do que ela.

Você julgou que tudo estava resolvido no minuto em que desci do carro de Rob, não é verdade, Meggie? Supôs que eu acabara cedendo. E a primeira coisa que fiz, antes que você tivesse tempo de tomar fôlego, foi lhe mostrar que estava completamente enganada. Rasguei o tecido da sua ilusão como se rasga um trapo velho e sujo. Oh, Meggie! Que foi que lhe fiz? Como pude ser tão cego, tão egocêntrico? Só consegui, vindo vê-la, cortála em pedacinhos. Todos esses anos temos nos amado sem nos entendermos.

Ela continuava olhando para os olhos dele com os seus cheios de vergonha, mas, à proporção que as expressões se sucediam no rosto de Ralph, até a última, de piedade sem esperanças, ela pareceu compreender a magnitude do seu erro, o horror do seu engano. E mais do que isso: compreendeu que ele estava a par de tudo.

Vá, corra! Corra, Meggie, saia daqui com o resto de orgulho que ele lhe deixou! O mesmo foi pensar que agir: Meggie levantou-se da cadeira e voou para fora.

Mas antes que chegasse à varanda ele a segurou, de modo que o ímpeto da sua fuga fê-la girar sobre si mesma e ela acabou batendo nele com tanta força que ele cambaleou. Nesse momento, a luta estafante para conservar a integridade de sua alma e a longa pressão feita pela vontade para sufocar o desejo perderam toda a importância; em alguns instantes ele vivera existências. Toda essa força jazia latente, adormecida, e necessitava apenas do detonar de um toque para provocar um caos em que a mente se submetia à paixão e a vontade da mente se extinguia diante da vontade do corpo.

Os braços dela subiram para cingir-lhe o pescoço, os braços dele envolveram-na as costas, em espasmos; ele inclinou a cabeça, tateou com a boca à procura dos lábios dela, encontrou-os. Lábios que já não eram uma lembrança inoportuna, indesejável, mas algo real; braços que o enlaçavam, como se ela não pudesse suportar a idéia de deixá-lo partir; o modo com que ela parecia perder até a sensação dos próprios ossos; e ela, escura como a noite, lembrança e desejo entrelaçados, lembrança indesejável e desejo inoportuno. Os anos que ele devia ter ansiado por aquilo, ansiado por ela e negando-lhe o poder, guardando-se até a idéia de que ela fosse mulher!

Carregou-a para a cama, ou ambos caminharam até lá? Ele supunha que devia têla carregado, mas não podia ter certeza, só sabia que ela estava lá, em cima da cama, e que ele estava lá, em cima da cama, a pele dela sob as mãos dele, a pele dele sob as mãos dela. Oh, Deus! Minha Meggie, minha Meggie! Como foi possível que me criassem desde pequeno com a idéia de que você era a profanação?

O tempo parou de bater e pôs-se a fluir, arremessou-se a ele até perder o significado, transmudado na profundidade de uma dimensão mais real do que o tempo real. Ele a sentia e, no entanto, não a sentia, pelo menos não a sentia como entidade separada; desejando fazer dela finalmente e para sempre uma parte de si mesmo, um enxerto que era ele próprio, e não uma simbiose em que ela figurasse como elemento distinto. Nunca mais ignoraria o arfar dos seios, da barriga e das nádegas, nem as dobras e as fendas existentes entre elas. Ela fora feita para ele, pois ele a fizera; por dezesseis anos a afeiçoara e modelara, sem saber que o fazia e, muito menos, por que o fazia. E esqueceu-se de que um dia se desfizera dela, que outro homem mostrara a ela o fim do que ele começara para si, do que ele sempre pretendera para si, pois ela era sua ruína, sua rosa; sua criação. Um sonho de que ele jamais despertaria, enquanto fosse homem e tivesse um corpo de homem. *Oh, meu Deus! Eu sei, eu sei!* Eu sei por que a guardei como idéia e como criança dentro de mim, depois de tanto tempo em que ela, crescendo, deixara de ser idéia e criança. Mas por que essas coisas têm de ser aprendidas desse jeito?

Porque ele compreendia finalmente que o que ambicionara ser *não* era um homem. Não era um homem, nunca um homem, senão algo muito maior, que transcendia o destino do homem. Apesar disso, seu destino estava aqui, debaixo de suas mãos, palpitante e vivo com ele, o seu homem. *Um homem, um homem para sempre.* Senhor, não poderias ter-me evitado isto? Sou um homem, nunca serei Deus; foi uma ilusão a vida em busca da divindade. Seremos, os padres, todos iguais, ansiando por ser Deus, abjurando o único ato que prova irrefutavelmente que somos homens?

Envolveu-a com os braços e contemplou com os olhos marejados de lágrimas o rosto imóvel, fracamente iluminado, viu abrir-se-lhe a boca como um botão de rosa, arfar, tornar-se um círculo indefeso e maravilhado de prazer. Os braços e as pernas dela o envolviam, cordas vivas que o ligavam a ela, e que o atormentavam, sedosas e insinuantes; ele colocou o queixo no ombro dela e encostou o rosto na suavidade do seu rosto, entregou-se ao impulso alucinante, exasperante, do homem engalfinhado com o destino. Sua mente girou, escorregou, tornou-se inteiramente escura e ofuscantemente luminosa; por um momento se sentiu dentro do sol, depois o brilho foi diminuindo, acinzentou-se e esvaeceu-se. Isso era ser homem. Não poderia ser mais. Não era essa, porém, a origem da dor. A dor estava no momento final, no momento finito, na percepção vazia e desolada: o êxtase é fugaz. Ele não poderia deixá-la ir, agora que a tinha; fizera-a para si. Por isso agarrou-se a ela como o náufrago se aferra a um pedaço de tábua no mar solitário e, logo, animado, subindo de novo com a maré que se lhe tornara rapidamente familiar, sucumbiu ao destino inescrutável que é o destino do homem.

* * *

Que era o sono?, Meggie refletia. Uma bênção, uma trégua da vida, um eco da morte, um pesadíssimo fardo? Fosse o que fosse, ele se entregara ao sono e jazia com o braço sobre ela e a cabeça ao lado do ombro dela, possessivo até nessa hora. Ela também estava cansada, mas recusava-se a dormir. De certo modo, temia que, se afrouxasse o domínio sobre a consciência, ele talvez já não estivesse lá quando ela tornasse a ativá-la. Dormiria mais tarde, depois que ele despertasse e a bela boca reservada pronunciasse as primeiras palavras. Que lhe diria ele? Lamentaria o que acontecera? O prazer que ela lhe dera fora digno do que ele abandonara? Durante tantos anos ele o combatera e fizera-a combater com ele, que mal podia acreditar que ele tivesse afinal deposto as armas. Mas ouvira coisas ditas por ele no meio da noite e no meio da dor que lhe apagavam a longa negação dela.

Meggie sentia-se supinamente feliz, mais feliz do que se lembrava de já ter sido alguma vez. Desde o momento em que ele a puxara da porta fora tudo um poema corporal, uma coisa de braços, de mãos, de pele e de prazer total. Fui feita para ele, e só para ele... Por isso sentia tão pouco com Luke! Sustentada, além dos limites de resistência, pela maré do seu corpo, só podia pensar que dar a ele tudo o que pudesse era mais necessário a ela do que a própria vida. Cumpria que ele nunca o lamentasse, apesar do seu sofrimento! Momentos houvera em que ela acreditara senti-lo, como se o sofrimento fosse seu. O que só contribuía para a sua felicidade, pois havia alguma justiça no sofrimento dele.

Ralph estava acordado. Ela olhou para os olhos dele e, no azul desses olhos, viu o mesmo amor que a aquecera, que lhe dera um propósito desde a infância; e, com ele, um grande, um nublado cansaço. Não do corpo, mas da alma.

Ele estava pensando que, durante toda a sua vida, nunca despertara na mesma cama ao lado de outra pessoa; aquilo, de certo modo, era mais íntimo que o ato sexual que o precedera, uma indicação explícita de vínculos emocionais, um aderir a ela. Leve e vazio como o ar tão inebriante, cheio de maresia e de vegetação inundada de sol, ele deixou-se levar por algum tempo nas asas de uma espécie diferente de liberdade: o alívio de renunciar à missão de combatê-la, a paz de ter perdido uma guerra longa e incrivelmente sangrenta, achando a rendição muito mais doce do que as batalhas. Travei com você uma tremenda luta, minha Meggie! No fim, todavia, não são os seus fragmentos que tenho de colar uns aos outros, mas os cacos desconjuntados de mim mesmo.

Você foi colocada em minha vida para me mostrar o quanto é falso e presunçoso o orgulho de um padre da minha espécie; como Lúcifer, aspirei ao que pertence somente a Deus e, como Lúcifer, caí. Eu tinha a castidade, a obediência e até a pobreza antes de Mary Carson. Mas, até hoje cedo, jamais conhecera a humildade. Senhor, se ela não significasse nada para mim, isso seria mais fácil de suportar, mas, às vezes, acho que a amo muito mais do que a Ti...? e isso também faz parte da Tua punição. Não duvido dela; mas de Ti...? Um truque, um fantasma, uma pilhéria. Como posso amar uma pilhéria? E, contudo, amo.

— Se eu pudesse recobrar minhas energias, iria nadar um pouco e depois prepararia o desjejum — disse ele, louco por dizer alguma coisa, e sentiu o sorriso dela de encontro ao peito.

— Encarregue-se da natação que eu me encarrego do desjejum. E olhe que aqui não há necessidade de vestir roupa nenhuma. Não aparece ninguém.

— É mesmo o paraíso! — Ele pôs os pés fora da cama, sentou-se e espreguiçou-se. — Uma linda manhã. Eu gostaria de saber se isso não será um presságio.

Já a dor da separação, só porque ele saltara da cama; ela permaneceu deitada, a observá-lo, enquanto ele se dirigia às portas de correr que abriam para a praia, transpôs-lhes a soleira e se deteve. A seguir, voltou-se e estendeu a mão.

— Não vem comigo? Podemos preparar juntos o desjejum.

A maré estava alta, o recife coberto, o sol matutino aquecia, mas o vento irrequieto do verão era frio; a relva grosseira emitia tentáculos pelo meio da areia que se desfazia e que era tão pouco parecida com areia, onde caranguejos e insetos disparavam depois de pequenos furtos.

— Sinto como se nunca tivesse visto o mundo antes — disse ele, arregalando os olhos.

Meggie agarrou-se à sua mão; sentia-se confortada, e achava este resultado ensolarado mais incompreensível que a realidade cheia de sonhos da noite. Seus olhos demoraram-se nele, doendo. Um tempo imemorial, um mundo diferente.

Por isso ela disse:

— Este mundo, não. Como poderia já tê-lo visto? Este é o nosso mundo, e o será enquanto durar.

— E Luke, como é? — perguntou ele, ao desjejum.

Ela inclinou a cabeça para um lado, refletindo.

— Menos parecido com você do que eu costumava achar porque, naqueles dias, eu sentia mais a sua falta, não me acostumara a viver sem você. Creio que o desposei por causa da semelhança. De qualquer maneira, eu decidira casar com alguém, e ele estava bem acima do resto. Não me refiro ao valor, nem à gentileza, nem a nenhuma dessas coisas que se supõe que as mulheres gostam de encontrar no marido, mas a algo que não consigo definir direito. A não ser talvez que ele *é* como você. Também não precisa de mulheres.

O resto dele contraiu-se.

— É assim que me vê, Meggie?

— Quer que eu seja franca? Creio que sim. Nunca compreenderei por quê, mas creio que sim. Qualquer coisa em Luke e em você faz todos acreditarem que precisar de mulher é uma fraqueza. Não estou falando em dormir com ela; estou falando em precisar, em precisar de verdade.

— E compreendendo isso você ainda assim nos quer?

Ela deu de ombros e sorriu, com ar de piedade.

— Ora, Ralph! Não digo que não é importante, e isso decerto me causou muita infelicidade, mas assim são as coisas. Eu seria uma boba se me consumisse tentando erradicar o que não pode ser erradicado. O melhor que posso fazer é explorar a fraqueza, e não ignorar-lhe a existência. Porque eu gosto e preciso também. E, aparentemente, gosto e preciso de gente como você e Luke, pois, do contrário, não me teria ralado por vocês como me ralei. Teria casado com um homem direito, bom, simples como meu pai, alguém que gostasse e precisasse de mim. Mas creio que há um quê de Sansão em todo homem. E em homens como você e Luke esse quê é mais pronunciado.

Ele não parecia absolutamente insultado; estava sorrindo.

— Minha sábia Meggie!

— Isso não é sabedoria, Ralph. É apenas bom senso. Não sou muito sábia, e você sabe disso. Mas veja meus irmãos. Duvido que os mais velhos acabem casando algum dia, ou mesmo que tenham namoradas. São extremamente tímidos, têm pavor do poder que uma mulher possa exercer sobre eles, e estão totalmente concentrados em mamãe.

Os dias seguiram-se aos dias, as noites seguiram-se às noites. Até as pesadas chuvas de verão eram belas quando eles as arrostavam nus, a passear, ou ficavam a ouvi-las batendo no telhado de ferro, tão quentes e cheias de carícias quanto o sol. E quando o sol saía, passeavam também, ou na praia, ou nadavam; pois ele a estava ensinando a nadar.

Às vezes, quando ele não se sabia observado, Meggie observava-o e tentava desesperadamente imprimir-lhe o rosto no cérebro, lembrando-se de que, apesar do amor que dedicara a Frank, a imagem dele, o *jeito* dele, se nublara com o passar dos anos. Havia os olhos, o nariz, a boca, as assombrosas mechas brancas no cabelo preto, o corpo longo e rijo que conservara a esbeltez e a tensão da mocidade, embora estivesse um pouco mais duro, menos elástico. E ele se voltava e a surpreendia a observá-lo, com uma expressão de pesar acossado, um olhar condenado. Ela compreendeu a implícita mensagem, ou supôs havê-la compreendido; ele precisa ir, voltar à Igreja e às suas obrigações. Nunca mais com o mesmo espírito, talvez, porém mais capaz de servir. Pois só os que tropeçam e caem conhecem as vicissitudes do caminho.

Um dia, quando o sol descera o suficiente para ensangüentar o mar e manchar a areia de coral de um amarelo enevoado, e ambos continuavam deitados na praia, ele voltou-se para ela.

— Meggie, nunca fui tão feliz, ou tão infeliz.

— Eu sei, Ralph.

— Acredito que saiba. Será porque a amo? Você não é muito fora do comum, Meggie e, todavia, não é nada comum. Terei percebido isso, durante todos esses anos? Creio que sim. Minha paixão pelo cabelo ticianesco! Mal sabia eu aonde me levaria. Eu a amo, Meggie.

— Você vai partir?

— Amanhã. É preciso. Meu navio zarpa para Gênova daqui a menos de uma semana.

— Gênova?

— Roma, para ser mais exato. Por muito tempo, talvez para o resto da vida. Não sei.

— Não se preocupe, Ralph. Eu o deixarei partir sem estardalhaço. Meu prazo também se está esgotando. Vou deixar Luke e voltar para Drogheda.

— Oh, meu Deus! Mas não por causa disso, por minha causa?

— Não, é claro que não — mentiu ela. — Eu já tomara a decisão antes de você chegar. Luke não me quer nem precisa de mim, não sentirá minha falta. Mas eu preciso de um lar, de algo meu, e creio que Drogheda será sempre esse lugar. Não é justo que a pobre Justine cresça numa casa em que sou a criada, embora eu saiba que Anne e Luddie não me consideram uma criada. Mas é assim que me considero e assim Justine me considerará quando tiver idade suficiente para compreender que não tem um lar normal. De certo modo, ela nunca terá um lar normal, mas preciso fazer por ela tudo o que me for possível. Por isso voltarei para Drogheda.

— Eu escreverei, Meggie.

— Não, não escreva. Acha que preciso de cartas depois disto? Não quero que haja entre nós nada que possa pô-lo em perigo, caindo em mãos de pessoas sem escrúpulos. Por isso, sem cartas. Se você um dia estiver na Austrália, será natural e normal que visite Drogheda, embora eu o esteja advertindo, Ralph: pense muito antes de fazê-lo. Pois só há dois lugares no mundo em que você me pertence antes de pertencer a Deus: aqui, em Matlock, e em Drogheda.

Ele puxou-a para junto de si e aninhou-a entre os braços, acariciando-lhe o cabelo cintilante.

— Meggie, eu queria de todo coração poder casar com você, e nunca mais me separar de você. Não quero deixá-la... E, de certo modo, nunca voltarei a me libertar de você. Seria melhor se não tivesse vindo a Matlock. Mas não podemos mudar o que somos, e talvez seja melhor assim. Conheço agora coisas a meu respeito que jamais conheceria nem enfrentaria se não tivesse vindo melhor lutar com o conhecido do que com o desconhecido. Amo-a. Sempre a amei e sempre a amarei. Nunca se esqueça disso.

No dia seguinte, Rob apareceu pela primeira vez desde que ali deixara Ralph, e esperou, paciente, que eles se despedissem. Não eram, obviamente, recém-casados, visto que ele chegara depois dela e estava partindo antes. Mas não deviam ser amantes; eram casados, e isso estava escrito flagrantemente neles. Queriam-se muito um ao outro, muito mesmo. Como ele e a sua patroa; uma grande diferença de idade, que, aliás, contribuía para aprimorar o casamento.

— Adeus, Meggie.

— Adeus, Ralph. Cuide-se.

— Eu me cuidarei. E você também.

Ele inclinou-se para beijá-la; apesar da sua resolução, ela agarrou-se a ele, mas, quando ele tirou as mãos dela do seu pescoço, ela as colocou rigidamente nas costas e ali as conservou.

Ralph entrou no automóvel e sentou-se enquanto Rob dava marcha à ré para virar o carro. Em seguida, ficou olhando para a frente pelo pára-brisa, sem olhar para trás uma única vez. Poucos homens poderiam fazer isso, refletiu Rob, que nunca ouvira falar em Orfeu. Seguiram em silêncio pela floresta tropical e chegaram, por fim, ao lado de Matlock que olhava para o mar e para o comprido desembarcadouro. Quando apertaram as mãos um do outro, Rob olhou para o rosto dele, espantado. Nunca vira olhos tão humanos, nem tão tristes. O alheamento desaparecera para sempre do olhar do Arcebispo Ralph.

Quando Meggie voltou a Himmelhoch, Anne logo compreendeu que a perderia. Sim, era a mesma Meggie — mas, de certo modo, muito mais ela. Fosse o que fosse que o Arcebispo Ralph tivesse dito a si mesmo antes de ir para Matlock, as coisas ali se haviam passado afinal do jeito de Meggie, e não do jeito dele. Antes tarde do que nunca.

Ela tomou a filha nos braços como se só então compreendesse o que significava ter Justine, e pôs-se a embalá-la enquanto corria a vista pela sala, sorrindo. Seus olhos, tão vivos, tão brilhantes de emoção, encontraram os de Anne, que sentiu os seus cheios de lágrimas recíprocas da mesma alegria.

— Nunca lhe agradecerei o suficiente, Anne.

— Ora essa! Por quê?

— Por ter mandado Ralph. Você devia estar sabendo que, depois disso, eu deixaria Luke e, portanto, agradeço-lhe mais ainda, querida. Você não faz idéia do que esses dias representaram para mim! Eu já decidira ficar com Luke. Pois agora vou voltar para Drogheda e nunca mais sairei de lá.

— Detesto vê-la partir e detesto sobretudo ver Justine partir, mas alegro-me por vocês duas, Meggie. Luke só lhe dará infelicidade.

— Sabe onde ele está?

— Já voltou das CSR. Está cortando cana perto de Ingham.

— Terei de ir vê-lo, diga isso a ele. E, por mais que abomine a idéia, terei de dormir com ele.

— *O quê?*

Os olhos de Meggie brilharam.

— Estou duas semanas atrasada, e nunca me atrasei um dia sequer. A única outra vez em que isso aconteceu, Justine estava começando. Estou grávida, Anne, sei que estou.

— Misericórdia! — Anne olhou boquiaberta para Meggie como se nunca a tivesse visto antes; e talvez não tivesse mesmo. Molhou os lábios e gaguejou: — Mas pode ser um alarme falso.

Meggie abanou decididamente a cabeça.

— Não é, não. Estou grávida. Há coisas que a gente sabe.

— Nesse caso, você está num mato sem cachorro — murmurou Anne.

— Não seja cega, Anne! Não vê o que isso significa? Nunca poderei ter Ralph, e sempre soube que nunca o poderia ter. Mas tenho-o, tenho-o! — Riu-se, apertando Justine com tanta força que Anne ficou com medo de que a criança berrasse. Estranhamente, porém, ela não berrou. — Tenho a parte de Ralph que a Igreja nunca poderá ter, a parte dele que subsistirá, geração após geração. Através de mim ele continuará a viver, porque sei que será um filho! E esse filho terá filhos, que também terão filhos... Ainda acabarei ganhando de Deus. Amo Ralph desde os dez anos de idade, e creio que continuarei a amá-lo se viver cem anos. Mas ele não é meu, ao passo que o filho dele o será. Meu, Anne, *meu*!

— Oh, Meggie! — disse Anne, atarantada.

A paixão morreu, morreu a animação; ela voltou a ser a Meggie de sempre, calma e suave, mas com o tênue veio de ferro, a capacidade de suportar muito. Só que Anne agora andava cautelosa, perguntando a si mesma o que fizera ao mandar Ralph de Bricassart à Ilha de Matlock. Seria possível que alguém mudasse tanto? Ela achava que não. Aquilo, com certeza, lá estivera o tempo todo, tão bem escondido que raro lhe suspeitavam da presença. Havia muito mais em Meggie do que um tênue veio de ferro; ela era feita de aço sólido.

— Meggie, se você gosta de mim, por favor tente se lembrar de uma coisa. Por mim.

Os olhos cinzentos enrugaram-se nos cantos.

— Tentarei!

— Com o passar dos anos, acabei lendo quase todos os tomos de Luddie, depois de haver concluído a leitura dos meus. Principalmente os que trazem as antigas histórias gregas, que me fascinam. Dizem que os gregos têm uma palavra para tudo, e que não existe nenhuma situação humana que eles não tenham descrito.

— Eu sei. Também li alguns livros de Luddie.

— Então deve estar lembrada. Dizem os gregos que é pecar contra os deuses amar alguma coisa mais do que manda a razão. E lembra-se do que eles dizem quando alguém *é* amado assim? Que os deuses, invejosos, abatem o objeto desse amor na plenitude da sua força? Há uma lição nisso, Meggie. É profano amar demais.

— Profano, Anne, é a palavra-chave! Não amarei o filho de Ralph profanamente, mas com a pureza da própria Mãe Santíssima.

Os olhos cinzentos de Anne estavam muito tristes.

— E teria ela amado puramente? O objeto do seu amor foi abatido na plenitude da Sua força, não foi?

Meggie colocou Justine no bercinho.

— O que tem de ser, será. Não posso ter Ralph, mas posso ter o filho dele. Sinto... como se houvesse, afinal, um propósito em minha vida! Essa tem sido a pior coisa nos últimos três anos e meio, Anne. Eu já estava começando a pensar que minha vida não tinha finalidade. — Sorriu com vivacidade e decisão. — Protegerei esta criança de todas as maneiras que puder, por mais que isso me custe. E a primeira coisa é que ninguém, incluindo Luke, insinuará que ele não faz jus ao único nome que tenho liberdade para lhe dar. A simples idéia de dormir com Luke me deixa nauseada, mas eu o farei. Dormiria com o diabo se isso favorecesse o futuro desta criança. Depois irei para Drogheda e espero nunca mais tornar a ver Luke. — Afastou-se do berço. — Você e Luddie irão nos ver? Drogheda tem sempre um quarto para os amigos.

— Uma vez por ano, por quantos anos você nos quiser. Luddie e eu desejamos ver Justine crescer.

Só a idéia do filho de Ralph sustentou a coragem vacilante de Meggie enquanto o trenzinho balançava e sacolejava durante os longos quilômetros que a separavam de Ingham. Não fora a nova vida que, tinha a certeza, crescia dentro dela, ir de novo para a cama com Luke teria sido o maior dos pecados contra si mesma; mas pelo filho de Ralph ela se entenderia de fato até mesmo com o próprio tinhoso.

Sabia, aliás, que até do ponto de vista prático a coisa não seria fácil. Mas traçara seus planos com a maior dose possível de previsão e, por estranho que pareça, ajudada por Luddie. Não pudera esconder muita coisa dele que, além de ser demasiado astuto, era o confidente habitual de Anne. Ele olhara com tristeza para Meggie, sacudira a cabeça, e passara a dar-lhe alguns conselhos excelentes. Claro está que a verdadeira finalidade da sua missão não fora mencionada, mas Luddie estava tão acostumado a somar dois mais dois quanto a maioria das pessoas que têm o hábito de ler tomos maciços.

— Você não quererá dizer a Luke que vai deixá-lo quando ele estiver caindo de cansaço, depois do corte da cana — principiou Luddie delicadamente. — Será muito melhor apanhá-lo de bom humor, não lhe parece? Pois, então, veja-o no sábado à noite ou no domingo da semana em que ele tiver sido escalado para cozinhar. Segundo se diz por aí, Luke é o melhor cozinheiro do circuito dos cortadores... Aprendeu a cozinhar quando era aprendiz de tosquiador, e os tosquiadores têm o paladar mais exigente que os cortadores. Isso quer dizer que a cozinha não o derruba, entende? Provavelmente acha o trabalho do fogão tão fácil quanto desviar-se de um tronco de árvore que vai cair. Esse, portanto, é o jeito, Meggie. Dê-lhe a notícia quando ele estiver realmente bem, depois de uma semana na cozinha do acampamento.

Meggie tinha a impressão, ultimamente, de que andavam bem longe os dias em que costumava corar; sustentou com firmeza o olhar de Luddie, sem que o seu rosto se avermelhasse.

— Você poderia descobrir para mim a semana em que Luke cozinha, Luddie? Ou haverá um meio pelo qual eu possa descobri-lo, se você não puder?

— Isso é canja — disse ele, jovialmente. — Tenho o meu sistema particular de informações. Deixe comigo.

Já ia em meio a tarde de sábado quando Meggie entrou na hospedaria de aparência mais respeitável de Ingham. Todas as cidades de North Queensland eram famosas por uma coisa: tinham hospedarias nos quatro cantos de cada quarteirão. Deixou a maleta no quarto, depois voltou ao pouco atraente saguão em busca de um telefone. Achava-se na cidade um time da Liga de Rugby, que se preparava para um jogo-treino antes da temporada, e os corredores estavam cheios de jogadores seminus, completamente bêbedos, que lhe saudaram o aparecimento com gritos e palmadinhas afetuosas nas costas e mais embaixo. Quando pôs a mão no telefone, ela tremia de medo; tudo naquela aventura lhe parecia um suplício. Mas, apesar da algazarra e dos rostos bêbedos que avultavam à sua volta, obteve uma ligação para Braun's, isto é, a fazenda em que a turma de Luke estava cortando cana e pediu que lhe dessem um recado: sua esposa estava em Ingham e desejava vê-lo. Notando-lhe o medo, o hospedeiro escoltou-a de volta ao quarto e ficou esperando até ouvi-la dar volta à chave.

Meggie encostou-se na porta, sentindo-se mole e aliviada; ainda que isso significasse que só tornaria a comer outra vez quando regressasse a Dunny, não se aventuraria à sala de jantar. Felizmente o dono da hospedaria a colocara ao lado do banheiro das senhoras, de modo que não lhe era preciso andar muito para chegar lá. No momento em que supôs que as pernas a sustentariam, aproximou-se, cambaleante, da cama e sentou-se nela, com a cabeça baixa, olhando para as mãos, que tremiam.

Durante toda a viagem pensara na melhor maneira de fazer o que tinha de ser feito, e tudo nela gritava: Depressa, depressa! Até ir viver em Himmelhoch, nunca lera a descrição de uma sedução, e mesmo agora, armada de várias histórias dessa natureza, não estava certa da sua capacidade de levar a cabo a tarefa que se impusera. Mas era isso o que viera fazer, pois sabia que, depois que tivesse começado a falar com Luke, estaria tudo acabado. Sentia cócegas na língua para dizer-lhe o que pensava dele.

Porém, mais forte do que isso, consumia-a o desejo de voltar a Drogheda com o filho de Ralph em perfeita segurança.

Tremendo no ar mormacento e de cheiro enjoativo, tirou a roupa e deitou-se na cama, de olhos fechados, lutando por não pensar em nada senão na conveniência de prover à segurança do filho de Ralph.

Os jogadores de *rugby* não causaram preocupação a Luke quando este entrou na hospedaria, sozinho, às nove horas; a essa altura, a maioria estava insensível e os que ainda conseguiam ficar em pé, muito mais pra lá do que pra cá, pareciam incapazes de ver alguma coisa além dos copos de cerveja.

Luddie acertara em cheio; no fim da semana em que fizera as vezes de cozinheiro, Luke, descansado, estava louco por uma mudança e esbanjava boa vontade. Quando o filho mais moço de Braun's levou o recado de Meggie ao acampamento, ele estava acabando de lavar os últimos pratos do jantar e planejando ir de bicicleta a Ingham para juntar-se a Arne e aos companheiros na costumeira farra dos sábados à noite. A perspectiva de Meggie era uma alternativa muito agradável; depois das férias no Atherton, surpreendera-se a desejá-la de vez em quando, a despeito da sua exaustão física. Só o horror à lengalenga dela tentando persuadi-lo a começar a vida como chefe de família o afastara de Himmelhoch todas as vezes que chegava mais perto de Dunny. Agora, porém, ela viera procurá-lo e ele não era, de modo algum, avesso a uma noite na cama. Acabou de lavar os pratos depressa, e teve a sorte de conseguir carona num caminhão depois de haver pedalado, quando muito, uns oitocentos metros. Mas, enquanto dirigia a pé a bicicleta pelos três quarteirões que mediavam entre o lugar em que o deixara o caminhão e a hospedaria de Meggie, parte do seu antegozo diminuiu. Todas as farmácias estavam fechadas, e ele não tinha camisas-de-vênus. Parou, olhou para uma vitrina cheia de chocolates roídos de mariposas e manchados de sol e varejeiras mortas, e encolheu os ombros. Teria de arriscar-se. Seria apenas uma noite e, se viesse um filho, com um pouco de sorte seria homem desta vez.

Meggie saltou nervosamente da cama quando ouviu as batidas, e aproximou-se da porta.

— Quem é? — perguntou.

— Luke — chegou-lhe a voz.

Ela virou a chave, entreabriu a porta e foi postar-se atrás da folha quando Luke a abriu mais. Assim que ele entrou, Meggie bateu a porta e ficou olhando para ele. Ele olhou para ela; para os seios maiores, mais redondos, mais sedutores do que nunca, cujos mamilos haviam perdido o tom rosa-pálido e assumido uma cor vermelho-escura, por causa do bebê. Se ele estivesse precisando de estímulos, aqueles seriam mais do que adequados; ele estendeu os braços, pegou-a e carregou-a para a cama.

Ao romper do dia ela ainda não pronunciara uma palavra, embora o seu contato o houvesse acolhido de um modo que despertara nele um desejo febril que ele nunca experimentara antes. Agora estavam longe e curiosamente divorciados um do outro.

Ele espreguiçou-se voluptuosamente, bocejou, limpou a garganta.

— O que é que a traz a Ingham, Meg? — perguntou.

A cabeça dela voltou-se; ela fixou nele dois olhos grandes e desdenhosos.

— Então, o que a traz aqui? — repetiu ele, mortificado.

Nenhuma resposta. Apenas o mesmo olhar fixo, pungente, como se ela não quisesse dar-se ao trabalho de responder. O que era ridículo depois daquela noite.

Os lábios dela se abriram; Meggie sorriu.

— Vim dizer-lhe que vou voltar para Drogheda — disse ela.

Por um momento ele não acreditou no que ouvira, depois olhou com mais atenção para o rosto dela e percebeu que estava falando sério.

— Por quê? — perguntou.

— Eu lhe disse o que aconteceria se você não me levasse para Sydney.

O assombro dele era absolutamente genuíno.

— Mas, Meg! Isso já faz dezoito meses! E eu lhe *dei* umas férias! Passamos quatro malditas semanas caríssimas no Atherton! Eu não estava em condições de levá-la a Sydney depois disso!

— Você esteve em Sydney duas vezes depois disso, e as duas sem mim — tornou ela, teimosa. — A primeira vá lá, eu já estava esperando Justine, mas Deus é testemunha de que andei bem precisada de umas férias longe da Chuva em janeiro último.

— Oh, Cristo!

— Você é um grandessíssimo pão-duro, Luke — continuou ela suavemente. — Recebeu de mim vinte mil libras, dinheiro meu, muito meu, e, no entanto, chora as poucas e miseráveis libras que lhe teria custado levar-me a Sydney. Você e o seu dinheiro! Você me enoja.

— Não toquei nele — defendeu-se Luke, debilmente. — Ele está lá, intacto, e mais ainda.

— Sim, eu sei. Parado no banco, onde sempre estará. Você não tem nenhuma intenção de gastá-lo, tem? Quer adorá-lo, como a um bezerro de ouro. Reconheça, Luke, você é um unha-de-fome. E, além disso, um idiota imperdoável! Tratar sua mulher e sua filha como você nunca sonharia tratar dois cachorros, ignorar-lhes a existência, quanto mais as necessidades! Seu calhorda egoísta e metido a besta!

Lívido, trêmulo, Luke quis falar; ver Meg voltar-se contra ele, sobretudo depois daquela noite, era como ser mortalmente mordido por uma borboleta. A injustiça das acusações estarrecia-o, mas, pelo visto, não havia jeito de fazê-la compreender a pureza das suas intenções. Como todas as mulheres, ela só via o óbvio, incapaz de apreciar o grandioso projeto que havia por detrás de tudo aquilo.

Por isso disse:

— Oh, Meg! — O tom era de assombro, desespero e resignação. — Nunca a maltratei — acrescentou. — Não, positivamente não a maltratei! Ninguém poderá dizer que fui cruel um dia com você. Ninguém! Você sempre teve o suficiente para comer, um teto sobre a cabeça, meu calor...

— Oh, sim — atalhou ela. — Quanto a isso, dou meu braço a torcer: nunca senti tanto calor em minha vida. — Sacudiu a cabeça, riu. — Qual!, não adianta! É como falar com uma parede.

— Eu poderia dizer o mesmo!

— E por que não diz? — tornou Meggie, em tom gélido, pulando da cama e pondo a calcinha. — Não vou me divorciar de você — continuou. — Não quero casar outra vez. Se você desejar o divórcio, saberá onde me encontrar. Juridicamente falando, quem errou fui eu, não fui? Estou abandonando o lar... ou, pelo menos, é assim que os tribunais deste país verão o caso. Você e o juiz poderão chorar no ombro um do outro a perfídia e a ingratidão das mulheres.

— Nunca a abandonei — sustentou ele.

— Pode ficar com as minhas vinte mil libras, Luke. Mas não receberá de mim nem mais um tostão. Usarei minha renda futura para sustentar Justine, e talvez outro filho, se tiver sorte.

— Ah! Então é isso! — disse ele. — A única coisa que você queria era outro maldito bebê, não era? Foi para isso que veio aqui... Um canto do cisne, um presentinho meu para você levar de volta a Drogheda! Outro maldito bebê, *eu* não! Nunca fui eu, não é mesmo? Para você, não passo de um garanhão! Cristo, que grande vigarice!

— A maioria dos homens não passa disso para a maioria das mulheres — disse ela, maldosa. — Você tem o dom de despertar o que há de pior em mim, Luke, de um modo que jamais compreenderá. Mas coragem! Nestes últimos três anos e meio ganhei mais dinheiro para você do que a cana-de-açúcar. Se vier outro filho, você não terá nada com isso. A partir deste minuto, não quero vê-lo nunca mais.

Ela já estava vestida. Depois de pegar a blusa e a maleta ao pé da porta, voltou-se, com a mão no trinco.

— Deixe-me dar-lhe um conselho, Luke. Para o caso de você, algum dia, arranjar outra mulher, quando já estiver velho e cansado demais para continuar cortando cana. Você não sabe nem beijar. Abre demais a boca, engole a mulher inteira como se fosse uma sucuri. Saliva é bom, mas não um dilúvio dela. — Passou rancorosamente o dorso da mão pela boca. — Você me dá vontade de vomitar! Luke O'Neill, o grande, o tal! Você não é nada!

Depois que ela se foi, ele sentou-se na beirada da cama com os olhos postos por muito tempo na porta fechada. A seguir, deu de ombros e começou a vestir-se. Processo não muito demorado em North Queensland: apenas um *short*. Se se apressasse, ainda voltaria de caminhão para o acampamento com Arne e os rapazes. O bom e velho Arne. Querido e velho companheiro. Quanta tolice havia num homem! O sexo era muito bom, mas os companheiros de um homem eram outros quinhentos.

V

1938-1953 — FEE

14

Não desejando que ninguém soubesse do seu regresso, Meggie foi para Drogheda no caminhão da correspondência com o velho Bluey Williams e Justine colocada numa cesta sobre o banco, ao seu lado. Bluey alegrara-se ao vê-la e ardia de curiosidade por saber o que ela fizera nos últimos quatro anos, mas, quando se aproximaram da sede, calou-se, adivinhando-lhe o desejo de regressar à casa em paz.

De volta ao castanho e à prata, de volta à poeira, de volta à pureza e à frugalidade maravilhosas que tanta falta faziam a North Queensland. Ali não havia crescimentos desregrados, não se apressava a decadência para dar lugar a mais; apenas uma lenta e girante inevitabilidade, como as constelações. Cangurus, mais numerosos do que nunca. Lindas e pequenas *wilgas* simétricas, redondas e matronais, quase recatadas. Cacatuas que se erguiam em ondas cor-de-rosa acima do caminhão. Emus em plena disparada. Coelhos que saltavam para fora da estrada levantando pufes de pó branco. Esqueletos alvejados de árvores mortas na relva. Miragens de árvores no distante horizonte curvo, ao atravessarem a planura de Dibban-Dibban, quando apenas as linhas azuis instáveis que as cortavam por baixo indicavam que as árvores não eram reais. O som de que sentira tanta falta, embora nunca imaginasse poder senti-la, o grasnar desolado dos corvos. Baços véus castanhos de poeira açoitados pelo vento seco do outono como chuva suja. E o capim, o capim bege-prateado do Grande Noroeste, que se estendia até o céu, como uma bênção.

Drogheda, Drogheda! Eucaliptos e sonolentas e gigantescas aroeiras-moles a fervilhar de abelhas. Potreiros, currais e edifícios de arenito amarelo, estranho gramado verde em torno da casa-grande, flores outonais no jardim, goivos e zínias, marianas e dálias, cravos-de-defunto e malmequeres dos jardins, crisântemos, rosas, rosas. O saibro do pátio dos fundos, a Sra. Smith em pé, de boca aberta, depois a rir, a chorar, Minnie e Cat correndo, velhos braços fibrosos como cadeias em torno do seu coração. Pois Drogheda era o lar, e ali estava o seu coração, para sempre.

Fee saiu para ver a causa de tanto rebuliço.

— Olá, mamãe. Voltei para casa.

Os olhos cinzentos não se alteraram, mas com sua alma nova e crescida Meggie compreendeu: sua mãe *estava* contente; só não sabia demonstrar o contentamento.

— Você deixou Luke? — perguntou Fee, entendendo que a Sra. Smith e as criadas tinham tanto direito quanto ela de saber o que acontecera.

— Deixei. Nunca mais voltarei para ele. Ele não queria um lar, não queria os filhos, não me queria.

— Filhos?

— Sim. Vou ter outro bebê.

Gritos de júbilo das criadas, e Fee a expressar o seu julgamento com a voz comedida, disfarçando a alegria.

— Se ele não a quer, fez muito bem de voltar para casa. Cuidaremos de você aqui.

O seu velho quarto, que dava para o Home Paddock, os jardins. E um quarto ao lado para Justine e o novo bebê quando chegasse. Era tão bom estar em casa!

Bob também se alegrou ao vê-la. Cada vez mais parecido com Paddy, estava ficando musculoso e um pouco curvado à proporção que o sol lhe cozinhava a pele e os ossos até secá-los. Possuía a mesma força generosa de caráter, mas, talvez porque nunca tivesse sido genitor de uma família numerosa, faltava-lhe o semblante paternal de Paddy. E era também como Fee: calmo, reservado, pouco dado a expressar sentimentos e opiniões. Devia orçar pelos trinta e tantos anos, pensou Meggie com súbita surpresa, e ainda assim não casara. Depois entraram Jack e Hughie, duplicatas de Bob sem a sua autoridade, com seus sorrisos tímidos a dar-lhe as boas-vindas. Deve ser isso, refletiu; eles são tão acanhados por causa da terra, que não precisa de quem saiba expressar-se nem de galas sociais. Precisa apenas do que eles lhe dão, o amor silencioso e a fervorosa fidelidade.

Os Clearys estavam todos em casa naquela noite, para descarregar um caminhão de milho que Jims e Patsy haviam comprado na AML & F, em Gilly.

— Nunca vi uma seca como essa, Meggie — disse Bob. — Não chove há dois anos, nem uma gota. E os coelhos são uma praga pior do que os cangurus; comem mais capim do que carneiros e cangurus juntos. Vamos tentar alimentá-los à mão, mas você sabe como são os carneiros.

Meggie sabia até bem demais como eram os carneiros. Idiotas, incapazes de compreender até os rudimentos da sobrevivência. O pequenino cérebro, que o animal original devia ter possuído algum dia, fora inteiramente eliminado à medida que se desenvolveu a raça desses aristocratas lanudos. Os carneiros não comiam outra coisa senão capim, ou o mato cortado do seu ambiente natural. Mas acontece que não havia mãos suficientes para cortar o mato em quantidade capaz de satisfazer a mais de cem mil carneiros.

— Você não tem serviço para mim? — perguntou ela.

— É claro que tenho! Você trabalhando, teremos mais um homem para cortar a comida dos carneiros. Basta que se encarregue dos pastos internos, como costumava fazer.

Fiéis à sua palavra, os gêmeos tinham voltado de vez para casa. Aos catorze anos, deixaram Riverview para sempre, ansiosos por regressar o mais depressa possível às planícies de solo negro. Os dois já pareciam Bobs, Jacks e Hughies juvenis, e substituíam, aos poucos, a sarja e a flanela antiquadas e cinzentas, do uniforme de fazendeiro do Grande Noroeste, por calças de algodão branco, camisa branca, chapéu de feltro cinzento de copa chata e aba larga, e botas rasas de montar, que chegavam até o tornozelo, com elástico dos lados. Só o punhado de mestiços que vivia nas favelas de Gilly imitava os vaqueiros do Oeste norte-americano, com botas extravagantes de salto alto e chapéus Stetson usados ao jeito dos *cowboys*. Para o homem da planície de solo negro tais acessórios eram uma afetação inútil, parte de uma cultura diferente. Ninguém poderia andar pelo mato com botas de salto alto, e os homens, muitas vezes, tinham de andar pelo mato. E um chapéu de *cowboy* era muito quente e pesado.

A égua castanha e o cavalo preto haviam morrido; as cocheiras estavam vazias. Meggie insistiu em montar um cavalo de lida, mas Bob foi até à fazenda de Martin King para comprar dois animais de um quarto de sangue — uma égua creme, de crina e cauda pretas, e um cavalo castanho de patas compridas. Por uma razão qualquer, a perda da velha égua castanha calou mais fundo em Meggie do que a partida de Ralph, numa espécie de reação retardada; como se ela acentuasse mais claramente a separação dos dois. Mas era tão bom estar de novo nos pastos, cavalgar com os cachorros, comer a poeira de um rebanho balante de carneiros, contemplar os pássaros, o céu, a terra!

Tudo se achava terrivelmente seco. O capim de Drogheda sempre conseguira sobreviver às secas de que Meggie se lembrava, mas isto era diferente. O pasto agora estava cheio de falhas; entre os tufos de capim via-se a terra escura, rachada numa fina rede de gretas abertas como bocas ressequidas, o que se devia agradecer principalmente aos coelhos. Durante os seus quatro anos de ausência eles se haviam multiplicado repentina e desordenadamente, embora ela supusesse que já fossem uma praga muitos anos antes disso. Mas, quase da noite para o dia, o número deles atingira cifras muito superiores ao ponto de saturação. Estavam em toda parte e também comiam o precioso capim.

Ela aprendeu a armar mundéus para os coelhos, detestando, de um lado, ver aquelas coisinhas fofas estraçalhadas por dentes de aço, mas não podendo, de outro, como pessoa da terra, deixar de fazer o que tinha de ser feito. Matar em nome da sobrevivência não era crueldade.

— Maldito seja o imigrante inglês saudoso da sua terra que mandou vir da Inglaterra os primeiros coelhos — disse Bob, amargo.

Eles não eram nativos da Austrália e sua importação sentimental revolucionara o equilíbrio ecológico do continente, equilíbrio esse não perturbado pelos carneiros e pelo gado, cientificamente apascentados desde o momento da sua introdução. Não havia um predador australiano natural para controlar o número de coelhos, e as raposas importadas não vingaram. O homem teria de ser o predador antinatural, mas os homens eram poucos e os coelhos eram muitos.

Depois que ficou muito pesada para cavalgar, Meggie passava os dias na sede, em companhia da Sra. Smith, de Minnie e de Cat, costurando ou tricotando para a coisinha que se contorcia dentro dela. Ele (ela sempre pensava num menino) fazia parte dela como Justine nunca fizera; Meggie não enjoou, não se sentiu deprimida e aguardava com ansiedade o dia do parto. Talvez Justine fosse inadvertidamente responsável, em parte, por isso; agora que a coisinha de olhos pálidos se estava transformando, de um bebê indiferente, numa menina inteligentíssima, Meggie sentiu-se fascinada pelo processo e pela criança. Fazia muito tempo que se sentira indiferente à filha, e ansiava por prodigalizar-lhe amor, apertá-la entre os braços, beijá-la, rir-se com ela. Ao ver-se polidamente repelida, sentiu um choque, mas era assim que Justine reagia a cada uma de suas expansões de afeto.

Quando Jims e Patsy deixaram Riverview, a Sra. Smith julgara que os teria de novo debaixo de suas asas, mas ficou desapontada ao descobrir que eles viviam nos pastos a maior parte do tempo. Por isso voltou-se para Justine, e viu-se tão firmemente rejeitada quanto a própria Meggie. Dir-se-ia que Justine não desejava que a abraçassem, nem que a beijassem, nem que a fizessem rir.

Começou a andar e a falar depressa, aos nove meses. Sabendo utilizar os pés e comandando uma língua capaz de expressar-se com muita clareza, passou a ir aonde queria e a fazer o que desejava. Não que fosse barulhenta ou desafiadora; acontecia apenas que era feita de um metal realmente muito duro. Meggie não sabia nada acerca de genes, mas, se soubesse, teria pensado melhor nas conseqüências de uma mistura de Cleary, Armstrong e O'Neill. Aquilo não poderia dar outra coisa senão uma sopa humana muito forte.

Mas o que mais consternava os outros era a obstinada recusa de Justine de sorrir ou de rir. Todo mundo em Drogheda fazia palhaçadas incríveis na tentativa de arrancar dela o germe de um sorriso, mas em vão. No tocante à solenidade inata, ela superava a própria avó.

No dia primeiro de outubro, quando Justine completava precisamente 16 meses de vida, nasceu em Drogheda o filho de Meggie. Ele se adiantara quase quatro semanas e ainda não era esperado; houve duas ou três contrações violentas, soltou-se o líquido e o garoto nasceu nas mãos da Sra. Smith e de Fee poucos minutos depois que elas telefonaram chamando o médico. Meggie mal tivera tempo para a dilatação. A dor foi mínima, e o parto consumou-se tão depressa que quase não existiu; apesar dos pontos que precisou levar por haver sido tão precipitada a entrada dele no mundo, Meggie sentia-se maravilhosamente bem. Secos para Justine, seus seios agora transbordavam. Desta vez não havia necessidade de mamadeiras nem de latas de Lactogênio.

E era tão bonito! Comprido e esguio, com um topetinho de cabelo cor de linho em cima do craniozinho perfeito, e vivos olhos azuis que não davam nenhuma indicação de que mudariam, mais tarde, de cor. Como haveriam de mudar? Eram os olhos de Ralph, assim como eram as mãos de Ralph, o nariz e a boca de Ralph e até os pés de Ralph. Meggie carecia suficientemente de escrúpulos para sentir-se muito grata pelo fato de Luke possuir quase a mesma constituição e a mesma cor de Ralph e de serem os seus traços muito parecidos com os dele. Mas as mãos, o modo como cresciam as sobrancelhas, o bico-de-viúva penugento, a forma dos dedos das mãos e dos pés, eram muito mais de Ralph que de Luke! Bom seria que ninguém lembrasse qual dos dois possuía tudo isso.

— Você já decidiu a respeito do nome? — perguntou Fee; o menino parecia fasciná-la.

Meggie observou-a enquanto ela, em pé, segurava o neto e sentiu-se agradecida. A mãe amaria outra vez; talvez não como amara Frank, mas, pelo menos, sentiria alguma coisa.

— Vou chamá-lo de Dane.

— Que nome esquisito! Por quê? Por acaso é algum nome da família O'Neill? Pensei que você não quisesse ter mais nada com os O'Neills.

— Isso não tem nada que ver com Luke. É o nome *dele* e de mais ninguém. Odeio nomes de família; é como desejar enxertar um pedaço de alguém diferente numa nova pessoa. Chamei Justine de Justine simplesmente porque gostei do nome, e estou chamando Dane de Dane pela mesmíssima razão.

— O nome soa bem — admitiu Fee.

Meggie estremeceu; seus seios estavam cheios demais.

— É melhor me dar o menino, mamãe. Espero que ele esteja com fome! E espero que o velho Blue se lembre de trazer a bomba para o seio. Se não se lembrar, você terá de ir buscá-la em Gilly de automóvel.

Ele estava com fome, e puxava o bico com tanta força que a boquinha viscosa machucava. Contemplando-lhe os olhos fechados, os cílios escuros de ponta de ouro, as sobrancelhas plumosas, as minúsculas faces que não paravam de trabalhar, Meggie amava-o tanto que o amor a machucava mais que a própria sucção.

Ele é suficiente; tem de ser suficiente, pois não terei outro. Mas por Deus, Ralph de Bricassart, pelo Deus que você ama mais do que a mim, nunca saberá o que roubei de você... e d'Ele. Nunca lhe direi nada a respeito de Dane. O meu bebê! Mexeu nos travesseiros a fim de colocá-lo mais confortavelmente no ângulo do seu braço, para ver melhor o rostinho perfeito. Meu bebê! Você é meu, e nunca o darei a quem quer que seja. Muito menos a seu pai, que é um padre e não pode reconhecê-1o. Isso não é maravilhoso?

O navio entrou no porto de Gênova no princípio de abril. O Arcebispo desembarcou numa Itália que explodia em plena primavera mediterrânea, e tomou um trem para Roma. Se o tivesse solicitado, teriam vindo recebê-lo para conduzi-lo a Roma num carro do Vaticano, mas ele receava sentir a Igreja de novo muito próxima; queria adiar esse momento o quanto pudesse. A Cidade Eterna. Era realmente isso, pensou, olhando, pelas janelas do automóvel, para os campanários e domos, as praças repletas de pombos, os chafarizes ambiciosos, as colunas romanas com suas bases profundamente enterradas nos séculos. Para ele tudo isso era supérfluo. O importante era a parte de Roma chamada Vaticano, suas suntuosas salas públicas, e suas salas particulares, que seriam tudo, menos suntuosas.

Um monge dominicano, envergando uma batina preta e creme, conduziu-o através de corredores de mármore, entre figuras de bronze e de pedra dignas de um museu, no meio de grandes quadros ao estilo de Giotto, Rafael, Botticelli, Fra Angélico. Eram as salas públicas de um grande cardeal e, sem dúvida, a rica família Contini-Verchese contribuíra com muita coisa para realçar o ambiente em que vivia o seu augusto descendente.

Numa sala de marfim e ouro, rica de colorido graças às tapeçarias e aos quadros, com tapetes e móveis franceses, toques de carmesim em toda parte, estava sentado Vittorio Scarbanza, Cardeal di Contini-Verchese. A mão pequena e lisa, em que cintilava o anel de rubi, foi-lhe estendida em sinal de boas-vindas; contente por poder abaixar os olhos, o Arcebispo Ralph cruzou o aposento, ajoelhou-se e tomou a mão para beijar o anel. E encostou o rosto na mão, sabendo que não podia fazê-lo, embora até o momento em que seus lábios tocaram aquele símbolo de poder espiritual e de autoridade temporal, tencionasse reerguer-se.

O Cardeal Vittorio pôs a outra mão sobre o ombro inclinado, dispensando o monge com um aceno de cabeça; depois, quando a porta se fechou mansamente, sua mão subiu do ombro ao cabelo, descansou-lhe na escura espessura, alisou-o ternamente para trás, a partir da testa semidesviada. O cabelo mudara; logo já não seria preto, mas cor de ferro. A espinha curvada endireitou-se, os ombros recuaram, e o Arcebispo Ralph encarou diretamente o rosto do seu chefe.

Houvera uma mudança! A boca se apertara, conhecera a dor e ficara mais vulnerável; os olhos, tão belos na cor, na forma e no engaste, eram muito diferentes dos olhos de que ele ainda se lembrava, como se nunca o tivesse deixado fisicamente. O Cardeal Vittorio sempre imaginara que os olhos de Jesus tivessem sido azuis e parecidos com os de Ralph: calmos, distantes do que Ele via e, portanto, capazes de abranger tudo, compreender tudo. Mas sua imaginação talvez o houvesse enganado. Como pode alguém sentir e sofrer sem que isso lhe transpareça nos olhos?

— Venha, Ralph, sente-se.

— Eminência, preciso me confessar.

— Mais tarde, mais tarde! Primeiro falaremos, e em inglês. Há ouvidos em toda parte nos dias de hoje, mas, graças ao nosso querido Jesus, são ouvidos que não falam inglês. Sente-se, Ralph, por favor. É tão bom vê-lo! Tenho sentido falta dos seus pareceres criteriosos, da sua racionalidade, do seu perfeito companheirismo. Não me deram ninguém de quem eu goste a metade sequer do que gosto de você.

Ele sentia o cérebro ajustar-se à formalidade, sentia que os próprios pensamentos assumiam em sua mente um aspecto mais elevado; mais que a maioria das pessoas, Ralph de Bricassart sabia tudo a respeito da mudança que se opera em nós de acordo com a nossa companhia, de acordo até com a nossa fala. Não era para aqueles ouvidos a fluência fácil do inglês coloquial. Por isso se sentou não muito longe, defronte da figura delgada em seu *moiré* escarlate, cuja cor mudava, e tinha uma qualidade que lhe permitia aos contornos fundir-se com o ambiente em vez de destacar-se dele.

O cansaço desesperado que conhecera durante semanas parecia estar-se levantando um pouco dos seus ombros; admirou-se de que houvesse temido tanto aquele encontro, quando sabia em seu íntimo que seria compreendido e perdoado. Mas não era isso, não era nada disso. Era por sua própria culpa que havia falhado, por ser menos do que aspirava a ser, por desapontar um homem que se interessara por ele, que fora tremendamente bondoso, um verdadeiro amigo. E agravava sua culpa estar diante dessa presença pura quando ele mesmo já não era puro.

— Ralph, somos padres, mas somos algo diferente antes disso; algo que éramos antes de sermos padres, e do qual não podemos escapar, a despeito do nosso caráter exclusivo. Somos homens, com as fraquezas e defeitos dos homens. Não há nada que você possa contar-me capaz de alterar as impressões que formei a seu respeito durante os anos que passamos juntos, nem há nada que você possa me contar que me faça tê-lo em menor conta, nem gostar menos de você. Por muitos anos eu soube que você escapara à percepção da nossa fraqueza intrínseca, da nossa humanidade, mas também sabia que você chegaria a tê-la, pois todos a temos. Até o Santo Padre, o mais humilde e humano de todos nós.

— Quebrei meus votos, Eminência. Isso não se perdoa com facilidade. É um sacrilégio.

— O voto de pobreza você violou há alguns anos, quando aceitou a herança da Sra. Mary Carson. Restam, portanto, o da castidade e o da obediência, não é assim?

— Nesse caso, os três foram violados, Eminência.

— Eu gostaria que você me chamasse de Vittorio, como antigamente! Não estou chocado, Ralph, nem desapontado. É como Nosso Senhor Jesus Cristo quer, e creio que você talvez tenha recebido uma grande lição que não pode ser aprendida de nenhum modo menos destrutivo. Deus é misterioso, Seus motivos transcendem nossa pobre compreensão. Mas creio que o que você fez não o fez levianamente, nem se desfez dos seus votos como de coisa sem valor. Conheço-o muito bem. Sei que é orgulhoso, está muito apaixonado pela idéia de ser padre, muito cônscio do seu caráter exclusivo. É possível que precisasse dessa lição para abater o seu orgulho, fazê-lo compreender que você é primeiro que tudo um homem e, portanto, menos exclusivo do que supõe. Não é assim?

— De fato. Eu carecia de humildade e acredito que, de certo modo, aspirava a ser o próprio Deus. Pequei muito grave e indesculpavelmente. Não posso me perdoar e, nessas circunstâncias, como esperar o perdão divino?

— O orgulho, Ralph, o *orgulho*! Ainda não entendeu que não é a você que cabe perdoar? Só Deus pode fazê-lo. Só Deus! E Ele perdoará se o arrependimento for sincero. Ele já perdoou pecados maiores de santos muito maiores, e você sabe disso, bem como de pecadores muito maiores. Você pensa que o Príncipe Lúcifer não foi perdoado? Mas foi, perdoado no instante em que se rebelou. O seu destino como governador do Inferno é seu, não é obra de Deus. Não foi ele quem disse "É melhor governar o Inferno do que servir no Céu?" Pois ele não conseguia superar o seu orgulho, não suportava a idéia de sujeitar sua vontade à vontade de Outrem, mesmo que esse Outrem fosse o próprio Deus. Não quero vê-lo incidir no mesmo erro, caríssimo amigo. A humildade era a única qualidade que lhe faltava, e é exatamente a qualidade que faz o grande santo... ou o grande homem. Enquanto você não puder deixar o assunto do perdão com Deus, não terá adquirido a verdadeira humildade.

O rosto forte contraiu-se.

— Sim, sei que você está certo. *Preciso* aceitar o que sou sem discussão e apenas lutar por melhorar sem me orgulhar do que sou. Arrependo-me e, portanto, confessarei e esperarei o perdão. Arrependo-me, sim, amargamente.

Ele suspirou; seus olhos traíram o conflito que suas palavras comedidas não traíriam, pelo menos naquela sala.

— E, no entanto, Vittorio, de certo modo não havia outra coisa que eu pudesse fazer. Ou eu a arruinava, ou tomaria a ruína sobre mim. Na ocasião não parecia haver escolha possível, porque a amo. Não foi por culpa dela que eu não quis que o amor se estendesse a um plano físico. O destino dela tornou-se mais importante do que o meu, entende? Até aquele momento eu sempre pensara primeiro em mim, como mais importante do que ela, porque sou um padre e ela, um ser inferior. Mas percebi que eu era responsável pelo que ela é... Eu devia tê-la deixado afastar-se quando ainda criança, mas não deixei. Conservei-a em meu coração e ela o sabia. Se eu a tivesse realmente arrancado de mim, ela o teria sabido também, e ter-se-ia transformado em alguém capaz de fugir à minha influência. — Ele sorriu. — Como vê, tenho muito de que me arrepender. Fiz uma tentativa no terreno da criação.

— Foi a Rosa?

O Arcebispo Ralph atirou a cabeça para trás e olhou para o teto com seus lavores primorosos e para o candelabro barroco de Murano.

— Poderia ter sido outra pessoa? Ela é minha única tentativa de criação.

— E a Rosa ficará bem? Você não lhe terá causado maior dano com isto do que ao repudiá-la?

— Não sei, Vittorio. Oxalá o tenha feito! Na ocasião parecia apenas a única coisa que eu podia fazer. Não possuo o dom da antevisão prometéica, e o envolvimento emocional faz de nós pífios juízes. De mais a mais, isso apenas... aconteceu! Mas creio que ela talvez precisasse muitíssimo do que lhe dei, o reconhecimento de sua identidade como mulher. Não digo que *ela* não soubesse que era mulher. Digo que *eu* não sabia. Se a tivesse conhecido como mulher, é possível que as coisas fossem diferentes, mas conheci-a criança durante muitos anos.

— Você me parece presumido, Ralph, e ainda despreparado para o perdão. Isso dói, não dói? Que você tenha sido tão humano que cedeu a uma fraqueza humana. Ou o terá realmente feito com esse espírito de nobre auto-sacrifício?

Espantado, ele fitou os líquidos olhos escuros e viu-se refletido neles como dois minúsculos manequins de insignificantes proporções.

— Não — disse. — Sou um homem e, como homem, encontrei nela um prazer com cuja existência eu nem sonhara. Eu não sabia que o sabor de uma mulher fosse assim, nem que ela pudesse ser causa de uma alegria tão profunda. Desejei nunca mais precisar deixá-la, não só por causa do seu corpo, mas também porque me agradava estar com ela... falar com ela, e não falar para ela, comer as comidas que ela cozinhava, sorrir-lhe, participar dos seus pensamentos. Sentirei falta dela enquanto viver.

Havia qualquer coisa no pálido rosto ascético que o fazia inexplicavelmente lembrar-se do rosto de Meggie no momento de partir; a vista de um fardo espiritual sendo levantado, a intrepidez de um caráter capaz de prosseguir em sua marcha apesar das cargas, dos pesares, da dor. Que conhecera ele, o cardeal de seda vermelha cuja única inclinação humana parecia ser a sua lânguida gata abissínia?

— Não posso me arrepender do que tive com ela assim — continuou Ralph, vendo que Sua Eminência permanecia em silêncio. — Arrependo-me de ter transgredido votos tão solenes e proibitivos quanto minha vida. Nunca mais poderei encarar meus deveres sacerdotais à mesma luz, com o mesmo zelo. Arrependo-me disso amargamente. Mas Meggie?

A expressão do rosto dele ao pronunciar o nome dela fez o Cardeal Vittorio desviar o seu para enfrentar os próprios pensamentos.

— Arrepender-me de Meggie seria assassiná-la. — Passou a mão com gesto cansado pelos olhos. — Não sei se isto está muito claro ou se se aproxima sequer do que quero dizer. Parece que, por mais que eu me esforce, não consigo expressar adequadamente o que sinto por Meggie. — Inclinou-se para a frente na cadeira quando o cardeal tornou a voltar-se, e viu suas imagens gêmeas aumentarem um pouquinho. Os olhos de Vittorio eram como espelhos; devolviam o que viam e a ninguém permitiam um vislumbre do que ia por detrás deles. Os de Meggie eram exatamente o oposto; desciam, desciam, desciam, até chegar-lhe à alma. — Meggie é uma bênção — disse ele. — É uma coisa sagrada para mim, uma espécie diferente de sacramento.

— Compreendo — suspirou o Cardeal. — Ainda bem que você sente isso. Aos olhos de Nosso Senhor creio que o sentimento atenuará o grande pecado. Em seu próprio benefício, acho melhor você se confessar com o Padre Giorgio e não com o Padre Guillermo. O Padre Giorgio não interpretará erroneamente os seus sentimentos e o seu raciocínio. Verá a verdade. O Padre Guillermo, menos perceptivo, pode julgar discutível o seu arrependimento, que sei verdadeiro. — Tênue sorriso cruzou-lhe a boca fina como uma sombra mais fina ainda. — Também são homens, meu Ralph, os que ouvem as confissões dos grandes. Nunca se esqueça disso enquanto viver. Só no exercício do seu sacerdócio são vasos que contêm Deus. Em tudo o mais são homens. E o perdão que conferem vem de Deus, mas os ouvidos que ouvem e julgam pertencem a homens.

Ouviu-se discreta batida à porta; o Cardeal Vittorio silenciou e observou a bandeja de chá ser trazida para uma mesa com embutiduras de metal e carapaça de tartaruga.

— Está vendo, Ralph? Desde os dias que passei na Austrália, apeguei-me ao hábito do chá da tarde. Fazem-no muito bem em minha cozinha, embora nem sempre fosse assim. — Estendeu a mão quando o Arcebispo Ralph fez menção de mover-se na direção do bule. — Ah, não! Eu mesmo o servirei. Agrada-me fazer o papel de "mamãe".

— Vi grande quantidade de camisas pretas nas ruas de Gênova e de Roma — disse o Arcebispo Ralph enquanto o Cardeal Vittorio servia o chá.

— São as coortes especiais do *Duce*. Teremos dias muito difíceis pela frente, meu Ralph. O Santo Padre é inflexível na determinação de evitar o rompimento entre a Igreja e o governo secular da Itália, e tem razão, como tem razão em todas as coisas. Aconteça o que acontecer, precisamos continuar livres para prestar serviços a todos os nossos filhos, ainda que uma guerra signifique a divisão de nossos filhos, de modo que uns combatam os outros em nome de um Deus católico. Onde quer que estejam nossos corações e nossas emoções, precisamos tentar sempre conservar a Igreja afastada de ideologias políticas e rixas internacionais. Eu quis trazê-lo para cá porque posso fiar-me de que seu rosto não revelará o que seu cérebro estiver pensando, seja o que for que seus olhos estiverem vendo, e porque você possui o espírito mais diplomático que já encontrei num sacerdote.

O Arcebispo Ralph sorriu com tristeza.

— Você favorece minha carreira apesar de mim mesmo, não é verdade? Eu gostaria de saber o que me teria acontecido se não o tivesse conhecido.

— Você se teria tornado Arcebispo de Sydney, um belo posto e muito importante — retrucou Sua Eminência e sorriu, mostrando um dente de ouro. — Mas os caminhos de nossas vidas não estão em nossas mãos. Nós nos conhecemos porque tínhamos de nos conhecer, como tínhamos agora de estar trabalhando juntos para o Santo Padre.

— Pois não vejo luz no fim do túnel — disse o Arcebispo Ralph. — Creio que o resultado será o eterno resultado da imparcialidade. Ninguém gostará de nós e todos nos condenarão.

— Sei disso, e Sua Santidade também sabe. Mas não podemos fazer outra coisa. E nada nos impede de rezar em segredo pela rápida queda do *Duce* e do *Führer*, não é mesmo?

— Acredita realmente que haverá guerra?

— Não vejo possibilidade alguma de evitá-la.

A gata de Sua Eminência saiu altivamente do canto ensolarado em que estivera dormitando e saltou, um tanto canhestra, pois estava velha, para o colo escarlate e cintilante.

— Ah, Sheba! Diga alô ao seu velho amigo Ralph, que você costumava preferir a mim.

Os satânicos olhos amarelos olharam com altivez para o Arcebispo Ralph e fecharam-se. Os dois homens puseram-se a rir.

15

Drogheda possuía um aparelho de rádio. O progresso chegara finalmente a Gillanbone na forma de uma estação de rádio da Australian Broadcasting Commission, e assim surgia alguma coisa para rivalizar com a linha telefônica como entretenimento de massa. O aparelho propriamente dito era um objeto feio, metido numa caixa de nogueira e colocado sobre um armariozinho encantador na sala de estar, ficando as baterias de automóvel, que eram a sua fonte de energia, escondidas dentro do armário.

Todas as manhãs, a Sra. Smith, Fee e Meggie ligavam-no para ouvir as notícias do distrito de Gillanbone e a previsão do tempo, e todas as noites Fee e Meggie o ligavam para ouvir as notícias nacionais da ABC. Como era estranho ver-se instantaneamente em contato com o que ia lá fora; ouvir falar em inundações, incêndios, chuvas em toda parte do país, numa Europa intranqüila, na política australiana, sem a ajuda de Bluey Williams e dos seus jornais velhos.

Quando o noticiário nacional de sexta-feira, dia primeiro de setembro, anunciou que Hitler invadira a Polônia, somente Fee e Meggie estavam em casa para ouvi-lo, e nenhuma das duas lhe prestou atenção. Durante meses houvera especulações nesse sentido; além disso, a Europa ficava a meio mundo de distância. Nenhuma relação com Drogheda, que era o centro do universo. Mas no domingo, 3 de setembro, todos os homens tinham vindo dos pastos para ouvir o Padre Watty Thomas dizer missa, e estavam interessados na Europa. Nem Fee nem Meggie pensaram em contar-lhe as notícias de sexta-feira, e Padre Watty, que o poderia ter feito, saiu apressado para Narrengang.

Como sempre, o rádio estava sintonizado, naquela noite, no noticiário nacional. Mas em vez de entonação britânica e decidida do locutor, ouviu-se a voz polida e indisfarçavelmente australiana do Primeiro-Ministro Robert Gordon Mensies.

"Concidadãos australianos. Tenho o melancólico dever de informá-los oficialmente de que, em conseqüência da invasão da Polônia pela Alemanha, a Grã-Bretanha declarou guerra a esse país e, em resultado disso, a Austrália também está em guerra...

"Pode-se presumir que a ambição de Hitler não é unir todo o povo alemão sob um governo só, mas colocar sob esse governo tantos países quantos puder sujeitar pela força. A continuar esse estado de coisas, não poderá haver segurança para a Europa nem paz para o mundo... Não haja dúvida de que, onde estiver a Grã-Breanha, lá estarão os povos de todo o mundo britânico...

"Nossa capacidade de resistir, bem como a da Mãe Pátria, será fortalecida se conservarmos nossa produção, se continuarmos com nossos entretenimentos e negócios, se mantivermos os atuais níveis de emprego e, com tudo isso, a nossa força. Sei que, apesar das emoções que nos invadem, a Austrália está pronta para ir até o fim.

"Conceda Deus, em Sua misericórdia e compaixão, que o mundo se liberte logo dessa agonia."

Houve um longo silêncio na sala de estar, interrompido pelos tons megafônicos de um discurso em ondas curtas de Neville Chamberlain dirigido ao povo britânico; Fee e Meggie olharam para os seus homens.

— Se contarmos Frank, somos seis — disse Bob no meio do silêncio. — Todos nós, exceto Frank, trabalhamos na terra, o que quer dizer que não nos deixarão servir. Dos nossos pastores atuais, calculo que seis queiram ir e dois queiram ficar.

— Eu quero ir — disse Jack com os olhos brilhantes.

— Eu também — disse Hughie, sôfrego.

— E nós também — disse Jims, em seu nome e no do silencioso Patsy.

Mas todos olharam para Bob, que era o patrão.

— Temos de ser sensatos — tornou ele. — A lã é artigo de primeira necessidade numa guerra, e não serve apenas para roupas. Usa-se também no acondicionamento de munições e de explosivos e para uma porção de coisas estranhas, que nem imaginamos. Além disso, temos gado de corte, que fornece carne, e as ovelhas e carneiros velhos, que dão peles, cola, sebo, lanolina... todos artigos de primeira necessidade em tempo de guerra.

"Por isso não podemos sair e abandonar Drogheda à própria sorte, seja o que for que desejemos fazer. Com uma guerra em andamento já será dificílimo substituir os pastores que perdermos. A seca chegou ao terceiro ano, nós já começamos a cortar o mato, e os coelhos estão nos deixando loucos. Por enquanto, nosso lugar é aqui em Drogheda; menos emocionante talvez do que entrar em ação, mas igualmente necessário."

Os rostos masculinos esmoreceram, os femininos se iluminaram.

— E se isso durar mais do que o velho Bob Ferro-Gusa acha que vai durar? — perguntou Hughie, dando ao Primeiro Ministro o seu apelido nacional.

Bob pensou intensamente e o rosto marcado pelas intempéries encheu-se de rugas.

— Se as coisas piorarem e continuarem por muito tempo, calculo que, enquanto tivermos dois pastores, poderemos poupar dois Clearys, mas só se Meggie estiver disposta a voltar ao trabalho e incumbir-se dos pastos internos. Será terrivelmente difícil e, numa época boa, seria totalmente impossível, mas, com esta seca, acredito que cinco homens e Meggie, trabalhando sete dias por semana, darão conta de Drogheda. Entretanto, isso é pedir muito a Meggie, que já tem dois filhos pequenos.

— Se tiver de ser feito, Bob, terá de ser feito — disse Meggie. — A Sra. Smith não se incomodará de fazer a parte dela tomando conta de Justine e de Dane. Quando você disser que sou necessária para manter Drogheda em plena produção, passarei a me encarregar dos pastos internos.

— Então somos nós dois os que podem ser poupados — disse Jims, sorrindo.

— Não, somos Hughie e eu — atalhou Jack, depressa.

— Pensando bem, devem ser Jims e Patsy — disse Bob lentamente. — São os mais moços e menos experientes como pastores, ao passo que, como soldados, seremos todos igualmente inexperientes. Mas vocês agora só têm dezesseis anos, rapazes.

— Quando as coisas piorarem, teremos dezessete — interveio Jims. — Parecemos mais velhos do que somos, de modo que não nos será difícil alistar-nos se levarmos uma carta sua com o aval de Harry Gough.

— Bem, por enquanto ninguém vai a parte alguma. Vamos ver se conseguimos aumentar a produção de Drogheda, apesar da seca e dos coelhos.

Saindo da sala em silêncio, Meggie subiu ao quarto das crianças. Dane e Justine estavam dormindo, cada qual num berço pintado de branco. Ela passou pela filha e parou ao lado do filho, contemplando-o por um longo momento.

— Graças a Deus você é apenas um bebê — disse ela.

Passou-se ainda quase um ano antes que a guerra invadisse o pequeno universo de Drogheda, um ano durante o qual os pastores, um por um, deixaram a fazenda, os coelhos continuaram a multiplicar-se e Bob lutou com denodo para que os livros mostrassem resultados dignos de um esforço de guerra. Mas, no princípio de junho de 1940, chegaram as notícias de que a Força Expedicionária Britânica evacuara o continente europeu em Dunquerque; voluntários para a Segunda Força Imperial Australiana apareceram aos montes nos centros de recrutamento e, entre eles, Jims e Patsy.

Quatro anos percorrendo os pastos de baixo para cima e de cima para baixo, com chuva e com sol, haviam tirado o aspecto juvenil dos rostos e dos corpos dos gêmeos, substituindo-o pela calma sem idade das rugas nos cantos dos olhos e das linhas que desciam do nariz à boca. Eles apresentaram suas credenciais e foram aceitos sem comentários. Os homens do interior eram populares. Costumavam atirar bem, conheciam o valor da obediência e eram rijos.

Jims e Patsy tinham-se alistado em Dubbo, mas o acampamento seria Ingleburn, nos arredores de Sydney, de modo que todos foram vê-los partir no noturno da correspondência. Cormac Carmichael, o filho mais moço de Eden, estava no mesmo trem pela mesma razão, e destinava-se ao mesmo acampamento. As duas famílias instalaram os seus meninos num compartimento de primeira classe por ali e ficaram, sem jeito, morrendo de vontade de chorar, de beijar e de ter algo quente para lembrar, mas contidos pela peculiar aversão britânica à expansividade. A grande locomotiva C-36 a vapor mugiu tristemente e o chefe da estação principiou a soprar no seu apito.

Meggie inclinou-se para beijar os irmãos no rosto, contrafeita, depois fez o mesmo com Cormac, parecidíssimo com o irmão mais velho, Connor; Bob, Jack e Hughie apertaram três mãos jovens diferentes; chorando, a Sra. Smith foi a única que deu os beijos e abraços que todos estavam loucos para dar. Eden Carmichael, a esposa e a filha ainda bonitona, embora já começasse a envelhecer, passaram pelas mesmas formalidades. Depois todos se viram fora da plataforma de Gilly, quando o trem deu os primeiros arrancos, os pára-choques dos carros bateram uns nos outros e a composição iniciou sua marcha.

— Até breve, até breve! — diziam todos, agitando grandes lenços brancos, até que o trem se converteu num rastro de fumaça na distância bruxuleante do poente.

Juntos, como haviam solicitado, Jims e Patsy foram incluídos na crua e semitreinada Nona Divisão Australiana e embarcados para o Egito no princípio de 1941, a tempo de participarem da debandada desordenada de Bengazi. O recém-chegado General Erwin Rommel ajuntara seu peso formidável à ponta da gangorra em que se achava o Eixo e encetara a primeira inversão de direção nas grandes e cíclicas investidas para um lado e para outro da África do Norte. E, enquanto o resto das forças britânicas fugia ignominiosamente à frente do novo Afrika Korps de volta ao Egito, a Nona Divisão Australiana foi incumbida de ocupar e defender Tobruque, posto avançado no território ocupado pelo Eixo. A única coisa que tornava viável o plano era o fato de ser ainda a cidade acessível por mar e poder receber suprimentos enquanto os navios britânicos pudessem mover-se no Mediterrâneo. Os Ratos de Tobruque ali ficaram escondidos em suas tocas durante oito meses, e viram Rommel atirar periodicamente contra eles tudo o que tinha nas mãos, sem conseguir desalojá-los.

— Vocês sabem por que estão aqui? — perguntou o soldado Col Stuart, lambendo o papel do cigarro e enrolando-o com displicência.

O sargento Bob Malloy empurrou para cima o seu chapéu Digger a fim de poder ver o homem que formulara a pergunta.

— Não, não sei — disse, sorrindo; era uma pergunta que se fazia amiúde.

— Bem, é melhor do que limpar perneiras na maldita cadeia — disse o soldado

Jims Cleary, puxando um pouco para baixo os *shorts* do irmão gêmeo de modo que pudesse descansar a cabeça confortavelmente na barriga macia e quente.

— É, mas na cadeia a gente não ficava levando tiros — objetou Col, atirando o palito apagado de fósforo num lagarto que estava tomando sol.

— De uma coisa estou certo, companheiro — disse Bob, recolocando o chapéu na posição anterior, para proteger os olhos do sol. — Prefiro levar um tiro a morrer de tédio.

Eles estavam confortavelmente instalados num abrigo de trincheira, seco e forrado de cascalhos, defronte do campo minado e das cercas de arame farpado que cortavam o canto sudoeste do perímetro; do outro lado, Rommel se agarrava, obstinado, ao seu único pedaço do território de Tobruque. Uma grande metralhadora Browning, calibre .50, partilhava do abrigo com eles, com as suas caixas de munição bem-arranjadas ao lado, mas ninguém parecia muito enérgico nem muito interessado numa possibilidade de ataque. Os fuzis estavam encostados na parede e as baionetas cintilavam ao sol brilhante de Tobruque. Moscas zumbiam em toda parte, mas, para os quatro, camponeses australianos, Tobruque e o Norte da África não reservavam surpresas em matéria de calor, poeira ou moscas.

— Ainda bem que vocês são gêmeos, Jims — disse Col, atirando pedras no lagarto, que não parecia disposto a arredar pé. — Até parecem dois baiacus amarrados um no outro.

— Você está é com inveja — sorriu Jims, batendo na barriga do irmão. — Patsy é o melhor travesseiro de Tobruque.

— Sim, está muito bem para você, mas o que diz o pobre Patsy? Vamos, Harpo, diga qualquer coisa — provocou Bob.

Os dentes brancos de Patsy apareceram num sorriso, mas, como sempre, ele permaneceu em silêncio. Todos haviam tentado fazê-lo falar, mas ninguém conseguira arrancar-lhe mais do que um sim ou um não essenciais; em conseqüência disso, quase toda a gente o chamava de Harpo, por causa do irmão Marx que também não falava.

— Vocês souberam da novidade? — perguntou Col de repente.

— Qual?

— O pessoal da Sétima foi liquidado pelos oitenta e oito em Halfaia. O único canhão no deserto suficientemente grande para acabar com um australiano. Fura aqueles tanques enormes como uma criança enfiando o dedo no bolo.

— Essa, não! Conta outra! — disse Bob, cético. — Sou sargento e não soube de nada. Você, simples soldado, sabe de tudo? Pois ouça, companheiro, os alemães ainda não têm nada com força suficiente para liquidar uma brigada australiana.

— Eu estava na tenda de Morshead, aonde fui levar uma mensagem do comandante, quando ouvi a notícia pelo rádio. É verdade — sustentou Col.

Durante algum tempo ninguém falou; cada habitante de um posto avançado sitiado como Tobruque precisava acreditar implicitamente que o seu lado tinha força militar bastante para tirá-lo dali. A notícia de Col não foi muito bem recebida, sobretudo porque nenhum soldado em Tobruque fazia pouco de Rommel. Eles haviam resistido aos seus esforços para expulsá-los por acreditar tacitamente que o único combatente capaz de ombrear com o australiano era um gurca e, se a fé são nove décimos da força, eles se haviam, sem dúvida, revelado formidáveis.

— Malditos ingleses — disse Jims. — O que precisamos na África do Norte é de mais australianos.

O coro de assentimentos foi interrompido por uma explosão na orla do abrigo, que converteu o lagarto em pó e fez os quatro soldados mergulharem à procura da metralhadora e dos fuzis.

— Granada italiana vagabunda, é só barulho — disse Bob com um suspiro de alívio. — Se fosse uma especial de Hitler, a esta hora estaríamos tocando harpa, para alegria de Patsy, não é mesmo, Harpo?

No início da Operação Cruzada, a Nona Divisão Australiana foi evacuada e levada por mar ao Cairo, depois de um assédio cansativo e sangrento que parecia não ter realizado coisa alguma.

Entretanto, enquanto a Nona estivera enfiada nos buracos de Tobruque, as fileiras das tropas britânicas no Norte da África, que não paravam de engrossar, se haviam transformado no Oitavo Exército Britânico e seu novo comandante era o General Bernard Law Montgomery.

Fee usava um brochezinho de prata em que se via o emblema do sol nascente da AIF; presa a duas correntes debaixo dela, balançava uma barra de prata, sobre a qual luziam duas estrelas de ouro, uma para cada filho combatente. O broche dizia a todas as pessoas com as quais se encontrava que ela também estava contribuindo para o esforço de guerra do país. Como nem o marido nem o filho eram soldados, Meggie não tinha o direito de usar um broche igual. Chegara-lhe uma carta de Luke informando-a de que continuaria cortando cana; ele achava que ela gostaria de sabê-lo, para o caso de vir a preocupar-se com a hipótese do seu alistamento. Não havia a menor indicação de que ele se lembrasse de uma única palavra do que ela lhe dissera, naquela manhã, na hospedaria de Ingham. Rindo-se com expressão de cansaço e sacudindo a cabeça, ela deixou cair a carta no cesto de papéis de Fee, perguntando a si mesma, ao fazê-lo, se Fee se preocupava com os filhos que tinham pegado em armas. O que pensava ela realmente sobre a guerra? Mas Fee nunca dizia uma palavra, embora usasse o broche o dia inteiro, todos os dias.

Às vezes chegava uma carta do Egito, que se esfrangalhava quando era aberta sobre a mesa, porque as tesouras do censor a haviam enchido de buraquinhos retangulares, bem-feitinhos, onde antes figuravam os nomes de lugares ou de regimentos. A leitura das cartas consistia, em grande parte, no ajuntar pedacinhos tirados virtualmente do nada, mas servia a um propósito que eclipsava todos os outros: enquanto chegassem as cartas, os meninos estavam vivos.

Não choveu. Dir-se-ia que os elementos divinos conspirassem para frustrar a esperança, pois 1941 foi o quinto ano de uma seca desastrosa. Meggie, Bob, Jack, Hughie e Fee estavam desesperados. A conta de Drogheda no banco era grande e daria para comprar toda a forragem necessária à conservação dos carneiros, mas estes, em sua maioria, não queriam comer. Cada rebanho tinha um líder natural, o Judas; só quando se conseguia persuadir o Judas a comer é que se podia ter alguma esperança de que os outros o imitassem, mas, às vezes, nem mesmo a vista de um Judas mastigando bastava para incutir no resto do rebanho o desejo de emulá-lo.

De modo que Drogheda, malgrado seu, também estava tendo a sua quota de sangria. Todo o capim se fora, o solo era agora uma terra inculta, escura e rachada, aliviada apenas por grupos cinzentos e castanhos de árvores. Além das espingardas, eles agora levavam facas para os pastos; e, quando viam um animal caído, alguém lhe cortava o pescoço a fim de poupar-lhe uma morte prolongada, depois que os corvos lhe arrancassem os olhos. Bob trouxe mais gado para a fazenda e estabulou-o, para manter o esforço de guerra de Drogheda. Não se poderia nem pensar em lucro com o preço da forragem, pois as regiões agrárias mais próximas estavam sofrendo tanto com a falta de chuvas quanto as regiões pastoris mais distantes. O rendimento das colheitas era baixíssimo. Chegara, contudo, ordem de Roma para que eles fizessem todo o possível, sem atentar para o custo.

O que Meggie mais lamentava era o tempo que perdia trabalhando nos pastos. Drogheda conseguira reter apenas um dos seus pastores e, por ora, não se tinham feito substituições; a grande escassez da Austrália sempre fora a mão-de-obra. Por isso, a menos que Bob lhe notasse a irritabilidade e a fadiga e lhe desse um domingo de folga, Meggie mourejava nos pastos sete dias por semana. Entretanto, para poder dar-lhe uma folga, Bob precisava trabalhar dobrado, de modo que ela procurava não demonstrar sua exaustão. Nunca lhe ocorreu que poderia simplesmente recusar-se ao trabalho de pastor, apresentando os filhos como desculpa. Eles estavam sendo muito bem tratados e Bob precisava mais dela do que eles. Faltava-lhe a intuição para compreender que seus bebês também tinham necessidade dela, e supunha que o seu desejo de estar com ela era puro egoísmo, visto que eles se achavam tão bem-cuidados por mãos amorosas e familiares. O seu desejo *era* egoísta, dizia entre si. Nem possuía ela a espécie de confiança capaz de persuadi-la de que, aos olhos dos filhos, ela era tão importante quanto eles o eram para ela. Por isso se esfalfava nos pastos e, por semanas a fio, só via os filhos depois que estes, deitados, já se preparavam para dormir.

Todas as vezes que Meggie olhava para Dane, seu coração pulava. Era uma linda criança; até os estranhos nas ruas de Gilly o notavam quando Fee o levava à cidade. Com uma expressão sempre risonha, possuía uma natureza curiosa, misto de tranqüilidade e felicidade profunda e segura; parecia ter crescido, assumido sua identidade e adquirido o conhecimento de si mesmo que a nenhum dos filhos da dor é dado ter, pois raro se enganava em relação às pessoas ou às coisas, e nada o exasperava nem assombrava. Para a mãe, sua semelhança com Ralph era, às vezes, assustadora, mas, aparentemente, ninguém mais a notara. Fazia muito tempo que Ralph saíra de Gilly e, embora Dane lhe possuísse os traços e a constituição, uma grande diferença tendia a confundir a semelhança. Seu cabelo não era preto como o de Ralph, mas de um ouro pálido; e não da cor do trigo nem do poente, mas da cor do capim de Drogheda, isto é, ouro com tons prateados e bege.

Desde o momento em que pôs os olhos nele, Justine passou a adorar o irmãozinho. Nada era bom demais para Dane, nada era muito difícil de ir buscar ou de trazer para ele. Depois que o menino principiou a andar, ela nunca mais saiu do seu lado, o que deixou Meggie muito agradecida, pois já a preocupava a idade da Sra. Smith e das criadas, que estavam ficando velhinhas e não podiam manter uma estreita vigilância sobre a garotinha. Num dos seus raros domingos de folga, Meggie pôs a filha no colo e falou-lhe seriamente sobre a tarefa de cuidar de Dane.

— Não posso ficar aqui na sede para vigiá-lo — disse ela —, de modo que tudo depende de você, Justine. Ele é o seu irmãozinho e você precisa estar sempre atenta, zelando para que ele não corra perigo e não se meta em encrencas.

Os olhos claros, muito inteligentes, nada tinham da atenção instável típica das crianças de quatro anos. Justine fez um aceno afirmativo com a cabeça.

— Não se preocupe, mamãe — disse, enérgica. — Sempre tomarei conta dele para você.

— Eu mesma queria poder fazê-lo — suspirou Meggie.

— Eu não — tornou a filha, presunçosa. — Gosto de ter Dane só para mim. Por isso, não se preocupe. Não deixarei que nada lhe aconteça.

Meggie não se sentiu confortada com a afirmação, por mais tranqüilizante que fosse. Aquela coisinha precoce ia roubar-lhe o filho e não havia meio de evitá-lo. Ela voltaria aos pastos, enquanto Justine protegeria Dane. Despojada pela própria filha, que era um monstro. A quem, diabo, havia ela puxado? Não fora a Luke, não fora a ela, não fora a Fee.

Pelo menos nesses dias ela já sorria e já ria. Só depois dos quatro anos começou a achar graça em algumas coisas, o que deveu provavelmente a Dane, que se ria desde criancinha. Vendo-o rir, ela também se pôs a rir. Os filhos de Meggie viviam aprendendo um com o outro. Mas era mortificante saber que poderiam passar perfeitamente sem a mãe. Quando este maldito conflito terminar, pensou Meggie, ele estará velho demais para sentir o que deveria sentir por mim. Sempre se entenderá melhor com Justine. Por que será que todas as vezes em que penso ter conseguido o controle da minha vida, acontece alguma coisa? Eu não pedi esta guerra nem esta seca, mas as duas acabaram chegando para mim.

Talvez fosse uma boa coisa o período difícil por que Drogheda estava passando. Se tudo tivesse sido mais fácil, Jack e Hughie já se teriam alistado há muito tempo. Mas do jeito como iam as coisas, não lhes restava outra alternativa senão lutar e salvar o que pudessem da seca, que viria a chamar-se a Grande Seca. Mais de dois milhões e meio de quilômetros quadrados de terra de cultura e de pastagens tinham sido afetados, desde Victoria no sul, até as invernadas de Mitchell, onde o capim atingia a cintura de um homem, no Território do Norte.

Mas a guerra rivalizava com a seca em termos de despertar a atenção. Com os gêmeos na África do Norte, a gente da fazenda seguia, com dolorosa ansiedade, a luta que ora avançava, ora recuava na Líbia. Descendentes de operários, ardentes apoiadores do trabalhismo, todos detestavam o governo atual, liberal no nome, porém conservador por natureza. Quando, em agosto de 1941, Robert Gordon Menzies renunciou ao cargo, reconhecendo que não poderia governar, eles exultaram, e quando, no dia 3 de outubro, o líder trabalhista John Curtin recebeu convite para formar um governo, essa notícia foi a melhor que Drogheda ouviu em muitos anos.

Durante os anos de 1940 a 1941 crescera a intranqüilidade a respeito do Japão, principalmente depois que Roosevelt e Churchill lhe cortaram os fornecimentos de petróleo. A Europa ficava muito longe, e Hitler teria de fazer seus exércitos marcharem dezenove mil e tantos quilômetros para invadir a Austrália, mas o Japão era a Ásia, parte do Perigo Amarelo colocado como um pêndulo sobre o poço rico, vazio e subpovoado da Austrália. Por isso mesmo os australianos não se surpreenderam quando os japoneses atacaram Pearl Harbor; estavam simplesmente esperando que isso acontecesse, em algum lugar. De repente, a guerra surgia muito próxima e poderia até estender-se ao quintal deles. Não havia grandes oceanos entre a Austrália e o Japão, somente grandes ilhas e pequenos mares.

No dia de Natal de 1941, Hong Kong caiu; mas os japoneses jamais conseguiriam tomar Singapura, diziam todos, aliviados. Depois chegaram as notícias dos desembarques nipônicos na Malaia e nas Filipinas; a grande base naval no extremo da península malaia mantinha seus imensos canhões apontados para o mar e sua frota de prontidão. Mas, no dia 8 de fevereiro de 1942, os japoneses cruzaram o acanhado Estreito de Johore, desembarcaram no lado setentrional da Ilha de Singapura e atingiram a cidade por trás dos canhões impotentes. Singapura caiu sem lutar.

E depois a grande notícia! Todas as tropas australianas que se achavam na África do Norte voltariam para casa. O Primeiro Ministro Curtin enfrentou, impávido, as ondas da cólera de Churchill, insistindo na primazia dos direitos da Austrália sobre os australianos. A Sexta e a Sétima Divisões embarcaram depressa em Alexandria; a Nona, que ainda se recuperava no Cairo do assédio de Tobruque, embarcaria assim que fosse possível arranjar mais navios. Fee sorriu, Meggie delirou de alegria. Jims e Patsy voltariam para casa.

Mas não voltaram. Enquanto a Nona esperava seus navios-transporte de tropas, a gangorra tornou a virar; o Oitavo Exército voltou a bater em retirada desde Bengazi. O Primeiro-ministro Churchill fez uma barganha com o Primeiro-ministro Curtin. A Nona Divisão Australiana permaneceria no Norte da África e uma divisão norte-americana embarcaria para defender a Austrália. Pobres soldados, mandados de um lado para outro por decisões tomadas em salas que nem sequer pertenciam aos próprios países. Toma lá, dá cá.

Mas foi um choque duro para a Austrália descobrir que a Mãe Pátria estava expulsando do ninho todos os seus pintinhos do Extremo Oriente, e até um peruzinho gordo e promissor como a Austrália.

Na noite de 23 de outubro de 1942, o deserto estava muito sossegado. Patsy mexeu-se de leve, encontrou o irmão no escuro e encostou-se, como um bebê, bem na curva do seu ombro. O braço de Jims enlaçou-o e eles ficaram sentados, juntos, num silêncio agradável. O sargento Bob Malloy chamou a atenção do soldado Col Stuart e sorriu.

— Dois molóides — disse ele.

— Vá para o inferno, você também — disse Jims.

— Vamos, Harpo, diga alguma coisa — murmurou Col.

Patsy dirigiu-lhe um sorriso angélico visto apenas pela metade no escuro, abriu a boca e produziu uma excelente imitação da gaita de Harpo Marx. Toda a gente numa distância de várias jardas assobiou, intimando-o a calar-se; estava em vigor uma ordem de silêncio absoluto.

— Cristo, esta espera está me matando — suspirou Bob.

Patsy deu um berro:

— É o silêncio que me mata!

— Seu palhaço de uma figa, quem vai te matar sou eu! — rosnou Col, rouco, estendendo a mão para pegar a baioneta.

— Pelo amor de Deus, fiquem quietos! — chegou o murmúrio do capitão. — Quem é o idiota que está berrando?

— Patsy — disse, em coro, meia dúzia de vozes.

O fragor das gargalhadas pairou, tranqüilizante, sobre os campos de minas e morreu numa torrente de palavrões pronunciados em voz baixa pelo capitão. O sargento Malloy olhou para o relógio; o ponteiro dos segundos chegava rapidamente a 9:40 da noite.

Oitocentos e oitenta e dois canhões e obuses britânicos falaram juntos. O céu vacilou, o solo levantou-se, expandiu-se, não pôde assentar, pois a barragem continuava sem diminuir um segundo o volume do ruído enlouquecedor. Não adiantava enfiar o dedo no ouvido; o estrondo apocalíptico subia pela terra e chegava ao cérebro através dos ossos. Em suas trincheiras, os soldados da Nona só puderam imaginar o efeito produzido nas linhas de frente de Rommel. Geralmente era possível distinguir o tipo e o tamanho de uma peça de artilharia da outra, mas, naquela noite, suas gargantas de ferro faziam um coro uníssono e retumbavam à proporção que os dois minutos passavam.

Não se iluminou o deserto com a luz do dia, mas com o fogo do próprio sol; vasta nuvem de pó encapelada ergueu-se como espiral de fumaça por centenas de metros, luzindo com os clarões das bombas e minas que explodiam, das concentrações maciças de caixotes de munições que detonavam, lançando chamas ondulantes, das cargas que se incendiavam. Tudo o que Montgomery possuía estava apontado para os campos de minas — canhões, obuses, morteiros. E tudo o que Montgomery possuía era arremessado tão depressa quanto as turmas de artilheiros, encharcadas de suor, conseguiam atirar, escravos a encher o bucho de suas armas como pequenos pássaros frenéticos que alimentassem um cuco enorme; o revestimento externo dos canhões se aquecia, o tempo que mediava entre o coice e o reabastecimento era cada vez menor, à medida que os artilheiros se empolgavam com o próprio ímpeto. Frenéticos, enlouquecidos, dançavam uma dança estereotipada manejando seus canhões de campanha.

Era belo, maravilhoso — o ponto alto da vida de um artilheiro, que ele vivia e revivia em sonhos, acordado ou dormindo, pelo resto de seus dias banais e tediosos. E ansiava por ter de volta aqueles quinze minutos com os canhões de Montgomery.

Silêncio. Silêncio que cala, absoluto, a quebrar-se em ondas de encontro às membranas distendidas do tímpano; silêncio insuportável. Cinco minutos para as dez, exatamente. A Nona levantou-se e saiu das trincheiras, na terra de ninguém, fixando baionetas, tateando à procura de pentes de balas, soltando travas de segurança, inspecionando cantis, rações de reserva, relógios, capacetes de aço, verificando se os cordões das botas estavam bem amarrados, onde se localizavam os portadores de metralhadoras. Era fácil ver, ao clarão medonho das rajadas e da areia incandescente e desfeita em vidro, e a mortalha de poeira, que se erguia entre o inimigo e eles, dava-lhes segurança. Por enquanto. À beira do campo de minas estacaram, esperando.

Dez horas da noite, em ponto. O sargento Malloy pôs o apito na boca e emitiu um silvo estrídulo, que percorreu as fileiras da companhia; o capitão gritou a ordem de avançar. Numa frente de mais de três quilômetros, a Nona penetrou nos campos de minas e os canhões recomeçaram a mugir atrás dela. Os soldados enxergam o caminho como se fosse dia claro, pois os obuses, percorrendo uma trajetória menor, estouravam poucos metros adiante deles. De três em três minutos a artilharia acrescentava cem metros à sua mira; e os soldados transpunham aqueles cem metros rezando para encontrar apenas minas antitanques, ou para que as minas-S, isto é, as destinadas a eles já tivessem explodido graças aos canhões de Montgomery. Ainda havia alemães e italianos no campo, postos avançados de metralhadoras, de artilharia leve de cinqüenta milímetros, de morteiros. Às vezes, um homem pisava uma mina-S que ainda não explodira e via-a saltar da areia antes de ser cortado ao meio por ela.

Não havia tempo para pensar, não havia tempo para fazer coisa alguma senão correr em sintonia com os canhões, cem metros de três em três minutos, rezando. Barulho, luz, poeira, fumaça, terror que diluía as tripas. Campos de mina sem fim, quatro, cinco quilômetros minados até o outro lado, sem poder voltar. Às vezes, numa pausa rapidíssima entre as barragens, chegava pelo ar escaldante e cheio de areia o guincho agudo, distante e fantástico de uma gaita de foles; à esquerda da Nona Divisão Australiana, os escoceses da Cinqüenta e Cinco avançavam pelos campos de minas com um tocador de gaita a guiar cada comandante de companhia. Para o escocês, o gemido da gaita de foles conduzindo-o à batalha era o mais doce atrativo do mundo e, para o australiano, um som amistoso e confortante. Mas, em compensação, deixava de cabelo em pé os alemães e os italianos.

A batalha continuou por doze dias, e doze dias são uma batalha muito longa. A princípio, a Nona teve sorte; suas baixas foram relativamente pequenas através dos campos de minas nos primeiros dias de avanço continuado pelo território de Rommel.

— Sabem que prefiro ser eu mesmo e levar um tiro a bancar o sapador? — disse Col Stuart inclinado sobre a pá.

— Não sei, não, companheiro; acho que eles ficam com a melhor parte — resmungou o sargento. — Esperam atrás das linhas que tenhamos feito todo o serviço, e só então saem engatinhando com os seus removedores de minas a fim de abrir caminho para os malditos tanques.

— A culpa não é dos tanques, Bob, é do cara que os distribui — disse Jims, batendo de leve com o dorso da pá na terra da parte superior da nova trincheira. — Cristo, como eu gostaria que eles decidissem nos deixar no mesmo lugar durante algum tempo! Já cavei mais terra nos últimos cinco dias do que um maldito tamanduá.

— Continue cavando, companheiro — disse Bob, indiferente.

— Olhe, vejam! — gritou Col, apontando para o céu. Dezoito aviões leves de bombardeio da RAF desciam em perfeita formação de vôo, deixando cair suas bombas entre os alemães e italianos com precisão mortal.

— Que beleza! — exclamou o sargento Bom Malloy, cujo pescoço comprido lhe inclinava a cabeça na direção do céu.

Três dias depois, estava morto; enorme pedaço de *shrapnel* arrancou-lhe o braço e metade do lado num novo avanço, mas ninguém teve tempo de parar a não ser para arrancar o apito do que lhe sobrara da boca. Os homens agora caíam como moscas, cansados demais para manter o nível inicial de vigilância e presteza; mas aferravam-se ao miserável solo nu que conquistavam, a respeito da acirrada defesa da mata de um exército magnífico. Aquilo se transformara para eles apenas numa recusa taciturna e obstinada em ser derrotados.

A Nona deteve a Graf von Sponeck e Lungerhausen, ao mesmo tempo que os tanques irrompiam ao sul. Finalmente, Rommel foi derrotado. No dia 8 de novembro ele tentava reorganizar-se além da fronteira egípcia, e Montgomery ficou senhor de todo o campo. A Segunda Alamein representou uma vitória tática importantíssima; Rommel fora obrigado a deixar para trás um sem-número de tanques, canhões e equipamento. A Operação Tocha podia encetar com maior segurança sua investida no rumo nascente, a partir de Marrocos e da Argélia. Ainda havia muito espírito de luta na Raposa do Deserto, mas boa parte da sua cauda ficara no solo de El Alamein. Travara-se a maior e mais decisiva batalha do teatro de operações da África do Norte, e seu vencedor era o Marechal-de-Campo Visconde Montgomery de Alamein.

A Segunda Alamein foi o canto do cisne da Nona Divisão Australiana no Norte da África. Seus componentes voltariam finalmente para casa a fim de lutar com os japoneses na Nova Guiné. Desde março de 1941 eles praticamente não se haviam afastado da linha de frente; e, tendo chegado mal treinados e mal equipados, voltavam agora para casa com uma reputação só excedida pela da Quarta Divisão Indiana. E com a Nona voltaram Jims e Patsy, sãos e salvos.

É claro que obtiveram licença para ir a Drogheda. Bob foi de automóvel a Gilly a fim de apanhá-los quando chegassem pelo trem de Goondiwindi, pois a Nona tinha sua base em Brisbane e partiria para a Nova Guiné depois do treinamento especial de selva. Quando o Rolls tomou a estrada que levava à casa-grande, todas as mulheres estavam em pé no gramado esperando Jack e Hughie um pouco mais atrás, mas igualmente ansiosos por ver os irmãos mais moços. Todos os carneiros que ainda estivessem vivos em Drogheda poderiam cair mortos, se fosse o caso, mas aquele era um dia feriado.

Mesmo depois que o carro parou e eles desceram, ninguém se moveu. Os rapazes estavam tão diferentes! Dois anos passados no deserto lhes haviam estragado os uniformes originais; vestiam um novo estampado verde-jângal e pareciam dois estranhos. Em primeiro lugar, dir-se-ia que tivessem crescido muitos centímetros, o que não deixava de ser verdade; os últimos dois anos do seu desenvolvimento ocorrera longe de Drogheda, e os tornara mais altos que os irmãos mais velhos. Já não eram meninos e sim homens, embora não do tipo de Bob, Jack e Hughie; as provações, a euforia das batalhas e a morte violenta tinham feito deles algo que Drogheda jamais poderia fazer. O sol norte-africano os secara e escurecera, deixando-lhes a pele da cor de um mogno róseo, e lhes arrancara, uma a uma, todas as camadas da infância. Sim, era possível acreditar que aqueles dois homens, de uniformes simples e chapéus desabados, que ostentavam, acima da orelha esquerda, a insígnia do sol nascente da AIF, haviam matado seus semelhantes. Isso estava nos olhos deles, azuis como os de Paddy, mas sem a sua brandura.

— Meus meninos, meus meninos! — gritou a Sra. Smith, atirando-se a eles, enquanto as lágrimas lhe corriam pelo rosto. Não, não importava o que tinham feito, o quanto haviam mudado; ainda eram os seus bebezinhos, que ela lavara, trocara, alimentara, cujas lágrimas secara, cujas feridas beijara. Só que as feridas que traziam agora lhe desafiavam a capacidade de curar.

Depois todos os cercaram, deixando de lado a reserva britânica, rindo, chorando, e até a pobre Fee lhes batia nas costas, tentando sorrir. Depois da Sra. Smith havia Meggie para beijar, Minnie para beijar, Cat para beijar, Mamãe para abraçar, muito sem jeito, Jack e Hughie para dar a mão, com a voz entalada na garganta. A gente de Drogheda nunca saberia o que era voltar para casa, nunca saberia o quanto esse momento fora desejado, o quanto fora temido.

E como comiam os gêmeos! A xepa do exército não era assim, diziam, a rir. Lindos bolos róseos e brancos, *lamingtons* mergulhados em chocolate e enrolados em coco ralado, pudins fumegantes, refrescos gelados de maracujá e creme feito com o leite das vacas de Drogheda. Lembrando-se dos seus estômagos de antes, a Sra. Smith persuadiu-se de que eles passariam mal durante uma semana, mas, como houvesse chá em quantidade suficiente para levar embora a comida, eles pareceram não ter dificuldade alguma com suas digestões.

— Bem diferente do pão *wog*, não é, Patsy?

— É.

— Que quer dizer *wog*? — perguntou a Sra. Smith.

— *Wog* é árabe, assim como *wop* é italiano. Certo, Patsy?

Esquisito. Eles falavam ou, pelo menos, Jims falava, horas a fio, sobre a África do Norte: as cidades, o povo, a comida, o museu do Cairo, a vida a bordo de um navio-transporte de tropas, o acampamento de repouso. Mas, por mais perguntas que lhes fizessem, ninguém conseguia tirar deles mais do que respostas vagas e evasivas, acerca de como havia sido a luta de verdade, como haviam sido Gazala, Bengazi, Tobruque, El Alamein. Mais tarde, quando a guerra se acabou, as mulheres constatavam amiúde uma coisa: os homens que tinham estado no mais aceso das batalhas nunca abriam a boca para falar sobre elas, recusavam-se a participar de clubes e ligas de ex-combatentes, não queriam saber de instituições que perpetuassem a lembrança da guerra.

Drogheda deu uma festa em homenagem a eles. Alastair MacQueen também estava na Nona e também se achava em casa, de modo que, naturalmente, Rudna Hunish deu uma festa. Os dois filhos mais moços de Dominic O'Rourke serviam na Sexta na Nova Guiné e, mesmo assim, embora não pudessem estar presentes, Dibban-Dibban também deu uma festa. Todas as propriedades do distrito que tinham um filho de uniforme fizeram questão de comemorar o regresso dos três rapazes da Nona. As mulheres e as moças não lhes davam trégua, mas os Clearys que tinham voltado heróis lhes fugiam sempre que podiam, mais amedrontados do que nos campos de batalha.

Com efeito, Jims e Patsy pareciam não querer saber de mulheres; era a Bob, Jack e Hughie que se agarravam. Tarde da noite, depois que as mulheres se recolhiam, sentavam-se para conversar com os irmãos que tinham ficado para trás, abrindo-lhes seus corações doloridos e cheios de cicatrizes. E percorriam a cavalo os pastos ressequidos de Drogheda, que já ia no sétimo ano de seca, contentes por estarem à paisana.

Mesmo esfolada e torturada, a terra para eles era inefavelmente bela, os carneiros confortadores, as últimas rosas do jardim um perfume vindo do céu. E, de certo modo, sentiam a necessidade de beber de tudo aquilo em haustos tão profundos que nunca mais o esquecessem, pois a primeira partida fora descuidada; não tinham a menor idéia do que encontrariam pela frente. Mas, quando saíssem dessa vez, levariam cada momento entesourado para o poder recordar e prezar, com as rosas de Drogheda apertadas nas mochilas e umas poucas hastes de escasso capim da fazenda. Tratavam Fee com bondade e compaixão, mas Meggie, a Sra. Smith, Minnie e Cat com amor e muita ternura. Elas tinham sido suas verdadeiras mães.

O que mais deliciava Meggie era o jeito com que tratavam Dane, brincando com ele por horas e horas, levando-o nos passeios a cavalo, rindo-se com ele, fazendo-o rolar e rolando com ele pelo gramado. Justine parecia assustá-los; mas também era verdade que eles se encabulavam diante de qualquer criatura do sexo oposto que não conhecessem tão bem quanto as mulheres mais velhas de Drogheda. Além disso, a pobre Justine sentia-se furiosamente enciumada do modo com que eles monopolizavam a companhia de Dane, deixando-a sem o companheiro de brinquedos.

— É um sujeitinho e tanto, Meggie — disse Jims à irmã quando esta apareceu, um dia, na varanda; sentado numa cadeira de bambu, ele divertia-se vendo Patsy e Dane brincarem na grama.

— É uma belezinha, não é mesmo? — Meggie sorriu e foi sentar-se onde pudesse ver o irmão mais moço. A piedade enternecia seus olhos; eles também tinham sido seus bebês. — O que aconteceu, Jims? Você não pode me contar?

Ele a fitou com os olhos infelizes, que não conseguiam esconder um pesar profundo, mas sacudiu a cabeça, como se não se sentisse sequer tentado a falar.

— Não, Meggie. Não é nada que eu possa contar a uma mulher.

— E depois, quando tudo acabar e você casar? Não contará nem à sua esposa?

— Nós, casarmos? Não acredito. A guerra tira tudo isso de um homem. Estávamos loucos para ir, mas estamos mais maduros agora. Se casarmos, teremos filhos, e para quê? Para vê-los crescer, para vê-los fazer o que fizemos, e ver o que vimos?

— Não, Jims, não!

O olhar dele seguiu o dela, na direção de Dane, exultante porque Patsy o segurava de cabeça para baixo.

— Não o deixe sair de Drogheda, Meggie. Nunca. Em Drogheda nada de mal poderá lhe acontecer — disse Jims.

O Arcebispo de Bricassart atravessou correndo o belo e alto corredor, sem se preocupar com os rostos espantados que se voltavam para vê-lo; irrompeu na sala do cardeal e deteve-se. Sua Eminência conversava com *Monsieur* Papée, embaixador do governo polonês no exílio junto à Santa Sé.

— Por caridade, Ralph! Que aconteceu?

— Aconteceu, Vittorio. Mussolini foi deposto.

— Jesus! O Santo Padre já sabe?

— Eu mesmo telefonei para Castel Gandolfo, embora o rádio deva dar a notícia dentro de um minuto. Um amigo no quartel-general alemão me avisou.

— Espero que o Santo Padre tenha as malas prontas — disse *Monsieur* Papée com um leve, um levíssimo prazer.

— Se o disfarçarmos de franciscano mendicante, ele talvez consiga sair, mas de outro modo não — disse o Arcebispo Ralph. — Kesselring tem a cidade inteiramente nas mãos.

— Mas ele não iria de qualquer maneira — interveio o Cardeal Vittorio.

Monsieur Papée levantou-se.

— Preciso deixá-lo, Eminência. Represento um governo inimigo da Alemanha. Se Sua Santidade não está a salvo, eu o estou menos ainda. Há papéis e documentos em minha sala que preciso examinar primeiro.

Cerimonioso e preciso, diplomata até à ponta dos dedos, *Monsieur* Papée deixou os dois sacerdotes.

— Ele estava aqui intercedendo pelo seu povo perseguido?

— Estava. Pobre homem, preocupa-se tanto com o seu povo!

— E nós não nos preocupamos?

— É claro que sim, Ralph! Mas a situação é mais difícil do que ele supõe.

— A verdade é que não acreditam nele.

— Ralph!

— E não é isso mesmo? O Santo Padre passou seus primeiros anos em Munique, apaixonou-se pelos alemães e ainda os ama, apesar de tudo. Se se colocassem diante dos seus olhos, como prova, esses pobres corpos mirrados, ele diria que isso deve ter sido obra dos russos. E nunca dos seus caríssimos alemães, povo tão culto e tão civilizado!

— Ralph, você não é membro da Sociedade de Jesus, e só está aqui porque prestou um juramento pessoal de fidelidade ao Santo Padre. Tem o sangue quente dos seus antepassados irlandeses e normandos, mas eu lhe suplico, seja sensato! Desde setembro último temos esperado a queda do Eixo, rezando para que o *Duce* ficasse e nos defendesse de uma represália germânica. Adolf Hitler tem um curioso traço de contradição em sua personalidade, pois existem duas coisas que ele sabe serem suas inimigas, mas que deseja, sendo possível, preservar: o Império Britânico e a Santa Igreja Católica Romana. Mas quando se viu obrigado, fez o possível e o impossível para esmagar o Império Britânico. Você acha que ele não nos esmagará também se o forçarmos a isso? Uma palavra nossa de denúncia sobre o que está acontecendo na Polônia e ele, com certeza, nos esmagará. E que benefício acredita você que nos traria o denunciá-lo, meu amigo? Não temos exércitos, não temos soldados. As represálias seriam imediatas, e o Santo Padre seria mandado para Berlim, que é o que ele teme. Não se lembra dos títeres que foram papas em Avinhão há tantos séculos? Quer que o *nosso* papa seja um títere em Berlim?

— Sinto muito, Vittorio, mas não vejo as coisas desse jeito. Digo que *precisamos* denunciar Hitler, proclamar-lhe a barbárie do alto de todos os telhados! Se ele nos matar, morreremos mártires, o que seria mais eficaz ainda.

— Você não costuma ser obtuso, Ralph! Ele não nos mandaria matar. Compreende o impacto do martírio tão bem quanto nós. O Santo Padre seria mandado para Berlim e nós, para a Polônia, Ralph, *Polônia*! Quer morrer na Polônia de mãos mais amarradas do que agora?

O Arcebispo Ralph sentou-se, cruzou as mãos entre os joelhos, olhou com expressão de rebeldia para as pombas que voavam, douradas, ao sol poente, na direção do pombal. Aos quarenta e nove anos, um pouco mais magro, envelhecia esplendidamente, como fazia quase tudo.

— Ralph, nós somos o que somos. Homens, sim, mas apenas como consideração secundária. Antes de mais nada, somos padres.

— Não foi assim que você enumerou nossas prioridades quando voltei da Austrália, Vittorio.

— Eu estava falando em outra coisa naquela ocasião, e você sabe disso. Não banque o desentendido. Digo agora que não podemos pensar como homens. Precisamos pensar como padres, por ser esse o aspecto mais importante de nossas vidas. O que quer que possamos pensar ou querer fazer como homens, devemos fidelidade à Igreja, e a *nenhum* poder temporal! Nossa lealdade pertence *apenas* ao Santo Padre! Você fez voto de obediência, Ralph. Deseja transgredi-lo de novo? O Santo Padre é infalível em todos os assuntos que dizem respeito ao bem-estar da Igreja de Deus.

— Mas ele está errado! O seu julgamento é parcial. Todas as suas energias se concentram no combate ao comunismo. Vê a Alemanha como o maior inimigo do comunismo, o único fator real que impede a disseminação do comunismo no Ocidente. Quer que Hitler permaneça firme na sela alemã, e está satisfeito com o governo de Mussolini na Itália.

— Acredite-me, Ralph, há coisas que você não sabe. Ele é o papa, ele *é infalível*! Se você negar essa verdade, estará negando sua própria fé.

A porta abriu-se, discreta mas rapidamente.

— Eminência, *Herr* General Kesselring.

Os dois prelados se levantaram, sorridentes, sem nenhum vestígio das últimas divergências.

— Que imenso prazer, Excelência! Não quer sentar-se? Aceita uma chávena de chá?

A conversação fazia-se em alemão, idioma falado por inúmeros membros mais velhos do Vaticano. O Santo Padre gostava muito de falar e ouvir falar alemão.

— Obrigado, Eminência, aceito. Não há nenhum outro lugar em Roma em que se possa beber um chá tão soberbamente *inglês*.

O Cardeal Vittorio sorriu com a maior inocência.

— Este é um hábito que adquiri quando era legado papal na Austrália e, a despeito de toda a minha italianidade, ainda não logrei desfazer-me dele.

— E Vossa Excelência Reverendíssima?

— Sou irlandês, *Herr* General. E os irlandeses também crescem tomando chá.

O General Albert Kesselring sempre respondia ao Arcebispo de Bricassart como um homem a outro; depois dos prelados italianos superficiais e untuosos, achava-o sumamente revigorante, um homem sem sutileza e sem astúcia, um homem franco.

— E como sempre, Excelência, assombra-me a pureza com que fala o alemão — cumprimentou ele.

— Tenho jeito para línguas, *Herr* General, o que quer dizer que isso, como todos os talentos, não merece elogios.

— Que é que podemos fazer por Vossa Excelência? — perguntou o Cardeal suavemente.

— Presumo que, a esta altura, Vossa Eminência já saiba do destino do *Duce*.

— Sim, Excelência, já soubemos.

— Então saberá, em parte, por que estou aqui. Para assegurar-lhe que tudo está bem e rogar-lhe a fineza de transmitir esse recado aos veraneantes de Castel Gandolfo. Estou tão ocupado neste momento que me é impossível visitar Castel Gandolfo pessoalmente.

— O recado será transmitido. Mas Vossa Excelência está muito ocupado?

— Naturalmente. Vossa Eminência há de compreender que este, agora, é um país inimigo para nós, alemães.

— *Este*, *Herr* General? Isto não é solo italiano e nenhum homem aqui é inimigo, exceto os maus.

— Peço-lhe que me perdoe, Eminência. Eu me referia, naturalmente, à Itália e não ao Vaticano. Mas no que concerne à Itália, tenho de acatar as ordens do meu *Führer*. A Itália será ocupada, e minhas tropas, que até aqui estiveram presentes como aliadas, doravante serão policiais.

Sentado confortavelmente e dando a impressão de que jamais conhecera uma luta ideológica em sua vida, o Arcebispo Ralph observava, atento, o visitante. Saberia ele o que o seu *Führer* estava fazendo na Polônia? E como poderia *não* saber?

O Cardeal Vittorio imprimiu ao rosto uma expressão de ansiedade.

— Meu caro General, não se refere a Roma, com certeza? Ah, não! Roma, com sua história, suas obras de arte inestimáveis? Se trouxer soldados para dentro das sete colinas, haverá luta, destruição. Eu lhe suplico, não faça isso!

O General Kesselring parecia contrafeito.

— Espero que as coisas não cheguem a esse ponto, Eminência. Mas também prestei um juramento. Também obedeço a ordens. Terei de agir de acordo com a vontade do meu *Führer*.

— Mas Vossa Excelência tentará por nós, não é verdade, *Herr* General? Por favor, é preciso! Estive em Atenas há alguns anos — acudiu rapidamente o Arcebispo Ralph, inclinando-se para a frente, com os olhos encantadoramente arregalados, um anel de cabelo caído sobre as sobrancelhas; percebendo o efeito que produzia no general, usou-o sem escrúpulo. — Vossa Excelência já esteve em Atenas?

— Já, já estive — disse o general em tom seco.

— Então estou certo de que conhece a história. De como homens de tempos relativamente modernos destruíram edifícios no topo da Acrópole? *Herr* General, Roma está como sempre foi, é um monumento a dois mil anos de cuidados, atenção e amor. Por favor, eu lhe suplico! Não ponha Roma em perigo.

O general olhou para ele com surpresa admiração; o uniforme lhe assentava muito bem, mas não melhor do que a batina, com o seu toque de púrpura imperial, assentava ao Arcebispo Ralph. Ele também tinha jeito de soldado, um corpo magro e belo de soldado, e um rosto de anjo. Assim devia ter sido o Arcanjo Miguel; não um suave mancebo da Renascença, mas um homem perfeito que principiava a envelhecer, que amara Lúcifer, combatera-o, banira Adão e Eva, matara a serpente e ficava à mão direita de Deus. Saberia ele qual era o seu aspecto? Ali estava um homem que precisava ser lembrado.

— Farei tudo o que puder, Excelência, prometo-lhe. Reconheço que, até certo ponto, a decisão é minha. Sou, como deve saber, um homem civilizado. Mas Vossa Excelência Reverendíssima está-me pedindo muito. Se eu declarar Roma cidade aberta, não poderei mandar para os ares as suas pontes nem converter seus edifícios em fortalezas, e isso talvez redunde em detrimento da Alemanha. Que garantias terei de que Roma não pagará com aleivosias a bondade que eu usar para com ela?

O Cardeal Vittorio mordeu os lábios e fez ruídos de beijo para a sua gata, que era agora uma elegante siamesa; sorriu gentilmente e olhou para o arcebispo.

— Roma nunca pagaria a bondade com a traição, *Herr* General. Estou certo de que, quando tiver tempo para visitar os veraneantes de Castel Gandolfo, Vossa Excelência receberá as mesmas garantias. Aqui, Kheng-see, minha namorada! Que linda garota é você!

E suas mãos a apertaram no regaço escarlate, acariciando-a.

— Um animal incomum, Eminência.

— Uma aristocrata, *Herr* General. Tanto o arcebispo quanto eu temos nomes antigos e veneráveis, mas, ao lado da linhagem dela, as nossas não são nada. Agrada-lhe o nome? Quer dizer "flor de seda" em chinês. Adequado, não é mesmo?

O chá chegara, estava sendo arrumado; permaneceram todos em silêncio até a irmã leiga sair da sala.

— Vossa Excelência não lamentará a decisão de declarar Roma cidade aberta — disse o Arcebispo Ralph com um sorriso melífluo ao novo senhor da Itália. Em seguida, voltando-se para o cardeal, deixou cair por terra todo o seu charme, como um manto que tivesse despido, por desnecessário no trato com aquele homem tão querido. — Vossa Eminência pretende ser "mãe", ou faço eu as honras?

— "Mãe"? — perguntou o General Kesselring, atônito.

Riu-se o Cardeal di Contini-Verchese.

— É uma piadinha de celibatários. Chamamos "mãe" àquele que serve o chá. Um modo de dizer inglês, *Herr* General.

Nessa noite o Arcebispo Ralph sentiu-se cansado, inquieto, nervoso. Parecia não estar fazendo nada para ajudar a acabar com aquela guerra, senão regatear a preservação de antigüidades, e acabara abominando a inércia vaticana. Embora fosse conservador por natureza, às vezes a cautela e a lentidão dos ocupantes das mais altas posições da Igreja desagradavam-lhe sobremodo. Tirando as freiras e os padres humildes, que faziam as vezes de criados, havia semanas que ele não falava com uma pessoa comum, alguém que não tivesse um interesse político, espiritual ou militar pessoal. A própria oração parecia chegar-lhe menos facilmente nesses dias, e Deus se diria a muitos anos-luz de distância, como se se houvesse retirado a fim de dar às Suas criaturas humanas plena liberdade para destruir o mundo que fizera para elas. O que ele precisava, pensou, era de uma boa dose de Meggie e Fee, ou uma boa dose de alguém que não estivesse interessado no destino do Vaticano nem de Roma.

Sua Excelência Reverendíssima desceu a escada particular para a grande basílica de São Pedro, aonde suas andanças sem destino o tinham levado. As portas da igreja se fechavam nesses dias assim que anoitecia, sinal da paz cheia de apreensões que pairava sobre Roma, mais eloqüente que as companhias de alemães de uniforme cinzento que marchavam pelas ruas da Cidade Eterna. Um brilho tênue, fantasmagórico, iluminava a abside ampla e vazia; seus passos ecoaram surdamente no chão de pedra enquanto ele andava, parava e se fundia com o silêncio ao ajoelhar-se diante do altar-mor, para depois recomeçar. A certa altura, entre o ruído do impacto de um pé e o seguinte, ouviu um respirar convulsivo. A lanterna em sua mão iluminou-se; dirigiu o feixe de luz no rumo do som, menos assustado que curioso. Aquele era o seu mundo; podia defendê-lo seguro contra o medo.

O raio luminoso deteve-se no que se tornara aos seus olhos a mais bela peça de escultura de toda a criação: a *Pietà* de Miguel Ângelo. Abaixo das figuras inanimadas, postas sobre a base do pedestal, outro rosto, feito não de mármore mas de carne, surgiu-lhe, ensombrado e cadavérico.

— *Ciao* — disse Sua Excelência Reverendíssima, sorrindo.

Não houve resposta, mas ele notou que os trajos eram os de um soldado alemão de infantaria da mais baixa classe; o seu homem comum! O fato de ser alemão pouco lhe importava.

— *Wie geht's?* — perguntou, sorrindo ainda.

Um movimento fez o suor rebrilhar de repente, apesar da sombra, numa testa ampla e intelectual.

— *Du bist krank?* — perguntou ele então, imaginando que o rapazinho, pois não era mais que um rapazinho, talvez estivesse doente.

Chegou-lhe, afinal, a voz do outro:

— *Nein*.

O Arcebispo Ralph colocou a lanterna no chão, adiantou-se, pôs a mão debaixo do queixo do soldado e ergueu-o a fim de olhar para os olhos escuros, mais escuros na escuridão.

— Que aconteceu? — perguntou, em alemão, e riu-se. — Pronto! — continuou, ainda em alemão. — Você não sabe, mas essa tem sido minha principal função na vida... perguntar às pessoas o que aconteceu. E, deixe-me dizer-lhe, é uma pergunta que me valeu muita encrenca no meu tempo.

— Vim rezar — disse o rapazinho com voz demasiado profunda para a idade e pronunciado sotaque bávaro.

— E ficou preso aqui dentro?

— Fiquei, mas não é disso que se trata.

Sua Excelência Reverendíssima pegou a lanterna.

— Bem, você não pode passar a noite aqui, e não tenho a chave das portas. Venha comigo. — Recomeçou a andar na direção da escada particular que conduzia ao palácio papal, falando com voz lenta e suave. — Na verdade, também vim rezar. Graças ao seu Alto Comando, tive um mau dia. Isto é, até agora... Esperemos que os guardas do Santo Padre não suponham que fui preso, mas vejam que sou eu quem o escolta, e não o contrário.

Depois disso caminharam por mais dez minutos em silêncio, percorrendo corredores, atravessando pátios e jardins, cruzando vestíbulos, subindo escadas; o alemãozinho não parecia ansioso por deixar o seu protetor, pois andava rente com ele. Por fim, Sua Excelência abriu uma porta e introduziu o garoto extraviado numa saleta de estar parca e modestamente mobiliada, acendeu uma lâmpada e fechou a porta.

Os dois ficaram a olhar um para o outro. O soldadinho alemão viu um homem muito alto com um belo rosto e olhos azuis e discernentes; o Arcebispo Ralph viu uma criança a envergar a farda que toda a Europa achava terrível e aterradora. Uma criança; não teria mais que dezesseis anos, com certeza. De altura média e juvenilmente magro, possuía uma constituição que prometia um corpo grande e forte, e braços muito compridos. O feitio do rosto, italianizado, moreno e patrício, era muito atraente; olhos grandes, castanho-escuros, longos cílios negros, cabeça magnífica aureolada de cabelos pretos e ondeados. Afinal de contas, não havia nele nada de usual nem comum, ainda que o seu papel fosse um papel comum; e, como ansiasse por conversar com um homem médio, comum, Sua Excelência Reverendíssima sentiu-se interessado.

— Sente-se — disse ao menino, dirigindo-se a uma arca e dela tirando uma garrafa de vinho Marsala. Despejou um pouco do vinho em dois copos, deu um deles ao rapazinho e levou o outro até uma poltrona de onde poderia observar a seu bel-prazer o rosto fascinante. — Já estão recrutando crianças para lutar por eles? — perguntou, cruzando as pernas.

— Não sei — disse o menino. — Eu estava num orfanato, de modo que logo seria recrutado, de qualquer maneira.

— Como se chama, rapaz?

— Rainer Meerling Hartheim — respondeu o garoto, pronunciando o nome com grande orgulho.

— Magnífico nome — disse o padre, gravemente.

— É, não é? Eu mesmo o escolhi. Chamavam-me de Rainer Schmidt no orfanato, mas, quando fui para o exército, troquei-o pelo nome que sempre desejei.

— Você era órfão?

— As Irmãs me chamavam de filho do amor.

O Arcebispo Ralph procurou não sorrir; agora que perdera o medo, o menino revelava muita dignidade e domínio de si mesmo. Mas o que era que o havia assustado? Não ser encontrado, ou ver-se fechado na basílica?

— Por que estava tão amedrontado, Rainer?

O menino bebericou o vinho com extremo cuidado e ergueu a vista com uma expressão de prazer.

— Bom, é doce. — Instalou-se mais confortavelmente na poltrona. — Eu queria ver São Pedro porque as Irmãs costumavam falar nela e mostrar-nos fotografias. Por isso, quando nos mandaram para Roma, fiquei contente. Chegamos aqui esta semana. Assim que pude, vim para cá. — Franziu o cenho. — Mas não foi como eu esperava. Julguei que me sentiria mais perto de Nosso Senhor, por estar na Sua igreja. Em vez disso, só vi uma coisa enorme e fria. Não O senti.

O Arcebispo Ralph sorriu.

— Eu sei o que você quer dizer. Mas acontece que São Pedro não é realmente uma igreja. Pelo menos no sentido em que o é a maioria das igrejas. São Pedro é *a* Igreja. Lembro-me de que levei muito tempo para acostumar-me a isso.

— Eu queria rezar por duas coisas — disse o menino, acenando com a cabeça para indicar que ouvira, mas que não ouvira o que desejava ouvir.

— Pelas coisas que o amedrontam, Rainer?

— É. Pensei que o fato de estar em São Pedro poderia ajudar.

— Que é que o amedronta, Rainer?

— Que decidam que sou judeu, e que o meu regimento seja mandado para a Rússia.

— Entendo. Não admira que esteja amedrontado. Existe realmente a possibilidade de que decidam que você é judeu?

— Ué, olhe para mim! — disse o menino simplesmente. — Quando estavam tomando nota das informações a meu respeito, disseram que teriam de averiguar. Não sei se podem ou não, mas acredito que as Irmãs saibam mais a meu respeito do que o que me contaram.

— Se souberem, não divulgarão o que sabem — afirmou Sua Excelência Reverendíssima confortadoramente. — Elas compreenderão por que estão sendo interrogadas.

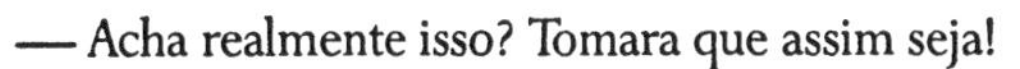

— Acha realmente isso? Tomara que assim seja!

— A idéia de ter sangue judeu nas veias o perturba?

— O que o meu sangue é não tem a mínima importância — respondeu Rainer. — Nasci alemão, e essa é a única coisa que me importa.

— Só que eles não vêem o caso desse jeito, não é assim?

— É.

— E a Rússia? Agora não há necessidade de preocupar-se com a Rússia. Afinal de contas, você está em Roma, na direção oposta.

— Hoje cedo ouvi nosso comandante dizer que poderíamos acabar sendo mandados para a Rússia. Parece que as coisas por lá não vão bem.

— Você é uma criança — disse o Arcebispo Ralph de repente. — Devia estar na escola.

— Eu não estaria mesmo, de qualquer jeito. — O menino sorriu. — Já fiz dezesseis anos, de modo que estaria trabalhando. — Suspirou. — Mas teria gostado de continuar freqüentando a escola. Aprender é importante.

O Arcebispo Ralph principiou a rir, depois se levantou e tornou a encher os copos.

— Não ligue para mim, Rainer. Não estou sendo muito sensato. São só pensamentos, um depois do outro. Esta é a hora que reservo para eles, os pensamentos. Não sou grande coisa como anfitrião, não é verdade?

— Você é boa praça — concedeu o menino.

— Muito bem — disse Sua Excelência Reverendíssima. — Defina-se, Rainer Moerling Hartheim.

Um orgulho curioso estampou-se no rosto jovem.

— Sou alemão e católico. Quero fazer da Alemanha um lugar onde raça e religião não signifiquem perseguição, e pretendo consagrar minha vida a essa finalidade, se viver.

— Rezarei por você... para que viva, e seja bem-sucedido.

— É mesmo? — perguntou o menino, acanhado. — Rezaria por mim pessoalmente, dizendo o meu nome?

— É claro. Em verdade, você me ensinou alguma coisa. Que no meu ofício só existe uma arma à minha disposição... a oração. Nem tenho outra função.

— Quem é você? — perguntou Rainer, a quem o vinho principiava a fazer pestanejar, sonolento.

— Sou o Arcebispo Ralph de Bricassart.

— Oh! Pensei que fosse um padre comum.

— *Sou* um padre comum. Nada mais.

— Pois vou propor-lhe um trato — acudiu o menino, com os olhos faiscantes. —

Reze por mim, padre, que eu, se viver o tempo suficiente para conseguir o que desejo, voltarei a Roma a fim de mostrar-lhe o que suas orações tiverem conseguido.

Os olhos azuis sorriram com ternura.

— Feito. É um trato. E quando você vier, eu lhe direi o que *eu* acho que aconteceu às minhas orações. — Levantou-se. — Fique aí mesmo, seu politiquinho, vou ver se arranjo alguma coisa para você comer.

Os dois conversaram até que a aurora repontou em torno dos domos e campanários e as asas dos pombos ruflaram do lado de fora da janela. Depois o Arcebispo conduziu o hóspede pelas salas públicas do palácio, observando-lhe com deleite o terror respeitoso, e fê-lo sair para o ar fresco e frio da manhã. Embora ele não o soubesse, o menino de nome esplêndido iria, com efeito, para a Rússia carregando consigo uma lembrança estranhamente suave e tranqüilizadora: a de que, em Roma, na própria Igreja de Nosso Senhor, um homem rezava por ele todos os dias, pelo nome.

Na ocasião em que a Nona Divisão se aprontava para embarcar com destino à Nova Guiné, já estava tudo acabado, menos a operação de limpeza da área. Desapontada, a divisão mais seleta da história militar australiana só poderia esperar que ainda houvesse alguma glória a conquistar em outra parte, caçando os japoneses e obrigando-os a bater em retirada através da Indonésia. Guadalcanal desfizera todas as esperanças japonesas concentradas no avanço sobre a Austrália. E, todavia, como os alemães, eles cediam terreno amargurados e ressentidos. Embora os seus recursos estivessem lastimosamente no fim e seus exércitos fracassassem por falta de suprimentos e reforços, eles obrigavam os americanos e australianos a pagar caro cada centímetro de solo reconquistado. Em sua retirada, os japoneses abandonaram Buna, Gona, Salamaua, e subiram pela costa setentrional até chegar a Lae e Finschafen.

No dia 5 de setembro de 1943, a Nona Divisão desembarcou a leste de Lae. Fazia calor, a umidade atingira cem por cento e chovia todas as tardes, embora a chuva só fosse esperada dali a dois meses. A ameaça de malária significava que todo mundo tomava Atabrine, e as pastilhazinhas amarelas produziam um terrível mal-estar, como se a pessoa já tivesse adquirido a moléstia. A umidade constante significava botas e meias permanentemente úmidas; os pés tornavam-se esponjosos, a carne entre os dedos, cheia de feridas, sangrava. As picadas de mosquitos e outros insetos inflamavam e ulceravam-se.

Em Porto Moresby tinham visto o estado lastimável dos nativos da Nova Guiné, e se estes não podiam suportar o clima sem contrair o boubo, o beribéri, a malária, a pneumonia, as moléstias crônicas da pele, e sem ficar com o fígado e o baço dilatados, eram bem menores as esperanças em relação ao homem branco. Havia também sobre-

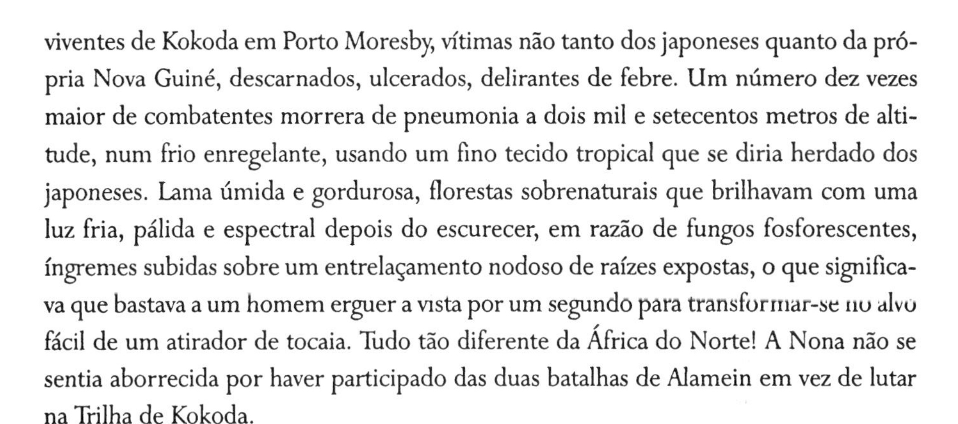

viventes de Kokoda em Porto Moresby, vítimas não tanto dos japoneses quanto da própria Nova Guiné, descarnados, ulcerados, delirantes de febre. Um número dez vezes maior de combatentes morrera de pneumonia a dois mil e setecentos metros de altitude, num frio enregelante, usando um fino tecido tropical que se diria herdado dos japoneses. Lama úmida e gordurosa, florestas sobrenaturais que brilhavam com uma luz fria, pálida e espectral depois do escurecer, em razão de fungos fosforescentes, íngremes subidas sobre um entrelaçamento nodoso de raízes expostas, o que significava que bastava a um homem erguer a vista por um segundo para transformar-se no alvo fácil de um atirador de tocaia. Tudo tão diferente da África do Norte! A Nona não se sentia aborrecida por haver participado das duas batalhas de Alamein em vez de lutar na Trilha de Kokoda.

Lae era uma cidade litorânea no meio de prados densamente semeados de matas, longe dos três mil e trezentos metros de altitude do interior do país, e muito mais salubre como campo de batalha do que Kokoda. Umas poucas casas européias, uma bomba de gasolina e uma coleção de choças nativas. Os japoneses, intrépidos como sempre, porém reduzidos em número e empobrecidos, estavam tão alquebrados pela Nova Guiné quanto os australianos que vinham combatendo, e eram igualmente atormentados pelas doenças. Depois do material bélico maciço e da extrema mecanização da África do Norte, os componentes da Nona estranhavam a total ausência de morteiros e canhões de campanha; apenas canhões Owen e fuzis, com baionetas caladas o tempo todo. Jims e Patsy gostavam da luta corpo a corpo, gostavam de entrar juntos na refrega, defendendo-se um ao outro. Embora fosse, sem dúvida, uma humilhação terrível depois do Afrika Korps. Homenzinhos amarelos, todos uns tampinhas de óculos e dentes salientes ou, pelo menos, assim pareciam. Não tinham, de forma alguma, o garbo marcial de outros soldados.

Duas semanas depois que a Nona desembarcou em Lae, já não havia japoneses. Para a primavera da Nova Guiné o dia era muito bonito. A umidade caíra vinte pontos, o sol brilhava num céu repentinamente azul, em lugar do eterno branco enfumaçado, e a linha divisória de águas erguia-se verde, purpurina e lilás, além da cidade. Relaxara-se a disciplina, todos pareciam estar tirando o dia de folga para jogar críquete, passear, provocar os nativos no intuito de fazê-los rir e mostrar as gengivas vermelhas e desdentadas, resultado do hábito de mascar noz de areca. Jim e Patsy estavam passeando, fora da cidade, pelo capim alto que lhes recordava Drogheda, pela mesma cor branca e castanha e pelo mesmo comprimento depois de uma época de chuvas pesadas.

— Agora não demorará muito para voltarmos, Patsy — disse Jims. — Pusemos os japas para correr e os boches também. Voltaremos para casa, Patsy, voltaremos para Drogheda! Mal posso esperar.

— É — disse Patsy.

Caminhavam ombro a ombro, muito mais próximos um do outro do que o permissível entre homens comuns; tocavam-se, às vezes, um ao outro, não conscientemente, mas como um homem toca o próprio corpo, a fim de aliviar uma coceira sem importância ou assegurar-se, num movimento impensado, de que ela ainda está lá. Como era gostoso sentir no rosto o sol autêntico em lugar de uma bola derretida numa sauna! De quando em quando, levantavam os narizes para o céu, abriam as narinas para aspirar o cheiro da luz quente no capim, tão parecido com o de Drogheda, e sonhar que estavam de volta à fazenda, caminhando na direção de uma *wilga* no aturdimento do meio-dia, deitando-se ali e ali ficando durante os piores momentos do calor, lendo um livro. Rolando no chão, sentindo a terra amiga e bela através da pele, percebendo um vasto coração a bater debaixo de algum lugar, como bate o coração materno para o bebê adormecido no útero.

— Jims! Olhe! Um periquito de Drogheda! — exclamou Patsy, tão impressionado que se esqueceu de que não costumava falar.

É possível que os periquitos também fossem nativos da região de Lae, mas a atmosfera do dia e a lembrança inesperada do lar desencadearam de súbito uma alucinada exultação em Patsy. Rindo, sentindo as cócegas que o capim lhe fazia nas pernas nuas, saltou atrás do periquito, arrancando o chapéu desabado e desmantelado da cabeça e agitando-o como se realmente acreditasse poder capturar o pássaro que desaparecia. Sorrindo, Jims ficou a contemplá-lo.

Ele estaria talvez a uns vinte metros de distância, quando a metralhadora cortou o capim, retalhou-o e espalhou-o à sua volta; Jims viu o irmão erguer os braços e viu-lhe o corpo rodopiar de sorte que os braços pareciam estendidos numa súplica. Da cintura aos joelhos era só sangue, sangue brilhante, sangue de vida.

— Patsy, Patsy! — berrou Jims, que sentia as balas em todas as células do próprio corpo, sentindo-se refluir, morrer.

Suas pernas abriram-se num passo enorme, ele ganhou impulso para correr, mas a cautela militar levou a melhor e o fez mergulhar de ponta-cabeça no capim, no momento em que a metralhadora voltava a pipocar.

— Patsy, Patsy, você está bem? — gritou estupidamente, depois de ter visto todo aquele sangue.

No entanto, coisa incrível!, ouviu uma resposta fraca:

— Estou.

Centímetro por centímetro, Jims arrastou-se para a frente, através da relva fragrante, prestando atenção ao vento, ao farfalhar do próprio avanço.

Quando alcançou o irmão, encostou a cabeça no ombro nu e desatou a chorar.

— Deixe de bobagem — disse Patsy. — Ainda não morri.

— Como está isso? — perguntou Jims, puxando o *short* empapado de sangue para ver a carne ensangüentada, tremendo.

— Seja como for, não me sinto como se fosse morrer.

Homens foram surgindo em torno deles; os jogadores de críquete ainda usavam as defesas das pernas e as luvas; alguém voltou para buscar uma padiola, e o resto se ocupou de silenciar a metralhadora, no extremo oposto da clareira, com uma crueldade um pouco maior que a normal, pois todos gostavam muito de Harpo. Se alguma coisa lhe acontecesse, Jims nunca mais seria o mesmo.

Era um belo dia; fazia muito tempo que o periquito se fora, mas outros pássaros gorjeavam e pipilavam sem medo, silenciados apenas pela batalha real.

— Patsy teve muita sorte — disse o médico a Jims, algum tempo depois. — Deve haver pelo menos uma dúzia de balas dentro dele, mas a maioria se enfiou nas coxas. As duas ou três que atingiram pontos mais altos parecem ter-se encastoado no osso pélvico ou no músculo. Pelo que pude julgar, os intestinos estão intactos, e a bexiga também. A única coisa é que...

— A única coisa é o quê? — interrompeu-o Jims com impaciência; ainda estava tremendo e tinha a boca orlada de azul.

— É muito difícil dizer qualquer coisa com absoluta certeza a esta altura dos acontecimentos, pois não sou nenhum cirurgião de gênio, como alguns que há em Moresby. Eles, sim, poderão dizer a você muito mais do que eu. Mas a uretra foi danificada, como foram danificados muitos nervinhos do períneo. Estou convencido de que será possível remendá-lo e deixá-lo como novo, com exceção talvez dos nervos. Infelizmente, é muito difícil remendar os nervos. — O médico limpou a garganta. — O que estou tentando dizer é que ele talvez nunca mais tenha muita sensibilidade na região genital.

Jims deixou pender a cabeça e olhou para o chão através de uma cortina de lágrimas.

— Mas, pelo menos, está vivo — disse, por fim.

Concederam-lhe licença para voar até Porto Moresby com o irmão, e ficar ao seu lado até que Patsy fosse declarado fora de perigo. Os ferimentos haviam sido quase milagrosos. As balas tinham-se espalhado por toda a parte inferior do abdome, mas sem penetrá-lo. Entretanto, o médico da Nona Divisão tivera razão; a sensibilidade pélvica inferior estava muito comprometida. E ninguém se achava em condições de dizer até que ponto lhe seria possível recuperá-la mais tarde.

— Isso não tem muita importância — disse Patsy já na maca em que faria o vôo para Sydney. — Nunca tive mesmo muita vontade de casar. Agora, o que quero é que você se cuide, Jims, está-me ouvindo? Detesto ter de me separar de você.

— Pode deixar que eu me cuido, Patsy. Meu Deus! — sorriu Jims, segurando com força a mão do irmão. — Imagine só que azar! Passar o resto da guerra sem o meu melhor companheiro. Escreverei para lhe dizer como vai isto aqui. Diga alô à Sra. Smith, a Meggie, a mamãe e aos irmãos por mim, sim? Você é que tem sorte, rapaz! Pode voltar para Drogheda.

Fee e a Sra. Smith tomaram o avião para Sydney a fim de estar lá quando chegasse o aparelho norte-americano que trazia Patsy de Townsville; Fee demorou-se poucos dias, mas a Sra. Smith hospedou-se no Hotel Randwick, próximo do hospital militar Príncipe de Gales, onde Patsy ficou internado durante três meses. A parte que lhe cabia desempenhar na guerra estava terminada. A Sra. Smith derramara muitas lágrimas, mas havia também muita coisa que lhe era preciso agradecer. De certa maneira, ele nunca poderia viver totalmente, mas, em compensação, poderia fazer quase tudo: andar a cavalo, caminhar, correr. Como quer que fosse, dir-se-ia que as uniões matrimoniais não constituíam a especialidade da família Cleary. Quando Patsy recebeu alta do hospital, Meggie transportou-o de Gilly no Rolls, e as duas mulheres o instalaram confortavelmente entre cobertores e revistas no assento de trás, rezando ambas para que acontecesse mais um milagre: que Jims também voltasse para casa.

16

Só depois que o delegado do Imperador Hirohito assinou a rendição oficial do Japão, Gillanbone acreditou que a guerra finalmente se acabara. A notícia chegou no domingo, dia 2 de setembro de 1945, exatamente seis anos depois que a guerra começara. Seis anos torturantes. Tantos lugares vazios, que nunca mais seriam preenchidos: Rory, filho de Dominic O'Rourke, John, filho de Horry Hopeton, Cormac, filho de Eden Carmichael. O filho mais moço de Ross MacQueen, Angus, nunca mais andaria, David, filho de Anthony King, poderia andar mas nunca mais veria aonde ia, e Patsy, filho de Paddy Cleary, nunca teria filhos. E havia aqueles cujos ferimentos não se viam, mas cujas cicatrizes eram igualmente profundas; que tinham partido alegres, esperançosos, risonhos, e voltado calados, falando pouco e rindo menos ainda. Quem teria imaginado, quando ela começou, que duraria tanto tempo ou exigiria um tributo tão pesado?

Gillanbone não era uma comunidade particularmente supersticiosa, mas até o mais cínico dos seus habitantes estremeceu naquele domingo, 2 de setembro. Pois no dia em que a guerra acabou, acabou também a mais longa seca da história da Austrália. Durante quase dez anos não caíra sequer uma chuva que se aproveitasse, mas, naquele dia, nuvens de centenas de metros de espessura encheram tetricamente o céu, racharam, abriram-se e verteram trezentos milímetros de chuva sobre a terra sedenta. Talvez vinte e cinco milímetros de chuva não signifiquem a interrupção de uma seca, talvez não sejam seguidos de mais nada, mas trezentos milímetros de chuva significam *capim*.

Meggie, Fee, Bob, Jack, Hughie e Patsy, em pé, na varanda, contemplavam-na através da escuridão, aspirando o perfume insuportavelmente doce da chuva sobre o chão crestado, que estremecia. Cavalos, carneiros, vacas e porcos esparramavam as pernas no solo que se derretia debaixo deles e deixavam que a água lhes caísse sobre os corpos contraídos; a maioria nascera depois que a última chuva igual àquela desabara sobre o seu mundo. No cemitério, a chuva lavou a poeira, branqueou tudo, limpou o pó acumulado sobre as asas estendidas do delicado anjo de Botticelli. O arroio produziu um macaréu, e a sua torrente, que rugia, misturou-se ao estrondo da tempestade. Chuva, chuva! Chuva. Como uma bênção que alguma vasta mão inescrutável negara por muito tempo, mas, finalmente, concedera. A abençoada, a maravilhosa chuva. Porque chuva era capim, e capim era vida.

Surgiu um cotãozinho verde-pálido, empurrou suas laminazinhas na direção do céu, ramificou-se, lançou rebentos, assumiu um tom verde mais escuro à proporção que se estendia, depois desbotou, cresceu, encorpou e converteu-se no capim bege prateado, que chegava até à altura do joelho, de Drogheda. O Home Paddock parecia um campo de trigo, ondulando a cada lufada de vento, e os jardins da sede explodiram numa orgia de cores, grandes botões desabrochando, os eucaliptos de repente brancos e verdes outra vez, depois de nove anos de sujeira. Pois, embora a insana proliferação de tanques de água de Michael Carson ainda contivesse o suficiente para manter vivos os jardins da sede, a poeira se instalara havia muito em cada folha e em cada pétala, turvada num tom de castanho. E constatara-se que uma velha lenda era um fato comprovado: Drogheda tinha, com efeito, água suficiente para sobreviver a dez anos de seca, mas só na sede.

Bob, Jack, Hughie e Patsy voltaram aos pastos, e começaram a estudar a melhor maneira de repovoar a fazenda; Fee abriu um vidro novinho de tinta preta e, selvagemente, tampou para sempre o vidro de tinta vermelha; Meggie viu chegar o fim da sua existência de amazona, pois Jims não tardaria a voltar para casa e logo surgiriam homens à procura de trabalho.

Depois de nove anos, sobravam pouquíssimos carneiros e pouquíssimo gado, além dos reprodutores escolhidos, que viviam estabulados, núcleo da raça de campeões, carneiros e touros. Bob viajou para leste, para o topo das Vertentes Ocidentais a fim de comprar ovelhas de boa raça em propriedades menos atormentadas pela seca. Jims voltou para casa. Acrescentaram-se oito pastores à folha de pagamento de Drogheda. Meggie pendurou a sela.

Pouco tempo depois disso, Meggie recebeu uma carta de Luke, a segunda desde que ela o deixara.

"Calculo que agora não vai demorar muito", dizia ele. "Mais alguns anos na cana, e pronto. As velhas costas andam meio doloridas, mas ainda posso cortar como os melhores, oito ou nove toneladas por dia. Arne e eu temos doze grupos cortando para nós, todos bons sujeitos. O dinheiro está entrando fácil, pois a Europa quer todo o açúcar que possamos produzir e o mais depressa possível. Estou fazendo mais de cinco mil libras por ano e economizando quase tudo. Agora, Meg, logo estarei instalado perto de Kynuna. Quando eu arrumar tudo, você talvez queira voltar para mim. Conseguiu o garoto que queria? É engraçado como as mulheres fazem questão de filhos. Imagino que foi isso que nos separou, não foi? Mande-me dizer como vai passando e como Drogheda agüentou a seca. Do seu, Luke."

Fee apareceu na varanda, onde Meggie segurava a carta na mão, o olhar ausente perdido no verde brilhante dos pastos da sede.

— Como vai Luke?

— Como sempre, mamãe. Não mudou nem um pouquinho. Continua com a mania de ficar mais um pouco na maldita cana e fala no lugar que comprará, um dia, perto de Kynuna.

— Acha que ele acabará comprando mesmo o tal lugar?

— Acho que sim. Um dia.

— E você voltaria para ele, Meggie?

— Nem daqui a um milhão de anos.

Fee sentou-se numa cadeira de bambu ao lado da filha, empurrando-a até ficar onde pudesse vê-la direito. Não muito longe, homens gritavam, martelos malhavam; finalmente as varandas e o andar de cima estavam sendo fechados por uma tela fina de arame a fim de impedir a entrada das moscas. Durante anos Fee resistira, teimosa. Por maior que fosse a quantidade de moscas, recusava-se a estragar as linhas da casa com a feiúra das telas. Mas, quanto mais se prolongava a seca, piores ficavam as moscas, até que, duas semanas antes das chuvas, Fee resolvera ceder e contratara um empreiteiro para cercar de tela todos os edifícios da fazenda, isto é, a casa-grande, as casas do pessoal e os barracões.

Mas não quis saber da eletricidade, embora desde 1915 um "burrinho", como os tosquiadores o chamavam, fornecesse energia ao barracão de tosquia. Drogheda sem a suave difusão dos lampiões? Nem pensar numa coisa dessas. Entretanto, havia lá um dos novos fogões de gás, que queimavam o gás vendido em bujões, e uma dúzia dos novos refrigeradores de querosene; a indústria australiana ainda não recuperara o ritmo de produção dos tempos de paz, mas os novos aparelhos acabariam chegando.

— Meggie, por que não se divorcia de Luke e se casa outra vez? — perguntou Fee, de repente. — Enoch Davies a desposaria num abrir e fechar de olhos; ele nunca olhou para mais ninguém.

Os lindos olhos de Meggie examinaram, pasmados, o rosto materno.

— Misericórdia, mamãe! Até parece que você está mesmo falando comigo de mulher para mulher.

Fee não sorriu; Fee raramente sorria.

— Bem, se você ainda não é uma mulher, nunca mais o será. E eu diria que não lhe faltam as qualificações necessárias. Devo estar ficando velha; sinto-me tagarela.

Meggie sorriu, encantada com a iniciativa materna e ansiosa por não estragar a nova atmosfera.

— É a chuva, mamãe. Tem de ser. Oh, não é maravilhoso ver o capim de novo em Drogheda, e pastos verdes em toda a volta da sede?

— É claro que sim. Mas você está fugindo da pergunta. Por que não se divorcia de Luke e se casa outra vez?

— Porque isso é contra as leis da Igreja.

— Besteira! — exclamou Fee, mas em tom gentil. — Eu sou metade de você, e não sou católica. Não me venha com essa, Meggie. Se realmente quisesse casar, já se teria divorciado de Luke.

— Acho que sim. Mas acontece que não quero casar outra vez. Estou muito feliz com meus filhos e com Drogheda.

Um riso reprimido, muito parecido com o seu, fez-se ouvir no interior da moita de cavalinhas que havia ali por perto, mas a pessoa que rira continuava escondida pela densa folhagem da planta.

— Ouça! Lá está ele, é Dane! Sabe que, nessa idade, ele já monta a cavalo tão bem quanto eu? — Meggie inclinou-se para a frente. — Dane! Que é que você está fazendo? Saia daí imediatamente!

Ele saiu, rastejando, de baixo da cavalinha mais próxima, com as mãos cheias de terra preta e manchas pretas suspeitas em torno da boca.

— Mamãe! Você sabia que a terra tem gosto bom? Tem mesmo, mamãe, sinceramente!

Ele aproximou-se e foi postar-se diante dela; aos sete anos de idade, alto, esguio, graciosamente forte, possuía um rosto de delicada beleza de porcelana.

Justine apareceu e foi colocar-se ao lado dela. Também era alta, porém mais magra do que esguia, e atrozmente sardenta. Dificilmente se lhe distinguia o desenho dos traços debaixo das pintas castanhas, mas os olhos impressionantes continuavam tão pálidos quanto na infância, e as sobrancelhas e os cílios, demasiado ruivos, não se destacavam das sardas. As madeixas furiosamente vermelhas de Paddy rebelavam-se numa massa de cachos em torno do rosto, que mais se diria um rosto de duende. Ninguém poderia considerá-la uma criança bonita, mas ninguém a esquecia, não só por causa dos olhos, mas também por sua força notável de caráter. Inflexível, decidida e obstinadamente inteligente, Justine pouco ligava para o que os outros pensavam dela. Só uma pessoa lhe era muito chegada: Dane. Ainda o adorava e o considerava propriedade sua.

O que fora causa de muitos conflitos entre ela e Meggie. Justine levara um grande choque quando esta pendurara a sela e voltara a ser mãe. Em primeiro lugar, Justine não parecia precisar de mãe, pois estava convencida de que tinha razão em tudo. Nem pertencia à espécie de meninas que necessitam de uma confidente ou de uma aprovação calorosa. No que lhe dizia respeito, a mãe, na maioria das vezes, era apenas alguém que interferiria no prazer que Dane lhe proporcionava. Dava-se muito melhor com a avó, exatamente o tipo de pessoa que merecia a sua entusiástica aprovação: mantinha-se a distância e partira do pressuposto de que todos possuíam um pouco de bom senso.

— Eu *disse* a ele para não comer terra — declarou Justine.

— Bem, isso não o matará, Justine, mas também não lhe fará bem algum. — Meggie voltou-se para o filho. — Por que fez isso Dane?

Ele considerou gravemente a pergunta.

— Ela estava lá, por isso a comi. Se me fizesse mal, teria mau gosto, não teria? E o gosto é bom.

— Não necessariamente — interrompeu Justine, atrevida. — Eu desisto de você, Dane, desisto mesmo. Algumas das coisas mais gostosas são também as mais venenosas.

— Por exemplo? — desafiou ele.

— Melado! — disse ela, triunfante.

Dane passara muito mal depois de achar uma lata de melado na despensa da Sra. Smith e papar a lata inteira. Ele admitiu a estocada, mas contra-atacou.

— Mas ainda estou aqui, por isso não pode ser tão venenoso assim!

— Porque você vomitou. Se não tivesse vomitado, agora estaria morto.

Isso era incontestável. Os irmãos tinham a mesma altura; ele enfiou o braço no braço dela e os dois cruzaram calmamente o relvado na direção da casinhola que os tios haviam construído para eles, seguindo-lhes as instruções, entre os galhos pendentes de uma aroeira-mole. O perigo das abelhas provocara muita oposição adulta ao local, mas, no fim, verificou-se que as crianças tinham razão. As abelhas conviviam com elas pacificamente. Pois, diziam as crianças, as aroeiras-moles eram as melhores de todas as árvores, pois proporcionavam muita intimidade. Exalavam um perfume seco e intenso e os seus cachos de minúsculos glóbulos cor-de-rosa convertiam-se em flocos vivos, acres e róseos quando espremidos na mão.

— Dane e Justine são tão diferentes um do outro e, no entanto, dão-se tão bem — disse Meggie. — Isso nunca deixa de me espantar. Creio que nunca os vi brigar, embora não compreenda como Dane consegue viver em paz com uma pessoinha tão decidida e teimosa quanto Justine.

Mas Fee tinha outra coisa na cabeça.

— Ele é a imagem viva do pai — comentou, vendo o neto enfiar-se debaixo das frondes mais baixas da aroeira-mole e desaparecer.

Meggie sentiu um calafrio percorrer-lhe o corpo, resposta reflexa que nem todos os anos em que ouvira tantas vezes repetida a mesma frase tinham conseguido eliminar. Era apenas a sua consciência pesada naturalmente. As pessoas sempre se referiam a Luke. Por que não? Havia semelhanças básicas entre Luke O'Neill e Ralph de Bricassart. Mas, por mais que ela tentasse, jamais conseguia ser completamente natural quando se comentava a semelhança de Dane com o pai.

Tomou fôlego, procurando parecer casual.

— Você acha, mamãe? — perguntou, balançando o pé com displicência. — Eu mesmo não consigo vê-lo. Dane não se parece nada com Luke, nem no temperamento, nem na atitude para com a vida.

Fee riu. A risada lhe saiu como se bufasse, mas era autêntica. Seus olhos, que tinham empalidecido com a idade e com a catarata que principiava a invadi-los, pousaram, implacáveis e irônicos, no rosto assustado de Meggie.

— Acha que sou boba, Meggie? Não me refiro a Luke O'Neill. O que quero dizer é que Dane é a imagem viva de Ralph de Bricassart.

Chumbo. Seu pé era feito de chumbo. Caiu sobre os ladrilhos espanhóis, o corpo de chumbo bambeou, o coração de chumbo dentro do peito lutou contra o seu peso enorme, tão grande que quase o impedia de bater. Bata, maldito, bata! Você precisa continuar batendo pelo meu filho!

— Ora essa, mamãe — a voz também era plúmbea. — Como pode dizer uma coisa tão absurda assim? *Padre Ralph de Bricassart?*

— Quantas pessoas com esse nome você conhece? Luke O'Neill nunca gerou esse menino; ele é filho de Ralph de Bricassart. Eu o soube no momento em que o tirei de você, quando ele nasceu.

— Então... por que não disse alguma coisa? Por que esperou que ele completasse sete anos para fazer uma acusação tão louca e tão sem fundamento?

Fee estendeu as pernas para a frente e cruzou graciosamente os tornozelos.

— Estou envelhecendo, Meggie. E as coisas já não me machucam tanto. Você não sabe a bênção que pode ser a velhice! É tão bom ver Drogheda renascer. Sinto-me melhor por dentro por causa disso. Pela primeira vez em muitos anos, tenho vontade de falar.

— E devo dizer que, quando decide falar, sabe escolher o assunto! Você não tem o direito, mamãe, de dizer uma coisa dessas. Não é verdade! — bradou Meggie, desesperada, sem saber ao certo se a mãe se sentia propensa à tortura ou à comiseração.

De repente, Fee estendeu a mão, que foi pousar no joelho de Meggie, e a filha viu-a sorrir — não amarga nem desdenhosamente, mas com uma curiosa simpatia.

— Não minta para *mim*, Meggie. Minta para quem você quiser, mas não minta para *mim*. Ninguém jamais me convencerá de que Luke O'Neill gerou esse menino. Não sou boba, tenho olhos. Não há nada de Luke nele e nunca houve, porque não poderia haver. Ele é a imagem do padre. Olhe para as mãos, para a maneira como cresce o cabelo, formando um bico-de-viúva, veja a forma do rosto, as sobrancelhas, a boca. Até o jeito de andar. Ralph de Bricassart, Meggie, Ralph de Bricassart.

Meggie cedeu, e a enormidade do seu alívio se evidenciou no modo com que se sentou, agora frouxamente, relaxada.

— A distância entre os olhos. É o que eu mesma noto acima de tudo. Mas será tão óbvio assim? Você acha que todo mundo sabe, mamãe?

— É claro que não — retrucou Fee em tom positivo. — As pessoas contentam-se em ver a cor dos olhos, a forma do nariz, a constituição geral — muito parecidas com a cor dos olhos, a forma do nariz e a constituição geral de Luke. Mas eu soube porque andei observando você e Ralph de Bricassart durante anos. Bastaria que ele lhe tivesse feito um aceno com o dedinho para que você se atirasse correndo em seus braços. Por isso, não me convenceu a sua frase "é contra as leis da Igreja", quando falei em divórcio. Você estava louca por violar uma lei da Igreja muito mais séria do que a que proíbe o divórcio. Desavergonhado, Meggie, é o termo para o seu procedimento. Desavergonhado! — Uma certa dureza envolvia-lhe a voz. — Mas ele era um homem teimoso. Estava decidido a ser um padre perfeito; você ocupava um reles segundo lugar nos seus pensamentos. Quanta idiotice! De que valeu tudo isso a ele? Foi apenas uma questão de tempo para que alguma coisa acontecesse.

No outro canto da varanda alguém deixou cair um martelo e soltou uma série de imprecações; Fee encolheu-se e estremeceu.

— Juro que ficarei muito contente quando terminar esse serviço das telas! — Logo voltou ao assunto. — Você acredita que me enganou quando não quis que Ralph de Bricassart a casasse com Luke? *Eu* sabia. Você o queria como noivo, não como sacerdote. Depois, quando ele veio a Drogheda antes de partir para Atenas e não a encontrou, entendi que, mais cedo ou mais tarde, ele sairia à sua procura. O homem andava por aí tão perdido quanto um menininho na Real Exposição de Páscoa de Sydney. Casar com Luke foi o passo mais inteligente que você deu, Meggie. Enquanto soube que você suspirava por ele, Ralph não a quis, mas assim que você passou a pertencer a outro homem, ele exibiu todos os sinais clássicos do empata, embora estivesse persuadido, naturalmente, de que o seu afeto por você era tão puro quanto a neve. Subsistia, porém, o fato de que ele precisava de você. Você lhe era necessária como nenhuma outra mulher já o fora ou, desconfio eu, virá a ser. É estranho — disse Fee com sincera perplexidade na voz. — Nunca atinei com o que ele viu em você, mas suponho que as mães são sempre um pouco cegas em relação às filhas até ficarem velhas demais para ter ciúme da mocidade. Você está para Justine como eu estive para você.

Ela inclinou-se para trás, balançando ligeiramente a cadeira, com os olhos entrefechados, mas observando Meggie como um cientista observaria o seu espécime.

— Seja lá o que for que ele viu em você — prosseguiu ela —, viu-o no primeiro dia em que a conheceu, e nunca deixou de se encantar com isso. Para ele, o mais difícil de enfrentar foi o fato de você ter crescido, e ele o enfrentou quando esteve aqui e soube que você partira, casada. Pobre Ralph! Não lhe restava alternativa senão sair à sua procura. E ele a encontrou, não encontrou? Percebi-o quando você voltou para cá antes de Dane nascer. Depois que teve Ralph de Bricassart, você já não precisava de Luke.

— Sim — disse Meggie, suspirando. — Ralph me encontrou. Mas isso não resolveu nada para nós, resolveu? Eu sabia que ele nunca renunciaria ao seu Deus. Por isso decidi ter a única parte dele que me seria possível conseguir. Seu filho. Dane.

— Isso é como ouvir um eco — disse Fee, soltando a sua risada gutural. — Quando você diz isso, tenho a impressão de ouvir a mim mesma.

— Frank?

A cadeira rangeu; Fee levantou-se, deu alguns passos sobre os ladrilhos, voltou e olhou com firmeza para a filha.

— Então é assim? Olho por olho, dente por dente, Meggie? Há quanto tempo *você* sabia?

— Desde pequena. Desde que Frank fugiu.

— O pai dele já era casado. Bem mais velho do que eu, um político importante. Se eu lhe dissesse o nome, você o reconheceria. Há ruas com o nome dele em toda a Nova Zelândia, e uma ou duas cidades provavelmente. Para todos os efeitos, vou chamá-lo Pakeha. É uma palavra maori que significa "homem branco", mas servirá ao nosso propósito. Ele agora está morto, naturalmente. Possuo traços de sangue maori, a metade do sangue do pai de Frank era maori. Isso transparecia em Frank, que o herdou de nós. Oh, como amei aquele homem! Talvez fosse a voz do nosso sangue, não sei. Ele era bonito. Um homenzarrão com uma cabeleira preta e os olhos negros mais brilhantes e mais risonhos que já vi. Era tudo o que Paddy não era... culto, sofisticado, encantador. Amei-o até à loucura. E achei que nunca mais amaria ninguém; chafurdei nessa ilusão por tanto tempo que, quando me desfiz dela, já era tarde demais, tarde demais! — Quebrou-se-lhe a voz. Ela voltou-se para contemplar o jardim. — Tenho contas a prestar de muita coisa, Meggie, acredite em mim.

— Era por isso, então, que você gostava mais de Frank do que de todos nós — disse Meggie.

— Pensei que gostasse, por ele ser filho de Pakeha e o resto pertencer a Paddy. — Ela sentou-se e fez um ruído estranho, lamentoso. — Quer dizer que a história se repete. Garanto-lhe que ri por dentro quando pus os olhos em Dane.

— Mamãe, você é uma mulher extraordinária!

— Você acha? — A cadeira rangeu; ela inclinou-se para a frente. — Deixe-me sussurrar-lhe um segredinho, Meggie. Extraordinária ou apenas ordinária, o certo é que sou uma mulher muito infeliz. Por uma ou por outra razão, fui infeliz desde o dia em que conheci Pakeha. Principalmente por minha culpa. Eu o amava, mas o que ele me fez não deveria acontecer a mulher nenhuma. E havia Frank... Continuei a agarrar-me a Frank e a ignorar vocês. Ignorando Paddy, que foi a melhor coisa que me aconteceu na vida. Só que não o percebi. Eu estava muito ocupada comparando-o com Pakeha. Sentia-me grata a ele, é claro, e não podia deixar de ver o homem excelente que ele era... — Ela encolheu os ombros. — Bem, mas isso pertence ao passado. Eu só queria dizer que você está errada, Meggie. Sabe que está, não sabe?

— Não, não sei. Pelo meu jeito de ver as coisas, quem está errada é a Igreja, esperando tirar isso também dos seus padres.

— Engraçado, sempre supomos que a Igreja é feminina. Você roubou um homem de uma mulher, Meggie, exatamente como eu.

— Ralph não deve lealdade a mulher alguma, mamãe, a não ser a mim. A Igreja não é uma mulher. É uma coisa, uma instituição.

— Não perca tempo querendo se justificar diante de mim. Conheço todas as respostas. Naquele tempo, eu também pensava como você. O divórcio, para ele, estava fora de cogitação. Ele foi uma das primeiras pessoas da sua raça que alcançou a grandeza política; teve de escolher entre mim e o seu povo. Que homem resistiria a uma oportunidade dessas de ser nobre? Assim como o seu Ralph optou pela Igreja. Por isso pensei: que me importa? Pegarei dele o que puder, terei pelo menos o filho dele para amar.

De repente, porém, Meggie se sentiu odiando a mãe, que se apiedava dela, Meggie, baseando-se na convicção equivocada de que a filha metera os pés pelas mãos, fazendo das coisas uma mixórdia terrível. E disse:

— Só que eu ganhei longe de você em sutileza, mamãe. *Meu* filho tem um nome que ninguém poderá lhe tirar, nem mesmo Luke.

A respiração de Fee silvou-lhe entre os dentes.

— Insolente! Como você é sonsa, Meggie! Até acredita em Papai Noel, não é mesmo? Pois bem, meu pai *comprou* meu marido para dar um nome a Frank e livrar-se de mim: aposto que você não sabia disso! Como soube do resto?

— Isso é assunto meu.

— Você vai pagar, Meggie. Acredite no que lhe estou dizendo, você vai pagar. Não se sairá bem disso, como eu não me saí. Perdi Frank da pior maneira que uma mãe pode perder um filho; não posso nem vê-lo, embora o deseje tanto... Você não perde por esperar! Também perderá Dane.

— Não, se eu puder evitá-lo. Você perdeu Frank porque ele não se deixou atrelar por papai. Consegui fazer com que Dane não tivesse um pai que pudesse atrelá-lo. *Eu*, sim, o atrelarei, mas a Drogheda. Por que supõe que já estou tentando convertê-lo num pastor? Ele estará seguro em Drogheda.

— E seu pai estava? Stuart estava? Não existe lugar seguro. E você não poderá segurar Dane aqui se ele quiser partir. Seu pai não quis atrelar Frank. Aí é que está. Frank não poderia ser atrelado por ninguém. E se você, uma mulher, se julga capaz de atrelar o filho de Ralph de Bricassart, está muitíssimo enganada. É lógico, não é? Se nenhuma de nós conseguiu segurar o pai, como pode esperar segurar o filho?

— Só poderei perder Dane se você abrir a boca, mamãe. E olhe que a estou avisando: juro que a matarei primeiro.

— Não se preocupe, que não valho a pena de uma preocupação. Seu segredo estará seguro comigo; não passo de una espectadora interessada. Com efeito, é isso mesmo o que sou. Uma espectadora.

— Oh, mamãe! O que é que pode tê-la deixado assim? Por que assim, tão relutante em dar?

Fee suspirou.

— Coisas que aconteceram anos antes de você nascer — disse ela, em tom patético.

Meggie, porém, sacudiu o punho com veemência.

— Oh, não, isso é que não! Depois do que acaba de me contar? Não vai se safar tentando simplesmente renovar meu interesse por um assunto já esquecido! Porcaria, porcaria, porcaria! Está ouvindo, mamãe? Você chafurdou nela durante a maior parte da sua vida, como uma mosca perdida no melaço!

Os lábios de Fee se abriram num sorriso largo, de autêntico prazer.

— Eu costumava pensar que ter uma filha não era tão importante quanto ter um filho, mas estava enganada. Eu a aprecio, Meggie, como nunca poderia apreciar meus filhos. Uma filha é uma igual. Os filhos não, e você sabe disso. Não passam de bonecos sem defesa que nós erguemos para derrubar a nosso bel-prazer.

— Você é implacável. Diga-me, então, onde foi que erramos?

— Nascendo — disse Fee.

Os homens estavam voltando para casa aos milhares, desfazendo-se dos uniformes cáqui e dos chapéus desabados e trocando-os por trajes civis. E o governo trabalhista, que ainda estava no poder, olhou bem e longamente para as grandes propriedades das planícies ocidentais e para algumas das maiores fazendas mais próximas. Não era direito que uma quantidade tão grande de terra pertencesse a uma família só, quando homens que se tinham sacrificado pela Austrália precisavam de espaço para os seus pertences e o país necessitava de uma exploração mais intensiva da terra. Seis milhões de pessoas para encher uma área tão grande quanto a dos Estados Unidos da América, mas um simples punhado desses seis milhões usufruindo de vastas áreas sob um punhado de nomes. As maiores propriedades teriam de ser subdivididas, e parte da sua extensão seria cedida aos veteranos de guerra.

Bugela passou de cento e cinqüenta mil acres para setenta mil; dois soldados que voltaram da frente de combate ganharam quarenta mil acres cada um das terras de

Martin King. Rudna Hunish tinha cento e vinte mil acres e, portanto, Ross MacQueen perdeu sessenta mil, e outros dois soldados que voltaram da frente foram contemplados com eles. E assim por diante. Claro está que o governo compensou os fazendeiros, embora lhes pagasse menos do que o preço que teriam obtido no mercado aberto. E aquilo doía. Doía, sim. Não valeram argumentos para Camberra; propriedades do tamanho de Bugela e Rudna Hunish seriam divididas. Era manifesto que homem nenhum precisa de tanta terra, visto que o distrito de Gilly possuía inúmeras fazendas prósperas com menos de cinqüenta mil acres.

O que mais doía era saber que, desta vez, ao que tudo indicava, os veteranos não desistiriam. Depois da Primeira Guerra Mundial, a maioria das grandes fazendas sofrera a mesma reassunção parcial, mas a coisa fora mal feita e os criadores incipientes não tinham treinamento nem experiência; pouco a pouco, os proprietários readquiriram os seus acres dos veteranos desalentados a preços mínimos. Desta vez o governo estava preparado para treinar e ensinar à sua própria custa os novos colonos.

Quase todos os proprietários eram membros do Partido Agrário e, por princípio, sentiam aversão pelo governo trabalhista, identificando-o com os operários das cidades industriais, os sindicatos e os intelectuais marxistas incapazes. O pior de tudo foi descobrir que os Clearys, reconhecidamente trabalhistas, não perderiam um único acre da formidável extensão de Drogheda, que, sendo propriedade da Igreja Católica, estava naturalmente isenta de qualquer subdivisão. Os gritos de raiva, ouvidos em Camberra, foram ignorados. Foi muito duro para os fazendeiros, que se tinham na conta do *lobby* mais poderoso da nação, descobrir que o homem que brandia o chicote em Camberra fazia o que lhe dava na telha. O verdadeiro governo da Austrália era o federal, e os governos estaduais, virtualmente, não tinham poder algum.

Dessa forma, como um gigante num mundo liliputiano, Drogheda continuou intacta, com o seu quarto de milhão de acres.

A chuva ia e vinha, às vezes em quantidades adequadas, às vezes excessiva, às vezes escassa, mas, graças a Deus, nunca se repetiu a Grande Seca. Gradualmente, o número de carneiros foi crescendo e a qualidade da lã se aprimorou, tornando-se superior, em qualidade, à das épocas anteriores à seca, o que não deixava de ser um feito notável. A criação era o mais importante. Toda a gente falava em Haddon Rig, perto de Warren, que começara a competir ativamente, sob a direção do proprietário, Max Falkiner, pelos primeiros prêmios da Exposição Real da Páscoa de Sydney. E o preço da lã principiou a aumentar, depois subiu vertiginosamente. A Europa, os Estados Unidos e o Japão tinham fome de cada pedacinho de boa lã que a Austrália fosse capaz de produzir. Outros países forneciam lãs mais rústicas para tecidos pesados, tapetes, feltros; mas só as longas fibras sedosas dos merinos australianos podiam produzir um tecido de lã tão fino que escapa por entre os dedos, como a mais delicada cambraia. E esse tipo de lã atingia o seu ponto mais alto nas planícies de solo negro no noroeste da Nova Gales do Sul e no sudoeste de Queensland.

Dir-se-ia que, depois de todos os anos de tribulação, tivesse chegado uma justa recompensa. Os lucros de Drogheda elevaram-se além de tudo o que se podia imaginar. Milhões de libras por ano. Sentada à sua mesa, Fee irradiava contentamento. Bob acrescentou mais dois pastores aos empregados já registrados nos livros. Não fossem os coelhos, e as condições pastoris teriam sido ideais, mas os coelhos continuavam a ser a praga de sempre.

Na sede, a vida tornou-se, de súbito, muito agradável. As telas de arame tinham excluído as moscas de todos os interiores de Drogheda. Agora que estavam colocadas e toda a gente se acostumara com a sua aparência, não havia quem não se admirasse de haver sobrevivido sem elas. Pois havia muitas compensações para o enfeiamento causado por elas, como, por exemplo, poder comer ao ar livre, na varanda, quando fazia muito calor, debaixo da treliça coberta por glicínias.

Os sapos também gostavam das telas. Eram figurinhas verdes, com um delicado revestimento de ouro lustroso. Com pés que pareciam ventosas, subiam pelo lado de fora das telas e ficavam olhando, imóveis, para os que jantavam, muito solenes e dignos. De repente, um deles dava um salto, apanhava uma mariposa quase maior do que ele, e voltava à inércia anterior com dois terços da mariposa a agitar-se, desesperada, fora da sua boca demasiado cheia. Dane e Justine divertiam-se cronometrando o tempo que levava um sapo para engolir completamente uma mariposa grande, enquanto olhava gravemente através da tela e, de dez em dez minutos, engolira mais um pedacinho do inseto. Este durava um tempão e, muitas vezes, ainda esperneava quando era tragado o derradeiro pedaço da ponta da asa.

— Puxa! Que destino! — comentava Dane com um risinho divertido. — Imagine só a metade da gente estar viva enquanto a outra metade está sendo digerida.

A avidez pela leitura — a paixão de Drogheda — dera aos dois pequenos O'Neill um excelente vocabulário numa idade precoce. Inteligentes, sempre atentos, manifestavam interesse por tudo. A vida lhes era particularmente agradável. Tinham os seus pôneis puro-sangue, cujo tamanho aumentava à medida que eles cresciam; faziam suas lições por correspondência à mesa verde da cozinha da Sra. Smith; brincavam na casinhola construída na aroeira-mole, tinham gatos, cachorros e até um lagarto de estimação, que caminhava sobre uma trela e atendia quando o chamavam pelo nome. Mas o seu bichinho predileto era um porquinho cor-de-rosa, tão inteligente quanto qualquer cachorro, chamado Iggle-Piggle.

Vivendo, como viviam, tão afastados da congestão urbana, contraíram poucas moléstias e nunca apanhavam resfriados nem gripe. Aterrorizada pelo fantasma da paralisia infantil, da difteria, de qualquer coisa que pudesse aparecer de repente, vinda não se sabe de onde, para levá-los, Meggie aplicava aos filhos todas as vacinas que aparecessem. Era uma existência ideal, cheia de atividade física e estimulação mental.

Quando Dane completou dez anos e Justine onze, foram os dois para um internato em Sydney, Dane para Riverview, como o exigia a tradição, e Justine para Kincoppal. Ao colocá-los no avião pela primeira vez, Meggie observou-lhes os rostinhos brancos, valentes e compostos a olhar pela janela, enquanto as mãos agitavam lenços; nunca tinham saído de casa. Ela quisera acompanhá-los, vê-los instalados, mas todos se mostraram tão contrários à sua ida, que acabou cedendo. Desde Fee até Jims e Patsy, os outros achavam que as crianças estariam muito melhor se se aviassem sozinhos.

— Não os mime — disse Fee, severa.

Mas ela, na verdade, se sentiu como duas pessoas diferentes quando o DC-3 decolou numa nuvem de poeira e vibrou no ar tremeluzente. A idéia de perder Dane apertava-lhe o coração, ao passo que a idéia de perder Justine desafogava-o. Não havia ambivalência em seus sentimentos para com Dane que, sempre alegre e bem-humorado, dava e aceitava amor tão naturalmente quanto respirava. Mas Justine era um amável e horrível monstrinho, que era preciso amar, porque havia nela muita coisa digna de amor: sua força, sua integridade, sua autoconfiança — inúmeras coisas. Mas o diabo é que ela não aceitava o amor como Dane, nem dera jamais a Meggie a maravilhosa sensação de ser necessária. Não era afável nem travessa e tinha o hábito desastroso de repelir as pessoas, sobretudo a mãe, segundo lhe parecia. Meggie encontrou nela muita coisa que a exasperara em Luke, mas, pelo menos, reconhecia que Justine não era tacanha. E sentia-se grata por isso.

A existência de uma próspera companhia de aviação significava que as crianças poderiam passar em Drogheda todas as férias, até as mais curtas. Entretanto, após um período inicial de adaptação, os dois começaram a apreciar a experiência escolar. Dane sentia sempre saudades de casa depois de uma visita a Drogheda, mas Justine afeiçoou-se a Sydney como se nunca tivesse saído de lá, e passava as férias em Drogheda ansiando por voltar à cidade. Os jesuítas de Riverview ficaram encantados; Dane era um aluno maravilhoso, tanto na sala de aulas quanto no recreio. As freiras de Kincoppal, por outro lado, não ficaram encantadas; nenhuma pessoa que tivesse os olhos de Justine e a sua língua ferina poderia esperar ser popular. Um ano mais adiantada do que Dane, ela talvez fosse melhor aluna do que ele, mas só na sala de aulas.

* * *

O número de 4 de agosto do *Sydney Morning Herald* era muito interessante. O jornal raramente estampava na primeira página mais de uma fotografia, geralmente da cintura para cima, relativa à história mais importante do dia. E, naquele dia, a fotografia era um belo retrato de Ralph de Bricassart.

Sua Excelência Reverendíssima o Arcebispo Ralph de Bricassart, atualmente auxiliar do Secretário de Estado da Santa Sé de Roma, foi hoje elevado à dignidade cardinalícia por Sua Santidade o Papa Pio XII.

Ralph Raoul, Cardeal de Bricassart, tem uma longa e ilustre associação com a Igreja Católica Romana na Austrália, desde a sua chegada como padre recém-ordenado, em julho de 1919, até a sua partida para o Vaticano em março de 1938.

Nascido a 23 de setembro de 1893 na República da Irlanda, o Cardeal de Bricassart é o segundo filho de uma família cuja ascendência remonta ao Barão Ranulfo de Bricassart, que aportou à Inglaterra no séquito de Guilherme, o Conquistador. Por tradição, o Cardeal de Bricassart esposou a Igreja. Entrou para o seminário aos dezessete anos de idade e, assim que recebeu as ordens sacras, foi mandado para a Austrália. Seus primeiros meses passou-os a serviço do finado Bispo Michael Clabby, da diocese de Winnemurray.

Em junho de 1920 foi transferido para a paróquia de Gillanbone, no noroeste da Nova Gales do Sul, como seu titular. Nomeado Monsenhor, continuou em Gillanbone até dezembro de 1928. A partir de então, foi secretário particular de Sua Excelência Reverendíssima o Arcebispo Cluny Dark, e secretário particular do arcebispo e legado papal, Sua Eminência o Cardeal di Contini-Verchese. Durante esse tempo foi elevado à condição de bispo. Na ocasião em que o Cardeal di Contini-Verchese, transferido para Roma, encetou sua notável carreira no Vaticano, o Bispo de Bricassart, nomeado Arcebispo, voltou à Austrália como Legado Papal, cargo que exerceu até transladar-se para Roma em 1938; a partir desse momento sua ascensão dentro da hierarquia central da Igreja Católica Romana tem sido espetacular. Agora, aos 58 anos de idade, consta que ele é um dos poucos homens ativamente envolvidos na determinação da política papal.

Um representante do *Sydney Morning Herald* entrevistou ontem alguns ex-paroquianos do Cardeal de Bricassart na área de Gillanbone. Todos se lembram dele com muita afeição. No rico distrito lanígero predomina a população católica.

"O Padre de Bricassart fundou a Sociedade Bibliófila Santa Cruz dos Campos", disse o Sr. Harry Gough, prefeito de Gillanbone. "Foi — sobretudo para a época — um serviço notável; muito bem amparado financeiramente, a princípio pela finada Sra. Mary Carson e, após a sua morte, pelo próprio cardeal, que nunca nos esqueceu nem esqueceu nossas necessidades."

"O Padre de Bricassart foi o homem mais bem-parecido que já vi em minha vida", disse a Sra. Fiona Cleary, atual decana de Drogheda, uma das maiores e mais prósperas fazendas de Nova Gales do Sul. "Durante o tempo em que esteve em Gilly, representou um grande apoio espiritual para os seus paroquianos e, particularmente, para nós de Drogheda, a qual, como se sabe, hoje pertence à Igreja Católica. Durante as inundações, ajudou-nos a remover nossos rebanhos, durante os incêndios acudiu em nosso auxílio, nem que fosse para sepultar nossos mortos. Foi, com efeito, um homem extraordinário em todos os sentidos, e dono de um carisma que não encontrei em nenhum outro. Via-se que estava destinado a grandes coisas. Lembramo-nos dele, com efeito, embora se tenham passado mais de vinte anos depois que nos deixou. Sim, creio que se pode dizer, sem faltar à verdade, que há pessoas no distrito de Gilly que ainda sentem muito a sua falta."

Durante a guerra, o então Arcebispo de Bricassart serviu a Sua Santidade leal e inabalavelmente e atribui-se-lhe o mérito de haver influído na decisão do Marechal-de-Campo Albert Kesselring de manter Roma como cidade aberta, depois que a Itália passou a ser inimiga da Alemanha. Florença, que pleiteara em vão idêntico privilégio, perdeu muitos dos seus tesouros, só restaurados mais tarde porque a Alemanha perdeu a guerra. No período que se seguiu imediatamente ao conflito, o Cardeal de Bricassart ajudou milhares de pessoas deslocadas a encontrar asilo em novos países, e empenhou-se vigorosamente em fomentar o programa australiano de imigração.

Conquanto irlandês de nascimento e, embora pareça que não exercerá na Austrália sua influência como Cardeal de Bricassart, ainda assim nos parece que a Austrália pode, com muita justiça, reivindicar como seu esse homem notável.

Meggie devolveu o jornal a Fee e sorriu para a mãe com expressão pesarosa.

— Precisamos lhe dar os parabéns, como eu disse ao repórter do *Herald*. Eles não imprimiram isso, imprimiram? Embora tivessem transcrito o seu elogiozinho quase na íntegra. Puxa! Que língua farpada você tem! Pelo menos já sei de quem Justine herdou a dela. E fico me perguntando quantas pessoas saberão ler nas entrelinhas o que você disse!...

— Ele saberá, se chegar a ler a reportagem.

— Será que se lembra de nós? — perguntou Meggie, suspirando.

— É claro que sim. Afinal de contas, ele ainda acha tempo para administrar Drogheda. É evidente que se lembra de nós, Meggie. Como poderia esquecer?

— É verdade, eu tinha-me esquecido de Drogheda. Estamos na ponta em matéria de lucros, não estamos? Ele deve andar muito satisfeito. Com a nossa lã ao preço

que está no mercado, o cheque da lã de Drogheda, este ano, deve ter deixado as minas de ouro com dor de cotovelo. E por falar em Velocino de Ouro, mais de quatro milhões de libras, só com a barba dos nossos carneirinhos!

— Não seja cínica, Meggie, isso não lhe assenta bem — disse Fee; sua maneira de tratar Meggie nesses dias, embora um tanto intimidante, era temperada de respeito e afeto. — Nós nos saímos muito bem, não foi mesmo? Não se esqueça de que temos recebido nosso dinheiro todos os anos, bons ou maus. Além disso, ele deu a Bob cem mil libras de gratificação e a cada um de nós cinqüenta mil. Se nos pusesse amanhã para fora de Drogheda, estaríamos em condições de comprar Bugela, apesar da inflação dos preços das terras. E quanto foi que deu a seus filhos? Milhares e milhares. Seja justa com ele.

— Mas meus filhos não sabem disso, e nem saberão. Dane e Justine crescerão pensando que precisam abrir seu próprio caminho no mundo, sem os favores do querido Ralph Raoul, Cardeal de Bricassart. Gozado o segundo nome dele ser Raoul! Bem normando, não é?

Fee levantou-se, dirigiu-se para a lareira e jogou a primeira página do *Herald* no fogo. Ralph Raoul, Cardeal de Bricassart, estremeceu, piscou para ela e, logo depois, encarquilhou-se todo.

— Que fará você se ele voltar, Meggie?

Meggie fungou.

— É pouco provável!

— Mas é possível — teimou Fee, enigmática.

E ele voltou, em dezembro. Silenciosamente, sem que ninguém soubesse, dirigindo um Aston Martin esportivo desde Sydney. Nem uma palavra acerca da sua presença na Austrália chegara à imprensa, de modo que ninguém em Drogheda tinha a mais remota suspeita da sua vinda. Quando o automóvel parou na área coberta de cascalho num dos lados da casa, não havia ninguém por perto e, aparentemente, ninguém o ouvira chegar, pois ninguém assomou à varanda.

Ele sentira os quilômetros percorridos desde Gilly em cada célula do seu corpo, aspirara os cheiros do campo, dos carneiros, do capim seco que brilhava, exuberante, ao sol. Cangurus e emus, cacatuas e lagartos, milhões de insetos que zumbiam e se moviam aos pulos, formigas que cruzavam a estrada marchando, em fila indiana, carneiros gordos e atarracados em toda parte. Era assim que ele gostava da paisagem, que se conformava, num aspecto curioso, com o que ele amava em todas as coisas; os anos que passavam mal pareciam tocá-la.

A única diferença era a tela contra as moscas, mas ele reparou, divertido, que Fee não permitira fosse a varanda da casa-grande, fronteira à estrada de Gilly, telada como o resto; só se viam telas nas janelas que abriam para ela. Ela estava certa, naturalmente; uma grande extensão de tela estragaria as linhas da linda fachada georgiana. Quanto tempo duravam os eucaliptos? Aqueles deviam ter sido transplantados do interior de Dead Heart oitenta anos atrás. As buganvílias, nos galhos mais altos, eram uma massa deslizante de cobre e púrpura.

Já chegara o verão, só faltavam duas semanas para o Natal, e as rosas de Drogheda estavam no auge. Havia rosas em toda parte, róseas, brancas e amarelas, carmesins como o sangue do coração, escarlates como a sotaina de um cardeal. No meio das glicínias, agora verdes, rosas trepadeiras dormitavam, róseas e brancas, caíam do telhado da varanda até a tela de arame, agarravam-se, amorosas, às venezianas pretas do segundo andar, estendiam gavinhas por elas na direção do céu. A vegetação que cobria os tanques e os próprios tanques não se podiam ver. E em toda parte havia uma cor entre as rosas, um róseo-acinzentado pálido. Cinzas de rosas? Sim, era esse o nome da cor. Meggie deveria tê-las plantado, tinha de ser Meggie.

Ele ouviu-lhe a risada e permaneceu imóvel, aterrado. Em seguida, obrigou os pés a andarem na direção do som, que se convertera agora em deliciosas gargalhadas. Exatamente o modo com que ela costumava rir quando garotinha. Era lá! Mais adiante, atrás de uma grande massa de rosas de um róseo-acinzentado, perto de uma aroeira-mole. Empurrou com a mão, para o lado, os ramos de flores, enquanto a cabeça rodava por efeito do perfume das flores e do riso.

Meggie, todavia, não estava lá. Só viu um menino acocorado na grama viçosa, arreliando um porquinho cor-de-rosa, que dava umas corridas idiotas na sua direção, afastava-se a galope, voltava às escondidas. Sem ter consciência de que era observado, o menino atirou a cabeça loura para trás e riu-se. O riso de Meggie, saindo de uma garganta que não lhe era familiar. Sem querer, o Cardeal Ralph soltou as rosas, deixando-as voltar aos seus lugares e passou pelo meio delas, sem atentar para os espinhos. O menino, que teria uns doze ou catorze anos, à beira da puberdade, ergueu os olhos, surpreso; o porquinho guinchou, enrolou com firmeza o rabinho e saiu correndo.

Descalço, o menino vestia um velho *short* cáqui e nada mais; com a pele sedosa, de um castanho-dourado, o corpo esguio já sugeria a força que teria mais tarde na amplitude dos jovens ombros quadrados, nos músculos bem-desenvolvidos das panturrilhas e das coxas, na barriga achatada, nos quadris estreitos. O cabelo, um pouco longo e frouxamente anelado, tinha exatamente a cor esbranquiçada do capim de Drogheda, e os olhos, através dos cílios absurdamente grossos e negros, eram de um azul intenso. Dir-se-ia um anjo muito jovem que tivesse fugido.

— Olá — disse o menino, sorrindo.

— Olá — disse o Cardeal Ralph, achando impossível resistir ao encanto daquele sorriso. — Quem é você?

— Sou Dane O'Neill — respondeu o menino. — Quem é o senhor?

— Eu me chamo Ralph de Bricassart.

Dane O'Neill. Filho de Meggie, portanto. O que queria dizer que ela não deixara Luke O'Neill, voltara para ele, dera à luz aquele formoso rapaz que poderia ter sido seu, se ele não tivesse desposado a Igreja primeiro. Que idade teria quando desposara a Igreja? Não seria muito mais velho do que o garoto, nem muito mais amadurecido. Se tivesse esperado, o menino talvez fosse seu. Que disparate, Cardeal de Bricassart! Se você não tivesse casado com a Igreja, teria permanecido na Irlanda, criando cavalos, e jamais conheceria o seu destino, jamais conheceria Drogheda nem Meggie Cleary.

— Posso ajudá-lo em alguma coisa? — perguntou o garoto, polido, pondo-se em pé com uma graça flexível que o Cardeal Ralph reconheceu e achou que fosse de Meggie.

— Seu pai está aqui, Dane?

— Meu *pai*? — As sobrancelhas escuras, finamente desenhadas, se juntaram. — Não, não está. Ele nunca esteve aqui.

— Entendo. E sua mãe?

— Está em Gilly, mas voltará logo. Quem está em casa é minha avó. Gostaria de vê-la? Posso levá-lo até lá. — Os olhos azuis como centáureas azuis fixaram-se nele, alargaram-se, estreitaram-se. — Ralph de Bricassart. Já ouvi falar no senhor. É isso mesmo! O *Cardeal* de Bricassart! Desculpe, Eminência! Eu não pretendia ser grosseiro.

Embora tivesse trocado suas insígnias eclesiásticas por botas, calças de montar e uma camisa branca, o anel de rubi ainda lhe fulgurava no dedo, de onde não poderia ser retirado enquanto ele vivesse. Dane O'Neill ajoelhou-se, tomou a mão fina do Cardeal Ralph nas suas mãos finas, e beijou o anel, reverente.

— Não se preocupe, Dane. Não estou aqui como o Cardeal de Bricassart, mas como amigo de sua mãe e de sua avó.

— Desculpe, Eminência, eu deveria ter reconhecido o seu nome assim que o ouvi. Ele é pronunciado com muita freqüência por aqui. Só que o senhor o pronuncia de modo um pouco diferente, e o seu primeiro nome me deixou atrapalhado. Sei que minha mãe terá muito prazer em vê-lo.

— Dane, Dane, onde é que você está? — chamou uma voz impaciente, profunda e fascinantemente rouca.

A ramagem pendente da aroeira separou-se e uma menina de seus quinze anos apareceu, endireitando o corpo. Ele a reconheceu na hora, por causa dos olhos assombrosos. A filha de Meggie. Coberta de sardas, rosto comprido, traços miúdos, desapontadoramente diferente da mãe.

— Oh, olá. Desculpe, eu não sabia que tínhamos visita. Sou Justine O'Neill.

— Jussy, este é o Cardeal de Bricassart! — disse Dane num sussurro alto. — Beije o anel dele, depressa!

Os olhos que pareciam cegos brilharam de desdém.

— Você fica um bocó quando se trata de religião, Dane — disse ela, sem se preocupar em abaixar a voz. — Beijar anéis é anti-higiênico; não o beijarei. De mais a mais, como saberemos que ele é o Cardeal de Bricassart? A mim me parece um daqueles velhos fazendeiros antiquados. Você sabe, como o Sr. Gordon.

— É ele, é ele — insistiu Dane. — Por favor, Jussy, seja boazinha! Seja boazinha por *mim*!

— Está bem, serei boazinha, mas só por você. Mas não beijarei o anel, nem por você. É nojento. Como vou saber quem o beijou por último? A pessoa podia estar resfriada.

— Você não precisa beijar meu anel, Justine. Estou aqui de férias; neste momento não sou um cardeal.

— Isso é bom, porque vou lhe dizer francamente, sou atéia — declarou, muito calma, a filha de Meggie Cleary. — Depois de passar quatro anos em Kincoppal, cheguei à conclusão de que tudo isso não passa de uma grande papagaiada.

— É um direito seu — disse o Cardeal Ralph, tentando desesperadamente parecer tão sério e digno quanto ela. — Posso falar com sua avó?

— Naturalmente. Precisa de nós? — perguntou Justine.

— Não, obrigado. Conheço o caminho.

— Ótimo. — Ela voltou-se para o irmão, que continuava boquiaberto diante do visitante. — Venha, Dane, venha me ajudar. Venha!

Mas, embora Justine lhe puxasse o braço com força, Dane não se mexeu, observando o vulto alto e ereto do Cardeal Ralph desaparecer atrás das rosas.

— Você é mesmo um bocó, Dane. O que é que ele tem de tão especial?

— É um cardeal! — disse Dane. — Imagine só! Um cardeal vivo, de verdade, em Drogheda!

— Os cardeais — disse Justine — são Príncipes da Igreja. Acho que você tem razão, isso *é* extraordinário. Mas eu não gosto dele.

Onde mais poderia estar Fee, senão à sua escrivaninha? Ele entrou na sala por um dos janelões, operação que, agora, exigia a abertura de uma tela. Embora devesse tê-lo ouvido, ela continuou trabalhando, as costas curvadas, o lindo cabelo de ouro já todo prateado. Com certa dificuldade, ele calculou que ela devia orçar pelos setenta e dois anos.

— Olá, Fee — dise Ralph.

Quando ela ergueu a cabeça, ele percebeu uma mudança, embora não pudesse precisar-lhe a natureza; a indiferença lá estava, mas lá estavam também várias outras coisas. Como se ela se tivesse suavizado e endurecido ao mesmo tempo, tornando-se mais humana, porém humana de um modo parecido com o de Mary Carson. Meu

Deus, as matriarcas de Drogheda! Será que isso aconteceria a Meggie também, quando chegasse a sua vez?

— Olá, Ralph — disse ela, como se ele entrasse por aquela janela todos os dias. — Que prazer em vê-lo!

— O prazer é meu, Fee.

— Eu não sabia que estava na Austrália.

— Ninguém sabe. Tenho algumas semanas de férias.

— Espero que fique conosco.

— E onde mais ficaria? — Seus olhos passearam pelas magníficas paredes, e pousaram no retrato de Mary Carson. — Você tem um bom gosto impecável, Fee, infalível. Esta sala não fica nada a dever às do Vaticano. Essas formas ovais pretas com as rosas são um rasgo de gênio.

— Oh, muito obrigada! Fazemos humildemente o que podemos. Pessoalmente, prefiro a sala de jantar. Tornei a decorá-la depois da sua última visita. Cor-de-rosa, branca e verde. Falando assim, parece horrível, mas espere até vê-la. Embora eu mesma não saiba por que faço isso. A casa é sua, não é?

— Não, enquanto houver um Cleary vivo, Fee — disse ele calmamente.

— O que não deixa de ser confortador. Muito bem, você progrediu bastante desde o tempo em que esteve em Gilly, não é mesmo? Viu o artigo do *Herald* sobre a sua promoção?

— Vi. Sua língua se afiou, Fee.

— Sim, e o que é pior, estou gostando disso. Durante todos esses anos fiquei quieta e não disse uma palavra! Eu não sabia o que estava perdendo. — Ela sorriu. — Meggie está em Gilly, mas não demora.

Dane e Justine irromperam através das janelas.

— Vó, podemos ir a cavalo até o poço?

— Vocês conhecem as regras. Nada de andar a cavalo sem a permissão pessoal de sua mãe. Sinto muito, mas estas são as ordens dela. Onde estão os seus modos? Venham cá. Quero apresentá-los ao nosso visitante.

— Eu já estive com eles.

— Oh.

— Pensei que você estivesse num internato neste momento — disse ele a Dane, sorrindo.

— Em dezembro não, Eminência. Temos agora dois meses de férias... as férias de verão.

Fazia tantos anos! Ele se esquecera de que, no hemisfério sul, as férias mais longas das crianças coincidiam com os meses de dezembro e janeiro.

— Vai demorar-se aqui muito tempo, Eminência? — perguntou Dane, ainda fascinado.

— Sua Eminência ficará conosco o tempo que puder, Dane — interveio a avó —, mas creio que ele achará meio cansativo ser chamado de Eminência o tempo todo. Vamos ver, que nome lhe daremos? Tio Ralph.

— *Tio!* — exclamou Justine. — Você sabe que "tio" é contra as regras da família, vó! Nossos tios são apenas Bob, Jack, Hughie, Jims e Patsy. O que quer dizer que ele é Ralph.

— Não seja tão grosseira, Justine! Afinal, que fim levaram os seus modos? — perguntou Fee.

— Não, Fee, está bem. Prefiro mesmo que todos me chamem simplesmente de Ralph — apressou-se a dizer o Cardeal. Por que havia de antipatizar tanto com ele a estranha criaturinha?

— Eu não poderia! — disse Dane com voz entrecortada. — Eu não poderia chamá-lo apenas de *Ralph*!

O Cardeal Ralph atravessou a sala, segurou com as mãos os ombros nus, enquanto seus olhos azuis cintilavam, bondosos e vívidos, entre as sombras da sala.

— É claro que pode, Dane. Não é nenhum pecado.

— Vamos, Dane, vamos voltar para a casinha — ordenou Justine.

O Cardeal Ralph e o filho viraram-se na direção de Fee e olharam juntos para ela.

— Deus nos acuda! — exclamou Fee. — Vá, Dane, vá brincar lá fora. — Bateu palmas. — Depressa!

O menino saiu disparado da sala e Fee encaminhou-se lentamente para os seus livros. O Cardeal Ralph teve pena dela e anunciou que iria até à cozinha. O lugar mudara tão pouco! Ainda iluminado por lampiões, é claro, e ainda cheirando a cera de abelhas e a grandes vasos de rosas.

Ele ficou conversando longamente com a Sra. Smith e as criadas, que haviam envelhecido muito desde a sua última visita. De certo modo, porém, a velhice combinava mais com elas do que com Fee. Felizes. Eis o que eram. Autêntica e quase perfeitamente felizes. Pobre Fee, que não era feliz. Isso o fez desejar ainda mais ver Meggie, descobrir se era feliz.

Mas, quando saiu da cozinha, Meggie ainda não voltara, de modo que, para encher o tempo, pôs-se a caminhar na direção do córrego. Como estava pacífico o cemitério! Havia seis placas de bronze na parede do mausoléu, exatamente como ele a deixara. Precisava recomendar que o enterrassem lá também; não podia esquecer-se de dar as instruções necessárias quando voltasse a Roma. Perto do mausoléu notou duas novas sepulturas, a do velho Tom, o jardineiro, e a da esposa de um dos pastores, cujo nome constara da folha de pagamentos desde 1946. Devia haver alguma espécie de registro.

A Sra. Smith achava que ele ainda estava na fazenda porque a esposa jazia ali. O guarda-chuva ancestral do cozinheiro chinês desbotara quase que de todo depois de tantos anos de sol escaldante, e do vermelho imperial original, passando pelos vários matizes de que ele se lembrava, chegara ao atual róseo esbranquiçado, quase cinzas de rosas. Meggie, Meggie. Você voltou para ele depois de mim, você lhe deu um filho.

Fazia muito calor; um ventozinho agitava os chorões ao longo do córrego e arrancava dos sinos sobre o guarda-chuva do cozinheiro chinês sua melancólica e metálica melodia: Hee Sing, Hee Sing, Hee Sing. CHARLIE ERA UM BOM SUJEITO. Isso também esmaecera, ficara praticamente indecifrável. E assim devia ser. Os cemitérios deviam voltar às entranhas da Mãe Terra, perder sua carga humana debaixo da lavagem do tempo, até que tudo se fosse e só o ar se lembrasse, suspiroso. Repugnava a idéia de ser sepultado numa cripta do Vaticano, entre homens iguais a ele. Queria ficar aqui, entre pessoas que tinham realmente vivido.

Quando se voltou, seus olhos surpreenderam o olhar verde do anjo de mármore. Ergueu a mão, saudou-o e olhou, por cima do relvado, para a casa-grande. Meggie vinha vindo. Delgada, dourada, envergando um par de calças e uma camisa branca de homem, exatamente igual à sua, um chapéu masculino, de feltro cinzento, esquecido na parte de trás da cabeça, botas amareladas nos pés. Como um menino, como o filho, que devera ter sido filho dele. Ele era um homem, mas, quando também jazesse ali, não deixaria nada vivo para assinalar o fato.

Ela aproximou-se, saltou a cerca branca e chegou tão perto que a única coisa que ele pôde ver foram seus olhos, os olhos cinzentos, cheios de luz, que não tinham perdido a beleza nem o domínio sobre seu coração. Os braços dela envolveram-lhe o pescoço, o destino dele estava novamente ao seu alcance, como se ele nunca tivesse estado longe dela, a boca viva debaixo da sua boca já não era um sonho; tão longamente acalentado, tão longamente. Uma espécie diferente de sacramento, escuro como a terra, que nada tinha a ver com o céu.

— Meggie, Meggie — disse ele, com o rosto no cabelo dela, o chapéu dela na grama, os braços dele enlaçando-a.

— Isso parece não ter importância, não é mesmo? Nada muda, nunca — disse ela, com os olhos cerrados.

— Não, nada muda — confirmou ele, acreditando.

— Isto é Drogheda, Ralph. Eu o avisei, em Drogheda você é meu, não de Deus.

— Eu sei. Reconheço isso. Mas vim. — Puxou-a para baixo, para a grama. — Por quê, Meggie?

— Por que o quê? — A mão dela acariciava-lhe o cabelo, agora mais branco que o de Fee, ainda cheio, ainda belo.

— Por que voltou para Luke? E teve o filho dele? — perguntou Ralph, enciumado.

A alma dela olhou por trás das suas luminosas janelas cinzentas e escondeu-lhe os seus pensamentos.

— Porque ele me obrigou — disse ela suavemente. — Foi só uma vez. Mas tive Dane, por isso não o lamento. Dane valeu tudo por que passei para consegui-lo.

— Desculpe, eu não tinha o direito de perguntar. Em primeiro lugar, fui eu quem deu você a Luke, não fui?

— É verdade, foi você.

— É um menino maravilhoso. Parece-se com Luke?

Ela sorriu secretamente, deu um puxão na grama, enfiou a mão por dentro da camisa dele, encostou-a no seu peito.

— Não, não se parece. Nenhum dos meus filhos é muito parecido com Luke, nem comigo.

— Eu os amo porque são seus.

— Sentimental como sempre. A velhice lhe assenta bem, Ralph. Eu sabia que assentaria e esperava ter a oportunidade de vê-lo. Faz trinta anos que o conheço! E parece que faz trinta dias.

— Trinta anos? Tanto assim?

— Tenho quarenta e um, meu caro, tem de ser isso mesmo. — Ela pôs-se em pé. — Fui oficialmente mandada para chamá-lo. A Sra. Smith está preparando um esplêndido chá em sua homenagem e, mais tarde, quando estiver um pouco mais fresco, haverá pernil de porco assado, com torresmo em quantidade.

Ele começou a andar lentamente, com ela.

— Seu filho ri exatamente como você, Maggie. O riso dele foi o primeiro som humano que ouvi em Drogheda. Pensei que fosse você; fui procurá-la e, em seu lugar, dei com ele.

— Quer dizer que foi ele a primeira pessoa que você viu em Drogheda.

— É, creio que foi.

— Que tal o achou, Ralph? — perguntou ela, ansiosa.

— Gostei. E como poderia não ter gostado, se é seu filho? Senti-me atraído muito vigorosamente por ele, muito mais do que por sua filha. Aliás, ela não gosta de mim.

— Justine pode ser minha filha, mas é uma putinha. Aprendi a dizer palavrões depois de velha, graças principalmente a Justine. E um pouco graças a você. E um pouco graças a Luke. E um pouco também graças à guerra. É engraçado como tudo se acumula.

— Você mudou muito, Meggie.

— Mudei? — A boca suave e cheia curvou-se num sorriso. — Pois não acho. É apenas o Grande Noroeste, que me está gastando, arrancando as camadas, uma por uma, como os sete véus de Salomé. Ou como uma cebola, que seria a comparação escolhida por Justine. Não tem poesia alguma, aquela criança. Sou a mesma velha Meggie, Ralph, apenas um pouco mais nua.

— Talvez.

— Mas *você*, sim, mudou, Ralph.

— De que maneira, minha Meggie?

— Como se o pedestal oscilasse à passagem de cada brisa, e como se a vista de cima dele fosse uma decepção.

— E é. — Ele riu-se, sem emitir som algum. — E creio que tive, certa vez, a temeridade de dizer que você não era nada mais que o comum! Retiro o que disse. Você é a única mulher, Meggie. *A única!*

— Que aconteceu?

— Não sei. Terei descoberto que até os ídolos da Igreja têm pés de barro? Terei me vendido por um prato de sopa? Estarei me agarrando ao nada? — Suas sobrancelhas se uniram, como se ele estivesse sofrendo. — Talvez seja isso, em poucas palavras. Sou uma massa de clichês. O mundo vaticano é um mundo velho, azedo, petrificado.

— Eu era mais real, mas você nunca o percebeu.

— Eu não podia ter feito outra coisa! Eu sabia para onde devia ir, mas não podia. Ao seu lado eu talvez tivesse sido um homem melhor, ainda que menos augusto. Mas eu não podia, Meggie. Oh, como eu queria poder fazê-la enxergar tudo isso!

A mão dela acariciou-lhe com ternura o braço nu.

— Ralph querido, eu enxergo, sim. Eu sei, eu sei... Cada um de nós tem dentro de si alguma coisa que não pode ser negada, ainda que nos faça gritar, gritar, até o fim. Somos o que somos, e pronto. Como a velha lenda celta do pássaro com o espinho no peito que canta até morrer. Porque precisa fazê-lo, porque é levado a isso. Podemos saber que vamos errar antes até de cometer o erro, mas o conhecimento de nós mesmos não afeta nem muda o resultado. Cada qual entoa o seu canto, convencido de que é o mais maravilhoso que o mundo já ouviu. Você não vê? Criamos nossos espinhos e nunca nos detemos para avaliar o custo. A única coisa que podemos fazer é sofrer a dor e dizer intimamente que valeu a pena.

— É isso o que não compreendo. A dor. — Ele abaixou os olhos para a mão dela, pousada com tanta delicadeza em seu braço, e que o machucava de maneira tão insuportável. — Por que a dor, Meggie?

— Pergunte a Deus, Ralph — disse Meggie. — Ele é uma autoridade em dor, não é? Ele nos fez o que somos. Fez o mundo inteiro. Por conseguinte, fez a dor também.

* * *

Bob, Jack, Hughie, Jims e Patsy estavam presentes ao jantar, pois era sábado à noite. No dia seguinte Padre Watty viria rezar a missa, mas Bob telefonou-lhe dizendo que ninguém estaria na fazenda. Uma pequena mentira, destinada a preservar o anonimato do Cardeal Ralph. Os cinco rapazes Cleary estavam cada vez mais parecidos com Paddy, mais velhos, mais lentos no falar, tão firmes e resistentes quanto a terra. E como gostavam de Dane! Seus olhos nunca pareciam deixá-lo e seguiam-no até quando ele saía da sala a fim de recolher-se ao quarto. Não era difícil concluir que eles viviam para o dia em que ele tivesse idade suficiente para ajudá-los a administrar Drogheda.

O Cardeal Ralph também descobrira o por quê da inimizade de Justine. Dane simpatizara com ele, bebia-lhe as palavras, demorava-se na sua companhia; ela estava com ciúme.

Depois que as crianças subiram, ele olhou para os que tinham ficado: os irmãos, Meggie, Fee.

— Fee, deixe a escrivaninha por um instante — pediu. — Venha sentar-se aqui conosco. Quero falar com vocês todos.

Ela ainda se movia com elegância e ainda tinha um bom corpo; apenas os seios estavam mais flácidos e a cintura engrossara um pouco, mais por efeito da idade do que de um aumento real de peso. Ela sentou-se em silêncio numa das grandes poltronas creme defronte do Cardeal, ficando Meggie de um lado e os irmãos sentados em bancos de pedra, bem próximos.

— É a respeito de Frank — disse ele.

O nome pairou entre os presentes e ressoou, distante.

— O que é que tem Frank? — perguntou Fee com serenidade.

Meggie depôs o tricô, olhou para a mãe e depois para o Cardeal Ralph.

— Conte-nos, Ralph — disse ela, depressa, incapaz de suportar por mais tempo a serenidade materna.

— Vocês já pensaram que Frank passou quase trinta anos na prisão? — perguntou o Cardeal. — Sei que a minha gente os manteve informado conforme havíamos combinado, mas pedi a ela que não os afligisse desnecessariamente, pois achei que não poderia fazer bem algum a Frank ou a vocês ouvir os detalhes contundentes da sua solidão e do seu desespero, já que nenhum de nós poderia fazer coisa alguma. Creio que Frank teria sido solto anos antes se não tivesse adquirido uma reputação de violência e instabilidade nos primeiros anos que passou na Prisão de Goulburn. Até durante a guerra, quando outros prisioneiros foram libertados para servir no exército, o pobre Frank foi recusado.

Fee ergueu os olhos das mãos.

— É o seu temperamento — disse ela, sem emoção.

O cardeal parecia ter dificuldade para encontrar as palavras certas; enquanto ele as procurava, a família observava-o com um misto de medo e esperança, embora não fosse o bem-estar de Frank que a preocupava.

— Vocês devem estar muito intrigados com a razão da minha volta à Austrália depois de todos estes anos — disse finalmente o Cardeal Ralph, sem olhar para Meggie. — Nem sempre pensei em vocês, e tenho consciência disso. Desde o primeiro dia em que os conheci, sempre pensei primeiro em mim, colocando-me em primeiro lugar. E quando o Santo Padre recompensou meus trabalhos em prol da Igreja com um manto de cardeal, perguntei a mim mesmo que serviço eu poderia prestar à família Cleary para mostrar-lhe, de certo modo, o quanto é profundo meu interesse por ela. — Fez uma pausa para respirar e concentrou o olhar em Fee, não em Meggie. — Voltei à Austrália a fim de ver o que poderia fazer por Frank. Lembra-se, Fee, da ocasião em que lhe falei, após a morte de Paddy e de Stu? Faz vinte anos, e nunca me esquecerei a expressão que vi em seus olhos. Tanta energia e tanta vitalidade esmagadas.

— Sim — interveio Bob, de repente, com os olhos pregados em sua mãe. — É isso mesmo.

— Frank recebeu liberdade condicional — disse o Cardeal. — Foi a única coisa que pude fazer para demonstrar meu interesse.

Se ele tivesse esperado um súbito e ofuscante chamejar de luz na longa escuridão de Fee, teria ficado muito decepcionado; a princípio não foi mais que um bruxuleio, e talvez o peso da velhice nunca lhe permitisse brilhar em todo o seu esplendor. Mas nos olhos dos filhos de Fee viu-lhe a verdadeira magnitude, e conheceu um sentido de sua própria finalidade que não sentira desde o momento em que, durante a guerra, conversara com o jovem soldado alemão de nome imponente.

— Obrigada — disse Fee.

— Vocês lhe darão as boas-vindas aqui em Drogheda? — perguntou aos homens da família.

— Esta é a casa dele, é aqui que ele deve ficar — respondeu Bob, enigmático.

Todos fizeram gestos de assentimento com a cabeça, exceto Fee, que parecia absorta em alguma visão particular.

— Ele não é o mesmo Frank — prosseguiu o Cardeal Ralph com delicadeza. — Visitei-o na Prisão de Goulburn para lhe dar a notícia antes de vir para cá, e tive de lhe contar que toda a gente em Drogheda sempre estivera a par do que lhe acontecera. Se eu lhes disser que minhas palavras não o comoveram, vocês poderão ter uma idéia da mudança que nele se operou. Ele se mostrou simplesmente... agradecido. E muito ansioso por tornar a ver a família, especialmente você, Fee.

— Quando será solto? — perguntou Bob, limpando a garganta, e mostrando claramente o conflito entre o prazer que o fato proporcionaria a sua mãe e o medo do que poderia acontecer quando Frank regressasse.

— Em uma ou duas semanas. Virá pelo noturno da correspondência. Eu queria que viesse de avião, mas ele me disse que preferia o trem.

— Patsy e eu iremos recebê-lo — ofereceu-se Jims com sofreguidão, mas logo pareceu consternado. — Oh! Mas nem sabemos como ele é!

— Não — acudiu Fee. — Eu mesma irei recebê-lo. Sozinha. Ainda não estou caduca; ainda posso dirigir até Gilly.

— Mamãe tem razão — interveio Meggie com firmeza, prevenindo um coro de protesto dos irmãos. — Deixem-na ir sozinha. Ela é quem deve vê-lo primeiro.

— Bem, tenho serviço para fazer — desculpou-se Fee, com voz rouca, levantando-se e encaminhando-se para a escrivaninha.

Os cinco irmãos ergueram-se como um homem só.

— Acho que está na nossa hora de dormir — disse Bob, bocejando cuidadosamente. Sorriu, acanhado, para o Cardeal Ralph. — Será como nos velhos tempos, o senhor rezando a missa para nós domingo de manhã.

Meggie dobrou o tricô, pô-lo de lado, levantou-se.

— Também quero dizer boa-noite, Ralph.

— Boa-noite, Meggie.

Os olhos dele seguiram-na até que ela saiu da sala, e depois se voltaram para as costas curvadas de Fee.

— Boa-noite, Fee.

— Desculpe... Falou comigo?

— Eu disse boa-noite.

— Oh! Boa-noite, Ralph.

Ele não queria subir tão cedo, logo depois de Meggie.

— Darei um passeio antes de me recolher, creio eu. Sabe de uma coisa, Fee?

— Diga. — A voz dela parecia ausente.

— Você não me engana nem por um minuto.

Ela riu com desdém, e seu riso era sombrio.

— Não? Isso às vezes me surpreende.

Noite alta e as estrelas. As estrelas meridionais, revoluteando pelo céu. Ele perdera o poder sobre elas para sempre, embora ainda estivessem lá, longe demais para aquecer, distantes demais para confortar. Mais próximas de Deus, que era um elo entre elas. Durante muito tempo ficou a olhar para cima, prestando atenção ao vento nas árvores, sorrindo.

Relutando em aproximar-se de Fee, utilizou a escada no extremo oposto da casa; o lampião sobre a escrivaninha continuava aceso e ele viu-lhe a silhueta inclinada, trabalhando. Pobre Fee. Como devia apavorá-la a hora de ir para a cama! Quando Frank voltasse para casa, as coisas talvez ficassem mais fáceis. Talvez.

No topo da escada o silêncio recebeu-o, denso; o lampião de cristal sobre a mesinha estreita do corredor projetava uma mancha indistinta de luz para o conforto dos noctâmbulos, tremulando quando a brisa noturna agitava as cortinas para dentro em torno da janela mais próxima. Ralph passou, e seus pés sobre o tapete pesado não fizeram ruído algum.

A porta de Meggie estava escancarada e mais luz jorrava por ela; bloqueando os raios por um movimento, ele fechou a porta atrás de si e trancou-a. Vestindo um roupão frouxo, sentada numa cadeira ao pé da janela, ela olhava por sobre o invisível Home Paddock, mas sua cabeça voltou-se para vê-lo dirigir-se à cama e sentar-se na beirada. Ela levantou-se devagar e chegou-se a ele.

— Deixe que o ajudo a tirar as botas. É por essa razão que nunca uso botas de cano longo. Não consigo tirá-la sem uma descalçadeira, e a descalçadeira acaba estragando as melhores botas.

— Você está usando essa cor de propósito, Meggie?

— Cinzas de rosas? — Ela sorriu. — Sempre foi minha cor favorita. Não briga com o meu cabelo.

Ele pôs um pé no traseiro dela enquanto ela tirava a bota de uma perna, depois trocou-o pelo pé nu.

— Você estava certa de que eu viria procurá-la, Meggie?

— Eu já lhe disse. Em Drogheda você é meu. Se você não tivesse vindo me procurar, eu teria ido procurá-lo, não se iluda.

Ela despiu-lhe a camisa puxando-a por cima da cabeça dele e, por um momento, sua mão descansou, voluptuosa, nas costas nuas de Ralph; depois, ela foi até o lampião e apagou-o, enquanto ele colocava as roupas no espaldar de uma cadeira. Ele ouviu-a movendo-se por ali, desfazendo-se do roupão. Amanhã cedo rezarei a missa. Mas isso será amanhã cedo, e a magia terá desaparecido. Ainda há a noite, e Meggie. Eu a tenho desejado. Ela também é um sacramento.

Dane estava decepcionado.

— Pensei que o senhor fosse usar uma batina vermelha! — disse ele.

— Às vezes uso, Dane, mas só dentro do palácio. Aqui fora costumo vestir uma batina preta com uma faixa vermelha, como esta.

— O senhor tem realmente um palácio?

— Tenho.

— Cheio de candelabros?

— Sim, mas Drogheda também está cheia deles.

— Ora, Drogheda! — exclamou Dane com desagrado. — Aposto que os nossos são pequeninos comparados com os seus. Eu gostaria de ver o seu palácio e vê-lo de batina vermelha.

O Cardeal Ralph sorriu.

— Quem sabe, Dane? Talvez um dia você veja.

O menino tinha sempre uma curiosa expressão no fundo dos olhos, um olhar distante. Quando se voltou durante a missa, o Cardeal Ralph viu-o ainda mais acentuado, mas não o reconheceu, só lhe sentiu a familiaridade. Nenhum homem se vê ao espelho tal como é realmente, e o mesmo acontece às mulheres.

Luddie e Anne Mueller eram esperados para o Natal, como todos os anos. A casa-grande estava cheia de gente alegre, que prelibava o melhor Natal dos últimos tempos; Minnie e Cat trabalhavam cantando, desafinadas, o rosto cheio da Sra. Smith contraía-se num sorriso permanente, Meggie desistiu de Dane em favor do Cardeal Ralph sem fazer comentários, e Fee parecia muito mais feliz, menos grudada à escrivaninha. Os homens aproveitavam o menor pretexto para retornar à casa todas as noites, pois após o jantar, que saía sempre tarde, a conversa se animava na sala de estar. Além disso, a Sra. Smith dera de preparar uma ceia ligeira para ser saboreada por todos antes de se recolherem, composta de torradas com queijo derretido, bolos de grelha quentes com manteiga e bolos de passas. O Cardeal Ralph protestou, dizendo que acabaria engordando com tanta comida boa, mas, depois de três dias de ares de Drogheda, de gente de Drogheda e de comida de Drogheda, ele já parecia ter-se desfeito do rosto ossudo e macilento com que chegara.

O quarto dia despontou muito quente. O Cardeal Ralph saíra com Dane para ir buscar um rebanho de carneiros, Justine passava o tempo sozinha, emburrada, na aroeira-mole, e Meggie descansava num sofá de bambu estofado na varanda. Sentia os ossos bambos, fartos, e estava muito feliz. Uma mulher pode viver muito bem sem isso por anos a fio, mas era gostoso se se tratasse do homem certo. Quando estava com Ralph, todas as suas partes recomeçavam a viver, exceto a que pertencia a Dane; mas, quando estava com Dane, todas as suas partes recomeçavam a viver, exceto a que pertencia a Ralph. Só quando os dois se achavam presentes simultaneamente em seu mundo, como agora, ela se sentia completa. Bem, aquilo tinha a sua lógica. Dane era seu filho, mas Ralph era seu homem.

Uma coisa, todavia, lhe empanava a felicidade; Ralph não vira. De modo que sua boca permanecia fechada, calando o seu segredo. Se ele não conseguia ver por si mesmo, por que haveria ela de contar-lhe? Que fora que ele já fizera para merecer que lhe dissessem? E o fato de ter ele podido pensar que ela voltara para Luke por sua livre e espontânea vontade fora a gota d'água. Ele não merecia saber, já que era capaz de pensar uma coisa dessas a seu respeito. Às vezes, sentia os olhos pálidos e irônicos de

Fee postos nela, e retribuía-lhe o olhar, sem se perturbar. Fee compreendia, de fato. Compreendia o meio ódio, o ressentimento, o desejo de vingar-se dos anos de solidão. Ralph de Bricassart era um grande caçador de arco-íris; e por que haveria ela de mimoseá-lo com o mais admirável de todos os arco-íris, seu filho? Ele que fosse despojado. Que sofresse, sem saber que sofria.

O telefone tocou; era o código de Drogheda; Meggie ouviu-o com preguiça de se levantar, mas, em seguida, compreendendo que a mãe devia estar em outro lugar, levantou-se com relutância e foi atender.

— A Sra. Fiona Cleary — disse uma voz de homem.

Quando Meggie a chamou, Fee voltou para pegar o aparelho.

— É Fiona Cleary quem esta falando — disse ela. E, à proporção que escutava, as cores foram desaparecendo, as poucos, do seu rosto, devolvendo-lhe o aspecto que ele tivera nos dias em que se seguiram à morte de Paddy e Stu; pequenino e vulnerável. — Obrigada — murmurou e recolocou o fone no gancho.

— Que foi, mamãe?

— Frank foi solto. Está vindo para cá no noturno da correspondência que chega hoje à tarde. — Consultou o relógio. — Preciso sair logo; já são duas e tanto.

— Deixe-me ir com você — ofereceu-se Meggie, tão cheia de felicidade que lhe era intolerável ver a mãe decepcionada; e tinha a impressão de que o encontro talvez não fosse só de alegria para Fee.

— Não, Meggie, ficarei bem. Tome conta das coisas aqui, e segure o jantar até a minha chegada.

— Não é maravilhoso, mamãe? Frank está voltando para casa a tempo de passar o Natal conosco.

— Sim — concordou Fee —, é maravilhoso.

Naqueles dias ninguém viajava pelo noturno postal se pudesse viajar de avião, de modo que, depois de haver percorrido os novecentos e sessenta quilômetros que separavam Sydney de Gilly, despejando seus passageiros, quase todos de segunda classe, nesta ou naquela cidadezinha, poucas pessoas havia para desembarcar em Gillanbone.

O chefe da estação conhecia de vista a Sra. Cleary, mas nunca sonharia em entabular uma conversa com ela, de modo que a viu descer a ponte para pedestres, que passava por cima da estação, e deixou-a esperando sozinha, empertigada, na plataforma alta. Velhota estilosa, pensou; roupas e chapéu modernos, sapatos de salto alto também. Bom corpo e poucas rugas no rosto, considerando-se a idade que devia ter; belo exemplo do que a vida folgada de um fazendeiro pode fazer por uma mulher.

De modo que Frank, aparentemente, reconheceu sua mãe mais depressa do que ela o reconheceu, embora o coração dela o reconhecesse no ato. Ela tinha cinqüenta e dois anos, e o tempo de sua ausência coincidira com os anos que o haviam levado da mocidade à idade madura. O homem que estava em pé naquele pôr-do-sol de Gilly era magro demais, quase descarnado, muito pálido; o cabelo fora cortado rente no meio da cabeça, suas roupas disformes pendiam de um corpo que ainda dava impressão de fôrça, apesar do tamanho pequeno, e suas mãos bem torneadas apertavam a aba de um chapéu de feltro. Não estava curvado nem parecia doente, mas lá o deixara o trem, impotente, fazendo girar o chapéu entre as mãos, como alguém que não espera ser recebido por ninguém, mas também não sabe o que fazer.

Senhora de si, Fee caminhou, enérgica, pela plataforma.

— Olá, Frank — disse ela.

Ele ergueu os olhos, que costumavam chamejar e brilhar tanto, engastados agora no rosto de um homem envelhecido. Não eram os olhos de Frank. Exaustos, pacientes, profundamente cansados. Mas, quando absorveram a imagem de Fee, uma extraordinária expressão tomou conta deles, uma expressão ferida, indefesa, o apelo de um homem às portas da morte.

— Oh, Frank! — disse ela, e tomou-o nos braços, embalando-lhe a cabeça sobre o seu ombro. — Está tudo bem, está tudo bem — cantarolou em voz baixa; e, mais suavemente ainda: — Está tudo bem!

A princípio, ele ficou sentado, encolhido, no automóvel, mas, à medida que o Rolls ganhava velocidade e saía da cidade, principiou a interessar-se pelas coisas que o cercavam e a olhar pela janela.

— Tudo parece exatamente igual — murmurou.

— Acredito que sim. O tempo aqui custa a passar.

Atravessaram a ponte barulhenta, de tábuas de madeira, construída sobre o rio pequeno e lamacento, orlado de salgueiros, tendo a maior parte do leito exposta num emaranhado de raízes e cascalho; os poços formavam manchas castanhas, e eucaliptos cresciam em toda parte no solo vazio e pedregoso.

— O Barwon — disse ele. — Nunca imaginei que tornaria a vê-lo.

Atrás deles erguia-se enorme nuvem de poeira, e diante deles a estrada corria reta como um estudo de perspectiva através de uma grande planície cheia de capim e despojada de árvores.

— A estrada é nova, mamãe? — Ele parecia desesperado para encetar uma conversa, para fazer a situação parecer normal.

— É, foi feita entre Gilly e Milparinka logo depois que a guerra terminou.

— Eles podiam tê-la pavimentado com um pouco de alcatrão em vez de deixar a mesma velha terra.

— Para quê? Nós estamos acostumados a comer poeira, e pense em quanto custaria fazer um leito capaz de resistir à lama. A estrada nova é reta, bem-conservada e suprimiu treze das nossas vinte e sete porteiras. Agora só ficaram catorze entre Gilly e

a sede da fazenda, e espere um pouco para ver o que fizemos com elas, Frank. Já não é preciso ninguém para as abrir e fechar.

O Rolls subiu uma rampa na direção de uma porteira de aço, que se ergueu preguiçosamente à aproximação do carro; assim que este passou por baixo dela e transpôs mais alguns metros de estrada, a porteira desceu e fechou-se sozinha.

— As maravilhas nunca se acabam! — disse Frank.

— Fomos a primeira fazenda aqui a instalar porteiras automáticas... só entre a estrada de Milparinka e a sede, naturalmente. As dos pastos ainda têm de ser abertas e fechadas à mão.

— Bem, imagino que o cara que as inventou deve ter-se cansado de abrir e fechar porteiras no seu tempo, você não acha?

Frank sorriu; pela primeira vez parecia ter achado graça em alguma coisa.

Mas depois recaiu no silêncio, de modo que sua mãe concentrou-se na tarefa de dirigir o carro, não querendo precipitar-se. Quando passaram debaixo da última porteira e entraram no Home Paddock, ele conteve a respiração.

— Eu não me lembrava de que isso era tão bonito — disse, afinal.

— É a nossa casa — tornou Fee. — Nós cuidamos dela. — Levou o Rolls até à garagem e voltou a pé, com ele, à casa-grande, só que, desta vez, ele mesmo carregava a sua mala.

— Você quer um quarto na casa-grande, Frank, ou prefere uma casa de hóspedes só para você? — perguntou sua mãe.

— Fico com a casa de hóspedes, obrigado. — Os olhos exaustos descansaram no rosto dela. — Será bom poder fugir das pessoas — explicou.

Foi a única referência que ele chegou a fazer sobre as condições na cadeia.

— Também creio que será melhor para você — disse ela, entrando antes dele na sala de estar. — A casa-grande agora anda cheia, pois o Cardeal está aqui, Dane e Justine estão passando as férias em casa e Luddie e Anne Mueller chegarão depois de amanhã para o Natal.

— Luddie e Anne Mueller? — perguntou Frank.

Ela se deteve no ato de torcer um pavio e olhou para ele.

— Faz muito tempo, Frank. Os Muellers são amigos de Meggie. — Fee espevitou a contento o lampião e foi sentar-se na sua *bergère*. — Jantaremos daqui a uma hora, mas primeiro tomaremos uma xícara de chá. Preciso tirar da boca a poeira da estrada.

Frank sentou-se, muito sem jeito, na beirada de um escabelo de seda creme, olhando para a sala com respeitoso temor.

— Parece tão diferente do tempo de tia Mary!

Fee sorriu.

— Acho que sim — disse ela.

Depois entrou Meggie, e foi mais difícil assimilar o fato de vê-la transformada em mulher madura que o de ver sua mãe envelhecida. Enquanto a irmã o abraçava e beijava, ele virava o rosto para o outro lado, encolhia-se dentro do paletó largo e procurava, além dela, o rosto de Fee, que continuava sentada a fitá-lo, como se quisesse dizer: Não faz mal, tudo parecerá normal daqui a pouco, dê tempo ao tempo. Um minuto depois, enquanto ele ainda procurava alguma coisa para dizer àquela estranha, a filha de Meggie entrou; uma mocinha alta, magra, que se sentou muito cerimoniosa, fazendo pregas no vestido com as mãos grandes, os olhos claros cravados primeiro num rosto, depois no outro. Mais velha do que Meggie quando ele saíra de casa, pensou. O filho de Meggie entrou com o Cardeal e foi sentar-se no chão ao lado da irmã, um belo menino calmo e distante.

— Frank, isto é maravilhoso — disse o Cardeal Ralph, apertando-lhe a mão e voltando-se depois para Fee com a sobrancelha esquerda erguida. — Uma xícara de chá? Ótima idéia.

Os homens da família Cleary entraram juntos na sala, e foi muito duro, pois eles não o tinham perdoado. Frank adivinhou por quê: o sofrimento que infligira à mãe deles. Mas não sabia dizer coisa alguma que os fizesse compreender, não poderia contar-lhes o seu sofrimento, a sua solidão, nem pedir-lhes que o perdoassem. A única pessoa que realmente importava era sua mãe, e esta nunca pensara que houvesse alguma coisa para perdoar.

Foi o Cardeal quem tentou salvar a noite; dirigindo a conversação em torno da mesa do jantar e, mais tarde, na sala de estar, conversando com muita diplomacia, fez questão de incluir Frank na reunião.

— Bob, há uma coisa que estou querendo perguntar-lhe desde que cheguei... onde estão os coelhos? — perguntou o Cardeal. — Vi milhões de tocas, mas nenhum coelho.

— Os coelhos estão todos mortos — respondeu Bob.

— Mortos?

— Isso mesmo, de um negócio chamado mixomatose. Com a invasão dos coelhos e aqueles anos de seca, a Austrália, por volta de 1947, se achava praticamente liquidada como nação produtora de matérias-primas. Nós estávamos desesperados — disse Bob, entusiasmando-se com o assunto e grato por ter um tema de discussão que excluía Frank.

Nesse ponto, sem querer, Frank despertou o antagonismo do irmão mais moço com uma observação.

— Eu sabia que as coisas estavam más, mas não pensei que estivessem tão más assim — disse ele.

E refestelou-se na poltrona, esperando haver agradado ao Cardeal com a sua contribuição para a discussão.

— Pois eu não estou exagerando, acredite! — tornou Bob, ácido; como é que Frank poderia saber?

— E que aconteceu? — apressou-se em perguntar o Cardeal.

— No ano retrasado, a Organização de Pesquisa Científica e Industrial da Commonwealth iniciou um programa experimental em Victoria infectando coelhos com um vírus que ela arranjou. Não sei direito o que é um vírus, mas acho que é uma espécie de germe. Seja como for, a Organização deu ao seu vírus o nome de vírus da mixomatose. A princípio, ele não pareceu difundir-se muito bem, embora todos os coelhos que apanhavam o vírus acabassem morrendo. Mas, um ano depois da infecção experimental, esta começou a espalhar-se depressa transmitida por mosquitos; mas parece que o cardo cor de açafrão também tem qualquer coisa com isso. E os coelhos passaram a morrer ao milhões e acabaram desaparecendo completamente. A gente avista, às vezes, alguns doentes por aí, com enormes caroços no focinho, coisa muito feia de se ver. Mas foi um trabalho maravilhoso, Ralph, foi mesmo. Tirando os coelhos, nada mais apanha a mixomatose, nem mesmo os parentes mais chegados. Por isso, graças à OPCIC, a praga dos coelhos desapareceu.

O Cardeal Ralph olhou para Frank.

O pobre Frank abanou a cabeça, desejando que todos o deixassem recolher-se ao anonimato.

— Guerra biológica em escala maciça. Não sei se o resto do mundo sabe que se travou aqui na Austrália, entre 1949 e 1952, uma guerra de vírus contra uma população de trilhões e trilhões de seres, que conseguiu acabar com ela! Pois bem! O negócio é viável, não é? Já não se trata de jornalismo sensacionalista, mas de um fato científico. Eles podem até enterrar suas bombas atômicas e suas bombas de hidrogênio. Sei que isso tinha de ser feito, era absolutamente necessário e é, provavelmente, de todos os feitos científicos importantes, o menos divulgado. Mas também é aterrador.

Dane acompanhara a conversa com sua atenção.

— Guerra biológica? Nunca ouvi falar nisso. Em que consiste ela exatamente, Ralph?

— Os termos são novos, Dane, mas, como diplomata papal, preciso estar a par do sentido deles. Numa palavra, "guerra biológica" é mixomatose. É a criação de um germe capaz de matar ou inutilizar específica e exclusivamente uma espécie de seres vivos.

Quase inconscientemente, Dane persignou-se e encostou-se nos joelhos de Ralph de Bricassart.

— Será melhor rezarmos, não será?

O Cardeal olhou para a cabeça loira e sorriu.

Se conseguiu ajustar-se afinal à vida de Drogheda, Frank deveu-o a Fee, a qual, em face da rígida oposição masculina dos Clearys, continuou a agir como se o filho mais velho se tivesse ausentado por pouco tempo, e nunca tivesse envergonhado a família nem magoado profundamente sua mãe. Tranqüila e discretamente, introduziu-o no nicho que ele parecia desejar ocupar, afastado dos irmãos; tampouco o animou a recuperar parte da vitalidade de outros tempos. Pois toda ela se fora; Fee percebera-o no momento em que ele a fitara na plataforma da estação de Gilly. Tragado por uma existência cuja natureza ele se recusava a discutir com ela, o máximo que a mãe podia fazer pelo filho era torná-lo tão feliz quanto possível e, sem dúvida, o modo de fazê-lo consistia em aceitar o Frank de agora como o Frank de sempre.

Nem sequer cogitou de propor-lhe o trabalho nos pastos, pois os irmãos não o queriam, nem ele queria uma espécie de vida que sempre abominara. Como ele gostasse de ver coisas crescendo, Fee o pôs para trabalhar nos jardins da sede, onde o deixavam em paz. E, aos poucos, os Clearys se foram acostumando a ter Frank de volta ao seio da família, e começaram a compreender que a ameaça que ele costumava representar ao seu bem-estar já não existia. Nada mudaria jamais o que sua mãe sentia por ele; estivesse ele na cadeia ou em Drogheda, ela nunca deixaria de senti-lo. E, como ele não se metia na vida deles, não era nem mais nem menos do que sempre fora.

Fee, todavia, não se alegrava por ter Frank em casa outra vez; como poderia alegrar-se? Vê-lo todos os dias era-lhe tão triste quanto não poder vê-lo. O terrível pesar de ter de presenciar o espetáculo de uma vida arruinada, de um homem arruinado. Que outro não era senão o seu filho mais querido e que devia ter sofrido agonias que estavam além da sua imaginação.

Um dia, uns seis meses após a chegada de Frank, Meggie entrou na sala de estar e encontrou a mãe sentada, olhando pelos janelões para o filho, entretido em podar a grande massa de rosas ao longo do caminho. Quando ela desviou o olhar, qualquer coisa em seu rosto calmamente composto fez Meggie levar as mãos ao coração.

— Oh, mamãe! — exclamou, impotente.

Fee olhou para ela, sacudiu a cabeça e sorriu.

— Não faz mal, Meggie — disse ela.

— Se houvesse ao menos alguma coisa que eu pudesse fazer!

— Há. Continue a proceder como tem procedido. Eu lhe estou muito grata. Você se tornou uma aliada.

VI

1954-1965 — DANE

17

— Bem — disse Justine a sua mãe —, decidi o que vou fazer.

— Pensei que já o tivesse decidido. Artes na Universidade de Sydney, não é isso?

— Oh, isso foi apenas para despistá-la e dar-lhe uma falsa sensação de segurança enquanto eu fazia meus planos. Mas agora que está tudo resolvido, posso lhe contar.

A cabeça de Meggie levantou-se do serviço que estava fazendo, cortando massa de bolinhos em forma de abetos; a Sra. Smith estava doente e elas ajudavam na cozinha. A mãe olhou para a filha com uma expressão de cansaço, impaciência e impotência. O que se podia fazer com alguém como Justine? Se ela anunciasse que pretendia sair de casa para viver como prostituta num bordel de Sydney, Meggie duvidava muito poder demovê-la. Querida e horrível Justine, rainha dos carros de Jagrená.

— Continue, sou toda ouvidos — disse ela, e voltou à faina de produzir bolinhos.

— Vou ser atriz.

— O *quê?*

— Atriz.

— Misericórdia! — Os abetos foram novamente abandonados. — Ouça, Justine, detesto bancar a desmancha-prazes e sinceramente não pretendo magoá-la, mas você se julga... bem, você se acha fisicamente bem-aquinhoada para ser uma atriz?

— Oh, mamãe! — disse Justine, enfadada. — Não vou ser estrela de cinema; vou ser atriz! Não quero rebolar as ancas, nem empinar os seios, nem fazer beicinho com os lábios molhados! Quero representar. — Ela estava enfiando nacos de carne sem gordura no barril de salmoura. — Tenho dinheiro suficiente para me sustentar durante o curso que escolher, não tenho?

—É, graças ao Cardeal de Bricassart.

— Então está resolvido. Estudarei Artes Dramáticas com Albert Jones no Teatro

Culloden e escrevi para a Academia Real de Arte Dramática em Londres, pedindo que incluam o meu nome na lista de espera.

— Você está certa disso, Jussy?

— Absolutamente certa. Faz muito tempo que eu sei. — O último pedaço de carne sangrenta foi empurrado para baixo da superfície da salmoura; Justine colocou a tampa no barril com um murro. — Pronto! Espero nunca mais ver outro pedaço de carne salgada enquanto viver.

Meggie estendeu-lhe uma bandeja completa de bolinhos.

— Ponha-os no forno, por favor. Devo lhe dizer que isto, para mim, é uma surpresa. Sempre pensei que as meninas que desejam ser atrizes vivessem representando, mas a única pessoa que já a vi representar é você mesma.

— Oh, mamãe! Aí está você outra vez confundindo estrelas de cinema com atrizes! Francamente, você não tem jeito.

— Mas, então, as estrelas do cinema não são atrizes?

— De uma espécie muito inferior. Isto é, a não ser que tenham passado primeiro pelo palco. Quero dizer, até Laurence Olivier faz um filme de vez em quando.

Havia um retrato autografado de Laurence Olivier no toucador de Justine; Meggie considerara-o simplesmente uma paixonite de criança, embora se lembrasse de que, na ocasião, concluíra que Justine, ao menos, tinha bom gosto. As amigas que ela, às vezes, trazia para passar alguns dias em Drogheda, costumavam guardar retratos de Tab Hunter e Rory Calhoun.

— Ainda não compreendo — disse Meggie, sacudindo a cabeça. — Uma atriz!

Justine deu de ombros.

— Muito bem, e onde mais poderei gritar, berrar e uivar a não ser num palco? Não me permitem fazer nada disso aqui, nem no colégio, nem em parte alguma! E eu gosto de gritar, de berrar e de uivar, pombas!

— Mas você tem tanto jeito para as artes, Jussy! Por que não ser artista? — insistiu Meggie.

Justine virou-se do imenso fogão de gás e deu um piparote no medidor de um cilindro de gás.

— Preciso dizer ao ajudante de cozinha que troque os botijões; estamos com pouco gás. Mas este ainda dará para hoje. — Os olhos claros observaram Meggie com piedade. — Você tem tão pouco senso prático, mamãe! Pensei que fossem os filhos que não se preocupavam com os aspectos práticos de uma carreira. Deixe-me dizer-lhe uma coisa: não pretendo morrer de fome numa água-furtada e ser famosa depois de morta. Quero gozar um pouco de fama enquanto ainda estou viva, e levar uma vida financeiramente confortável. Por isso pintarei para me distrair e representarei para viver. Que tal?

— Você tem a sua renda de Drogheda, Jussy — disse Meggie, desesperada, infringindo o seu juramento de permanecer em silêncio acontecesse o que acontecesse. — E, com ela, você nunca chegaria a morrer de fome numa água-furtada. Se prefere pintar, pinte. Poderá fazê-lo tranqüilamente.

Justine parecia alerta, interessada.

— Quanto é que eu tenho, mamãe?

— O suficiente para nunca precisar trabalhar, se não quiser.

— Que chateação! Eu acabaria falando ao telefone e jogando *bridge*; pelo menos é o que fazem as mães de quase todas as minhas colegas. Porque eu viveria em Sydney, e não em Drogheda. *Gosto* muito mais de Sydney do que de Drogheda. — Um brilho de esperança surgiu-lhe nos olhos. — Tenho o bastante para mandar tirar minhas sardas pelo novo tratamento elétrico?

— Acho que sim. Por quê?

— Porque, assim, alguém poderia ver o meu rosto. Só por isso.

— Pensei que a beleza não tivesse importância para uma atriz.

— Tudo tem limites, mamãe. Minhas sardas são um castigo.

— Você tem certeza de que não prefere ser artista plástica?

— Absoluta, obrigada. — Ela dançou um pouquinho. — Vou pisar o palco, Sra. Worthington!

— Como conseguiu entrar no Culloden?

— Fiz um teste.

— E eles a aceitaram?

— A fé que você tem em sua filha é comovente, mamãe. É claro que me aceitaram! Fique sabendo que sou soberba. Um dia ainda serei muito famosa.

Meggie despejou um corante verde numa tigela de glacê, misturou tudo e principiou a deixar cair a mistura sobre os abetos já assados.

— A fama é importante para você, Justine?

— Eu diria que sim. — Ela deitou açúcar sobre a manteiga tão mole que se ajustara aos contornos internos da tigela; embora tivessem trocado o fogão de lenha pelo fogão de gás, a cozinha estava muito quente. — Estou inabalavelmente decidida a ser famosa.

— Você não pretende casar?

Justine assumiu uma expressão desdenhosa.

— Isso é pouquíssimo provável! Passar *minha* vida limpando narizes cheios de meleca e bundas cheias de merda? Fazendo salamaleques para um homem muito inferior a mim, embora se julgue melhor do que eu? Ho, ho, ho, eu é que não!

— Francamente, você é o cúmulo! Onde arranjou essa linguagem?

Justine principiou a quebrar ovos rápida e habilmente numa bacia, com uma mão só.

— No meu finíssimo colégio de senhoritas, naturalmente. — Bateu os ovos sem misericórdia com um batedor francês. — Na verdade, éramos uma turma muito decente de moças. Muito cultas. Não é qualquer grupo de tolas adolescentes que sabe apreciar a delicadeza de um verso latino:

"Existira um romano de Vinídio
Com a camisa feita de irídio;
Perguntado sobre o porquê da veste;
Limitou-se a explicar: '*Id est*
Bonum sanguinem praesidium.'"

Os lábios de Meggie crisparam-se.

— Vou me odiar por perguntar, mas o que foi que disse o romano?

— "É uma boa proteção para o sangue."

— Só isso? Pensei que fosse coisa muito pior. Você me surpreende. Mas, voltando à vaca fria, minha cara jovem, apesar do seu evidente esforço para mudar de assunto, o que é que há de errado com o casamento?

Justine imitou a rara gargalhada irônica da avó.

— Mamãe! Francamente! É *você* quem me faz essa pergunta?

Meggie sentiu o sangue ferver-lhe debaixo da pele e abaixou os olhos para a bandeja de abetos verdes.

— O fato de você ter completado dezessete anos não lhe dá o direito de ser impertinente.

— Não é esquisito? — perguntou Justine à tigela. — No minuto em que a gente se aventura em território estritamente materno, torna-se impertinente. Apenas perguntei: é você quem me faz essa pergunta? Perfeitamente normal, bolas! Não estou insinuando que você é um fracasso, nem uma pecadora, nem coisa pior. Na realidade, sou da opinião de que demonstrou notável bom senso, dispensando o seu marido. Para que precisaria de um? Já há toneladas de influência masculina para seus filhos com tantos tios por aí, e você tem dinheiro suficiente para viver. Concordo com você! O casamento é para os passarinhos.

— Você é igualzinha a seu pai!

— Outra evasão. Todas as vezes que a contrario, fico igualzinha a meu pai. Bem, terei de confiar na sua palavra, visto que nunca pus os olhos nesse cavalheiro.

— Quando vai embora? — perguntou Meggie, desanimada.

Justine sorriu.

— Você não vê a hora de se livrar de mim, não é? Está certo, mamãe, não a censuro. Mas não posso fazer nada, gosto de escandalizar as pessoas, principalmente você. Que tal me levar amanhã ao aeródromo?

— Deixe para depois de amanhã. Amanhã a levarei ao banco. É melhor que você já fique sabendo quanto possui. E, Justine...

Justine estava acrescentando farinha e misturando-a peritamente, mas ergueu os olhos ao perceber a mudança de tom na voz de sua mãe.

— Sim?

— Se algum dia se vir em dificuldades, faça o favor de vir para casa. Sempre teremos um quarto para você em Drogheda. Quero que se lembre disso. Nada que você faça será tão mau que a impeça de voltar para casa.

O olhar de Justine enterneceu-se.

— Obrigada, mamãe. No fundo, afinal, você até que não é uma velha tão chata e má quanto parece!

— *Velha?* — bradou Meggie, com assombro. — Eu não sou velha coisa nenhuma! Só tenho quarenta e três anos!

— Caramba, tanto assim?

Meggie atirou um bolinho que acertou no nariz de Justine.

— Sua miserável! — riu-se ela. — Você é um monstro! Agora me sinto como se tivesse cem anos.

A filha sorriu.

Nesse momento, Fee entrou para averiguar como iam as coisas na cozinha; Meggie saudou-lhe a chegada com alívio.

— Mamãe, sabe o que Justine acaba de me dizer?

Os olhos de Fee já não eram capazes de mais nada além do esforço extremo de escriturar os livros, mas o espírito por trás das pupilas embaçadas continuava agudo como sempre.

— Como posso saber o que Justine acaba de lhe dizer? — indagou, brandamente, olhando para os bolinhos verdes com um ligeiro estremecimento.

— Porque, às vezes, tenho a impressão de que você e Jussy trocam segredinhos que não me revelam, e agora, no momento em que minha filha acaba de me contar suas novidades, você entra aqui, coisa que normalmente não faz.

— Hummmm, o gosto deles pelo menos é melhor do que a aparência — comentou Fee, mordiscando um abetozinho verde. — Asseguro-lhe, Meggie, que não animo sua filha a conspirar comigo à sua revelia. O que fez agora para deixá-la desse jeito, Justine? — perguntou ela voltando-se para a neta, que revestia com sua massa forminhas untadas de gordura e polvilhadas de farinha.

— Eu disse a mamãe que ia ser atriz, vó, nada mais.

— Nada mais mesmo? E, que mal lhe pergunte, isso é verdade ou é mais uma das suas piadinhas de mau gosto?

— É verdade. Vou começar no Culloden.

— Bem, bem, bem! — disse Fee, encostando-se na mesa e olhando ironicamente para a filha. — É surpreendente como as crianças têm idéias próprias, não é, Meggie?

Meggie não respondeu.

— Você desaprova, vó? — resmungou Justine, pronta para o combate.

— Eu? Desaprovar? Não tenho nada a ver com o que você faz da sua vida, Justine. De mais a mais, acho que dará uma boa atriz.

— Você *acha*? — ecoou Meggie, espantada.

— É claro — disse Fee. — Justine não é das que escolhem mal, não é mesmo, filha?

— Não.

Justine sorriu, tirando dos olhos uma madeixa suada de cabelo. Meggie surpreendeu-a olhando para a avó com uma afeição que nunca sentira estendida a ela.

— Você é uma boa menina, Justine — disse Fee, e terminou o bolinho que começara a comer com tão pouco entusiasmo. — Nada maus, mas eu teria preferido que você os tivesse coberto de glacê branco.

— Não se podem cobrir árvores com glacê branco — discordou Meggie.

— É claro que sim, quando se trata de abetos; o branco pode ser neve — disse sua mãe.

— Agora é tarde demais, eles estão nauseabundamente verdes — riu-se Justine.

— *Justine!*

— Desculpe, mamãe, eu não pretendia aborrecê-la. Sempre me esqueço de que você tem o estômago fraco.

— Eu não tenho o estômago fraco — revidou Meggie, exasperada.

— Eu só vim ver se havia a possibilidade de uma xícara de chá — atalhou Fee, puxando uma cadeira e sentando-se. — Seja boazinha e ponha a chaleira no fogo, Justine.

Meggie sentou-se também.

— Você acha mesmo que isso daria certo para Justine, mamãe? — perguntou ela, ansiosa.

— E por que não? — respondeu Fee, observando a neta ocupada com o ritual do chá.

— Pode ser uma fase passageira.

— É uma fase passageira, Justine? — perguntou Fee.

— Não — respondeu Justine, concisa, colocando xícaras e pires sobre a velha mesa verde da cozinha.

— Arranje um prato para pôr os biscoitos, Justine, não jogue a lata na mesa —

disse Meggie automaticamente. — E, pelo amor de Deus, não traga o latão de leite para cá, despeje um pouco numa leiteira apropriada.

— Sim, mamãe, desculpe, mamãe — respondia Justine, mecanicamente também. — Não vejo o por quê de tantos fricotes na cozinha. A única coisa que eu teria de fazer era repor no lugar o que não foi comido e lavar mais dois pratos.

— Faça o que lhe digo; é muito mais bonito.

— Voltando ao assunto — prosseguiu Fee —, não creio que haja o que discutir. Sou da opinião de que se deve deixar Justine experimentar e ela, provavelmente, o fará muito bem.

— Quem me dera poder ter certeza — disse Meggie em tom sombrio.

— Você está pensando conseguir fama e glória, Justine? — perguntou a avó.

— Elas fazem parte do pacote — disse Justine, colocando sobre a mesa o velho bule de chá da cozinha e sentando-se depressa. — Não reclame, mamãe; não estou fazendo chá numa chaleira de prata para servir na cozinha.

— O bule está perfeitamente de acordo — disse Meggie, sorrindo.

— Oh, está ótimo! Nada como uma boa xícara de chá — suspirou Fee, bebendo o seu aos golinhos. — Justine, por que persiste em apresentar as coisas a sua mãe de maneira tão desfavorável? Você sabe que a questão não é de fama nem de fortuna. É uma questão de ego, não é?

— Ego, vó?

— Naturalmente. Ego. Você sente que nasceu para representar, não é isso?

— É.

— Então, por que não o explicou dessa maneira a sua mãe? Por que a perturbou com uma porção de tolices irreverentes?

Justine deu de ombros, bebeu o seu chá de uma vez e empurrou a xícara vazia na direção da mãe, pedindo mais.

— Sei não — disse ela.

— *Eu não sei* — corrigiu Fee. — Espero que aprenda a falar melhor no palco. Mas você deseja ser atriz por causa do ego, não é mesmo?

— Acho que sim — replicou Justine, com relutância.

— Oh, o teimoso e obstinado orgulho dos Clearys! Ele ainda será a sua desgraça, Justine, se não aprender a dominá-lo. Esse medo estúpido de ser alvo de chacotas ou de ser ridicularizado. Embora eu não saiba como foi que você chegou à conclusão de que sua mãe poderia ser tão cruel. — Ela deu uns tapinhas no dorso da mão de Justine. — Dê um pouco de si, Justine; coopere.

Mas Justine abanou a cabeça.

— Não posso.

Fee suspirou.

— Não sei o bem que ela poderá lhe fazer, minha filha, mas você tem minha bênção para o seu empreendimento.

— Tá, Nanna, eu lhe fico muito grata.

— Então trate de mostrar sua gratidão de um modo concreto: descubra onde está seu tio Frank e diga-lhe que há chá na cozinha, por favor.

Justine saiu e Meggie olhou para Fee.

— Mamãe, você é assombrosa!

Fee sorriu.

— Sim, você terá de admitir que nunca tentei dizer a nenhum dos meus filhos o que eles deviam fazer.

— De fato, nunca tentou — concordou Meggie, com ternura. — E também lhe ficamos muito gratos por isso.

A primeira coisa que Justine fez quando voltou a Sydney foi mandar tirar as sardas. Infelizmente, não se tratava de um processo rápido, pois eram tantas que a operação levaria, aproximadamente, doze meses; além disso, ela teria de ficar longe do sol pelo resto da vida porque, do contrário, as sardas voltariam. A segunda coisa que fez foi descobrir um apartamento, um feito nada desprezível em Sydney na ocasião, quando as pessoas construíam casas particulares e consideravam a vida *en masse* nos prédios de apartamentos como um anátema. Mas acabou encontrando um apartamento de dois cômodos em Neutral Bay, numa das imensas e antigas mansões vitorianas da praia que, tendo conhecido tempos difíceis, haviam sido transformadas em edifícios de sombrios semi-apartamentos. O aluguel, de cinco libras e dez xelins por semana, era exorbitante se se considerar que o mesmo banheiro e a mesma cozinha serviria a todos os inquilinos. Justine, contudo, sentia-se muito satisfeita. Embora houvesse sido bem preparada para os trabalhos domésticos, tinha poucos instintos caseiros.

A vida em Bothwell Gardens fascinava-a muito mais do que o seu aprendizado no Culloden, onde a existência parecia consistir em meter-se atrás dos cenários para assistir ao ensaio dos outros, conseguir um papelzinho mixuruca de vez em quando, e decorar frases e frases de Shakespeare, Shaw e Sheridan.

Incluindo o de Justine, Bothwell Gardens tinha seis apartamentos, além do da Sra. Devine, a senhoria. A Sra. Devine era uma londrina de sessenta e cinco anos que vivia fungando de tristeza, tinha olhos salientes e um grande desprezo pela Austrália e pelos australianos, embora não tivesse escrúpulo de roubá-los. Sua principal preocupação na vida parecia ser o custo do gás e da eletricidade, e sua principal fraqueza era o vizinho de apartamento de Justine, jovem inglês que explorava prazerosamente sua nacionalidade.

— Não me incomodo, às vezes, de fazer cócegas na velhinha enquanto recordamos o passado — disse ele a Justine. — Isso impede que ela me azucrine a paciência, você sabe como é. Vocês, meninas, não têm licença para ligar aquecedores elétricos nem no inverno, mas *eu* ganhei um de presente e *eu* tenho licença para ligá-lo até no verão, se me der na telha.

— Porco — disse Justine sem paixão.

Ele se chamava Peter Wilkins e era caixeiro-viajante.

— Venha ao meu quarto que lhe farei um bom chá qualquer dia destes — convidou ele, impressionado pelos olhos pálidos, que o intrigavam.

Justine foi, tendo tido o cuidado de não escolher uma hora em que a Sra. Devine estivesse espiando, enciumada, por ali, e acabou se acostumando a repelir os avanços de Pete. Os anos que passara cavalgando e trabalhando em Drogheda lhe tinham dado uma força considerável, e ela não ligava para certas regras, como a de não bater abaixo da cintura.

— Vá para o inferno, Justine! — arquejou Peter, enxugando as lágrimas de dor que lhe saltavam dos olhos. — Desista, menina! Você sabe que terá de perdê-lo um dia! Isto não é a Inglaterra vitoriana, e ninguém espera que você o guarde para o casamento.

— Não tenho a menor intenção de guardá-lo para o casamento — respondeu ela, arrumando o vestido. — Acontece apenas que ainda não sei a quem caberá essa honra, só isso.

— Como mulher você não vale nada! — disse ele brusca e maldosamente; ela o machucara realmente.

— Não, não valho. Ora, vá se catar, Pete. Você não pode me ferir com palavras. E há muitos homens capazes de correr atrás de qualquer uma, se for virgem.

— E muitas mulheres também. Observe o apartamento da frente.

— Eu tenho observado.

As duas moças que moravam no apartamento da frente eram lésbicas e haviam saudado com muita alegria o advento de Justine até compreenderem que ela não estava interessada e nem mesmo intrigada. A princípio ela não soubera direito o que elas estavam insinuando, mas, depois que elas puseram as cartas na mesa, Justine encolheu os ombros, sem se deixar impressionar. Assim, após um período de adaptação, tornou-se a caixa de ressonância delas, a sua confidente natural, o seu porto em todas as tempestades; pagou a fiança de Billie para tirá-la da cadeia, levou Bobbie para o Hospital Mater a fim de submetê-la a uma lavagem de estômago depois de uma briga particularmente feia com Bilie, recusou-se a tomar partido por qualquer uma delas quando Pat, Al, Georgie e Ronnie assomaram alternadamente no horizonte. Aquilo parecia ser uma espécie muito insegura de vida emocional, pensou. Os homens eram bem ruinzinhos, mas, pelo menos, tinham a vantagem da diferença intrínseca.

Assim, com as moças de Culloden e as de Bothwell Gardens, além das que conhecera em Kincoppal, Justine tinha uma porção de amigas e era também uma boa amiga.

Nunca lhes contava todos os seus problemas, como elas lhe contavam os delas; para isso tinha Dane, embora os poucos problemas que admitia ter não parecessem oprimi-la. O que nela mais fascinava as amigas era a sua extraordinária autodisciplina, como se se houvesse preparado desde a infância para não permitir que as circunstâncias lhe atrapalhassem o bem-estar.

Mas o que mais interessava a todas as pessoas que se diziam suas amigas era saber como, quando e com quem Justine se decidiria finalmente a realizar-se como mulher. Ela, porém, não tinha pressa.

Arthur Lestrange era o jovem ator que por mais tempo desempenhara o papel de Albert Jones, embora se tivesse despedido melancolicamente do seu quadragésimo aniversário no ano anterior àquele em que Justine chegara ao Culloden. Tinha um bom corpo, era um ator firme e digno de confiança e seu rosto viril, cercado de madeixas amarelas, provocava infalivelmente os aplausos do público. No primeiro ano, nem sequer notou a presença de Justine, que se mantinha muito quietinha e fazia exatamente o que a mandavam fazer. Mas no fim do ano o tratamento das sardas terminara, e ela começou a destacar-se dos cenários em lugar de confundir-se com eles.

Tirando as sardas e acrescentando a maquilagem para acentuar-lhe as sobrancelhas e os cílios, ela era uma moça bonita, de uma beleza sutil de elfo. Não possuía a beleza impressionante de Luke O'Neill, nem a delicadeza de sua mãe. O corpo era passável, sem nada de espetacular, um pouco magro demais. Só o cabelo intensamente vermelho sobressaía sempre. No palco, porém, ela era muito diferente; podia fazer as pessoas imaginarem-na bela como Helena de Tróia ou feia como uma bruxa.

Arthur notou-a pela primeira vez durante um período letivo, quando lhe pediram que recitasse um trecho de *Lord* Jim de Conrad usando várias inflexões. Ela era realmente extraordinária; ele percebeu a emoção de Albert Jones e, finalmente, compreendeu por que Al lhe dedicava tanto tempo. Mímica nata, mas muito mais do que isso, Justine valorizava cada palavra que pronunciava. E havia a voz, dote natural maravilhoso para qualquer atriz, uma voz profunda, rouca, penetrante.

Assim, quando a viu com uma xícara de chá na mão, sentada com um livro aberto sobre os joelhos, foi sentar-se ao lado dela.

— Que é que você está lendo?

Ela ergueu os olhos e sorriu.

— Proust.

— Não o acha meio enfadonho?

— Proust, enfadonho? Não, a menos que não se goste de mexericos. Pois é isso o que ele é, nem mais nem menos. Um velho e terrível mexeriqueiro.

Ele tinha a convicção constrangedora de que ela o tratava com um arzinho de superioridade intelectual, mas perdoou-a. Aquilo não passava de extrema juventude.

— Eu a ouvi recitando Conrad. Esplêndido.

— Obrigada.

— Talvez pudéssemos, um dia, tomar café juntos para discutir os seus planos.

— Se você quiser — disse ela, retornando a Proust.

Ele alegrou-se por haver falado em café, em vez de jantar; a esposa mantinha-o num regime de meia-ração, e o jantar exigia um grau de gratidão que ele não sabia se Justine estava preparada para manifestar. Entretanto, deu seguimento ao convite casual e levou-a a um lugarzinho escuro, na parte inferior de Elizabeth Street, onde podia ter razoável certeza de que a esposa jamais pensaria em procurá-lo.

Por uma questão de autodefesa, Justine aprendera a fumar, cansada de sempre bancar a santinha, recusando os cigarros que lhe ofereciam. Depois que se sentaram, tirou um maço novo de cigarros da bolsa, e destacou com cuidado a parte de cima do celofane que envolvia a carteira *flip-top*, certificando-se de que a parte maior do invólucro continuava enrolada na parte maior do maço. Arthur observava-a, entre divertido e interessado.

— Por que cargas d'água você tem tanto trabalho? Arranque logo todo o celofane, Justine.

— Que complicação!

Ele pegou na carteira de cigarros e bateu com expressão reflexiva na mortalha intacta.

— Se eu fosse discípulo do eminente Sigmund Freud...

— Se você fosse Freud, que aconteceria? — Ela ergueu os olhos, viu a garçonete em pé, ao seu lado. — Um *capuccino*, por favor.

Ele se aborreceu por ela ter feito o próprio pedido, mas deixou passar o incidente, mais interessado em desenvolver o pensamento que tinha na cabeça.

— Um vienense, por favor. Pois bem, voltando ao que eu dizia a respeito de Freud, eu gostaria muito de saber o que ele pensaria disto. Ele diria...

Ela tirou o maço da mão dele, abriu-o, retirou um cigarro e acendeu-o, sem dar a ele tempo suficiente para encontrar os fósforos.

— O quê?

— Ele pensaria que você gosta de manter intactas as substâncias membranosas, não pensaria?

A gargalhada que ela deu ecoou através do ar fumarento. Vários homens voltaram, curiosos, a cabeça.

— Pensaria? Será essa uma forma indireta de me perguntar se ainda sou virgem, Arthur?

Ele fez estalar a língua, exasperado.

— Justine! Vejo que, entre outras coisas, terei de lhe ensinar a bela arte da prevaricação.

— Entre que outras coisas, Arthur? — Ela encostou os cotovelos na mesa e seus olhos cintilaram no escuro.

— O que é que você precisa aprender?

— Tive uma educação quase completa.

— Em tudo?

— Céus, como você sabe dar ênfase às palavras! Preciso não esquecer o modo com que disse isso.

— Existem coisas que só podem ser aprendidas através da experiência pessoal — disse ele com suavidade, estendendo a mão para esconder um anel de cabelo dela atrás da orelha.

— É mesmo? Sempre achei a observação adequada.

— Sim, mas que me diz quando se trata de amor? — Emprestou à palavra uma profundidade delicada. — Como é que você pode interpretar o papel de Julieta sem saber o que é o amor?

— Um bom argumento. Concordo com você.

— Já esteve apaixonada algum dia?

— Não.

— Sabe alguma coisa sobre o amor? — Desta vez ele deu ênfase às palavras "alguma coisa" em lugar de acentuar a palavra "amor".

— Nada de nada.

— Ah! Então Freud teria razão, hein?

Ela pegou na carteira de cigarros e pôs-se a olhar para o invólucro, sorrindo.

— Em algumas coisas, talvez.

Ele agarrou o fundo do celofane, arrancou-o da carteira e segurou-o na mão. Em seguida, dramaticamente, amassou-o e deixou-o cair no cinzeiro, onde o papel estalou e contorceu-se, expandindo-se.

— Eu gostaria de ensiná-la a ser mulher, se pudesse.

Por um momento ela não disse nada, absorta nas contorções do celofane no cinzeiro, depois acendeu um fósforo e, com todo o cuidado, queimou-o.

— Por que não? — perguntou à chama breve. — É isso mesmo, por que não?

— Será uma coisa divina, de luar e rosas, um cortejar apaixonado, ou será curto e penetrante, como uma seta? — declamou ele, com a mão no coração.

Ela riu-se.

— Francamente, Arthur! Eu, por mim, espero que seja longo e penetrante. Mas nada de luar e rosas, por favor. Meu estômago não foi feito para um cortejar apaixonado.

Ele olhou para ela com alguma tristeza e abanou a cabeça.

— Oh, Justine! O estômago de todo mundo é feito para um cortejar apaixonado... até o seu, sua vestalzinha insensível. Um dia você verá. E ansiará por ele.

— Ora! — Ela levantou-se. — Vamos, Arthur, vamos liquidar o assunto antes que eu mude de idéia.

— *Agora*? Esta noite?

— E por que não? Tenho dinheiro suficiente para pagar o quarto de hotel se você estiver duro.

O Hotel Metrópole não ficava muito longe; caminharam pelas ruas sonolentas com o braço dela enfiado aconchegadamente no dele, rindo-se. Era tarde demais para jantar e cedo demais para os teatros fecharem suas portas, de modo que havia pouca gente por ali, apenas grupos de marinheiros norte-americanos, pertencentes a uma força-tarefa visitante, e grupos de moças que passavam vendo vitrinas e, de vez em quando, esguelhavam os olhos aos marinheiros. Ninguém reparou neles, o que agradou muito a Arthur. Ele entrou numa farmácia, enquanto Justine esperava na calçada, e de lá saiu todo feliz.

— Agora está tudo pronto, amor.

— Que foi que você comprou? Camisas-de-vênus?

Ele fez uma careta.

— Eu diria que não. Usar camisa-de-vênus é como se embrulhar numa página do Reader's Digest, com aquele papel grosso e grudento. Não, comprei para você um pouco de geléia. A propósito, como sabe da existência das camisas-de-vênus?

— Depois de passar sete anos num internato católico? Que acha que fazíamos? Rezar? — Ela sorriu. — Reconheço que não *fazíamos* muita coisa, mas falávamos sobre tudo.

O Sr. e a Sra. Smith inspecionaram o seu reino, que não era nada mau para um quarto de hotel de Sydney daquela época. Os dias do Hilton ainda estavam por vir. Muito grande, tinha vistas soberbas da Ponte do Porto de Sydney. Sem banheiro, naturalmente, mas com uma bacia e um jarro sobre uma mesinha de tampo de mármore, acompanhamento adequado para as enormes relíquias de mobília vitoriana.

— E o que é que eu faço agora? — perguntou ela, fechando as cortinas. — Bonita vista, não é?

— É. O que é que você faz? Tire as calcinhas, naturalmente.

— Só isso? — perguntou ela, maliciosa.

Ele fez um gesto.

— Tire tudo, Justine! É preciso sentir carne com carne para ser bom de verdade.

Simples e rapidamente ela se desfez das roupas, sem nenhuma timidez, subiu na cama e deitou-se com as pernas abertas.

— Assim, Arthur?

— Pelo amor de Deus! — disse ele, dobrando cuidadosamente as calças; sua esposa sempre as examinava para ver se estavam amassadas.

— O quê? Que aconteceu?

— Você é ruiva mesmo, não é?

— O que você esperava, pêlos roxos?

— Piadinhas não contribuem para criar a atmosfera apropriada. Portanto, pare com isso. — Ele encolheu a barriga, virou-se, encaminhou-se pomposamente para a cama, subiu, e começou a aplicar beijinhos estratégicos no rosto, no pescoço e no seio esquerdo dela. — Hummmmmm, você é gostosa. — Os braços dele envolveram-na. — Pronto! Não é bom?

— Acho que sim. É, *é* muito bom.

Seguiu-se o silêncio, interrompido apenas pelo som de beijos e murmúrios ocasionais. Havia um imenso e antigo toucador colocado defronte do pé da cama, cujo espelho ainda estava virado para refletir a arena do amor naturalmente, por obra de algum erótico ocupante anterior do quarto.

— Apague a luz, Arthur.

— Não, querida! Lição número um: nenhum aspecto do amor é incompatível com a luz.

Tendo executado o trabalho preparatório com os dedos e depositado a geléia onde ela devia ficar, Arthur conseguiu insinuar-se entre as pernas de Justine. Um pouco dolorida mas perfeitamente confortável e, se não estática, pelo menos maternal, Justine olhou, por cima do ombro de Arthur, para o pé da cama e dali para o espelho.

Vistas ao espelho, as pernas dos dois pareciam esquisitas, com as dele, recobertas de pêlos escuros, presas entre as dela, lisas e sem sardas; entretanto, a parte maior e mais importante da imagem refletida consistia na bunda de Arthur, que, à proporção que ele manobrava, se relaxava e contraía, movia-se para cima e para baixo, com dois tufos de pêlos amarelos como os de Dagwood aparecendo acima dos dois globos gêmeos e acenando alegremente para ela.

Justine olhou; tornou a olhar. Apertou com força o punho de encontro à boca, gorgolejando e gemendo.

— Pronto, pronto, querida, está tudo bem! Eu já a rompi, de modo que agora não pode doer muito mais — murmurou ele.

O peito dela principiou a arfar; ele envolveu-lhe o corpo com os braços, apertando-a com mais força ainda e murmurou palavras inarticuladas.

De repente, a cabeça dela caiu para trás e a boca se abriu num longo e angustiado grito de dor, que se foi transformando aos poucos em gargalhadas sucessivas, cada qual mais escandalosa. E, quanto mais furioso ele ficava, tanto mais ela ria, apontando o dedo, sem poder falar, para o pé da cama, enquanto as lágrimas lhe escorriam pelas faces. Tinha todo o corpo convulsionado, mas não da maneira que o pobre Arthur prefigurara.

* * *

De muitas maneiras estava Justine mais próxima de Dane do que Meggie, e o que eles sentiam pela mãe pertencia à mãe. Isso não violava os sentimentos recíprocos dos irmãos nem colidia com eles. O elo entre os dois forjara-se muito cedo, e sempre crescera em vez de diminuir. Quando Meggie conseguira libertar-se da sua servidão em Drogheda, eles já eram suficientemente crescidos para estar à mesa da Sra. Smith, na cozinha, fazendo suas lições por correspondência; o hábito de buscarem conforto um no outro fora estabelecido para sempre.

Embora possuíssem índoles muito diferentes, partilhavam de muitos gostos e apetites, e os não partilhados eram tolerados mutuamente com respeito instintivo, como um tempero necessário de diferença. Conheciam-se, de fato, muito bem. A tendência natural dela era deplorar as falhas humanas nos outros e ignorar as suas; a tendência natural dele era compreender e perdoar as falhas humanas dos outros e não ter contemplação com as suas. Ela se sentia invencivelmente forte; ele se sabia perigosamente fraco.

E, de um modo ou de outro, tudo se juntava para uma amizade quase perfeita, em cujo nome nada era impossível. Entretanto, como Justine fosse muito mais loquaz do que ele, Dane ouvia sempre muito mais as confidências dela do que ela as dele. Em alguns sentidos, até certo ponto, ela era uma imbecil moral, para a qual nada era sagrado, e ele tinha consciência de que a sua função consistia em provê-la dos escrúpulos de que ela carecia. Desse modo, ele aceitava o papel de ouvinte passivo com uma ternura e uma compaixão que teriam agastado enormemente Justine se esta suspeitasse delas. Mas ela nunca suspeitou; sempre azucrinara os ouvidos do irmão a respeito de tudo e de nada desde que ele tivera idade bastante para prestar atenção.

— Adivinhe o que fiz ontem à noite! — desafiou-o ela, ajustando com cuidado o chapelão de palha de modo que o rosto e o pescoço ficassem protegidos do sol.

— Você representou, pela primeira vez, o papel principal de uma peça — disse Dane.

— Bocó! Se fosse isso, você acredita que eu não o chamaria para me ver? Tente outra vez.

— Você, afinal, levou um soco de Bobbie destinado a Billie.

— Frio como seio de madrasta.

Ele encolheu os ombros, enfastiado.

— Fica difícil sem uma pista.

Eles estavam sentados na grama, debaixo do vulto gótico da catedral de Santa Maria. Dane telefonara avisando Justine de que chegaria para assistir a uma cerimônia especial na catedral e perguntara-lhe se não queria encontrar-se com ele antes disso defronte do templo. Era evidente que ela queria; Justine estava louca para contar-lhe o episódio mais recente.

Quase no fim do último ano em Riverview, Dane era capitão da escola, capitão do time de críquete, do time de *rugby*, do time de handebol e da equipe de tênis. E monitor da sua classe, ainda por cima. Aos dezessete anos, media um metro e oitenta e oito, possuía uma bela voz de barítono e escapara milagrosamente de aflições como espinhas, desengonço e um pomo-de-adão muito saliente. Por ser tão loiro, ainda não começara a fazer a barba, mas, em todos os outros sentidos, seu aspecto era mais viril do que juvenil. Somente o uniforme de Riverview lhe denunciava a idade e a condição.

O dia estava quente e ensolarado. Dane tirou o chapéu de palha que usava com o uniforme e estendeu-se na grama. Justine sentou-se ao lado dele, com os braços em torno dos joelhos para certificar-se de que toda a sua pele nua estava na sombra. Ele abriu um olho azul e preguiçoso na direção dela.

— O que foi o que você fez ontem à noite, Jus?

— Perdi minha virgindade. Pelo menos *acho* que perdi.

Os dois olhos dele se abriram.

— Você é um bocó.

— Já não era sem tempo. Como posso esperar ser uma boa atriz sem ter a menor idéia do que acontece entre os homens e as mulheres?

— Você devia guardar-se para o homem com quem vai casar.

O rosto dela contorceu-se, exasperado.

— Francamente, Dane, você às vezes é tão arcaico que me deixa encafifada! E se eu só encontrar o homem com quem vou casar depois dos quarenta? O que é que você espera que eu faça? Que fique sentada em cima dele todos esses anos? E o que você vai fazer, guardá-lo para o casamento?

— Não creio que eu me case.

— Nem eu. Nesse caso, por que amarrar uma fita azul em torno dele e enfiá-lo no meu inexistente baú de noiva? Não quero morrer fazendo conjeturas.

Ele sorriu.

— Agora você já não pode. — Rolando sobre o estômago, apoiou o queixo na mão e olhou com firmeza para ela, com o rosto indulgente, preocupado. — Foi tudo bem? Quero dizer, foi horrível? Você detestou o que fez?

Os lábios dela crisparam-se, recordando.

— Detestar, não detestei. E também não foi horrível. Por outro lado, não entendo por que todo mundo fala nisso como se fosse a melhor coisa do mundo. Reconheço que é agradável, mas só. E olhe que eu não escolhi qualquer um; escolhi alguém muito atraente e com idade bastante para saber o que estava fazendo.

Ele suspirou.

— Você é que é uma bocó, Justine. Eu teria ficado muito mais feliz se a ouvisse dizer "Ele não é nenhum adônis, mas nós nos conhecemos e não pude evitá-lo." Admito que você não quisesse esperar até o casamento, mas isso ainda é alguma coisa que deve querer por causa da pessoa. Nunca por causa do ato, Jus. Não me surpreende que você não se sentisse em êxtase.

Todo o vaidoso triunfo desapareceu do rosto dela.

— Ora, bolas! Você agora me fez sentir péssima! Se eu não o conhecesse melhor, diria que você estava tentando me degradar... ou degradar os meus motivos, ao menos.

— Mas você me conhece, não conhece? Sabe que eu nunca a degradaria. Às vezes, porém, os seus motivos são egoístas e tolos. — Ele adotou um tom de voz monótono e uniforme. — Eu sou a voz da sua consciência, Justine O'Neill.

— Também, também, seu bocó. — Esquecendo-se da sombra, ela deixou-se cair na grama ao lado dele de modo que ele não pudesse ver-lhe o rosto. — E você sabe por quê, não sabe?

— Oh, Jussy — disse ele tristemente, mas perdeu-se o que quer que ele fosse acrescentar, pois ela voltou a falar, um pouco agressivamente.

— Nunca, nunca, *nunca* amarei ninguém! Quando você ama as pessoas, elas o matam. Quando você precisa das pessoas, elas o matam. Matam, sim, eu lhe asseguro.

Sempre o magoava saber que ela se sentia excluída do amor, e magoava-o ainda mais saber-se a causa disso. Uma razão preponderante para que ela lhe fosse tão importante era porque ela o amava o bastante para não ter ressentimentos, porque nunca o fizera sentir, nem por um momento, uma diminuição do seu amor através do ciúme ou de melindres. Ele achava uma crueldade que ela se movesse na periferia de um círculo cujo centro era ele próprio. Rezara e rezara para que as coisas se modificassem, mas elas nunca se modificaram. O que não lhe diminuíra a fé, apenas lhe mostrara, com nova ênfase, que em algum lugar, em alguma ocasião, teria de pagar pela emoção de que era alvo à custa dela. Ela enfrentava os fatos com coragem, conseguira até convencer-se de que se achava muito bem na periferia, mas ele sentia-lhe o sofrimento. Ele *sabia*. Havia tanta coisa nela para ser amada, tão pouca coisa nele digna de amor! Sem esperança de compreender as coisas de modo diferente, ele presumia ter ficado com a parte do leão na divisão do amor em virtude da sua beleza, da sua natureza mais tratável, da sua capacidade de comunicar-se com a mãe e com as demais pessoas de Drogheda. E por ser homem. Muito pouca coisa lhe escapava além do que ele simplesmente não poderia saber, e tivera as confidências e a companhia de Justine como ninguém ainda as tivera. Sua mãe era muito mais importante para Justine do que ela mesma queria admitir.

Mas eu expiarei, pensava ele. Tive tudo. De certo modo, terei de restituí-lo, de compensá-la disso.

De repente, calhando de olhar para o relógio, pôs-se em pé; por maior que fosse a sua dívida para com a irmã, devia a outrem muito mais do que isso.

— Tenho de ir, Jus.

— Você e a sua igreja! Quando crescerá o suficiente para deixá-la?

— Espero que nunca. Quando o verei?

— Como hoje é sexta-feira, amanhã, naturalmente, às onze horas, aqui.

— Está certo. Comporte-se.

Ele já se distanciara alguns metros, com o chapéu de palha de Riverview na cabeça, mas voltou-se sorrindo para ela.

— E eu deixei de fazê-lo alguma vez?

Ela sorriu também.

— É claro que não. Você não existe, eu é que vivo metida em apuros. Até amanhã.

Havia imensas portas forradas de couro vermelho no interior do vestíbulo da catedral de Santa Maria; Dane empurrou uma delas, abrindo-a, e esgueirou-se para dentro. Deixara Justine um pouco antes do que era estritamente necessário, mas sempre gostava de entrar na igreja antes que esta se enchesse e transformasse num foco móvel de suspiros, tosses, esbarrões, murmúrios. Quando ele estava só, era muito melhor. Um sacristão acendia braços de candelabros no altar-mor; um diácono, supôs, com exatidão. Cabeça inclinada, ajoelhou-se, fez o sinal-da-cruz ao passar diante do tabernáculo e acomodou-se no banco mais próximo.

De joelhos, descansou a cabeça sobre as mãos dobradas e deixou que o espírito vagasse em liberdade. Em vez de rezar, tornou-se parte intrínseca da atmosfera, que lhe pareceu densa, porém etérea, indizivelmente sagrada, convidando à reflexão. Como se ele se tivesse transformado na chama de uma das pequenas lamparinas vermelhas do santuário, sempre bruxuleando à beira da extinção, mas sustentadas por alguma essência vital, e irradiando um brilho diminuto, porém duradouro, para as trevas mais distantes. Quietude, ausência de formas, esquecimento de sua identidade humana; era isso o que Dane conseguia quando estava na igreja. Em nenhum outro lugar se sentia tão bem, tão em paz consigo mesmo, tão afastado da dor. Seus cílios se baixaram, seus olhos se cerraram.

Da galeria do órgão veio o arrastar de pés, um resfôlego preparatório, uma ruidosa expulsão de ar dos tubos. O coro da Escola Masculina da Catedral de Santa Maria estava chegando mais cedo para um ensaio antes do ritual, que começaria dali a pouco Uma simples bênção do meio-dia de sexta-feira, mas como o oficiante seria um amigo e professor de Dane de Riverview, ele quisera estar presente.

O órgão executou alguns acordes, aquietou-se num acompanhamento trêmulo e entre os sombrios arcos rendados de pedra elevou-se a voz celestial de um menino, fina, alta e suave, tão cheia de pureza inocente que as poucas pessoas que se achavam na grande igreja vazia fecharam os olhos, saudosas do que nunca mais voltaria a pertencer-lhes.

> "*Panis angelicus,*
> *Fit panis hominum,*
> *Dat panis coelicus*
> *Figuris terminum.*
> *O res mirabilis,*
> *Manducat Dominus,*
> *Pauper, pauper,*
> *Servus et humilis...*"

Pão de anjos, pão celestial, ó coisa maravilhosa. Das profundezas do abismo gritei para Ti, Senhor; Senhor, ouve minha voz! Que os Teus ouvidos se afinem com os sons da minha súplica. Não afastes de mim Teu olhar, Senhor, não afastes de mim Teu olhar. Pois Tu és meu Soberano, meu Mestre, meu Deus, e eu sou Teu humilde servo. A Teus olhos só uma coisa interessa, a bondade. Não Te importa que os Teus servos sejam bonitos ou feios. Só Te importa o coração; em Ti tudo se cura, em Ti conheço a paz.

Senhor, isto é solitário. Rogo-Te que se acabe logo a dor da vida. Eles não compreendem que eu, tão bem-dotado, encontre tanta dor no viver. Mas Tu compreendes e o Teu conforto é tudo o que me sustenta. Não importa o que exiges de mim, Senhor, isso será dado, pois eu Te amo. E se posso tomar a liberdade de pedir-Te alguma coisa, é que em Ti tudo o mais se esqueça para sempre...

— Você está muito calada, mamãe — disse Dane. — Em que pensa? Em Drogheda?

— Não — retrucou Meggie, sonolenta. — Penso em como estou ficando velha. Encontrei meia dúzia de fios de cabelo grisalhos hoje cedo e meus ossos doem.

— Você nunca ficará velha, mamãe — disse ele confortadoramente.

— Quem me dera que isso fosse verdade, meu amor, mas infelizmente não é. Estou começando a precisar do poço de água quente, o que é sinal seguro de velhice.

Eles estavam deitados, ao sol morno do inverno, sobre toalhas estendidas no capim de Drogheda, ao pé do poço. Na extremidade mais distante do grande poço a água fervente roncava e respingava, e o cheiro forte do enxofre pairava no ar. Um dos grandes prazeres do inverno era nadar no poço. Mitigavam-se todas as dores e sofrimentos da velhice que avançava, pensou Meggie, e virou-se para deitar-se de costas, com a cabeça na sombra do tronco em que ela e o Padre Ralph tinham sentado havia tanto tempo. Havia muitíssimo tempo; ela era incapaz até de evocar um eco tênue sequer do que devia ter sentido quando Ralph a beijara.

Depois, ouviu Dane levantar-se e abriu os olhos. Ele sempre fora o seu bebê, o seu lindo menininho; embora o tivesse visto mudar e crescer com orgulho de proprietária, sobrepusera a imagem do bebê risonho ao rosto que amadurecia. Ainda não lhe ocorrera que, na realidade, ele já não era uma criança.

Entretanto, o momento de compreensão chegou para Meggie naquele instante, quando o viu em pé, destacado do céu frio em seu sumário traje de banho de algodão.

Meu Deus, está tudo acabado! A infância, a meninice. *Ele é um homem*. Orgulho, ressentimento, uma profunda ternura feminina, uma horrível consciência de tragédia iminente, raiva, adoração, tristeza; tudo isso e muito mais sentiu Meggie ao olhar para o filho. É uma coisa terrível criar um homem, e mais terrível criar um homem como este. Tão surpreendentemente masculino, tão surpreendentemente belo.

Ralph de Bricassart acrescido dela mesma. Como poderia deixar de comover-se vendo em sua extrema juventude o corpo do homem que a ela se juntara no amor? Fechou os olhos, confusa, detestando ter de pensar no filho como num homem. Quando a mirava, veria ele nela uma mulher, ou seria ela ainda para ele um maravilhoso não-ser, mamãe? Dane-se, dane-se! Como ele se atreve a crescer?

— Você sabe alguma coisa a respeito de mulheres, Dane? — perguntou ela de repente, abrindo os olhos outra vez.

Ele sorriu.

— Você se refere aos fatos da vida?

— Tendo Justine por irmã, não poderia deixar de conhecê-los. Quando descobriu o que havia entre as capas dos compêndios de fisiologia, ela contou tudo, de repente, para todo mundo. Não, estou perguntando se você já pôs em prática algum tratado cínico de Justine.

A cabeça dele moveu-se num rápido aceno negativo. Ele escorregou para o chão ao lado dela e fixou os olhos no rosto materno.

— Foi engraçado você ter perguntado isso, mamãe. Faz muito tempo que ando querendo lhe falar a esse respeito, mas não sabia como começar.

— Você só tem dezoito anos, meu amor. Não será um pouco cedo para pôr em prática a teoria?

Só dezoito. Só. Ele era um homem, não era?

— É isso, é sobre isso que eu queria falar com você. Sobre não pôr em prática a teoria. Nunca.

Como era frio o vento que soprava do grande divisor de águas! O curioso é que só agora ela se dava conta disso. Onde estava o seu roupão?

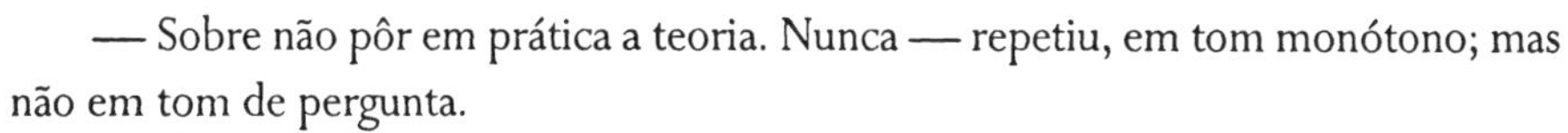

— Sobre não pôr em prática a teoria. Nunca — repetiu, em tom monótono; mas não em tom de pergunta.

— É isso mesmo. Não quero. Nunca. Mas não pense que não pensei nisso, que não desejei uma esposa e filhos. Pensei e desejei. Mas não posso. Porque não há lugar suficiente para amá-los e amar a Deus igualmente, pelo menos como desejo amar a Deus. Faz muito tempo que o sei. Não me lembro de nenhum instante em que o não soubesse e, quanto mais velho fico, mais cresce meu amor a Deus. É um grande mistério amar a Deus.

Meggie continuava olhando para os calmos e distantes olhos azuis. Os olhos de Ralph. Brilhando, todavia, com alguma coisa muito diferente do que havia nos olhos de Ralph. Tivera-a este aos dezoito anos? Tivera-a? Seria, acaso, alguma coisa que só se tem aos dezoito anos? Quando ela entrara na vida de Ralph, este já tinha vinte e oito. Entretanto, sempre soubera que o filho era um místico. E não acreditava que Ralph tivesse tido pendores místicos em algum período de sua vida. Engoliu em seco e apertou ainda mais o roupão em torno dos seus ossos solitários.

— Por isso perguntei a mim mesmo — prosseguiu Dane — o que eu podia fazer para mostrar-Lhe o quanto O amava. Lutei contra a resposta por muito tempo, não querendo vê-la. Eu também desejava a vida de todo homem, desejava muito. No entanto, sabia qual teria de ser o oferecimento... Só há uma coisa que posso oferecer a Ele, para mostrar-Lhe que nada mais existirá em meu coração acima d'Ele: o seu único rival; esse é o sacrifício que Ele quer de mim. Sou o Seu servo, e Ele não terá rivais. Tive de escolher. Ele me deixará ter e gozar todas as coisas, menos essa. — Suspirou e arrancou do chão uma haste de capim de Drogheda. — Preciso mostrar-Lhe que compreendo por que Ele me deu tanto quando nasci. Preciso mostrar-Lhe que compreendo como é sem importância minha vida como homem.

— Você não pode fazer isso, não o deixarei! — gritou Meggie estendendo a mão para pegar-lhe no braço, segurando-o. Como era macio, apesar da sugestão de força debaixo da pele, exatamente como o de Ralph. *Exatamente como o de Ralph!* Não haver alguma garota meiga e inteligente que tivesse o direito de pôr a mão ali?

— Serei padre — disse Dane. — Entrarei todo para o Seu serviço, oferecendo a Ele, como Seu padre, tudo o que tenho e tudo o que sou. Pobreza, castidade e obediência. Ele só exige tudo de Seus servos escolhidos. Não será fácil, mas hei de fazê-lo.

O olhar que havia nos olhos dela! Como se ele a tivesse matado, como se a tivesse reduzido a pó debaixo do pé. Ele não soubera que teria de sofrer isso também, pois só pensara no orgulho que lhe daria, no prazer que ela sentiria de oferecer o filho a Deus. Tinham-lhe dito que ela concordaria, emocionada e enlevada. Ao invés disso, cravara os olhos nele como se a perspectiva do sacerdócio do filho fosse a sua sentença de morte.

— É tudo o que eu sempre quis ser — tornou ele, com desespero, enfrentando o olhar moribundo. — Oh, mamãe, você não compreende? Nunca, nunca desejei ser outra coisa além de padre. Não *posso* ser outra coisa senão padre!

A mão dela largou-lhe o braço; abaixando os olhos, ele viu as marcas brancas das unhas dela, os pequeninos arcos em sua pele onde as unhas de Meggie lhe tinham penetrado fundo na pele do braço. A cabeça dela se ergueu e ela se pôs a gargalhar, numa sucessão de imensos e histéricos frouxos de riso amargo e escarninho.

— É bom demais para ser verdade! — ofegou, quando recuperou o uso da voz, enxugando com mão trêmula as lágrimas que lhe permaneciam no canto dos olhos. — A incrível ironia! Cinzas de rosas, disse ele naquela noite, cavalgando na direção do poço. E eu não compreendi o que ele quis dizer. És cinza, e cinza voltarás a ser. Pertence à Igreja, à Igreja serás dado. Oh, é belo, belo! Deus, o ridículo Deus, digo eu! Deus, o sodomita! O maior inimigo das mulheres, eis o que Ele é! Tudo que procuramos fazer, Ele procura desfazer!

— Não fale assim, não fale assim, mamãe! Não, mamãe! — Dane chorava por ela, por sua dor, sem compreender-lhe a dor nem as palavras. As lágrimas lhe caíam do retorcido coração; o sacrifício já começara e de um modo que ele não imaginara. Mas, embora chorasse por ela, nem por ela poderia abrir mão do sacrifício. A oferta precisava ser feita e, quanto mais difícil, tanto mais valiosa aos Seus olhos.

Ela o fizera chorar, e isso jamais acontecera até aquele momento. Meggie pôs resolutamente de lado a raiva e a dor. Não, não seria justo puni-lo por isso. O que ele era devia-o aos seus genes. Ou ao seu Deus. Ou ao Deus de Ralph. Luz da sua vida, seu filho, ele nunca deveria sofrer por causa dela.

— Não chore, Dane — murmurou ela, passando a mão pelas marcas iradas no braço dele. — Sinto muito. Eu não estava falando sério. Você me deu um choque, foi isso. É claro que me alegro por você! Como não me alegraria? Mas fiquei chocada; a notícia foi muito inesperada, aí é que está. — Ela riu-se com a boca fechada, um tanto trêmula. — Você deixou que a notícia caísse sobre mim como uma pedra.

Os olhos dele se aclararam, fixando-se nela com uma expressão de dúvida. Por que imaginara que a matava? Aqueles eram os olhos de sua mãe como sempre os conhecera; cheios de amor, cheios de vida. Os braços jovens e fortes puxaram-na para junto de si, e abraçaram-na.

— Você tem certeza de que não se incomoda?

— Se me incomodo? Uma boa mãe católica incomodar-se porque o filho vai ser padre? Impossível! — Ela pôs-se de pé num salto. — Brr! Como esfriou! Vamos voltar.

Eles não tinham vindo a cavalo, mas num Land-Rover com cara de jipe. Dane instalou-se atrás do volante e a mãe sentou-se ao seu lado.

— Você já sabe para onde vai? — perguntou Meggie, engolindo um soluço e empurrando a mecha de cabelo que lhe caíra sobre os olhos.

— Acho que vou para o Colégio de São Patrício. Pelo menos até me aprumar. Depois é possível que entre para uma ordem. Eu gostaria de ser jesuíta, mas ainda não estou tão certo disso que possa ingressar diretamente na Sociedade de Jesus.

Meggie olhou para o capim acastanhado que se agitava para cima e para baixo através do pára-brisa coalhado de insetos.

— Tenho uma idéia melhor, Dane.

— Sim?

Ele precisava concentrar-se na direção do automóvel; o caminho ia-se estreitando e havia sempre novos troncos de árvores caídos de través.

— Eu o mandarei para Roma, para o Cardeal de Bricassart. Lembra-se dele, não se lembra?

— Se me lembro dele? Que pergunta, mamãe! Eu não o esqueceria nem daqui a um milhão de anos. É o meu exemplo do padre perfeito. Se eu pudesse ser o padre que ele é, ficaria muito feliz.

— A perfeição é o que a perfeição faz! — disse Meggie com azedume. — Mas eu o encarregarei de tomar conta de você, porque sei que ele o fará. Por mim. Você poderá entrar num seminário em Roma.

— Está falando sério, mamãe? Sério mesmo? — A ansiedade tirava a alegria do rosto dele. — Haverá dinheiro suficiente? Seria muito mais barato se eu ficasse na Austrália.

— Graças ao mesmíssimo Cardeal de Bricassart, meu querido, nunca lhe faltará dinheiro.

À porta da cozinha, ela o empurrou para dentro.

— Vá contar às meninas e à Sra. Smith — disse Meggie. — Elas vão ficar emocionadíssimas.

Um depois do outro, ela pôs os pés no chão, obrigou-os a subir a rampa que conduzia à casa-grande, à sala de estar onde Fee, sentada, em vez de trabalhar, conversava com Anne Mueller, ao lado de uma bandeja de chá, o que não deixava de ser um milagre. Quando Meggie entrou, as duas ergueram os olhos e viram-lhe no rosto que alguma coisa séria tinha acontecido.

Fazia dezoito anos que os Muellers visitavam Drogheda, esperando que tudo corresse sempre assim. Mas Luddie Mueller morrera de repente no outono anterior, e Meggie escrevera em seguida a Anne perguntando-lhe se não gostaria de viver permanentemente em Drogheda. Lá havia espaço em quantidade e um chalé de hóspedes onde ela poderia morar, se o quisesse, no maior isolamento; e poderia também pagar pensão se a isso a obrigasse o orgulho, embora os Clearys tivessem dinheiro suficiente para manter um milhar de hóspedes permanentes. Meggie viu nisso a oportunidade de retribuir o que recebera dos Muellers naqueles solitários anos de Queensland, e Anne viu nisso a salvação. Himmelhoch sem Luddie era horrivelmente solitária. Deixou um administrador tomando conta da propriedade, pois não quisera vendê-la; quando morresse, Himmelhoch seria de Justine.

— Que foi, Meggie? — perguntou Anne.

Meggie sentou-se.

— Creio que fui atingida por um raio de justiça distributiva.

— Como assim?

— Vocês duas tinham razão. Disseram que eu o perderia. Não acreditei, pensei realmente que conseguiria derrotar a Deus. Mas nunca houve mulher capaz de derrotar a Deus. Ele é Homem.

Fee serviu-lhe uma xícara de chá.

— Olhe, beba isto — disse ela, como se o chá tivesse os poderes restauradores do conhaque. — Como foi que o perdeu?

— Ele vai ser padre.

E ela disparou a rir e a chorar ao mesmo tempo.

Anne apanhou as muletas, arrastou-se mancando até onde estava Meggie e sentou-se desajeitada no braço da poltrona, alisando o cabelo de ouro vermelho.

— Oh, minha querida! Mas isso não é tão ruim assim.

— Você sabe a respeito de Dane? — perguntou Fee a Anne.

— Eu sempre soube — disse Anne.

Meggie controlou-se.

— Não é tão ruim assim? Mas vocês não vêem que esse é o começo do fim? A retaliação. Roubei Ralph de Deus, e agora estou pagando com meu filho. Você me disse que isso era roubo, mamãe, lembra-se? Eu não quis acreditar, mas você estava certa, como sempre.

— Ele vai para São Patrício? — perguntou Fee em tom prático.

Meggie riu-se mais normalmente.

— Não é essa espécie de retaliação, mamãe. Vou mandá-lo para Ralph, naturalmente. Metade dele é Ralph; deixemos Ralph desfrutá-lo, afinal. — Ela estremeceu. — Ele é mais importante do que Ralph, e eu sabia que gostaria de ir para Roma.

— Você chegou a contar a Ralph a respeito de Dane? — perguntou Anne; aquele era um assunto que nunca se discutia.

— Não, e jamais contarei. Jamais!!

— São tão parecidos que ele é capaz de adivinhar.

— Quem, Ralph? Nunca! Isso, ao menos, eu pretendo guardar. Estou-lhe mandando o *meu* filho, mas só! Não estou mandando o filho *dele*.

— Cuidado com o ciúme dos deuses, Meggie — disse Anne suavemente. — Eles talvez ainda não tenham dito a última palavra.

— E que mais poderão fazer comigo? — perguntou Meggie, chorosa.

Quando Justine soube da novidade, ficou furiosa, embora nos últimos três ou quatro anos tivesse uma furtiva desconfiança da sua iminência. Sobre Meggie a notícia estourou como o ribombo de um trovão, mas sobre Justine caiu como um previsível balde de água fria.

Primeiro que tudo, porque Justine freqüentara a escola de Sydney com ele e, como sua confidente, ouvira-o falar em coisas que ele não dizia a sua mãe. Sabia Justine que a religião tinha uma importância vital para Dane; não somente Deus, mas a mística significação dos rituais católicos. Se ele tivesse nascido e crescido protestante, pensou ela, acabaria se voltando para o catolicismo a fim de satisfazer a uma necessidade de sua alma. Dane não queria saber de um Deus austero e calvinista. O seu Deus era pintado em vidros coloridos, cercado de incenso, envolvido em bordados de renda e ouro, exalçado em hinos de complexidade musical e adorado em belas cadências latinas.

Era também uma irônica perversidade que alguém tão bem-dotado de beleza considerasse esse atributo um aleijão incapacitante e lhe deplorasse a existência. Pois Dane não fazia outra coisa. Retraía-se diante de qualquer alusão à sua aparência. Justine imaginava que ele teria preferido nascer feio, totalmente destituído de qualquer atração. Compreendia, em parte, que ele se sentisse assim e, porque sua própria carreira se confundia com uma profissão notoriamente narcisista, talvez lhe aprovasse a atitude para com sua aparência. O que ela não conseguia compreender era que ele, em vez de apenas ignorar a sua beleza, a abominasse.

Ele também não era muito voltado para as coisas do sexo, embora ela desconhecesse a razão disso: ou porque ele tivesse aprendido a sublimar suas paixões, ou porque, a despeito dos seus dotes corporais, escasseasse nele a indispensável essência cerebral. Talvez fosse mais válida a primeira hipótese, visto que ele praticava todos os dias um esporte vigoroso a fim de poder ir exausto para a cama. Ela sabia muito bem que suas inclinações eram "normais", isto é, heterossexuais, e conhecia o tipo de garota que o atraía — alta, morena, voluptuosa. Mas ele, sensualmente, não se dava conta disso; não reparava na sensação que lhe proporcionavam as coisas quando as pegava, não sentia os cheiros no ar que o rodeava, nem compreendia a satisfação especial produzida pela forma e pela cor. Para que ele experimentasse uma influência sexual, era preciso que o impacto do objeto provocador fosse irresistível, e só nesses raros momentos ele parecia dar-se conta da existência de um plano terrestre palmilhado e escolhido pela maioria dos homens, durante o maior espaço possível de tempo.

Ele contou-lhe a boa nova nos bastidores do Culloden, depois de um espetáculo. Tudo fora acertado com Roma naquele dia; Dane estava louco para confidenciá-lo à irmã, embora soubesse que ela não gostaria. Nunca discutira com ela suas ambições religiosas, por mais que desejasse fazê-lo, pois ela se zangava. Mas, quando chegou aos bastidores do teatro naquela noite, foi-lhe muito difícil reprimir a alegria por mais tempo.

— Você é um bocó — disse ela, enfadada.

— É o que eu mais desejo.

— Idiota.

— O fato de me xingar, Justine, não modifica nada.

— Pensa que não sei? Acontece apenas que os xingamentos me proporcionam uma pequena válvula de escape emocional de que estou muito precisada neste momento.

— Eu supunha que você encontrasse uma válvula de escape satisfatória no palco, representando Electra. Você é boa mesmo, Jus.

— Depois dessa notícia, serei ainda melhor — disse ela, sombria. — Você vai para São Patrício?

— Não, vou para Roma, para junto do Cardeal de Bricassart. Mamãe arranjou tudo.

— Dane, não! É tão longe!

— Ué, e por que você não vai também, ao menos até à Inglaterra? Com seus estudos e sua capacidade, não lhe será difícil arranjar colocação em algum lugar.

Sentada diante do espelho, Justine tirava do rosto as tintas de Electra, ainda vestindo as roupas de Electra; orlados de pesados arabescos pretos, seus olhos estranhos pareciam mais estranhos ainda. Fez um aceno afirmativo com a cabeça.

— É, eu poderia ir, não poderia? — perguntou em tom reflexivo. — Já está na hora de sair daqui... A Austrália está ficando pequena demais... Tem razão, companheiro! Estou nessa! É para a Inglaterra que eu vou!

— Ótimo! Pense um pouco! Terei férias, pois a gente sempre as tem num seminário, como se fosse uma universidade. Podemos dar um jeito de gozar nossas férias ao mesmo tempo, viajar um pouco pela Europa, voltar para Drogheda. Oh, Jus, já tenho tudo pensado e repensado! Se você não ficar muito longe de mim, será perfeito.

Ela sorriu, feliz.

— É mesmo, não é? A vida nunca mais seria a mesma se eu não pudesse falar com você.

— Era isso mesmo que eu receava que você dissesse. — Ele sorriu. — Mas falando sério, Jus, você me preocupa. Eu preferiria que você ficasse onde eu pudesse vê-la de quando em quando. De outro modo, quem será a voz da sua consciência?

Ele deslizou entre o elmo de um hoplita e a máscara apavorante de uma pitonisa e foi ocupar uma posição no chão onde pudesse vê-la, enrolando-se para formar um volume econômico, fora do caminho de todos os pés. Havia apenas dois camarins para os artistas no Culloden e, como Justine ainda não fizesse jus a nenhum deles, vestia-se na sala de vestir coletiva, entre o tráfico incessante.

— Aquele velho e maldito Cardeal de Bricassart! — disse ela, com raiva. — Odiei-o desde o primeiro momento em que o vi.

Dane sorriu, divertido, com a boca fechada.

— Você não o odiou, e sabe disso.

— Odiei, sim! Odiei!

— Não odiou. Tia Anne, aliás, contou-me uma história no Natal, que eu aposto que você não conhece.

— O que é que não conheço? — perguntou ela, cautelosa.

— Quando você era um bebezinho, ele lhe deu a mamadeira, fê-la arrotar e embalou-a até você dormir. Segundo tia Anne, você era um bebê horrível, cheio de truques, que não gostava de colo, mas, quando ele a pegava, você ficava toda contente.

— Isso é mentira!

— Não é. — Ele sorriu. — De qualquer maneira, por que o odeia tanto agora?

— Não sei. Só sei que o odeio. Ele me parece um velho urubu descarnado, que me dá calafrios.

— Pois eu gosto dele. Sempre gostei. O padre perfeito, é assim que o Padre Watty o chama. E eu também o considero perfeito.

— Pois eu quero que ele se foda, e ponto!

— Justine!

— Desta vez eu o escandalizei, não foi? Aposto que você nem pensava que eu conhecesse essa palavra.

Os olhos dele brilharam.

— Sabe o que ela significa? Diga-me, Jussy! Eu a desafio a dizê-lo!

Ela jamais conseguia resistir-lhe quando ele a provocava, seus próprios olhos principiaram a brilhar.

— Você poderá vir a ser um Padre Papagaio, seu bocó, mas, se ainda não sabe o que isso quer dizer, é melhor não investigar.

Ele ficou sério.

— Não se preocupe, não investigarei.

Um par muito bem torneado de pernas femininas parou ao lado de Dane e girou sobre si mesmo. Ele ergueu a vista, ficou vermelho, afastou os olhos e disse, com voz casual:

— Olá, Martha.

— Olá, Dane.

Era uma moça extremamente bonita, talvez não muito talentosa, mas tão decorativa que constituía um trunfo para qualquer produção; além disso, correspondia exatamente ao ideal de beleza feminina de Dane, cujos comentários elogiosos sobre ela Justine já ouvira mais de uma vez. Alta, cabelo e olhos muito escuros, pele clara, seios magníficos, era o que as revistas de cinema qualificavam sempre de " sexsacional".

Empoeirada no canto da mesa de Justine, ela se pôs a balançar a perna provocadoramente diante do nariz de Dane, enquanto o observava com indisfarçável interesse, que ele evidentemente achava desconcertante. Céus!, que belíssimo pedaço de mau caminho! Como pudera uma guria feia e sem graça como Justine arranjar um irmão como aquele? Mal completara dezoito anos e ainda cheirava a cueiros, mas que importância tinha isso?

— Tive uma idéia: vamos tomar café no meu apartamento? — perguntou, olhando para Dane. — Vocês dois? — ajuntou, relutante.

Justine abanou a cabeça resolutamente, enquanto seus olhos se acendiam por efeito de um súbito pensamento.

— Não, obrigada, não posso. Você terá de se contentar com Dane.

Ele abanou a cabeça com a mesma convicção, embora um tanto pesaroso, pois se sentia realmente tentado.

— De qualquer modo, muito obrigada, Martha, mas não posso. — Olhou para o relógio como se olhasse para um salvador.

— Meu Deus! Só me resta um metro no meu parquímetro. Você ainda se demora, Jus?

— Uns dez minutos.

— Vou esperá-la lá fora. Está bem?

— Cagão! — debochou ela.

Os olhos escuros de Martha seguiram-no.

— Ele é maravilhoso. Por que não olha para mim?

Justine sorriu com azedume e esfregou o rosto para acabar de limpá-lo. As sardas estavam voltando. Londres talvez ajudasse; lá não havia sol.

— Não se iluda, que ele olha, sim. E garanto que gostaria também. Mas não quer.

— Por quê? O que é que ele tem? Não vá me dizer que é bicha! Merda, por que será que todo homem bonito que conheço é bicha? Mas olhe, confesso que nunca pensei que Dane também fosse; juro que ele não me dá essa impressão.

— Veja como fala, sua tolinha! Ele certamente não é bicha. Aliás, no dia em que ele olhar para Sweet William, o nosso Bambi juvenil, eu esganarei os dois.

— Bem, se ele não é veado e gosta disso, por que não aceita quando oferecem? Não recebeu minha mensagem? Será que me acha velha demais para ele?

— Mesmo que você tenha cem anos, minha querida, não será velha demais para homem nenhum, pode ficar tranqüila. Acontece que Dane jurou renunciar ao sexo para o resto da vida, o tonto. Ele quer ser padre.

Abriu-se a boca carnuda de Martha, que atirou para trás o cabelo preto.

— Não me diga!

— É verdade.

— Quer dizer que tudo aquilo será atirado às baratas?

— Receio que sim. Ele pretende oferecê-lo a Deus.

— Nesse caso, Deus é mais bicha do que Sweet Willie.

— Pode ser que você tenha razão — disse Justine. — O certo é que ele não é muito amigo das mulheres. Nós pertencemos à segunda classe, lá em cima, ao galinheiro. A platéia e os balcões são estritamente masculinos.

— Oh.

Justine desvencilhou-se do manto de Electra, enfiou um fino vestido de algodão pela cabeça, lembrou-se de que estava frio lá fora, vestiu uma blusa de tricô de mangas compridas e bateu meigamente na cabeça de Martha.

— Não se aflija com isso, queridinha. Deus foi muito bom para você; não lhe deu um pingo de cérebro. Acredite em mim, é muito mais cômodo assim. Você nunca fará concorrência aos Senhores da Criação.

— Não sei, não me incomodaria de concorrer com Deus pelo seu irmão.

— Esqueça. Você está combatendo o *Establishment*, e isso não se faz. Dou-lhe a minha palavra de que lhe será muito mais fácil seduzir Sweet Willie.

Um automóvel do Vaticano foi receber Dane no aeroporto, e transportou-o rapidamente através das ruas ensolaradas e desbotadas, cheias de gente bonita e sorridente; ele colou o nariz na janela e bebeu de tudo aquilo, insuportavelmente excitado ao ver pessoalmente o que até então só vira em fotografias — as colunas romanas, os palácios rococós, a glória renascentista de São Pedro.

E à sua espera, vestido desta vez de escarlate dos pés à cabeça, estava Ralph Raoul, Cardeal de Bricassart. Na mão estendida, o anel cintilava; Dane dobrou os dois joelhos para beijá-lo.

— Levante-se, Dane, deixe-me olhar para você.

Ele ficou em pé, sorrindo para o homem alto que era quase exatamente da sua altura; podiam fitar a vista um do outro. Para Dane, o Cardeal possuía uma imensa aura de força espiritual, o que lhe lembrava mais um papa do que um santo, embora aqueles olhos intensamente tristes não fossem os de um papa. Quanto não devera ter sofrido para assumir aquele aspecto, mas quão nobremente se alteara acima do próprio sofrimento para tornar-se o padre perfeitíssimo.

E o Cardeal Ralph olhava para o filho que não sabia ser seu e que amava, supunha-o, por ser filho da sua querida Meggie. Era exatamente assim que teria desejado ver um filho do próprio corpo; igualmente alto, igualmente belo, igualmente gracioso. Nunca, em toda a sua vida, vira um homem com um porte tão elegante. Muito mais satisfatória, porém, do que qualquer beleza física era a singela beleza da sua alma. Ela possuía a força dos anjos e algo da sua extraterrenalidade. Teriam sido assim os seus dezoito anos? Tentou recordar, recapitular os eventos acumulados de três quintos de uma existência; não, nunca fora assim. Por quê? Porque este ali estava por sua livre escolha? Ele tivera a vocação, mas nunca pudera escolher.

— Sente-se, Dane. Fez o que lhe pedi, já começou a aprender italiano?

— Já. Até já falo com fluência, embora sem idiotismos, e leio razoavelmente bem. É possível que o fato de ser a minha quarta língua o facilite. Parece que tenho jeito para línguas. Mais duas semanas aqui e acabarei falando como um verdadeiro italiano.

— Falará, sim, não tenha dúvida. Eu também tenho jeito para línguas.

— Elas são fáceis — disse Dane, em tom não muito convincente. A figura escarlate, que lhe inspirava respeito e reverência, era um tanto desalentadora; tornou-se-lhe, de repente, difícil relembrar o homem que montava o cavalo castanho em Drogheda.

O Cardeal Ralph inclinou-se para a frente, observando-o.

"Transfiro-lhe a responsabilidade dele, Ralph", dissera a carta de Meggie. "Encarrego-o do seu bem-estar, da sua felicidade. Estou devolvendo o que roubei. É o que se exige de mim. Prometa-me apenas duas coisas e descansarei sabendo que você agiu de acordo com os melhores interesses dele. Em primeiro lugar, prometa-me, antes de aceitá-lo, certificar-se de que é isso o que ele realmente deseja. Em segundo lugar, em caso afirmativo, mantenha vigilância sobre ele, certificando-se de que isso continua sendo o que ele quer. Se Dane vier a perder o interesse, quero-o de volta. Pois foi a mim que ele pertenceu primeiro. Sou eu quem o dá a você."

— Você tem certeza, Dane? — perguntou o Cardeal.

— Absoluta.

— Por quê?

Seus olhos estavam curiosamente distantes, eram incomodamente familiares, mas familiares de um modo que pertencia ao passado.

— Por causa do amor que tenho a Nosso Senhor. Quero servi-Lo como Seu padre todos os meus dias.

— Sabe o que o Seu serviço implica, Dane?

— Sei.

— Que nenhum outro amor deverá jamais interpor-se entre você e Ele? Que você será exclusivamente d'Ele, e abandonará tudo o mais?

— Sei.

— Que a Sua vontade será feita em todas as coisas, que no serviço d'Ele você sepultará sua personalidade, sua individualidade, o conceito da sua própria importância?

— Sei.

— Que, se for necessário, você terá de enfrentar a morte, a prisão, a fome em nome d'Ele? Que não possuirá nada, nem dará valor a nada capaz de diminuir o amor que você Lhe consagra?

— Sei.

— Você é forte, Dane?

— Sou um homem, Eminência. Sou primeiro um homem. Sei que será difícil. Mas rezo para conseguir, com a ajuda d'Ele, encontrar a força.

— Terá de ser isso mesmo, Dane? Nada menos do que isso poderá contentá-lo?

— Nada.

— E se, mais tarde, você vier a mudar de idéia, que fará?

— Pedirei para sair — disse Dane, surpreso. — Se eu mudar de idéia será porque me terei enganado de vocação, e não por outra razão qualquer. Portanto, pedirei para sair. Não O estarei amando menos, mas saberei que não é desse modo que Ele quer que eu O sirva.

— Mas depois que você tiver feito os votos finais e estiver ordenado, sabe que não poderá voltar atrás, que não haverá dispensa, nem possibilidade alguma de libertação?

— Sei — tornou Dane, paciente. — Mas, se eu tiver de tomar uma decisão, chegarei a ela antes disso.

O Cardeal Ralph inclinou-se para trás na poltrona e suspirou. Estivera ele algum dia tão seguro? Fora alguma vez tão forte?

— Por que me procurou, Dane? Por que quis vir a Roma? Por que não ficou na Austrália?

— Mamãe sugeriu Roma, mas eu já tinha essa idéia na cabeça, como um sonho, há muito tempo. Nunca imaginei que o dinheiro chegasse para tanto.

— Sua mãe é muito ajuizada. Ela não lhe contou?

— Contou o quê, Eminência?

— Que você tem uma renda de cinco mil libras por ano e muitos milhares de libras, no banco, em seu nome?

Dane enrijeceu.

— Não, ela nunca me contou.

— Muito ajuizada. Mas o dinheiro está no banco e Roma será sua, se você quiser. Você quer Roma?

— Quero.

— E por que escolheu a *mim*, Dane?

— Porque Vossa Eminência é a minha concepção do padre perfeito.

O rosto do Cardeal Ralph contraiu-se.

— Não, Dane, você não pode olhar para mim desse jeito. Estou longe de ser o padre perfeito. Infringi todos os meus votos, entende? Aprendi da maneira mais penosa para um sacerdote, pelo rompimento dos meus votos, o que você já parece saber. Pois me recusei a admitir que, antes de ser padre, eu era um homem mortal.

— Isso não tem a menor importância, Eminência — tornou Dane, com suavidade. — O que Vossa Eminência me diz em nada o diminui em minha concepção do padre perfeito. Parece-me apenas que Vossa Eminência não atinou com o que quero dizer. Não me refiro a um autômato inumano, acima da fraqueza da carne. Quero dizer que Vossa Eminência sofreu e cresceu. Pareço presunçoso? Asseguro-lhe que não é essa a minha intenção. Se o ofendi, rogo-lhe que me perdoe. É que tenho muita dificuldade para expressar meus sentimentos! Mas desejo dizer que, se alguém quiser tornar-se um padre perfeito, precisará de muitos anos, de sofrimentos terríveis e de ter sempre diante de si um ideal e Nosso Senhor.

O telefone tocou; o Cardeal Ralph pegou no aparelho com a mão levemente insegura e falou em italiano.

— Sim, obrigado, iremos imediatamente.

Pôs-se em pé.

— Está na hora do chá da tarde e vamos tomá-lo com um velho e grande amigo meu. Depois do Santo Padre, é provavelmente a figura mais importante da Igreja. Contei-lhe que você viria e ele expressou o desejo de conhecê-lo.

— Obrigado, Eminência.

Atravessaram corredores, jardins aprazíveis, muito diferentes dos de Drogheda, com altos ciprestes e choupos, retângulos exatos de grama cercados de caminhos ornados de pilaretes e calçados de pedras musgosas; passaram por arcos góticos, debaixo de pontes renascentistas. Dane absorveu tudo aquilo num estado próximo do êxtase. Era um mundo tão diferente da Austrália, tão velho, tão perpétuo!

Levaram quinze minutos, apertando o passo, para chegar ao palácio; entraram e galgaram uma grande escadaria de mármore da qual pendiam tapeçarias finíssimas.

Vittorio Scarbanza, Cardeal di Contini-Verchese, tinha agora sessenta e seis anos e o corpo parcialmente paralisado por uma enfermidade reumática, mas sua mente continuava tão lúcida e alerta quanto sempre o fora. Sua gata atual, uma russa chamada Natasha, ronronava enrodilhada em seu regaço. Como não pudesse levantar-se para saudar os visitantes, contentou-se o cardeal em dirigir-lhes um amplo sorriso e em fazer-lhes um sinal com a mão. Seus olhos passaram do rosto amado de Ralph para Dane O'Neill e se alargaram e estreitaram, cravados nele em silêncio. Dentro de si sen-

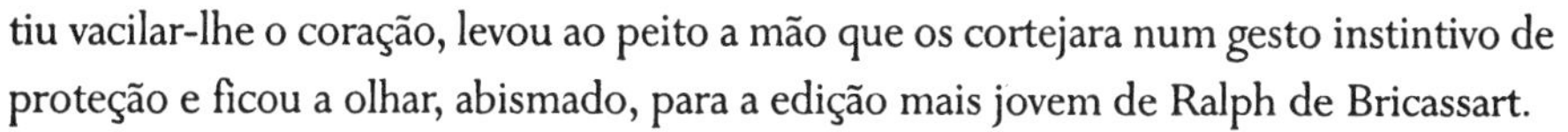

tiu vacilar-lhe o coração, levou ao peito a mão que os cortejara num gesto instintivo de proteção e ficou a olhar, abismado, para a edição mais jovem de Ralph de Bricassart.

— Vittorio, você está bem? — perguntou, ansioso, o Cardeal Ralph, tomando o pulso frágil entre os dedos, à procura dos batimentos.

— Estou, estou. Uma dorzinha passageira, nada mais que isso. Sentem-se, por favor.

— Em primeiro lugar, eu gostaria de apresentar-lhe Dane O'Neill, filho, como já lhe disse, de uma queridíssima amiga minha. Dane, este é Sua Eminência, o Cardeal di Contini-Verchese.

Dane ajoelhou-se, premiu os lábios no anel; por cima da cabeça inclinada, de um amarelo de ouro, o olhar do Cardeal Vittorio procurou o rosto de Ralph, e examinou-o com mais atenção do que o fazia habitualmente. Mas relaxou-se de maneira imperceptível; era evidente que ela nunca lhe contara. E também que ele jamais suspeitaria da primeira coisa que acudia à mente de quem quer que os visse juntos. Não uma relação entre pai e filho, naturalmente, mas um estreito parentesco consangüíneo. Pobre Ralph! Ele nunca se vira andando, nunca observara as expressões do próprio rosto, nunca surpreendera o arqueamento da sua sobrancelha esquerda. Deus era realmente bom tornando os homens tão cegos.

— Sente-se. O chá não demora. E então, meu rapaz! Quer ser padre e por isso procurou a assistência do Cardeal de Bricassart?

— Sim, Eminência.

— Pois escolheu sabiamente. Sob os cuidados dele, nada de mal poderá acontecer-lhe. Mas você parece um pouco nervoso, meu filho. Será, porventura, a estranheza da situação?

Dane sorriu o sorriso de Ralph, talvez sem o mesmo encanto consciente, mas tanto era o sorriso de Ralph que o velho e cansado coração de Vittorio pareceu esbarrar num pedaço de arame farpado.

— Estou perplexo, Eminência. Eu não tinha avaliado a verdadeira importância dos cardeais. Nunca sonhei em ser recebido no aeroporto nem em tomar chá com Vossa Eminência.

— Sim, é inusitado... Percebe que talvez seja uma fonte de perturbações. Ah, eis aí o nosso chá! — Satisfeito, observou quando o colocavam sobre a mesa e levantou um dedo admonitório. — Ah, não! Eu serei a "mãe". Como gosta do chá, Dane?

— Assim como Ralph — respondeu ele, e corou violentamente. — Desculpe-me, Eminência, eu não tencionava falar dessa maneira!

— Está certo, Dane, o Cardeal di Contini-Verchese compreende. Quando nos conhecemos, éramos Dane e Ralph, e foi assim que se iniciou o nosso relacionamento, não foi? A formalidade é nova. Eu preferiria que continuássemos sendo Dane e Ralph em particular. Sua Eminência não se incomodará, não é assim, Vittorio?

— É claro que não. Gosto muito de prenomes cristãos. Mas, voltando ao que eu dizia a respeito de ter amigos em postos elevados, meu filho. Talvez venha a ser um tanto incômodo para você, seja qual for o seminário escolhido, a longa amizade com o nosso Ralph. A necessidade de dar uma série de explicações complicadas todas as vezes que alguém notar a semelhança entre vocês poderá ser sumamente tediosa. Às vezes Nosso Senhor permite uma mentirinha sem importância. — Sorriu e o ouro que havia entre os seus dentes cintilou. — E, para o conforto de todos, eu preferiria que recorrêssemos a uma pequena fraude. Pois se é difícil explicar de modo satisfatório as tênues conexões da amizade, é muito fácil explicar o cordão vermelho do sangue. Por isso diremos a todos que o Cardeal de Bricassart é seu tio, meu caro Dane, e deixaremos as coisas nesse pé — rematou, muito suave, o Cardeal Vittorio.

Dane pareceu desagradavelmente surpreso, e o Cardeal Ralph resignado.

— Não fique decepcionado com os grandes, meu filho — disse o Cardeal Vittorio, afável. — Eles também têm pés de barro e valem-se amiúde de pequeninas mentiras inocentes para confortar os outros. Você acaba de aprender uma lição utilíssima, mas, observando-o, duvido que saiba tirar proveito dela. Entretanto, compreenda que nós, cavalheiros escarlates, somos diplomatas até a ponta dos dedos. Estou pensando realmente em você, meu filho. A inveja e o ressentimento não são estranhos aos seminários como não o são a quaisquer instituições seculares. Você sofrerá um pouco porque pensarão que Ralph é seu tio, irmão de sua mãe, mas sofreria muito mais se pensassem que não há entre vocês nenhum laço de sangue. Somos homens antes de qualquer outra coisa e é com homens que você lidará nesse mundo e nos outros.

Dane inclinou a cabeça, em seguida adiantou-se a fim de acariciar a gata, fazendo uma pausa com a mão estendida.

— Posso? Gosto muito de gatos, Eminência.

Seria impossível encontrar um atalho mais curto para chegar àquele velho mas constante coração.

— Pode. Confesso que ela está ficando pesada demais para mim. Você é uma glutona, não é, Natasha? Vá para o colo de Dane; ele é a nova geração.

Não havia possibilidade de Justine transferir-se e transferir seus pertences do hemisfério sul para o hemisfério norte com a mesma rapidez com que Dane o fizera; quando encerrou a temporada no Culloden e disse um adeus não sem tristeza a Bothwell Gardens, já fazia dois meses que o irmão estava em Roma.

— Como consegui juntar tanto traste inútil? — perguntou, rodeada de roupas, papéis, caixas.

Meggie ergueu os olhos de onde estava agachada, com uma caixa de embalagens de palha de aço na mão.

— O que essas coisas estavam fazendo debaixo da sua cama?

Uma expressão de profundo alívio perpassou pelo rosto corado da filha.

— Oh, graças a Deus! Era aí que elas estavam? Pensei que o lindo *poodle* da Sra. D. as tivesse comido; ele andou passando mal a semana inteira e eu não me sentia muito tentada a falar no sumiço da minha palha de aço. Mas *sabia* que o maldito animal a havia comido; ele come tudo o que não o come primeiro. Não quero dizer com isso — prosseguiu Justine com expressão reflexiva — que eu não exultaria se o visse mortinho da silva.

Rindo, Meggie sentou-se sobre os calcanhares.

— Oh, Jus! Se você soubesse como é engraçada! — atirou a caixa sobre a cama, no meio de uma montanha de coisas que ali já se encontravam. — Você positivamente não contribui para melhorar a reputação de Drogheda. Depois de todo o trabalho que tivemos para enfiar idéias de ordem e asseio em sua cabeça!

— Se me tivessem perguntado, eu lhes teria dito que era malhar em ferro frio. Você não quer levar a palha de aço para Drogheda? Sei que vou embarcar e que minha bagagem é ilimitada, mas tenho a impressão de que deve haver toneladas de palha de aço em Londres.

Meggie passou os embrulhos para uma grande caixa de papelão em que se lia *Sra. D.*

— Creio que será melhor doá-la à Sra. Devine; ela precisará tornar este apartamento habitável para o próximo inquilino. — Uma torre pouco firme de pratos sujos erguia-se na extremidade da mesa, cheia de fiapos horríveis de mofo. — Você nunca lava os seus pratos?

Justine riu-se com a boca fechada, sem o menor sinal de arrependimento.

— Dane jura que não. Diz que eu me limito a escanhoá-los.

— Estes aqui você teria de tosar primeiro. Por que não os lava à medida que os usa?

— Porque isso significaria voltar à cozinha após cada refeição e, como costumo comer depois da meia-noite, ninguém aprecia o som dos meus pezinhos pelo chão.

— Dê-me algumas caixas vazias. Eu os levarei lá para baixo e darei um jeito neles — disse a mãe, resignada; antes de oferecer-se para vir ajudar, soubera o que lhe estava reservado, e já o esperava. Não era com muita freqüência que alguém tinha a oportunidade de ajudar Justine a fazer alguma coisa; todas as vezes que o tentara, Meggie se acabara sentindo uma perfeita idiota. Mas, em assuntos domésticos, a situação, ao menos dessa vez, se inverteu; ela poderia ajudar à vontade sem se sentir uma tola.

De um jeito ou de outro tudo se arrumou, e Justine e Meggie, instaladas na perua que Meggie trouxera de Gilly, rumaram para o Hotel Austrália, onde Meggie reservara uma suíte.

— Eu gostaria que vocês de Drogheda comprassem uma casa em Palm Beach ou Avalon — disse Justine, colocando a mala no segundo quarto da suíte. — Isto é terrível, logo acima de Martin Place. Imagine só estar a um pulo do mar! Você não se sentiria tentada a tomar um avião em Gilly mais vezes?

— E por que viria eu para Sydney? Estive aqui duas vezes nos últimos sete anos... a primeira para me despedir de Dane e, agora, para me despedir de você. Se tivéssemos uma casa aqui, nunca a usaríamos.

— Bobagem.

— Por quê?

— "Por quê"? Porque o mundo não se resume naquela bendita Drogheda, pombas! Aquele lugar me deixa meio louca!

Meggie suspirou.

— Acredite-me, Justine, chegará o dia em que você ansiará por voltar a Drogheda.

— E isso se aplica a Dane também?

Silêncio. Sem olhar para a filha, Meggie tirou a bolsa que estava sobre a mesa.

— Chegaremos atrasadas. Madame Rocher disse duas horas. Se você quiser os vestidos antes de embarcar, será melhor se apressar.

— Estou sendo colocada em meu lugar — disse Justine, e sorriu.

— Por que você não me apresentou às suas amigas, Justine? Não vi sinal de nenhuma em Bothwell Gardens, com exceção da Sra. Devine — disse Meggie, enquanto mãe e filha, sentadas no salão de Germaine Rocher, observavam as lânguidas manequins que exibiam toaletes e sorrisos.

— É que elas são meio tímidas... Gosto desse troço alaranjado, você não gosta?

— Com o seu cabelo, não. Prefiro o cinzento.

— Ora! Acho que o alaranjado se casa perfeitamente com o meu cabelo. Com o cinzento fico parecendo alguma coisa que o gato trouxe para dentro, sujo de lama e já meio podre. Adapte-se aos tempos, mamãe. Os cabelos vermelhos já não precisam contrastar com o branco, o cinzento, o preto, o verde-esmeralda ou aquela cor horrorosa de que você gosta tanto... como é mesmo? Cinzas de rosas? Vitoriano!

— O nome da cor está certo — disse Meggie, que se voltou a fim de olhar para a filha. — Você é um monstro — ajuntou com afetuosa expressão de enfado.

Justine não lhe deu a menor atenção; não era a primeira vez que ouvia chamar-se assim.

— Fico com o alaranjado, o vermelho, o estampado cor de púrpura, o verde-musgo, o conjunto cor de vinho...

Meggie oscilava entre o riso e a raiva. Que se poderia fazer com uma filha como aquela?

O *Himalaya* zarpou de Darling Harbor três dias depois. Era um belo e antigo navio, de casco chato e em muito bom estado, construído nos dias em que ninguém tinha muita pressa e todo mundo aceitava o fato de que a Inglaterra ficava a quatro semanas de distância pelo Canal de Suez ou cinco semanas dobrando o Cabo da Boa Esperança. Hoje em dia, até os transatlânticos são aerodinâmicos, com os cascos modelados como os dos contratorpedeiros para chegar mais depressa. Mas o que eles provocam num estômago sensível produz calafrios em marinheiros empedernidos.

— Que coisa gozada! — riu Justine. — Parece que temos uma boa turma de gente moça na primeira classe, de modo que a viagem não será tão chata como eu supunha. Alguns até são formidáveis.

— E você não está contente por eu haver insistido para que viajasse de primeira classe?

— Acho que sim.

— Justine, você desperta em mim o que há de pior. Aliás, sempre despertou — suspirou Meggie, perdendo a paciência com o que supunha ser uma demonstração de ingratidão. Ao menos naquela ocasião, não poderia a bandidinha fingir que lamentava estar partindo? — Teimosa, cabeçuda, obstinada! Você me exaspera.

De momento, Justine não respondeu. Virou a cabeça para o outro lado, como se estivesse mais interessada no tanger do sino que pedia aos visitantes que deixassem o navio do que no que sua mãe estava dizendo. Controlou o tremor dos próprios lábios e abriu-os num sorriso.

— Sei que a exaspero — disse, jovialmente, encarando a mãe. — Mas não se incomode, somos o que somos. Como você sempre diz, puxei ao meu pai.

Beijaram-se, constrangidas, e Meggie esgueirou-se por entre as multidões que convergiam para as pranchas de desembarque e perdeu-se de vista. Justine subiu para o convés e postou-se junto à amurada com uma fieira de bandeirolas coloridas nas mãos. Lá embaixo, ao longe, no cais, viu a figura no vestido cinza-róseo e chapéu da mesma cor encaminhar-se para o local combinado, onde ficou protegendo os olhos com as mãos. Era engraçado como, àquela distância, sua mãe caminhava visivelmente para os cinqüenta. Ainda havia um trecho de caminho para percorrer, mas a idade lá estava na sua postura. Elas agitaram os braços no mesmo momento, depois Justine atirou a primeira fieira de bandeirolas e Meggie agarrou-lhe a ponta peritamente. Uma vermelha, uma azul, uma amarela, uma cor-de-rosa, uma verde, uma cor de laranja; girando em espirais, agitadas pelo vento.

Uma banda de gaitas de fole veio despedir-se do time de futebol e lá ficou com os pendões triangulares sacudidos pelo vento, os mantos axadrezados drapejando, tocando uma estranha versão de "Esta É a Hora". As amuradas do navio estavam cheias de gente debruçada, segurando desesperadamente as extremidades das finas tiras de

papel; no cais, centenas de pessoas esticavam o pescoço para cima, demorando-se, ávidas, nos rostos que iam para tão longe, quase todos jovens, que partiam para ver como era realmente o centro da civilização do outro lado do mundo. E lá viveriam, lá trabalhariam, talvez voltassem dali a dois anos, talvez nunca mais voltassem. E todos sabiam disso e faziam conjeturas.

O céu azul estava cheio de nuvens de prata e soprava um vento forte de Sydney. O sol aquecia as cabeças voltadas para cima e as espáduas dos que se inclinavam para baixo; uma grande faixa multicolorida de fitas que vibravam unia o navio ao cais. Depois, de repente, abriu-se uma fenda entre o costado do velho barco e o madeirame do embarcadouro; encheu-se o ar de gritos e soluços; e, uma por uma, as fieiras de bandeirolas, aos milhares, se romperam, adejaram num desespero, penderam, frouxas, e se entrecruzaram sobre a superfície da água como um tear despedaçado, juntaram-se às cascas de laranja e às águas-vivas e lá se foram, à deriva.

Justine não arredou pé de seu lugar na amurada, até que o cais se transformou, a distância, numas poucas linhas escuras e numas róseas cabecinhas de alfinetes; os rebocadores do *Himalaya* viraram-no, rebocaram-no por baixo da Ponte do Porto de Sydney, até a corrente principal daquele admirável trecho de água ensolarada.

Não era como ir a Manly de balsa, embora seguissem o mesmo caminho e passassem ao largo de Neutral Bay, Rose Bay, Cremorne e Vaucluse; não, desta vez passavam por entre os promontórios, além dos recifes cruéis e dos altos leques rendados de espuma, até chegar ao mar aberto. Doze mil milhas de oceano, até o outro lado do mundo. E, voltassem ou não para casa, eles não pertenceriam a um lado nem a outro, pois teriam vivido em dois continentes e teriam experimentado dois estilos diversos de vida.

Justine descobriu que o dinheiro fazia de Londres um lugar delicioso. Ela não conheceria a existência perniciosa à beira de Earl's Court — o "Vale dos Cangurus", como lhe chamavam em virtude do grande número de australianos que ali instalara o seu quartel-general. Não conheceria o destino típico dos australianos na Inglaterra, alojados em abrigos coletivos com o dinheirinho contado, trabalhando por uma ninharia em algum escritório, escola ou hospital, tremendo de frio sobre um minúsculo aquecedor, num quarto frio e úmido. Ao invés disso, conseguiu um apartamento em Kensington perto de Knightsbridge, com calefação central; e um lugar na companhia de Clyde Daltinham-Roberts, o Grupo Elisabetano.

Quando chegou o verão, tomou um trem para Roma. Anos depois, sorriria ao lembrar-se do pouco que vira na longa jornada através da França e da Itália, pois tinha todo o espírito ocupado com as coisas que precisava contar a Dane, memorizando as que não poderia esquecer de maneira nenhuma. Eram tantas que muito provavelmente se acabaria esquecendo de algumas.

Aquele era Dane? Aquele homem alto e belo na plataforma era Dane? Nada havia de diferente em seu aspecto e, no entanto, era um estranho. Já não pertencia ao mundo dela. O grito que ela ia dar para chamá-lo morreu-lhe na garganta; recuou um pouco na poltrona a fim de observá-lo, pois o trem parara a poucos passos do local em que os seus olhos azuis esquadrinhavam as janelas, sem ansiedade. A conversa entre ambos não passaria de um longo monólogo quando ela lhe falasse da vida que levara desde que ele se fora, pois Justine compreendia agora que não havia em Dane desejo algum de partilhar com ela o que ele experimentava. Diabo! Ele já não era o seu irmãozinho caçula; a vida que ele estava levando tinha tão pouca relaçao com ela quanto com Drogheda. Oh, Dane! Que tal é viver alguma coisa vinte e quatro horas por dia?

— Ah-ha! Pensou que eu o tivesse atraído a uma busca inútil, não foi? — disse ela, aproximando-se dele por trás, sem ser pressentida.

Ele virou-se, apertou-lhe as mãos e fixou os olhos nela, sorrindo.

— Bocó — disse com ternura, pegando-lhe a mala maior e enfiando-lhe o braço livre no seu. — É muito bom vê-la — ajuntou, ao fazê-la entrar no Lagonda vermelho, que dirigia por toda parte; Dane sempre fora fanático por automóveis esportivos e possuíra um desde que tivera idade suficiente para tirar carteira de motorista.

— É bom vê-lo também. Espero que você tenha arranjado para mim um bom hotelzinho, porque eu não estava brincando quando escrevi. Recuso-me a ser enfiada numa cela do Vaticano no meio de um montão de celibatários.

— E eles não quereriam saber de você de jeito nenhum. Reservei-lhe acomodações numa pensãozinha não muito longe de mim, onde falam inglês, de modo que não precisará se preocupar se eu não estiver por perto. E em Roma quem sabe inglês não se aperta; há sempre alguém que o fala.

— Em ocasiões como essa é que eu gostaria de ter o seu jeito para línguas estrangeiras. Mas darei um jeito; sou muito boa mímica.

— Tenho dois meses, Jussy, não é maravilhoso? Poderemos dar um pulo na França e na Espanha e ainda passar um mês em Drogheda. Sinto saudades da velha fazenda..

— Sente mesmo? — Ela voltou-se a fim de olhar para ele, para as belas mãos que dirigiam o carro com perícia através do louco trânsito romano. — Pois eu não sinto saudade nenhuma. Londres é interessante demais.

— Você não me engana — disse ele. — Sei o que Drogheda e mamãe significam para você.

Justine juntou as mãos no regaço, mas não respondeu.

— Você não se incomoda de tomar chá com dois amigos meus hoje à tarde? — perguntou ele assim que chegaram. — Até me antecipei à sua resposta aceitando em seu nome. Eles estão ansiosos por conhecê-la e, como só amanhã serei um homem livre, não quis dizer não.

— Bocó! Por que haveria eu de me incomodar? Se isto fosse Londres, eu o estaria inundando de amigos meus; nada mais natural, portanto, que você faça o mesmo. Alegra-me que você me proporcione uma visão geral dos seus colegas do seminário, embora seja um pouco injusto comigo, você não acha? Afinal, são todos intocáveis!

Ela encaminhou-se para a janela, olhou para a pracinha pobre em que cresciam dois plátanos cansados no quadrilátero pavimentado; havia três mesas espalhadas debaixo deles e, de um lado, uma igreja sem nenhuma graça ou beleza arquitetônica especiais cujo estuque já estava descascando.

— Dane...

— Sim?

— Eu compreendo, juro que compreendo.

— Eu sei. — O rosto dele perdeu o sorriso. — Eu gostaria que mamãe compreendesse também, Jus.

— Mamãe é diferente. Acha que você a desertou. Não consegue ver as coisas de outro modo. Mas não se preocupe. Ela acabará cedendo.

— Espero que sim. — Ele riu. — A propósito, não são os colegas do seminário que você vai conhecer hoje. Eu não os sujeitaria a uma tentação dessa ordem, nem a sujeitaria tampouco. É o Cardeal de Bricassart. Sei que não gosta dele, mas me prometa que será boazinha.

Um brilho especial iluminou-lhe os olhos sortílegos.

— Prometo! Até prometo beijar todos os anéis que me oferecerem.

— Oh, você ainda se lembra! Fiquei tão louco naquele dia, por você me envergonhar na frente dele!

— Bem, depois desse dia beijei muitas coisas menos higiênicas do que um anel. Existe um horrível sujeitinho espinhento na aula de representação dramática que sofre de mau hálito, tem amígdalas em decomposição e um estômago podre, que precisei beijar vinte e nove vezes. Posso lhe garantir, companheiro, que, depois dele, nada é impossível.

Ela ajustou o cabelo e virou-se de costas para o espelho.

— Tenho tempo para trocar de roupa?

— Não se preocupe com isso. Você está ótima.

— Quem mais estará lá?

O sol já ia tão baixo que não poderia aquecer a antiga praça, e a leprose nos troncos dos plátanos tinha um aspecto coçado, doentio. Justine estremeceu.

— O Cardeal di Cantini-Verchese.

Ela já ouvira o nome e arregalou os olhos.

— Puxa! Você anda mesmo nos círculos mais elevados, não é assim?

— É. E faço por merecê-lo.

— Isso quer dizer que algumas pessoas lhe tornam as coisas mais difíceis em outras áreas de sua vida aqui, Dane? — perguntou ela, sagaz.

— Não por isso. Conhecer pessoas importantes não é tão importante assim. Nunca penso nisso e todos fazem como eu.

A sala, os homens vermelhos! Nunca, como naquele momento, estivera Justine tão consciente da redundância das mulheres na vida de alguns homens, ao entrar num mundo em que as mulheres só tinham lugar como humildes servas envoltas no burel de monjas. Ela trazia ainda o conjunto de linho verde-oliva que vestira logo depois de Turim, meio amarrotado da viagem, e adiantou-se por sobre o macio tapete carmesim lamentando a impaciência de Dane por estar lá, desejando ter insistido em pôr qualquer coisa menos marcada pela viagem.

O Cardeal de Bricassart, de pé, sorria; era, com efeito, um velho muito bonito.

— Minha querida Justine — disse ele, estendendo o anel com um olhar malicioso, a indicar que não se esquecera da última vez, e procurando no rosto dela qualquer coisa que ela não compreendeu. — Você não se parece nada com sua mãe.

Dobre um joelho, beije o anel, sorria humildemente, levante-se, sorria menos humildemente.

— Não, de fato não me pareço. A beleza dela me teria ajudado muito na minha profissão, mas no palco sempre se consegue dar um jeito. Pois ali pouco importa a verdadeira conformação do rosto, entende? Ele será o que nós e a nossa arte quisermos convencer as pessoas de que ele é.

Um risinho satisfeito subiu de uma poltrona; mais uma vez ela se adiantou para saudar um anel em outra mão envelhecida; dessa vez, porém, ao erguer a vista, deu com dois olhos escuros em que viu amor. Amor, sim, por estranho que fosse, amor a ela, a alguém que o dono dos olhos nunca vira, cujo nome dificilmente teria ouvido mencionar. Mas lá estava ele. Sua aversão ao Cardeal de Bricassart não era menor agora do que o fora aos quinze anos, mas ela gostou daquele velho.

— Sente-se, minha querida — convidou o Cardeal Vittorio, indicando com a mão a poltrona mais próxima da sua.

— Olá, bichana — disse Justine, fazendo cócegas na gata cinza-azulada, refestelada em seu colo escarlate. — Bonita, não é?

— É bonita, realmente.

— Como se chama?

— Natasha.

A porta se abriu, mas não para admitir o carrinho do chá. Um homem, misericordiosamente vestido à paisana, entrou; mais uma batina vermelha, pensou Justine, e eu vou mugir como um touro.

Mas embora fosse um leigo, aquele não era um homem comum. Devia haver uma regrazinha doméstica no Vaticano, continuou a refletir o espírito indisciplinado de Justine, que barrava especificamente a entrada de homens comuns. Embora não fosse baixo, possuía uma compleição tão robusta que se diria mais atarracado do que de fato era. Ombros maciços e peito largo, cabeçorra leonina, braços compridos como os de um tosquiador, parecia um primata, mas com uma diferença: porejava inteligência e comportava-se como alguém que fosse capaz de agarrar o que desejasse tão depressa que a mente não conseguiria segui-lo. Agarrar e talvez esmagar, mas nunca sem um objetivo, impensadamente; sempre com apurada deliberação. Ele era moreno, mas sua densa cabeleira tinha exatamente a cor e muito da consistência da palha de aço, se esta se pudesse frisar e transformar em pequenas ondas regulares.

— Rainer, você chega em boa hora — disse o Cardeal Vittorio, indicando a poltrona do outro lado da sua, e ainda falando em inglês. — Minha querida — continuou, voltando-se para Justine, quando o homem, acabando de beijar-lhe o anel, se levantou. — Quero que conheça um grande amigo meu, *Herr* Rainer Moerling Hartheim. Rainer, esta é a irmã de Dane, Justine.

Ele inclinou-se, batendo meticulosamente os calcanhares, dirigiu-lhe um breve sorriso sem calor e sentou-se, colocando-se de lado, de modo que pudesse vê-la. Justine soltou um suspiro de alívio, sobretudo ao ver Dane acomodar-se no chão, com a facilidade do hábito, ao lado da poltrona do Cardeal Ralph, bem no centro do seu campo visual. Enquanto pudesse ver alguém que conhecia e amava, ela estaria bem. Mas a sala, os homens vermelhos e agora aquele homem moreno estavam começando a irritá-la mais do que a presença de Dane conseguia apaziguá-la; era insuportável o modo com que a excluíam da conversação. Inclinando-se para um lado, voltou a fazer cócegas na gata, embora percebesse que o Cardeal Vittorio reparava nas suas reações e divertia-se com elas.

— Ela foi castrada? — perguntou Justine.

— Naturalmente.

— Naturalmente! Embora não me pareça que os senhores devessem se preocupar com isso. Só o fato de ser um habitante permanente deste lugar bastaria para neutralizar os ovários de qualquer criatura.

— Ao contrário, minha querida — acudiu o Cardeal Vittorio, que se divertia à grande com ela. — Nós, os homens, é que nos neutralizamos psicologicamente.

— Peço licença para discordar, Eminência.

— Quer dizer que o nosso mundozinho desperta o seu antagonismo?

— Digamos apenas que me sinto um tanto ou quanto supérflua, Eminência. Um lindo lugar para visitar, mas que eu não gostaria de habitar.

— Não posso censurá-la por isso. E também duvido de que goste de visitar este lugar. Mas acabará se acostumando conosco, pois fará o favor de visitar-nos amiúde.

A boca de Justine abriu-se num sorriso largo.

— Detesto ser obrigada a me comportar bem — confidenciou ela. — Isso traz para fora tudo o que há de pior em mim... Daqui mesmo estou vendo a expressão horrorizada de Dane sem sequer olhar para ele.

— Eu dizia a mim mesmo que isso já estava durando muito — interveio Dane, sem se desconcertar. — Basta raspar a superfície de Justine para encontrar uma rebelde. E é por isso que gosto tanto de tê-la por irmã. Não sou rebelde, mas confesso que admiro os rebeldes.

Herr Hartheim deslocou a poltrona de modo que pudesse continuar a manter Justine em sua linha de visão até mesmo quando ela endireitou o corpo e parou de brincar com a gata. Nesse momento, o belo animal se cansou da mão que exalava um estranho cheiro feminino e, sem se levantar, arrastando-se delicadamente, passou do colo vermelho para o cinzento e foi enrolar-se debaixo das mãos robustas e quadradas de *Herr* Hartheim, que também a acariciavam, e ronronando tão alto que todos puseram-se a rir.

— Perdoe-me por viver — disse Justine, que não era à prova de piadas, sobretudo quando fazia o papel de vítima.

— O motor dela continua tão bom quanto nunca — disse *Herr* Hartheim, em cujo rosto o divertimento produzia mudanças fascinantes. O seu inglês quase perfeito praticamente não tinha sotaque, embora se lhe notasse inflexão norte-americana; ele vibrava com ênfase os erres.

O chá chegou antes que todos voltassem a acomodar-se e, por estranho que parecesse a Justine, foi *Herr* Hartheim quem o serviu, estendendo-lhe a xícara com uma expressão muito mais amistosa do que a sua ao ser-lhe apresentado.

— Numa comunidade britânica — disse-lhe ele —, o chá da tarde é a refeição mais importante do dia. As coisas acontecem entre xícaras de chá, não é mesmo? Imagino que a razão seja porque, por sua própria natureza, o chá pode ser pedido e tomado a qualquer momento entre duas e cinco e meia da tarde, e conversar é uma atividade que dá sede.

A meia hora que se seguiu pareceu confirmar-lhe o argumento, embora Justine não participasse do congresso. A conversa passou do estado precário de saúde do Sumo Pontífice para a guerra fria e depois para a recessão econômica, enquanto os quatro homens falavam e ouviam com uma vivacidade que Justine achou absorvente, principiando a buscar em vão as qualidades comuns a todos, incluindo Dane, tão estranho, tão desconhecido. Ele contribuía ativamente para a palestra e ela notou que os três homens mais idosos o ouviam com singular humildade, quase como se ele lhes inspirasse um sentimento de respeitosa reverência. Embora não fossem desinformados nem ingênuos, seus comentários eram diferentes, originais, *puros*. Seria por sua pureza que lhe prestavam tão séria atenção? Uma pureza que ele possuía e eles não? Um atributo que eles admiravam e ambicionavam para si? Uma virtude tão rara assim? Três homens tão vastamente diversos um do outro, porém muito mais ligados entre si do que a Dane. Para ela era difícil levar Dane tão a sério quanto eles! Não que ele não tivesse agido muitas vezes como irmão mais velho em vez de agir como irmão mais moço; não que ela não reconhecesse sua sabedoria, seu intelecto ou sua pureza. Mas, se Dane até agora fizera parte do mundo dela, Justine precisava acostumar-se ao fato de que ele já não pertencia mais a esse mundo.

— Se você quiser entregar-se diretamente às suas devoções, Dane, acompanharei sua irmã ao hotel — declarou *Herr* Rainer Moerling Hartheim sem consultar os desejos de quem quer que fosse sobre o assunto.

E, assim, ela se viu descendo, como se tivesse perdido a língua, as escadas de mármore em companhia do homem encorpado e vigoroso. Lá fora, no resplendor dourado do poente romano, ele pegou-lhe no cotovelo e guiou-a para uma limusine Mercedes preta, cujo chofer se achava em posição de sentido.

— Você não há de querer passar sozinha sua primeira noite em Roma, e Dane está ocupado com outras coisas — disse ele, entrando no carro depois dela. — Está cansada e aturdida, de modo que é melhor que alguém lhe faça companhia.

— O senhor parece não me deixar nenhuma outra escolha, *Herr* Hartheim.

— Eu preferiria que me chamasse de Rainer.

— E deve ser importante, pois tem um belo carro, com chofer particular e tudo.

— Serei mais importante ainda quando for chanceler da Alemanha Ocidental.

— Pois me surpreende que já não o seja.

— Insolente! Ainda sou muito moço.

— Será? — Ela virou-se de lado para examiná-lo com mais atenção, descobrindo que a pele morena era lisa e jovem, que os olhos fundos não se achavam cercados pelas rugas da idade.

— Sou pesado e grisalho, mas tenho cabelos ruços desde os dezesseis anos e este corpanzil desde que tive o bastante para comer. No momento, tenho apenas trinta e um.

— Acredito na sua palavra — disse ela, descalçando-se com os pés. — Mas ainda é velho para mim... Tenho apenas *vinte e um*.

— Você é um monstro — disse ele, sorrindo.

— Acho que devo ser. Minha mãe diz a mesma coisa. Só não sei o que cada um de vocês entende por monstro, por isso lhe peço que me dê a sua versão.

— Já ouviu a versão de sua mãe?

— Ela ficaria muito constrangida se eu lhe pedisse.

— E acha que não pode me constranger?

— Estou sinceramente desconfiada, *Herr* Hartheim, de que o senhor é um monstro também, de modo que duvido que alguma coisa consiga constrangê-lo.

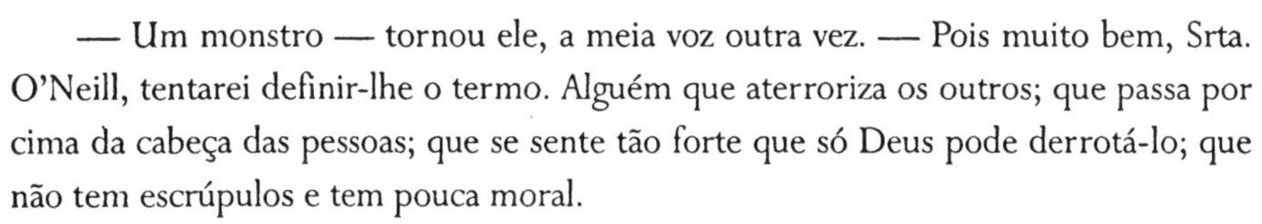
— Um monstro — tornou ele, a meia voz outra vez. — Pois muito bem, Srta. O'Neill, tentarei definir-lhe o termo. Alguém que aterroriza os outros; que passa por cima da cabeça das pessoas; que se sente tão forte que só Deus pode derrotá-lo; que não tem escrúpulos e tem pouca moral.

Ela sorriu, divertida.

— Isso me soa como uma definição da sua pessoa. De mais a mais, também tenho moral e escrúpulos. Sou irmã de Dane.

— Mas não se parece nem um pouco com ele.

— O que é mais lamentável ainda.

— O rosto dele não combinaria com a sua personalidade.

— Tem toda a razão, mas, com o rosto dele, eu talvez tivesse adquirido uma personalidade diferente.

— Dependendo do que vem primeiro, a galinha ou o ovo... Calce os sapatos; nós vamos andar.

Fazia calor e escurecia, mas as luzes eram brilhantes, havia multidões onde quer que fossem, e as ruas estavam coalhadas de motonetas guinchantes, minúsculos Fiats agressivos, Goggomobils que pareciam hordas de sapos tomados de pânico. Finalmente ele parou numa pracinha cujas pedras tinham sido alisadas pelos pés de muitos séculos, e conduziu Justine a um restaurante.

— A não ser que você prefira comer ao ar livre — sugeriu ele.

— Contanto que você me alimente, pouco me importa ficar lá dentro, aqui fora ou no meio do caminho.

— Posso fazer o pedido por você?

Os olhos pálidos piscaram, talvez um pouco cansados, mas ainda havia luta em Justine.

— Não sei se estou muito de acordo com todo esse machismo ditatorial que grassa por aí — disse ela. — Afinal de contas, como é que você sabe o que eu quero?

— Soror Anna carrega o seu pendão — murmurou ele. — Diga-me a espécie de comida que lhe apetece e eu garanto lhe agradar. Peixe? Vitela?

— Uma concessão mútua? Está bem, irei até à metade do caminho, por que não? Quero patê, alguns *scampi* e um prato imenso de *saltimbocca.* Depois, vou querer uma *cassata* e um *capuccino*. Divirta-se com isso se puder.

— Eu devia esbofeteá-la — disse ele, sem perder o bom humor. Transmitiu-lhe o pedido ao garçom exatamente como ela o estipulara, mas num italiano rápido.

— Você disse que não me pareço com Dane. Acha mesmo que não tenho nenhuma semelhança com ele? — perguntou ela um pouco pateticamente depois do café, tão faminta que não poderia perder tempo falando enquanto houvesse comida sobre a mesa.

Ele acendeu o cigarro dela, depois o seu, e inclinou-se entre as sombras a fim de observá-la tranqüilamente, rememorando o seu primeiro encontro com o rapaz alguns meses antes. O Cardeal de Bricassart, com menos de quarenta anos de vida; vira-o de pronto, e depois soubera que eram tio e sobrinho, que a mãe do rapaz e da moça era irmã de Ralph de Bricassart.

— Há uma semelhança, sim — admitiu ele. — Às vezes até no rosto. Mas muito mais de expressões que de traços. Em torno dos olhos e da boca, na maneira com que vocês fecham os olhos e abrem a boca. Mas, por estranho que pareça, não é uma semelhança que você compartilhe com seu tio, o Cardeal.

— Meu tio, o Cardeal? — repetiu ela estupidamente.

— O Cardeal de Bricassart. Não é seu tio? Estou certo de que me disseram que era.

— O velho abutre? Não tem nenhum parentesco conosco, graças a Deus. Foi nosso pároco há muitos anos, muito antes de eu nascer.

Ela era muito inteligente; mas também estava muito cansada. Pobre menininha — pois não era mais do que isso, uma menininha. Os dez anos de diferença que havia entre eles abriam-se como um abismo de cem. Uma suspeita lhe arruinaria o mundo, o mundo que ela defendia com tanta valentia. Provavelmente se recusaria a enxergá-lo, ainda que tudo lhe fosse dito sem rodeios. Como fazê-lo parecer sem importância? Era evidente que não se devia continuar batendo na mesma tecla, mas tampouco se devia mudar de assunto de repente.

— Isso, então, explica — disse ele, displicente.

— Explica o quê?

— O fato de serem as semelhanças entre Dane e o Cardeal de atributos gerais, como a altura, a tez, a constituição.

— Oh! Segundo minha avó me contou, nosso pai era muito parecido com o Cardeal — disse Justine, à vontade.

— Nunca viu seu pai?

— Nem de retrato. Ele e mamãe separaram-se antes de Dane nascer. — Ela fez sinal ao garçom. — Outro *capuccino*, por favor.

— Justine, você é uma selvagem! Deixe-me fazer o pedido por você!

— Nada disso, não deixo! Sou perfeitamente capaz de pensar por mim mesma, e não preciso de homem nenhum para me dizer sempre o que quero e quando quero, está ouvindo?

— Basta raspar a superfície para encontrar uma rebelde, foi o que disse Dane.

— E ele tem razão. Se você soubesse como detesto ser paparicada, mimada e cercada de atenções exageradas! Gosto de agir por mim mesma, e *não quero* que me digam o que devo fazer! Não peço que me poupem, mas também não poupo ninguém.

— Percebe-se — disse ele secamente. — O que foi que a fez assim, *herzchen*? É de família?

— Será? Sinceramente não sei. Não há mulheres em quantidade suficiente para contar, acho eu. Só uma em cada geração. Vovó, mamãe e eu. Mas há montões de homens.

— Menos na sua geração. Nela não há montões de homens. Apenas Dane.

— Porque minha mãe deixou meu pai, creio eu. Parece que ela nunca se interessou por mais ninguém. O que foi uma pena, na minha opinião, pois mamãe é uma pessoa intrinsecamente caseira; teria gostado de ter um marido que pudesse cercar de atenções.

— Ela é como você?

— Acho que não.

— E o que é mais importante, vocês gostam uma da outra?

— Mamãe e eu? — Justine sorriu sem rancor, como sua mãe provavelmente sorriria se alguém lhe tivesse perguntado se gostava da filha. — Não estou muito segura de que nós *gostamos* uma da outra, mas há qualquer coisa entre nós. Talvez seja um simples elo biológico; não sei. — Seus olhos brilharam. — Eu sempre quis que ela se entendesse comigo como se entende com Dane, e sempre quis me dar com ela como Dane se dá. Mas ou falta nela qualquer coisa ou qualquer coisa falta em mim. Creio que é em mim. Como pessoa, ela é muito melhor do que eu.

— Não a conheci, de modo que não posso concordar com o seu julgamento nem discordar dele. Se isto lhe for de algum conforto, *herzchen*, gosto de você exatamente como é. Não, eu não mudaria nada em você, nem mesmo a sua ridícula ferocidade.

— Isso é muito bonito de sua parte. Principalmente depois de ter sido insultado por mim. Em realidade, não sou mesmo parecida com Dane, sou?

— Dane não se parece com mais ninguém no mundo.

— Você quer dizer com isso que ele não pertence a este mundo?

— Acho que sim. — *Herr* Rainer inclinou-se para a frente, saindo das sombras para a fraca claridade da vela enfiada na garrafa de Chianti. — Sou católico, e minha religião foi a única coisa na vida que nunca me falhou, embora eu lhe tivesse falhado muitas vezes. Não gosto de falar em Dane, porque o coração me diz que é melhor não discutir certas coisas. Você difere decididamente dele em sua atitude para com a vida ou para com Deus. Deixemos as coisas assim, certo?

Ela encarou-o curiosamente.

— Está certo, Rainer, se é isso o que quer. Farei um pacto com você: seja o que for que discutirmos, não será a natureza de Dane, nem será religião.

Muita coisa acontecera a Rainer Moerling Hartheim desde o encontro com Ralph de Bricassart em julho de 1943. Uma semana depois, o regimento dele fora enviado para o *front* oriental, onde passou o resto da guerra. Hesitante e sem rumo, jovem demais para ter sido doutrinado na Juventude Hitlerista nos dias que antecederam à guerra, ele enfrentara as conseqüências de Hitler com raquetas de neve, sem munições, numa linha de frente tão esticada que só havia um soldado de 100 em 100 metros. E da guerra trouxera duas lembranças: a campanha acerba no frio penetrante e o rosto de Ralph de Bricassart. Horror e beleza, o Diabo e Deus. Meio enlouquecido, meio morto de frio, esperando indefeso que os guerrilheiros de Krushchev caíssem de aviões em vôo rasante, sem pára-quedas, nos montes de neve formados pelo vento, batia no peito e murmurava orações. Mas não sabia por que rezava: se por lhe darem balas para o seu fuzil, se para fugir dos russos, se por sua alma imortal, se pelo homem na basílica, se pela Alemanha, se por uma atenuação do sofrimento.

Na primavera de 1945, batera em retirada atravessando a Polônia à frente aos russos, como os soldados seus camaradas cujo único objetivo era chegar a uma zona da Alemanha ocupada pelos britânicos ou norte-americanos. Pois se os russos o pegassem, seria fuzilado. Rasgou seus documentos em minúsculos pedacinhos, queimou-os, enterrou suas duas Cruzes de Ferro, roubou algumas roupas e apresentou-se às autoridades britânicas na fronteira dinamarquesa. Estas o remeteram para um acampamento destinado a pessoas deslocadas na Bélgica. Lá viveu ele um ano comendo pão e mingau, que era tudo com que os britânicos exaustos podiam dar-se ao luxo de alimentar os milhares e milhares de pessoas que estavam a seu cargo, enquanto não compreendessem que sua única saída era soltá-las.

Por duas vezes funcionários do acampamento o haviam convocado para apresentar-lhe um ultimato. Havia um barco esperando no porto de Ostenda para levar imigrantes à Austrália. Ele receberia novos documentos e viajaria de graça para a sua nova terra; em troca disso, comprometer-se-ia a trabalhar para o governo australiano durante dois anos exercendo a atividade que o citado governo lhe destinasse. Depois, seria inteiramente senhor do seu nariz. E não faria nenhum trabalho escravo; receberia o salário comum, naturalmente. Em ambas as ocasiões, porém, conseguira persuadir as autoridades a dispensá-lo da emigração sumária. Odiara Hitler, mas não odiara a Alemanha, nem se envergonhava de ser alemão. O lar, para ele, era a Alemanha, que lhe freqüentara os sonhos por mais de três anos. A simples idéia de ver-se de novo desamparado num país em que ninguém falava a sua língua apavorava-o. De sorte que, no princípio de 1947, sem um centavo no bolso, viu-se palmilhando as ruas de Aachen, tentando reunir as peças de uma existência, que, sabia-o ele, desejava com ardor.

Ele e sua alma haviam sobrevivido, mas não para voltar à pobreza e à obscuridade. Pois mais que um homem muito ambicioso, Rainer era uma espécie de gênio. Foi trabalhar para Grundig, e estudou o campo que o fascinara desde que entrara pela primeira vez em contato com o radar: a eletrônica. As idéias fervilhavam-lhe no cérebro, mas ele recusou-se a vendê-las a Grundig pela milionésima parte do seu valor. Em vez disso, avaliou o mercado com cuidado, casou com a viúva de um homem que conseguira conservar duas pequenas fábricas de rádios e entrou no negócio por conta própria. O fato de que mal passara dos vinte anos não tinha importância. Possuía o espírito característico de um homem muito mais velho, e o caos na Alemanha depois da guerra criava oportunidades para os jovens.

Visto que o seu casamento se realizara apenas no civil, a Igreja permitiu-lhe divorciar-se da esposa; em 1951, ele pagou a Annelise Harthelm exatamente o dobro do valor corrente das duas fábricas do primeiro marido, e divorciou-se dela. Entretanto, não tornou a casar.

O que acontecera ao menino no terror gelado da Rússia não produzira a caricatura sem alma de um homem; em vez disso, detivera nele o crescimento da doçura e da suavidade, e pusera em relevo outras qualidades suas — inteligência, descompaixão, determinação. O homem que não tem nada a perder tem tudo a ganhar, e o homem sem sentimentos não pode ser ferido. Era isso, pelo menos, o que dizia a si mesmo. Em realidade, porém, parecia-se curiosamente com o padre que conhecera em Roma, em 1943; como Ralph de Bricassart, sabia que estava errando no momento de errar. Não que a consciência do mal que havia nele o detivesse; acontecia apenas que a dor e a autotortura eram o preço que ele pagava pelo seu progresso material. Um preço que, para muita gente, talvez não parecesse valer a pena, mas que, para ele, valia duas vezes o seu sofrimento. Um dia, ele governaria a Alemanha e faria dela o que sonhara fazer, acabaria com a ética ariana luterana e instauraria uma ética mais ampla. Por não poder prometer que deixaria de pecar, várias vezes lhe fora negada a absolvição no confessionário, mas, de um modo ou de outro, ele e a sua religião confundiam-se numa coisa só, até que o dinheiro e o poder acumulados o colocaram tão acima da culpa que ele pôde mostrar-se arrependido, confessar-se e ser absolvido.

Em 1955, como um dos homens mais ricos e poderosos da nova Alemanha Ocidental e numa casa nova no parlamento de Bonn, voltou a Roma, no intuito de procurar o Cardeal de Bricassart e mostrar-lhe o resultado final das suas orações. Não pôde lembrar-se depois do que imaginara que seria aquele encontro, pois, do princípio ao fim, só tivera consciência de uma coisa: de que Ralph de Bricassart estava decepcionado com ele. Soubera por quê, não lhe fora preciso perguntar. Mas não esperara a observação do cardeal quando se separaram:

— Rezei para que você se houvesse melhor do que eu, pois era tão jovem. Não há fim que valha os meios empregados para consegui-lo. Suponho, porém, que as sementes da nossa ruína são semeadas antes de nascermos.

De volta ao quarto de hotel Rainer chorara, mas se acalmara depois de algum tempo e pensara: O que passou, passou; no futuro, serei como ele esperava. E, se às vezes era bem-sucedido, às vezes fracassava. Mas tentou. Sua amizade com os homens do Vaticano tornou-se a coisa terrena mais preciosa de sua vida, e Roma passou a ser o sítio para onde fugia quando só o conforto que lhe proporcionavam seus habitantes parecia erguer-se entre ele e o desespero. Conforto. O deles era de uma espécie estranha. Nem o pousar de mãos nem o pronunciar de palavras suaves. Dir-se-ia um bálsamo vindo da alma, como se lhe compreendessem a aflição.

E, caminhando pela cálida noite romana, depois de haver deixado Justine na pensão, ele pensava que nunca mais deixaria de ser grato a ela. Pois enquanto a observara enfrentando o suplício da entrevista vespertina, sentira um agitar-se de ternura dentro de si. Valente e indômito, o monstrinho. Revelara-se páreo para eles em todos os sentidos; tê-lo-iam compreendido? Sentia por ela, concluiu, o que poderia ter sentido por uma filha de que se orgulhasse. Só que não tinha uma filha. Por isso a roubara de Dane, levara-a a fim de observar-lhe a reação posterior àquele eclesiasticismo esmagador, e ao Dane que ela nunca vira antes; ao Dane que não era e nunca poderia ser uma parte confidente e compreensiva de sua vida.

O que havia de melhor em seu Deus pessoal, continuou ele, era a sua capacidade de perdoar qualquer coisa; tanto a irreligiosidade inata de Justine quanto o fechamento da usina de força emocional dele, Rainer, até o momento em que fosse conveniente reabri-la. Só por um momento se sentira tomado de pânico, julgando ter perdido a chave para sempre. Sorriu, jogando fora o cigarro. A chave... Bem, as chaves, por vezes, tinham formas estranhas. Talvez precisasse de cada volta de cada anel daquela cabeça vermelha para acionar a fechadura; talvez numa sala escarlate Deus lhe tivesse estendido uma chave escarlate.

Um dia fugaz, que se fora num segundo. Mas, ao consultar o relógio, viu que ainda era cedo e concluiu que o homem que tinha tanto poder, agora que Sua Santidade se aproximava da morte, ainda estaria de vigília, compartindo dos hábitos noturnos da sua gata. Os soluços medonhos que enchiam o quartinho de Castel Gandolfo, contraindo o rosto magro, pálido, ascético, que velara debaixo da coroa branca durante tantos anos; ele estava morrendo, e era um grande papa. Dissessem o que dissessem, era um grande papa. Se amara os alemães, se ainda gostava de ouvir o alemão falado à sua volta, isso, acaso, alterava alguma coisa? Não cabia a Rainer julgá-lo.

Castel Gandolfo, porém, não era a fonte do que Rainer precisava saber naquele momento. E subiu os degraus de mármore que conduziam à sala escarlate e carmesim, a fim de falar com Vittorio Scarbanza, Cardeal di Contini-Verchese. Que poderia ser o próximo papa, ou poderia não ser. Fazia agora quase três anos que lhe observava os olhos escuros, sábios e amorosos pousados onde mais gostavam de pousar; sim, era melhor procurar as respostas junto dele do que junto do Cardeal de Bricassart.

* * *

— Nunca pensei que eu me ouviria dizendo isso, mas, graças a Deus, estamos partindo para Drogheda — disse Justine, recusando-se a atirar uma moeda na Fontana di Trevi. — Devíamos dar uma espiada na França e na Espanha; em vez disso, ainda estamos em Roma e eu sou tão desnecessária quanto um umbigo. Irmãos!

— Hummm, o que quer dizer que você considera os umbigos desnecessários? Lembro-me de que Sócrates era da mesma opinião — disse Rainer.

— Sócrates? Pois não me lembro disso! Engraçado, e eu que supunha haver lido quase todo Platão! — Ela virou-se a fim de mirá-lo, pensando que as roupas casuais de um turista em Roma lhe assentavam muito melhor do que o traje sóbrio que ele envergava nas visitas ao Vaticano.

— Ele estava absolutamente convencido de que os umbigos eram desnecessários. E, tanto isso é verdade que, para provar o que afirmava, desatarraxou o próprio umbigo e jogou-o fora.

Os lábios dela se contraíram.

— E o que aconteceu?

— A toga dele caiu.

Ela soltou uma gargalhada.

— De qualquer maneira, não se usavam togas em Atenas naquela ocasião. Mas tenho a horrível impressão de que há uma moral em sua história. — O rosto dela tornou-se sóbrio outra vez. — Por que você se preocupa comigo, Rain?

— Teimosa! Eu já lhe disse que meu nome se pronuncia Ryner (Rainer) e não Rayner (Reiner).

— Mas você não compreende — tornou ela, olhando meditativamente para os cintilantes jorros d'água e para o tanque sujo cheio de moedas. — Já esteve na Austrália?

Seus ombros estremeceram, mas ele não produziu som algum.

— Por duas vezes quase fui para lá, *herzchen*, mas consegui evitá-lo.

— Pois se tivesse ido, compreenderia. Você tem um nome mágico para um australiano, quando pronunciado do meu jeito. Rainer. Rain. Chuva. Vida no deserto.

Assustado, ele deixou cair o cigarro.

— Justine, você não está se apaixonando por mim, está?

— Que grandes egoístas são os homens! Detesto decepcioná-lo, mas não estou. — Em seguida, como se pretendesse atenuar qualquer descortesia em suas palavras, enfiou a mão na dele e apertou-a. — É algo muito melhor.

— O que é que poderia ser melhor do que se apaixonar?

— Qualquer coisa, creio eu. Não quero precisar de ninguém desse jeito, nunca.

— Você talvez tenha razão. É sem dúvida uma desvantagem incapacitante quando adquirida demasiado cedo. Por isso mesmo, o que é que você acha muito melhor?

— Encontrar um amigo. — A mão dela alisou a dele. — Você é meu amigo, não é?

— Sou. — Sorrindo, ele atirou uma moeda na fonte. — Pronto! Eu devo ter jogado aqui uns mil marcos alemães no correr dos anos, só para ter a certeza de que continuaria a sentir o calor do sul. Às vezes, nos meus pesadelos, tenho frio outra vez.

— Você devia experimentar o calor do verdadeiro sul — acudiu Justine. — Quarenta e seis graus à sombra, quando consegue encontrar alguma.

— Não admira que você não sinta o calor. — Ele soltou a risada sem som de sempre; resquício dos velhos tempos, quando rir alto poderia significar um desafio lançado ao destino. — E o calor explicaria o fato de você ser insensível.

— O seu inglês é coloquial, mas norte-americano. Eu teria pensado que você aprendeu inglês em alguma boa universidade britânica.

— Não. Comecei a aprendê-lo com soldados *cockneys*, escoceses ou das Midlands num acampamento belga, e não compreendia uma palavra do que me diziam, a não ser quando falava com o homem que mo ensinara. Um dizia "abaht", outro dizia "aboot", um terceiro dizia "aboat", mas todos queriam dizer "about". Por isso, quando voltei para a Alemanha, vi todos os filmes que pude ver e comprei os únicos discos em inglês que havia, gravados por comediantes norte-americanos. Mas toquei-os muitas e muitas vezes em casa, até falar o suficiente para aprender mais.

Ela estava sem sapatos, como sempre; estupefato, ele a vira andar de pé no chão em pavimentos bastante quentes para frigir um ovo e em lugares pedregosos.

— Diabrete! Calce os sapatos.

— Sou australiana; nossos pés são tão grandes que não se sentem bem dentro de sapatos. Isso vem de não termos realmente um tempo frio; andamos descalços sempre que podemos. Sou capaz de caminhar por um pasto infestado de carrapichos e tirá-los depois dos pés sem senti-los — gabou-se ela, orgulhosa. — Eu seria provavelmente capaz de caminhar sobre brasas acesas. — Depois, de repente, mudou de assunto. — Você amava sua esposa, Rain?

— Não.

— Ela o amava?

— Sim. Não tinha outra razão para casar comigo.

— Coitadinha! Você a usou e depois largou.

— Isso a desaponta?

— Não. Acho que não. Na verdade, até o admiro por isso. Mas sinto muita pena dela, e fico mais decidida do que nunca a jamais cair na mesma armadilha.

— Você me admira?

O tom dele era desconcertado, espantado.

— E por que não? Não estou procurando em você as coisas que ela devia procurar, estou? Gosto de você, você é meu amigo. Ela o amava, você era seu marido.

— Creio, *herzchen* — disse ele com alguma tristeza —, que os homens ambiciosos não são muito bons para suas mulheres.

— Isso acontece porque eles costumam gostar das santas. Do tipo "Sim, querido, não, querido, deixe que eu carrego, onde é que você quer que eu ponha?" Pobrezinha. Se eu tivesse sido sua esposa, teria mandado você lamber sabão, mas aposto que ela nunca fez isso, não é mesmo?

Os lábios dele tremeram.

— Não, pobre Annelise. Ela era do gênero mártir, de modo que suas armas estavam longe de ser tão diretas e tão deliciosamente expressas.

Os largos dedos dos pés de Justine agarravam-se com força à parede interna do chafariz. Ela inclinou-se precariamente para trás e endireitou-se com facilidade.

— Bem, você foi bom para ela no fim. Deixou-a. E ela está muito melhor sem você, embora provavelmente não pense assim. Ao passo que eu posso conservá-lo, porque tomarei o cuidado de nunca me apaixonar por você.

— Insensível. É o que você realmente é, Justine. E como descobriu todas essas coisas a meu respeito?

— Perguntei a Dane. Naturalmente, sendo Dane, ele apenas me contou os fatos, mas eu deduzi o resto.

— Baseada, sem dúvida, no seu enorme sortimento de experiências passadas. Que grandessíssima impostora você me saiu, Justine! Dizem que é muito boa atriz, mas isso me parece incrível. Como consegue fingir emoções que nunca experimentou? Como pessoa, você é emocionalmente mais atrasada que a maioria das moças de quinze anos.

Ela saltou de onde estava, sentou-se no murinho e inclinou-se para calçar os sapatos, movimentando dolorosamente os dedos dos pés.

— Meus pés estão inchados, diabo!

Nenhuma reação de raiva nem de indignação indicava que ela ouvira sequer a última parte do que ele dissera. Como se Justine se limitasse, quando censuras ou criticas eram dirigidas contra ela, a desligar um aparelho interno de audição. E devia ter havido grande quantidade delas. O milagre era que ela não odiasse Dane.

— Eis aí uma pergunta difícil de responder — disse ela. — É preciso que eu seja capaz de fazê-lo, pois, do contrário, não seria tão boa assim, não é verdade? Mas é como... uma espera. Isto é, falo de minha vida fora do palco. Eu me preservo, não posso me dar ao luxo de gastá-lo fora do palco. Temos apenas determinada quantidade para dar, não temos? E lá em cima não sou eu mesma, ou talvez seja mais exato dizer que sou uma sucessão de pessoas, de eus. Nós todos devemos ser uma profunda mis-

tura de eus, você não acha? Para mim, representar, antes e acima de tudo, é intelecto, e só depois disso é emoção. O intelecto libera a emoção e a aprimora. A coisa toda não consiste pura e simplesmente em chorar, em gritar, em desfechar uma gargalhada convincente. Sabe que é uma coisa maravilhosa? Imaginar-me dentro de outra pessoa, de outro eu, de alguém que eu poderia ter sido se as circunstâncias tivessem sido diferentes. Nisso reside o segredo. Não é me tornar outra pessoa, mas incorporar seu papel em mim, como se esse papel fosse o meu, como se essa pessoa fosse eu. E, assim, ela se torna eu.

A sua excitação era tão grande que não lhe permitia continuar parada, e ela se ergueu.

— Imagine, Rain! — prosseguiu. — Daqui a vinte anos poderei dizer a mim mesma: cometi assassínios, suicidei-me, enlouqueci, salvei homens, arruinei-os. *Oh!* As possibilidades são infinitas!

— E todas essas pessoas serão você. — Ele ergueu-se, tomou-lhe novamente a mão. — Sim, tem razão, Justine. Você não pode gastá-lo fora do palco. Em se tratando de qualquer outra pessoa, eu diria que você o faria apesar disso, mas, em se tratando de você, já não tenho tanta certeza.

18

Se pensasse no assunto, a turma de Drogheda seria capaz de imaginar que Roma e Londres não ficavam mais longe do que Sydney e que Dane e Justine, apesar de adultos, ainda eram crianças que iam para o internato. Sabia-se que não poderiam voltar para casa nas férias mais curtas, mas, uma vez por ano, vinham passar um mês, ao menos, na fazenda. Geralmente em agosto ou setembro, e pouco mudados. Muito jovens. Seria de alguma importância o fato de terem quinze e dezesseis ou vinte e dois e vinte e três anos? E se a turma de Drogheda vivia para esse mês no começo da primavera, ninguém andava por ali dizendo coisas como, "Bem, só faltam algumas semanas!" ou então, "Misericórdia, não faz um mês que eles partiram!" Mas, por volta de julho, os passos das pessoas se tornavam mais vivos e sorrisos permanentes instalavam-se em todos os rostos. Desde a cozinha até os pastos e a sala de estar, planejavam-se regalos e presentes.

Nesse ínterim, havia cartas que refletiam, na maioria, a personalidade dos autores, embora, às vezes, a contradissessem. Julgar-se-ia, por exemplo, que Dane seria um correspondente meticulosamente regular e Justine uma irregularíssima missivista. Que Fee jamais escreveria cartas. Que os homens da família Cleary as escreveriam duas vezes por ano. Que Meggie enriqueceria o serviço postal com bilhetes diários, ao menos endereçados a Dane. Que a Sra. Smith, Minnie e Cat enviariam cartões de aniversário e Natal. Que Anne Mueller escreveria com freqüência para Justine, mas nunca para Dane.

As intenções de Dane eram boas e ele, de fato, escrevia com regularidade. Acontecia apenas que se esquecia de pôr os seus esforços no correio, de modo que se passavam, muitas vezes, dois ou três meses sem notícias, e depois Drogheda recebia dúzias de missivas na mesma mala postal. A loquaz Justine escrevia epístolas compridas, que eram puros desabafos intimistas, suficientemente rudes para evocar rubores e gritos escandalizados, e totalmente fascinantes. Meggie só escrevia uma vez por quinzena para os dois filhos. Embora Justine nunca recebesse cartas da avó, Dane as recebia sempre, assim como costumava receber notícias de todos os tios, a respeito da terra, dos carneiros e da saúde das mulheres de Drogheda, pois os Clearys pareciam julgar-se obrigados a assegurar-lhe que tudo ia às mil maravilhas em casa. Eles, contudo, não faziam o mesmo com Justine, que teria ficado abismada se o fizessem, de qualquer maneira. Quanto aos demais, a correspondência da Sra. Smith, de Minnie, de Cat e de Anne Mueller ocorria como se poderia esperar.

Era gostoso ler cartas e penoso escrevê-las. Isto é, para todos, menos para Justine, que sentia fisgadas de exasperação porque ninguém lhe mandava o tipo de carta que ela desejava — longas, prolixas e francas. Justine fornecia ao pessoal de Drogheda a maior parte das informações a respeito de Dane, cujas cartas nunca mergulhavam seus leitores bem no meio de uma cena. Ao passo que era exatamente isso que faziam as de Justine.

> Rain chegou hoje de avião a Londres [escreveu ela certa vez] e disse-me que viu Dane em Roma na semana passada. A verdade é que ele está mais com Dane do que comigo, visto que Roma ocupa o primeiro lugar em sua agenda de viagens e Londres o último. Por isso preciso confessar que Rain é uma das principais razões por que me encontro com Dane em Roma todos os anos antes de voltar para casa. Dane gosta de vir a Londres, só que eu não o deixo quando Rain está em Roma. Egoísta. Mas vocês não fazem idéia do prazer que me dá a companhia de Rain. É uma das poucas pessoas que conheço que vale os esforços que faço para vê-lo, e eu gostaria de poder vê-lo com mais freqüência.
>
> Num certo sentido, Rain tem mais sorte do que eu. Consegue conhecer os colegas de seminário de Dane, ao passo que eu não consigo. Creio que Dane tem medo de que eu os estupre diante dele. Ou talvez de que eles me estuprem. Ha! Isso só aconteceria se me vissem em meus trajes de Charmian. É um troço de louco, gente, juro que é. Uma espécie de Theda Bara atualizada. Dois escudozinhos redondos de bronze para as velhas tetas, uma porção de correntes e o que eu imagino seja um cinto de castidade — aliás, seria preciso um par de abridores de lata para entrar nele. Com uma longa cabeleira preta, o corpo bronzeado e meus pedacinhos de metal, sou a própria mulher fatal.
>
> ... Mas onde era mesmo que eu estava??? Ah, sim, Rain em Roma na semana passada encontrando-se com Dane e seus colegas. Saíram todos para uma farra. Rain insiste em pagar, poupa o constrangimento de Dane. Parece que a noite foi de arromba. Nada de mulheres, é claro, mas tudo o mais. Vocês são capazes de imaginar *Dane* de joelhos em algum pífio bar romano dizendo, "Formosos narcisos, apressamo-nos a ver-vos chorando tão cedo" a um vaso de narcisos? Ele tentou, durante dez minutos, colocar na ordem certa as palavras da citação, mas, não

o conseguindo, desistiu; em vez disso, segurou um narciso entre os dentes e executou um bailado. Vejam agora se podem imaginar *Dane* fazendo uma coisa dessas. Rain diz que isso é inofensivo e necessário, visto que eles só trabalham e não brincam etc. Não havendo mulheres, a melhor coisa depois delas é um porre de qualquer bebida alcoólica. Pelo menos é o que Rain afirma. Não vão imaginar agora que isso acontece com freqüência, porque não acontece, e calculo que nessas ocasiões Rain é o cabeça, de modo que sai com eles para vigiá-los, para tomar conta desse grupo ingênuo de bocós de ocasião. Mas confesso que ri pensando no halo de Dane escorregando durante um bailado flamenco com um narciso na boca.

Dane passou oito anos em Roma até chegar ao sacerdócio e, no começo, ninguém supôs que eles pudessem terminar. Esses oito anos, todavia, passaram mais depressa do que quaisquer outros que a gente de Drogheda imaginara. Ninguém sabia o que ele faria depois de ordenado, mas presumia-se que regressasse à Austrália. Só Meggie e Justine desconfiavam de que ele desejaria permanecer na Itália, embora Meggie ainda pudesse acalentar dúvidas lembrando-se do contentamento dele quando voltava todos os anos para casa. Como australiano, haveria de querer voltar. Justine era diferente. Ninguém sonhava que ela tornasse um dia definitivamente. Sendo atriz, sua carreira não vingaria na Austrália. Ao passo que Dane poderia seguir a sua com o mesmo zelo em qualquer parte do mundo.

Desse modo, no oitavo ano, não havia planos acerca do que fariam as crianças quando chegassem para as férias anuais; ao invés disso, o pessoal de Drogheda planejava ir a Roma, a fim de ver Dane tomar ordens sacras.

— Nós fracassamos — disse Meggie.

— Que foi que você disse, querida? — perguntou Anne.

Elas estavam lendo, sentadas, num canto quente da varanda, mas o livro de Meggie lhe caíra, abandonado, no colo, e ela observava com expressão ausente os saltitos de duas tarambolas no gramado. Fora um ano de chuva; havia vermes em toda parte e os pássaros mais gordos e felizes que a gente do lugar já tivera ocasião de ver. Cantos de aves enchiam o ar desde o romper da aurora até o derradeiro bruxulear do crepúsculo.

— Eu disse que fracassamos — gritou Meggie. — Um estopim molhado. Tanta promessa! Quem o diria em 1921, quando chegamos a Drogheda?

— Como assim?

— Um total de seis filhos, além de mim. E um ano depois, mais dois. Que pensaria você? Dúzias de filhos, meia centena de netos. Mas olhe para nós. Hal e Stu estão mortos, nenhum dos vivos parece ter a menor intenção de casar, e eu, a única que não tenho condições de transmitir o nome, fui a única que deu herdeiros a Drogheda. E, mesmo assim, os deuses não estão felizes, não é mesmo? Um filho e uma filha. Vários netos ao menos, é o que se poderia pensar. Mas que acontece? Meu filho abraça o sacerdócio e minha filha, uma carreira de solteirona. Outro beco sem saída para Drogheda.

— Não vejo o que há de tão estranho nisso — disse Anne. — Afinal de contas, o que você poderia esperar dos homens? Enfiados aqui, tímidos como cangurus, sem nenhum contato com as moças que poderiam desposar. E, no caso de Jims e Patsy, a guerra, ainda por cima. Você pode imaginar Jims casado sabendo que Patsy não pode imitá-lo? Eles se querem muito um ao outro para isso. Além do mais, a terra é exigente e castradora. Tira deles tudo o que têm para dar, porque não creio que tenham muito. Isto é, num sentido físico. Já pensou nisso alguma vez, Meggie? Para dizer as coisas cruamente, sua família não se interessa muito pelo sexo. E o mesmo se aplica a Dane e Justine. Quero dizer, há pessoas que o procuram compulsivamente, como os gatos, mas os seus, não. Embora seja possível que Justine se case. Ha esse alemão, Rainer; ela parece terrivelmente apaixonada por ele.

— Você acertou em cheio — disse Meggie, que não se achava disposta a ser consolada. — Ela parece terrivelmente apaixonada por ele. Só isso. Afinal de contas, faz sete anos que o conhece. Se quisesse casar, já o teria feito há muito tempo.

— Você acha que sim? Conheço Justine muito bem — respondeu Anne com sinceridade, pois de fato a conhecia muito bem; melhor do que qualquer outra pessoa em Drogheda, incluindo Meggie e Fee. — Creio que a apavora a idéia de comprometer-se com a espécie de amor que o casamento impõe, e devo dizer que admiro Rainer. Ele parece compreendê-la. Não quero afirmar que esteja apaixonado por ela, mas, se estiver, tem ao menos o bom senso de esperar que ela se prepare para o mergulho. — Inclinou-se para a frente e o livro lhe caiu, esquecido, sobre os ladrilhos. — Preste atenção nesse passarinho. Creio que nem um rouxinol cantaria melhor. — Em seguida, disse o que estava desejando dizer havia semanas. — Meggie, por que não vai a Roma para ver Dane ordenado?

— *Não* irei a Roma! — redargüiu Meggie com os dentes cerrados. — Nunca mais tornarei a sair de Drogheda.

— Meggie, não faça isso! Você não pode decepcioná-lo tanto! Vá, por favor! Se não for, Drogheda não terá ali uma única mulher, porque só você ainda tem idade para voar. Mas eu lhe afianço que, se julgasse por um minuto sequer que meu corpo sobreviveria ao esforço, eu estaria naquele avião.

— Ir a Roma para ver Ralph de Bricassart sorrindo com presunção? Prefiro morrer.

— Oh, Meggie! Meggie! Por que há de se vingar nele e em seu filho das suas frustrações? Você mesma já disse uma vez que a culpa é sua. Ponha o orgulho de lado e vá a Roma. Por favor!

— Não é uma questão de orgulho. — Ela estremeceu. — Oh, Anne, tenho medo de ir! Porque não acredito, não acredito! Fico toda arrepiada quando penso nisso.

— E que me diz você da hipótese de que ele não volte para casa depois que se fizer padre? Já lhe ocorreu essa idéia alguma vez? Ele não terá as longas licenças que tinha no seminário e, se decidir ficar em Roma, é muito possível que você tenha de ir para lá, se quiser vê-lo. Vá a Roma, Meggie!

— Não posso. Se você soubesse como tenho medo! Não é orgulho, como também não é o fato de não querer que Ralph leve vantagem sobre mim, ou qualquer uma das coisas que digo para impedir que me façam perguntas. Deus é testemunha de que sinto tanta falta dos meus dois homens que seria capaz de me arrastar até lá de joelhos só para vê-los se julgasse por um minuto que eles me querem. Sei que Dane ficaria contente por me ver. Mas Ralph? Já se esqueceu de que existo. Repito que estou com medo. Não sei o que dentro de mim me diz que, se eu for a Roma, acontecerá alguma coisa. Por isso não irei.

— Mas, pelo amor de Deus, o que é que pode acontecer?

— Sei lá!... Se soubesse, teria algo para combater. Uma sensação. Como posso combater uma sensação? Porque é só isso que há. Um pressentimento. Como se os deuses se estivessem reunindo.

Anne riu-se.

— Você está ficando velha, Meggie. Pare com isso!

— Não posso, não posso! Eu *sou* uma velha.

— Tolice, você é apenas uma vigorosa mulher de meia-idade. Suficientemente jovem para subir naquele avião.

— Ora, deixe-me em paz! — bradou Meggie em tom feroz, voltando ao seu livro.

De vez em quando, uma multidão com um propósito converge a Roma. Não é turismo, a visão voyeurística de glórias passadas em relíquias presentes; tampouco é o preenchimento de uma fatia de tempo entre A e B, em que Roma representa um ponto na linha entre esses dois lugares. Trata-se de uma multidão com uma só emoção unificante; ela estoura de orgulho, pois vem ver o filho, o sobrinho, o primo, o amigo tomar ordens sacras numa grande basílica que é a igreja mais venerada do mundo. Seus membros instalam-se em pensões humildes, hotéis de luxo, em casas de amigos ou parentes. Mas estão totalmente unidos, em paz uns com os outros e com o mundo. Fazem, conscienciosos, os seus giros; o Museu do Vaticano rematado pela Capela Sistina como prêmio de resistência; o Forum, o Coliseu, a Via Ápia, a gananciosa Fontana di Trevi, o *son et lumière*. À espera do dia, enchendo o tempo. Ser-lhes-á concedido o privilégio especial de uma audiência privada com o Santo Padre e, para eles, Roma não encontrará nada demasiado bom.

Desta vez não era Dane quem esperava Justine na plataforma, como das outras vezes; ele estava de retiro. Em lugar do irmão, Rainer Moerling Hartheim percorria o sujo pavimento como um grande animal. Ele não a cumprimentou com um beijo, pois nunca o fazia; apenas colocou um braço em torno dos ombros dela e apertou-os.

— Como um urso — disse Justine.

— Um urso?

— Eu costumava pensar, quando o conheci, que você era uma espécie de elo perdido, mas acabei chegando à conclusão de que é mais urso do que gorila. Era uma comparação pouco generosa, a do gorila.

— E os ursos são generosos?

— Bem, eles talvez matem a gente com a mesma rapidez, mas são mais jeitosos. — Ela passou o braço pelo braço dele e acertou o passo com o de Rainer, pois eram quase da mesma altura. — Como vai Dane? Você o viu antes de iniciar o retiro? Senti vontade de matar Clyde, por não me deixar vir mais cedo.

— Dane está como sempre.

— Você não o tem desencaminhado?

— *Eu?* É claro que não. Você está muito bonita, *herzchen*.

— Estou fazendo o possível para me comportar direito e me associei a todos os costureiros de Londres. Gosta da minha nova saia curta? Chama-se minissaia.

— Ande um pouco na minha frente, que eu lhe direi.

A barra da saia pregueada de seda chegava mais ou menos até a metade da coxa; ela rodopiou quando Justine se virou e voltou para junto dele.

— O que é que você acha, Rain? É escandalosa? Notei que ninguém em Paris está usando saias com esse comprimento ainda.

— Isso prova uma coisa, *herzchen*... que o escandaloso é alguém com pernas bonitas como as suas usar uma saia um milímetro mais comprida. Tenho a certeza de que os romanos concordarão comigo.

— O que quer dizer que minha bunda levará uma hora para ficar preta e azulada em vez de levar um dia. Malditos sejam eles! Mas você sabe de uma coisa, Rain?

— Que é?

— Nunca fui beliscada por um padre. Em todos esses anos tenho entrado e saído do Vaticano sem nenhum beliscão em meu ativo. Por isso pensei que, se usasse minissaia, eu ainda poderia ser a ruína de algum pobre prelado.

— Você poderá ser a minha ruína.

Ele sorriu.

— Num vestido alaranjado? Não acredito. Pensei que você detestasse me ver com roupas cor de laranja, já que o meu cabelo é da mesma cor.

— Uma cor tão ativa que inflama os sentidos.

— Você está-me gozando — disse ela, enfadada, entrando na limusine Mercedes, que ostentava uma bandeirola alemã presa ao talismã do capô. — Quando foi que arranjou a bandeirinha?

— Quando recebi meu novo posto no governo.

— Não admira que eu merecesse uma menção no *News of the World*! Você viu?

— Sabe que nunca leio pasquins, Justine.

— Nem eu; mas alguém me mostrou o comentário — disse ela; depois, imprimindo um tom mais alto à voz, deu-lhe um sotaque rebuscado e afetado. — É verdade que uma futurosa atriz australiana com cabelo cor de cenoura está cimentando relações cordialíssimas com um membro do gabinete da Alemanha Ocidental?

— Eles não podem saber há quanto tempo nos conhecemos — disse Rainer tranqüilamente, esticando as pernas e assumindo uma posição confortável.

Justine examinou-lhe as roupas com olhar de aprovação; muito casuais, muito italianas. Ele parecia ter aderido à corrente da moda européia, atrevendo-se a usar uma das camisas que pareciam feitas de rede de pescar e que permitiam aos homens italianos mostrar a pilosidade do peito.

— Você nunca devia usar terno, colarinho e gravata — disse ela, de repente.

— Não? Por que não?

— Porque o seu estilo é decididamente machista... sabe como é, isso que está usando agora, com o medalhão e a corrente de ouro e o peito peludo. Um terno dá a impressão de que a sua cintura está formando saliência quando, na verdade, não está formando coisa nenhuma.

Por um momento, ele fitou-a, surpreso. Em seguida, a expressão dos seus olhos tornou-se alerta, transformando-se no que ela chamava o seu "olhar pensativo e concentrado".

— A primeira — disse ele.

— A primeira o quê?

— Nos sete anos em que a conheço, esta é a primeira vez que você faz um comentário não desairoso sobre a minha aparência.

— Oh, meu Deus, será verdade? — perguntou ela, parecendo envergonhada. — Juro que tenho pensado muitas vezes nela, e nunca com desaprovação. — E por uma razão qualquer — apressou-se em acrescentar. — Isto é, refiro-me a coisas assim, como a sua aparência quando veste um terno.

Ele não respondeu, mas sorria, como se acariciasse um pensamento muito agradável.

Esse passeio com Rainer parecia ter sido a última coisa tranqüila que aconteceu durante vários dias. Pouco depois que voltou da visita ao Cardeal de Bricassart e ao Cardeal di Contini-Verchese, a limusine que Rainer alugara depositou o contingente de Drogheda em seu hotel. Com o canto dos olhos Justine observou a reação de Rain à sua família, naquele momento inteiramente composta de tios. Até o instante em que seus olhos não deram com o rosto de sua mãe, Justine estivera convencida de que ela mudaria de idéia e viria a Roma. O fato de Meggie não ter vindo foi-lhe um golpe cruel; Justine não sabia se aquilo lhe doía mais por causa de Dane ou por sua própria causa. No entanto, aqui estavam os tios, de quem ela, sem dúvida, devia ser a anfitriã.

Mas eram tão acanhados! Quem dentre eles era quem? Quanto mais envelheciam, mais parecidos ficavam uns com os outros. E em Roma pareciam — bem, pareciam fazendeiros australianos passando férias em Roma. Todos envergavam a roupa de ver a Deus dos criadores de ovelhas abonados: botas escuras de montar com elástico dos lados, calças de cor neutra, paletós esportivos escuros de lã felpuda, pesada, com aberturas laterais e muito remendos de couro, camisas brancas, gravatas de lã tricotada, chapéus cinzentos de copa achatada e abas largas. Aquela indumentária não constituiria novidade alguma nas ruas de Sydney na época da Exposição Real da Páscoa, mas num fim de verão romano era extraordinária.

Se Justine não fosse atéia, teria agradecido a Deus a presença de Rain. Como era gentil com eles! Ela não acreditaria que alguém fosse capaz de fazer Patsy falar, mas ele o conseguira, bendito fosse. Conversaram como velhas comadres; Justine se perguntava *onde* ele arranjara cerveja australiana para eles. Parecia gostar deles e estar interessado; tudo é peixe na rede de um político industrial alemão. Era de espantar como pudesse apegar-se à sua fé, sendo o que era. Um enigma, eis o que era Rainer Moerling Hartheim; amigo de papas e cardeais, amigo de Justine O'Neill. Rain, chuva, Rain, o bem nomeado.

Ele estava recostado no espaldar da poltrona, prestando atenção ao que Bob lhe dizia sobre tosquia e, não tendo nada melhor para fazer porque se encarregara tão bem de tudo, Justine observava-o, curiosa. Na maior parte das vezes ela notava na hora todos os atributos físicos das pessoas, mas, de vez em quando, essa vigilância afrouxava e os outros se aproximavam dela sem ser pressentidos e instalavam-se em sua vida antes que ela tivesse feito essa primeira e vital avaliação. Pois, quando não era feita, às vezes se passavam anos até voltarem a irromper-lhe entre os pensamentos como estranhos. Como agora, observando Rain. É claro que o responsável fora o primeiro encontro dos dois, em que ela, embora cercada de homens da Igreja, atemorizada, assustada, enfrentara a situação. Mas só reparara no óbvio: na sua constituição vigorosa, no seu cabelo, na sua pele morena. Depois, quando a levara para jantar, perdera-se a oportunidade de retificar as coisas, pois Rainer a obrigara a tomar consciência dele de um modo que lhe transcendia os atributos físicos; ela estivera tão interessada no que a boca dizia que não olhara para a boca propriamente dita.

Ela agora chegava à conclusão de que ele, na verdade, não tinha nada de feio. Apenas parecia ser o que era, uma mistura do melhor e do pior. Como um imperador romano. Não admirava que amasse a cidade. Era o seu lar espiritual. Rosto largo, malares altos e amplos, nariz pequeno mas aquilino. Sobrancelhas grossas e negras, retas em vez de seguir a curva das órbitas. Cílios femininos e pretos, muito longos, e olhos bonitos e escuros, quase sempre fechados para esconder os pensamentos. O traço mais bonito, sem dúvida, era a boca, de lábios nem grossos nem finos, nem pequena nem grande, mas muito bem modelada, com um corte distinto nas comissuras dos lábios e uma firmeza peculiar no modo com que a usava; como se ele, se viesse a afrouxar seu domínio sobre ela, se arriscasse a revelar segredos acerca da sua verdadeira natureza. Interessante, pôr de parte um rosto já tão conhecido mas que, na realidade, não era nada conhecido.

Saindo do seu devaneio, ela percebeu que ele a surpreendera observando-o, e teve a impressão de ter sido desnudada diante de uma multidão armada de pedras. Por um momento os olhos dele retiveram os dela, arregalados e alertas, não exatamente surpresos, mas presos. Em seguida, muito calmo, ele transferiu seu olhar para Bob e fez-lhe uma pergunta pertinente sobre pântanos. Justine sacudiu-se mentalmente e disse a si mesma que não devia pôr-se a imaginar coisas. Mas era fascinante ver de repente um homem, que fora seu amigo durante anos, como possível amante. E não achar a idéia repulsiva.

Arthur Lestrange tivera sucessores, e ela não sentira vontade de rir. Percorri um longo trajeto desde aquela noite memorável. Mas terei realmente progredido? É muito gostoso ter um homem, mas não quero saber do que Dane disse a respeito de ser o único homem. Não farei dele o *único* homem, de modo que não dormirei com Rain. Isso mudaria muitas coisas e eu perderia meu amigo. Preciso do meu amigo, não posso me dar ao luxo de ficar sem meu amigo. Pretendo conservá-lo como conservo Dane, um ser humano do sexo masculino sem nenhum significado físico para mim.

Podendo abrigar vinte mil pessoas, a igreja não estava lotada. Em parte alguma do mundo tanto tempo, tantas idéias e tanto gênio tinham sido empregados na criação de um templo de Deus; ele reduzia à expressão mais simples as obras pagãs da Antiguidade. Com efeito, tanto amor, tanto suor! A basílica de Bramante, o domo de Miguel Ângelo, a colunata de Bernini. Um monumento erguido não só a Deus, mas também ao Homem. Nas profundezas da *confessio*, numa alcovazinha de pedra, o próprio São Pedro estava sepultado; aqui fora coroado o Imperador Carlos Magno. Os ecos de velhas vozes pareciam sussurrar entre as réstias de luz que fluíam, dedos mortos poliam os raios de bronze atrás do altar-mor e acariciavam as brônzeas colunas torcidas do *baldacchino*.

Ele estava deitado sobre os degraus, o rosto voltado para baixo, como morto. Em que estaria pensando? Haveria nele um sofrimento, que não tinha o direito de estar lá, porque sua mãe não viera? O Cardeal Ralph olhou através das lágrimas e notou que não havia sofrimento. Antes sim; depois, com certeza. Mas agora, nenhum. Tudo nele se projetava para o momento, para o milagre. Nele só havia lugar para o que fosse Deus. No seu grande dia, nada importava além da tarefa atual, a entrega de sua vida e de sua alma a Deus. Era provável que ele soubesse fazê-lo, mas quantos outros de fato o tinham feito? Não o fizera o Cardeal Ralph, embora ainda se lembrasse de sua ordenação cheia de sagrado assombro. Tentara-o com todas as suas forças e, não obstante, retivera qualquer coisa.

Minha ordenação não foi tão augusta assim, mas eu a revivo através dele. E fico perguntando a mim mesmo o que ele realmente é, para que, a despeito dos nossos receios, passasse entre nós tantos anos sem um desafeto, quanto mais um verdadeiro inimigo. Amado por todos, a todos ama. Nunca lhe ocorre que esse estado de coisas é incomum. E, no entanto, quando aqui chegou, não estava tão seguro de si; *nós* lhe demos isso, e isso talvez justifique nossas existências. Muitos padres foram feitos aqui, milhares e milhares, mas para ele há qualquer coisa especial. Oh, Meggie, por que não veio ver o presente que deu a Nosso Senhor — o presente que não pude dar a você, pois já me havia dado a Ele? E creio que por isso ele pode estar hoje aqui livre do sofrimento. Porque recebi poderes para ficar com o seu sofrimento, a fim de libertá-lo dele. Choro suas lágrimas, ponho luto em seu lugar. E é assim que deve ser.

Mais tarde virou a cabeça e olhou para a fileira de representantes de Drogheda, que ostentavam estranhos ternos escuros. Bob, Jack, Hughie, Jims, Patsy. Um lugar vazio para Meggie, depois Frank. O cabelo flamejante de Justine obscurecido por um véu de renda preta, a única mulher da família Cleary que se achava presente. Ao lado dela, Rainer. Depois, uma porção de gente que ele não conhecia, mas que participava tão plenamente da cerimônia quanto o pessoal de Drogheda. Só que hoje era diferente, hoje era um dia especial. Hoje ele quase se sentia como se também tivesse um filho para dar. Sorriu e suspirou. Como se sentiria Vittorio, outorgando a Dane o sacerdócio?

Talvez por sentir tão agudamente a ausência de sua mãe, Justine foi a primeira pessoa com quem Dane conseguiu falar a sós na recepção que o Cardeal Vittorio e o Cardeal Ralph lhe ofereceram. Com a batina preta e o colarinho branco e alto, ele estava magnífico, pensou ela; só que não parecia um padre. Dir-se-ia antes um ator que representasse o papel de padre, até a gente reparar nos olhos dele. E lá estava ela, a luz interior, aquele algo que o transformava de um homem muito bem-apessoado num homem único.

— Padre O'Neill — disse ela.

— Ainda não me acostumei com isso, Jus.

— O que não é difícil de compreender. Nunca me senti como hoje em São Pedro, de modo que nem posso imaginar como foi tudo para você.

— Creio que pode, sim, em algum lugar do seu íntimo. Se realmente não pudesse, não seria tão boa atriz. Mas como você, Jus, isso vem do inconsciente; só aparece na mente quando você precisa usá-lo.

Estavam sentados num sofá num canto afastado da sala, e ninguém apareceu para perturbá-los.

Passado algum tempo, ele disse:

— Fiquei tão contente por Frank ter vindo — disse, olhando para onde Frank conversava com Rainer, com uma expressão animada no rosto que os sobrinhos ainda não lhe tinham visto. — Conheço um velho padre romeno refugiado — continuou Dane — que tem um jeito de dizer "Pobrezinho!" com tanta compaixão na voz... Não sei, mas, seja como for, é o que sempre me surpreendo a dizer quando penso em nosso Frank. E, no entanto, Jus, por quê?

Justine ignorou o ardil e foi diretamente ao ponto.

— Eu seria capaz de matar mamãe! — murmurou, entre dentes. — Ela não tinha o direito de fazer o que fez com você!

— Oh, Jus! Eu compreendo. E você também precisa tentar compreender. Se ela o tivesse feito por maldade ou por espírito de vingança, poderia me magoar, mas você a conhece tão bem quanto eu e sabe que não foi por nenhum desses motivos. Logo irei a Drogheda. E, quando for, conversarei com ela e descobrirei o que aconteceu.

— Suponho que as filhas nunca têm tanta paciência com as mães quanto os filhos. — Ela abaixou os cantos da boca com expressão pesarosa e estremeceu. — Talvez seja bom que eu pertença tão entranhadamente ao tipo solitário que nunca me imporei a ninguém no papel de mãe.

Os olhos azuis transbordavam de bondade e ternura; Justine sentiu a pele arrepiar-se toda ao perceber que Dane estava sentindo pena dela.

— Por que você não casa com Rainer? — perguntou ele, de repente.

O queixo dela caiu e ela abriu a boca, assombrada.

— Porque ele nunca me pediu em casamento — respondeu, com voz fraca.

— Só por achar que você não o aceitaria. Mas isso pode ser arranjado.

Sem pensar, ela o agarrou pela orelha, como costumava fazer quando eram crianças.

— Não se atreva, seu bocó de batina! Nem uma palavra, entendeu? Nem uma palavra. *Eu não amo Rain!* Ele é apenas um amigo e quero conservá-lo assim. Se você chegar a acender uma vela que seja com essa idéia, juro que lhe rogarei uma praga, e você se lembra de como isso costumava apavorá-lo, não se lembra?

Ele jogou a cabeça para trás e riu.

— Não funcionaria, Justine! Hoje em dia, minha mágica é mais forte do que a sua. Mas você não precisa ficar tão nervosa por causa disso, sua boboca. Enganei-me, mais nada. Presumi que houvesse um caso entre você e Rain.

— Não, não há. Depois de *sete anos*? Só por um milagre. — Fazendo uma pausa, ela pareceu procurar as palavras e depois olhou quase tímida para ele. — Dane, sinto-me tão feliz por você! Se estivesse aqui, creio que mamãe sentiria o mesmo. Não é preciso mais nada; basta que ela o veja agora, assim. Espere um pouco, que ela acabará aparecendo.

Com extrema delicadeza, ele tomou-lhe o rosto comprido entre as mãos, sorrindo para ela com tanto amor que as próprias mãos dela se ergueram para agarrar-lhe os pulsos e absorvê-lo por todos os poros. Como se todos os anos de infância fossem recordados e revividos.

Entretanto, por trás do que viu nos olhos dele com respeito a ela, Justine sentiu uma dúvida vaga; a palavra dúvida, aliás, talvez fosse demasiado forte; é possível que ansiedade soasse melhor. Ele estava quase certo de que a mãe acabaria compreendendo, mas *era* humano, embora todos, menos ele, tendessem a esquecer o fato.

— Jus, quer me fazer um favor? — perguntou, quando a largou.

— O que você quiser — disse ela, com sinceridade.

— Tenho uma espécie de folga, para pensar no que vou fazer. Dois meses. E pretendo pensar direito montado num cavalo de Drogheda depois de ter falado com mamãe... De certo modo, sinto que não poderia resolver coisa alguma enquanto não tiver falado com ela. Mas primeiro, bem... Preciso criar coragem para ir para casa. Por isso, se lhe for possível, dê um jeito de ir ao Peloponeso comigo por duas semanas, passe-me um bom pito por ser covarde até que eu fique tão cansado de ouvir sua voz que me enfie numa avião e fuja dela. — Ele sorriu-lhe. — Além disso, Jussy, não quero que pense que tenciono excluí-la da minha vida, como também não tenciono excluir mamãe. A gente precisa ter por perto a sua velha consciência de vez em quando.

— Oh, Dane, é claro que irei!

— Ótimo — disse ele; depois sorriu, fitando-a com malícia. — Preciso realmente de você, Jus. Tê-la de novo lamuriando ao meu ouvido é como voltar aos velhos tempos.

— Opa! Nada de obscenidades, *Padre* O'Neill!

Ele cruzou os braços atrás da cabeça e apoiou-se no encosto do sofá, com uma expressão de contentamento.

— Eu sou! Não é maravilhoso? E talvez, depois de ter visto mamãe, possa me concentrar em Nosso Senhor. Creio que é para isso que tendem minhas inclinações, como você sabe. Simplesmente pensar em Nosso Senhor.

— Você devia ter entrado para uma ordem, Dane.

— Ainda posso fazê-lo e provavelmente o farei. Tenho uma vida inteira pela frente; não há pressa.

* * *

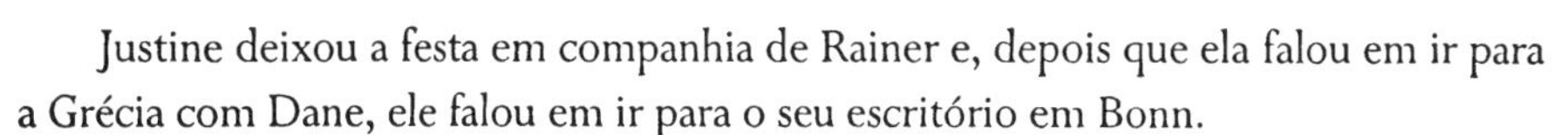

Justine deixou a festa em companhia de Rainer e, depois que ela falou em ir para a Grécia com Dane, ele falou em ir para o seu escritório em Bonn.

— Já não é sem tempo — disse ela. — Para um ministro de gabinete você não parece trabalhar muito, parece? Todos os jornais chamam-no de *playboy*, divertindo-se por aí com atrizes australianas com cabelo cor de cenoura, seu cachorrão.

Ele brandiu o punho enorme para ela.

— Eu pago pelos meus poucos prazeres de maneiras que você jamais saberá.

— Incomoda-se de andar, Rain?

— Não, se você não tirar os sapatos.

— Nestes dias não posso. As minissaias têm suas desvantagens; os dias das meias que se podiam tirar com facilidade já se foram. Eles inventaram uma versão das meias-calças teatrais, que não se podem tirar em público sem provocar o maior furor desde Lady Godiva. E por isso mesmo, a não ser que eu queira estragar um par de meias-calças, que me custam cinco guinéus, estou aprisionada em meus sapatos.

— Você, pelo menos, aprimora minha educação em matéria de roupas femininas, tanto de baixo quanto de cima — disse ele, suavemente.

— Pois sim! Aposto que você tem pelo menos uma dúzia de amantes e despe todas elas.

— Só uma, que, como todas as boas amantes, me espera de *négligé*.

— Sabe que até agora nunca discutimos a sua vida sexual? Que coisa fascinante! Como é ela?

— Loira, gorda, quarentona e flatulenta.

Ela parou de estalo.

— Você está-me gozando — disse, devagar. — Não consigo imaginá-lo com uma mulher *assim*.

— Por que não?

— Porque você tem muito bom gosto.

— *Chacun à son gout*, minha querida. Eu também não sou lá grande coisa para se olhar... e, portanto, por que haveria você de me supor capaz de seduzir uma mulher jovem e bonita e fazer dela minha amante?

— Porque pode! — disse ela, indignada. — É claro que pode!

— Por causa do meu dinheiro?

— Não, *não* por causa do seu dinheiro! Está-me sacaneando, como sempre! Rainer Moerling Hartheim, você sabe muito bem o quanto é atraente, pois, do contrário, não andaria por aí usando medalhões de ouro nem camisas furadinhas. A beleza não é tudo... e, mesmo que fosse, eu ainda teria minhas dúvidas.

— Sua preocupação comigo é tocante, *herzchen*.

— Por que será que quando estamos juntos tenho a impressão de estar sempre correndo para alcançá-lo e nunca o consigo? — Sua explosão de cólera morreu; ela ficou a olhar ambiguamente para ele. — Você não está falando sério, está?

— Acha que estou?

— Não! Embora não seja convencido, você sabe o quanto é atraente.

— Se sou ou não, pouco importa. O importante é que você me julgue atraente.

Ela ia dizer: É claro que o julgo; não faz muito tempo experimentei-o mentalmente como amante, mas cheguei à conclusão de que não daria certo; prefiro continuar a tê-lo como amigo. Se a tivesse deixado dizê-lo, ele teria compreendido que o seu momento ainda não chegara e agido de modo diferente. Acontece, porém, que, antes que ela pudesse pronunciar as palavras, ele a tomou nos braços e beijou-a. Durante sessenta segundos, pelo menos, ela se sentiu morrer, dividir, esmagar, enquanto a força nela gritava em selvagem exaltação por encontrar uma força parelha. A boca dele — era *bela!* E o cabelo dele, incrivelmente cheio, vital, era algo para agarrar furiosamente com os dedos. Depois ele tomou-lhe o rosto entre as mãos e fitou-a, sorrindo.

— Eu a amo — disse ele.

As mãos dela haviam-lhe agarrado os pulsos, mas não os envolveram com delicadeza, como haviam feito aos pulsos de Dane; as unhas penetraram a carne, lanharam-na com ferocidade. Ela recuou dois passos e ficou a esfregar a boca com o braço, os olhos dilatados de medo, o peito arfando.

— Não daria certo — arquejou. — Nunca poderia dar certo, Rain!

Os sapatos saíram-lhe dos pés; ela abaixou-se para pegá-los, voltou-se, saiu correndo e, dali a três segundos, o ruído rápido e macio dos seus pés se desvanecera.

Não que ele tivesse a intenção de segui-la, embora ela pensasse aparentemente que ele poderia fazê-lo. Seus pulsos sangravam e doíam-lhe. Comprimiu o lenço primeiro num e depois no outro, encolheu os ombros, guardou o pano manchado e ali ficou, concentrado na dor. Passado algum tempo, tirou do bolso a cigarreira, escolheu um cigarro, acendeu-o e pôs-se a caminhar sem pressa. Ninguém que passasse por ali poderia dizer, ao ver-lhe o rosto, o que ele estava sentindo. Acabara de perder tudo o que almejava ter ao seu alcance, bastando-lhe para isso estender a mão. Menina idiota. Quando haveria de crescer? Sentira-o, respondera-lhe e negara-o.

Mas ele era um jogador, do tipo que ganha pouco e perde pouco. Esperara sete longos anos para tentar a sorte, e sentira a mudança nela nessa época da ordenação. Aparentemente, porém, movera-se demasiado cedo. Paciência. Havia sempre o amanhã ou, conhecendo Justine, o ano seguinte, dois anos depois. Ele por certo não desistiria. Se a vigiasse com atenção, um belo dia teria sorte.

O riso sem som estremeceu dentro dele; loira, gorda, quarentona e flatulenta. Ele mesmo não sabia o que o levara a dizer essa frase, a não ser que, muitos anos antes, ela lhe fora dita por sua ex-esposa. A típica definição das vítimas de cálculos biliares. A pobre Annelise vivera martirizada por eles, embora fosse morena, magra, cinqüentona e tão bem arrolhada quanto um gemo numa garrafa. A troco de que estou pensando agora em Annelise? Meu paciente empenho de anos deu em nada, e não posso me sair melhor do que a pobre Annelise. Mas você não perde por esperar, *Fräulein* Justine O'Neill!

Havia luzes nas janelas do palácio; subiria por alguns minutos e daria dois dedos de prosa com o Cardeal Ralph, que parecia ter envelhecido. Não estava com bom aspecto. Talvez devesse ser persuadido a submeter-se a um exame médico. Rainer sofria, mas não por Justine: ela era moça, havia tempo; mas pelo Cardeal Ralph, que vira ordenar-se o próprio filho, e não o sabia.

Ainda era cedo, de modo que o saguão do hotel estava cheio de gente. Com os sapatos nos pés, Justine atravessou-o, rápida, na direção da escada e galgou os degraus de cabeça baixa. Depois de algum tempo, como suas mãos trêmulas não encontrassem a chave do quarto na bolsa, supôs que talvez tivesse de descer outra vez e enfrentar a multidão aglomerada diante do balcão de recepção. Mas lá estava ela; seus dedos deviam tê-la tocado uma dúzia de vezes.

Entrando, afinal, chegou tateando à cama, sentou-se na beira e deixou que os pensamentos coerentes lhe voltassem aos poucos. Com os olhos tristemente fixos no amplo retângulo de luz pálida que o céu noturno projetava através da janela, sentindo vontade de xingar, sentindo vontade de chorar, dizia a si mesma que estava revoltada, horrorizada, desiludida. Agora nunca mais seria a mesma coisa e isso era uma tragédia. A perda do amigo mais querido. Traição.

Palavras vazias, falsas; de súbito, compreendeu perfeitamente o que tanto a assustara, o que a levara a fugir de Rain como se ele tivesse tentado matá-la e não beijá-la. A *justeza* de tudo! A sensação de volta ao lar, quando ela não queria voltar ao lar, quando não queria o compromisso do amor. O lar era a frustração, como frustração era o amor. E não era só isso, ainda que a admissão fosse humilhante; ela não tinha a certeza de poder amar. Se fosse capaz de amar, teria, por certo, aberto a guarda uma ou duas vezes; teria, por força, experimentado uma ou duas vezes uma pontada de algo mais que a tolerante afeição pelos seus amantes infreqüentes. Não lhe ocorria que ela escolhia de propósito amantes que nunca ameaçariam o alheamento que a si mesma se impusera e que agora de tal modo fazia parte dela que o considerava totalmente natural. Pela primeira vez na vida, faltava-lhe um ponto de referência para ajudá-la. Não havia ocasião no passado em que pudesse encontrar conforto, nenhum envolvimento outrora profundo, nem para si nem para esses vagos amantes. Tampouco a gente de Drogheda lhe poderia valer, porque ela sempre a evitara também.

Fora-lhe preciso fugir de Rain. Dizer sim, comprometer-se com ele e, depois, vê-lo recuar ou descobrir a extensão das falhas dela? Isso lhe teria sido insuportável! Ele ficaria sabendo como ela era realmente, e deixaria de amá-la. Seria insuportável para ela dizer sim e acabar sendo repelida para sempre. Era muito melhor que ela mesma o repelisse primeiro. Desse modo, pelo menos, salvava-se o orgulho, e Justine possuía todo o orgulho de sua mãe. Rain *nunca* deveria saber como era ela debaixo de toda aquela petulância.

Ele se apaixonara pela Justine que via, pois ela nunca lhe dera a oportunidade de desconfiar do mar de dúvidas que havia por baixo da superfície. Destas, só Dane desconfiava — ou melhor, sabia.

Ela inclinou a cabeça para encostar a testa na tampa fria da mesinha-de-cabeceira, enquanto as lágrimas lhe corriam pelo rosto. Era por isso, naturalmente, que amava tanto o irmão. Pois, embora soubesse como era a verdadeira Justine, continuava a amá-la. O sangue ajudava, como ajudava também uma existência inteira de lembranças, problemas, sofrimentos e alegrias partilhadas. Ao passo que Rain era um estranho, não estava comprometido com ela como Dane, nem mesmo como os outros membros da família. Nada o obrigava a amá-la.

Justine fungou, passou a palma da mão pelo rosto, encolheu os ombros e encetou a difícil tarefa de empurrar o seu sofrimento para algum canto afastado do espírito, onde ele poderia ficar pacificamente, esquecido. Sabia que poderia fazê-lo; passara a vida inteira aperfeiçoando a técnica. Só que isso significava uma atividade incessante, uma contínua absorção em coisas exteriores. Estendeu a mão e acendeu a lâmpada.

Um dos tios devia ter levado a carta ao quarto dela, pois estava em cima da mesinha-de-cabeceira, uma carta aérea azul-celeste com a Rainha Elizabeth no canto superior.

"Querida Justine", escrevia Clyde Daltinham-Roberts, "volte ao aprisco, onde você está sendo *necessária*! Imediatamente! Há um papel sobrando no repertório da próxima temporada, e um passarinho me contou que você *talvez* o deseje. Desdêmona, querida! Com Marc Simpson no papel de Otelo! Os ensaios para os atores principais começarão na próxima semana, *se* você estiver interessada."

Se ela estava interessada? Desdêmona! Desdêmona em Londres! E com Marc Simpson como Otelo! A oportunidade de toda uma vida. Sua disposição de espírito subiu como um foguete a um ponto em que a cena com Rain perdeu todo o significado, ou melhor, assumiu um significado diferente. Se ela fosse muito, muito cuidadosa, talvez soubesse conservar o amor de Rain; uma atriz muitíssimo aplaudida e muitíssimo bem-sucedida andava sempre tão ocupada que não podia repartir grande parte de sua vida com os amantes. Valia a pena tentar. Se ele parecesse estar-se aproximando demasiado da verdade, ela poderia recuar outra vez. Para manter Rain em sua vida, sobretudo esse novo Rain, faria qualquer coisa, exceto tirar a máscara.

Nesse ínterim, notícias como aquela mereciam uma comemoração qualquer. Ela ainda não se sentia preparada para enfrentar Rain, mas havia outras pessoas à mão que

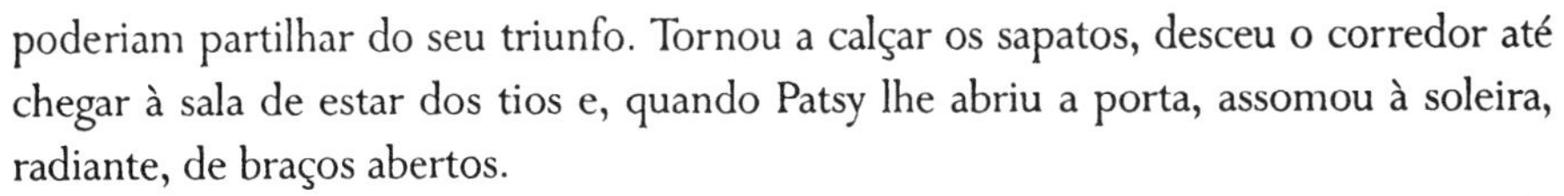

poderiam partilhar do seu triunfo. Tornou a calçar os sapatos, desceu o corredor até chegar à sala de estar dos tios e, quando Patsy lhe abriu a porta, assomou à soleira, radiante, de braços abertos.

— Tragam a cerveja, que eu vou ser Desdêmona! — anunciou ela, com grande estardalhaço.

Por um momento ninguém respondeu. Depois Bob exclamou, calorosamente:

— Isso é ótimo, Justine!

O prazer dela não se evaporou, ao invés disso, cresceu até se transformar numa exaltação incontrolável. Rindo-se, deixou-se cair numa poltrona e pôs-se a olhar para os tios. Que homens realmente encantadores eram eles! É claro que a notícia dela não lhes dizia coisa alguma; eles não tinham a menor idéia de quem fosse Desdêmona. Se ela tivesse vindo contar-lhes que ia casar, a resposta de Bob teria sido a mesma.

Desde que ela se entendia por gente, eles faziam parte da sua vida, e tristemente ela os dispensara com o mesmo desdém com que dispensara tudo o que dizia respeito a Drogheda. Os tios, uma pluralidade que nada tinha que ver com Justine O'Neill. Simples membros de um conglomerado que entravam e saíam da sede, sorriam timidamente para ela e a evitavam quando sua presença significava conversação. Ela compreendia agora que eles não o faziam por não gostar dela, mas só por sentir o quanto ela era alheia, o que os deixava constrangidos. Mas, naquele mundo romano, estranho para eles e familiar para ela, Justine começava a compreendê-los melhor.

Sentindo por eles um carinho que se poderia chamar de amor, Justine passou de um rosto enrugado para um rosto risonho. Bob, que era a força vital da unidade, o Patrão de Drogheda, mas de uma forma tão discreta; Jack, que apenas parecia seguir o irmão de um lado para outro, ou talvez desse essa impressão por se entenderem ambos tão bem; Hughie, dono de uma dose de malícia que os outros dois não tinham, mas que, apesar disso, se parecia tanto com eles; Jims e Patsy, os lados positivo e negativo de um mesmo todo auto-suficiente; e o pobre e apagado Frank, o único que parecia atormentado pelo medo e pela insegurança. Todos, com exceção de Jims e Patsy, estavam grisalhos, e Bob e Frank tinham até o cabelo inteiramente branco, mas não pareciam diferentes dos tios que ela conhecera quando pequena.

— Não sei se devo dar cerveja a você — disse Bob em tom de dúvida, segurando uma garrafa gelada de Swan na mão.

A observação a teria enfadado profundamente seis horas antes, mas, naquele momento, sentia-se tão feliz que não poderia ofender-se com ela.

— Ouça, sei que nunca lhe ocorreu me oferecer um copo de cerveja durante nossas sessões com Rain, mas posso lhe garantir que sou agora uma moça crescida e capaz de enfrentar uma cerveja. Juro que não é pecado — acrescentou, sorrindo.

— Onde está Rainer? — perguntou Jims, tirando de Bob um copo cheio e estendendo-o a ela.

— Tive uma briga com ele.

— Com Rainer?

— Com ele, sim. Mas a culpa foi minha. Vou vê-lo mais tarde e dizer-lhe que estou arrependida.

Nenhum dos tios fumava. Embora nunca tivesse pedido uma cerveja antes, em outras ocasiões ela os desafiara fumando em sua presença enquanto eles conversavam com Rain; agora precisaria de uma coragem de que não dispunha para exibir os seus cigarros, de modo que se contentou com o triunfo menor da cerveja, morta por emborcar o copo e bebê-la de um gole só, mas atenta ao olhar dúbio dos tios. Pequenos sorvos como convêm a uma dama, Justine, mesmo que você esteja mais seca do que o Saara.

— Rainer é um sujeito formidável — disse Hughie, com os olhos brilhando.

Espantada, Justine compreendeu de repente por que subira tanto no conceito deles: ela pegara um homem que eles gostariam de ter na família.

— De fato, ele é formidável — disse, secamente, e mudou de assunto. — Foi um dia delicioso, não foi?

Todas as cabeças oscilaram em uníssono, até a de Frank, mas eles não pareciam dispostos a discutir o caso. Embora percebesse que estavam cansadíssimos, ela não se arrependeu do seu impulso de visitá-los. Foi preciso algum tempo para que sentidos e sentimentos quase atrofiados aprendessem suas funções correspondentes, e os tios constituíam um bom alvo para a sua prática. Tal era o inconveniente de ser uma ilha; a gente se esquecia de que aconteciam coisas além das próprias plagas.

— Quem é Desdêmona? — perguntou Frank do meio das sombras em que se escondia.

Justine encetou uma descrição animada, encantada pelo horror que eles demonstraram ao saber que ela seria estrangulada uma vez por noite, e só se lembrou de que deviam estar morrendo de cansaço meia hora depois, quando Patsy bocejou.

— Preciso ir — anunciou, depositando na mesa o copo vazio. Não lhe haviam oferecido um segundo copo; um, aparentemente, era o limite para as damas. — Obrigada por prestarem atenção às minhas bobagens.

Para grande surpresa e confusão de Bob, ela deu-lhe um beijo ao dizer-lhe boa-noite; Jack tentou sair de fininho, mas foi apanhado com facilidade, ao passo que Hughie aceitou de bom grado a despedida. Jims ficou muito vermelho, e suportou a provação sem dizer uma palavra. Para Patsy, um beijo e um abraço, pois ele próprio era uma ilha também. E para Frank, que desviou a cabeça, nada de beijo; quando, no entanto, o abraçou, ela sentiu o tênue eco de uma intensidade qualquer que não observara nos outros. Pobre Frank. Por que era assim?

Do lado de fora da porta, ela encostou-se por um momento na parede. Rain a amava. Mas quando tentou telefonar para o quarto dele, a telefonista informou-a de que ele pagara a conta e regressara a Bonn.

Não fazia mal. De qualquer maneira, talvez fosse melhor esperar para vê-lo em Londres. Um contrito pedido de desculpas pelo correio e um convite para jantar na próxima vez que ele visitasse a Inglaterra. Havia muitas coisas que ela ignorava a respeito de Rain, mas de uma característica não tinha dúvida alguma; ele viria, porque não possuía um único osso mesquinho em todo o seu corpo. Desde que os assuntos estrangeiros se haviam tornado o seu forte, a Inglaterra era um dos seus mais constantes portos de escala.

— Espere e verá, meu rapaz — disse ela, olhando para o espelho e vendo nele o rosto de Rain no lugar do seu. — Farei da Inglaterra o seu assunto estrangeiro mais importante ou não me chamo Justine O'Neill.

Não lhe ocorrera que talvez, no que dizia respeito a ele, o nome dela, com efeito, era o ponto crucial do problema. Os seus padrões de comportamento haviam sido estabelecidos e o casamento não se incluía entre eles. Nunca lhe passara pela cabeça a hipótese de Rain poder querer transformá-la em Justine Hartheim. Ela estava demasiado ocupada em lembrar-se da qualidade do beijo dele e em sonhar com mais.

Restava-lhe apenas a tarefa de contar a Dane que não poderia acompanhá-lo à Grécia, mas não estava preocupada com isso. Dane compreenderia, pois compreendia sempre. Só que, de um modo ou de outro, ela não achava que devia contar-lhe todas as razões por que não poderia ir. Por mais que o amasse, não se sentia disposta a ouvir o sermão severíssimo que ele haveria de pregar-lhe. Ele queria que ela casasse com Rain e, por isso mesmo, se ela lhe contasse quais eram os seus planos em relação a Rain, ele a levaria à Grécia, nem que fosse à força, dentro de alguma carroça. O que os ouvidos de Dane não ouvissem, seu coração não sentiria.

"Querido Rain", dizia a nota. "Desculpe-me por haver saído correndo como uma cabra peluda na outra noite, não sei o que deu em mim. Creio que foi o dia agitado e tudo o mais que aconteceu. Peço-lhe que me perdoe por haver-me comportado como uma perfeita bocó. Sinto-me envergonhada por haver feito tanto barulho por uma coisa tão insignificante. E suponho que o dia também mexeu com você. Refiro-me às suas palavras de amor e ao resto. Por isso vou fazer-lhe uma proposta — você me perdoa e eu o perdôo. Sejamos amigos, por favor. Não suporto a idéia de estarmos brigados. Da próxima vez que vier a Londres, venha jantar e redigiremos formalmente um tratado de paz."

Como de costume, estava apenas assinado "Justine", sem uma palavra sequer de afeição; ela nunca as usava. Desapontado, ele estudou as frases autenticamente casuais, como se pudesse ver através delas o que lhe passava de fato pela cabeça ao escrever.

Era, por certo, um oferecimento de paz, mas que mais? Suspirando, viu-se obrigado a admitir que provavelmente havia muito pouco mais. Ele a assustara; a intenção dela de conservar-lhe a amizade revelava o quanto ele significava para ela, mas Rain duvidava muito de que Justine compreendesse com exatidão o que sentia por ela. Afinal de contas, agora sabia que ele a amava; se se tivesse examinado o suficiente para compreender que também o amava, tê-lo-ia dito diretamente na carta. Entretanto, por que voltara a Londres em vez de ir à Grécia com Dane? Ele sabia que não poderia ter sido a causa, mas, apesar das dúvidas, a esperança coloriu-lhe tão alegremente os pensamentos que chamou sua secretária. Eram dez horas da manhã, hora de Greenwich, o melhor momento para encontrá-la em casa.

— Ligue-me com o apartamento da Srta. O'Neill em Londres — ordenou ele, e esperou os segundos seguintes com uma contração dos cantos internos das sobrancelhas.

— Rain! — exclamou Justine, aparentemente encantada. — Recebeu minha carta?

— Neste minuto.

Depois de uma delicada pausa, ela perguntou:

— E virá jantar logo?

— Estarei na Inglaterra sexta-feira e sábado que vêm. O prazo é muito curto?

— Não, se puder ser sábado à noite. Estou ensaiando Desdêmona, por isso sexta-feira não pode ser.

— Desdêmona?

— É verdade, você não sabe! Clyde me escreveu quando eu estava em Roma e me ofereceu o papel. Marc Simpson será Otelo, e Clyde dirigirá pessoalmente. Não é maravilhoso? Voltei para Londres no primeiro avião.

Ele protegeu os olhos com a mão, dando graças a Deus por sua secretária estar na outra sala e não sentada onde pudesse ver-lhe o rosto.

— Justine, *herzchen*, que notícia maravilhosa! — conseguiu dizer com entusiasmo. — Eu estava imaginando o que a teria feito voltar a Londres.

— Oh, Dane compreendeu — disse ela, sem dar importância ao caso — e, de certo modo, creio até que gostou de ficar sozinho. Ele andou inventando uma história a respeito de precisar de mim para instigá-lo a ir para casa, mas creio que a razão era outra: ele não quer que eu me sinta excluída de sua vida agora que é padre.

— Provavelmente — anuiu Rain, polido.

— Então, sábado à noite — disse ela. — Lá pelas seis. Poderemos redigir tranqüilamente o nosso tratado de paz com a ajuda de uma ou duas garrafas e eu lhe darei de comer depois que tivermos chegado a um arranjo satisfatório. Está certo?

— Está, naturalmente. Adeus, *herzchen*.

O contato foi cortado de repente pelo som do receptor dela ao ser desligado; ele ficou sentado por um momento com o seu ainda na mão, depois deu de ombros e recolocou-o no gancho. Diabo de menina! Ela estava começando a meter-se entre ele e o seu trabalho.

Ela continuou a meter-se entre ele e o seu trabalho nos dias que se seguiram, embora o volume deste último fosse muito grande para duvidar que alguém suspeitasse disso. E no sábado à tarde, pouco depois das seis, ele apresentou-se no apartamento dela, de mãos abanando, como sempre, pois ela era uma criatura difícil de presentear. Indiferente às flores, não comia doces e teria atirado um presente mais caro descuidadamente a um canto qualquer para esquecê-lo depois. As únicas dádivas que Justine parecia apreciar eram as que Dane lhe dera.

— Champanha antes do jantar? — perguntou ele, olhando surpreso para ela.

— Eu acho que a ocasião merece, você não acha? Afinal de contas, foi o nosso primeiro rompimento definitivo e esta é a nossa primeira reconciliação definitiva — respondeu ela com sua lógica irretocável, indicando-lhe uma poltrona confortável e instalando-se no tapete gasto de pele de canguru, com os lábios entreabertos, como se já tivesse ensaiado as respostas para o que quer que ele pudesse dizer.

Mas ele se sentia incapaz de conversar, pelo menos enquanto não pudesse avaliar melhor a disposição de espírito dela, de modo que ficou a observá-la em silêncio. Até o momento em que a beijara fora fácil manter-se parcialmente a distância, mas agora, tornando a vê-la pela primeira vez depois disso, reconheceu que as dificuldades aumentariam no futuro.

Até quando fosse uma mulher muito velha era provável que ela ainda conservasse algo não de todo amadurecido no rosto e no porte; como se a feminilidade essencial passasse por ela sem percebê-la. Aquele cérebro frio, lógico, egocêntrico, parecia dominá-la completamente; para ele, contudo, ela possuía um fascínio tão poderoso que ele duvidava poder um dia substituí-la por outra mulher. Nem uma vez perguntara a si mesmo se ela merecia a longa luta. De um ponto de vista filosófico, era até possível que não a merecesse. Mas isso teria alguma importância? Ela era uma meta, uma aspiração.

— Você está muito bonita esta noite, *herzchen* — disse ele por fim, erguendo o copo de champanha para ela num gesto que era um misto de brinde e de reconhecimento de um adversário.

Um lume de carvão ardia, tímido e desprotegido, na lareira vitoriana, mas Justine não parecia ligar para o calor, enrodilhada perto dele com os olhos fixos em Rain. Em seguida, depôs o copo na lareira e inclinou-se para a frente, os braços cruzados em torno dos joelhos, os pés nus escondidos entre as pregas de um vestido escuro.

— Não suporto rodeios — disse ela. — Você foi sincero, Rain?

Descontraindo-se profundamente, ele reclinou-se no espaldar da poltrona.

— Sincero sobre o quê?

— Sobre o que disse em Roma... Que me amava.

— Essa é a causa de tudo isto, *herzchen?*

Ela afastou a vista, encolheu os ombros, tornou a olhar para ele e assentiu com a cabeça.

— Naturalmente.

— Por que voltar ao assunto? Você me disse o que pensava, e eu imaginei que o convite desta noite não visasse a trazer de volta o passado, senão a planejar o futuro.

— Oh, Rain! Você age como se eu estivesse fazendo uma tempestade num copo d'água! E ainda que isso fosse verdade, você pode ver por quê.

— Não, não posso. — Ele depôs o copo e inclinou-se mais para a frente a fim de observá-la melhor. — Você me deu a entender, da maneira mais enfática possível, que não queria saber do meu amor, e eu alimentava a esperança de que você tivesse pelo menos a decência de não discutir o assunto.

Jamais ocorrera a ela que esse encontro, fosse qual fosse o seu resultado, poderia ser tão desagradável; afinal de contas, ele se colocara na posição de suplicante, e devia estar esperando com toda a humildade que ela alterasse sua decisão. Em vez disso, ele parecia ter virado completamente a mesa. E ela ali se sentia como uma menina repreendida por alguma travessura idiota.

— Ouça, cara, foi você quem alterou o *status quo*, não fui eu! Não lhe pedi que viesse hoje à noite para que eu pudesse pedir perdão por haver ferido o grande ego de Hartheim!

— Você está na defensiva, Justine?

Ela agitou-se com impaciência.

— É claro que sim, ora bolas! Como é que você consegue fazer isso comigo, Rain? Eu gostaria que me deixasse levar vantagem pelo menos uma vez!

— Se eu consentisse nisso, você me jogaria fora como um trapo velho e fedido — disse ele, a sorrir.

— Ainda posso fazer isso, companheiro!

— Tolice! Se não o fez até agora, nunca o fará. Você continuará a me ver porque eu a conservo em movimento... Nunca saberá o que esperar de mim.

— E por isso disse que me amava? — perguntou ela dolorosamente. — Foi apenas uma brincadeira para me manter em movimento?

— Que é que você acha?

— Acho que você é um grandissíssimo calhorda! — disse ela por entre os dentes e caminhando de joelhos sobre o tapete até chegar suficientemente perto dele para mostrar-lhe toda a sua cólera. — Diga outra vez que me ama, seu bocó alemão, que eu lhe cuspo na cara!

Ele também estava zangado.

— Não, não vou tornar a dizer! Não foi para isso que você me convidou a vir, foi? Meus sentimentos não a preocupam nem um pouco, Justine. Você me convidou a vir a fim de poder experimentar seus próprios sentimentos, e nem sequer parou para pensar se estava sendo justa ou não comigo.

Antes que ela pudesse afastar-se, ele inclinou-se para a frente, agarrou-lhe os braços perto dos ombros e prendeu-lhe o corpo entre as pernas, segurando-a com firmeza. A raiva dela dissipou-se no ato; ela achatou as palmas das mãos sobre as coxas dele e ergueu o rosto. Mas ele não a beijou. Soltou-lhe os braços e virou-se para apagar a luz que brilhava atrás dele, depois afrouxou o seu domínio sobre ela e descansou a cabeça no espaldar da poltrona, de modo que ela ficou sem saber se ele escurecera a sala, deixando-a iluminada apenas pelas brasas ardentes, como primeiro passo para a batalha do amor ou simplesmente para ocultar a expressão do seu rosto. Insegura, temerosa de uma rejeição completa, esperou que lhe dissessem o que devia fazer. Ela deveria ter compreendido antes que não se brinca com gente como Rain, tão invencível quanto a morte. O que a impedia de deitar a cabeça no colo dele e dizer: Rain, me ame, preciso tanto de você e estou tão arrependida? Se conseguisse levá-lo a fazer amor com ela, alguma chave emocional decerto giraria e tudo acabaria caindo, libertado...

Ainda afastado, distante, ele a deixou tirar-lhe o paletó e a gravata, mas, quando começou a desabotoar-lhe a camisa, ele entendeu que não daria certo. Não figurava em seu repertório a espécie de habilidade erótica instintiva capaz de tornar excitante a mais mundana das operações. Aquilo era tão importante e ela estava metendo os pés pelas mãos. Tremeram-lhe os dedos, contraiu-se-lhe a boca e Justine rompeu em pranto desfeito.

— Oh, não! *Herzchen, liebchen*, não chore! — Ele puxou-a para si, até colocá-la no colo e encostar-lhe a cabeça no ombro, enquanto lhe enlaçava o corpo com os braços. — Desculpe, *herzchen*, eu não queria fazê-la chorar.

— Agora você sabe — disse ela entre soluços. — Sou um fracasso miserável; eu lhe disse que não daria certo! Eu queria tanto conservá-lo, Rain, mas sabia que não daria certo se o deixasse ver a criatura horrível que sou!

— Não, é claro que não daria certo. Nem poderia dar! Eu não a estava ajudando, *herzchen*. — Ele puxou-lhe o cabelo a fim de erguer-lhe o rosto até à altura do seu, beijou-lhe as pálpebras, as faces molhadas, os cantos da boca. — A culpa foi minha, *herzchen*, não foi sua. Eu queria lhe pagar na mesma moeda; queria ver até onde você iria sem ser encorajada. Mas creio que interpretei mal os seus motivos, *nicht wahr?* — Sua voz tornou-se mais grossa, mais alemã. — E digo-lhe uma coisa, se é isso o que você quer, é isso o que terá, mas nós o teremos juntos.

— Por favor, Rain, vamos desistir! Não tenho o que é preciso. Só conseguirei decepcioná-lo!

— Tem, sim, *herzchen*, já a vi no palco. Como pode duvidar de si quando está comigo?

E ele tinha tanta razão que as lágrimas dela secaram.

— Beije-me como me beijou em Roma — murmurou ela.

Só que não foi, de maneira alguma, como o beijo de Roma. Aquele havia sido algo cru, assustado, explosivo; este, lânguido e profundo, era uma oportunidade para saborear, cheirar, sentir, instalava-se por camadas em voluptuoso bem-estar. Os dedos dela voltaram aos botões, os dele procuraram o zíper do vestido dela; e ele, cobrindo a mão dela com a sua, enfiou-a por dentro da camisa, sobre a pele recoberta de finos pêlos macios. O súbito endurecimento da boca dele de encontro à sua garganta provocou uma resposta tão aguda que ela teve a impressão de perder os sentidos, pensou estar caindo, e constatou que realmente caía sobre o tapete sedoso, ao passo que Rain avultava sobre ela. Ele tirara a camisa, talvez mais, porém ela não podia ver outra coisa senão o lume além dos ombros dele comprimidos sobre ela e a boca bem-feita. Decidida a destruir-lhe a disciplina para todo o sempre, ela mergulhou os dedos no cabelo dele e fê-lo beijá-la de novo, mais duro, mais duro!

E o contato dele! Era como voltar para casa, reconhecendo cada parte dele com os lábios, as mãos e o corpo e, apesar disso, fabuloso e estranho. Enquanto o mundo se resumia na diminuta amplitude do fogo na lareira, que lambia a escuridão, ela se abriu para o que ele queria e tomou conhecimento de uma coisa que ele ocultara totalmente durante o tempo em que se tinham conhecido: ele deveria ter feito amor com ela, em imaginação, um milhão de vezes. Diziam-no sua própria experiência e sua intuição recém-nascida. Com qualquer outro homem a intimidade e a surpreendente sensualidade a teriam apavorado, mas ele a obrigou a ver que essas eram coisas que só ela tinha o direito de exigir. E ela as exigia. Até gritar-lhe, afinal, que terminasse, abraçando-o com tanta força que pôde sentir-lhe os contornos dos próprios ossos.

Os minutos fugiram, envoltos numa paz saciada. Os dois tinham adotado um ritmo idêntico de respiração, lento e tranqüilo, a cabeça dele repousando no ombro dela, a perna dela atirada sobre ele. Pouco a pouco, o aperto rígido nas costas dele afrouxou-se, tornou-se uma carícia sonhadora, circular. Ele suspirou, virou-se e inverteu o modo com que estavam deitados, convidando-a, sem dar-se conta disso, a sentir ainda mais profundamente o prazer de estar com ele. Ela colocou a palma da mão sobre o flanco dele, a fim de sentir-lhe a contextura da pele, deixou que a mão escorregasse sobre o músculo quente e envolveu com ela a massa macia e pesada na virilha. Era uma sensação inteiramente nova a dos movimentos vivos, independentes, dentro da mão; seus amantes anteriores nunca a haviam interessado tanto que ela desejasse prolongar sua curiosidade sexual até esse resultado lânguido, inexigente. De súbito, porém, ele deixou de ser lânguido e inexigente, mas tão excitante que ela o quis de novo.

Mesmo assim, foi tomada de surpresa, sentiu um sobressalto sufocado quando ele enfiou o braço por trás dela, segurou-lhe a cabeça nas mãos e manteve-a próxima o suficiente para que ela visse que não havia nada controlado em sua boca, modelada agora exclusivamente por ela e para ela. A ternura e a humildade nasceram nela, literalmente, nesse momento. E devem ter-se estampado em seu rosto, pois ele a fitava com olhos tão brilhantes que ela não pôde suportá-los e inclinou-se para prender-lhe o lábio superior entre os seus. Pensamentos e sensações fundiram-se, por fim, mas o grito dela, abafado, não foi solto, e sim transformado num lamento não expresso de alegria, que a sacudiu com tanta força que ela perdeu a consciência de tudo além do impulso, da direção indiferente de cada minuto urgente. O mundo concluiu sua derradeira contração, girou sobre si mesmo e desapareceu.

Rainer devia ter alimentado o fogo, pois quando o delicado alvorecer de Londres se infiltrou pelas dobras das cortinas, o quarto ainda estava quente. Desta vez, quando ele se mexeu, Justine percebeu-lhe os movimentos e agarrou-lhe o braço, com medo.

— Não se vá!

— Não me vou, *herzchen*. — Ele tirou outra almofada do sofá, ajeitou-a atrás da cabeça e puxou a moça para mais perto de si, suspirando suavemente. — Tudo bem?

Tudo.

— Não está com frio?

— Não, mas se você estiver, poderemos ir para a cama.

— Depois de fazer amor com você durante horas sobre um tapete de pele? Que decadência! Nem que os seus lençóis sejam de seda preta.

— São lençóis brancos, velhos e comuns. Esse pedaço de Drogheda até que não foi mau, não é mesmo?

— Pedaço de Drogheda?

— O tapete! É feito de cangurus de Drogheda — explicou ela.

— Não é suficientemente exótico nem suficientemente erótico. Vou encomendar para você uma pele de tigre da Índia.

— Isso me lembra um poema que ouvi certa vez:

"Você gostaria de pecar
Com Elinor Glyn
Sobre uma pele de tigre?
Ou preferiria
Errar com ela
Sobre outra pele qualquer?"

— Bem, *herzchen*, devo dizer que já está na hora de você reagir outra vez. Entre as exigências de Eros e Morfeu, faz doze horas que não consegue ser irreverente.

Ela sorriu.

— Não sinto necessidade disso no momento — disse, com um sorriso que respondia ao sorriso dele, colocando-lhe a mão confortavelmente entre as suas pernas. — Os versinhos de pé quebrado saíram porque eram tão bons que não pude resistir, mas não tenho nada para esconder de você, por isso não vejo a necessidade da irreverência. Você vê? — Ela aspirou o ar, subitamente cônscia de um leve cheiro de peixe estragado. — Céus! Você não jantou e já estamos na hora do café da manhã! Não posso querer que você viva de amor!

— Pelo menos não pode se esperar tão estrênuas manifestações dele!

— Ora, não negue! Você bem que apreciou cada um dos seus momentos.

— É verdade. — Ele suspirou, espreguiçou-se, bocejou. — Duvido que você faça uma idéia de toda a felicidade que estou sentindo.

— Acho que faço, sim — disse ela tranqüilamente.

Ele ergueu-se sobre um cotovelo a fim de contemplá-la.

— Diga-me uma coisa: Desdêmona foi a única razão de sua volta a Londres?

Agarrando-lhe a orelha, ela torceu-a dolorosamente.

— Agora é a minha vez de me vingar de todas essas perguntas de diretor de escola! O que é que você acha?

Ele afastou com facilidade os dedos dela, sorrindo.

— Se não me responder, *herzchen*, eu a estrangularei de maneira muito mais definitiva do que Marc.

— Voltei a Londres para fazer Desdêmona, mas, principalmente, por sua causa. Não consegui ser dona de mim mesma desde a noite em que você me beijou em Roma, e você está cansado de saber disso. É um homem muito inteligente, Rainer Moerling Hartheim.

— Tão inteligente que soube que a queria por esposa desde o primeiro momento em que a vi — disse ele.

Ela sentou-se depressa.

— Esposa?

— Esposa. Se a quisesse como amante, já a teria tomado há muitos anos. Sei como funciona a sua mente; teria sido relativamente fácil. A única razão por que não o fiz foi porque a queria como esposa e sabia que você ainda não estava preparada para a idéia de um marido.

— E não sei se já estou preparada para ela agora — disse ela, digerindo-a.

Ele levantou-se e puxou-a para junto de si, de modo que ficaram ambos em pé, abraçados.

— Bem, você pode começar a praticar preparando meu desjejum. Se esta casa fosse minha, eu me encarregaria de lhe fazer as honras, mas na sua cozinha a cozinheira é você.

— Não me incomodo de lhe preparar hoje o seu desjejum, mas me comprometer teoricamente a isso até o dia da minha morte? — Ela abanou a cabeça. — Não sei se é esse o meu ideal na vida, Rain.

Era o mesmo rosto de imperador romano, imperialmente imperturbável por ameaças de insurreição.

— Justine, isto não é coisa com que se brinque, nem eu sou uma pessoa com a qual se possa brincar. Há muito tempo. Você tem todos os motivos para saber que sei esperar. Mas tire da cabeça, de uma vez por todas, a idéia de que isto se pode resolver por algum modo que não seja o casamento. Não desejo ser conhecido como alguém menos importante para você do que um marido.

— Não vou desistir do teatro! — exclamou ela, em tom agressivo.

— *Verfluchte kiste!* Ninguém lhe pediu que o fizesse! Cresça um pouco, Justine! Qualquer um pensaria que a estou condenando à prisão perpétua entre o tanque e o fogão! Você sabe que não estamos na fila dos mendigos que esperam a distribuição do pão. Você poderá ter quantas criadas quiser, babás para as crianças, e tudo mais que for necessário.

— Diabo! — disse Justine, que não havia pensado em filhos.

Ele atirou a cabeça para trás e riu-se.

— Oh, *herzchen*, isto é o que se chama a manhã seguinte como manda o figurino! Eu sei que é tolice minha trazer à baila tão cedo a realidade, mas a única coisa que você deve fazer nesta altura dos acontecimentos é pensar nela. Embora eu a esteja avisando... enquanto estiver tomando sua decisão, não se esqueça de que, se eu não puder tê-la por esposa, não a quererei de nenhum outro modo.

Justine abraçou-o, agarrando-se a ele com ímpeto.

— Oh, Rain, não torne as coisas tão difíceis — chorou ela.

Sozinho, Dane dirigiu seu Lagonda pela bota italiana, passando por Perúsia, Florença, Bolonha, Ferrara, Pádua, Veneza e foi pernoitar em Trieste. Era uma de suas cidades favoritas, de modo que ficou mais dois dias na costa adriática antes de enveredar pela estrada montanhosa que conduzia a Ljubljana e passar outra noite em Zagreb. A seguir, desceu pelo grande vale do Rio Sava, entre campos azuis de flores de chicória até Beograd, dali para Nis, onde voltou a pousar. Macedônia e Skopje, ainda em ruínas por motivo do terromoto ocorrido dois anos antes; e Tito-Veles, a cidade das férias, pitorescamente turca com suas mesquitas e minaretes. Durante todo o trajeto pela Iugoslávia comera com frugalidade, pois a vergonha não lhe consentia sentar-se diante de um grande prato de carne quando os habitantes do lugar se contentavam com pão.

A fronteira grega em Evzone, mais adiante Tessalônica. Os jornais italianos tinham andado cheios de notícias da revolução que se preparava na Grécia; em pé no seu quarto de hotel observando os milhares de tochas agitadas que se moviam, inquietas, na escuridão da noite tessalonicense, alegrou-se por Justine não ter vindo.

— Pap-an-dre-ou! Pap-an-dre-ou! Pap-an-dre-ou! — rugiam as multidões, cantando, formigando entre as tochas até depois de meia-noite.

Mas a revolução era um fenômeno de cidades, de densas concentrações de pessoas e de pobreza; a região costurada de cicatrizes de Tessália ainda devia ter o aspecto que tivera para as legiões de César quando marchavam pelos campos queimados no encalço de Pompeu em Farsália. Pastores dormiam à sombra de tendas de peles, cegonhas equilibravam-se numa perna só em ninhos construídos sobre velhos prediozinhos brancos, e em toda parte a aridez era aterradora. Com o céu alto e claro, os ermos escuros e sem árvores, a paisagem lembrou-lhe a Austrália. E ele aspirou profundamente o ar, começando a sorrir à idéia de ir para casa. Sua mãe compreenderia, quando ele falasse com ela.

Acima de Larissa, chegou ao mar, parou o carro e desceu. O mar homérico, escuro e cor de vinho, delicada e clara água-marinha perto das praias, manchada da púrpura das uvas, estendia-se no rumo do horizonte curvo. Num gramado verde, lá embaixo, erguia-se minúsculo templo rodeado de pilares, alvejando ao sol, e na encosta do morro que avultava atrás dele subsistia uma imponente fortaleza do tempo das Cruzadas. Grécia, você é linda, mais linda que a Itália, por mais que eu ame a Itália. Mas aqui está o eterno berço.

Ansiando por achar-se em Atenas, continuou fazendo o carro vermelho disparar pelas subidas e descidas do Passo de Domokos até chegar ao outro lado, ao panorama maravilhoso da Beócia, feito de olivais, encostas cor de ferrugem e montanhas. Apesar da pressa, parou para examinar o monumento estranhamente hollywoodiano erguido em homenagem a Leônidas e seus espartanos nas Termópilas. Dizia a pedra: "Estrangeiro, vai dizer aos espartanos que aqui morremos em obediência às suas ordens." Aquilo feriu uma corda dentro dele, quase como se fossem palavras que pudesse ter ouvido num contexto diferente; Dane estremeceu e seguiu viagem, depressa.

Debaixo do sol escaldante, deteve-se acima de Kamena Voura, e nadou na água clara enquanto olhava para o estreito de Eubéia; dali deviam ter zarpado os mil navios que, de Aulis, demandaram Tróia. Era uma corrente forte que turbilhonava na direção do mar; não lhes devera ter sido necessário remar com muita força. Os extáticos arrulhos e as mãos cariciosas da velha vestida de preto na casa de banhos constrangeram-no; fugiu dela o mais rápido que pôde. As pessoas já não se referiam à sua beleza diante dele, de modo que, na maior parte das vezes, conseguia esquecê-la. Demorando-se apenas o suficiente para comprar dois imensos bolos recheados de creme na padaria.

continuou a descer pela costa ática e chegou afinal a Atenas quando o sol principiava a descambar, dourando a grande rocha e sua linda coroa de pilares.

Mas encontrou Atenas tensa e maldosa e a admiração franca das mulheres mortificou-o; as romanas eram mais sofisticadas, mais sutis. Um sentimento guiava a multidão, em que havia bolsões de tumultos, uma torva determinação da parte do povo de ter Papandreou. Não, Atenas estava diferente; era melhor ficar em outro lugar. Guardou o Lagonda numa garagem e tomou a balsa para Creta.

E lá, por fim, entre os olivais, o tomilho selvagem e as montanhas, encontrou a paz. Depois de longo trajeto de ônibus com frangos amarrados que não paravam de gritar e o cheiro forte de alho nas narinas, ele encontrou uma estalagenzinha pintada de branco com uma colunata arqueada, três mesas protegidas por guarda-sóis sobre as pedras da calçada e alegres cestas gregas penduradas e enfeitadas como lanternas. Aroeiras-moles e eucaliptos australianos, vindos da nova Terra do Sul e plantadas em solo demasiado árido para árvores européias. O estrépito enérgico das cigarras. A poeira, rodopiando em nuvens vermelhas.

À noite, dormiu num quarto minúsculo, semelhante a uma cela, com os postigos escancarados; no lusco-fusco da aurora celebrou uma missa solitária, durante o dia caminhou. Ninguém o incomodou, ele não incomodou ninguém. Mas, à sua passagem, os olhos dos camponeses seguiam-no com lento assombro, as rugas de todos os rostos acentuavam-se num sorriso. Fazia calor, havia calma e era tudo muito sonolento. Paz perfeita. Os dias seguiam-se uns aos outros, como contas que deslizassem por uma curtida mão cretense.

Ele orava em silêncio, um sentimento, uma extensão do que lhe ia no íntimo, pensamentos como contas, dias como contas. Senhor, sou verdadeiramente Teu. Agradeço-te por Tuas muitas bênçãos. Pelo grande Cardeal, sua ajuda, sua profunda amizade, seu amor seguro. Por Roma e pela oportunidade de estar em Teu coração, por me haver prostrado diante de Ti em Tua própria basílica, por ter sentido a rocha de tua Igreja dentro em mim. Tu me abençoaste além dos meus merecimentos; que posso fazer por Ti, para mostrar minha apreciação? Não sofri o bastante. Minha vida tem sido uma longa e absoluta alegria desde que principiei a servir-Te. Preciso sofrer, e Tu, que sofreste, o saberás. Só através do sofrimento poderei elevar-me acima de mim mesmo, compreender-Te melhor. Pois nisso se resume esta vida: a passagem para a compreensão do Teu mistério. Mergulha Tua lança no meu peito, enterra-a ali tão profundamente que eu jamais consiga arrancá-la! Faze-me sofrer. Por Ti renuncio a todos os outros, incluindo minha mãe e minha irmã e o Cardeal. Só Tu és minha dor e minha alegria. Humilha-me e eu cantarei Teu adorado Nome. Destrói-me e eu me regozijarei. Eu Te amo. Só a Ti...

Ele chegara à praiazinha onde gostava de nadar, um crescente amarelo entre rochedos que se projetavam para cima, e ficou por um momento a olhar, por sobre o Mediterrâneo, para o que devia ser a Líbia, muito além do horizonte escuro. Depois saltou ligeiramente os degraus na direção da areia, chutou as alpargatas, apanhou-as e caminhou, através dos contornos que cediam, macios, para o lugar onde costumava desvencilhar-se dos sapatos, da camisa, das calças. Dois jovens ingleses, que falavam com um arrastado sotaque de Oxford, estavam deitados como duas lagostas cozidas não muito longe dali e, além deles, duas mulheres falavam, sonolentas, em alemão. Dane olhou para as mulheres e, encabulado, ajeitou o calção de banho, ao perceber que elas tinham parado de conversar e se haviam sentado a fim de arrumar o cabelo e sorrir para ele.

— Como vão as coisas? — perguntou aos ingleses, embora em sua mente lhes desse o nome que todos os australianos dão aos ingleses, *pommies*. Eles pareciam fazer parte da paisagem, pois estavam na praia todos os dias.

— Esplendidamente, meu velho. Mas tome cuidado com a corrente... é forte demais para nós. Deve estar caindo uma tempestade em algum lugar por aí.

— Obrigado. — Dane sorriu, correu para as marolas que se encrespavam, inocentes, e mergulhou com perfeição na água rasa, como o surfista experiente que sempre fora.

Era surpreendente como a água calma podia ser enganosa. Ele sentia a corrente maligna puxar-lhe as pernas, tentando arrastá-lo para baixo, mas, como bom nadador, não podia preocupar-se com isso. Com a cabeça baixa, deslizou suavemente pela água, deleitando-se com o seu frescor, com a liberdade. Quando fez uma pausa e esquadrinhou a praia, viu as duas alemãs colocando as toucas de banho e correndo, a rir, na direção das ondas.

Juntando as mãos ao redor da boca, gritou-lhes em alemão que não saíssem da parte rasa, por causa da corrente. Rindo, elas acenaram para ele, como a dizer que haviam compreendido. Ele tornou a enfiar a cabeça dentro d'água, voltou a nadar, e supôs ouvir um grito. Mas nadou um pouco mais, depois parou para ficar em pé num local onde a corrente do fundo não puxava tanto. *Eram* gritos, sim; ao virar-se, viu as mulheres lutando e gritando, com o rosto contraído; uma delas tinha as mãos erguidas para o alto e estava afundando. Na praia, os dois ingleses aproximavam-se, relutantes, da água.

Ele girou sobre si mesmo e nadou, célere, na direção das mulheres. Braços tomados de pânico estenderam-se para ele, aferraram-se a ele, arrastaram-no para baixo; Dane conseguiu segurar uma delas pela cintura o tempo suficiente para desferir-lhe um golpe seco no queixo, depois agarrou a outra pela alça do maiô, empurrou-lhe a espinha com o joelho e deixou-a retomar fôlego. Tossindo, pois engolira água ao ser arrastado para baixo, virou de costas e principiou a rebocar seus fardos inertes na direção da praia.

Os dois *pommies*, com água pelos ombros, estavam tão assustados que se recusavam a ir mais longe, e Dane não os censurou. Os dedos dos seus pés mal tocavam a areia; ele suspirou, aliviado. Exausto, fez um derradeiro esforço sobre-humano e deixou as mulheres em segurança. Recobrando rapidamente os sentidos, elas voltaram a gritar, debatendo-se, desesperadas. Ofegante, Dane conseguiu sorrir. Já fizera a sua parte; os *poms* que se encarregassem do resto. Enquanto descansava, arquejante, a corrente voltara a puxá-lo, e seus pés já não tocavam o fundo, nem mesmo quando mais os esticava. Fora tudo por um triz. Se ele não estivesse presente, elas se teriam afogado; com certeza, os *poms* não tinham a força nem a habilidade para salvá-las. Mas, disse uma voz, elas só queriam nadar para poder estar perto de você; só depois que o viram se lembraram de entrar. Foi por sua culpa que elas correram perigo, por sua culpa.

E, enquanto ele boiava placidamente, sentiu uma dor lancinante no peito, como a que sentiria, sem dúvida, se fosse atingido por uma lança, um longo dardo incandescente que lhe transfixasse o corpo. Gritou, atirou os braços para cima, enrijecendo os membros, os músculos convulsos; mas a dor exacerbou-se, obrigou-o a abaixar os braços, a enfiar os punhos nas axilas, a erguer os joelhos. Meu coração! Estou tendo um ataque do coração, estou morrendo! Meu coração! Eu não quero morrer! Ainda não, enquanto não tiver começado o meu trabalho, enquanto não tiver tido a oportunidade de dar provas de mim mesmo! Senhor, ajuda-me! Eu não quero morrer, eu não quero morrer!

O corpo convulsionado aquietou-se, afrouxou-se; Dane virou de costas, deixou que os braços flutuassem bem abertos e moles, apesar da dor. Através dos cílios molhados olhou para cima, para a abóbada alta do céu. É isso mesmo; este é o Teu dardo que, em meu orgulho, Te supliquei há menos de uma hora. Dá-me a oportunidade de sofrer, disse eu, faze-me sofrer. Agora, quando o sofrimento se apresenta, eu lhe resisto, incapaz de amor total. Adorado Senhor, Tua dor! Devo aceitá-la, não posso combatê-la, não posso lutar contra a Tua vontade. Tua mão é poderosa e esta é a Tua dor, como a que deves ter sentido na Cruz. Meu Deus, meu Deus, eu sou Teu! Se esta é a Tua vontade, faça-se ela. Como uma criança, coloco-me em Tua mão infinita. És bom demais para mim. Que fiz eu para merecer tanto de Ti e das pessoas que me amam mais e melhor do que a qualquer um? Por que me deste tanto, se não sou digno? A dor, a dor! És tão bom para mim! Pedi que ela não demorasse, e ela não demorou. Meu sofrimento será breve, logo passará. Logo verei Teu rosto, mas agora, ainda nesta vida, eu Te agradeço. A dor! Meu adorado Senhor, és bom demais para mim. Eu te amo!

Imenso tremor sacudiu o corpo quieto, expectante. Moveram-se os lábios, murmuraram um Nome, tentaram sorrir. Depois as pupilas se dilataram, expulsando todo o azul dos seus olhos para sempre. Chegando, afinal, sãos e salvos à praia, os dois ingleses deixaram cair na areia seus fardos que choravam e ficaram à espera dele. Mas no plácido mar azul vazio e vasto, as ondas precipitavam-se para a praia e recuavam. Dane se fora.

Alguém pensou na estação da Força Aérea dos Estados Unidos, que ficava ali perto, e correu a pedir socorro. Menos de trinta minutos depois um helicóptero subiu, bateu o ar freneticamente e pôs-se a descrever círculos cada vez maiores, a partir da praia, procurando. Ninguém esperava ver coisa alguma. Os afogados costumavam descer ao fundo e só alguns dias depois surgiam à tona. Passou-se uma hora; e então, a uns vinte e tantos quilômetros da praia, avistaram Dane boiando pacificamente no seio do mar profundo, de braços bem abertos e rosto voltado para o céu. Por um momento o supuseram vivo e alegraram-se mas, quando o aparelho baixou o suficiente para fazer a água espumar e sibilar, tornou-se evidente que ele estava morto. Transmitiram-se as coordenadas pelo rádio do helicóptero, uma lancha saiu às pressas e, três horas depois, voltava.

Espalhara-se a notícia. Os cretenses gostavam de vê-lo passar, gostavam de trocar com ele algumas palavras tímidas. Gostavam dele, embora não o conhecessem. Correram todos para o mar, as mulheres de preto como pássaros desengonçados, os homens vestindo velhas calças muito largas, camisas brancas de colarinho aberto e mangas arregaçadas. E ficaram em grupos silenciosos, esperando.

Quando a lancha chegou, um suboficial corpulento saltou em terra e voltou-se para receber nos braços uma forma envolta num cobertor. Deu uns poucos passos pela praia além da linha d'água e, com a ajuda de outro homem, depôs sua carga no chão. O cobertor abriu-se; ouviu-se um murmúrio alto, que partiu dos cretenses. Estes se aproximaram ainda mais, beijando crucifixos com lábios curtidos pelo tempo, as mulheres entoando suavemente uma melopéia, um ooohhh! sem palavras quase melódico, triste, paciente, terra-a-terra, feminino.

Eram aproximadamente cinco horas da tarde; o sol listrado por nuvens descia para o ocaso por trás do rochedo escuro, mas ainda estava suficientemente alto para alumiar o grupinho preto na praia, a longa forma imóvel na areia com sua pele dourada, os olhos cerrados de cílios eriçados por causa do sal que principiara a secar, o tênue sorriso nos lábios azulados. Apareceu uma padiola e, em seguida, juntos, cretenses e funcionários americanos levaram o corpo de Dane.

Atenas estava num rebuliço, multidões amotinadas anarquizavam tudo, mas o coronel da USAF conseguiu comunicar-se com os seus superiores numa faixa de freqüência especial, com o passaporte australiano azul de Dane na mão. Como todos esses documentos, aquele nada dizia a seu respeito. Diante da palavra "profissão" estava escrito apenas "estudante" e, no verso, debaixo da epígrafe "parente mais próximo", liam-se o nome de Justine e o seu endereço em Londres. Despreocupado com o significado legal do termo, ele escrevera o nome da irmã porque Londres ficava muito mais perto de Roma do que Drogheda. No seu quartinho na estalagem, a maleta preta quadrada em que guardava seus implementos sacerdotais não tinha sido aberta; ela esperava, com a mala de roupas, as instruções para onde devia ser remetida.

Quando o telefone tocou às nove horas da manhã, Justine rolou na cama, abriu um olho sonolento e ali ficou a xingar o aparelho, jurando que mandaria desligá-lo. Vá lá que o resto do mundo julgava certo e apropriado começar a fazer o que fazia às nove da manhã, mas por que haveria de supor o mesmo a respeito dela?

Mas ele tocou, tocou, tocou. Talvez fosse Rain; esse pensamento fez pender a balança em favor da consciência. Justine levantou-se e arrastou-se cambaleante até a sala de estar. O parlamento alemão estava em sessão urgente; fazia uma semana que ela não via Rain e não se sentia otimista quanto às suas oportunidades de vê-lo na semana seguinte. Mas talvez a crise tivesse sido resolvida e ele telefonasse para dizer-lhe que estava a caminho.

— Alô?

— Srta. Justine O'Neill?

— Sim, é ela mesma quem está falando.

— Aqui é da Casa da Austrália, no Aldwych, sabe o que é?

A voz tinha uma inflexão inglesa, dizia um nome que o cansaço não lhe permitia ouvir porque ainda estava assimilando o fato de que não era a voz de Rain.

— Sei, sei. Casa da Austrália. Que é que tem?

Bocejando, ela equilibrou-se sobre um pé e esfregou-lhe o dorso com a sola do outro.

— A senhora tem um irmão, um Sr. Dane O'Neill?

Os olhos de Justine abriram-se.

— Tenho, sim.

— Que agora está na Grécia, Srta. O'Neill?

Os dois pés apoiaram-se no tapete e ficaram juntos um do outro.

— Está. É isso mesmo.

Não lhe ocorreu corrigir a voz, explicar que era Padre e não Senhor.

— Srta. O'Neill, lamento muito informar que tenho o infausto dever de dar-lhe uma notícia má.

— Uma notícia má? Uma notícia má? Que foi? Que notícia? Que aconteceu?

— Lamento informá-la de que seu irmão, o Sr. Dane O'Neill, morreu afogado ontem em Creta e, segundo consta, em heróicas circunstâncias, efetuando um salvamento. Entretanto, a senhora precisa compreender que há uma revolução na Grécia e que a informação que nos chegou é um tanto vaga e talvez não muito exata.

O telefone estava sobre uma mesa perto da parede e Justine apoiou-se no sólido suporte que a parede lhe oferecia. Seus joelhos vergaram, ela começou a escorregar muito devagar para a frente e acabou formando um volume enrolado no chão. Sem rir e sem chorar, emitia ruídos intermediários, ofegos audíveis. Dane afogado. Ofego. Dane morto. Ofego. Creta, Dane, afogado. Ofego. Morto, morto.

— Srta. O'Neill? A senhora está aí, Srta. O'Neill? — perguntou a voz, insistente.

Morto. Afogado. Meu irmão.

— Srta. O'Neill, responda!

— Sim, sim, sim, sim, sim! Oh, Deus, estou aqui!

— Consta que a senhora é o parente mais próximo dele, portanto solicitamos suas instruções sobre o que fazer com o corpo. Srta. O'Neill, a senhora está aí?

— Sim, sim!

— Que quer que se faça com o corpo, Srta. O'Neill?

Corpo! Ele era um corpo, e eles não podiam nem dizer o seu corpo, tinham de dizer o corpo. Dane, meu Dane. Ele é um corpo.

— O parente mais próximo? — Ela ouviu a própria voz perguntando, fina e tênue, rasgada pelos grandes ofegos. — Não sou o parente mais próximo de Dane. Creio que o parente mais próximo é minha mãe.

Seguiu-se uma pausa.

— Isso está ficando muito difícil, Srta. O'Neill. Se a senhora não é o parente mais próximo, nós perdemos um tempo precioso. — A compaixão polida foi substituída pela impaciência. — A senhora parece não compreender que há uma revolução na Grécia e que o acidente aconteceu em Creta, ainda mais distante e mais difícil de contactar. Francamente! A comunicação com Atenas é virtualmente impossível e nós recebemos instruções para transmitir sem demora os desejos pessoais e as instruções do parente mais próximo em relação ao corpo. A senhora sua mãe está aí? Posso falar com ela, por favor?

— Minha mãe não está aqui. Está na Austrália.

— Na Austrália? Santo Deus, isso está ficando cada vez pior! Agora teremos de passar um cabograma para a Austrália; novos atrasos. Se não é o parente mais próximo, Srta. O'Neill, por que o passaporte de seu irmão diz que é?

— Sei lá — disse ela, e surpreendeu-se a rir.

— Dê-me o endereço da senhora sua mãe na Austrália. Passaremos imediatamente um cabograma para ela. Precisamos saber o que fazer com o corpo! Espero que a senhora compreenda que com o tempo que levam os cabogramas para ir e vir, haveria um atraso de doze horas. Já será bem difícil sem essa confusão toda.

— Então telefone a ela. Não perca tempo com cabogramas.

— Nosso orçamento não prevê chamadas telefônicas internacionais, Srta. O'Neill — replicou a voz dura. — Agora, por obséquio, dê-me o nome e o endereço da senhora sua mãe.

— Sra. Meggie O'Neill — recitou Justine. — Drogheda, Gillanbone, Nova Gales do Sul, Austrália.

Ela soletrou para ele os nomes pouco familiares.

— Mais uma vez, Srta. O'Neill, minhas mais profundas condolências.

O receptor deu um clique, e começou o som gutural e interminável da linha telefônica. Justine sentou-se no chão e deixou-o escorregar para o seu colo. Devia haver um engano, tudo se acabaria esclarecendo. Dane afogado, ele que nadava como um campeão? Não, não era verdade. Mas é, Justine, você sabe que é, você não foi com ele para protegê-lo e ele se afogou. Você foi sua protetora desde que ele era um bebê e devia estar lá. Se não pudesse salvá-lo, devia estar lá para morrer afogada com ele. E a única razão por que não quis ir com ele foi por querer estar em Londres para que Rain fizesse amor com você.

Pensar era tão duro. Tudo era tão duro. Nada parecia funcionar, nem mesmo suas pernas. Não conseguia levantar-se, nunca mais se levantaria. Não havia lugar em sua mente para mais ninguém, exceto Dane, e seus pensamentos descreviam círculos cada vez menores em torno de Dane. Até que pensou em sua mãe, no pessoal de Drogheda. Oh, Deus. As notícias chegariam lá, chegariam a ela, chegariam a ele. Sua mãe não tivera sequer a última visão adorável do rosto de Dane em Roma. Suponho que eles mandem o cabograma para a polícia de Gilly, e o velho Sargento Ern subirá no seu carro e percorrerá todos os quilômetros até Drogheda para dizer a minha mãe que o único filho dela está morto. Não é o homem talhado para isso e é quase um estranho. Sra. O'Neill, meus mais profundos, mais sentidos pêsames, seu filho está morto. Palavras mecânicas, corteses, vazias... Não! Não posso deixar que façam uma coisa dessas a ela, a ela não, ela é minha mãe também! Não desse jeito, não do jeito que eu tive de ouvir.

Puxou a outra parte do telefone de cima da mesa e deixou-a cair no colo, colocou o fone no ouvido e discou para a telefonista.

— Telefonista? Telefonista internacional, por favor. Alô? Desejo uma ligação urgente para a Austrália, Gillanbone, um-dois-um-dois. E depressa, pelo amor de Deus!

A própria Meggie atendeu ao telefone. Era tarde, Fee já se recolhera. Naqueles dias ela não sentia a menor vontade de deitar-se cedo, preferia ficar sentada, prestando atenção aos grilos e aos sapos, cochilando com um livro aberto à sua frente, recordando.

— Alô?

— Chamada de Londres, Sra. O'Neill — anunciou Hazel em Gilly.

— Alô, Justine — disse Meggie, tranqüila. Jussy telefonava, de vez em quando, para saber como iam as coisas.

— Mamãe? É você, mamãe?

— Sim, sou eu — tornou Meggie suavemente, percebendo a aflição de Justine.

— Oh, mamãe! Oh, mamãe! — Seguiu-se o que soou como um ofego, ou um soluço. — Mamãe, Dane está morto. Dane está morto!

Um poço abriu-se a seus pés. Descia, descia, descia e não tinha fundo. Meggie deslizou para dentro dele, sentiu que a boca do poço se fechava acima da sua cabeça e compreendeu que nunca mais sairia dali enquanto vivesse. Que mais poderiam fazer os deuses? Ela não o soubera ao perguntá-lo. Como poderia tê-lo perguntado, como poderia não ter sabido? Não tente os deuses, que eles gostam disso. Quando não fora vê-lo no mais belo momento da sua vida, a fim de partilhá-lo com ele, ela supusera finalmente estar pagando. Dane estaria livre disso, e livre dela. Quando não fora ver o rosto mais querido entre todos os outros rostos, ela supusera estar restituindo. O poço fechou-se, sufocante. Meggie lá estava, e compreendeu que era demasiado tarde.

— Justine, minha querida, fique calma — disse Meggie, enérgica, sem um tremor na voz. — Acalme-se e me conte. Você tem certeza?

— A Casa da Austrália me telefonou... Pensaram que eu fosse o parente mais próximo. Um homem horroroso que só queria saber o que eu desejava que se fizesse com o corpo. "O corpo", era como o chamava. Como se Dane já não fizesse jus a ele, como se ele pertencesse a qualquer um. — Meggie ouviu-a soluçar. — Céus! Acredito que o pobre homem odiasse fazer o que estava fazendo. Oh, mamãe, Dane está morto!

— Como, Justine? Onde? Em Roma? Por que Ralph não me telefonou?

— Não, não foi em Roma. O Cardeal provavelmente nem sabe de nada. Em Creta. O homem disse que ele se afogou, tentando salvar alguém. Ele estava de férias, mamãe, convidou-me para irmos juntos, e eu não fui, eu queria representar Desdêmona, eu queria estar com Rain. Se eu pelo menos estivesse com ele! Se eu estivesse, isso talvez não houvesse acontecido. Oh, Deus, que é que eu posso fazer?

— Pare com isso, Justine — disse Meggie, severa. — Não pense assim, está-me ouvindo? Dane não gostaria, e você sabe disso. As coisas acontecem, e não sabemos por quê. O importante agora é que você esteja bem, que eu não tenha perdido os dois. Você é tudo o que me resta. Oh, Jussy, Jussy, é tão longe! O mundo é grande, é grande demais. Volte para casa, para Drogheda. Detesto pensar em você aí, inteiramente sozinha.

— Não, preciso trabalhar. O trabalho é a única resposta para mim. Se eu não trabalhar, enlouquecerei. Não quero saber de gente, nao quero saber de conforto. Oh, mamãe! — Ela se pôs a chorar com amargura. — Como vamos viver sem ele?

Como, realmente? Era isso viver? Eras de Deus, a Deus voltaste. O pó ao pó. A vida é para os que falham. Deus cúpido, juntando os bons, deixando o mundo aos outros, a nós, para apodrecer.

— Nenhum de nós pode dizer por quanto tempo viveremos — tornou Meggie. — Jussy, muito obrigada, minha filha, por me contar tudo você mesma, por telefonar.

— Não suportei a idéia de qualquer pessoa dar-lhe a notícia, mamãe. Eu não queria que você a ouvisse desse jeito, de um estranho. O que é que você vai fazer? O que é que você pode fazer?

Com toda a sua força de vontade, Meggie tentou transmitir calor e conforto, através dos quilômetros, à filha arrasada em Londres. Seu filho estava morto, sua filha ainda vivia. Urgia torná-la inteira. Se fosse possível. Em toda a sua vida Justine parecera ter amado apenas Dane. E a mais ninguém, nem a si mesma.

— Justine, não chore. Procure não se afligir. Ele não teria querido isso, não é mesmo? Venha para casa, esquecer. Traremos Dane para cá também. Para Drogheda. Por lei é meu outra vez, já não pertence à Igreja e ninguém pode me impedir. Telefonarei imediatamente à Casa da Austrália e à embaixada em Atenas, se puder. Ele *precisa* voltar para casa! Eu abominaria a idéia de sabê-lo em algum lugar longe de Drogheda. É aqui que ele deve estar, ele tem de voltar para cá. Venha com ele, Justine.

Mas Justine não era mais que um montículo no chão, sacudindo a cabeça como se a mãe pudesse vê-la. Voltar para casa? Nunca mais poderia fazê-lo. Se tivesse acompanhado Dane, ele não teria morrido. Voltar para casa e ter de olhar para o rosto de sua mãe todos os dias pelo resto da vida? Não, era-lhe insuportável a simples idéia.

— Não, mamãe — disse ela, enquanto as lágrimas lhe deslizavam pela pele, quentes como metal derretido. Quem disse que as pessoas tomadas de violenta emoção não choram? Ninguém sabia nada sobre isso. — Ficarei aqui e trabalharei. Irei para casa com Dane, mas depois voltarei. Não posso viver em Drogheda.

Durante três dias esperaram num vácuo sem propósito, Justine em Londres, Meggie e a família em Drogheda, encontrando no silêncio oficial uma tênue esperança. Depois de tanto tempo, com certeza se veria que tudo não passara de um equívoco, com certeza já teriam sabido de alguma coisa se a primeira notícia fosse verdadeira! Dane surgiria, risonho, à porta de Justine e explicaria que tudo não passara de um engano bobo. A Grécia estava sendo sacudida por uma revolução e enganos bobos de toda a sorte deviam estar sendo cometidos. Dane cruzaria a soleira da porta, rindo à idéia da sua morte. Surgiria, alto, forte e vivo, e daria boas gargalhadas. A esperança começou a crescer e cresceu com cada minuto de espera. Traiçoeira e horrível esperança. Ele não estava morto, não! Não podia ter-se afogado! Ele, Dane, tão bom nadador, que seria capaz de desafiar qualquer espécie de mar e continuar vivo. E assim esperaram, não tomando conhecimento do que acontecera na esperança de que tudo se revelasse um equívoco. Haveria tempo mais tarde para notificar as pessoas, para dar aviso a Roma.

Na quarta manhã, Justine recebeu a mensagem. Como uma velha, apanhou o telefone mais uma vez e pediu uma ligação para a Austrália.

— Mamãe?

— Justine?

— Oh, mamãe, já o enterraram; não podemos levá-lo para casa! Que é que vamos fazer? Só sabem dizer que Creta é um lugar grande, não se conhece o nome da aldeia, quando o cabograma chegou ele já havia sido despachado e sepultado. Está num túmulo sem nome num lugar qualquer! Não consigo arranjar visto para a Grécia, ninguém quer ajudar, é o caos. O que vamos fazer, mamãe?

— Encontre-se comigo em Roma, Justine — disse Meggie.

Todos, exceto Anne Mueller, estavam ali, em torno do telefone, ainda em estado de choque. Os homens pareciam ter envelhecido vinte anos em três dias, e Fee, encarquilhada como um pássaro, pálida e sombria, andava pela casa repetindo sem cessar:

— Por que não poderia ter sido eu? Por que tiveram de levá-lo? Sou tão velha, tão velha! Eu não me importaria de ir, por que teve de ser ele? Por que não poderia ter sido eu? Sou tão velha!

Anne desmoronara, e a Sra. Smith, Minnie e Cat caminhavam e dormiam chorando.

Meggie contemplou-os em silêncio ao recolocar o fone no gancho. Aquilo era tudo o que ficara de Drogheda. Um grupinho de velhos e de velhas, estéreis e alquebrados.

— Dane está perdido — disse ela. — Ninguém consegue encontrá-lo; foi enterrado em algum lugar em Creta. É tão distante! Como poderia descansar tão longe de Drogheda? Vou a Roma à procura de Ralph de Bricassart. Se alguém pode nos ajudar, esse alguém é ele.

O secretário do Cardeal de Bricassart entrou na sala.

— Lamento perturbá-lo, Eminência, mas uma senhora deseja vê-lo. Expliquei-lhe que há um congresso, que Vossa Eminência está muito ocupado e não pode ver ninguém, mas ela afirma que ficará sentada no vestíbulo até que Vossa Eminência tenha tempo para vê-la.

— Ela está em dificuldades, padre?

— Em grandes dificuldades, Eminência. Isso, pelo menos, é fácil de ver. Pediu-me para dizer-lhe que seu nome é Meggie O'Neill.

O secretário pronunciou o nome com uma inflexão estrangeira e cadenciada, de modo que ele soou como Meghee Onill.

O Cardeal Ralph ergueu-se, ao mesmo tempo que o sangue lhe fugia do rosto e deixava-o tão branco quanto o cabelo.

— Vossa Eminência está-se sentindo mal?

— Não, padre, estou perfeitamente bem, muito obrigado. Cancele todos os meus compromissos até aviso em contrário, e faça entrar imediatamente a Sra. O'Neill. Não deixe ninguém nos interromper, exceto o Santo Padre.

O padre inclinou-se e saiu. O'Neill. Naturalmente! Ele devia ter-se lembrado de que era o sobrenome do jovem Dane. Acontece que no palácio do Cardeal só o chamavam pelo prenome. Ele cometera um grave erro, fazendo-a esperar. Se Dane era o sobrinho muito amado de Sua Eminência, a Sra. O'Neill era a sua muito amada irmã.

Quando Meggie entrou na sala, o Cardeal Ralph mal a reconheceu. Fazia treze anos que a vira pela última vez; ela já completara cinqüenta e três e ele, setenta e um. Os dois tinham envelhecido. O rosto dela não mudara tanto, mas se diria talhado por um molde muito diferente do que ele lhe conferira em sua imaginação. A doçura fora substituída por um tom cortantemente incisivo, a suavidade por um toque de ferro; ela parecia uma mártir vigorosa, envelhecida e obstinada em lugar da santa resignada e contemplativa dos sonhos dele. Sua beleza continuava impressionante; seus olhos conservavam ainda a mesma clara cor prateada, mas ambos haviam endurecido, e o cabelo outrora brilhante adquirira um tom bege, descolorido, como o de Dane, mas sem a sua vida. E o que era ainda mais desconcertante, ela recusava-se a mirá-lo o tempo suficiente para satisfazer-lhe a curiosidade ardente e amante.

Não podendo saudar essa Meggie com naturalidade, ele indicou-lhe uma cadeira com o gesto rígido.

— Tenha a bondade de sentar-se.

— Obrigada — disse ela, igualmente cerimoniosa.

Só quando ela se sentou pôde ele olhar para toda a sua pessoa e notar-lhe a visível inchação dos pés e tornozelos.

— Meggie! Você voou desde a Austrália até aqui sem interromper a viagem? Que aconteceu?

— Sim, fiz um vôo direto — disse ela. — Passei as últimas vinte e nove horas sentada em aviões entre Gilly e Roma, sem nada a fazer além de olhar pela janela para as nuvens e pensar. — A voz dela era áspera e fria.

— Que aconteceu? — repetiu ele com impaciência, ansiedade e temor.

Ela ergueu a vista dos próprios pés e cravou-a, firme, no rosto dele.

Havia algo medonho nos olhos dela; algo tão escuro e enregelante que a pele da sua nuca ficou toda arrepiada e ele, automaticamente, ergueu a mão para tocá-la.

— Dane está morto — disse Meggie.

A mão dele escorregou, e ele caiu como uma boneca de trapos no regaço escarlate quando desabou sobre uma cadeira.

— Morto? — perguntou, devagar. — Dane está morto?

— Está. Morreu afogado há seis dias em Creta, salvando umas mulheres no mar.

Ele inclinou-se para a frente, cobriu o rosto com as mãos.

— Morto? — ela o ouviu perguntar, indistintamente. — Dane morto? Meu belo menino! Ele não pode estar morto! Dane... era o padre perfeito... tudo o que eu não pude ser. O que me faltava, ele possuía. — Partiu-se-lhe a voz. — Sempre o teve... Era o que todos nós lhe reconhecíamos... todos nós que não somos padres perfeitos. Morto? Oh, meu Deus!

— Não se preocupe com o seu Deus, Ralph — disse a estranha sentada diante dele. — Você tem coisas mais importantes para fazer. Vim lhe pedir ajuda... não vim testemunhar o seu sofrimento. Tive todas essas horas no ar para decidir sobre o modo de lhe contar isto, todas as horas que passei olhando pela janela para as nuvens e sabendo que Dane está morto. Depois disso, o seu pesar não tem o poder de me comover.

Entretanto, quando ele ergueu o rosto que as mãos já não cobriam, o coração morto e frio dela saltou, contorceu-se, tornou a saltar. Era o rosto de Dane, com um sofrimento escrito nele que Dane nunca viveria para sentir. Graças a Deus! Graças a Deus ele está morto e já não pode passar pelo que este homem passou, pelo que eu passei. É melhor estar morto do que sofrer uma coisa como esta.

— Como posso ajudar, Meggie? — perguntou ele, calmo, suprimindo as próprias emoções a fim de vestir a capa do conselheiro espiritual, que lhe permitia ir ao fundo das almas.

— A Grécia está mergulhada no caos. Enterraram Dane em algum lugar em Creta e não consigo descobrir onde, quando, nem por quê. Suponho apenas que minhas instruções no sentido de que o colocassem num avião e o mandassem para casa foram indefinidamente adiadas pela guerra civil, e Creta é quente como a Austrália. Quando ninguém o reclamou, pensaram com certeza que ele não tinha parentes e enterraram-no. — Ela inclinou-se para a frente, com a expressão tensa. — Quero meu filho de volta, Ralph, quero-o achado e levado para casa a fim de que possa dormir em seu lugar, em Drogheda. Prometi a Jims conservá-lo em Drogheda e ali o conservarei, nem que tenha de percorrer de joelhos todos os cemitérios de Creta. Nada de túmulos luxuosos de padre católico para ele, Ralph, enquanto eu estiver viva e puder lutar nos tribunais. Ele terá de voltar para casa.

— Ninguém lhe negará isso, Meggie — disse ele delicadamente. — É terra católica, consagrada e a Igreja não pede mais do que isso. Também deixei expresso em meu testamento que desejo ser enterrado em Drogheda.

— Não consigo passar por toda essa burocracia — prosseguiu ela, como se ele não tivesse falado. — Não sei falar grego e não tenho poder nem influência. De modo que vim procurá-lo, a fim de usar os seus. Devolva-me meu filho, Ralph!

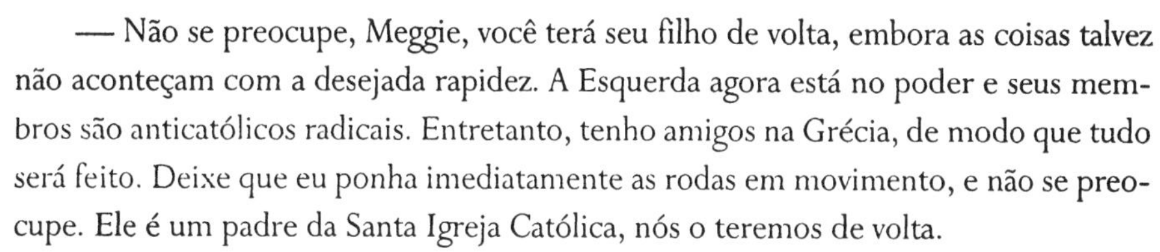

— Não se preocupe, Meggie, você terá seu filho de volta, embora as coisas talvez não aconteçam com a desejada rapidez. A Esquerda agora está no poder e seus membros são anticatólicos radicais. Entretanto, tenho amigos na Grécia, de modo que tudo será feito. Deixe que eu ponha imediatamente as rodas em movimento, e não se preocupe. Ele é um padre da Santa Igreja Católica, nós o teremos de volta.

Sua mão estendera-se para o cordão da campainha, mas o olhar frio e feroz de Meggie deteve-a.

— Você não compreende, Ralph. Não quero que se ponham rodas em movimento. Quero meu filho de volta... e não na semana que vem, nem no mês que vem, mas agora! Você fala grego, pode obter vistos para nós dois, alcançará resultados. Quero que vá para a Grécia comigo agora e me ajude a trazer meu filho de volta.

Havia muita coisa nos olhos dele: ternura, compaixão, choque, dor. Mas eles tinham-se tornado olhos de padre também, sãos, lógicos, sensatos.

— Meggie, amo seu filho como se fosse meu, mas não posso sair de Roma neste momento. Não sou um homem livre... e você, mais do que ninguém, deveria sabê-lo. Por maior que seja a tristeza que sinto por você, por maior que seja a minha própria tristeza, não posso deixar Roma no meio de um congresso importantíssimo. Sou o assistente do Santo Padre.

Ela inclinou-se para trás, estupefata e escandalizada, e sacudiu a cabeça com um meio sorriso, como se presenciasse as cambalhotas de um objeto inanimado que não lhe era dado influenciar; depois estremeceu, molhou os lábios, pareceu chegar a uma decisão e sentou-se, empertigada.

— Você realmente ama meu filho como se ele fosse seu, Ralph? — perguntou ela. — Que faria você por um filho seu? Poderia sentar-se e dizer à mãe dele, não, sinto muito, mas não tenho tempo agora? Você diria isso à mãe de seu filho?

Os olhos de Dane, mas que não eram os olhos de Dane. Olhando para ela; atônitos, doridos, impotentes.

— Não tenho filho — disse ele —, mas entre as muitas, muitas coisas que aprendi com o seu, foi que, por mais duro que seja, meu primeiro e único dever de obediência é para com Deus Todo-Poderoso.

— Dane era seu filho também — disse Meggie.

Ele olhou para ela estupidamente.

— O quê?

— Eu disse que Dane era seu filho também. Quando saí da Ilha de Matlock estava grávida. Dane era seu filho, não era filho de Luke O'Neill.

— *Não-é-verdade!*

— Eu não queria que você soubesse, nem mesmo agora — continuou ela. — Acha-me capaz de mentir para você?

— Para ter Dane de volta? Sim — disse ele com voz fraca.

Ela levantou-se, foi colocar-se diante dele na poltrona de brocado vermelho, tomou nas suas mãos a mão do Cardeal, fina, apergaminhada, inclinou-se e beijou o anel, enquanto o seu hálito lhe embaçava o rubi, deixando-o leitosamente opaco.

— Por tudo o que é sagrado para você, Ralph, juro que Dane era seu filho. Ele não era nem poderia ter sido filho de Luke. Juro-o pela morte dele.

Ouviu-se um gemido, o som de uma alma passando pelos portais do Inferno. Ralph de Bricassart caiu para a frente, e chorou, amontoado sobre o tapete carmesim num charco escarlate, como sangue novo, o rosto escondido entre os braços dobrados, as mãos enfiadas no cabelo.

— Isso, chore! — disse Meggie. — Chore, agora que você sabe! É justo que um dos pais seja capaz de derramar lágrimas por ele. Chore, Ralph! Durante vinte e seis anos tive seu filho sem que você soubesse, sem que você percebesse. Não percebeu que ele era você renascido? Ao tirá-lo de mim quando ele nasceu, minha mãe soube, mas você não soube nunca. Suas mãos, seus pés, seu rosto, seus olhos, seu corpo. Só a cor do cabelo era dele mesmo; todo o resto era você. Compreende agora? Quando eu o mandei para cá, para você, escrevi em minha carta: "Devolvo o que roubei". Lembra-se? Só que nós dois roubamos, Ralph. Roubamos o que você votara a Deus, e ambos tivemos de pagar.

Ela sentou-se na cadeira, implacável e sem misericórdia, e contemplou a forma escarlate torturada no chão.

— Eu o amei, Ralph, mas você nunca foi meu. O que tive de você, fui obrigada a roubar. Dane era minha parte, tudo o que pude obter de você. Jurei que você nunca o saberia, jurei que você nunca teria a ocasião de tirá-lo de mim. E ele se acabou entregando a você, por sua livre e espontânea vontade. A imagem do padre perfeito, era como ele o chamava. Quanto ri ao me lembrar disso! Mas por nada deste mundo eu lhe teria dado uma arma como a consciência de que ele era seu. A não ser por isto. A não ser por isto! Por nada menos do que isto eu lhe teria contado. Se bem que agora eu não creia que isso tenha alguma importância. Ele já não pertence a nenhum de nós. Ele pertence a Deus.

O Cardeal de Bricassart fretou um avião particular em Atenas; ele, Meggie e Justine levaram Dane para Drogheda, os vivos sentados em silêncio, o morto deitado em silêncio no ataúde, já não precisando de mais nada desta terra.

Tenho de dizer essa missa, essa missa de réquiem para meu filho. Osso do meu osso, meu filho. Sim, Meggie, acredito em você. Depois que retomei fôlego, eu teria acreditado em você mesmo sem aquele terrível juramento. Vittorio soube assim que pôs os olhos nele e, em meu coração, eu também devo ter sabido. O seu riso atrás das rosas partindo do menino — mas os meus olhos erguidos para mim, como costumavam ser em minha inocência. Fee sabia. Anne Mueller sabia. Mas nós, homens, não. Não fomos feitos para saber. Pois assim pensam vocês, mulheres, e abraçam seus mistérios, voltando-nos as costas para vingar-se da descortesia que Deus lhes fez não as criando à Sua imagem. Vittorio sabia, mas a mulher que havia nele não lhe permitiu falar. Uma vingança magistral.

Fale, Ralph de Bricassart, abra a boca, mova as mãos na bênção, comece a entoar as palavras latinas pela alma do que partiu. Que era seu filho. Que você amava mais do que amou a mãe dele. Sim, mais! Pois ele era você feito de novo, num molde mais perfeito.

In Nomine Patris, et Filii, et Spiritus Sancti...

A capela regurgitava de gente; estavam lá todos os que lá podiam estar. Os Kings, os O'Rourkes, os Davieses, os Pughs, os MacQueens, os Gordons, os Carmichaels, os Hopetons. E os Clearys, o pessoal de Drogheda. A esperança crestada, a luz apagada. Na frente, num grande caixão forrado de chumbo, Padre Dane O'Neill coberto de rosas. Por que estavam as rosas sempre desabrochadas quando ele voltava a Drogheda? Era outubro, plena primavera. É claro que estavam desabrochadas. Na época certa.

Sanctus... Sanctus... Sanctus...

Saibam que o Santo dos Santos está sobre vocês. Meu Dane, meu belo filho. É melhor assim. Eu não queria que você chegasse a isto, ao que já sou. Não sei por que lhe digo essas coisas. Você não precisa, nunca precisou de que eu as dissesse. O que procuro às apalpadelas, você sabia por instinto. Não é você o infeliz, somos nós aqui, nós, os que ficamos. Tenha piedade de nós e, quando chegar a nossa hora, ajude-nos.

Ite, Missa est... Requiescant in pace...

Lá fora, atravessando o relvado, passando pelos eucaliptos, pelas roseiras, pelas aroeiras-moles, para o cemitério. Continue dormindo, Dane, porque só os bons morrem jovens. Por que choramos? Você teve sorte de escapar tão cedo desta vida aborrecida. Talvez seja isso o Inferno, uma longa sentença de escravidão terrena. Talvez soframos nossos infernos vivendo...

O dia passou, os que tinham vindo se foram, o pessoal de Drogheda arrastava-se pela casa e evitava-se mutuamente; o Cardeal Ralph olhou a princípio para Meggie, mas não pôde olhar outra vez. Justine saiu com Jean e Boy King a fim de pegar o avião da tarde para Sydney e o da noite para Londres. Ele não se lembrava de lhe ter ouvido a voz rouca e feiticeira, nem de ver-lhe os estranhos olhos pálidos. Desde o momento em que ela se encontrara com ele e com Meggie em Atenas até a hora em que saiu com Jean e Boy King, fora como um fantasma, com sua camuflagem bem apertada em torno de si. Por que não se comunicara com Rainer Hartheim, não pedira a ele que lhe fizesse companhia? Devia saber o quanto ele a amava, o quanto desejaria estar com ela num momento assim. O pensamento, porém, nunca se demorou o tempo suficiente no espírito cansado do Cardeal Ralph para que ele mesmo o chamasse, embora pensasse nisso de tempos a tempos antes mesmo de partir de Roma. Era estranho, o pessoal de Drogheda. Não gostava de companhia quando sofria; preferia ficar só com a sua dor.

Só Fee e Meggie se sentaram em companhia do Cardeal Ralph na sala de estar depois do jantar que ninguém comeu. Ninguém disse uma palavra; o relógio de bronze dourado sobre o consolo de mármore da lareira tiquetaqueava alto no silêncio, e os olhos pintados de Mary Carson lançavam um desafio mudo, através da sala, à avó de Fee, na parede oposta. Fee e Meggie estavam sentadas juntas no sofá creme e seus ombros se tocavam levemente; o Cardeal Ralph não se lembrava de tê-las visto assim tão próximas nos velhos tempos. Mas elas não diziam uma palavra, não se entreolhavam, nem olhavam para ele.

Ele tentou descobrir o que fizera de errado. Errara demais, era essa a dificuldade. Orgulho, ambição, certa falta de escrúpulos. E o amor a Meggie florescendo no meio de tudo. Mas ele jamais conhecera a glória que coroara esse amor. Que diferença teria feito saber que seu filho era seu filho? Ter-lhe-ia sido possível amar o rapaz mais do que o amara? Teria seguido um caminho diferente se tivesse sabido o que agora sabia sobre seu filho? Sim!, gritava-lhe o coração. Não, escarnecia-lhe o cérebro.

Voltou-se amargamente contra si mesmo. Tolo! Você devia ter visto que Meggie não voltaria para Luke. Você devia ter visto logo quem era o pai de Dane. Ela se orgulhava tanto dele! Tudo o que pôde conseguir de você, foi o que lhe disse em Roma. Pois bem, Meggie... Com ele, você conseguiu o melhor. Meu Deus, Ralph, como lhe foi possível não saber que ele era seu? Você devia ter compreendido quando ele o procurou homem feito, se não antes. Ela estava esperando que você visse, ansiando para que você visse; se você tivesse visto, ela o teria seguido de joelhos. Mas você estava cego. Não queria ver. Ralph Raoul, Cardeal de Bricassart, era isso o que você queria; mais do que a ela, mais do que a seu filho. Mais do que a seu filho!

A sala enchera-se de gritinhos, rumores, murmúrios; o relógio batia os segundos em compasso com o seu coração. E depois deixou de bater em compasso. Ele já não lhe acompanhava o ritmo. Via Meggie e Fee flutuando, tentando levantar-se, vagueando com rostos assustados numa névoa líquida e insubstancial, dizendo-lhe coisas que ele não parecia ouvir.

— Aaaaaaaah! — gritou, compreendendo.

Mal teve consciência da dor, atento apenas aos braços de Meggie à sua volta, ao modo com que sua cabeça se inclinava para ela. Mas conseguiu virar-se até poder ver-lhe os olhos, e olhou para ela. Tentou dizer "Perdoe-me" e viu que ela o perdoara havia muito tempo. Ela sabia que acabara levando a melhor. Depois quis dizer algo tão perfeito que ela se sentisse consolada para sempre, e compreendeu que isso também não era necessário. Fosse ela o que fosse, era capaz de suportar qualquer coisa. Qualquer coisa! Por isso ele cerrou os olhos e, pela derradeira vez, esqueceu-se em Meggie.

VII

1965-1969 — JUSTINE

19

Sentado à sua escrivaninha de Bonn com uma xícara matinal de café, Rainer soube, pelo jornal, da morte do Cardeal de Bricassart. A tempestade política das últimas semanas estava amainando, de modo que ele se sentara para saborear a leitura com a perspectiva de logo ver Justine a fim de colorir o seu estado de espírito. Não o perturbava o recente silêncio dela, que considerava típico; Justine ainda não se achava preparada para admitir a extensão do seu compromisso com ele.

Mas a notícia da morte do Cardeal afugentou todos os pensamentos de Justine. Dez minutos depois, ao volante de um Mercedes 200 SL, ela corria para a auto-estrada. O pobre velho Vittorio estaria tão sozinho, e o seu fardo já era pesado nas melhores ocasiões. Seria mais rápido ir de automóvel; no tempo que perderia à espera de um vôo, indo a aeroportos e voltando deles, estaria no Vaticano. E era algo positivo que podia fazer, algo que ele mesmo seria capaz de controlar, consideração sempre importante para um homem como ele.

Da boca do Cardeal Vittorio soube de toda a história, chocado demais a princípio para perguntar a si mesmo porque Justine não pensara em procurá-lo.

— Ele veio me ver e perguntou se eu sabia que Dane era seu filho — contou a voz suave, enquanto que as mãos delicadas alisavam o dorso cinzento-azulado de Natasha.

— E você disse?

— Eu disse que imaginara. Não poderia lhe dizer outra coisa. Mas o rosto dele! O rosto dele! Eu chorei.

— Foi isso, naturalmente, que o matou. Na última vez em que o vi, não me pareceu muito bem, mas ele riu da minha sugestão de procurar um médico.

— É como Deus quer. Creio que Ralph de Bricassart foi um dos homens mais atormentados que conheci. Na morte encontrará a paz que não encontrou na vida.

— O rapaz, Vittorio. Uma tragédia.

— Você acha? Pois eu prefiro pensar na morte dele como numa coisa linda. Não posso acreditar que ela fosse para Dane algo menos bem-vindo, e não admira que

Nosso Senhor estivesse impaciente por chamá-lo a Si. Choro, sim, mas não pelo rapaz. Choro pela mãe, que deve sofrer tanto! E pela irmã, pelos tios, pela avó. Não, não choro por ele. O Padre O'Neill vivia numa pureza quase total de espírito e de alma. Que mais poderia ser a morte para ele senão o ingresso na vida eterna? Para nós outros a passagem não é tão fácil.

Do hotel, Rainer mandou um cabograma a Londres, em que não poderia permitir que transparecesse sua raiva, sua mágoa ou sua decepção. Dizia apenas: PRECISO VOLTAR BONN MAS ESTAREI LONDRES FIM DE SEMANA PONTO POR QUE NÃO ME CONTOU PÔS EM DÚVIDA O MEU AMOR RAIN.

Sobre a mesa de sua sala em Bonn, havia uma carta expressa de Justine e um pacote registrado que, segundo a secretária, provinha dos advogados romanos do Cardeal de Bricassart. Abriu primeiro o embrulho e ficou sabendo que, de acordo com as cláusulas do testamento de Ralph de Bricassart, teria de acrescentar outra companhia à lista já formidável de empresas que dirigia. Michar Limitada. E Drogheda. Exasperado, mas curiosamente comovido, compreendeu que era esse o modo com que o cardeal lhe dizia que, no cômputo final, ele fora achado à altura do que dele se esperava, que as orações ditas durante os anos da guerra haviam produzido frutos. Nas mãos de Rainer entregava ele o futuro bem-estar de Meggie O'Neill e sua gente. Ou foi essa a sua interpretação, pois era totalmente impessoal a redação dada ao testamento pelo cardeal, que não poderia tê-lo redigido de outra forma.

Atirou o embrulho na cesta da correspondência geral não secreta, que exigia resposta imediata, e abriu a carta de Justine. Começava mal, sem nenhuma espécie de saudação.

> Obrigada pelo cabograma. Você não faz idéia do quanto me alegra não termos estado em contato um com o outro nas duas últimas semanas, porque eu teria detestado tê-lo por perto. Na ocasião, a única coisa que eu poderia pensar em relação a você era que, graças a Deus, você não sabia. Isso talvez lhe pareça difícil de compreender, mas o fato é que não o quero em parte alguma perto de mim. A dor não tem nada de bonito, Rain, nem o fato de você presenciar a minha poderia aliviá-la. Com efeito, você poderá dizer que isso provou quão pouco o amo. Se eu o amasse de fato, teria procurado você instintivamente, não é verdade? Vejo-me, porém, cada vez mais longe de você.
>
> Portanto, eu gostaria muito que déssemos tudo por terminado, Rain. Não tenho nada para lhe dar, e não quero nada de você. Isso me ensinou o quanto significam as pessoas quando vivem perto uma da outra vinte e seis anos. Eu jamais suportaria passar pelas mesmas coisas outra vez, e foi você mesmo quem disse, lembra-se? Ou casamento, ou nada. Opto pelo nada.
>
> Minha mãe contou-me que o velho cardeal morreu algumas horas depois que

saí de Drogheda. Engraçado. Mamãe ficou muito chocada com a morte dele. Não que ela tenha dito alguma coisa, mas eu a conheço. Não entendo por que ela, Dane e você gostavam tanto dele. Nunca pude apreciá-lo, sempre me pareceu untuoso demais. Uma opinião que não estou preparada para modificar só porque ele morreu.

E aí está. Isso é tudo. Fui sincera no que eu disse, Rain. O que desejo ter de você é nada. Cuide-se.

Ela assinara a carta com o seu costumeiro, negro e atrevido "Justine", e a escrevera com a nova caneta de ponta de feltro que saudara com tanta alegria quando a ganhara dele, como um instrumento grosso, escuro e positivo, capaz de satisfazê-la.

Ele não dobrou a nota e a enfiou na carteira, nem a queimou; fez o que fazia com toda a correspondência que não exigia resposta — passou-a pelo picador elétrico que tinha ligado à cesta de papéis assim que acabou de lê-la, pensando com os seus botões que a morte de Dane pusera termo de fato ao despertar emocional de Justine, e sentindo-se amargamente infeliz. Não era justo. Esperara tanto tempo!

No fim de semana, voou para Londres, mas não para vê-la, embora a visse. Viu-a no palco, como a esposa adorada do mouro, Desdêmona. Formidável. Não havia nada que ele pudesse fazer por ela que o palco não o fizesse, pelo menos por algum tempo. É assim mesmo que se faz, garota! Ponha tudo isso para fora no palco.

Só que ela não podia pôr tudo isso para fora no palco, pois ainda não tinha idade para fazer o papel de Hécuba. O palco era apenas o único lugar que lhe oferecia paz e esquecimento. Ela só podia dizer a si mesma: o tempo cura todas as feridas... embora não acreditasse nisso. E perguntava a si própria por que continuava a doer tanto. Enquanto Dane estivera vivo, realmente não pensara muito nele, a não ser quando estava em sua companhia, e depois de crescidos o tempo que passavam juntos fora limitado, já que suas profissões eram quase antagônicas. Mas a partida dele criara um vazio tão grande que ela não tinha esperanças de conseguir preenchê-lo algum dia.

O choque de precisar refrear-se no meio de uma reação espontânea — preciso lembrar-me de falar a Dane sobre isso, ele vai divertir-se à beça — era o que mais doía. E porque continuava a acontecer com tanta freqüência, prolongava o sofrimento. Se as circunstâncias que lhe haviam cercado a morte tivessem sido menos horripilantes, ela se teria recobrado mais depressa, mas os acontecimentos daqueles poucos dias, que se diriam tirados de um pesadelo, permaneciam vívidos. Ela sentia muitíssima falta do irmão; e seu espírito voltava sempre ao fato incrível de que Dane estava morto, de que Dane jamais voltaria.

Depois, havia a convicção de que ela não o ajudara o suficiente. Todo mundo menos ela parecia julgá-lo perfeito, imune às ansiedades que os outros homens conheciam, mas Justine sabia que ele fora torturado por dúvidas, que se atormentara com o seu desmerecimento, e se admirara de que as pessoas pudessem vê-lo além do rosto e do corpo. Pobre Dane, que nunca parecia compreender que os outros amavam a sua bondade. Doía-lhe lembrar-se de que agora era tarde demais para ajudá-lo.

Ela também sofria por sua mãe. Se a morte dele a deixara nesse estado, como não teria deixado sua mãe? Esse pensamento fazia-a querer fugir, gritando e chorando, da memória, da consciência. O quadro dos tios em Roma para a ordenação do sobrinho inflando os peitos orgulhosos como pombos. Isso era o pior de tudo, visualizar a vazia desolação de sua mãe e do resto do pessoal de Drogheda.

Seja franca, Justine. Era isso francamente o pior? Não havia algo muito mais perturbador? Ela não conseguia afastar o pensamento de Rain ou o que sentia como traição a Dane. A fim de satisfazer seus próprios desejos, mandara Dane sozinho para a Grécia, quando sua ida com ele talvez lhe significasse a vida. Não havia outra maneira de ver o fato. Dane morrera em virtude do seu egoísta interesse por Rain. Agora era tarde demais para trazer de volta o irmão, mas, se o fato de nunca mais tornar a ver Rain servisse, de certo modo, para fazê-la pagar a sua falta, a saudade e a solidão valeriam a pena.

Desse modo se passaram as semanas, depois os meses. Um ano, dois anos. Desdêmona, Ofélia, Pórcia, Cleópatra. Desde o princípio ela se orgulhara de proceder externamente como se nada tivesse acontecido para arrasar-lhe o mundo; tomava um cuidado todo especial no falar, no rir, no relacionar-se com as pessoas. Se mudança houvera, esta se notava no fato de ser ela agora mais bondosa do que outrora, pois os sofrimentos das pessoas tendiam a interessá-la como se fossem seus. De um modo geral, no entanto, ela era exteriormente a mesma Justine — irreverente, exuberante, impetuosa, desligada, amarga.

Por duas vezes tentou fazer uma visita a Drogheda e, na segunda, chegou a pagar a passagem de avião. Mas em ambas uma razão de última hora importantíssima a impediu de ir, embora ela soubesse que o verdadeiro motivo seria uma combinação de sentimento de culpa e covardia. Ela simplesmente não tinha coragem de enfrentar a mãe; fazê-lo significava trazer de novo à tona toda a triste história, talvez no meio de uma ruidosa tempestade de dor que, até então, conseguira evitar. O pessoal de Drogheda, sobretudo sua mãe, precisava continuar convencido de que Justine pelo menos estava bem, de que Justine sobrevivera relativamente incólume. Portanto, era melhor ficar longe de Drogheda. Muito melhor.

Meggie surpreendeu-se a suspirar, mas logo suprimiu o suspiro. Se os seus ossos não doessem tanto, poderia ter ensilhado um cavalo e montado, mas hoje só pensar nisso já lhe era doloroso. Outro dia qualquer, quando a artrite não fizesse sentir tão cruamente a sua presença.

Ouviu um carro, o bater da cabeça do veado de bronze na porta da frente, vozes que murmuravam, o jeito de falar de sua mãe. Não era Justine, portanto não tinha importância.

— Meggie — disse Fee da entrada da varanda —, temos visita. Quer fazer o favor de entrar?

A visita era um sujeito de aspecto distinto, mal estreado na meia-idade, embora pudesse ser mais moço do que aparentava. Muito diferente de qualquer outro homem que ela já vira, mas que possuía a mesma espécie de poder e de autoconfiança que Ralph costumara ter. Costumara ter. Pretérito mais-que-perfeito. Agora perfeitíssimo.

— Meggie, este é o Sr. Rainer Hartheim — disse Fee, em pé, ao lado da sua cadeira.

— Oh! — exclamou Meggie sem querer, muito surpreendida com a aparência do Rain que figurara tantas vezes nas cartas de Justine dos velhos tempos. Depois, lembrando-se dos seus modos. — Tenha a bondade de sentar-se, Sr. Hartheim.

Ele também a olhava, espantado.

— A senhora não é nada parecida com Justine! — observou, um tanto ou quanto estupidamente.

— Não, não sou.

Ela sentou-se diante dele.

— Vou deixá-la a sós com o Sr. Hartheim, Meggie, pois ele diz que deseja vê-la em particular. Quando estiverem prontos para o chá, você pode tocar — rematou Fee, e afastou-se.

— O senhor é o amigo alemão de Justine, naturalmente — disse Meggie, sem saber o que dizer.

Ele tirou a cigarreira do bolso.

— A senhora se importa?

— Tenha a bondade.

— Aceita um cigarro, Sra. O'Neill?

— Muito obrigada. Não fumo. — Ela alisou o vestido. — O senhor está muito longe de casa, Sr. Hartheim. Tem negócios na Austrália?

Ele sorriu, perguntando a si mesmo o que diria ela se soubesse que ele, de fato, era o administrador de Drogheda. Mas não tencionava contar-lhe, pois preferia que toda a gente de Drogheda imaginasse que o seu bem-estar se encontrava nas mãos impessoais do cavalheiro que ele empregava para agir como seu intermediário.

— Por favor, Sra. O'Neill, meu nome é Rainer — disse ele, pronunciando-o como Justine o pronunciava, enquanto pensava com desagrado que aquela mulher levaria algum tempo para usá-lo espontaneamente; ela não era do tipo que se descontraía diante de estranhos. — Não, não tenho nenhum assunto oficial na Austrália, mas tive um bom motivo para vir. Eu queria vê-la.

— Ver-me? A mim? — perguntou ela, surpresa. Como se quisesse disfarçar uma súbita confusão, abordou um assunto mais seguro. — Meus irmãos falam sempre do senhor, que foi tão bom com eles quando estiveram em Roma para assistir à ordenação de Dane. — Ela pronunciou o nome de Dane sem sofrimento, como se o dissesse com freqüência. — Espero que possa ficar aqui alguns dias, para poder vê-los.

— Posso, Sra. O'Neill — respondeu ele com calma.

Para Meggie a entrevista revelava-se de repente difícil; ele era um estranho, anunciara que tinha percorrido quase vinte mil quilômetros para vê-la e não parecia ter pressa alguma de esclarecê-la acerca do porquê. Ela acabaria provavelmente gostando dele, mas achava-o um tanto intimidante. Era possível que esse gênero de homem nunca tivesse surgido dentro da sua esfera de ação, e era por isso que a presença dele a desequilibrava um pouco. Uma concepção muito nova de Justine entrou-lhe no espírito nesse momento: sua filha tinha realmente facilidade para relacionar-se com homens como Rainer Moerling Hartheim! Pensou afinal em Justine como numa igual.

Embora estivesse envelhecendo e tivesse o cabelo branco, ela era ainda muito bonita, ponderou ele enquanto ela o fitava com polidez; ainda o surpreendia o fato de não a achar nem um pouco parecida com a filha, ao passo que Dane se parecia tanto com o Cardeal. Como ela devia sentir-se terrivelmente só! Apesar disso, não sentia pena dela como de Justine; era evidente que ela chegara a um acordo consigo mesma.

— Como vai Justine? — perguntou Meggie.

Rainer deu de ombros.

— Confesso que não sei. Não a vejo desde antes da morte de Dane.

Ela não se mostrou espantada.

— Também não a vejo desde o enterro de Dane — disse, e suspirou. — Esperei que ela voltasse para casa, mas começa a parecer que nunca virá.

Ele emitiu um ruído tranqüilizador que ela não pareceu ouvir, pois continuou falando, porém com voz diferente, mais para si do que para ele.

— Drogheda é como um lar para os velhos hoje em dia — disse ela. — Precisamos de sangue jovem, e Justine é o único sangue jovem que restou.

A piedade desertou-o; ele inclinou-se, rápido, para a frente, com os olhos faiscantes.

— A senhora se refere a ela como se fosse um móvel de Drogheda — disse, com aspereza na voz. — Mas devo dizer, Sra. O'Neill, que ela *não* é nada disso!

— Que direito tem o senhor de julgar o que Justine é ou não é? — revidou ela com raiva. — Afinal de contas, o senhor mesmo disse que não a vê desde antes da morte de Dane, e isso faz mais de dois anos!

— Sim, tem razão. Faz mais de dois anos. — Ele falava com mais delicadeza, voltando a compreender como devia ser a vida dela. — A senhora suporta muito bem sua provação, Sra. O'Neill.

— Acha? — perguntou ela, lutando por sorrir, sem que seus olhos abandonassem os dele.

De repente, ele começou a compreender o que o Cardeal vira nela para amá-la tanto. Algo que Justine não tinha, mas ele tampouco era um Cardeal Ralph; procurava coisas diferentes.

— Sim, a senhora suporta muito bem a sua provação — repetiu ele.

Ela captou na hora a insinuação e encolheu-se.

— Como sabe a respeito de Dane e Ralph? — perguntou, em tom inseguro.

— Um palpite. Não se preocupe, Sra. O'Neill, ninguém mais soube. Tive um palpite porque conheci o Cardeal muito antes de conhecer Dane. Em Roma todo mundo o supunha seu irmão, tio de Dane, mas Justine desfez esse equívoco no dia em que nos conhecemos.

— Justine? Justine, não! — gritou Meggie.

Ele estendeu o braço para segurar a mão dela, que batia freneticamente no joelho.

— Não, não, não, Sra. O'Neill! Justine não tem a menor idéia disso, e rogo a Deus que nunca a tenha! O seu lapso foi totalmente involuntário, acredite.

— Tem certeza?

— Tenho, juro.

— Então, em nome de Deus, por que é que ela não volta para casa? Por que não vem me ver? Por que se recusa a olhar para o meu rosto?

Não somente as palavras, mas também o sofrimento que percebia na voz dela lhe contaram o que atormentara a mãe de Justine no tocante à ausência da filha nos últimos dois anos. A importância da própria missão foi diminuindo aos poucos; agora tinha outra, uma nova missão, que era atenuar os temores de Meggie.

— A culpa é *minha* — disse com firmeza.

— Sua? — perguntou Meggie, atônita.

— Justine planejara ir à Grécia com Dane, e está convencida de que, se tivesse ido, ele ainda estaria vivo.

— Tolice! — disse Meggie.

— Eu sei. Mas embora nós saibamos que é tolice, Justine não sabe. Compete à *senhora* fazê-la enxergar.

— A mim? O senhor não compreende, Sr. Hartheim. Justine nunca me ouviu em toda a sua vida e, a esta altura dos acontecimentos, qualquer influência que eu possa ter tido desapareceu Ela não quer nem olhar para o meu rosto.

O seu tom era de derrota, mas não de abjeção.

— Caí na mesma armadilha em que caiu minha mãe — prosseguiu ela em tom normal. — Drogheda é minha vida.. a casa, os livros... Aqui sou necessária, minha existência tem um propósito. Aqui há pessoas que contam comigo. Meus filhos nunca contaram, o senhor entende? Nunca contaram.

— Isso não é verdade, Sra. O'Neill. Se fosse, Justine poderia voltar para casa, para junto da senhora, sem nenhuma dificuldade. A senhora subestima a qualidade do amor que sua filha lhe consagra. Quando digo que sou o culpado pelo que Justine está sofrendo, quero dizer que ela ficou em Londres por minha causa, para estar comigo. Mas é pela senhora que sofre, não por mim.

Meggie enrijeceu-se.

— Ela não tem o direito de sofrer por mim! Ela que sofra por si mesma, se quiser, mas não por *mim*. Nunca *por mim*!

— Então a senhora acredita no que digo quando lhe afianço que ela não tem a menor idéia do que havia entre Dane e o Cardeal?

Os modos dela modificaram-se, como se ele lhe tivesse recordado a existência de outras coisas em jogo, que ela estava perdendo inteiramente de vista.

— Sim — assentiu. — Acredito.

— Vim vê-la porque Justine precisa do seu auxílio e não consegue pedi-lo — anunciou ele. — A senhora precisa convencê-la de que ela tem de retomar as rédeas da sua vida... não da sua vida em Drogheda, mas de sua própria vida, sem nenhuma relação com Drogheda.

Ele recostou-se no espaldar da poltrona, cruzou as pernas e acendeu outro cigarro.

— Justine está se penitenciando, mas por todos os motivos errados. E se alguém pode fazê-la enxergar o seu erro, esse alguém é a senhora. Entretanto, advirto-a de que, se decidir fazê-lo, sua filha nunca voltará para casa, ao passo que, se continuar do jeito que vai, é possível que ela acabe voltando permanentemente para cá.

"O palco não é bastante para alguém como Justine — prosseguiu ele —, e está-se aproximando o dia em que ela o perceberá. Quando chegar esse dia, optará por pessoas... Optará por sua família e Drogheda ou optará por mim. — Rainer sorriu para Meggie com profunda compreensão. — Mas as pessoas também não são bastantes para Justine, Sra. O'Neill. Se Justine optar por mim, poderá ter o teatro também, e essa vantagem Drogheda não pode lhe oferecer. — Ele agora a encarava severamente como um adversário. — Vim lhe pedir que a faça optar por mim. Talvez lhe pareça uma crueldade dizê-lo, mas eu preciso muito mais dela do que a senhora poderia precisar."

A dureza voltou à voz de Meggie.

— Drogheda não é uma alternativa tão má assim — contrariou ela. — O senhor fala como se a fazenda fosse o fim da vida dela, mas não é, e o senhor sabe disso. Ela poderia continuar no palco. Somos uma verdadeira comunidade. Ainda que casasse com Boy King, como o avô dele e eu esperamos durante anos que fizesse, os filhos dela seriam tão bem tratados em suas ausências quanto se ela casasse com o senhor. Este e o *lar* dela! Justine conhece e compreende este tipo de vida. Se a escolhesse, estaria por certo sabendo o que escolhia. Poderia o senhor dizer o mesmo da espécie de vida que lhe ofereceria?

— Não — redargüiu ele, fleumático. — Mas Justine adora surpresas. Em Drogheda ela se estagnaria.

— O que o senhor quer dizer é que ela seria infeliz aqui.

— Não, não exatamente. Não tenho dúvida de que, se ela optasse por voltar para cá e desposasse o tal Boy King... A propósito, quem é esse Boy King?

— O herdeiro de uma propriedade vizinha e um velho amigo de infância, que gostaria de ser mais que um amigo. O avô deseja o casamento por razões dinásticas; eu o desejo por achar que é disso que Justine precisa.

— Entendo. Pois bem, se ela voltasse para cá e casasse com Boy King, aprenderia a ser feliz. Mas a felicidade é um estado relativo. Não creio que ela viesse sequer a conhecer a espécie de satisfação que encontraria ao meu lado. Porque, Sra. O'Neill, Justine me ama, não a Boy King.

— Nesse caso, ela tem um modo muito estranho de demonstrá-lo — disse Meggie, puxando o cordão da campainha para pedir o chá. — Além disso, Sr. Hartheim, como eu já disse, creio que o senhor superestimou minha influência sobre ela. Justine nunca tomou o menor conhecimento de qualquer coisa que eu tenha dito, e muito menos desejou me ouvir.

— A senhora não é tola — respondeu ele. — Sabe que poderá fazê-lo se o quiser. Não lhe posso pedir mais nada senão que pense no que eu lhe disse. E vá devagar. Não há pressa. Sou um homem paciente.

Meggie sorriu.

— Nesse caso, o senhor é uma raridade — disse ela.

Ele não voltou a tocar no assunto, nem ela. Durante a semana da sua estada, Rainer procedeu como qualquer outro hóspede, embora Meggie tivesse a impressão de que ele estava tentando mostrar-lhe a espécie de homem que era. Seus irmãos, evidentemente, gostavam muito dele; assim que a notícia da sua chegada alcançou os pastos, todos voltaram para casa e em casa ficaram até o dia em que ele partiu de volta para a Alemanha.

Fee também gostou dele; seus olhos se haviam deteriorado tanto que ela já não podia escriturar os livros, mas estava longe de ser senil. A Sra. Smith morrera em pleno sono durante o inverno anterior, já bem entrada em anos, e a infligir uma nova governanta a Minnie e Cat, ambas velhas mas ainda fortes e sadias, Fee preferira transferir a Meggie a escrituração dos livros e fazer ela mesma, mais ou menos, as vezes da Sra.

Smith. Foi Fee quem compreendeu pela primeira vez que Rainer era um elo direto com a parte da vida de Dane que ninguém já tivera em Drogheda a oportunidade de partilhar, de modo que ela lhe pediu que falasse a respeito. Ele assentiu, satisfeito, tendo logo percebido que, em Drogheda, longe de opor-se a falar em Dane, todos sentiam grande prazer em ouvir novas histórias a seu respeito.

Por trás da máscara de polidez, Meggie não conseguia esquecer-se do que Rain lhe dissera, nem deixar de pensar nas alternativas que ele lhe oferecera. Fazia muito tempo que ela renunciara à esperança de ver Justine regressar, e ele agora quase lhe assegurara que ela voltaria e admitira ainda que Justine seria feliz se voltasse. Havia outro motivo também por que ela devia ser-lhe muito grata: ele exorcizara o fantasma do seu medo de que Justine, de um modo ou de outro, houvesse descoberto o elo entre Dane e Ralph.

Quanto ao casamento com Rain, Meggie não atinava com o que poderia fazer para obrigar Justine a ir aonde ela não quisesse ir. Ou será que ela não queria atinar? Meggie acabara gostando muito de Rain, mas a felicidade dele não poderia ter tanta importância para ela quanto o bem-estar da filha, do pessoal de Drogheda e da própria Drogheda. A pergunta crucial resumia-se no seguinte: até que ponto Rain era vital para a futura felicidade de Justine? A despeito da afirmação dele de que Justine o amava, Meggie não conseguia lembrar-se de ter ouvido da filha alguma indicação de que Rain tinha para ela a mesma espécie de importância que Ralph tivera para Meggie.

— Imagino que o senhor verá Justine mais cedo ou mais tarde — disse Meggie, ao conduzi-lo de automóvel ao aeroporto. — Quando o fizer, eu preferiria que não lhe falasse nesta sua visita a Drogheda.

— Como quiser — disse ele. — Eu só lhe pediria que pensasse no que eu disse e não se apressasse.

Mas até no momento de fazer o pedido, Rain não pôde deixar de sentir que Meggie colhera muito maiores benefícios da sua visita do que ele mesmo.

Quando chegou o meado de abril e fez dois anos e meio que Dane falecera, Justine experimentou um desejo incoercível de ver alguma coisa que não fossem fileiras de casas e multidões de gente carrancuda. De súbito, naquele belo dia de suave primavera e sol frio, a urbanidade de Londres lhe pareceu intolerável. Por isso mesmo, tomou um trem para Kew Garden, satisfeita porque o dia era uma terça-feira e o lugar seria quase que exclusivamente seu. E, como ela também não trabalharia naquela noite, pouco importava que se esfalfasse percorrendo os atalhos.

Era evidente que ela conhecia bem o parque. Londres representava uma alegria para qualquer pessoa de Drogheda, com suas massas de canteiros formais, mas Kew pertencia a uma classe única. Nos velhos tempos ela costumava freqüentá-lo de abril ao fim de outubro, pois cada mês oferecia uma diferente exposição floral.

Meados de abril era a sua época favorita, o período dos narcisos, azaléias e árvores floridas. Havia um lugar que, na sua opinião, podia reivindicar o título de uma das vistas mais bonitas do mundo, em escala pequena e íntima, de modo que ela se sentou no chão úmido, um público de uma pessoa só, a fim de apreciá-lo melhor. Até onde a vista alcançava se estendia um lençol de narcisos; a meia distância, a horda amarela e agitada de campânulas rodeava uma grande amendoeira em flor, com os galhos inclinados para o chão sob o peso das flores alvíssimas em arcos perfeitos e imóveis como os de uma pintura japonesa. Paz. Era tão difícil consegui-la!

E então, quando ela atirou a cabeça bem para trás a fim de memorizar a beleza absoluta da amendoeira carregada de flores no meio do seu ondulante mar de ouro, algo muito menos belo apareceu. Rainer Moerling Hartheim, abrindo caminho, com todo o cuidado, entre as moitas de narcisos, o seu vulto abrigado da brisa gelada pelo inevitável casaco de couro alemão, enquanto o sol lhe rebrilhava no cabelo cor de prata.

— Você acabará sentindo frio nos rins — disse ele, tirando o casaco e estendendo-o do avesso no chão para que os dois pudessem sentar-se nele.

— Como foi que me encontrou aqui? — perguntou ela, engatinhando à procura de um cantinho de cetim pardo.

— A Sra. Kelly me disse que você tinha vindo para Kew. O resto foi fácil. Limitei-me a caminhar até encontrá-la.

— Você há de pensar, com certeza, que eu devia agora estar dançando e cantando de alegria ao seu redor.

— É assim que você pensa?

— O mesmo velho Rain, respondendo a uma pergunta com outra pergunta. Não, não tenho prazer nenhum em vê-lo. Pensei que eu havia conseguido enfiá-lo permanentemente no fundo de uma gaveta.

— É difícil conservar permanentemente um homem bom no fundo de uma gaveta. Você, como vai?

— Bem.

— Ainda não se cansou de lamber suas feridas?

— Não.

— Suponho que isso fosse de esperar. Mas comecei a compreender que, depois de me mandar embora, você nunca mais se rebaixaria a fazer o primeiro movimento para se reconciliar comigo. Ao passo que eu, *herzchen*, sou suficientemente esperto para saber que o orgulho é um triste companheiro de cama.

— Não comece a imaginar que pode expulsá-lo da cama a pontapés a fim de arranjar lugar para você, Rain. Ouça bem o que estou dizendo, não o quero nesse papel.

— Nem eu a quero nesse papel.

A presteza da resposta dele irritou-a, mas ela adotou um ar aliviado e perguntou:

— No duro?

— Se a quisesse, acha que eu teria suportado a sua ausência por tanto tempo? Nesse sentido, você foi para mim uma fantasia passageira, mas ainda penso em você como numa querida amiga, e sinto falta de você como de uma querida amiga.

— Oh, Rain, eu também!

— Isso é bom. Estou admitido como amigo, então?

— É claro que sim.

Ele deitou-se sobre o casaco e pôs os braços atrás da cabeça, sorrindo preguiçosamente para ela.

— Quantos anos você tem? Trinta? Nessas roupas vergonhosas parece mais uma menina raquítica. Se não precisa de mim em sua vida por nenhuma outra razão, Justine, sem dúvida precisa como árbitro pessoal de elegância.

Ela riu.

— Reconheço que, quando o imaginava capaz de sair de repente do meio do mato, eu me interessava mais pela minha aparência. Mas, se tenho trinta anos, você também não é nenhum brotinho primaveril. Deve ter pelo menos quarenta. E a diferença já não parece tão grande assim, não é verdade? Você emagreceu. Tem passado bem, Rain?

— Nunca fui gordo, só grande, de modo que essa história de ficar sentado o tempo todo atrás de uma escrivaninha acabou por me encolher, em vez de espandir.

Escorregando e deitando-se de bruços, ela colocou o rosto perto do dele, sorrindo.

— Oh, Rain, é tão bom vê-lo! Até parece que você valoriza o meu dinheiro.

— Pobre Justine! E dinheiro é o que não lhe tem faltado ultimamente, não é mesmo?

— Dinheiro? — Ela fez que sim com a cabeça. — É estranho que o Cardeal tivesse deixado tudo para mim. Ou melhor, metade para mim e metade para Dane, mas é claro que sou a única herdeira de Dane. — O rosto dela contraiu-se. Virou a cabeça e fingiu olhar para um narciso perdido num mar de narcisos até poder controlar novamente a voz. — Sabe, Rain, eu daria tudo para descobrir o que o Cardeal representava para a minha família. Um amigo, e só? Mais do que isso, de algum modo misterioso. Mas, precisamente o quê, não sei. E gostaria de saber.

— Não, não gostaria. — Ele pôs-se em pé e estendeu a mão. — Venha, *herzchen*, eu lhe pagarei um jantar onde quer que você imagine haver olhos capazes de ver que a desavença entre a atriz australiana de cabelo cor de cenoura e certo membro do gabinete alemão deixou de existir. Minha reputação de *playboy* se deteriorou depois que você me mandou embora.

— Você precisa prestar mais atenção, meu amigo. Já não me chamam de atriz *aus-*

traliana de cabelo cor de cenoura... atualmente sou a exuberante e magnífica atriz *britânica* de cabelo ticianesco, graças à minha imortal interpretação de Cleópatra. Não me diga que você não sabe que, para os críticos, passei a ser a mais exótica Cléo surgida nos últimos anos?

Ela ergueu os braços e as mãos na postura de um hieróglifo egípcio.

Os olhos dele faiscaram.

— Exótica? — perguntou, em tom de dúvida.

— Exótica — repetiu ela, com firmeza.

O Cardeal Vittorio falecera, de modo que Rain já não ia a Roma com tanta freqüência. A princípio, encantada, Justine não via mais que a amizade que ele lhe oferecia, mas, à maneira que passavam os meses e ele não aludia, nem por palavra nem por olhar, ao relacionamento anterior, sua indignação converteu-se em algo mais perturbador. Não que ela desejasse reatar o outro relacionamento, dizia constantemente a si mesma; acabara de uma vez por todas com aquele tipo de coisas, já não precisava delas nem as desejava. Tampouco permitia que o seu espírito acariciasse uma imagem tão bem sepultada de Rain que só lhe acudia à mente em sonhos traiçoeiros.

Os primeiros meses depois da morte de Dane tinham sido terríveis, quando ela resistira aos anseios de procurar Rain, sentindo-o junto de si em corpo e alma e sabendo perfeitamente que ele ali estaria se ela o deixasse. Mas não podia permiti-lo agora que o rosto dele era obscurecido pelo de Dane. Devia mandá-lo embora, sim, devia lutar para eliminar as últimas brasas de desejo por ele. E, à proporção que fluía o tempo e tudo indicava que ele ficaria permanentemente fora da vida dela, seu corpo se acomodara num torpor não despertado e sua mente se disciplinara para esquecer.

Mas, agora que Rain voltara, estava ficando muito mais difícil. Ela ansiava por perguntar-lhe se ele se lembrava daquele outro relacionamento — como *poderia* tê-lo esquecido? Quanto a si, acabara de vez com essas coisas, mas teria gostado de saber que ele não acabara; isto é, contanto que essas coisas, naturalmente, para ele se chamassem Justine e apenas Justine.

Planos fantásticos e impraticáveis. Rain não tinha o aspecto de um homem que estivesse definhando em razão de um amor não correspondido, mental ou físico, e nunca manifestava o menor desejo de reabrir aquela fase da vida de ambos. Queria-a como amiga, gozava da sua companhia como amigo. Excelente! Era também o que ela queria. Só que... poderia ele ter esquecido? Não, não era possível, mas que Deus o castigasse se ele esquecera!

Na noite em que os processos mentais de Justine chegaram a esse ponto, sua interpretação do papel de Lady Macbeth assumiu uma agressividade de todo alheia ao desempenho costumeiro. Ela não dormiu muito bem depois disso, e a manhã seguinte lhe trouxe uma carta de sua mãe que a encheu de vaga inquietação.

Meggie já não escrevia sempre, sintoma da longa separação que afetava as duas, e as cartas lhe chegavam demasiado formais, anêmicas. Esta, contudo, era diferente, continha um distante sussurro de velhice, um cansaço subjacente que fazia surgir uma ou duas palavras acima das futilidades superficiais, como um *iceberg*. Justine não gostou. Velha. Mamãe, velha!

O que estava acontecendo em Drogheda? Estaria sua mãe tentando esconder alguma dificuldade séria? Estaria sua avó doente? Ou um dos tios? Ou, Deus nos livre, a própria mãe? Fazia três anos que não via nenhum deles, e muita coisa poderia acontecer em três anos, ainda que não estivesse acontecendo a Justine O'Neill. Porque sua vida era estagnada e monótona, não devia presumir que a vida de todo mundo o fosse também.

Aquela era a noite de "folga" de Justine, e só lhe faltava mais um espetáculo de Macbeth para representar. As horas do dia se haviam arrastado insuportavelmente, e nem mesmo a idéia do jantar em companhia de Rain encerrava o costumeiro prazer antecipado. A amizade deles era inútil, fútil, estática, disse a si mesma, enquanto se enfiava a custo num vestido cor de laranja, do tom que ele mais abominava. Velho quadrado e conservador! Se Rain não a apreciava tal e qual ela era, que fosse tomar banho. Em seguida, afofando os rufos do corpete baixo em torno do colo magro, surpreendeu os próprios olhos no espelho e soltou uma risada triste. Uma tempestade em copo d'água! Ela estava agindo exatamente como o tipo de mulher que mais desprezava. Era tudo, com certeza, muito simples. Sentia-se esgotada, necessitava de um descanso. Graças a Deus, Lady M estava no fim! *Mas que acontecera a sua mãe?*

Ultimamente, Rain passava um tempo cada vez maior em Londres, e Justine admirava-se da facilidade com que ela ia e vinha entre Bonn e a Inglaterra. Não havia dúvida de que a posse de um avião particular ajudava, mas aquilo devia ser exaustivo.

— Por que você vem me visitar com tanta freqüência? — perguntou ela de supetão. — Todo colunista social da Europa acha que é formidável, mas confesso que, às vezes, eu me pergunto se você não me usa como desculpa para visitar Londres.

— É verdade que a uso como cortina de fumaça de vez em quando — admitiu ele calmamente. — Na verdade, você tem servido de fumaça muitas vezes para certos olhos. Mas, para mim, não é nenhum sacrifício estar com você, porque gosto de estar com você. — Os olhos escuros dele demoraram-se, pensativos, no exame do rosto dela. — Você está muito quieta esta noite, *herzchen*. Alguma coisa a preocupa?

— Não, a bem dizer, não. — Ela brincou com a sobremesa e depois empurrou-a para um lado, sem comê-la. — Pelo menos, só uma coisinha à-toa. Mamãe e eu já não nos escrevemos todas as semanas... Faz tanto tempo que não nos vemos que há pouca coisa para contar uma à outra... mas hoje recebi uma carta muito estranha, que nada tem de típica.

Confrangeu-se-lhe o coração; Meggie, de fato, devia ter pensado com calma no assunto, mas o instinto lhe dizia que aquele era o começo do seu movimento, e que esse movimento não lhe era favorável. Ela estava começando o seu jogo para ter a filha de volta a Drogheda, e perpetuar a dinastia.

Estendeu o braço por sobre a mesa a fim de pegar na mão de Justine; a maturidade deixava-a mais bonita, pensou, apesar do vestido horroroso. Minúsculas rugas principiavam a dar-lhe ao rosto de moleque dignidade, de que ela muito precisava, e personalidade, que a pessoa por trás do rosto sempre possuíra em enormes quantidades. Mas até onde chegava essa maturidade superficial? Era isso que atrapalhava Justine; ela não queria nem mesmo olhar.

— *Herzchen*, sua mãe está sozinha — disse ele, queimando todos os seus navios. Se nisso se resumia o desejo de Meggie, como podia ele continuar a julgar-se certo e a ela errada? Justine era sua filha; ela devia conhecê-la muito melhor do que ele.

— Sim, talvez — concordou Justine, franzindo o cenho —, mas não posso deixar de sentir que há algo mais no fundo de tudo. Quero dizer, deve fazer anos que ela está sozinha, e por que agora esse repentino sei lá o quê? Não consigo atinar com a causa, Rain, e talvez seja isso o que mais me preocupa.

— Ela está envelhecendo, e me parece que você tende a se esquecer disso, muito possível que a estejam perturbando coisas que ela enfrentava com mais facilidade no passado. — Seus olhos, de repente, pareceram remotos, como se o cérebro atrás deles lutasse por concentrar-se em algo que divergia do que ele estava dizendo. — Há três anos, Justine, ela perdeu o único filho. Você acha que a dor diminui à proporção que o tempo vai passando? Eu acho que piora. Ele se foi, e ela deve sentir agora que você se foi também. Afinal de contas, você nem voltou a Drogheda para visitá-la.

Ela cerrou os olhos.

— Eu irei, Rain, eu irei! Juro que irei, e logo! Você tem razão, é claro, mas isso você sempre tem. Nunca imaginei que eu viesse a sentir falta de Drogheda mas, nestes últimos tempos, parece que se está desenvolvendo em mim uma afeição pela fazenda. Como se eu fizesse parte dela, ora essa!

Ele consultou o relógio e sorriu com expressão pesarosa.

— Receio muito que esta noite seja uma das ocasiões em que a utilizei, *herzchen*. Detesto lhe pedir que volte sozinha para casa, mas, em menos de uma hora, deverei me encontrar com alguns cavalheiros importantíssimos, num lugar secretíssimo; terei de ir à reunião em meu próprio carro, conduzido pelo seguríssimo Fritz.

— História de capa e espada! — disse ela alegremente, escondendo a mágoa. — Agora sei o porquê desses táxis repentinos. *Eu* serei confiada a um chofer de táxi, mas o futuro do Mercado Comum não pode sê-lo, não é assim? Pois bem, só para mostrar que não preciso de um táxi nem do seu seguríssimo Fritz, voltarei para casa de metrô. Ainda é cedo. — Os dedos dele jaziam frouxos entre os dela; ela ergueu a mão dele, encostou-a no rosto e beijou-a. — Oh, Rain, não sei o que eu faria sem você!

Ele pôs a mão no bolso, levantou-se, deu a volta à mesa e puxou-lhe a cadeira com a outra mão.

— Sou seu amigo — disse ele. — Para isso servem os amigos, e não para ser poupados.

Mas, depois que se separou dele, Justine voltou para casa imersa em profunda reflexão, que logo se transformou em depressão. Aquela fora a noite em que ele mais se aproximara de uma espécie qualquer de discussão pessoal, cuja essência era a seguinte: sua mãe estava terrivelmente só, envelhecendo, e ela devia voltar para casa. Fazer uma visita, dissera ele; Justine, no entanto, não podia deixar de perguntar a si mesma se ele não insinuara uma volta definitiva. O que indicava que, fosse ele qual fosse, o sentimento que Rainer tivera por ela no passado pertencia ao passado e ele não tinha desejo algum de ressuscitá-lo.

Nunca lhe ocorrera até então indagar se ele não a consideraria um estorvo, uma parte do seu passado que gostaria de ver enterrada em decente obscuridade, em algum lugar como Drogheda; era bem possível. Nesse caso, porém, por que havia reaparecido em sua vida nove meses antes? Por pena dela? Por achar que tinha uma espécie de dívida para com ela? Por entender que ela estava precisando de um empurrãozinho a fim de voltar para junto da mãe, por amor de Dane? Ele gostaria muito de Dane, e quem sabe lá o que haviam conversado nas longas visitas a Roma em que ela não estivera presente? Podia ser que Dane lhe tivesse pedido que a vigiasse, e era isso o que ele estava fazendo. Esperara um prazo decente para certificar-se de que ela não lhe bateria com a porta na cara, depois tornara a entrar na vida dela para cumprir alguma promessa que fizera a Dane. Sim, era essa, provavelmente, a resposta. Ele, com certeza, já não a amava. Fosse ela qual fosse, a atração que exercera outrora sobre ele devia ter morrido há muito tempo; afinal de contas, tratara-o de maneira abominável. A culpa era toda sua.

Na esteira desse pensamento, chorou todas as lágrimas que tinha; depois, conseguindo dominar-se o suficiente para dizer a si mesma que não fosse tão estúpida, deu voltas na cama e espancou o travesseiro na tentativa frustrada de conciliar o sono; por fim, deixou-se ficar, derrotada, tentando ler uma peça. Após algumas páginas, as palavras começaram a se turvar e confundir umas com as outras e, por mais que ela tentasse aplicar o velho truque de enfiar o desespero em algum canto dos fundos da mente, ele acabou por subjugá-la. Afinal, quando a claridade baça de uma tardia aurora londrina se coou pelas janelas, sentou-se à sua mesa, sentindo o frio, ouvindo o resmungo distante do tráfego, cheirando o desalento, provando o azedume. De súbito, a idéia de Drogheda lhe pareceu maravilhosa. O suave ar puro, o silêncio quebrado naturalmente. Paz.

Tomou de uma das canetas pretas de pena com ponta de feltro e começou a escrever uma carta para a mãe, deixando que as lágrimas lhe secassem enquanto escrevia.

Espero que compreenda por que não voltei para casa desde que Dane morreu [disse ela], mas, seja o que for que você pense a esse respeito, sei que ficará contente ao saber que retificarei minha omissão de forma permanente.

Sim, é isso mesmo. Estou voltando definitivamente para casa, mamãe. Você tinha razão — chegou o momento em que anseio por Drogheda. Fiz minha "fezinha" e descobri que ela não significa nada para mim. O que é que eu posso esperar disso, arrastando-me à volta de um palco pelo resto da vida? E que mais há aqui para mim além do palco? Quero algo seguro, permanente, duradouro, de modo que estou voltando para Drogheda, que é tudo isso. Chega de sonhos vazios. Quem sabe? Eu talvez case com Boy King, se ele ainda me quiser, e farei enfim de minha vida alguma coisa que valha a pena, como ter uma tribo de homenzinhos das planícies do Noroeste. Estou cansada, mamãe, tão cansada que nem sei o que digo, e gostaria de ter o poder de escrever o que sinto.

Bem, lutarei com isso em outra ocasião. Lady Macbeth acabou-se e eu ainda não havia decidido o que fazer na próxima temporada, de modo que não atrapalharei ninguém decidindo parar de representar. Londres está fervilhando de atrizes. Clyde poderá me substituir adequadamente em dois segundos, mas você não pode, pode? Sinto muito ter levado trinta e um anos para compreendê-lo.

Se Rain não me tivesse ajudado, talvez houvesse levado mais tempo ainda, mas ele é um sujeito muito perspicaz. Nunca a viu e, no entanto, parece compreendê-la melhor do que eu. Dizem, aliás, que o espectador vê melhor o jogo do que os participantes. Isto, sem dúvida, é verdadeiro em relação a ele. Não o tolero mais, pois vive supervisionando minha vida das suas alturas olímpicas. Ele parece imaginar que tem uma espécie de dívida para com Dane, ou lhe fez alguma promessa, sei lá! O certo é que esta sempre me chateando, e aparece de repente, a toda hora, para me ver; só que acabei compreendendo que a chateação *sou eu*. Se eu estiver segura em Drogheda, a dívida, ou promessa, ou seja lá o que for, estará cancelada, não é assim? E, de qualquer maneira, ele deverá me agradecer as via gens de avião que lhe pouparei.

Assim que eu me tiver organizado tornarei a escrever e lhe direi quando deverá me esperar. Por ora, não se esqueça de que, à minha estranha maneira, eu a amo.

Assinou o nome sem o floreio habitual, mais como a " Justine" que costumava aparecer no fim das cartas obedientes, escritas do internato, sob o olhar de águia de uma freira censora. Depois dobrou as folhas, enfiou-as num envelope de carta aérea e escreveu nele o endereço. A caminho do teatro para o último espetáculo de *Macbeth,* colocou-a no correio.

Prosseguiu diretamente com seus planos para deixar a Inglaterra. Clyde, transtornadíssimo, teve uma crise de nervos tão violenta que o deixou todo trêmulo; depois, da noite para o dia, mudou completamente de atitude e cedeu com rabugenta boa vontade. Não lhe foi difícil transferir a locação do apartamento, pois este pertencia a uma categoria muito procurada; com efeito, depois que a notícia se espalhou, pessoas telefonavam de cinco em cinco minutos, até que ela desligou o aparelho. A Sra. Kelly, que se encarregara da limpeza do apartamento desde os dias distantes de sua chegada a Londres, trabalhava incansável e pesarosa no meio de uma selva de aparas e caixotes de madeira, lamentando o seu destino e recolocando sub-repticiamente o fone no gancho, na esperança de que alguém com o poder de persuadir Justine a mudar de idéia se lembrasse de telefonar.

No meio da confusão, alguém que tinha esse poder telefonou, só que não o fez para persuadi-la a mudar de idéia; Rain não sabia sequer que ela estava de malas prontas. Queria apenas pedir-lhe que fizesse as vezes de anfitriã num jantar que ele ia oferecer em sua casa de Park Lane.

— Que história é essa de casa em Park Lane? — gritou Justine, espantada.

— Bem, com a crescente participação britânica na Comunidade Econômica Européia, estou passando tanto tempo na Inglaterra que se tornou mais prático para mim ter uma espécie de *pied-à-terre* local, de modo que aluguei uma casa em Park Lane — explicou ele.

— Puxa vida, Rain! Você é um safado fingido e desgraçado! Há quanto tempo tem a casa?

— Há cerca de um mês.

— E me deixou quebrar a cabeça diante daquela charada idiota sem me dizer nada? Cachorro!

Ela estava tão zangada que não conseguia falar direito.

— Eu ia lhe contar, mas achei tão divertido você pensar que eu estava sempre voando, que não pude resistir à tentação de fingir por mais algum tempo — disse ele, com voz de riso.

— Eu seria capaz de matá-lo! — rosnou ela entre dentes, piscando os olhos para afugentar as lágrimas.

— Não, *herzchen*, por favor, não se zangue! Seja minha anfitriã, e poderá inspecionar a casa e suas dependências inteiramente à vontade.

— Convenientemente acompanhada por cinco milhões de outros convidados, é claro! Rain, será que você tem tão pouca confiança em si que não se arrisca a ficar sozinho comigo? Ou será em mim que não confia?

— Você não será uma convidada — disse ele respondendo à primeira parte da tirada dela. — Será minha anfitriã, o que é muito diferente. Está disposta?

Ela enxugou as lágrimas com o dorso da mão e disse, ríspida:

— Estou.

O jantar revelou-se mais agradável do que ela se atrevera a esperar, pois a casa de Rain era magnífica e ele se achava tão bem-humorado que a acabou contagiando com o seu bom humor. Ela chegou bem-vestida, embora um tanto vistosa demais para o gosto dele, mas, depois de uma careta involuntária à primeira vista do cetim rosa *shocking* das sandálias, ele enfiou o braço dela no seu e deram ambos uma volta pela casa antes da chegada dos convidados. Depois, durante a noite, ele se saiu tão bem tratando-a diante dos outros com uma intimidade tão espontânea, que a fez sentir-se ao mesmo tempo, útil e desejada. A importância política dos convidados era tamanha que o cérebro dela nem quis pensar na espécie de decisões que eles teriam de tomar. Além disso, pessoas tão *comuns*. Isso ainda piorava as coisas.

— Eu não me incomodaria tanto, se pelo menos um deles houvesse manifestado sintomas da Síndrome do Eleito dos Deuses — disse-lhe ela depois que todos se foram, contente com a oportunidade de ficar a sós com ele e imaginando o tempo que ele levaria para mandá-la embora. — Você sabe, como Napoleão ou Churchill. Há muita coisa para se dizer sobre alguém convencido de que é um predestinado, quando se trata de um estadista. Você se considera um predestinado?

Ele encolheu-se.

— Você devia escolher melhor suas perguntas quando as está fazendo a um alemão, Justine. Não, não me considero, e não é bom que os políticos se considerem predestinados. Isso talvez dê certo para alguns, embora eu duvide, mas, na maioria das vezes, eles causam a si mesmos e a seus países dificuldades intermináveis.

Ela não tinha vontade de esgotar o tema. Aquele servira ao seu propósito de inaugurar certa linha de conversa; ser-lhe-ia fácil mudar de assunto sem parecer demasiado óbvia.

— As esposas formavam um grupo bem heterogêneo, não formavam? — perguntou ela com naturalidade. — A maioria estava bem menos apresentável do que eu, mesmo que você não aprove o rosa *shocking*. A Sra. Fulano não estava tão mal assim, mas a Sra. Sicrano simplesmente desaparecia diante do papel de parede que combinava com o estampado do seu vestido, e a Sra. Beltrano era abominável. Como é que o marido consegue viver com ela? Os homens são tão tolos na hora de escolher as esposas!

— Justine! Quando aprenderá a se lembrar de nomes? Ainda bem que você não quis saber de mim, pois me teria saído uma bela esposa de político. Eu a ouvi engrolando as palavras quando não conseguia se lembrar de quem eram eles. Muitos com esposas abomináveis triunfaram, ao passo que outros, com esposas perfeitas, fracassaram. A longo prazo, isso não tem importância, porque é o calibre do homem que se põe à prova. Poucos homens casam por motivos meramente políticos.

A velha capacidade de colocá-la no devido lugar ainda conseguia chocá-la; ela fez-lhe um arremedo de salamaleque para esconder o rosto e sentou-se no tapete.

— Ora, levante-se, Justine!

Em vez de levantar-se, ela dobrou os pés desafiadoramente debaixo do corpo e encostou-se na parede de um lado da lareira, acariciando Natasha. Descobrira ao chegar que, após a morte do Cardeal Vittorio, Rain ficara com a gata; parecia-lhe muito afeiçoado, se bem que ela fosse velha e maníaca.

— Já lhe contei que vou de vez para Drogheda? — perguntou ela de repente.

Ele estava tirando um cigarro da cigarreira; as manoplas não hesitaram nem tremeram, mas levaram suavemente a cabo sua tarefa.

— Você sabe muito bem que não me contou — disse ele.

— Então, estou-lhe contando agora.

— Quando chegou a essa decisão?

— Há cinco dias. Espero embarcar no fim da semana. Já não é sem tempo.

— Entendo.

— É só o que você tem para dizer a respeito?

— Que mais resta para dizer, se não lhe desejar felicidades em tudo o que fizer?

Ele falou com tão perfeita compostura que ela estremeceu.

— Ora, essa! Muito obrigada! — disse, displicente. — Você não se alegra por saber que nunca mais o atrapalharei?

— Você não me atrapalha, Justine — respondeu ele.

Ela abandonou Natasha, pegou no atiçador e pôs-se a empurrar, com certa agressividade, os troncos que se haviam queimado até transformar-se em cascas ocas e que desmoronavam para dentro da lareira, numa breve comoção de fagulhas. O calor do fogo diminuiu de súbito.

— Deve ser o demônio da destruição que existe em nós, o impulso para cutucar as vísceras do fogo. Isso apenas apressa o fim. Mas que belo fim, não é mesmo, Rain?

Aparentemente, ele não estava interessado no que acontece aos fogus cutucados pois limitou-se a perguntar:

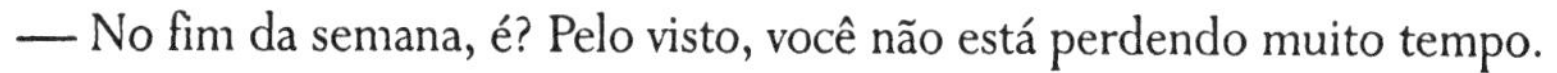

— No fim da semana, é? Pelo visto, você não está perdendo muito tempo.

— De que adianta esperar?

— E sua carreira?

— Estou farta da minha carreira. De qualquer modo, depois de Lady Macbeth, o que é que há para fazer?

— Ora, cresça, Justine! Sinto vontade de sacudi-la quando você me sai com essas bobagens de menina que se julga onisciente! Por que não dizer simplesmente que você já não tem certeza de que o teatro ainda pode estimulá-la, e que está com saudades de casa?

— Está bem, está bem, *está bem!* Como quiser! Eu estava apenas sendo petulante, como sempre. Sinto muito se o ofendi! — Ela pôs-se em pé num salto. — Diabo, onde estão meus sapatos? Que aconteceu com meu casaco?

Fritz apareceu com as duas peças de vestuário, e levou-a para casa. Rain desculpou-se por não a acompanhar, dizendo que tinha coisas para fazer, mas, quando ela partiu, estava sentado ao pé do fogo recém-renovado, com Natasha no colo, e parecendo tudo, menos ocupado.

— Bem — disse Meggie a sua mãe —, espero que tenhamos feito o que devíamos.

Fee olhou com atenção para ela e acenou com a cabeça.

— Estou certa de que sim. Sendo Justine incapaz de tomar uma decisão como esta, não nos resta outra saída. Temos de tomá-la por ela.

— Não sei se me agrada brincar de Deus. *Acho* que conheço suas verdadeiras intenções, mas, ainda que eu pudesse dizer isso na cara dela, tenho a certeza de que ela mentiria.

— O orgulho dos Clearys — observou Fee, com um leve sorriso. — Aflora nas pessoas em que menos se espera.

— Pois sim! Nem tudo é o orgulho dos Clearys! Sempre me pareceu que havia nisso também uma pitadinha de Armstrong.

Fee sacudiu a cabeça.

— Não. No que quer que eu tenha feito, a participação do orgulho foi mínima. Essa é a finalidade da velhice, Meggie. Dar-nos um espaço para respirar antes de morrermos, de modo que possamos ver por que fizemos o que fizemos.

— Contanto que a senilidade não nos incapacite antes — disse Meggie, seca. — Embora você não corra esse risco. Nem eu, suponho.

— A senilidade talvez seja uma bênção concedida aos que não têm força para enfrentar uma retrospectiva. De qualquer maneira, você ainda não viveu o bastante para dizer que a evitou. Espere mais vinte anos.

— Mais *vinte anos*! — repetiu Meggie, esmorecendo. — Isso parece tão comprido!

— Bem, você poderia ter tornado esses vinte anos menos solitário, não poderia? — perguntou Fee, tricotando com diligência.

— Sim, poderia. Mas não teria valido a pena, mamãe. Teria? — Ela bateu na carta de Justine com o fundo de uma velha agulha de tricô. Havia um levíssimo vestígio de dúvida em seu tom. — Já vibrei demais. Aqui sentada desde que Rainer apareceu, esperando não precisar fazer coisa alguma, esperando que não me coubesse tomar a decisão. No entanto, ele tinha razão. No fim, foi a mim que coube decidir.

— Você poderia reconhecer que também fiz a minha parte — protestou Fee, ofendida. — Isto é, depois que renunciou ao seu orgulho e me contou tudo.

— Sim, você ajudou — assentiu Meggie, gentil.

O velho relógio tiquetaqueava; os dois pares de mãos continuavam a agitar-se em torno das hastes de tartaruga das suas agulhas.

— Diga-me uma coisa, mamãe — começou Meggie, de repente. — Por que foi que você sucumbiu à morte de Dane, mas não sucumbiu à de papai e de Stu e à desgraça de Frank?

— Sucumbir? — As mãos de Fee se detiveram, pousando as agulhas: ela ainda tricotava tão bem quanto nos dias em que enxergava perfeitamente. — O que você quer dizer com "sucumbir"?

— Como se essas coisas a tivessem matado

— Todas me mataram, Meggie. Mas eu era mais moça quando aconteceram as três primeiras, de modo que tive energia suficiente para escondê-lo melhor. E mais razões, também. Como você, agora. Mas Ralph soube o que senti quando seu pai e Stu morreram. Você era muito pequena para notar. — Ela sorriu. — Eu adorava Ralph, você sabe. Ele era... alguém muito especial. Muitíssimo parecido com Dane.

— Era, sim. Nunca me passou pela cabeça que você tivesse percebido isso, mamãe... quero dizer, a natureza dos dois. Engraçado. Você é uma África Nigérrima para mim. Há tantas coisas a seu respeito que ignoro!

— Ainda bem! — disse Fee com um frouxo de riso. Suas mãos permaneceram quietas. — Voltando ao assunto original, se você pode fazer isso agora por Justine, Meggie, eu diria que lucrou mais com suas dificuldades do que eu com as minhas. Eu não queria fazer o que Ralph me pediu e olhar por você. Queria minhas lembranças... só minhas lembranças. Ao passo que você não tem escolha. Você só tem lembranças.

— Elas são um consolo, depois que a dor se acalma. Você não acha? Tive vinte e seis anos inteiros de Dane, e aprendi a dizer a mim mesma que o que aconteceu *deve* ter sido o melhor, que com certeza lhe foi poupada uma provação horrorosa, que ele talvez não tivesse forças suficientes para suportar. Como o de Frank, talvez, embora diferente. Há coisas piores do que morrer, e nós duas sabemos disso.

— Não lhe ficou nenhuma amargura? — perguntou Fee.

— A princípio, sim, muita. Mas por amor deles eu mesma aprendi a afugentá-la.

Fee voltou ao tricô.

— Isso quer dizer que, quando nos formos, não haverá mais ninguém — disse, suavemente. — Não haverá mais Drogheda. Oh, sim, você ganhará uma linha nos livros de história, e algum rapaz zeloso virá a Gilly a fim de entrevistar alguém que porventura se lembre, para o livro que tenciona escrever sobre Drogheda. A última das grandes fazendas da Nova Gales do Sul. Mas nenhum dos leitores saberá jamais como era ela na realidade, porque não poderá saber. Precisaria ter feito parte dela.

— Sim — disse Meggie, que não parara de tricotar. — Eles precisariam ter feito parte dela.

Dizer adeus a Rain numa carta, arrasada pela dor e pelo choque, fora fácil; na realidade, fora até cruelmente agradável, pois ela então retribuíra as vergastadas -- estou sofrendo, sofra você também. Desta vez, porém, Rain não se colocara em posição de receber uma carta que começasse com o clássico Querido João... Teria de ser um jantar no restaurante favorito deles. Ele não sugerira a casa de Park Lane, o que a decepcionou, mas não surpreendeu. Pretendia, sem dúvida, dizer até o último adeus sob o olhar benigno de Fritz. O certo é que ele não se arriscava.

Pela primeira vez na vida, ela diligenciou agradar-lhe com sua aparência; o diabrete que costumava induzi-la a enfeitar-se com babados cor de laranja parecia ter-se retirado xingando. Como Rain apreciava estilos despojados, enfiou um longo de seda vermelho-borgonha opaco, fechado até o pescoço, com mangas compridas e apertadas. Acrescentou-lhe um grande colar chato de ouro tachonado de granadas e pérolas e, em cada pulso, braceletes que combinavam com o colar. Que cabelo horrível, horrível! Nunca estava suficientemente disciplinado para agradar a ele. Mais maquilagem do que a normal, para disfarçar as provas da fossa. Pronto. Daria certo, se ele não olhasse com muita atenção.

Ele não pareceu fazê-lo; pelo menos não teceu comentários sobre cansaço nem sobre uma possível doença, nem sequer aludiu às exigências dos preparativos de viagem. O que, aliás, estava em completo desacordo com o Rainer que ela conhecia. Passado algum tempo, ela começou a experimentar a sensação de que o mundo devia estar acabando, tão diferente se mostrava ele da sua personalidade habitual.

Ele não queria ajudá-la a fazer do jantar um sucesso, ao qual poderiam referir-se mais tarde em cartas com prazer e divertimento reminiscentes. Se ela ao menos pudesse persuadir-se de que ele estava apenas perturbado pela partida dela, tudo poderia ter corrido bem. Mas ela não podia. O estado de espírito de Rainer não era desse tipo. Ele se mostrava tão distante que ela teve a impressão de estar sentada ao lado de uma efígie

de papel, unidimensional e ansiosa por sair voando, impelida pela brisa, para longe de sua esfera de ação. Como se ele já lhe tivesse dito adeus e esse encontro fosse supérfluo.

— Você recebeu carta de sua mãe? — perguntou ele, polido.

— Não, mas também não espero receber nenhuma. O mais provável é que ela ande em falta de palavras.

— Gostaria que Fritz a levasse ao aeroporto amanhã?

— Obrigada, posso apanhar um táxi — retrucou ela, antipática. — Não quero privá-lo dos serviços dele.

— Tenho reuniões o dia inteiro. Posso lhe assegurar, portanto, que isso não me atrapalhará de maneira alguma.

— Eu *disse* que tomarei um táxi.

Ele ergueu as sobrancelhas.

— Não há necessidade de gritar, Justine. O que você quiser, estará bem para mim.

Ele já não lhe chamava *herzchen*; ultimamente, ela notara que a freqüência da velha palavra carinhosa começara a declinar e, naquela noite, ele não a empregara nem uma vez. Oh, que jantar melancólico e deprimente aquele! Tomara que acabe logo! Justine surpreendeu-se a olhar para as mãos dele enquanto tentava lembrar-se da sensação que produzia o toque delas. Em vão. Por que a vida não era clara e bem organizada? Por que coisas como Dane tinham de acontecer? Talvez por haver pensado em Dane, seu humor caiu de repente a um ponto em que já não podia permanecer sentada, quieta, por um único momento. Pôs as mãos nos braços da poltrona.

— Você não se incomoda se formos embora? — perguntou. — Estou começando a sentir uma dor de cabeça alucinante.

Na esquina de High Road e da rua do apartamento de Justine, Rain ajudou-a a descer do carro, ordenou a Fritz que desse voltas pelo quarteirão e segurou-lhe cortesmente o cotovelo com a mão a fim de guiá-la, com um toque totalmente impessoal. Na umidade glacial da garoa londrina, caminharam devagar sobre as pedras da rua, enquanto seus passos ecoavam em toda a volta. Passos tristes e solitários.

— Então, Justine, vamos dizer adeus — disse ele.

— Bem, pelo menos por enquanto — retrucou ela jovializando o semblante —, mas você sabe que não será para sempre. Virei para cá de vez em quando, e espero que você encontre tempo para ir a Drogheda.

— Não. Isto é adeus, Justine. Não creio que voltemos a servir um para o outro.

— O que você quer dizer é que eu não sirvo mais para você — disse ela, e conseguiu soltar uma risada convincente. — Está certo, Rain. Não me poupe, que eu agüento!

Ele tomou-lhe a mão, inclinou-se para beijá-la, endireitou o corpo, sorriu para os olhos dela e afastou-se.

Havia uma carta de sua mãe sobre o capacho. Justine inclinou-se para apanhá-la, deixou cair a bolsa e o abrigo onde estivera a carta, os sapatos ali por perto, e entrou na sala de estar. Sentou-se pesadamente sobre um engradado, mordendo o lábio, os olhos postos com incrédula e confusa piedade num magnífico estudo da cabeça e dos ombros de Dane feito para comemorar-lhe a ordenação. Depois, surpreendeu os dedos nus dos pés no ato de acariciar o tapete enrolado de pele de canguru, fez uma careta de nojo e levantou-se depressa.

Uma rápida excursão à cozinha era do que estava precisando. Por isso realizou sua rápida excursão à cozinha, onde abriu a geladeira, estendeu a mão para pegar o jarro de creme, abriu a porta do congelador e dali tirou uma lata de café. Com uma das mãos na torneira de água fria a fim de pegar água para o café, correu os olhos arregalados, como se nunca tivesse visto o aposento até então. Olhou para as falhas no papel da parede, para o pretensioso filodendro em sua cesta pendente do teto, para o relógio preto que representava um gatinho e que abanava a cauda e girava os olhos diante do espetáculo do tempo tão frivolamente desperdiçado. GUARDAR ESCOVA DE CABELO, diziam na lousa as maiúsculas. Sobre a mesa jazia um desenho a lápis de Rain que ela fizera semanas antes. E um maço de cigarros. Pegou um cigarro, acendeu-o, pôs a chaleira no fogão e lembrou-se da carta de sua mãe, que ainda tinha numa das mãos. Poderia lê-la enquanto esperava a água esquentar. Sentou-se à mesa da cozinha, atirou ao chão com um piparote o desenho de Rain e pôs os pés em cima dele. Levante os seus também, Rainer Moerling Hartheim! Veja só se me incomodo, seu alemãozão dogmático, bobo e rabugento. Eu não sirvo para você, não é? Pois você também não serve para mim!

Minha querida Justine [dizia Meggie]

Você deve estar agindo, sem dúvida, com a sua costumeira e impulsiva rapidez, por isso espero que esta carta chegue a tempo. Se alguma coisa que eu disse ultimamente em minhas cartas provocou sua súbita resolução, perdoe-me, por favor. Não era minha intenção provocar uma decisão tão drástica. Eu devia estar apenas procurando um pouco de simpatia, mas sempre me esqueço de que, debaixo de sua pele rija, você é bem mole.

Sim, estou só, terrivelmente só. Entretanto, não é nada que a sua volta para casa possa retificar. Se você parar para pensar um pouco, verá o quanto isto é verdadeiro. O que você espera realizar voltando para casa? Você não tem o poder de restituir-me o que perdi e tampouco pode ressarcir-me da perda. Nem esta é só *minha*. Ela é também sua, de sua avó e de todos os outros. Você parece ter uma idéia, e é uma idéia inteiramente errada, de ser, de certo modo, responsável. Esse impulso atual cheira-me suspeitamente a um ato de penitência. Isso é orgulho e presunção, Justine. Dane era um homem adulto, não uma criancinha indefesa. *Eu* o deixei partir, não deixei? Se me permitisse sentir o que você está sentindo, estaria aqui sentada a me censurar e achando que devia estar num asilo para doentes mentais porque o deixei viver a própria vida. Mas não estou aqui sentada a me censurar. Nenhum de nós é Deus, embora eu creia que tive mais oportunidade para aprender isso do que você.

Voltando para casa, você me estará entregando sua vida como um sacrifício. *Não o quero.* Nunca o quis. E recuso-o agora. Você não pertence a Drogheda, nunca pertenceu. Se ainda não descobriu a que lugar pertence, sugiro-lhe que se sente neste momento e comece a pensar com seriedade. Às vezes, você é de fato muito cega. Rainer é um homem excelente, mas ainda não conheci nenhum que fosse tão altruísta quanto você parece pensar que ele é. Pelo amor de Dane, Justine! Cresça um pouco!

Minha querida, uma luz se apagou. Para todos *nós*, uma luz se apagou. E você não compreende que não há absolutamente nada que possa fazer a respeito? Não vou insultá-la tentando fingir que estou felicíssima. Tal não é a condição humana. Mas se pensa que aqui em Drogheda passamos os dias chorando e gemendo, está muito enganada. Gozamos nossos dias e uma das razões por que o fazemos é porque nossas luzes para você continuam acesas. A luz de Dane se foi para sempre. Por favor, querida Justine, tente aceitar esse fato.

Volte para Drogheda, é claro, pois gostaremos imenso de vê-la. Mas não para sempre. Você nunca seria feliz se se instalasse aqui permanentemente. Você não faria apenas um sacrifício desnecessário, mas também um sacrifício inútil. No seu tipo de carreira, até um ano passado longe dela lhe custaria muito caro. Por isso fique no lugar a que pertence e seja uma boa cidadã do seu mundo.

A dor. Era como nos primeiros dias depois da morte de Dane. A mesma espécie de dor inútil, desperdiçada, inevitável. A mesma impotência angustiada. Não, é claro que não havia nada que ela pudesse fazer. Não havia modo de compensar, modo nenhum. *Grite!* A chaleira já estava assobiando. Quieta, chaleira, quieta! Quieta por mamãe! Que tal é ser filha única de mamãe, chaleira? Pergunte a Justine, *ela* sabe. Sim, Justine sabe tudo a respeito de ser filha única. Mas eu não sou a filha que ela quer, a pobre velha que está murchando lá na fazenda. Oh, mamãe... Você acha então que, se fosse humanamente possível, eu não o faria? Novas lâmpadas pelas velhas, minha vida pela dele! Não é justo que fosse Dane o que morreu... Ela tem razão. O meu regresso a Drogheda não pode alterar o fato de que *ele* nunca regressará. Embora descanse lá para sempre, nunca regressará. Uma luz se apagou e não posso reacendê-la. Mas percebo o que ela quer dizer. Minha luz ainda arde nela. Só que não arde em Drogheda.

Fritz atendeu à porta. Não vestia o belo uniforme naval de chofer e sim o belo uniforme matutino de mordomo. Enquanto ele sorria e se inclinava, muito cerimonioso, batendo os calcanhares à boa e antiga maneira alemã, um pensamento ocorreu a Justine: ele faria acaso serviço dobrado em Bonn também?

— Você é simplesmente o humilde criado de *Herr* Hartheim, Fritz, ou é realmente o seu cão de guarda? — perguntou ela, entregando-lhe o casaco.

Fritz continuou impassível.

— *Herr* Hartheim está no escritório, Srta. O'Neill.

Sentado, um pouco inclinado para a frente, ele contemplava o fogo. Natasha, enrodilhada, dormia na lareira. Quando a porta se abriu, ele ergueu os olhos, mas não falou, nem pareceu contente por vê-la.

Justine atravessou a sala, ajoelhou-se e encostou a testa no colo dele.

— Rain, sinto muito por todos esses anos, e não posso reparar o mal que fiz — murmurou ela.

Ele não se levantou para levantá-la também; mas ajoelhou-se ao lado dela, no chão.

— Um milagre — disse ele

Ela sorriu-lhe.

— Você nunca deixou de me amar, deixou?

— Não, *herzchen*, nunca.

— Devo tê-lo magoado muitíssimo.

— Não como você está pensando. Eu sabia que você me amava e podia esperar. Sempre acreditei que um homem paciente acaba vencendo.

— E por isso decidiu me deixar resolver sozinha a situação. Não ficou nem um pouco preocupado quando anunciei que voltaria para Drogheda, ficou?

— É claro que fiquei. Se tivesse sido outro homem, eu não me teria perturbado, mas Drogheda? É um adversário formidável. Fiquei, sim, fiquei preocupado.

— Você sabia da minha ida antes que eu lhe contasse, não sabia?

— Clyde deixou escapar o segredo. Telefonou para Bonn para me perguntar se eu teria algum jeito de detê-la. Respondi-lhe que procurasse segurá-la por uma ou duas semanas, de qualquer maneira, pois nesse intervalo eu veria o que era possível fazer. Não por ele, *herzchen*, mas por mim. Não sou altruísta.

— Foi o que mamãe me disse. Mas esta casa! Você a possuía um mês atrás?

— Não, nem ela é minha. Entretanto, como precisaremos de uma casa em Londres se você quiser continuar com sua carreira, verei o que preciso fazer para

adquiri-la. Isto é, se você gostar dela. Até a deixarei redecorá-la, se você me prometer fielmente que não a forrará de cor-de-rosa nem de cor de laranja.

— Eu não tinha idéia do quanto você é tortuoso. Por que não disse apenas que ainda me amava? Eu queria que você dissesse!

— Não. As provas ali estavam para que você as visse sozinha, e tinha de vê-las sozinha.

— Receio ser cronicamente cega. Na verdade não as vi sozinha, precisei de alguma ajuda. Minha mãe afinal me abriu os olhos. Recebi carta dela esta noite, dizendo-me que não voltasse para casa.

— Sua mãe é uma pessoa maravilhosa.

— Sei que você a conheceu, Rain... Quando foi?

— Fui vê-la há cerca de um ano. Drogheda é magnífica, mas não é você, *herzchen*. Naquela ocasião fui até lá para tentar fazer sua mãe enxergar isso. Você não faz idéia de quanto me alegra que ela tenha enxergado, embora não me pareça que o que eu disse fosse muito elucidativo.

Ela ergueu os dedos para tocar-lhe a boca.

— Eu mesmo duvidava, Rain. Sempre duvidei. Talvez duvide sempre.

— Oh, *herzchen*, espero que não! Para mim não poderá ser mais ninguém. Só você. O mundo inteiro sabe disso há anos. Mas palavras de amor nada significam. Eu poderia tê-las gritado para você mil vezes por dia sem influir minimamente nas suas dúvidas. Por isso não falei do meu amor, Justine, vivi-o. Como poderia você duvidar dos sentimentos do seu mais fiel galanteador? — Ele suspirou. — Bem, pelo menos não veio de mim. Você talvez continue a achar a palavra de sua mãe suficientemente boa.

— Por favor, não fale assim! Pobre Rain, creio que gastei ao máximo a sua paciência. Não se magoe por isso ter vindo de mamãe. Não tem importância! Eu me ajoelhei e me humilhei a seus pés!

— Graças a Deus a humilhação durará apenas esta noite — disse ele mais alegremente. — Você voltará ao normal amanhã.

A tensão principiou a deixá-la; o pior já passara.

— O que eu mais gosto... não, *amo*... em você é que você valoriza tanto o meu dinheiro que nunca me ponho em dia.

Os ombros dele estremeceram.

— Então *olhe* para o futuro deste jeito, *herzchen*. Vivendo comigo na mesma casa, terá a oportunidade de ver como isso se faz. — Ele beijou-lhe as sobrancelhas, as faces, as pálpebras. — Eu não a quereria de nenhum outro modo senão como você é, Justine. Não dispenso uma sarda do seu rosto nem uma célula do seu cérebro.

Ela atirou os braços ao pescoço dele, enfiou os dedos no cabelo farto.

— Oh, se você soubesse o quanto desejei fazer isto! — disse. — Nunca pude esquecê-lo.

Rezava o cabograma:

ACABO TORNAR-ME SRA. RAINER MOERLING HARTHEIM PONTO CERIMÔNIA PARTICULAR NO VATICANO PONTO BÊNÇÃO PAPAL PARA TODOS PONTO ISTO É POSITIVAMENTE SER CASADA EXCLAMAÇÃO ESTAREMOS AÍ NUMA LUA-DE-MEL ADIADA ASSIM QUE FOR POSSÍVEL MAS EUROPA SERÁ NOSSO LAR PONTO SAUDADES PARA TODOS E DE RAIN TAMBÉM PONTO JUSTINE

Meggie pôs o pedaço de papel sobre a mesa e olhou, de olhos bem abertos, pela janela, para a riqueza de rosas outonais no jardim. Perfume de rosas, abelhas de rosas. E o hibisco, o eqüisseto, os eucaliptos, as buganvílias que subiam tão alto acima do mundo, as aroeiras-moles. Como estava bonito o jardim, como estava vivo! Ver-lhe as coisas pequeninas crescerem, mudarem e murcharem; e novas coisas pequeninas surgirem de novo, no mesmo ciclo interminável, incessante.

Era tempo de Drogheda parar. Sim, mais do que tempo. Que o ciclo se renovasse com desconhecidos. Fiz tudo isso sozinha, não posso culpar ninguém. E não me arrependo de momento algum.

O pássaro com o espinho cravado no peito segue uma lei imutável; impelido por ela, não sabe o que é empalar-se e morre cantando. No instante em que o espinho penetra não há consciência nele do morrer futuro; limita-se a cantar e canta até que não lhe sobra vida para emitir uma única nota. Mas nós, quando enfiamos os espinhos no peito, bem sabemos. Compreendemos. E assim mesmo o fazemos. Assim mesmo o fazemos.

Este livro foi composto na tipografia
Minion Pro, em corpo 10/15, e impresso em
papel off-set no Sistema Digital Instant Duplex
da Divisão Gráfica da Distribuidora Record.